U0946872

南朝佛教与文学

普慧 著

江苏文库

研究编

江苏文化史专题

江苏文脉整理与研究工程

江苏人民出版社

图书在版编目(CIP)数据

南朝佛教与文学/普慧著.--南京:江苏人民出版社,2019.9
(江苏文库.研究编)
ISBN 978-7-214-23971-6

Ⅰ.①南… Ⅱ.①普… Ⅲ.①佛教—关系—中国文学—古典文学研究—南朝时代 Ⅳ.①I206.2②B949.2

中国版本图书馆 CIP 数据核字(2019)第 206681 号

书　　名	南朝佛教与文学
著　　者	普　慧
出版统筹	韩　鑫
责任编辑	李晓爽
责任监制	王　娟
装帧设计	姜　嵩
出版发行	江苏人民出版社
出版社地址	南京市湖南路 1 号 A 楼,邮编:210009
出版社网址	http://www.jspph.com
照　　排	江苏凤凰制版有限公司
印　　刷	苏州市越洋印刷有限公司
开　　本	718 毫米×1 000 毫米　1/16
印　　张	24.75　插页 4
字　　数	346 千字
版　　次	2019 年 10 月第 1 版　2019 年 10 月第 1 次印刷
标准书号	ISBN 978-7-214-23971-6
定　　价	85.00 元

(江苏人民出版社图书凡印装错误可向承印厂调换)

江苏文脉整理与研究工程

编纂出版委员会

出版说明

江苏文化源远流长，历久弥新，文化经典与历史文献层出不穷，典藏丰富；文化巨匠代有人出，彪炳史册，在中华民族乃至整个人类文明的发展史上有着相当重要的地位。为了在新时代里科学把握江苏文化的内涵与特征，彰显江苏文化对中华优秀传统文化作出的贡献，增强文化自信，江苏省委省政府决定组织全省首个大型文化发展工程“江苏文脉整理与研究”。通过工程的实施，梳理江苏文脉资源，总结江苏文化发展的历史规律，再现江苏历史上的“文化高地”，为当代江苏把准脉动，探明趋势，勾画蓝图。

组织编纂大型江苏历史文献总集《江苏文库》，是“江苏文脉整理与研究工程”的重要工作。《文库》以“编纂整理古今文献，梳理再现名人名作，探究追溯文化脉络，打造江苏文化名片”为宗旨，分六编集中呈现：

（一）书目编。完整著录历史上江苏籍学人的著述及其历史记录，全面反映江苏图书馆的图书典藏情况。

（二）文献编。收录历代江苏籍学人的代表性著作，集中呈现自历史开端至一九一一年的江苏文化文本，呈现“江苏文化”的整体景观。

（三）精华编。选取历代江苏籍学人著述中对中外文化产生重要影响、在文化学术史上具有经典性代表性的作品进行整理。并从中选取十余种，组织海外汉学家，翻译成各国文字，作为江苏对外文化交流的标志性文化成果。

（四）方志编。从江苏现存各级各类旧志中选择价值较高、保存较好的志书，以充分发挥地方志资治、存史、教化等作用，保存江苏的地方文献与历史文化记忆。

（五）史料编。收录有关江苏地方史料类文献，反映江苏各地历史地理、政治经济、文化教育、宗教艺术、社会生活、风土民情等。

（六）研究编。组织、编纂当代学者研究、撰写的江苏文化研究著作。

文献、史料、方志三编属于基础文献，以影印方式出版，旨在提供原始文献，以满足学术研究需要；书目、精华、研究三编，以排印方式出版，既能满足学术研究的基本需求，又能满足全民阅读的基本需求。

“江苏文脉整理与研究工程”工作委员会

江苏文库·研究编编纂人员

主　编

樊和平　刘德海

副主编

徐之顺　姜　建　王卫星　胡发贵　胡传胜　刘西忠

一脉千古成江河

——江苏文库·研究编序言

樊和平

“江苏文脉整理与研究工程”是江苏文化史上继往开来的一个浩大工程。与当下方兴未艾的全国性“文库热”相比，江苏文脉工程有三个基本特点：一是全面系统的整理；二是“整理”与“研究”同步；三是以“文脉”为主题。在“书目编—文献编—精华编—史料编—方志编—研究编”的体系结构中，“研究编”是十分独特的板块，因为它是试图超越“修典”而推进文化传承创新的一种学术努力。

“盛世修典”之说不知起源于何时，不过语词结构已经表明“盛世”与“修典”之间的某种互释甚至共谋，以及由此而衍生的复杂文化心态。历史已经表明，“修典”在建构巨大历史功勋的同时，也包含内在的巨大文化风险，最基本的是“入典”的选择风险。《四库全书》的文化贡献不言自明，但最终其收书的数量竟与禁书、毁书、改书的数量大致相当，还有高出近一倍的书目被宣判为无价值。“入典”可能将一个时代的局限甚至选择者个人的局限放大为历史的文化局限，也可能由此扼杀文化多样性而产生文化专断。另一个更为潜在和深刻的风险，是对待传统的文化态度。文献整理，尤其是地域典籍的整理，在理念和战略上面临的最大考验，是以何种心态对待文化传统。当今之世，无论对个体还是社会，传统已经不仅是文化根源，而且是文化和经济发展的资源甚至资本。然而一旦传统成为资源和资本，邂逅市场逻辑的推波助澜，就面临沦为消费和运作对象的风险，从而以一种消费主义和工具主义的文化态度对待文化传统和文献整理。当传统成为消费和运作的对象，其文化价值不仅可能被误读误用，而且也可能在对传统的消费中使文化坐吃山空，造就出文化上的纨绔子弟，更可能在市场运作中使文化不断被糟蹋。“江苏文脉整理与研究工程”的“整理工程”以全面系统的整理的战略应对可能存在的第一种风险，即入典选择的风险；以“研究工程”应对第二种可能的风险，即消费主义与工具主义的风险。我们不仅是既往传统的继承者，更应当是未来传统的创造者；现代人的使命，不仅是继承优秀传统，更应当创造新的优秀传统，这便是传统的创造性转化与创新性发展的真义。诚然，创造传统任重道远，需要经过坚忍不拔的卓越努力和大浪淘沙般的历史积淀，但对“江苏文脉整理与研究工程”而言，无论如何必须在“整理”的同时开启“研究”的千里之行，在研究中继承和发展传统。这便是“研究编”的价值和使命所在，也是“江苏文脉整理与研究工程”在“文库热”中于顶层设计层面的拔群之处。

一 倾听来自历史深处的文化脉动

20 世纪是文化大发现的世纪，20 世纪以来西方世界最重要的战略，就是文化战略。20 世纪 20 年代，德国社会学家马克斯·韦伯的《新教伦理与资本主义精神》，揭示了西方资本主义文明的文化密码，这就是“新教伦理”及其所造就的“资本主义精神”，由此建构“新教伦理＋资本主义”的所谓“理想类型”，为西方资本主义进行了文化论证尤其是伦理论证，奠定了 20 世纪以后西方中心论的文化基础。20 世纪 70 年代，哈佛大学教授丹尼尔·贝尔的《资本主义文化矛盾》，揭示了当代资本主义最深刻的矛盾不是经济矛盾，也不是政治矛盾，而是“文化矛盾”，其集中表现是宗教释放的伦理冲动与市场释放的经济冲动分离与背离，进而对现代西方文明发出文化预警。20 世纪 70 年代之后，亨廷顿的《文明的冲突与世界秩序的重建》将当今世界的一切冲突归结为文明冲突、文化冲突，将文化上升为西方世界尤其是美国国家战略的高度。以上三部曲构成西方世界尤其是美国文化帝国主义的国家文化战略，正如一些西方学者所发现的那样，时至今日，文化帝国主义被另一个概念代替——“全球化”，显而易见，全球化不仅是一种浪潮，更是一种思潮，是西方世界的国家文化战略。文化虽然受经济发展制约甚至被经济发展水平所决定，但回顾从传统到现代的中国文明史，文化问题不仅逻辑地而且历史地成为文明发展的最高最难的问题，正因为如此，文化自信才成为比理论自信、道路自信、制度自信更具基础意义的最重要的自信。

在全球化背景下，文脉整理与研究具有重大的国家文化战略意义，不仅必要，而且急迫。文化遵循与经济社会不同的规律，全球化在造就广泛的全球市场并使全球成为一个“地球村”的同时，内在的最大文明风险和文化风险便是同质性。全球化催生的是一个文化上的独生子女，其可能的镜像是：一种文化风险将是整个世界的风险，一次文化失败将是整个人类的文化失败。文化的本质是什么？梁漱溟先生说，文化就是人的生活的根本样法，文化就是“人化”。丹尼尔·贝尔指出，文化是为人的生命过程提供解释系统，以对付生存困境的一种努力。据此，文化的同质化，最终导致的将是人的同质化，将是民族文化或西方学者所说地方性知识的消解和消失；同时，由于文化是人类应对生存困境的大智慧，或治疗生活世界痼疾的抗体，它所建构的是与自然世界相对应的精神世界和意义世界，文化的同质性将导致人类在面临重大生存困境时智慧资源的贫乏和生命力的苍白，从而将整个人类文明推向空前的高风险。应对全球化的挑战和西方文化帝国主义的国家战略，“江苏文脉整理与研究工程”是整个中华民族浩大文化工程的一部分和具体落实，其战略意义决不止于保存文化记忆的自持和自赏，在这个全球化的高风险正日益逼近的时代，完整地保存地方文化物种，认同文化血脉，畅通文化命脉，不仅可以让我们在遭遇全球化的滔滔洪水之时可以于故乡文化的山脉之巅“一览众山小”地建设自己的精神家园和文化根据地，而且可以在患上全球化的文化感冒甚至某种文化瘟疫之后，不致乞求“西方药”来治“中国病”，而是根据自己的文化基因和文化命理，寻找强化自身的文化抗体和文化免疫力之道，其深远意义，犹如在今天这个独生子女时代穿越时光隧道，回首当年我们的“兄弟姐妹那么多”

和父辈们儿孙满堂的那种天伦风光，不只是因为寂寞，而且是为了中华民族大家庭的文化安全和对未来文化风险的抗击能力。

“江苏文脉整理与研究工程”是以江苏这一特殊地域文化为对象的一次集体文化自觉和文化自信，与其他同类文化工程相比，其最具标识意义的是“文脉”理念。“文脉”是什么？它与“文献”和文化传统的关系到底如何？这是“文脉工程”必须解决的基本问题。

庞朴先生曾对“文化传统”与“传统文化”两个概念进行了审慎而严格的区分，认为“传统文化”可能是历史上曾经存在过的一切文化现象，而“文化传统”则是一以贯之的文化道统。在逻辑和历史两个纬度，文化成为传统都必须同时具备三个条件：历史上发生的，一以贯之的，在现实生活中依然发挥作用的。传统当然发生于历史，但历史上发生的一切，从《道德经》《论语》到女人裹小脚，并不都成为传统，即便当今被考古或历史研究所不断发现的现象，也只能说是“文化遗存”，文化成为传统必须在历史长河中一以贯之而成为道统或法统，孔子提供的儒家学说，老子提供的道家智慧，之所以成为传统，就是因为它们始终与中国人的生活世界和精神世界相伴随，并成为人的生命和生活的文化指引。然而，文化并不只存在于文献典籍之中，否则它只是精英们的特权，作为“人的生活的根本样法”和“对付生存困境”的解释系统，它必定存在于芸芸众生的生命和生活之中，由此才可能，也才真正成为传统。《论语》与《道德经》之所以成为传统，不只是因为它们作为经典至今还为人们所学习和研究，而且因为在中国人精神的深层结构中，即便在未读过它们的野夫村妇身上，也存在同样的文化基因。中国人在得意时是儒家，“明知不可为而偏为之”；在失意时是道家，“后退一步天地宽”；在绝望时是佛家，“四大皆空”，从而建立了与自给自足的自然经济结构相匹合的自给自足的文化精神结构，在任何境遇下都不会丧失安身立命的精神基地，这就是传统。文化传统必须也必定是“活”的，是在现实中依然发挥作用的，是构成现代人的文化基因的生命因子。这种与人的生活和生命同在的文化传统就是“脉”，就是“文脉”。

文脉以文献、典籍为载体，但又不止于文献和典籍，而是与负载它的生命及其现实生活息息相关。“文脉”是什么？“文脉”对历史而言是

"血脉",对未来而言是"命脉",对当下而言是"山脉"。"江苏文脉"就是江苏人的文化血脉、文化命脉、文化山脉,是历史、现在、未来江苏人特殊的文化生命、文化标识、文化家园,以及生生不息的文化记忆和文化动力。虽然它们可能以诸种文化典籍和文化传统的方式呈现和延续,但"文脉工程"致力探寻和发现的则是跃动于这些典籍和传统,也跃动于江苏人生命之中的那种文化脉动。"江苏文脉整理与研究工程"的最大特点就在于它是"文脉工程"而不是一般的"文化工程",更不是"文库工程"。"文化工程""文库工程"可能只是一般的文化挖掘与整理,而"文脉工程"则是与地域的文化生命深切相通,贯穿地域的历史、现在与未来的生命工程。

"江苏文脉整理与研究工程"是"整理"与"研究"的璧合,在"研究工程"中能否、如何倾听到来自历史深处的文化脉动,关键是处理好"文献"与"文脉"的关系。"整理工程"是对文脉的客观呈现,而"研究工程"则是对文脉的自觉揭示,若想取得成功,必须学会在"文献"中倾听和发现"文脉"。"文献"如何呈现"文脉"? 文献是人类文明尤其是人类文化记忆的特殊形态,也是人类信息交换和信息传播的特殊方式。回首人类文明史,到目前为止,大致经历了三种信息方式。最基本也是最原初的是口口交流的信息方式,在这种信息方式中,信息发布者和信息传播者都同时在场,它是人的生命直接和整体在场并对话的信息传播方式,是从语言到身体、情感的全息参与,是生命与生命之间的直接沟通,但具有很大的时空局限。印刷术的产生大大扩展了人类信息交换的广度和深度,不仅可以以文字的方式与不在场的对象交换信息,而且可以以文献的方式与不同时代、不同时空的人们交换信息,这便是第二种信息方式,即以印刷为媒介的信息方式或印刷信息方式。第三种信息方式便是现代社会以电子网络技术为媒介的信息方式,即电子信息方式。文献与典籍是印刷信息方式的特殊形态,它将人类文化史和文明史上具有特殊价值的信息以印刷媒介的方式保存下来,供后人学习和研究,从而积淀为传统。文字本质上是人的生命的表达符号,所谓"诗言志"便是指向生命本身。然而由于它以文字为中介,一旦成为文献,便离开原有的时空背景,并与创作它的生命个体相分离,于是便需要解读,在解读中便可能发生误读，但无论如何，解读的对象并不只是文字本身，而是文字背后的生命现象。

文献尤其是典籍是不同时代人们对于文化精华的集体记忆，它们不仅经受过不同时代人们的共同选择，而且经受过大浪淘沙的历史洗礼，因而其中不仅有创造它的那个个体或文化英雄如老子、孔子的生命表达，而且有传播和接受它的那个民族的文化脉动，是负载它的那个民族的文化生命，这种文化生命一言以蔽之便是文化传统。正因为如此，作为集体记忆的精华，文献和典籍是个体和集体的文化脉动的客观形态，关键在于，必须学会倾听和揭示来自远方的生命旋律。由于它们巨大的时空跨度，往往不能直接把脉，而需要具有一种“悬丝诊脉”的卓越倾听能力。同时，为了把握真实的文化脉动，不仅需要对文献和典籍即“文本”进行研究，而且需要对创造它们的主体包括创作的个体和传播接受的集体的生命即“人物”进行研究。正如席勒所说，每个人都是时代的产儿，那些卓越的哲学家和有抱负的文学家却可能成为一切时代的同代人。文字一旦成为文献或典籍，便意味着创作它的个体成为一切时代的同代人，但无论如何，文献和它们的创造者首先是某个时代的产儿，因而要在浩如烟海的文献和典籍中倾听到来自传统深处的文化脉动，还需要将它们还原到民族的文化生命之中，形成文化发展的“精神的历史”。由此，文本研究、人物研究、学派流派研究、历史研究，便成为“文脉研究工程”的学术构造和逻辑结构。

二　中国文化传统中的江苏文脉

江苏文脉是中国文化传统的一部分，二者之间的关系并不只是部分与整体的关系，借助宋明理学的话语，是“理一”与“分殊”的关系。文脉与文化传统是民族生命的文化表达和自觉体现，如果只将它们理解为部分与整体的关系，那么江苏文脉只是中国文化传统或整个中华文化脉统中的一个构造，只是中华文化生命体中的一个器官。朱熹曾以佛家的“月映万川”诠释“理一分殊”。朗月高照，江河湖泊中水月熠熠，此番景象的哲学本真便是“一月普现一切水，一切水月一月摄”。天空中的“一月”与江河中的“一切水月”之间的关系是“分享”关系，不是分享了“一月”的某一部分，而是全部。江苏文脉与中国文化传统之间的关系便是“理一分殊”，中国文化传统是“理一”，江苏文脉是“分殊”，正因为如此，关于江苏文脉的研究必须在与整个中国文化传统的关系中整体性地把握和展开。其中，文化与地域的关系、江苏文化在中华文化发展中的贡献和地位，是两个基本课题。

到目前为止的一切人类文明的大格局基本上都是由以山河为标志的地理环境造就的，从轴心文明时代的四大文明古国，到“五大洲四大洋”的地理区隔，再到中国山东—山西、广东—广西、河南—河北，江苏的苏南—苏北的文化与经济差异，山河在其中具有基础性意义。在这个意义上，可以将在此以前的一切文明称为“山河文明”。如今，科技经济发展迎来一个“高”时代：高铁、高速公路、电子高速公路……正在并将继续推倒由山河造就的一切文明界碑，即将造就甚至正在造就一个“后山河时代”。“后山河时代”的最后一道屏障，“山河时代”遗赠给“后山河时代”的最宝贵的文明资源，便是地域文化。在这个意义上，江苏文脉的整理与研究，不仅可以为经过全球化席卷之后的同质化世界留下弥足珍贵的“文化大熊猫”，而且可以在未来的芸芸众生饱尝“独上高楼，望尽天涯路”的孤独之后，缔造一个“蓦然回首”的文化故乡，从中可以鸟瞰文化与世界关系的真谛。江苏独特的地域环境与江苏文化、江苏文脉之间的关系，已经不是所谓“一方水土一方人”所能表达，可以说，地脉、水脉、山脉与江苏文脉之间的关系，已经是一脉相承。

我们通过考察和反思发现，水系，地势，山势，大海，是对江苏文脉尤其是文化性格产生重大影响的地理因素。露水不显山，大江大河入大海，低平而辽阔，黄河改道，这一切的一切与其说是自然画卷和自然事件，不如说是江苏文脉的大地摇篮和文化宿命的历史必然，它们孕生和哺育了江苏文明，延绵了江苏文脉。历史学家发现，江苏是中国唯一同时拥有大海、大江、大湖、大平原的省份，有全国第一大河长江，第二大河黄河（故道），第三大河淮河，世界第一大人工河大运河，全国第三大淡水湖太湖，全国第四大淡水湖洪泽湖。江苏也是全国地势最低平的一个省区，绝大部分地区在海拔 50 米以下，少量低山丘陵大多分布于省际边缘，最高峰即连云港云台山的玉女峰也只有 625 米。丰沛而开放的水系和低平而辽阔的地势馈赠给江苏的不只是得天独厚的宜居，更沉潜、更深刻的是独特的文化性格和文脉传统，它们是对江苏地域文化产生重大影响的两个基本自然元素。

不少学者指证江苏文化具有水文化特性，而在众多水系中又具长江文化的特性。“水”的文化特性是什么？“老聃贵柔”，老子尚水，以水演绎世界真谛和人生大智慧。“天下莫柔弱于水，而攻坚强者莫之能胜。”柔弱胜刚强，是水的品质和力量。西方文明史上第一个哲学家和科学家泰勒斯向全世界宣告的第一个大智慧便是：水是万物的始基。辽阔的平原在中国也许还有很多，却没有像江苏这样“处下”。老子也曾以大海揭示“处下”的智慧：“江海所以能为百谷王者，以其善下之，故能为百谷王。”历史上江苏的文化作品、江苏人的文化性格，相当程度上演绎了这种“水性”与“处下”的气质与智慧。历史上相当时期黄河曾经从江苏入海，然而黄河改道、黄河夺淮，几番自然力量或人力所为，最终黄河在江苏留下的只是一个“故道”的背影。黄河在江苏的改道当然是一个自然事件或历史事件，但我们也可能甚至毋宁将它当作一个文化事件，数次改道，偶然之中有必然，从中可以发现和佐证江苏文脉的“长江”守望和江南气质。不仅江苏的地脉“露水不显山”，而且江苏的文化作品，江苏人的文化性格，一句话，江苏文脉，也是“露水不显山”，虽不是“壁立千仞”，却是“有容乃大”。一般说来，充沛的水系，广阔的平原，往往造就自给自足的自我封闭，然而，江苏东临大海，无论长江、淮河，还是历史上的黄河，都从这里入大海，归大海，不只昭示江苏的开放，而且演绎江苏文化、江苏文脉、江苏人海纳百川的博大和静水深流的仁厚。

黄河与长江好似中华文脉的动脉与静脉，也好似人的身体中的任督二脉，以长江文化为基色的江苏文化在中华文脉的缔造和绵延中作出了杰出贡献。有学者指出，在中国文明史上，长江文化每每在黄河文化衰弱之后承担起“救亡图存”的重任。人们常说南京古都不少为小朝廷，其实这正是“救亡图存”的反证，“天下兴亡，匹夫有责”的口号首先由江苏人顾炎武喊出，偶然之中有必然。学界关于江苏文化有三次高峰或三次大贡献，与两次大贡献之说。第一次高峰是开启于秦汉之际的汉文化，第二次高峰是六朝文化，第三次高峰是明清文化。人们已对六朝文化与明清文化两大高峰对中国文化的贡献基本达成共识，但江苏的汉文化高峰及其贡献也应当得到承认，而且三次文化高峰都发生于中国社会的大转折时期，对中国文化的承续作出了重大贡献。在秦汉之际的大变革和大一统国家的建构中，不仅在江苏大地上曾经演绎了波澜壮阔的对后来中国文明产生深远影响的历史史诗，而且演绎这些历史史诗的主角刘邦、项羽、韩信等都是江苏人，他们虽然自身不是文化人，但无疑对中国文化产生了深远影响。董仲舒提出"罢黜百家，独尊儒术"的主张，奠定了大一统的思想和文化基础，他本人虽不是江苏人，却在江苏留下印迹十多年。江苏的汉文化高峰对中国文化的最大贡献，一言概之即"大一统"，包括政治上的大一统和思想文化上的大一统。六朝被公认为中国文化发展的高峰，不少学者将它与古罗马文明相提并论，而六朝文化的中心在江苏、在南京。以南京为核心的六朝文化发生于三国之后的大动乱，它接纳大量流入南方的北方士族，使南北方文化合流，为保存和发展中国文化作出了杰出贡献。明朝是中国历史上第一次在南京，也是第一次在江苏建立统一的帝国都城，江苏的经济文化在全国处于举足轻重的地位，扬州学派、泰州学派、常州学派，形成明清时代中国文化的江苏气象，形成江苏文化对中国文化的第三次重大贡献。三大高峰是江苏的文化贡献，在重大历史转折关头或者民族国家危难之际挺身而出，海纳百川，则是江苏文化的精神和品质，这就是江苏文脉。也正因为如此，江苏文化和江苏文脉在"匹夫有责"的担当精神中总是透逸出某种深沉的忧患意识。

江苏文脉对中国文化的独特贡献及其特殊精神气质在文化经典中得到充分体现。中国四大文学名著，其中三大名著的作者都来自江苏，这就是《西游记》《红楼梦》《水浒》，其实《三国演义》也与江苏深切相关，虽然罗贯中不是江苏人，但却以江苏为重要的时空背景之一。四大名著中不仅有明显的江苏文化的元素，甚至有深刻的江苏地域文化的基因。《西游记》到底是悲剧还是喜剧？仔细反思便会发现，《西游记》就是文学版的《清明上河图》。《清明上河图》表面呈现一幅盛世生活画卷，实际却是一幅“盛世危情图”，空虚的城防，懈怠的守城士兵……被繁华遗忘的是正在悄悄到来的深刻危机。《西游记》以唐僧西天取经渲染大唐的繁盛和开放，然而在经济的极盛之巅，中国人的精神世界却空前贫乏，贫乏得需要派一个和尚不远万里，请来印度的佛教，坐上中国意识形态的宝座，入主中国人的精神世界。口袋富了，脑袋空了，这是不折不扣的悲剧。然而，《西游记》的智慧，江苏文化的智慧，是将悲剧当作喜剧写，在喜剧的形式中潜隐悲剧的主题，就像《清明上河图》将空虚的城防和懈怠的士兵淹没于繁华的海洋一样。《西游记》喜剧与悲剧的二重性，隐喻了江苏文脉的忧患意识，而在对大唐盛世，对唐僧取经的一片颂歌中，深藏悲剧的潜主题，正是江苏文脉“匹夫有责”的担当精神和文化智慧的体现。鲁迅说，真正的悲剧是把美好的东西撕碎了给人看，《西游记》是在喜剧形式的背后撕碎了大唐时代人的精神世界的深刻悲剧。把悲剧当作喜剧写，喜剧当作悲剧读，正是江苏文化、江苏文脉的大智慧和特殊气质所在，也是当今江苏文脉转化发展的重要创新点所在。正因为如此，“江苏文脉研究”必须以深刻的哲学洞察力和深厚的文化功力，倾听来自历史深处的江苏文化的脉动，读懂江苏，触摸江苏文脉。

三　通血脉，知命脉，仰望山脉

江苏文化的巨大魅力和强大生命力，是在数千年发展中已经形成一种传统、一种脉动，不仅是一种客观呈现的文化，而且是一种深植个体生命和集体记忆的生生不息的文脉。这种文化和文脉不仅成为共同的价值认同，而且已经成为一种地域文化胎记。在精神领域，在文化领域，江苏不仅有灿若星河的文学家，而且有彪炳史册的思想家、学问家，更有数不尽的才子骚客。长江在这片土地上流连，黄河在这片土地上改道，淮河在这片土地上滋润，太湖在这片土地上一展胸怀。一代代中国人，一代代江苏人，在这里缔造了文化长江、文化黄河、文化淮河、文化太湖，演绎了波澜壮阔的历史诗篇，这便是江苏文脉。

为了在全球化时代完整地保存江苏文脉这一独特地域文化的集体记忆，以在“后山河时代”为人类缔造精神家园提供根源与资源，为了继承弘扬并创造性转化、创新性发展中国优秀传统文化，2016 年江苏启动了“江苏文脉整理与研究工程”。根据“文脉”的理念，我们将研究工程或“研究编”的顶层设计以一句话表达：“通血脉，知命脉，仰望山脉”。由此将整个工程分为五个结构：江苏文化通史，江苏历代文化名人传，江苏文化专门史，江苏地方文化史，江苏文化史专题。

“江苏文化通史”的要义是“通血脉”，关键词是“通”。“通”的要义，首先是江苏文化与中国文明的息息相通，与人类文明的息息相通，由此才能有民族感或“中国感”，也才有世界眼光，因而必须进行关于“中国文化传统中的江苏文脉”的整体性研究；其次是江苏文脉中诸文化结构之间的“通”，由此才是“江苏”，才有“江苏味”；再次是历史上各个重要历史时期文化发展之间的“通”，由此才能构成“史”，才有历史感；最后是与江苏人的生命与生活的“通”，由此“江苏文脉”才能真正成为江苏人的文化血脉、文化命脉和文化山脉。达到以上“四通”，“江苏文化通史”才是真正的“通”史。

“江苏文化专门史”和“江苏文化史专题”的要义是“知命脉”，关键词是“专”，即“专门”与“专题”。“江苏文化专门史”在框架上分为物质文化史、精神文化史、制度文化史、特色文化史等，深入研究各类专门史，总体思路是系统研究和特色研究相结合，系统研究整体性地呈现江苏历史上的重要文化史，如哲学史、文学史、艺术史等，为了保证基本的完整性，我们根据国务院学科分类目录进行选择；特色研究着力研究历史上具有江苏特色的历史，如民间工艺史、昆曲史等。“江苏文化史专题”着力研究江苏历史上具有全国性影响的各种学派、流派，如扬州学派、泰州学派、常州学派等。

“江苏地方文化史”的要义是“血脉延伸和勾连”，关键词是“地方”。“江苏地方文化史”以现省辖市区域划分为界，13 市各市一卷。每卷上编为地方文化通史，讲述地方整体历史脉络中的文化历史分期演化和内在结构流变，注重把握文化运动规律和发展脉络，定位于地方文化总体性研究；下编为地方文化专题史，按照科学技术、教育科举、文学语言、宗教文化等专题划分，以一定逻辑结构聚焦对地方文化板块加以具体呈现，定位于凸显文化专题特色。每卷都是对一个地方文化的总结和梳理，这是江苏文化血脉的伸展和渗入，是江苏文化多样性、丰富性的生动呈现和重要载体。

“江苏历代文化名人传”的要义是“仰望山脉”，关键词是“文化”。它不是一般性地为江苏历朝历代的“名人”作传，而只是为文化意义上的名人作传。为此，传主或者自身就是文化人并为中国文化的发展、为江苏文脉的积累积淀作出了重要贡献；或者虽然自身主要不是文化人而是政治家、社会活动家等，但对中国文化发展具有重大影响。如何对历史人物进行文化倾听、文化诠释、文化理解，是“文化名人传”的最大难点，也是其最有意义的方面。江苏历史上的文化名人汗牛充栋，“文化名人传”计划为100位江苏文化名人作传，为呈现江苏文化名人的整体画卷，同时编辑出版一部“江苏文化名人辞典”，集中介绍历史上的江苏文化名人1000位左右。

“江苏文脉研究工程”最重要也是最困难的工作是如何寻找和组建一支专门化的学术研究团队，并进行学术组织和管理。它与“整理工程”不同，所有研究都必须原创，而不是对历史文献的整理。由于工程浩大，学术要求高，而专门从事江苏文化、江苏文脉研究的学者又特别少，高端学者更是屈指可数，因而只能步步为营，在摸索中前行。到目前为止，在学术的组织与管理方面大致经历了三个阶段。第一阶段是启动阶段，由于我们对相关研究在学术上可能达到的深度与高度缺乏足够的把握，所以先聘请一些大家、名家领衔相关课题研究，并进行相关学术研讨；第二阶段大胆推进，一年以后，我们感觉积累了一定经验，于是各结构负责人深入高校和其他学术机构，比较广泛地进行选题和研究专家的确认和委托；第三阶段与省哲学社会科学规划办合作，在全省乃至全国范围内进行选题征集和课题申报。为了扩大研究的影响，我们在《明清小说研究》《世界华文文学论坛》设立专门的栏目，系统介绍相关研究成果，推进学术研究。

一脉千古成江河，“茫茫九派流中国”。江苏文脉研究的千里之行已经迈出第一步，历史馈赠我们一次千载难逢的宝贵机遇，让我们巡天遥看，一览江苏数千年文化银河的无限风光，对创造江苏文化、缔造江苏文脉的先行者们献上心灵的鞠躬。面对奔涌如黄河、悠远如长江的江苏文脉，我们惟有以跋涉探索之心，怵惕敬畏之情，且行且进，循着爱因斯坦的“引力波”，不断走近并播放来自江苏文脉深处的或澎湃，或激越，或温婉静穆的天籁之音。

我们一直在努力；

我们将一直努力！

目　录

绪　论

"南朝"是中国史上中古[①]阶段早期的一个历史时期，一般是从宋武帝刘裕代东晋称帝的永初元年（420）算起，至隋文帝杨坚开皇九年（陈后主叔宝祯明三年，589）止，历经宋、齐、梁、陈四个朝代，共170年。南朝又是一个地域概念，它所经的四个朝代的国都皆定都于江南的建康（今江苏南京），与北方的北魏、西魏、东魏、北齐、北周、隋等相对，专指南方四个朝廷管辖的区域。

在整个魏晋南北朝时期，与北方战火连年、兼并频繁、灾疫不绝的社会状况相比，南朝相对来说要稳定得多，也富足得多。尽管其中有刘宋、萧齐皇室内部的残酷杀戮和萧梁后期的侯景之乱。西晋后期的"八王之乱"[②]和北方少数族的入侵中原，迫使晋王室和世家望族南逃，史称"永嘉南渡"[③]。东晋政权的建立和大批北方汉族民众的过江，加速了南

---

① "中古"是一个颇有争议的是时段概念。一般来说，历史学界多以魏晋南北朝隋唐五代为中古，文学史界多指汉末魏晋南北朝为中古。我个人主张把中国历史分为三个阶段：即上古（东汉以前，即公元前往上推）；中古（东汉至唐末五代，大致为公元后第一个千年）；近古（北宋至晚清，大致为第二个千年）。

② "八王之乱"是指发生于西晋时期的一场皇族内部藩王争权夺位而导致的一场大规模的内乱，历时16年，即晋惠帝司马衷元康元年（291）三月至光熙元年（306）十一月。主要藩王有汝南王司马亮、楚王司马玮、赵王司马伦、齐王司马冏、长沙王司马乂、成都王司马颖、河间王司马颙、东海王司马越等八王，史称"八王之乱"。然实际参与这场动乱的藩王不止此八人。"八王之乱"严重破坏了当时的社会经济和政治秩序，直接导致了周边少数族的入侵和西晋帝国的灭亡。

③ "永嘉"（307—311）是晋怀帝司马炽年号。"八王之乱"后，少数民族杀入中原，致使北方士民为躲避战祸，纷纷迁移江南地区。仅永嘉五年（311），刘曜，石勒破洛阳，"中州士女避乱江左者十六七"。（房玄龄等：《晋书·王导传》，中华书局1974年版，第1746页。）历史上把这一时期北方士民南逃称为"永嘉南渡"。"永嘉南渡"促进了江南地区经济的发展，也促成了南北方的长期分裂。

方经济的开发与发展。至南朝，整个南方的经济呈现出欣欣向荣的景象。宋元嘉(424—453)、齐永明(483—493)、梁天监至大同(502—545)都出现过“盛世”①。这样较长时间的政治上的稳定和经济上的繁荣，为南朝上层建筑的意识形态诸如哲学、宗教、艺术、文学等活动创造了良好的社会环境，提供了从事精神活动所需的丰厚的物质基础。有了这两方面的保障，南朝文化才能得以保证其世族阶层特有的较高品味。

在思想文化领域，南朝继续保持着汉末魏晋以来的思想大开放的优良传统。汉末的社会动荡，使西汉建立的儒家经学的思想体系独霸天下的局面被彻底打破，各种思想异彩纷呈，不断涌现。有本土固有的、新出现的，还有外来的。魏晋之际，儒道嫁接而新生的一种思想潮流——玄学，成为上层社会思想文化的主流。然而，玄学的影响力和主宰力并不长久，从它的产生、流行到鼎盛期，只有 40 年左右，至东晋南朝，虽仍在思想文化界产生影响，但已是“微波尚传”②，逐渐走向衰退、萎缩。南朝的儒家经学虽说失去了原有的霸主地位，但在维护政治体制的宗法制度方面仍在发挥着重要的作用，仍然受到统治者和世族文士们的高度重视。尊经、征圣、治国、平天下，仍然是广大文士们所热衷奉行的。不过，此时的儒家经学与两汉的相比已有了很大的变化，这就是在“忠”与“孝”这两个宗法一体化社会的两大思想支柱的体系中，“孝”的地位跃居到了第一位，而“忠”则被降到了第二位。这就意味着门阀世族不一定随时向最高统治者表忠心，有时甚至可以不受最高统治者的摆布，任我独行。这在相当大的程度上，显示出南朝门阀世族在社会秩序中的独特地位和显赫特权。南朝的道教地位有所提高。在中国，道教是土生的宗教，它的产生是与其管辖的准军事组织及民众的武

---

① “(元嘉时)家给人足……凡百户之乡，有市之邑，歌谣舞蹈，触处成群，盖宋世之极盛也。”(沈约:《宋书》卷九二《良吏序》，中华书局 1974 年版，第 2261 页。)“永明之世，十许年中，百姓无鸡鸣犬吠之警，都邑之盛，士女富逸，歌声舞节，袨服华妆，桃花绿水之间，秋月春风之下，盖以数百。”(萧子显:《南齐书》卷五三《良政序》，中华书局 1972 年版，第 913 页。)“梁台建，……四海之内，始得息肩。”(姚思廉:《梁书》卷五三《良吏序》，中华书局 1973 年版，第 765 页。)这三个“盛世”加起来约有 80 年左右，将近占整个南朝 170 年的 1/2。

② 钟嵘:《诗品·序》，陈延杰:《诗品注》，人民文学出版社 1980 年版，第 1 页。

装反抗连在一起的。汉末张修汉在中、巴郡一带领导的五斗米道[1]，以及河北人张角领导黄巾起义打的太平道旗号即是明证[2]。从汉魏到晋宋，官方统治者对道教一直心有余悸，故而采取了不予扶植的政策。直到萧梁，道教一些重要人士才受到了帝王的礼遇，道教也因此有了较大的发展。但其影响在思想文化界始终是居于次要地位的。

一

两汉之际传入中国的佛教，经过东汉、三国、两晋的长期传播，由先前方术、神仙之类的附属品到魏晋玄学的附属品，忍辱负重，一步步地走出外来文化不易被理解、被接纳的困境，进而成为华夏民族可以认同和接受的宗教。至东晋，佛教从玄学的附庸地位一跃而起，成为与之分庭抗礼的重要的社会主流思潮之一。不仅高地位的帝王、高品位的名士需要它、青睐它，就连广大的下层百姓也对它的教义和神通（Abhijñā）顶礼膜拜，深信不疑。佛教已不被视为外国人的宗教，而被看成是华夏民族自己的宗教。南朝是佛教急速发展的时期，也是它成为社会主流思想的时期[3]："佛堂和寺院星罗棋布，寺庙和佛塔的轮廓给城市上空增添了生气。人们走不多远，就会遇到成群的前往各大佛堂进香的僧众和香客。南方和北方的统治者和上层人物都是热诚的施主，他们把大量土地和财富施舍给寺院，并经常把自己的宅院用于做佛事，宗教生活成了那些好冥想的、厌世的和寻求隐居生活的人的另一种抉择。尼姑庵（有的非常富裕）通常成了名门遗孀或已死王公所有妻妾婢女的隐居之地。但民间形式的佛教也已深入农村，那里各种各样的迷信组织大批涌现。农民遵循的全部古老的仪式都打上了佛教的烙印，因此，农民和上层人物的生活都重视佛教的节假日。这样，除了中国的传统，佛教

① 参见普慧：《汉代巫鬼崇拜及其对六朝鬼神文学的影响》，《文学遗产》2013 年第 5 期。

② 参见任继愈主编：《中国道教史》第一章，上海人民出版社 1990 年版。

③ 参见任继愈主编：《中国哲学发展史》（魏晋南北朝卷），人民出版社 1988 年版，第 16 页。

也充当了这些不同地区和不同文化的强有力的共同纽带。”[①]翻检南朝五史，随处可以找到以佛教术语“法”(Dharma)、“僧”(Saṃgha)、“慧”(Adhiprajñā)、“惠”(Dāna)、“昙”(Dharma)、“藏”(Kośa)、“智”(Jñāna)等取名的人士。[②] 佛教三藏(Tripiṭaka)的翻译有了空前的繁荣，汉译佛典总量达564部1100卷[③]。与北朝佛教重实践不同的是，义理的研究成了南朝佛教的主要特质。例如，毗昙学、禅数学、俱舍学、般若学、涅槃学、成实学、地论学、摄论学、四论学、阿弥陀净土信仰等佛教小乘(Hīnayāna)、大乘(Mahāyāna)及大乘空(Mādhyamaka)、有(Yogācāra-mādhyamika-svātantrika)等的各学派纷纷登台亮相，竞展风姿。特别是南朝热烈探讨的“佛性论”，不仅是南朝佛教贯穿始终的基本论题，也是南朝社会思潮密切关注的热点。这是因为它是世俗人性论的屈光折射。南朝佛教出现的学派林立和对义理研究的大量成果，为唐代佛教的全面繁荣和鼎盛，奠定了厚实的基础，也为佛教的进一步中国化铺平了道路。与儒家经学相比，佛教经学显得异常活跃、富有生气，而儒家经学，则要沉寂许多。与儒家经学相同的是，佛教经学不再被视为一种单纯的出世宗教，它同样被官方肯定为维护宗法社会体系的工具。儒、佛由原来的对立而走向了融合，一治世，一炼心；一立法，一养性。

佛教作为一种宗教文化，是不甘心画地为牢的，它总是要千方百计地渗透到意识形态的方方面面，甚至是人们的生活细节。尤其是在儒家经学相对沉寂，佛教经学异常活跃的南朝，佛教就更容易渗透到其他文化领域，特别是具有广大文士和帝王热爱和耕耘的文学园地，从而在很大的程度上产生了影响。

---

① [英]崔瑞德：《剑桥中国隋唐史》，杨品泉译，中国社会科学出版社2003年版，第79页。

② 吕叔湘：《南北朝人名与佛教》，《中国语文》1988年第4期；朱庆之编：《佛教汉语研究》，商务印书馆2009年版，第503—514页。

③ 圆照：《贞元新定释教目录》卷七、卷八、卷九，《大正新修大藏经》(以下简称《大正藏》)第55册，第808页b—第834页c。

二

华夏文学发展到两汉，无论是文学的观念，还是创作的经验以及文体的成熟，特别是作家队伍的形成，都已迈上了一个新的台阶。就文学自身而言，其自觉性的序幕已渐渐拉开。汉末魏晋，随之思想上"人的觉醒"①和"文的自觉"②得以形成，但仍属于初级阶段。汉末魏晋的文学创作出现过两次高潮：一次是汉末的建安（196—219）文学，一次是西晋的太康（280—289）文学，太康以后至东晋隆安（397—401），文学创作较为沉寂，优秀成果就更少了。帝王从事文学创作的除了建安三曹之外，其余很少。文人的地位也只是在建安时期得到帝王的高抬，其他时间均不甚高。南朝，则是文学自觉的成熟期和高潮期。南朝各代帝王对文学表现出了极大的兴趣和热情，许多帝王积极投身于文学创作之中，并广纳文士，形成了一个又一个以帝王为中心和盟主的庞大的文学集团。其中著名者有：刘宋时临川王刘义庆门下的文学集团，萧齐时文惠太子萧长懋和竟陵王萧子良门下的东宫西邸文学集团，萧梁时梁武帝萧衍、昭明太子萧统门下的文学集团，晋安王萧纲、湘东王萧绎门下的文学集团，陈时后主陈叔宝门下的文学集团等。③ 这些文学集团网罗的文士之多，产生的文学作品之富，是前所未有的。在这些文学集团当中，文学和文人的地位有了前所未有的提高，汉代作家所慨叹的"倡优畜之"④"见视如倡"⑤的尴尬处境已不复存在。文人不但在文学上可以毫无拘束地与帝王唱和，切磋和

---

① 李泽厚：《美的历程》，中国社会科学出版社 1984 年版，第 108 页。

② 鲁迅说："曹丕的时代可说是'文学的自觉时代'。"（鲁迅：《魏晋风度及文章与药及酒之关系》，《鲁迅全集》第 3 卷，人民文学出版社 1981 年版，第 504 页。）

③ 胡大雷：《中古文学集团》第六至第九章，广西师范大学出版社 1996 年版。

④ "仆之先人，非有剖符丹书之功，文史、星历，近乎卜祝之间，固主上所戏弄，倡优畜之，流俗之所轻也。"（班固：《汉书》卷六十二《司马迁传》，中华书局 1962 年版，第 2732 页。）

⑤ "皋不通经术，诙笑类俳倡，为赋颂好嫚戏，以故得媟黩贵幸，……皋赋辞中自言为赋不如相如，又言为赋乃俳，见视如倡，自悔类倡也。"（班固：《汉书》卷五十一《枚皋传》，中华书局 1962 年版，第 2366 页。）

交流文学创作的技巧和经验，而且在政治上又成为盟主的坚定的支持者和拥戴者，如梁武帝萧衍文学集团中的沈约、范云，不但是萧衍知己的文友，又担当萧衍政府的尚书左右仆射，成为萧衍治国的左膀右臂①。除此之外，还有大大小小的家族文学圈和名士文学圈，如“兰台聚”②“高斋学士”③等。南朝时期形成的文学集团之多，产生的影响之大，是其他历史阶段所没有的。

文人和文学地位的提高，为南朝文学的大繁荣创造了必然条件。儒家经学的衰微，玄学说理的“告退”④，使文学从政治伦理的附庸和玄学哲理的说辞中解放出来，走上了独立发展的道路。于是，吟咏、抒发、赞美人的“情性”“性灵”成为文学最为基本的要求。无论是咏物（自然山水）、叹史（社会历史），还是写人（人与人的关系），主客体的审美成为第一性。声律论的提出和文学创作技巧的日益娴熟，使得南朝诗文的结构日趋模式化。在强调抒发“情性”“性灵”的同时，美的诗文形式也越来越受到了文人们的喜爱，并成为文人们片面追求的对象。南朝诗文创作因此走上了重形式、求唯美的极端道路。然而，南朝文学所付出的这种代价，却换来了唐代文学的高度繁荣。这从文学史的角度看，是值得的。文学在南朝的特殊地位和巨大的影响力，使它不能偏寓一隅，它必然要深入到各个领域，来反映它们、表现它们，特别是社会文化的大背景。而佛教在南朝成为社会文化大背景的主流思潮，文学自然不能不去汇合。这样，南朝的佛教与文学这两大文化潮流便交汇于一起，给各自的发展增添了新的契机和特色。

---

① 普慧：《齐梁三大文学集团的构成及其盟主的作用》，《社会科学战线》1998年第2期。

② “时有彭城刘孝绰、刘苞、刘孺，吴郡陆倕、张率，陈郡殷芸，沛国刘显及溉、洽，车轨日至，号日‘兰台聚’。”（李延寿：《南史》卷二五《到彦之传》，中华书局1975年版，第678页。）

③ “（庾肩吾）与刘孝威、江伯摇、孔敬通、申子悦、徐防、徐摛、王囿、孔铄、鲍至等十人，抄撰众籍，丰其果馔，号‘高斋学士’。”（李延寿：《南史》卷五〇《庾肩吾传》，中华书局1975年版，第1246页。）

④ “宋初文咏，体有因革。庄老告退，而山水方滋，俪采百字之偶，争价一句之奇，情必极貌以写物，辞必穷力而追新，此近世之所竞也。”（刘勰：《文心雕龙·明诗》，刘勰撰，范文澜注：《文心雕龙注》，人民文学出版社1958年版，第67页。）

三

人类社会是一个充满矛盾而又互相联系着的大文化系统。在这个文化系统中,各种文化在不断地进行着对话和渗透。作为文化系统中最为活跃的精神文化的各个领域,其相互间的碰撞与融合又十分突出。而精神活动中的宗教与艺术的联系又表现得异常活跃与密切。一般说来,宗教与艺术是两种不同的精神文化现象,是两种同构不同型的意识形态,它们各自按照自己的活动方式和经验来解释人类生存的目的和意义。但是,二者在社会功能和反映形式上有许多共同或相似之处,在人类精神文明行进的历程中,二者的积极对话和相互影响、相互利用,给人类的思维、思想与生活方式带来了极为重要的变化。

佛教作为中国历史上最为庞大和最有影响力的宗教与中国艺术中最大的部类文学的对话和联系,又是非常积极的。佛教从它诞生起,就包含了相当丰富的文学材料和文学趣味。佛教的创造者与传播者十分清楚文学感染人心的魅力,他们在扩大佛教影响力的时候,非常注意利用文学手段为其服务。因此,当佛教进入中国后,一个很重要的工作就是拉拢从事文学活动的士人入伙。而中国文学在发展过程中,也需要一定的宗教精神,需要一定的宗教性的思维方式,以此开拓视野,深化蕴含,提高品位。当华夏固有的宗教或宗法性宗教思想不能满足汉语文学的这种需求时,汉语文学就会以极大的热情去迎接外来的佛教。佛教与文学的共同需求,使二者一拍即合,密不可分。于是,产生了"佛教—文学"的文化系统结构。在这个系统中,有三个分支系统:一是佛教文学,主要指佛教典籍中的文学作品(如史诗、诗偈、韵文、譬喻、寓言、变文、讲唱等)、佛教文化体系中的某些文学思想(包括佛典翻译中的原则、标准、倾向等)和佛教僧侣的文学审美活动(包括理论与实践)等。二是佛教与文学之间的相互关系,主要指佛教的思想文化体系中的诸多方面对文学的影响以及文学的诸多方面对佛教的影响。三是世俗文学家们的佛教活动(包括文人们的崇佛文学创作、世俗文学中的佛教世界以及民间文学中的佛教信仰),包括他们与僧人的交往,他们的佛学思想和佛教实践等。在这三个分支系统中,佛教与文学的关系是“佛教—文学”的文化系统结构中最为丰富、最为活跃、最为复杂的方面。弄清楚它,就能使佛教与文学各自发展的规律和特色更加明晰。同时,了解文人的佛教活动,更有助于把握佛教与文学相互渗透的特点,从而进一步准确地廓清和把握汉语文学和佛教各自发展的轨迹和特点。而这两方面是专门的中国佛教史和中国文学史所较少涉及的,这就是我们以此为题进行研究的意义。

四

我们所要讨论的即是“佛教—文学”文化系统结构中的佛教与文学的关系及文人的佛教活动。时间上为南朝的170年,空间上以南方的活动为主,尤以南朝都城建康为中心。但在讨论具体问题或现象时,并不受上述时空的限制。佛教与文学在经过汉魏两晋的对话与渗透后,至南朝已达到了水乳交融的境地。二者的兴起与繁荣是同步的,它们共同为唐代佛教与文学发展的鼎盛期的到来奠定了雄厚的基础。

考察文学家的世界观、人生观及其文学以外的一些宗教、哲学等的活动是文学研究的一个比较重要的侧面。这对于了解文学家的创作心理机制的构成,是有相当作用的。南朝文人的佛教活动①,比起汉魏两晋是越来越频繁,以至于他们的思想、行为都深受佛教的影响。一些虔诚的崇佛文人甚至把佛教奉为思想行动的指南。南朝文人崇佛的虔诚程度,恐怕连唐代文人也是望尘莫及的。这是我们系统考察这一情况之前所难以想象得到的。不了解这些情况,恐怕就难以理解文人们的崇佛文学创作和他们为何主动把佛教里的一些观念、方法、术语等引入文学领域。因此,讨论文人的佛教活动,包括他们与僧人的交往,参加的译经、法会等活动,以及他们奉行佛教戒律的行为,特别是文人参与的佛学问题的大讨论,由此来了解他们的世界观、人生观、道德观和价

① 这里的文人指具有从事文学活动(理论和创作)能力的人,包括帝王在内。

值观。这是从文学的外部来考察的。

文学创作虽然有其自身的相对独立性，但文学家的思想观念总是在很大的程度上反映到文学作品之中。对于崇佛文人来说，他们的佛教信仰、佛教情感和佛教的人生观更是要在文学作品中得到集中的反映。此类作品在南朝文学作品中占有一定数量。有一些作品能有机地融合佛教与文学，读来清新，具有一定的审美效果。

在汉语文学史上，第一个以自然山水作为审美对象的文学流派首先兴起于南朝初期，它的代表人物同时又是此时思想文化界最为活跃的大乘涅槃佛性学说的倡导者。这二者似乎不可能是孤立的、互不相关的，也许存在着某种必然的联系。

南朝的文人文学尤其是诗文的一个显著特征就是特别注重形式美，而声律的谐调和畅，是诗文形式美的重要组成部分。南朝文学声律论的提出，标志着诗歌创作，尤其是五言诗，对声音美的追求由自然而到自觉。南朝声律论的重要内容是有关汉语文字四声的发现与四声说的形成。而这一系列的工作又是由一些崇佛文人来完成的。这就使得这一理论与佛教有了一定的联系。

南朝文学中出现的另一个大的流派主要是以宫廷女性为描写对象的文学派别——宫体文学。这个流派从初发到兴盛到结束，持续了齐、梁、陈三朝。作家众多，上有帝王，下有一般文人，影响遍及朝野。而倡导并予以实践宫体文学者，偏偏是一些满脑子佛教思想、行为上又十分检点的君王、重臣。这就构成了他们的世界观、道德观与文学观的矛盾。宫体文学的作家、诗人是如何解决这一矛盾的，值得深入探讨。

在汉语文学史上，抒情文学一直是主流文学，而叙事文学一直被视为正统抒情文学的补充。西汉以前，文学很少有叙事的传统，虽有“小说”其名，却无其实。至东晋南朝，突然出现了较为完整的叙事文学——笔记小说，而且这些笔记小说有很多是宣扬佛教教义的，是“释氏辅教之书”[1]。这就与佛教结下了不解之缘。沿波讨源、寻根究底，探

① 鲁迅：《中国小说史略》，东方出版社 1996 年版，第 37 页。

索佛教对这一时期叙事文学的影响以及叙事文学为佛教的服务，是南朝文学研究中的一个重要的课题。

南朝佛教与文学的关系不仅反映在文学现象和创作实践方面，同时也表现在文学理论批评方面，且更为复杂、深刻。这一时期，文学理论批评提出的许多范畴，都深受佛教影响，有些甚至是从佛教哲学中引进的。而对先秦以来就有的范畴，也进行了一些改造，注入了佛教的内涵。这方面的内容牵涉面大，理论性强，是研究南朝文学理论批评的重要内容。

佛教与文学的关系是密切的，二者的渗透是双向的。然而，这种双向式的渗透并不是等量的。从现存的文献来看，佛教对文学的渗透远远大于文学对佛教的渗透。因此，我们在探讨佛教与文学的关系时，更多地着眼佛教对文学的影响和启迪方面。我们无意于过分夸大佛教对中国文学的巨大影响。然而，当我们客观地面对汉语文学发展的诸多现象时，不能不感叹佛教在其中的巨大作用。这种作用有时甚至改变了汉语文学发展的历史轨迹。

研究佛教与文学的关系可以从佛教和文学这两个角度进行。从不同的角度出发，论述同一内容的详略是不一样的。我们基本上侧重于从文学角度出发，但在许多具体问题上，有时也偏于从佛教角度入手。因此，在阐释某些问题或现象时，佛教与文学所占的比重并不是等量的。

佛教与文学的关系是极为复杂的精神文化现象。而在这个精神文化系统中，各种意识形态都在积极地相互作用着。佛教与文学的关系也不是孤立的，它们还要受到其他文化的影响，特别是反映或体现社会时代的思想文化的制约。因此，我们在探讨南朝佛教与文学时，尽可能把它们置放于大的思想文化的背景中。同时，我们在充分注意佛教与中国文学二者本身关系的同时，还把古老的原始宗教、天竺文化、汉语言文字、地方固有的风俗文化等等同佛教与文学的关系联系起来，做了一些尝试性的探讨，旨在揭示佛教与中国文学关系的复杂性。

五

学术研究的一个重要基础就是对文献材料的占有和处理。本书的文献材料主要有三种：其一为古代的文献材料。它包括汉文佛教大藏经[1]、汉文类书、正史、别史、诗文[2]"、笔记小说等。虽然这些材料现在都逐步数据化了，可以任意检索，但我还是注重于文本的完整阅读，尽量保持文献学或小学的判识，甄别真伪，校订错讹。特别是大藏经中的文本，有些根本没有断句（如《中华大藏经》全部影印），有些断句标点了（如《大正藏》），但错误甚多。南朝时期的汉译佛典文本，深受其时骈文文体的影响，译文以四六句为主，即是没有对句的直接叙事，亦喜欢用四字句为一节奏。而《大正藏》的断句，没有能体现出这个特点来。因而，本书的所有引文都由自己重新断句、标点，尽可能体现当时译文的叙述特征。同时，我以为，对于中古时期的文史研究，新材料的发现已几乎不大有多少可能。就目前所见的考古新材料，几乎无法撼动传世的文字材料所建构的历史叙述。因此，我以为，中古文史研究的重心也许还是应该放到对基本文献材料的理解和阐释上。其二为现代研究材料，即以现代学术规范的视野和方法而产出的论著。在大陆而言，佛教与文学关系的研究集中于 20 世纪 80 年代以后，台港地区的研究要早一些，但比起单纯的文学史研究来说，佛教与文学关系的研究相对要寂寞、冷清一些。具体的成果，在本书的正文中已经一一列举引用，不再赘述。其三是域外材料，主要是海外汉学的研究成果。海外汉学兴起于 19 世纪后期的英法德，基本形成了以语文学（Philology）为传统特色的研究模式。21 世纪的英美更加关注社会学（Sociology）或人类学

---

① 本书以日本人高楠顺次郎主编的《大正新修大藏经》和中国大陆任继愈主编的《中华大藏经》为主。后者以《赵城金藏》为底本，不足部分以《高丽藏》补齐，保留了中国最早的一部大藏经《开宝藏》（成都刻印）的诸多经卷，颇具版本价值。前者经台湾翻印，又数字化，流传范围广，使用人数多。本次增订时，更多地使用了数字化的《大正藏》（CBETA）。这并不是说《大正藏》是最好的藏经，而是因为其使用方便。同时，某些经本材料又参看了欧阳竟无、吕澂编辑的《藏要》（金陵刻经处）以及一些单行本（如民国刊印的《注维摩诘所说经》本）等。

② 南朝时期的诗文材料已经收录于清代严可均辑校的《全上古三代秦汉六朝文》和现代逯钦立辑校的《先秦汉魏两晋南北朝诗》。

(Anthropology)的方法，注重发现社会生活的原有样态。海外汉学专门研究佛教与文学关系的论著寥若晨星，但相关的论著却给我提供了很多思路，拓展了思维空间。我以为，如能把此三种材料处理得好，就会事半功倍。

方法论，是学术研究的基本条件，运用不同的方法可以得出不同的结论。我在方法论上坚持辩证唯物主义和历史唯物主义的基本原则。但在对具体问题或现象的分析、阐释之时，我则注意吸收和运用了多种方法，诸如现象学的方法、原型批评的方法、宗教学的方法、文化人类学的方法、义理分析方法、词源学的方法、考据学的方法、叙事学的方法、创造解释学的方法等等。这些行之有效的方法，给我的研究增添上了翱翔蓝天的翅膀。

佛教缘起(Pratītya-samutpāda)理论认为，每一事物的存在都是依赖于事物彼此间的存在而存在，孤立的事物是不存在的。学术研究也是如此。学术研究的结果表面上看起来是个体行为，但实际上是集体智慧的结晶。任何一项课题，无论是开创领域，还是填补空白，都是在已有的研究成果的基础上进行的。本书从选题、构思到写作、修改，每一环节都参考或吸收了他人的成果，丝毫不敢有贪天之功为己有的做法，凡引用他人成果之处，尽可能在书中注明。参考他人成果而未能在书中注明者，也将其书目列入正文之后的“参考文献”之中，以致谢意。

第一章　佛教的发展与晋宋思想文化的特质

司马氏晋王朝的永嘉南渡江左，加速了江南地区的经济开发，尤其是北方大量避难民众的过江，带去了较为先进的生产技术，使得南方沿江、带海、傍湖地区的经济得到了迅猛的发展。这为晋室不思进取，偏安江左，在生活上准备了富裕的物质条件。那些刚刚经历了异族入侵、弃家别土、仓皇南逃、亡国之痛的西晋帝国朝廷的政要、名士们，起初还尚能反思西晋王朝覆灭的原因[①]，并有“共戮力王室，克复神州，何至作楚囚”[②]的豪言壮语，尽管这种豪壮之语带着几分惘然和凄楚。然而，随着南渡的北方士族王、谢二家在浙东会稽安家落户，进而又发展到了温、台一带，以及林、黄、陈、郑四姓徙居福建，北来士族在江南站稳了脚跟，东晋朝廷的政权也得到了稳固的发展。政治上的渐趋稳固，生活上的日益富裕，环境上的优美明丽，为那些原本好尚玄学虚谈的政要、名士提供了有利的条件。于是，设宴纵酒，谈玄论理，游玩山水，成了东晋政要、名士追求的一种生活情趣和人生态度。而先前的那种弃家别土、国破家亡的哀叹和切肤之痛，已是荡然无存了。因而，东晋一朝，虽不乏庾亮兄弟、殷浩、桓温、谢玄等的几次北伐，然而无论是南方固有的还是北来的世家大族，都对北伐表现出较大的冷漠，有的甚至还站出来阻

---

① 如王衍、刘琨、陈頵等，即认为西晋的乱亡乃是崇尚玄风所致；而祖逖则把西晋的瓦解归之于司马氏王室内部的争权夺利而引起的自相残杀。参见罗宗强：《魏晋南北朝文学思想史》，中华书局 1996 年版，第 170—171 页。

② 刘义庆：《世说新语・言语》，刘义庆撰，刘孝标注，余嘉锡笺疏：《世说新语笺疏》，中华书局 2007 年版，第 109—110 页。

挠和反对。[①] 正是士族普遍存在的这种贪恋江左富裕、偏安一隅的心理，致使东晋王朝在政治和军事上极为保守，划地为牢，形成了南北方长期对峙的严峻势态。

南北方政治、军事和经济上的这种长期对峙，也影响到了文化上各自的独立发展。至刘裕代晋建宋时，南北方的文化和学风已基本上显露出了各自的特点：即南方重“义理”，清谈放诞，飘逸洒脱，清丽隐秀，简淡玄远；北方贵“教用”，事功近利，真实无华，古朴直率，刚劲苍凉。

> 褚季野语孙安国云：“北人学问渊综广博。”孙答曰：“南人学问清通简要。”支道林闻之曰：“圣贤固所忘言，自中人以还，北人看书入显处视月，南人学问如牖中窥日。”[②]
>
> 江左宫商发越，贵于清绮；河朔词义贞刚，重乎气质。气质则理胜其词，清绮则文过其意。理深者便于时用，文华者宜于歌咏。此其南北词人得失之大较也。[③]

造成这种南北方差异的原因，有从地域方面探讨的，如颜之推说：“南方水土和柔，其音清举而切诣，失在浮浅，其辞多鄙俗；北方山川深厚，其音沉浊而铫钝，得其质直，其辞多古语。”[④]近人刘师培《南北学派不同论》也把产生这种差异的原因归结为水土等自然条件[⑤]。有从社会环境着眼的，如曹道衡、沈玉成《南北朝文学史》即认为南北士人的社会地位及生活方式上的不同，影响到了学风上的不同[⑥]。我们以为，在形成南北方文化差异方面，佛教也起了相当重要的作用。

---

① 如庾亮北伐，蔡谟上疏反对；殷浩北伐，王羲之致书劝阻；桓温北伐，孙绰上疏阻挠。

② 刘义庆：《世说新语・文学》，刘义庆撰，刘孝标注，余嘉锡笺疏：《世说新语笺疏》，中华书局 2007 年版，第255 页。

③ 李延寿：《北史》卷八三《文苑传序》，中华书局 1974 年版，第 2781 页。

④ 颜之推：《颜氏家训・音辞》，王利器：《颜氏家训集解》，中华书局 1993 年版，第 529 页。

⑤ “南方之文亦与北方迥别。大抵北方之地，土厚水深，民生其间，多尚实际；南方之地，水势浩洋，民生其际，多尚虚无。民崇实际，故所著之文不外记事、析理二端；民尚虚无，故所作之文，或为言志抒情之体。”（刘师培：《南北学派不同论》，《刘申叔先生遗书》第 15 册，宁武南氏校印。）

⑥ 曹道衡、沈玉成：《南北朝文学史》第二十七章《南北文风的融合》第一节《南北文风的区别》，人民文学出版社 2007 年版。

第一节　南下、过江高僧对东晋文化的影响

自东晋帝国在江南建立后，南北方的诸朝廷长期处于敌对状态，致使文人们无法相互正常往来，因而极大地限制了南北方的文化交流。而这时，作为超越世俗政治、军事的佛教高僧，则成了沟通南北文化的使者[①]。早在汉末北方战火纷飞、硝烟弥漫时，处于佛教输入中国后最早建立根据地的关、陇、洛地区的一些高僧，为逃避战火即南下徙居东吴。其中，最为著名者是安世高[②]和支谦。

(安世)高游化中国，宣经事毕，值灵帝之末，关、雒扰乱，乃振锡江南。[③]

献帝之末，汉室大乱，(支谦)与乡人数十共奔于吴。……吴主孙权闻其博学有才慧，即召见之，因问经中深隐之义。越(支谦之名)应机释难，无疑不析。权大悦，拜为博士，使辅导东宫，甚加宠秩。……从黄武元年至建兴中(222—253)，所出《维摩诘》《大般泥洹》《法句》《瑞应本起》等二十七经[④]，曲得圣义，辞旨文雅。又依《无量寿》《中本起经》，制赞菩萨连句梵呗三契，注《了本生死经》。[⑤]

安世高和支谦的南下东吴，使江南尤其是吴都建业的佛教大为兴盛。安世高还到过庐山、广州、会稽等地，辛勤传播佛教。除了安世高、支谦外，南下东游建业的高僧还有康僧会、维祇难、竺律炎等[⑥]。这些高僧的

---

① 刘跃进：《六朝僧侣：文化交流的特殊使者》，《中国社会科学》2004 年第 5 期。

② 据说安世高之名即源自 Parthia 王族 Arśak。参见 David A. Utz："Arśak, Parthian Buddhists, and Iranian Buddhism," the International Seminar on "Buddhism across Boundaies: the Sources of Chinese Buddhism", His Lai Univ., Hacienda Heights, California, USA, 1993.

③ 慧皎：《高僧传》卷一《安清传》，第 5 页。

④ 慧皎：《高僧传》卷一《康僧会传》。

⑤ 僧祐撰，苏晋如、萧链子点校：《出三藏记集》卷十三《支谦传》，中华书局 1995 年版，第 517 页。

⑥ "吴地如支谦等佛教徒是从北方洛阳等地南下的，也有一些佛教徒是从南方北上的，例如康僧会是这样，维祇难、竺将(律)炎也大概如此。"(任继愈主编：《中国佛教史》第 1 卷，中国社会科学出版社 1981 年版，第 173 页。)此说似不确。据《高僧传》卷一《康僧会传》、《出三藏记集》卷十三《康僧会传》载，"康僧会，其先康居人，世居天竺，其父因商贾移于交趾。会年十余岁，二亲并终，至孝服毕出家。励行甚峻，为人弘雅，有识量，笃至好学。明解三藏，博览六经，天文图纬，多所综涉，辩于 (转下页)

南下东游，使得吴国的佛教尤其是佛典翻译较同时期的北方魏国要发达得多。

然而，随着司马氏灭三国在北方建立晋政权后，江南的佛教没有得到多少进展，反倒显得有些萎缩了。而北方文化中心地位的日益加强和突出，为佛教文化的传播和发展创造了良好的环境和条件。于是，佛教三藏的翻译尤其是“般若类经”（Prajñāpāramitā-sūtra）的大量翻译有了蓬勃的发展。据《高僧传》载，此时致力于《般若经》翻译、抄写、读诵、宣讲的名僧和居士有竺法护、竺叔兰、卫士度、支孝龙、法祚、竺僧敷、竺法深、刘元真、安慧则、康僧渊、支敏（愍）度、竺法蕴、于法开等，对般若义理的探讨也随着西晋盛行的玄风而渐渐兴起。特别是《般若经》的翻译和宣讲与玄学的本体论及清谈粘合在一起，如译“空”（Śūnya）为“无”、“涅槃”（Nirvāṇa）为“无为”、“波罗蜜行”（Daśasahasrika）为“道行”、“般若”（Prajñā）为“智慧”、“安”（Āna）名为“息”、“般”（Apāna）名为“出息”等等①。这种般若学与玄学的简单联姻，深受士族们的普遍欢迎，如中山王司马耽或司马缉、河间王司马颙以及周嵩、石崇等就对般若学表现出浓厚的热情。同时这一时期

（接上页）枢机，颇属文翰。”（《高僧传》，第14—15页。）这段话只说了康僧会是从交趾（今越南）出家，并未说他由交趾北上建业。而下面的话则透露了康僧会至建业的线路：“时吴地初染大法，风化未全，僧会欲使道振江左，兴立物寺，乃杖锡东游，以吴赤乌十年（248）初达建业。”（僧祐撰，苏晋仁、萧链子点校：《出三藏记集》，第512页。）从地理上讲，建业在交趾之北，从交趾至建业，应该说“北游”而不能说是“东游”；说东游建业，其所居地应该是在建业的西北方面。据此可知，康僧会是从西北而至建业的。又据康僧会为康居人，而世居天竺，我们似可作这样的推测：康僧会于交趾出家后，泛海西游天竺，又由天竺北上游康居。之后，由康居经丝绸之路至内地的北方地区，然后又“东游”建业。至于维祇难、竺律炎，《高僧传》卷一《维祇难传》只说“以吴黄武三年（224），与同伴来至武昌”（第22页），并未说明来的线路，似也不能谓其大概是北上僧人。

① 有学者认为这是一种误解（蒋述卓：《佛经传译与中古文学思潮》，江西人民出版社1990年版，第138页）。还有学者认为，这是有意与玄学攀亲。其实，在我看来，这不能算是误解，也非有意攀亲，而是当时在汉语文化的话语系统（Discourse System）中再无法找到与之对应的合适词语，即现代翻译学上所讲的原语（Source Language）与目的语（Target Language）的语义同义（Semantic Synonymy）的对应关系（Corresponding Relation）。众所周知，在佛教输入华夏之前，就哲学而言，华夏文化的学术词汇系统以儒、墨、道、法为主。两汉以后，墨、法两家思想话语渐趋溶入了儒、道之中。一般来说，儒家哲学是伦理哲学，是现实哲学。在这个话语系统中是找不到可与般若学术语、概念相对应的词语；道家哲学是自然哲学，是回避现实的哲学；而魏晋玄学是儒、道嫁接后而形成的学术思想，其主要承继了道家哲学中的话语系统，故玄学中充斥着大量探讨人与自然的关系、宇宙之构成等哲学基本问题的话语语汇，它们与佛教般若学话语十分接近。因此，在当时对般若义理尚缺乏全面、深刻探讨和认识的情况下，只能借用玄学的话语语汇。这种情况是翻译学上常见的现象。由此也可以看出，西晋时的佛教般若学与玄学的关系还仅仅处于初级阶段的借用时期。

佛教的宗教修习实践活动也受到了僧人们的高度重视。可以说,此时的佛教戒(Śīla)、定(Samādhi)、慧(Adhiprajñā)三学(Tisraḥ Śikṣāḥ)有了长足的发展。

这时,大量内迁的北方匈奴、羯、鲜卑、氐、羌等游牧族,在西晋"八王之乱"中,乘西晋政权处在软弱时期,纷纷举旗反晋,迫使晋室南渡,于建业成立东晋政权。北方经过长期的混战,一些少数民族相继建立了诸多割据政权。史称这一时期为东晋十六国。在这长达一百多年的割据、动乱中,西、北方游牧族入主中原的统治者们,虽竭力利用佛教宣扬的不与人抗争思想来达到对人民的统治,大力扶植佛教,在凉州、长安、洛阳、邺城建立了庞大的佛教中心,但是由于这些统治者的文化水平普遍较低,只注重佛教的实际效用,如译经、功德、布施、祈福、善事、因缘等一类的东西,对佛教的义理问题并没有多少兴趣。加上北方连年战火纷飞,为躲避战乱,也为了能探讨佛教义理,北方以义学为高的僧人纷纷南下过江。另外,南方一些擅长义学的僧人在北上学习以后,又重返南方。这样,原来以长安为中心的、注重译经和佛教义学的场所,在大翻译家鸠摩罗什(Kumārajīva,344—413)圆寂(Parinirvāṇa)后,基本上转移到了江南的建康。

玄学是魏晋之际涌现的一种士族哲学思潮,在西晋已达到了巅峰。它的核心思想乃是讲"天人之际",即讲天道——宇宙"自然"与人事——社会名教(专制的政治制度)的关系,实际上是一种高度哲学化了的社会政治思想。王弼、何晏主张"贵无""以无为本"①,认为名教以自然为本,乃自然之必然产物。阮籍、嵇康主张"越名教而任自然"②,认为名教违反了人类自然之本性。向秀、郭象则提出"独化论"③,主张施政为教即为"无为",把名教等同于自然,为门阀士族利用名教加强社会政治统治,同时又为他们纵情任性、肆无忌惮的生活方式提供

① "魏正始中,何晏、王弼等祖述《老》《庄》,立论以为:'天地万物皆以无为本。无也者,开物成务,无往不存者也。阴阳恃以化生,万物恃以成形,贤者恃以成德,不肖恃以免身。故无之为用,无爵而贵矣。'"(房玄龄等:《晋书》卷四十三《王衍传》,中华书局1974年版,第1236页。)

② 房玄龄等:《晋书》卷四十九《嵇康传》,第1369页。

③ "用其光则其朴自成,是以神器独化于玄冥之境而源流身长也。"(郭象:《庄子序》,郭庆藩:《庄子集释》,中华书局2012年版,第3页。)

了理论上的依据，极受门阀士族的欢迎，因而成为西晋时的上层社会的主要思潮。玄学在形式上，以清谈为主；在方法上，则是“不求甚解”[①]，注重领会精神，举义不繁，独抒己见。及至过江，南下的士族普遍有一种故国之思：

> 过江诸人每至美日，辄相邀新亭，藉卉饮宴。周侯中坐而叹曰：“风景不殊，正自有山河之异。”皆相视流泪。[②]

就连东晋开国皇帝元帝司马睿也常有寄人篱下之感：“寄人国土，心常怀惭。”[③]故土沦陷，时乱离弃，人生无常，命如草芥，加上士族内部的纷争倾轧，更让士人们感到前途未卜、世事难料。现实的种种苦难，社会的处处矛盾，给过江士人的心里投下了太多太多的阴影和创伤。而正始和西晋以来的玄学清谈，在这种新的严酷的现实面前，显得过于苍白和无力，难以带来往日的那种精神上的满足和潇洒。过江后的清谈内容和思想水平无论如何也超不过西晋，“逮江左群谈，惟玄是务，虽有日新，而多抽前绪矣”[④]。而这时的道教，在汉末黄巾举事遭到镇压后，连带受到了极大的打击和限制，一时还缓不过劲儿来。于是，外来的佛教以它那博大深邃的哲理、丰富奇特的想象、庄严隆重的仪轨、各具神态的群像、绚丽斑斓的色彩、神秘莫测的祈祷向士人们提出了前世(Atītādhvan)、今世(Pratyutpannādhvā)和来世(Anāgatādhvan)的人生观、查根究底的六道轮回(Ṣaṭgati-samsara)、善恶报应的伦理观[⑤]和西

---

① “好读书，不求甚解，每有会意，欣然忘食。”(陶渊明：《五柳先生传》，房玄龄等：《晋书》卷九十四《陶潜传》，第2460页。)

② 刘义庆：《世说新语·言语》，刘义庆撰，刘孝标注，余嘉锡笺疏：《世说新语笺疏》，第109页。

③ 同上书，第108页。

④ 刘勰：《文心雕龙·论说》，刘勰撰，范文澜注：《文心雕龙注》，人民文学出版社1978年版，第327页。

⑤ 慧皎《高僧传》卷一《康僧会传》记载，三国吴皇帝孙皓与康僧会就佛教报应对话：“(孙)皓问曰：佛教所明，善恶报应。何者是耶？会对曰：夫明主以孝慈训世，则赤乌翔而老人见；仁德育物，则醴泉涌而嘉苗出。善既有瑞，恶亦如之。故为恶于隐，鬼得而诛之；为恶于显，人得而诛之。《易》称积善余庆，《诗》咏求福不回，虽儒典之格言，即佛教之明训。皓曰：若然，则周孔已明，何用佛教？会曰：周孔所言，略示近迹。至于释教，则备极幽微。故行恶，则有地狱长苦；修善，则有天宫永乐。举兹以明劝沮，不亦大哉。皓当时无以折其言。皓虽闻正法，而昏暴之性，不胜其虐。后使宿卫兵，入后宫治园，于地得一金像，高数尺，呈皓。皓使着不净处，以秽汁灌之，共诸群臣笑以为乐。俄尔之间，(皓)举身大肿，阴处尤痛，叫呼彻天。太史占言：犯大神所为，即祈祀诸庙，永不差愈。婇女先有奉法者，因问讯，云：陛下就佛寺中求福不？皓举头问曰：佛神大耶。婇女云：佛为大神。(转下页)

方极乐净土世界(Sukhāvatī)的美好希望，填补和慰藉了过江士人们正感苦闷的心灵。特别是般若学讲的“空无”与玄学说的“虚无”旨趣相投，又适应和满足了士人们惯于清谈的习气。这样，佛教这种外来的宗教文化未经本土文化的多少抵制，便轻而易举地赢得了王室和门阀士族的青睐。

> 殷中军被废徙东阳，大读佛经，皆精解。唯至事数处不解，遇见一道人问所签，便释然。
>
> 殷中军读《小品》，下二百签，皆是精微，世之幽滞。尝欲与支道林辩之，竟不得。今《小品》犹存。①

殷中军即殷浩，“善《老》《易》，能清言”②，乃为过江清谈名士，“大读佛经”，可见佛教已深入士人之心。不仅士族大兴佛教，就连东晋帝王，如明帝司马绍、成帝司马衍、哀帝司马丕、废帝司马奕、简文帝司马昱等均好佛法，尤其是成帝时又开了沙门不跪拜王者之先例，为佛教势力的迅速膨胀大开了绿灯。正是在这样一种崇尚佛教的氛围下，北方的“义解”高僧纷纷南下，为南方寡而无味、了无新意的清谈注入了一股新鲜血液，改变和重塑了南方的学风，使其焕发出了新的生机。

据梁慧皎《高僧传》载，两晋及晋宋之际，北方南下的高僧几乎遍及“译经”“义解”“神异”“习禅”“明律”“诵经”“兴福”“经师(转读)”“唱导”等各个方面，其中以“义解”高僧的人数最多。两晋时期南下的著名僧人有：康僧渊、康法畅、支敏度，“晋成之世，(康僧渊)与康法畅、支敏度等俱过江”③。竺法潜，“晋永嘉初，避乱过江”④。于法兰，“后闻江东

(接上页)皓心遂悟，具语意故。婇女即迎像置殿上，香汤洗数十过，烧香忏悔。皓叩头于枕，自陈罪状。有顷痛间，遣使至寺。问讯道人，请(康僧)会说法。会即随入。皓具问罪福之由，会为敷析，辞甚精要。皓先有才解，欣然大悦，因求看沙门戒。会以戒文禁秘，不可轻宣，乃取本业，百三十五愿，分作二百五十事，行住坐卧，皆愿众生。皓见慈愿广普，益增善意，即就会受五戒，旬日疾瘳。乃于会所住，更加修饰，宣示宗室，莫不必奉。会在吴朝，亟说正法。以皓性凶，粗不及妙义，唯叙报应近事，以开其心。”(第17—18页。)这是一个典型的善恶报应的例子，而且是当下报的例子。

① 刘义庆：《世说新语·文学》，第284，270—271页。

② 刘义庆：《世说新语·文学》，刘义庆撰，刘孝标注，余嘉锡笺疏：《殷浩别传》，第151页。

③ 慧皎：《高僧传》卷四《康僧渊、康法畅、支敏度传》，第151页。

④ 慧皎：《高僧传》卷四《竺法潜传》，第156页。

山水，剡县（今浙江嵊县）称奇，乃徐步东瓯（今温州），远瞻嶀嵊，居于石城山足，今之元华寺是也”[1]。于道邃，“后与兰公俱过江，谢庆绪大相推重”[2]。释道宝，“晋丞相导之弟。弱年信悟，避世辞荣，亲旧谏止，莫之能制”[3]。释道安，后赵之乱，“与弟子慧远等四百余人渡河……达襄阳，复宣佛法”[4]。支僧敦，“少游汧陇，长历荆雍。妙通大乘，兼善数论，著《人物始义论》”[5]。竺法汰，少与道安同学，“与道安避难行至新野……泣涕而别。乃与弟子昙一、昙二等四十余人，沿江东下……下都止瓦官寺，晋太宗简文皇帝深相敬重”[6]。释僧先，“与道安相遇于逆旅……乃与汰等南游晋平（土），讲道弘化”[7]。竺僧辅，“道振伊洛，一都宗事。值西晋饥乱，辅与释道安等隐于濩泽……后憩荆州上明寺”[8]。竺僧敷，“西晋末乱，移居江左，止京师瓦官寺，盛开讲席”[9]。释法遇，“事（道）安为师……后襄阳被寇，遇乃避地东下，止江陵长沙寺”[10]。慧远，随道安南下至襄阳。又遇苻秦攻襄阳，乃别道安，“与弟子数十人，南适荆州”；又经“浔阳，见庐峰清静”[11]，遂入山。这些著名高僧的南下或过江，虽时间、地点不同，个人的具体处境和情况也不尽相同，但总起来讲，对南方佛教乃至整个南方思想文化产生了深刻的影响。[12] 总观南下、过江僧人及受其影响的南方僧人的佛教活动，可以总结出以下一些特点：

其一，南下过江的僧人并非都是一帆风顺，但他们凭着自己对佛教

---

① 慧皎：《高僧传》卷四《于法兰传》，第 166 页。

② 慧皎：《高僧传》卷四《于道邃传》，第 170 页。

③ 慧皎：《高僧传》卷四《道宝传》，第 171 页。

④ 慧皎：《高僧传》卷五《道安传》，第 178—179 页。

⑤ 慧皎：《高僧传》卷五《支僧敦传》，第 191 页。

⑥ 慧皎：《高僧传》卷五《竺法汰传》，第 192—193 页。

⑦ 慧皎：《高僧传》卷五《释僧先传》，第 194—195 页。

⑧ 慧皎：《高僧传》卷五《竺僧辅传》，第 195—196 页。

⑨ 慧皎：《高僧传》卷五《竺僧敷传》，第 196 页。

⑩ 慧皎：《高僧传》卷五《释法遇传》，第 201 页。

⑪ 慧皎：《高僧传》卷六《慧远传》，第 212 页。

⑫ 如南方僧人支遁即深受北方佛教思想的深刻影响。“（支遁）尝于余杭山深思《道行》，泠然独畅。年二十五始释形入道。”（刘义庆：《世说新语·言语》，刘义庆撰，刘孝标注，余嘉锡笺疏：《高逸沙门传》，第 145 页。）“隐居余杭山，深思《道行》之品，委曲《慧印》之经，卓焉独拔，得自天心。”（慧皎：《高僧传》卷四《支遁传》，第 159 页。）《道行般若经》（Daśasahasrika Prajñāpāramitā）为汉末北方僧人支谶（Lokarakṣa）于洛阳译出。北方僧人普遍重视研究《道行般若经》。支遁即由《道行般若经》悟出，可见其对北方佛教思想的推崇。

义理的深刻理解和掌握，使名士们不得不刮目相看。

> 愍度道人始欲过江，与一伧道人为侣，谋曰："用旧义在江东，恐不办得食。"便共立"心无义"。既而此道人不成渡，愍度果讲义积年。后有伧人来，先道人寄语云："为我致意愍度，无义那可立？治此计，权救饥尔，无为遂负如来也。"①
>
> 康僧渊初过江，未有知者，恒周旋市肆，乞索以自营。忽往殷渊源许，值盛有宾客，殷使坐，粗与寒温，遂及义理。语言辞旨，曾无愧色。领略粗举，一往参诣。由是知之。②

支愍(敏)度创立"心无义"并非其本意，而是"权救饥尔"。可见支敏度初过江时，连肚子都填不饱。康僧渊初过江时，也是以乞食为生。按说，忍饥挨饿、乞食糊口，对于僧人来说那是极其平常的事，尤其是以禅定(Dhyānasamādhi)、头陀(Dhūta)③为高的僧人，更是要专门经受乞食为生的磨炼。而支敏度、康僧渊都是以"义学"为高之僧，是吃不下"头陀"之苦的。所以，他们就得发挥自己的特长，以"义理"来赢得江左王室和士人们的关注和赞赏。这种以"义理"来迎合士族们的清谈口味，实际上在一定程度改变了士族们清谈的内容，突出和扩大了般若学的地位和影响。

其二，这些南下名僧不仅在玄、佛的义理上与名士相契，而且在清谈的言语和机锋上同样具有名士们的那种简约、隽永、机敏、诙谐的特色。

> 康僧渊目深而鼻高，王丞相每调之。僧渊曰："鼻者面之山，目者面之渊。山不高则不灵，渊不深则不清。"④
>
> (道安至襄阳)，习凿齿闻而诣之。既坐而称曰："四海习凿

---

① 刘义庆:《世说新语·假谲》，刘义庆撰，刘孝标注，余嘉锡笺疏:《世说新语笺疏》，第1009页。

② 刘义庆:《世说新语·文学》，第274页。

③ 头陀，意为"抖擞"，即除去尘垢烦恼。据《十二头陀经》载，依12种规定修习为"头陀行"：即1.穿粪扫衣(用破废旧布缝制的僧服)；2.着三衣(用三种不正色布做的袈裟)；3.以乞食为主；4.不作余食(一天只吃午饭)；5.一坐食(不吃零食)；6.节量食(钵中只受一团饭)；7.住阿兰若(远离人家的空闲处)；8.冢间坐(坐坟地)；9.树下坐；10.露地坐；11.随地坐；12.常坐不卧。其中1,2属"衣"；3,4,5,6属"食"；后6项属"住"。

④ 刘义庆:《世说新语·排调》，第939页。

齿。"安曰:"弥天释道安。"时人咸以为名答。①

(康法畅)有才思,善为往复,著《人物始义论》等。畅常执麈尾行,每值名宾,辄清谈尽日。庾元规谓畅曰:"此麈尾何以常在?"畅曰:"廉者不取,贪者不与,故得常在也。"②

竺法深在简文坐,刘尹问:"道人何以游朱门?"答曰:"君自见其朱门,贫道如游蓬户。"③

支道林常养数匹马。或言"道人畜马不韵"。支曰:"贫道重其神骏。"④

由上看出,名僧与名士之风格何其相似!故孙绰《道贤论》才有"丛林七僧"与"竹林七贤"之相比附:

护公(竺法护)德居物宗,巨源(山涛)位登论道,二公风德高远,足为流辈矣。帛祖(帛远)衅起于管蕃,中散(嵇康)祸作于钟会,二贤并以俊迈之气,昧其图身之虑;栖心事外,轻世招患,殆不异也。法乘(竺法乘)、安丰(王戎),少有机悟之鉴,虽道俗殊操,阡陌可以相准。潜公(竺法潜)素渊重,有远大之量;刘伶肆意放荡,以宇宙为小。虽高栖之业,刘所不及,而旷大之体同焉。支遁、向秀,雅尚庄老,二子异时,风好玄同矣。兰公(于法兰)遗身,高尚妙迹,殆至人之流。阮步兵(阮籍)傲独不群,亦兰之俦也。⑤

《全晋文》收孙绰《道贤论》只讲到六僧、六贤,按"竹林七贤"之名称,尚缺阮咸。据《高僧传》卷四《于道邃传》载,"孙绰以邃比阮咸,或曰:'咸有累骑之讥,邃有清冷之誉,何得为匹?'孙绰曰:'虽迹有洼隆,高风一

① 僧祐《出三藏记集》卷十五《道安传》;梁元帝萧绎《金楼子》卷五《捷对》:"习凿齿诣释道安,值持钵趋堂,凿齿乃翔往众僧之斋也。众皆舍钵敛衽,唯道安食不辍,不之礼也。习甚恚之,乃厉声曰:'四海习凿齿,故故来看尔。'道安应曰:'弥天释道安,无暇得相看。'习愈忿曰:'头有钵上色,钵无头上毛。'道安曰:'面有匙上色,匙无面上坳。'习又曰:'大鹏从南来,众鸟皆戢翼。何物冻老鸱,腩腩低头食。'道安曰:'微风入幽谷,安能动大材。猛虎当道食,不觉蚤虻来。'于是习无以对。"(许逸民:《金楼子校笺》,中华书局 2011 年版,第 1129 页。)此虽有夸张,却也反映出道安清谈的能力和特色。

② 慧皎:《高僧传》卷四《康法畅传》,第 151 页。

③ 刘义庆:《世说新语・言语》,第 129 页。

④ 同上书,第 145 页。

⑤ 严可均辑校:《全晋文》卷六二,《全上古三代秦汉六朝文》,第 3624—3625 页。

也'"。孙绰的比附,表面上看起来是以名僧来附会名士,实际上,他已经看到了佛教急遽增长的势头。这就表明,东晋的世家大族从单纯的玄学清谈中跳离出来而把注意力更多地集中到了佛教上面。

其三,南下或过江僧人多精熟"三玄"(《易》《老子》《庄子》),他们在对"三玄"理解的深刻程度上,丝毫不逊色于清谈名士。特别是他们在谈玄时的杂入佛理,使名士们常有耳目一新之感。道安在襄阳时,给江东名士郗(郄)超答书说:"损米,愈觉有待之为烦。"即用《庄子·逍遥游》的"有待"来讲述佛理。[①] 道安弟子慧远,自幼"博综六经,尤善《庄》《老》",他在讲经时,"引《庄子》义为连类,于是惑者晓然"。故而道安特准许慧远可讲"俗书"[②]。道安的另一弟子道立,"又以庄、老三玄,微应佛理"[③]。法汰弟子昙一、昙二,"并博练经义,又善《老》《易》,风流趣好,与慧远齐名"[④]。竺法蕴,"悟解入玄"[⑤]。特别是支道林对《庄子》更是有一番独到的见解:

《庄子·逍遥游》,旧是难处,诸名贤所可钻味,而不能拔理于郭、向之外。支道林在白马寺中,将冯太常共语,因及《逍遥》。支卓然标新理于二家之表,立异义于众贤之外,皆是诸名贤寻味之所不得。后遂用支理。

王逸少(王羲之)作会稽,初至,支道林在焉。孙兴公谓王曰:"支道林拔新领异胸怀所及乃自佳,卿欲见不?"王本自有一往隽气,殊自轻之。后孙与支共载往王许,王都领域,不与交言。须臾支退,后正值王当行,车已在门。支语王曰:"君未可去,贫道与君小语。"因论《庄子·逍遥游》。支作数千言,才藻新奇,花烂映发。王遂披襟解带,留连不能已。[⑥]

① 按佛教教义,因前世之业力修成今生之身,必须借衣食等外在条件得以生存("有待")故生命本身充满苦恼。参见任继愈主编:《中国佛教史》第2卷,中国社会科学出版社1985年版,第163—164页。

② 慧皎:《高僧传》卷六《慧远传》,第211—212页。

③ 慧皎:《高僧传》卷五《道立传》第203页。

④ 慧皎:《高僧传》卷五《昙一、昙二传》,第193页。

⑤ 慧皎:《高僧传》卷四《竺法蕴传》,第157页。

⑥ 刘义庆:《世说新语·文学》,刘义庆撰,刘孝标注,余嘉锡笺疏:《世说新语笺疏》,第206、264页。

支遁解释《庄子·逍遥游》居然能作“数千言”，且“才藻新奇，花烂映发”，足见其对《庄子》的理解何其深刻。这种理解恐怕更多是站在佛教的角度，故而能有新见，才能令名士“留连不能已”。

其四，南下、过江之擅长义解僧人，大多熟习本土典籍文化，但他们并不是一味地去迎合名士们的玄学清谈的口味。他们初期的迎合只是为了站稳脚跟，一旦其地位得到了确立，他们便会创立自己的佛学思想体系。据汤用彤考证，这一时期创立的般若学派有支敏度的“心无义”，道安、慧远立的“本无义”和支遁立“即色义”等六家七宗[①]。这些不同学派的形成，乃是由于运用了一种叫“格义”的方法，即“以经中事数，拟配外书，为生解之例，谓之格义”。就是说，用本土典籍思想知识来配合佛典故事讲解佛理。早在东吴时期，吴主孙皓就向康僧渊“问佛经深远之理，(康僧渊)却辩俗书性情之义。自昼之曛浩不能屈”[②]。之后如竺法雅、康法朗者，更以“格义”之法训练弟子。“雅乃与康法朗等……辩‘格义’以训门徒。雅风采洒落，善于枢机，外典、佛经，递互讲说。与道安、法汰，每披释凑疑，共尽经要，后立寺于高邑。僧众百余，训诱无懈。雅弟子昙习，祖述先师，善于言论。”[③]有学者认为此时般若学者用“格义”方法乃是迎合、附会玄学。从过江的初期来看，不乏“迎合”因素，但从佛教的传播来看，是不得已而为之。道安早就认识到了“格义”方法的不足，他说：“先旧格义，于理多违。”[④]但不用格义的方法，中国人是难以理解和接受佛教般若学的。特别是在般若类经和大乘中观学派理论尚未全面译介出来之前，这些般若学者本身也有一个学习、理解和发挥的过程。般若学思想体系的一旦建立，自然便不满足于对玄学的依傍，除了般若学自身各派的争论外，同时对玄学的旧有命题发起质疑、挑战和攻击。

僧意在瓦官寺中，王苟子来，与共语，便使其唱理。意谓王

---

① 详参汤用彤：《汉魏两晋南北朝佛教史》上册，中华书局1983年版，第194页。任继愈主编：《中国佛教史》第2卷第2章第4节《六家七宗》，中国社会科学出版社1985年版。

② 慧皎：《高僧传》卷四《康僧渊传》，第151页。

③ 慧皎：《高僧传》卷四《竺法雅传》，第152—153页。

④ 慧皎：《高僧传》卷五《僧先传》，第195页。

曰："圣人有情不？"王曰："无。"重问曰："圣人如柱邪？"王曰："如筹算，虽无情，运之者有情。"僧意曰："谁运圣人邪？"苟子不得答而去。[1]

圣人之有无喜怒哀乐，乃是西晋正始清谈主要议题之一。名士王苟子[2]主张圣人无情说，却被僧意抓住破绽，直问的"不得答而去"。这种咄咄逼人的质问显然在过江的初期是不可能的，它只有在佛教取得较为稳固的地位后，才有可能对玄学进行发难。这也同时表明，般若学与玄学有着根本的区别："般若学是一种以论证现实世界虚幻不实为目的出世间的宗教哲学，而魏晋玄学则是一种充分肯定现实世界合理性的世俗哲学。"[3]显然，经验世界的世俗哲学要想验证超验世界的宗教哲学，在那个科学及抽象思维不发达的时代是不可能的。

其五，南下、过江僧人在南方社会中的地位确立后，便不再安于现状了。他们要发挥更大的作用，就得堂而皇之地登堂入室，占领或掌控上流社会的思想世界。于是，这些南下、过江僧人便积极参与士族以及皇室的各种活动，充分发挥其精神上的影响力。道安至襄阳，就得到了习凿齿、谢安、郗超等名士的礼敬和供养[4]；支遁则与"王洽、刘恢、殷浩、许询、郗超、孙绰、桓彦表、王敬仁、何次道、王文度、谢长遐、袁彦伯等，并一代名流，皆著尘外之狎"[5]。王羲之、王脩亦对支遁钦佩之至。在庐山"三十余年，影不出山"[6]的慧远，除了刘遗民、雷次宗、周续之、宗炳、张莱民、张季硕、谢灵运等名士为入室弟子外，还受到了陶侃、桓伊、王谧、王默、殷仲堪、桓玄、何无忌等名士和重臣的钦慕和致敬[7]。竺法潜，"中宗元皇，及肃祖明帝、丞相王茂弘、太尉庾元规，并钦其风德，友而敬

① 刘义庆：《世说新语・文学》，刘义庆撰，刘孝标注，余嘉锡笺疏：《世说新语笺疏》，第 282 页。

② 王脩（334—357），字敬仁，小字苟子，琅琊临沂（今山东临沂）人，东晋司徒左长史王蒙之子。官任著作郎，著名书法家，与名士王羲之、许询交好。

③ 任继愈主编：《中国佛教史》第 2 卷，中国社会科学出版社 1985 年版，第 214 页。

④ 慧皎：《高僧传》卷五《道安传》，第 177—185 页。

⑤ 慧皎：《高僧传》卷四《支遁传》，第 159—160 页。

⑥ 慧皎：《高僧传》卷六《慧远传》，第 221 页。

⑦ 慧皎：《高僧传》卷六《慧远传》，第 211—222 页。

焉”①。竺法汰,“下都止瓦官寺,晋太宗简文皇帝深相敬重”②。这么多的名士和帝王敬重名僧,自然不能不受其影响。名士好佛、谈佛、讲佛也已渐成风气,且其义理水平日益提高。

> 支道林、许掾诸人共在会稽王斋头。支为法师,许为都讲。支通一义,四坐莫不厌心。许送一难,众人莫不抃舞。但共嗟咏二家之美,不辩其理之所在。③
>
> (于法开)每与支道林争即色空义,庐江何默申明开难,高平郄(郗)超宣述林解,并传于世。④

名士不只是一般地以清谈点佛理来点缀门面,而是充当起“义解”僧人的职责,真正宣讲起佛教般若学来了。像孙绰的《喻道论》、郗超的《奉法要》,调和儒、佛,善解佛理,以辩为进。其对佛教义理理解之深刻,盖非西晋清谈士人所能企及。于此可窥见此时名士通达佛理之一斑。

其六,南下、过江僧人的宣佛,不只是限于纯理性的思考,而且在情感方面还利用一切艺术手段和形式为歌颂佛理而服务。其中诗歌就是他们宣扬佛理的一个极为重要的形式(方便)。与江左名士唱和最多的名僧是支遁,他在诗创作中不仅借玄宣佛,而且还更为直接地宣讲佛理,如《文殊师利赞》《维摩诘赞》《善多菩萨赞》《首立菩萨赞》等。其中《善思菩萨赞》云:“玄和吐清气,挺兹命世童。登台发春咏,高兴希遐踪。乘虚感灵觉,振网发童蒙。外见凭寥廓,有无自冥同。忘高故不下,萧条数仞中。因花请无着,陵虚散芙蓉。能仁畅玄句,即色自然空。空有交映迹,冥知无照功。神期发筌悟,豁尔自灵通。”⑤在诗中直接宣扬般若即色义,主张把“色”(Rūpa,物质现象)看作空;要真正把握色性空,便须取消感觉、语言和思维活动,即无常人智慧,才是真正的智慧;

---

① 慧皎:《高僧传》卷四《竺法潜传》,第 156 页。

② 慧皎:《高僧传》卷五《竺法汰传》,第 193 页。

③ 刘义庆:《世说新语·文学》,刘义庆撰,刘孝标注,余嘉锡笺疏:《世说新语笺证》,中华书局 2007 年版,第 227 页。

④ 慧皎:《高僧传》卷四《于法开传》,第 168 页。

⑤ 道宣:《广弘明集》卷十五,《大正藏》第 52 册,第 197 页 a—b。

为此必须摒弃“存无以求寂，希智以忘心”[①]。庐山的慧远，也同样认识到诗歌这种有效的艺术形式在宣扬佛理上的作用。其《庐山东林杂诗》云：“崇岩吐气清，幽岫栖神迹。希声奏群籁，响出山溜滴。有客独冥游，迳然忘所适。挥手抚云门，灵关安足辟？流心叩玄扃，感至理弗隔。孰是腾九霄，不奋冲天翮。妙同趣自均，一悟超三益。”[②]其妙趣自得，悟透超越儒家倡导之“三益”[③]。名僧尚能抓住诗歌这种形式弘赞佛理和表现其超凡脱俗的情趣，那么，经常与名僧往来、受其影响而大谈佛理的名士，也就不会仅仅表现在纯理性的思考上面。“理智的思索与感情的体认共同存在于此时士人的生活之中，成为他们生活的一种需要。加之他们的生活方式已经没有西晋士人那样放荡、那样世俗化，他们的情趣较为超逸，因之他们的文学天地便也转向情调较为超脱、思辨色彩较浓的领域。如同他们在生活中以谈论佛理、谈玄表现着高雅情趣一样，他们也便在诗歌创作中以谈玄、谈论佛理为高雅。这就是这时玄言诗盛行的根本原因。”[④]是故刘勰说：“自中朝贵玄，江左称盛；因谈余气，流成文体。”[⑤]这是说，东晋乃是玄言诗的兴盛阶段[⑥]。但此时的玄言诗与“永嘉时，贵黄老，稍尚虚谈，于时篇什，理过其辞，淡乎寡味”[⑦]的玄言诗颇为不同，它已经不再限于谈《庄》《老》，而“是深奥之言”的诗，“是指那些抽象谈论义理的诗”[⑧]。佛教的义理较玄学更为抽象、更为深奥，因而也就成了东晋中后期玄言诗的主要内容。

森森群象，妙归玄同。原始无滞，孰云质通。悟之斯朗，执焉则封。器乖吹万，理贯一空。[⑨]

---

① 支遁：《大小品对比要钞序》，僧祐撰，苏晋仁、萧链子点校：《出三藏记集》，第299页。

②《晋诗》卷二〇，逯钦立辑校：《先秦汉魏晋南北朝诗》，中华书局1995年版，第1085页。

③“孔子曰：益者三友，损者三友。友直，友谅，友多闻，益矣。”(《论语·季氏第十六》，朱熹：《四书章句集注》，中华书局2008年版，第169页。)

④ 罗宗强：《魏晋南北朝文学思想史》，中华书局1996年版，第144页。

⑤ 刘勰：《文心雕龙·时序》，范文澜：《文心雕龙注》，人民文学出版社1978年版，第675页。

⑥ 张可礼：《刘勰论魏晋玄言诗》，《文史哲》1995年版第6期。

⑦ 钟嵘：《诗品·序》，陈延杰：《诗品注》，第1页。

⑧ 罗宗强：《魏晋南北朝文学思想史》，中华书局1996年版，第145页。

⑨ 郗超：《答傅郎诗》，逯钦立辑校：《先秦汉魏晋南北朝诗》，中华书局1995年版，第937页。

亹亹玄思得，濯濯情累除。[1]

贻我新诗，韵灵旨清。粲如挥锦，琅若叩琼。既欣梦解，独愧未冥。愠在有身，乐在忘生。余则异矣，无往不平。理苟皆是，何累于情。[2]

理神固超绝，涉粗罕不群。孰至消烟外，晓然与物分。[3]

超游罕神遇，妙善自玄同。……事属天人界，常闻清吹空。[4]

孙绰、许询为东晋玄言诗的代表人物[5]，郗超亦应被视为玄言诗的代表。三者现存诗均不多，但从上面的诗句中可以看出他们的佛教思想。郗超的“理贯一空”，讲的是支遁的“即色空”；许询、孙绰的“情累除”“愠在有身”，讲的是慧远的“本无义”[6]。刘程之、王乔之则为慧远庐山莲社成员，也讲的是慧远的思想。可见，玄言诗在内容上的这一重大变化，实在是与般若学的兴盛有着极大的关系。

综上所言，东晋文化的主要特征是玄佛的合流，而这个特征的形成，又有一个传承和嬗变的过程：就玄学清谈的形式而言，东晋继续保留了西晋玄学清谈的方式，“爰及江表，微波尚传”[7]。但这种清谈不仅继续注重理论的思辨性，而且还注意表现生活方式、生活情调及语言个性的洒脱、超逸、幽默、睿智；就清谈的内容而言，过江初期仍是西晋玄学的延续，“王丞相（导）过江，止道声无哀乐、养生、言尽意三理而已”[8]。然而，随着佛教般若学的兴起，清谈的内容由西晋的对玄学本体论的思考而更多地转向对般若性空的义理探讨，而且这种探讨不仅表现在人们之间的对话和文章之中，还渗透到了文学领域，尤其是作为东晋诗歌

---

① 许询：《农里诗》，《晋诗》卷十二，《先秦汉魏晋南北朝诗》，第894页。

② 孙绰：《答许询诗》，逯钦立辑校：《先秦汉魏晋南北朝诗》，第900页。

③ 刘程之：《奉和慧远游庐山诗》，逯钦立辑校：《先秦汉魏晋南北朝诗》，第937页。

④ 王乔之：《奉和慧远游庐山诗》，逯钦立辑校：《先秦汉魏晋南北朝诗》，第938页。

⑤ 张可礼：《刘勰论魏晋玄言诗》，《文史哲》1995年第6期。

⑥ “有情于化，感物而动，动必以情，故其生不绝；其生不绝，则其化弥广而形弥积，情弥滞而累弥深，其为患也。”（慧远：《沙门不敬王者论·求宗不顺化》第三，僧祐撰，李小荣校笺：《弘明集校笺》，上海古籍出版社2013年版，第259—260页。）许询、孙绰均年长慧远20岁左右，但在佛教思想上，完全有可能受慧远的影响。

⑦ 钟嵘：《诗品·序》，第1页。

⑧ 刘义庆：《世说新语·文学》，刘义庆撰，刘孝标注，余嘉锡笺疏：《世说新语笺疏》，中华书局2007年版，第249页。

的主流——玄言诗，成了宣扬佛理的一种有效形式。东晋名士身上具有的儒雅、玄风，又多加了一份智[①]趣。而这个过程中的每一环节的变化，无不受南下、过江僧人的影响和推动。也就是说，南下、过江僧人在促进东晋文化特征形成的过程中，发挥了主导性的作用。作为东晋文化中的一个部门的文学，自然也就受到了过江僧人的极大影响。

第二节　刘宋帝王与文人的佛教活动

经过东晋百年较为稳定的发展，南方的经济和文化得到了长足的进步。“中国分裂后不到一个世纪，‘南人’之称不再被用作‘土著’的贬词，而逐渐成为‘中国人’的同义词。南人，包括北方来的移民，已经依恋于他们的作风、他们温柔的方式和南方山清水秀的景色。他们已经感到北人粗鲁，对北方的习俗、古典学术和文学作品流露出轻蔑之意。一位南方文人说北方文学犹有如‘驴鸣犬吠’。人们从当时的民谣中，可以感到南方的某种温柔和给人以美感的特质。以下即是一例：‘朝发桂兰渚，昼息桑榆下。与君同拔蒲，竟日不成把。’[②]”[③]这种温润、细腻、钟情的生活环境，为整个刘宋文化提供了滋发的温床。

如果说东晋时期的玄、佛合流是其文化主流，佛教般若学的研究还用的是“格义”的方法，般若学的理论还杂有玄学概念、术语，那么到了晋宋之际，随着佛典翻译大师鸠摩罗什对天竺中观学派的理论思想的全面译介，特别是长安著名学僧僧肇对魏晋以来各种般若学的历史性总结，“使般若学脱离了玄学的影响，纳入佛教的范围，从而结束了六家七宗所造成的理论界的纷乱”[④]。佛教由曹魏、西晋时对玄学的依附到东晋的玄、佛合流，再到晋宋时的独立发展，终于取代玄学成为晋宋之

① 智(Jñāna)，也称智慧，与禅(Dhyāna)相对，有时将二者合称为禅智，与定慧相对。

②《拔蒲》，郭茂倩：《乐府诗集·清商曲辞六》，中华书局1979年版，第719页。

③［英］崔瑞德：《剑桥中国隋唐史》，杨品泉译，中国社会科学出版社2007年版，第74页。

④ 任继愈主编：《中国哲学发展史》(魏晋南北朝卷)，人民出版社1988年版，第521页。

际南方的主流思想文化。玄学则退出了独领风骚的历史舞台,影响力已大大降低。而此时的儒学在魏晋玄学及东晋玄佛合流的主潮冲击下,依然未能回到主位文化的位置。尽管宋文帝刘义隆元嘉年间(424—453)设立了"四学":儒、玄、史、文,并由著名学士雷次宗、朱膺之、庾蔚之等主持儒学,何尚之主持玄学,何承天主持史学,谢元主持文学,开馆授徒[①]。但在这四学的主持人中,雷次宗曾入庐山师事慧远,为"莲社"成员,何尚之笃信佛法,故而未能使此"四学"成为显学。而此时在社会和文化领域,尤其在思想理论界,最为活跃、最有影响、最受人们关注的则是佛教。

刘裕代晋建宋后,在政治统治上虽仍依赖于门阀士族,但由于他出身寒微,起于武将,本身与世家大族就有着深刻的矛盾。而玄学是士族的哲学,刘裕显然是没有能力和情趣去清谈。因此,他对佛教情有独钟。据《高僧传》载,晋义熙十三年(417),刘裕西伐长安,经山东智严精舍,心敬其奇,遂"屡请恳至"。于是,智严随行[②];又遇慧严,"帝苦要之,遂行"[③]。伐长安获胜,得僧导。东归时,留其子刘义真"镇关中,临别谓导曰:'儿年小留镇,愿法师时能顾怀。'义真后为西虏勃勃赫连所逼,出自关南。中途扰败,丑虏乘凶追骑将及,导率弟子数百人遏于中路,谓追骑曰:'刘公以此子见托,贫道今当以死送之,会不可得,不烦相追。'群寇骇其神气,遂回锋而反。……(义真)获免,盖由导之力也。高祖感之,因令子侄内外师焉"[④]。刘裕镇压卢循率天师道举事时,有人说匡庐慧远与天师道人卢循交厚,刘裕则说,"远公世表之人,必无彼此","乃遣使赍书致敬,并遗钱米"。[⑤] 刘裕南伐司马休之,"至江陵与(慧)观相

---

① "元嘉十五年,征次宗至京师,开馆于鸡笼山,聚徒教授,置生百余人。会稽朱膺之、颍川庾蔚之并以'儒学',监总诸生。时国子学未立,上留心艺术,使丹阳尹何尚之立'玄学',太子率更令何承天立'史学',司徒参军谢元立'文学',凡'四学'并建。"(沈约:《宋书》卷九三《雷次宗传》,中华书局1974年版,第2293—2294页。)

② 慧皎:《高僧传》卷三《智严传》,第99页。

③ 慧皎:《高僧传》卷七《慧严传》,第261页。

④ 慧皎:《高僧传》卷七《僧导传》,第280页。这也是出家僧侣救护世俗统治者的第一例,后世僧人仿效者,不绝于耳。

⑤ 慧皎:《高僧传》卷六《慧远传》,第216页。

遇,倾心待接”[①]。名僧慧义“后还京师,宋武加接尤重,迄乎践祚,礼遇弥深”[②]。京师精通数论的法和,“为宋高祖所重,敕为僧主焉”[③]。由此可见,刘宋开国皇帝对佛教的敬重和支持。

继刘裕之后,宋文帝刘义隆,对僧人的敬重和支持更是层楼高上。据《高僧传》载,受刘义隆礼遇的外国僧人有:求那跋摩(Guṇavarman)、求那跋陀罗(Guṇabhadra)和畺良耶舍(Kālayaśa):

> 时京师名德沙门慧观、慧聪等,远挹风猷,思欲餐禀,以元嘉元年(424)九月,面启文帝,求迎请(求那)跋摩。帝即敕交州刺史,令泛舶延致。……文帝知跋摩已至南海,于是复敕州郡,令资发下京。……后文帝重敕(慧)观等,复更敦请,乃泛舟下都,以元嘉八年(431)正月达于建邺。文帝引见,劳问殷勤……乃敕住祇洹寺,供给隆厚,公王英彦,莫不宗奉。……初跋摩至京,文帝欲从受菩萨戒,会虏寇侵疆,未及咨禀,奄而迁化。以本意不遂,伤恨弥深。[④]
>
> (畺良耶舍)以元嘉之初,远冒沙河,萃于京邑,太祖文皇深加叹异。[⑤]
>
> (求那跋陀罗)元嘉十二年(435)至广州,刺史车朗表闻,宋太祖遣信迎接。既至京都,勅名僧慧严、慧观于新亭郊劳,见其神情朗彻,莫不虔仰,虽因译交言,而欣若倾盖。初住祇洹寺,俄而,太祖延请深加崇敬。琅琊颜延之通才硕学,束带造门。于是京师远近冠盖相望。大将军彭城王义康、丞相南谯王义宣,并师事焉。[⑥]

宋文帝刘义隆如此礼敬外国僧人,完全表现出崇佛媚外的心理。同样地,他对中国僧人也表现出致敬。据《高僧传》载,道生、慧观、慧严、僧睿、道渊、慧琳、僧弼(以上均见卷七)、法瑗、玄畅、慧基(以上均见卷八)、慧览(卷十一)、法恭(卷十二)、僧亮、慧璩、法愿(以上均见卷十三)

---

① 慧皎:《高僧传》卷七《慧观传》,第264页。
② 慧皎:《高僧传》卷七《慧义传》,第266页。
③ 慧皎:《高僧传》卷七《法和传》,第272页。
④ 慧皎:《高僧传》卷三《求那跋摩传》,第107—109页。
⑤ 慧皎:《高僧传》卷三《畺良耶舍传》,第128页。
⑥ 慧皎:《高僧传》卷三《求那跋陀罗传》,第131页。

等，都得到了刘义隆的优待。更为重要的是，宋文帝刘义隆对佛教义理之学，开始加以高度重视了。

> （刘义隆）帝自是信心乃立，始致意佛经。及见（慧）严、（慧）观诸僧，辄论道义理。[①]

当刘义隆一见到慧严、慧观等僧人时，居然也兴致勃勃地谈义论理起来。在直接受到刘义隆礼遇的上述僧人中，"义解"僧就有十人。这就给此时的佛教界一种已完全以义理的探讨而受到了学术思想界的极大关注，因而也就迅速成为思想理论界的显学。

尽管刘宋王室为争夺帝位而互相杀戮，使王室充满了血腥味，但宣扬行善积德的佛教始终受到了帝王的重视和支持。宋文帝之后执政时间较长的孝武帝刘骏和明帝刘彧，也欣然步武帝、文帝之后尘，对佛教同样大力支持。据《高僧传》载，受刘骏器敬的僧人有求那跋陀罗（卷三）、法义（卷四）、慧琳、僧含、僧镜、昙度、僧导、道汪、静林、僧瑾、道猷、慧通（以上见卷七）、法瑗（卷八）、慧览、僧璩、法颖（以上见卷十一）、慧益（卷十二）、昙迁、昙智、慧璩、昙宗、慧重（以上见卷十三）；见重于刘彧的僧人有求那跋陀罗（卷三）、僧瑾、昙度、道猛（以上见卷七）、弘充、法瑗、僧远、慧基、慧隆（以上见卷八）、道表（卷十一）、法恭、僧覆（以上见卷十二）、僧亮、法悦、道诠、昙光（以上见卷十三）。整个刘宋帝国时期，皇帝对僧人如此敬重，藩王亦不甘示弱。江夏王刘义恭、彭城王刘义康、南谯王刘义宣、临川康王刘义庆、衡阳文王刘义季等皆与僧人交往频繁。其中，临川王刘义庆组织门下文人编纂了《世说新语》《幽明录》《宣验记》。前者是一部以人物为主的段子文学集，主录魏晋名士、名僧、帝王之言谈举止、行住坐卧之故事。其中，涉及名僧支道林的条目就达 30 多条。后两部书为鬼怪神异之笔记小说集，内容多为晋宋年间善恶祸福、因果报应、三世轮回等宣扬佛教之说，被鲁迅称之为"释氏辅教之书"[②]一类。这些帝王、大臣在皇室充满杀气腾腾、朝不保夕、血流

---

① 慧皎：《高僧传》卷七《慧严传》，第 262 页。

② 鲁迅：《中国小说史略》，东方出版社 1996 年版，第 37 页。

成河的环境下[①]，广交僧人，倾心佛教，确实能寻找到一些心灵上的慰藉。

帝王的佞佛，为那些本来就倾心于佛教的名士、文人大开了绿灯。原庐山慧远门下的名士、文人周续之、雷次宗、宗炳、谢灵运等及其他文人士大夫范泰、颜延之、何尚之、范晔、郑鲜之、王弘等由东晋入刘宋。周续之遁迹庐山后“以为身不可遣，余累宜绝。遂终身不娶妻，布衣蔬食。……高祖（刘裕）之北讨，世子居守，迎续之馆于安乐寺”[②]。雷次宗虽立儒学，“久之，还庐山”。元嘉二十五年（448）被征招至京师钟山立“招隐馆”[③]。宗炳于佛教尤长义理，东晋时“入庐山，就释慧远考寻文义”[④]。入宋，与僧人慧坚有交往[⑤]；又荆州竹林寺的僧慧，“与高士南阳宗炳、刘虬等，并皆友善。炳每叹曰：‘西夏法轮不绝者，其在慧公乎’”[⑥]。何尚之虽曾主持过玄学馆，但实际上他对佛教更加倾心，对名

① “宋武帝七子：长义符（少帝），即位以失德为徐羡之等所废，杀于金昌亭。次庐陵王义真亦被废，杀于新安郡。（案少帝景平二年，废庐陵王义真为庶人，徙新安郡，执政使使者诛义真于新安。是义真为义符所杀也）次文帝义隆，为其子劭所弑。次彭城王义康，为文帝赐死。（其子允文为劭所杀）次江夏王义恭，为前废帝所杀。（先有十二子，尽为劭所杀，后又有四子，为前废帝所杀）次南郡王义宣，以谋反为朱修之所杀。（其长子恢自杀，恺逃在民间，亦捕杀。余子在江陵者，皆为修之所杀）次衡阳王义季，以饮酒致殒，传国至孙，齐受禅，国除。是武帝七子，惟义季善终有后，其余皆死于非命，且无后也。文帝十九子：长元凶劭，次始兴王濬，皆以弑逆被诛。（劭四子，浚三子，皆枭首）次孝武帝。次南平王铄，为孝武酖死。（其子敬猷、敬渊、敬先，皆为前废帝所杀）次庐陵王绍，出继义真，以善终。（绍又无子，以敬先嗣，即前废帝所杀者）次竟陵王诞，为孝武所忌，使沈庆之攻杀之。（无子）次建平王宏，善终。（其子景素，后废帝时被杀，并杀其子延龄及二少子）次庐江王祎，明帝逼令自杀。（有子克明，善终，无子）次晋熙王昶，前废帝欲讨之，乃奔魏。（有二妾，还都，各生一子，寻皆殇。明帝以子燮继之，齐受禅，赐死。惟昶奔魏，后为驸马都尉，有子承绪，孙文远等）次武昌王浑，孝武帝逼令自杀。（无子）次明帝。次始安王休仁，为明帝所忌，赐死。（其子伯融、伯猷，后废帝时，为杨运长等所杀）次晋平王休祐，明帝使人触之坠马死。（有十三子，顺帝时，萧道成以朝命并赐死）次海陵王休茂，以反被杀。次鄱阳王休业、临庆王休倩、新野王夷父，皆早卒。次桂阳王休范，举兵讨萧道成，为张敬儿所杀。（子德宣、德嗣、青牛、智藏，皆被杀）次巴陵王休若，为明帝赐死。（子冲，寻卒）是文帝十九子，惟孝武及明帝嗣位，绍及宏善终，昶奔魏，休业、休倩、夷父早卒，其余皆不得死，且亦无后也。孝武帝二十八子：夭殇者十，为前废帝所杀者二，为明帝所杀者十六。（见南史误处条内）当明帝时，以孝武子孙诛杀已尽，转以己子武陵王赞为孝武后，则孝武子孙已无一在者可知也。”（赵翼撰，王树民校证：《廿二史劄记——宋子孙屠戮之惨》，中华书局 1984 年版，第 240—241 页。）

② 沈约：《宋书》卷九三《周续之传》，第 2294 页。

③ 沈约：《宋书》卷九三《雷次宗传》，第 2280 页。

④ 沈约：《宋书》卷九三《宗炳传》，第 2278 页。

⑤ 沈约：《宋书》卷九三《宗炳传》，第 2279 页。

⑥ 慧皎：《高僧传》卷八《僧慧传》，第 321 页。

僧十分崇敬，对志道，“何尚之钦德致礼，请居所造法轮寺”[①]。又与慧观诗文唱和，“元嘉初三月上巳，车驾临曲水宴会，命观与朝士赋诗。观即坐先献，文旨清婉，事适当时。琅琊王僧达、庐江何尚之，并以清言致款，结赏尘外”[②]。何尚之不仅与名僧交往，还能在佛教的义理上有所探讨。其时名僧昙无成“与颜延之、何尚之共论实相，往复弥晨”[③]。史载何尚之“立身简约，车服率素，妻亡不娶，又无姬妾。秉衡当朝，畏远权柄，亲戚故旧一无荐举。既以致怨，亦以此见称”[④]。这恐与他倾心佛教不无关系。范泰，“少信大法，积习善性”[⑤]；后对道生尤为景仰，“王弘、范泰、颜延之并挹敬风猷，从之问道”[⑥]；对僧苞也很敬重，“时王弘、范泰闻苞论议，叹其才思，请与交言”[⑦]；又与慧义关系甚密，“宋永初元年(402)，车骑范泰立祇洹寺，以义德为物宗，固请经始。义以泰清信之至，因为指授仪则，时人以义方身子，泰比须达。故祇洹之称，厥号存焉”[⑧]。范泰之少子范晔，与法略、尼姑法静交往频繁[⑨]，又与昙迁过从甚密，“彭城王义康、范晔、王昙首，并皆游狎”[⑩]。后范晔参与孔熙先之谋逆，“被诛，门有十二丧，无敢近者”，是昙迁“抽货衣物，悉营葬送。孝武(刘骏)闻而叹赏，谓徐爰曰：‘卿著《宋书》，勿遗此士’”[⑪]。颜延之，对名僧格外崇慕，求那跋陀罗至建康住祇洹寺，“太祖延请，深加崇敬。琅琊颜延之通才硕学，束带造门，于是京师远近，冠盖相望”[⑫]。他还虚心向道生、昙无成等问学，又对慧静“钦慕风德”，而且“每叹曰：‘荆山之玉，唯静是焉’”。其子延竣“出镇东州，携(慧静)与同行”[⑬]。然而，颜延

① 慧皎：《高僧传》卷十一《志道传》，第435页。
② 慧皎：《高僧传》卷七《慧观传》，第264—265页。
③ 慧皎：《高僧传》卷七《昙无成传》，第275页。
④ 沈约：《宋书》卷六六《何尚之传》，第1738页。
⑤ 范泰：《论踞食表》，僧祐撰，李小荣校笺：《弘明集校笺》，上海古籍出版社2013年版，第656页。
⑥ 慧皎：《高僧传》卷七《竺道生传》，第256页。
⑦ 慧皎：《高僧传》卷七《僧苞传》，第271页。
⑧ 慧皎：《高僧传》卷七《慧义传》，第266页。
⑨ 沈约：《宋书》卷六九《范晔传》，第1822页。
⑩ 慧皎：《高僧传》卷十三《昙迁传》，第501页。
⑪ 慧皎：《高僧传》卷十三《昙迁传》，第501页。
⑫ 慧皎：《高僧传》卷三《求那跋陀罗传》，第131页。
⑬ 慧皎：《高僧传》卷七《慧静》，第285页。

之并不是对名僧都十分敬重，他仰慕的名僧主要是有崇高的风德，而那种风德低下的僧人，尽管其名声再大，地位再高，他也瞧不起。如名僧慧琳，其时有“黑衣宰相”[①]之称。他原为道渊弟子，“为性敖诞，颇自矜伐”。有一次，“（道）渊尝诣傅亮，（慧）琳先在坐，及渊至，琳不为致礼，渊怒之彰色，亮遂罚琳杖二十。宋太祖[②]雅重琳，引见常升独榻，颜延之每以致讥，帝辄不悦”[③]。“时沙门释慧琳，以才学为太祖所赏爱，每召见，常升独榻，延之甚疾焉。因醉白上曰：‘昔同子参乘，袁丝正色。此三台之坐，岂可使刑余居之。’上变色。延之性既偏激，兼有酒过，肆意直言，曾无遏隐。故论者多不知云。”[④]特别是慧琳“后著《白黑论》，乖于佛理。衡阳太守何承天，与琳比狎，雅相击扬，著《达性论》，并拘滞一方，诋呵释教”时，“颜延之及宗炳捡驳二论，各万余言”[⑤]。颜延之这种虔诚的佛教信仰也影响到了他的现实生活观，“居身清约，不营财利，布衣蔬食，独酌郊野，当其为适，傍若无人”[⑥]。这种清心寡欲、布衣蔬食的简约生活必然是有坚定的佛教信仰才能自觉地体现出来。

在刘宋文士中与佛教僧人交往最为密切且最有影响者，是被誉为“杰出的佛教诗人”[⑦]的谢灵运。据说，谢灵运早年并不信佛，15 岁前曾一直寄养在钱塘道士杜明师（昺）处[⑧]，似乎应当信奉道教。即使不完全信，也会受到道教的极大影响。15 岁时回到都城建康后，闻知庐山慧

---

① 僧道谓琳“权侔宰相，会稽孔顗常诣之，慨然叹曰，遂有黑衣宰相，可谓冠履失所矣。”（沈约：《宋书》，《太平御览》卷六五五，中华书局 1960 年版，第 2924 页。）

② 原文为世祖，汤用彤认为乃太祖之误，见慧皎：《高僧传》卷七《慧琳》校注，第 269 页校注[五]。此从汤说。

③ 慧皎：《高僧传》卷七《慧琳》，第 268 页。

④ 沈约：《宋书》卷七三《颜延之》，第 1902 页。

⑤ 慧皎：《高僧传》卷七《慧琳》，第 268 页。

⑥ 沈约：《宋书》卷七三《颜延之》，第 1902—1903 页。

⑦ 中国佛教协会编：《中国佛教》第 1 册，第 23 页。

⑧ “（谢灵运）初，钱塘杜明师夜梦东南有人来入馆，是夕，即灵运生于会稽。旬日，而谢玄亡。其家以子孙难得，送灵运于杜治养之。十五方还都，故名‘客儿’。”（钟嵘：《诗品》，第 29 页。）钟嵘此说，似源于刘宋时期人刘敬叔《艺苑》，文字差别不大。“杜昺，字叔恭，吴国钱塘人也。年七八岁，与时辈北郭戲，有父老召昺曰：‘此童子有不凡之相，惜吾已老，不及见之。’昺早孤，事后母至孝，有闻乡郡，三礼命仕，不就。叹曰：方当人鬼淆乱，非正一之炁，无以镇之。于是师余杭陈文子，受治为正一弟子。救治有效，百姓咸附焉。后夜中有神人降云：我张镇南也。汝应传吾道法，故来相授诸秘要方，阳平治。昺每入静烧香，能见百姓三五世祸福，说之了然。章书符水，应手即验。远近道俗，归化如云。”（张君房：《云笈七签》卷一一一《杜昺》，中华书局 2003 年版，第 2423—2424 页。）

远法师之盛名，遂前往“志愿归依”①。“陈郡谢灵运负才傲俗，少所推崇，及一相见，肃然心服。”②然而，谢灵运何时溯江而上入庐山参谒慧远以及他是否参加了慧远于东晋元兴元年（402）七月二十八日组织的一百二十三人于阿弥陀佛像前，立誓共期往生西方极乐世界的活动，史无详载。齐文榜谓，谢灵运“十八岁那年（402）庐山百二十三名信徒誓生净土的盛会，灵运有缘参加了”③。此说不知所据为何？传说慧远于庐山邀集十八高贤④立“白莲社”⑤。此传说虽不可信，然也无载谢灵运。按谢灵运在当时的名声是非常显著的，且他又是世家大族的代表人物。他若参加此次集会，必为当世人所记录。故知，说谢灵运18岁参加了庐山的往生净土的集会，证据不足。然而，谢灵运的确是入庐山拜慧远为师。在慧远迁化后，谢灵运满怀悲痛之情，撰写了《庐山慧远法师诔》⑥。其诔中“人天感悴，帝释恸怀”，“川壑如泣，山林改容”之句，情意之深，感人肺腑。可见二人关系密切之程度。谢灵运入宋后，又与慧叡有交往，并从慧叡学梵文，“陈郡谢灵运笃好佛理，殊俗之音，多所达解。乃咨（慧）叡以经中诸字，并众音异旨，于是著《十四音训叙》。条列梵汉，昭然可了，使文字有据焉”⑦。又推崇僧苞，“陈郡谢灵运闻风而造焉，及见（僧）苞神气，弥深叹伏，或问曰：‘谢公何如？’苞曰：‘灵运才有余，而识不足，抑不免其身矣’”⑧。对僧镜，“陈郡谢灵运，以德音致

---

① 谢灵运：《庐山慧远法师诔》，严可均辑校：《全上古三代秦汉三国六朝文》，中华书局1995年版，第5237页。

② 慧皎：《高僧传》卷六《慧远传》，第221页。

③ 齐文榜：《佛教与谢灵运及其诗》，《文学遗产》1988年第2期，第51页。

④ 十八高贤传说为：慧远、慧永、慧持、道生、佛陀耶舍、佛陀跋陀罗、慧睿、昙顺、道敬、昙恒、道昺、昙铣、刘遗民、雷次宗、宗炳、张野、张诠和周续之。

⑤ “白莲社”之说，最早出现于宋代。杨杰《净土十疑论序》：“晋慧远法师，与当时高士刘遗民等，结‘白莲社’于庐山，盖致精诚于此尔。”（《大正藏》第47册，第77页b。）陈舜俞《庐山记》卷一：“有白莲池。昔谢灵运恃才傲物，少所推重。一见远公，肃然心服。乃即寺翻《涅槃经》，因凿池为台，植白莲池中，名其台曰‘翻经台’。今白莲亭，即其故地。远公与慧永、慧持、昙顺、昙恒、竺道生、慧叡、道敬、道昺、昙诜，白衣张野、宗炳、刘遗民、张诠、周续之、雷次宗，梵僧佛驮耶舍，十八人者，同修净土之法，因号‘白莲社’。”（《大正藏》第51册，第1028页a。）

⑥ 严可均辑校：《全上古三代秦汉六朝文》，中华书局1995年版，第5237页。

⑦ 慧皎：《高僧传》卷七《慧叡传》，第260页。

⑧ 慧皎：《高僧传》卷七《僧苞传》，第271页。

款”[①]。昙隆，“亦为谢灵运所重，常共游嶀嵊”。谢灵运在始宁自家别墅庄园为昙隆、法流二僧“面南岭，建经台；倚北阜，筑讲堂；傍危峰，立禅室；临浚流，列僧房”[②]。昙隆亡后，谢灵运又为之撰诔。[③] 谢灵运不只是与僧人游山玩水，还与法勖、僧维、法纲等“同行道人共求其衷。猥辱高难，词微理析，莫不精究，寻览弥日，欣若暂对”[④]。其探讨佛教义理之深入，明晰佛教名相之精细，足以让出家僧众汗颜。谢灵运既是名噪一时之文豪，“兴多才高”[⑤]，又精于佛理，通晓梵音异义。因此，当昙无谶(Dharmarakṣa)于北凉译出的《大般涅槃经》(世称北本)于元嘉七年(430)传至建康时[⑥]，建康僧俗普遍感到“北本”在翻译方面存在着“执笔者一承经师口所译，不加华饰”[⑦]，“语小朴质，不甚流美”[⑧]的不足，特别是感到“北本”的文字表达较为粗糙，有些地方甚至辞不达意，且品目也有疏漏之处时，有识之僧俗都希望进一步加工、润色“北本”。而这一任务理所当然地落到了谢灵运的身上。唐代僧人元康曾盛赞谢灵运云：“又如作诗云‘白云抱幽石，碧筱媚清涟’，又‘云日相辉映，空水共澄鲜’，此复何由可及？”[⑨]因此，“《大涅槃经》初至宋土，文言致善，而品数疏简，初学难以措怀。(慧)严乃共慧观、谢灵运等依《泥洹》本加之品目。文有过质，颇亦治改，始有数本流行”[⑩]。这段话透露出了三点信息：一是《大涅槃经》(北本)传到建康后被改治，是为“南本”。而直接主持这次调整、增补、修改、加工、润色工作的是谢灵运与东安寺的慧严、道场寺的慧观；二是改治“北本”所参考的传本是法显从天竺带回来的《泥洹》六卷本。这说明谢灵运对当时流传的有关《涅槃经》的译本系统十分熟悉；三是经谢灵运、慧严、慧观等改治后，出现了《大般涅槃经》

① 慧皎：《高僧传》卷七《僧镜传》，第 293 页。

② 谢灵运：《山居赋》，严可均辑校：《全上古三代秦汉三国六朝文》，第 5213 页。

③ 慧皎：《高僧传》卷七《昙隆传》，第 293 页。

④ 谢灵运：《答王卫军问并书》，道宣：《广弘明集》卷十八，《大正藏》第 52 册，第 227 页 c。

⑤ 钟嵘：《诗品》卷上，第 29 页。

⑥ “(道生)以元嘉七年投迹庐岳……俄而《大涅槃经》至于京都。”(僧祐撰，苏晋仁、萧链子点校：《道生传》，《出三藏记集》卷十五，第 571 页。)

⑦ 僧祐撰，苏晋仁、萧链子点校：《大涅槃经记》，《出三藏记集》卷八，第 315 页。

⑧ 费长房：《历代三宝纪》卷十，《大正藏》第 49 册，第 90 页 a。

⑨ 元康：《肇论疏》卷上，《大正藏》第 45 册，第 162 页 c。

⑩ 慧皎：《高僧传》卷七《慧严传》，第 262—263 页。

(*Mahā-parinirvāṇa Sūtra*)三本共同流传的现象:即东晋法显共佛陀跋陀罗(Buddhabhadra)译的六卷本《大般泥洹经》,北凉昙无谶译的四十卷《大般涅槃经》(北本)以及刘宋慧严、慧观、谢灵运再治的三十六卷的《大般涅槃经》(南本)。南本成形后,虽署名慧严、慧观、谢灵运三人,但在实际操作过程中,慧严、慧观由于受到僧人身份上的限制,显得缩手缩脚,唯恐触犯亵渎尊经。"(慧)严乃梦见一人,形状极伟,厉声谓严曰:'《涅槃》尊经,何以轻加斟酌。'严觉已惕然,乃更集僧,欲收前本。"[①]慧观虽是涅槃佛性论者,但在修行的方法上是主张渐悟的,与道生所倡导的"顿悟"说不同,因而很难深刻体会《大般涅槃经》的精髓。谢灵运则与此二僧不同的是,他既是道生"顿悟"说的支持者,能把握住《大般涅槃经》的意蕴,又不像慧严那样有僧人的约束和忌讳,再加上他的文才,在改治《大涅槃经》时,自然是得心应手。因此,元康指出:"谢灵运文章秀发,超迈古今,如《涅槃》元来质朴,本言'手把脚蹈,得到彼岸',谢公改云'运手动足,截流而度'。"[②]由是可以推断,《大般涅槃经》(南本)的改定主要出于谢灵运之手[③]。通过上述刘宋帝王及文士与僧人交往的活动,可以看出,此时的帝王、文士对佛教的信仰和对僧人钦慕的程度远远高于东晋时期。

第三节　文人参与的佛学讨论及刘宋学术文化重"义理"的特质

如果说东晋文士对佛教义理的探讨还仅限于个别人的行为的话,那么,此时的帝王和文士则能从深层次上对佛教义理(包括概念、术语、范畴等)进行深入钻研,并且成为一种较为普遍的现象。造成刘宋元嘉

① 慧皎:《高僧传》卷七《慧严传》,第263页。

② 元康:《肇论疏》卷上,《大正藏》第45册,第162页c。

③ 孙述圻《谢灵运与南本〈大般涅槃经〉》一文对《大般涅槃经》南、北本文字上的差异作了详细的对比,认为"谢灵运改治的南本《大般涅槃经》,在佛教的基本概念、范畴的正确运用上,在改正、增补北本失当和漏译上,以及在译文的信达雅方面,都有很大的提高"。(孙述圻:《谢灵运与南本〈大般若涅槃经〉》,《南京大学学报》1983年第1期,第72页。)

时期佛教繁兴的主要原因之一，是此时文士把佛教同治国联系于一起。

> 先是帝（刘义隆）未甚崇信，至元嘉十二年（435），京尹萧摹之上启，请制起寺及铸像。帝乃与侍中何尚之、吏部郎中羊玄保等议之，谓尚之曰："朕少来读经不多，比日弥复无暇，三世因果未辩厝怀，而复不敢立异者，正以卿辈时秀，率所敬信故也。范泰、谢灵运常言：'六经典文，本在济俗为治，必求灵性真奥，岂得不以佛经为指南耶？'近见颜延之《推达性论》、宗炳《难黑白论》，明佛汪汪，尤为名理并足，开奖人意。若使率土之滨，皆敦此化，则朕坐致太平，夫复何事。……"尚之对曰："……慧远法师尝云：'释氏之化，无所不可。适道固自教源，济俗亦为要务。'窃寻此说，有契理奥。何者？若使家家持戒，则一国息刑。……"羊玄保进曰："此谈盖天人之际，岂臣所宜预。窃恐秦楚论强兵之术，孙吴尽吞并之计，将无取于此耶。"帝曰："此非战国之具，良如卿言。"尚之曰："夫礼隐逸，则战士怠；贵仁德，则兵气衰。若以孙吴为志，苟在吞噬，亦无取尧舜之道，岂唯释教而已耶。"帝悦曰："释门有卿，亦犹孔氏之有季路，所谓恶言不入于耳。"①

范泰、谢灵运从佛教治心而言，何尚之从持戒行善积德入手，都认为佛教与儒家思想并行不悖，可以起到维护社会统治的秩序、治理国家的作用。在众崇佛文士的大力宣扬下，宋文帝刘义隆认识到了提倡佛教可以"使率土之滨，皆敦此化，则朕坐致太平，夫复何事"。因此，刘义隆非常重视对佛教经论的义理进行深入探讨。他不仅积极支持僧俗研究佛教义理，而且自己还带头钻研。"帝（刘义隆）自是信心乃立，始致意佛经。及见（慧）严、（慧）观诸僧，辄论道义理。"②皇帝带头谈论佛教义理，影响自然遍及朝野、丛林。很快，探讨佛教义理之风便风靡整个思想文化界，佛教也因此成为刘宋时期最为活跃、最具生气的一股文化思潮。而其他思想潮流，如儒、道、玄，相对来说，则失去了往日的辉煌和神采，显得呆板、沉寂了许多。

① 慧皎：《高僧传》卷七《慧严传》，第261—262页。

② 慧皎：《高僧传》卷七《慧严传》，第262页。

如果说东晋时玄、佛合流后充满睿智的清谈是社会思想文化界的主潮的话，那么，刘宋元嘉时期，踏踏实实地坐下来精心研讨佛教义理，则成为社会思想文化界的时尚。东晋时盛极一时、颇带玄学意味的般若学已退居二线，代之而起的是最受人们关注的有关佛教基本问题的三场大讨论。

首先，最为吸引人们的是涅槃佛性学说。般若学说与涅槃学说本是大乘佛教中有关空、有的两大学说。般若讲性空缘起，更多地侧重于从宏观上探讨宇宙本体论，距现实充满苦难的人生和尖锐的士庶对立等问题似乎较远，故与魏晋玄学有相似之处。而具有讲究实际传统的中国百姓和文士们，在追求一阵玄远的般若学之后，还是把目光投回到了现实的人生之中。东晋末，高僧法显历经艰辛，九死一生，游历天竺、师子国（今斯里兰卡）等国而回，带来了宣扬佛性论的《泥洹经》六卷本[①]，正式拉开了南朝涅槃佛性论思潮的序幕。高僧道生在此基础上大倡佛性论，提出了"一阐提人皆得成佛"[②]和"顿悟成佛"[③]的主张，强调人性、人格的平等与成佛的不分阶级。这两点在晋宋之际，士庶矛盾十分激烈的情况下，无论是对新兴的以军功而起的寒族人士，还是对失去政治权力的世家大族子弟来说，都是有其合理性的因素。刘宋武帝刘裕原是东晋谢玄创立的北府军中的一员老兵、劲卒，常受高门大族的鄙视。即便夺取了政权，他也一时不能改变其自卑的心理。及至文帝刘义隆，已是第二代皇帝，却仍然未能彻底消除出身寒门军功的心理阴影。而佛性论所倡导的"一切众生皆有佛性"，正适合了他们急于求得与世家大族平等的心理。因此，刘宋皇室对道生的佛性论极为重视。"（道）生既当时法匠，请以居焉，宋太祖文皇帝（刘义隆）深加叹重。"[④]刘义隆还令道生弟子道猷、法瑗入都，"使顿悟之旨，重申宋代"[⑤]。孝武帝刘骏也对道猷、法瑗"尤相叹重"[⑥]。在宋初至大明的40年间，刘宋前期的三位皇帝之

---

① 法显：《佛国记》，法显撰，章巽校注：《法显传校注》，中华书局2008年版，第166页。

② 慧皎：《高僧传》卷七《道生传》，第265页。

③ 同上。

④ 同上书，第255页。

⑤ 慧皎：《高僧传》卷八《法瑗传》，第312页。

⑥ 慧皎：《高僧传》卷七《道猷传》，第300页。

所以对佛性论如此青睐,并不是把所有民众的人格看成是平等的,而是用佛性论的平等思想来抬高自己的地位,并以此来吸引高门士族。

晋宋的高门士族一向蔑视武人,而一旦武人夺取了政权,登上帝位,他们又不得不出来表示拥护和捧场,以保证世家大族的既得利益不受损害。他们在当朝的武人帝王面前,也需要佛性论的平等思想来保护自己而不致降低品味。像范泰、谢灵运倡导的"必求性灵真奥,岂得不以佛经为指南邪"的主张,实是高门士人在政治斗争中屡遭挫折后,追求精神超越的一种反映。因此,世家文士如"王弘、范泰、颜延之,并挹敬(道生)风猷,从之问道"[①]。何尚之极为敬重法瑗,"常谓生公殁后,微言永绝。今日复闻(法瑗)象外之谈,可谓天未丧斯文也"[②]。道生的佛性论主要论点有两点:一是顿悟成佛说。它一反传统佛学分"十地"[③]阶段由浅入深而达到最后的觉悟(渐悟)和道安、支遁、僧肇、慧远等人的"七地顿悟说"[④];二是主张"一阐提"(Icchantika,指断绝一切善根的人)也"皆得成佛"。道生此二说一出,即遭佛教僧俗保守势力的围攻。在道生孤立无援之时,谢灵运毅然绝然地挺身而出,著《辩宗论》,声援道生。"沙门竺道生执顿悟,谢康乐灵运《辩宗论》述顿悟。"[⑤]谢灵运认为道生的顿悟成佛说调和儒、佛两家,即去佛教之渐悟而取其成圣("圣道虽远,积学能至")之说,又去儒家不可成圣而取其理不可分("体无鉴周,理归一极")之说,故而超出二家之上。[⑥] 谢灵运的参论声援,使得道生的"顿悟"说名噪一时,声誉远播。晋宋之际由道生提出的涅槃佛性学说,虽遭到佛界守旧势力的反对,但由于得到了皇室和世家大族文士的联袂支持,很快成为刘宋思想文化界的一大显学。

其次,关注人生的佛教生死轮回和因果报应。这是一场崇佛与反佛的大争论。事由具有"黑衣宰相"之称的僧人慧琳所著的《白黑论》而

① 慧皎:《高僧传》卷七《道生传》,第 256 页。

② 慧皎:《高僧传》卷八《法瑗传》,第 312—313 页。

③ 十地(Daśabhūmi):即欢喜地、离垢地、发光地、焰胜地、难胜地、现前地、远行地、不动地、善慧地和法云地。

④ 意谓修行到七地即可顿悟,故又被称为"小顿悟"。

⑤ 僧祐撰,苏晋仁、萧链子点校:《出三藏记集》卷十二《宋明帝敕中书侍郎陆澄撰〈法论〉目录序》,第 441 页。

⑥ 任继愈主编:《中国佛教史》第 3 卷,中国社会科学出版社 1988 年版,第 365—366 页。

引起。慧琳的《白黑论》认为，儒、道、佛三教各有所长，三教创始人均为圣人，故而可以并行不悖。此实为一种三教调和论，但作为僧人如此说来，则大大降低了佛教的地位。它还认为，佛教所谓的天堂地狱、因果报应，不过是一种类似的“大言”，是“辨而不实”①的。慧琳此论受到了无神论者何承天的支持。何承天还把慧琳之文寄给宗炳。面对二人的挑战，宗炳连续修书两封，批驳慧琳与何承天的论调。他认为，慧琳、何承天既然指出三教各有所长，孔子、老子、世尊均为圣人，那就不能说佛教是“不实”的。而且，宗炳旗帜鲜明地认为三教各有优点而又统摄于佛教，佛典则包含儒、道二家之思想而又能超越之。所谓“何能独明于所得？唯当明精暗向，推夫善道，居然宜修，以佛经为指南耳。彼佛经也，包五典②之德，深加远大之实；含《老》《庄》之虚，而重增皆空之尽。高言实理，肃焉感神，其映如日，其清如风，非圣谁说乎？谨推世之所见，而会佛之理为明”③。宗炳还对慧琳假设白学先生怀疑佛教“来生”说作了答复：“来告所疑，‘若实有来生报应，周、孔何故默无片言？’此固偏见之恒疑也，真宜所共明。夫圣神玄发，感而后应，非先物而唱者也。”④对于佛教的来生报应说，宗炳在长篇论文《明佛论》中作了详尽的阐发。对于难以验证的来世之说，在科学不发达的时代，是不可能得到揭伪的。因而，论辩的输赢，一开始就已是毫无悬念了。不过，以今日之眼光看，其时慧琳以僧人身份而大胆质疑佛教来生之说，确实具有探索的精神和可嘉的勇气。与宗炳一同对慧琳、何承天论辩的还有颜延之。颜延之针对何承天所著《达性论》“生必有死，形毙神散”⑤的观点，站在佛教的立场上对之作出了回击。在颜延之看来，人死之后，“异于草木”，而“精灵必在”，必当再“受形”而转投来生。既有来生，自有报应之事，所以，“凡气数之内，无不感对，施报之道，必然之符”⑥。宗炳、颜

---

① 沈约：《宋书》卷九七《天竺迦毗梨国》，第 2391 页。

② 《说文解字》：“典，五帝之书也。”（段玉裁：《说文解字注》，中华书局 2013 年版，第 202 页。）即谓少昊、颛顼、高辛、唐、虞之书，《尚书》有《尧典》《舜典》。此处则泛指儒家经典。

③ 宗炳：《明佛论》，僧祐撰，李小荣校笺：《弘明集校笺》，上海古籍出版社 2013 年版，第 84—85 页。

④ 宗炳：《答何衡阳书》之二，僧祐撰，李小荣校笺：《弘明集校笺》，第 181—182 页。

⑤ 何承天：《达性论》，僧祐撰，李小荣校笺：《弘明集校笺》，第 192 页。

⑥ 同上书，第 197 页。

延之对慧琳、何承天的批驳并不严密，但由于慧琳、何承天的立论本身就十分脆弱，致使这场辩论以宗炳、颜延之的胜利而告结束。所以，宋文帝刘义隆说："颜延年之折《达性》，宗少文（炳）之难《白黑》，论明佛法汪汪，尤为名理并足，开奖人意。"[①]通过这场辩论，佛教的地位愈加巩固，声誉更加隆盛。

再次，具有生命基础的形神说。上述论辩，从文化传播和宗教角度看，是儒、道与佛教对立、排斥（夷夏之辨）的反映；从哲学和思想上来看，是形与神问题讨论的进一步延续。上述崇佛与反佛论辩的一个重要理论基础，就是形与神问题。这是关乎着佛教生死轮回、因果报应说能否成立的问题。形与神认识上的分歧，反映出人们对于来生报应说的态度不同。其实，魏晋以前的中国本土文化，很早就注意到了形与神的问题。《庄子》经常强调形与神的不同；《荀子》《淮南子》、司马迁等则常把形与神对立起来。东汉的桓谭、王充则提出了神随形的生灭而生灭，无形即无神，形尽神灭的形神观。然而，先秦两汉的思想家们在说明"神"时，往往把它当作一种"气"，一种形而上的东西，很少与人的具体生命相联系。汉末魏晋，社会动乱，人生无常，是非颠倒，善恶混淆。这一切使人们对本土的报应观念[②]产生了怀疑。而佛教以它极富幻想的"三报论"（现报、生报、后报）取代了固有的善恶报应观，不只是讲现报，更把报应推到了无法由现实经验验证的来世，甚至更遥远的将来。怀疑和否定者必须证明人死神灭，而维护者则必须证明人死神不灭。这样，一场有关来生报应论辩就由本质的形神关系扩及现实人生的态度和具体个人的生命。因此，在极度关注现实人生命运和价值的晋宋，形与神关系的讨论，便成了风靡社会的一大学术文化思潮。

东晋后期，名僧慧远针对戴逵的神灭论，就提出了"形尽神不灭"的著名论断：

> 夫神者何耶？精极而为灵者也。精极则非卦象之所图，故圣

---

① 何尚之：《答宋文帝赞扬佛教事》，僧祐撰，李小荣校笺：《弘明集校笺》，第576页。

② 如儒家宣称："积善之家必有余庆，积不善之家必有余殃。"（《周易》上经《文言》，阮元校刻《十三经注疏·周易正义》，中华书局2009年版，第33页。）道家明言："天道无亲，常与善人。"（《老子》第七十九章，楼宇烈：《老子道德经注校释》，中华书局2008年版，第188页。）

人以妙物而为言。虽有上智，犹不能定其体状，穷其幽致，而谈者以常识生疑，多同自乱。其为诬也，亦已深矣。将欲言之，是乃言夫不可言。今于不可言之中，复相与而依俙。

神也者，圆应无主[①]，妙尽无名，感物而动，假数而行。感物而非物，故物化而不灭；假数而非数，故数尽而不穷。有情则可以物感，有识则可以数求。数有精粗，故其性各异，智有明暗，故其照不同。推此而论，则知化以情感，神以化传，情为化之母，神为情之根。情有会物之道，神有冥移之功，但悟彻者反本，惑理者逐物耳。[②]

慧远的这段话主要表达的意思是：1. “神”是“精”的极致，又称为“灵”。这种精极的“灵”不是用传统的卦象所能表示的，实际上是没有确定的形体，也没有不变的名号，更非耳目所能感觉。而圣人们则用“妙物”[③]（神）的方式来言说。所以是在不可言说之中，还原其隐约之形象。2. “神”的两个基本属性是“圆应”和“无生”。前者具有遍周感应一切之力，后者具有永恒绝对不变之住，无生即无灭。3. “神”又具有两个基本功能：“感物而动”和“假数而行”。前者是指神有感化物而行动，化育万物；后者是指根据事物之一定规律而行事。因此，万物之形就有生灭，而“神”则是无生灭的、永恒存在的。显然，慧远的“神”不是世俗所谓的“鬼神”“精灵”，而是一种抽象的宇宙本体，它成为轮回的主体，因此具有了“火之传于薪，犹神之传于形；火之传异薪，犹神之传异形”[④]的神奇功能。

至刘宋，宗炳禀承其师慧远之论点，立场坚定地与何承天进行论

---

① 李小荣说：“无主：除《丽》《金》《频》《大》外，余本作‘无生’。然从上下文判断，似以‘无主’为是。无主，是指‘神’也无自主性。又，《集沙门不应拜俗等事》卷二、《宗镜录》卷三九等时间较早之引文，作‘无主’亦可证。生，‘主’之形讹而误。”（《弘明集校笺》，第267页。）从慧远“形尽神不灭”这一节的主旨来看，我以为“无生”更符合慧远对“神”的看法。

② 慧远：《沙门不敬王者论》，僧祐撰，李小荣校笺：《弘明集校笺》之《弘明集》卷五，第267页。

③ 妙物：指创造万物之神。“是故三才既辨，识妙物之功；万象已陈，悟太极之致。”李善注：“《易》曰：神者，妙万物而为言者也。”（萧统：《文选·王中〈头陀寺碑文〉》，上海古籍出版社1986年版，第2528页。）

④ 慧远：《沙门不经王者论》，僧祐撰，李小荣校笺：《弘明集校笺》，第269页。

辩："吾故罄其愚思，制《明佛论》以自献所怀。"[①]《明佛论》又名《神不灭论》[②]，是整个中古时期篇幅最长的一篇单篇论文，1.2万余字。其独创性，应当说较慧远的有了很大的提升。宗炳认为，众生之神，虽因所缘的不同而各异，但其本体是一致的。神之与形相合，乃是有条件的，而神并不随形之生而生，随形亡而亡，所谓"神非形作，合而不灭"。所以，"若使形生则神生，形死则神死，则宜形残神毁，形病神困"。而事实并非如此。这里，宗炳涉及了两个原则性的问题："一是人的精神现象是人体某个特殊器官的功能，还是整个人体（形）都具有的功能？二是疾病损害人的健康，是否同时也损害人的精神？"[③]这两个触及局部与整体、个别与一般的问题，在今天看来并不难解决，而在刘宋初期，对于无神论者来说，的确是难以回答的。既然神不会灭，那么作为个体之人我，就有了可以成佛的根据和条件了。这就是宗炳在《明佛论》的开头就强调指出的：

精神不灭，人可成佛，心作万有，诸法皆空。[④]

"人可成佛"和"心作万有"都是典型的涅槃佛性论主张。这个与慧远的共期往生西方净土的信仰有很大的不同。在慧远的思想世界里，阿弥陀佛和西方净土世界还仅仅是表现为一种信仰，其"念佛三昧"[⑤]主要强调的是"观想念佛"，即成佛的修行过程。而宗炳强调的是人人成佛的内在根据，即神我（法身：轮回的主体）与个体的高度合一。然而，宗炳又把佛性论与般若空（"诸法皆空"）结合起来，呈现出相当的矛盾性，依然跳入了"真空假有"的般若学的窠臼。总而言之，宗炳的神不灭论就是两个意思："一个意思是作为轮回的主体的神不灭，第二个意思是法身涅槃的神常住，让这两种神相联系，认为作为轮回的主体的神转生西方净土，之后成为得到涅槃的法身的神。"[⑥]所以，何承天在接到《神不灭

① 宗炳：《答何衡阳书》之一，僧祐撰，李小荣校笺：《弘明集校笺》，第107页。

② 僧祐：《弘明集》卷二，僧祐撰，李小荣校笺：《弘明集校笺》，第84页。

③ 任继愈主编：《中国哲学发展史》（魏晋南北朝卷），人民出版社1988年版，第784页。

④ 僧祐：《弘明集》卷二，僧祐撰，李小荣校笺：《弘明集校笺》，第84页。

⑤ 慧远：《念佛三昧诗集序》，《大正藏》第52册，第351页b。

⑥［日］小林正美：《六朝佛教思想研究・序言》，王皓月译，齐鲁出版社2013年版，第5页。

论》后，虽不服气，却是无力回辩。

与宗炳同时的郑鲜之，也著《神不灭论》参加论辩。他提出了“理精于形，神妙于理”的主张，认为“理”是形的性质的规定性，而神比理还要“妙”。这就等于把形与神彻底分开，二者是殊途不同归。“推此理也，则神不灭，居可知矣。”①

形、神关系的讨论并没有因为宗炳、郑鲜之等人的长篇弘论而结束，它还在继续成为广大僧俗关注的焦点，并一直延续到了齐梁时代。从宋初的形、神关系讨论的情况看，捍卫佛教神不灭论的佛教信徒是占了上风。这也说明，在科学尚不发达的古代社会，无神论者尽管看问题的出发点是对的，但在论证过程中，却显得软弱无力，漏洞百出。而有神论者虽在问题的本质上是颠倒了的，但在论证上要比无神论者严密得多。

统观刘宋前中期的思想文化界，儒学、玄学虽被皇家立为官学，培养子弟，但由于教授儒、玄的老师同时又崇尚佛教，故此时的儒、玄已大改其观，大变其样，儒、玄、佛三家的融合达到了新的高度。特别是佛教也被看成是治理国家、教化民众的一种思想工具，就与儒家没有根本上的区别了。在这种融合的过程中，儒、玄由曾经居于统治和指导全社会思想的主导地位降至多种思想并存的多元文化中的两支；而佛教则由原来道、玄的附属品而上升为多元文化体系中的重要的一支，而且是这一时期思想界最为活跃、最受人注目的一支。与儒、玄、道相比，它可谓是独领风骚。而此时的儒、玄、道相对来说要沉寂一些。

首先，上述涅槃佛性论的讨论，虽是佛教内部对义理问题的深入研究，但由于皇室的介入和一些著名的崇佛文士的参与，使得这场佛教内部义理的讨论扩展到了整个思想文化界，产生了巨大的反响；轮回报应和形神关系的讨论，虽是在有神论与无神论之间进行，但所涉及的问题本身是佛教的一些最为基本的理论，因而在很大的程度上，又深化了佛教的神不灭论与轮回报应说。双方的论辩又基本上是在文士之间，因而影响也是遍及朝野僧俗。其次，在佛教内部，佛教三藏的翻译有了长

---

① 郑鲜之：《神不灭论》，僧祐撰，李小荣校笺：《弘明集校笺》，第240页。

足的发展。刘宋汉译佛典总量多达465部717卷[①],为南朝四代汉译佛典之最。然而此时对于佛教义理的探讨,却格外引人注目,以"义解"而成为名家的僧人不但在佛教内部享有崇高的地位,就是在社会上,也比其他僧人更能得到皇室和世族文士的敬重。义理之学也因此成为刘宋佛教的主流。与北方佛教重实践相比,南朝佛教重义理,由此而承前启后、发扬光大。就整个南朝思想文化而言,南朝佛教的重义理,是整个南朝思想文化重义理的文化特质的重要组成部分。再次,佛教作为这一时期最为活跃的思潮,并不仅仅靠僧人的努力,还有大量的世族文士的参与。如果说东晋时文士参与佛教还仅仅处于理解和讲解的阶段,那么刘宋时的文士已经较为全面地具备了佛教的基本理论,并对佛教的一些重要理论发表自己独到的见解。在刘宋前期的佛教有关理论的大讨论中,参与的帝王和著名的文士之多,是空前的。如关注和参与佛性论讨论的帝王有宋文帝刘义隆[②]、孝武帝刘骏[③],文士有范泰、何尚之、谢灵运、王弘、王僧达等;参与佛教神不灭及轮回报应讨论的文士有宗炳、颜延之、刘少府[④]、郑鲜之等[⑤]。这些帝王和文士以其深厚的佛学功底、卓越的文才和犀利的辩术,不仅促进了佛教义理的进一步深刻化和明朗化,而且使得这两场大讨论超越了佛教范围而具有了全社会的思想文化意义,因而显示出强大的感召力和震撼力。这里,我们并不想深入探讨慧远、宗炳在佛学理论的重大问题上的贡献,而是想证明宗炳等一批在家信徒在佛学重大理论问题的论辩中的态度和逻辑思辨性[⑥]。

---

① 智昇:《开元释教录》卷五、卷六、卷七,第523页b—第552页b;圆照:《贞元新定释教目录》卷七、卷八、卷九,《大正藏》第55册,第820页a—第843页a。

② 慧皎《高僧传》卷七《道生传》:"宋太祖尝述生顿悟义,沙门僧弼等皆设巨难,帝(刘义隆)曰:'若使逝者可兴,岂为诸君所屈。'"(第307页。)

③ 慧皎《高僧传》卷七《道猷传》:"帝(刘骏)每称曰:'生公孤情绝照,猷公直辔独上,可谓克明师匠,无忝徽音。'"(第300页。)

④ 刘少府:《答何衡阳书》,严可均辑校:《全上古三代秦汉三国六朝文》,第5111—5112页。刘书以自然界的因果链条来证明佛教的因果报应。

⑤ 在佛教神不灭问题的讨论中,据现存文献载,捍卫佛教神不灭论的,几乎全是文人,而僧人倒好像是袖手旁观、缄默不语。

⑥ 从五朝到中唐的三教论衡中可以发现,一个基本的事实是,所能涉及的史料,几乎出自佛家之手。如僧祐《弘明集》、道宣《广弘明集》《集古今佛道论衡》等。而在儒家和道教的史料中,几乎没有涉及这方面的问题。佛教僧人在编辑"三教论衡"的过程中,是否有选择性的收录文献,由此来以偏概全呢,就难以稽考了。

综上所述，佛教在中国的发展是与帝王的支持和广大文士的积极参与分不开的。佛教与文士二者的渗透、融合，是双向的。一方面，佛教是异域的宗教文化，要想在中土生根、发芽、开花、结果，仅仅依靠广大的下层百姓是远远不够的，还必须投靠具有知识和社会地位的知识分子——士人，这一点对于佛教传播者来说是十分清楚的。因此，他们不遗余力地向文士渗透、靠拢，拉文士入伙，以确立自己的地位。哪怕是委曲求全、忍辱负重，都毫无怨言。另一方面，文士们在儒家一统思想格局被打破，特别是在社会的动荡不安、人生的价值再次遭到怀疑之后，原有的思想又不能解决这一切时，也需要寻找新的思想充实自己，指导人生。正好佛教中的一些新的观念、新的思维、新的方法便成了许多胸怀开放、不计夷夏之分的文士们所追逐的热点。这样，佛教与文士在共同利益的驱使下，越走越近，以致密不可分。了解文士与佛教的关系，有助于理解文士们的思想、行为，乃至他们的文学活动。

第二章　佛教哲学与晋宋山水文学

在刘宋王朝前后执政的60年里，在位者共8人，其中执政时间最长的是宋文帝刘义隆，年号元嘉(424—453)，前后30年。这一时期，经过前面武帝刘裕(3年)、少帝刘义符(2年)的努力，刘氏已在政治上取得了比较稳固的地位。宋文帝刘义隆上台后，在东晋义熙土断[①]的基础上，整理户籍，重视农业生产，相对减轻了一些民众的课税和徭役，并赈灾济民，调动了自耕农和手工业者的积极性，社会经济发展速度很快，出现了一个小康时代：

> 自义熙十一年(415)司马休之外奔，至于元嘉末，三十有九载，兵车勿用，民不外劳，役宽务简，氓庶繁息，至余粮栖亩，户不夜扃。[②]
>
> 虽没世不徙，未及曩时，而民有所系，吏无苟得。家给人足，即事虽难，转死沟渠，于时可免。凡百户之乡，有市之邑，歌谣舞蹈，触处成群，盖宋世之极盛也。[③]
>
> 江左风俗，于斯为美，后之言政治者，皆称元嘉焉。[④]

这些记载虽有溢美之意，但也可看出元嘉时期的政治、经济形势之稳

① 指东晋、南朝废止侨置郡县，并把侨寓户籍编入所在郡县的一种措施。西晋八王之乱，使得中原高门、豪族多迁居避祸于江南，却仍称原郡籍，遂形成诸侨郡县。东晋哀帝时，“大司马桓温，以民无定本，伤治为深，庚戌土断，以一其业。于时财阜国丰，实由于此”。(沈约：《宋书》卷二《武帝纪》，第30页。)

② 沈约：《宋书》卷五四《孔季恭传》，第1540页。

③ 沈约：《宋书》卷九二《良吏传序》，第2261页。

④ 司马光：《资治通鉴》宋文帝元嘉十五年，中华书局1956年版，第3869页。

定。在这样一个良好的政治、经济环境之中，刘义隆极为重视文化修养，积极向世家大族靠拢，竭力改变其出身于"武人"的形象，设法跻身于士族文人独霸文坛的地位，增强其在士族中的思想文化上的向心力和凝聚力。刘义隆重视佛教，积极参与佛教"义理"的探讨，就说明了这一点。而佛教也因此得到了急速的发展，尤其是佛教的"义理"之学，便成了哲学思想界的主要特质。

既然佛教的"义理"之学在刘宋前期成为哲学思想界最为活跃的潮流，那么，这个潮流必然会流向全社会思想文化的方方面面。文学作为全社会思想文化大潮中的一条重要的支流，也在一定程度上与佛教这股潮流的发展相适应，并且在一定程度上反映了这股潮流的文化特质和动向。

> 正始中，王弼、何晏好《庄》《老》玄胜之谈，而世遂贵焉。至过江佛理尤盛。①
>
> 故郭璞五言始会合道家之言而韵之。(许)询及太原孙绰转相祖尚，又加以三世之辞，而《诗》《骚》之体尽矣。②
>
> 有晋中兴，玄风独振，为学穷于柱下，博物止乎七篇，驰骋文辞，义单乎此。自建武暨乎义熙，历载将百，虽缀响联辞，波属云委，莫不寄言上德，托意玄珠。遒丽之辞，无闻焉尔。仲文始革孙、许之风，叔源大变太元之气。爰逮宋氏，颜、谢腾声。灵运之兴会标举，延年之体裁明密，并方轨前秀，垂范后昆。③
>
> 江左风味，盛道家之言，郭璞举其灵变，许询极其名理，仲文玄气，犹不尽除，谢混情新，得名未盛。颜、谢并起，乃各擅奇；休、鲍

---

① 余嘉锡据《文选集注》卷六二公孙罗引檀氏《论文章》校改为"至江左李充尤盛"，并以《宋书·谢灵运传论》《文心雕龙·明诗》《诗品·序》三书言及此事，"重规叠矩，并为一谈，不闻有佛理之说"，故认为"此必原本残阙，宋人肆臆妄填，乖谬不通，所宜亟为改正者矣"。(《世说新语笺疏》上卷下，第313页。)余氏之论可备一说。在我看来，原本所记也有道理，"过江佛理尤盛"并不是说过江初期佛教得到了急速的发展，成为社会思想文化的主流，而是就西晋昌盛的玄学而言，过江后，佛教得到了较快的发展(参见本文第一章第一节)。正是这个"佛理尤盛"才出现了许询、孙绰等人的玄、佛合流的诗篇。至于郭璞的"始会合道家之言"，则是玄、佛合流之时玄学的惯性。准此，我以为，原本的说法也是符合事实的。

② 刘义庆：《世说新语》上卷下注引檀道鸾《续晋阳秋》，第310页。

③ 沈约：《宋书》卷六七《谢灵运传论》，第1778—1779页。

后出，咸亦标世。[①]

永嘉时，贵黄、老，稍尚虚谈，于时篇什，理过其辞，淡乎寡味。爰及江表，微波尚传。孙绰、许询、桓（温）、庾（亮）诸公诗，皆平典似《道德论》，建安风力尽矣。先是郭景纯用隽上之才，变创其体；刘越石仗清刚之气，赞成厥美。然彼众我寡，未能动俗。逮义熙中，谢益寿斐然继作。元嘉中，有谢灵运，才高词盛，富艳难踪，固已含跨刘、郭，凌轹潘、左。[②]

及正始明道，诗杂仙心。……江左篇制，溺乎玄风，嗤笑徇务之志，崇盛亡机之谈。……宋初文咏，体有因革，庄、老告退，而山水方滋。俪采百字之偶，争价一句之奇，情必极貌以写物，辞必穷力而追新，此近世之所竞也。[③]

上引文献主要涉及了从两晋的正始经永嘉、义熙到刘宋的元嘉这一历史时期的文学嬗变情况，其中传达出这样一些信息：1. 从哲学思想上看，西晋玄学独行于学坛。过江后，玄学依然流行，但佛教同时兴起，并与玄学合流，成为哲学思想界的主流。2. 从文学上看，两晋文学主要以《老》《庄》思想为主流，并杂有佛教思想，诗歌直接以哲学语言阐明玄理，成了直接讲解《老》《庄》之道的工具。但在两晋玄风流行于文坛的具体问题上，上引文献的看法又不尽相同。刘勰、沈约、萧子显认为东晋的玄言诗比西晋又有了进一步的发展；而檀道鸾、钟嵘则认为过江后的玄学并没有西晋时盛行，而只是“微波尚传”；檀道鸾还认为东晋的玄言诗不只是单纯地宣传道家思想，而且还杂有了佛教内容，扩大了玄言诗的范围。而其他诸人则不提佛教，把玄言诗看成是以宣扬道家思想为主的诗种[④]，即“寄言上德（老），托意玄珠（庄）”[⑤]，“诗必柱下（老）之旨归，赋乃漆园（庄）之义疏”[⑥]。3. 两晋文学经过谢混、殷仲文的改革

① 萧子显：《南齐书》卷五二《文学传论》，第908页。

② 钟嵘：《诗品·序》，第1—2页。

③ 刘勰：《文心雕龙·明诗》，刘勰撰，范文澜：《文心雕龙注》，第67页。

④ 参见张可礼：《刘勰论魏晋玄言诗》，《文史哲》1995年第6期。

⑤ 沈约：《宋书》卷六七《谢灵运传论》，第1778页。

⑥ 刘勰：《文心雕龙·时序》，刘勰撰，范文澜注：《文心雕龙注》，第675页。

后，至宋元嘉，宣扬道家思想的玄言诗终于退出了历史舞台，代之而兴起的是以谢灵运为代表的山水诗文。

由玄言诗中的“庄、老告退”转变到山水诗的“方滋”，标志着诗歌“从哲思又逐渐回归到感情上来，以情思取代玄理”[①]。这一转变，除了文学发展的自身规律外，又与东晋义熙至宋元嘉这一时期佛教成为社会思想文化的强劲思潮有着十分密切的关系。

第一节　山水审美的产生与宗教的联姻

刘勰所说的“山水方滋”，是指宋元嘉时期以谢灵运为代表的山水诗派的兴起。如前所说，谢灵运是一个虔诚的佛教信徒，其佛教功底之深，义理水平之高，盖非一般僧人所能比。他的山水诗实际在一定程度上是他佛教思想的具体体现，不过，这种表现不像玄言诗那样只借诗歌的外在形式直接以哲学语言来阐明佛理，而是以一种审美的情思来表现佛理。这就把山水审美与宗教有机地融为一体，使人在山水审美中自觉或不自觉地感受和体悟到佛理。最早指出谢灵运的山水文学创作得益于佛教的是他的十世孙、唐代著名僧人、诗学家释皎然（本名谢清昼）。皎然指出：

> 康乐公早岁能文，性颖神彻，及通内典，心地更精，故所作诗，发皆造极，得非空王之道助邪？[②]
>
> 两重意已上，皆文外之旨。若遇高手康乐公，览而察之，但见情性，不睹文字，盖诗道之极也。向使此道尊之于儒，则冠六经之首；贵之于道，则居众妙之门；崇之于释，则彻空王之奥。[③]

皎然的评价着眼于三点：一是从谢灵运的人格、情性、神灵等主体结构入手，认为谢灵运研读、精通佛典后，心灵得到了升华，其胸怀之开阔，

① 罗宗强：《魏晋南北朝文学思想史》，中华书局 1996 年版，第 175 页。
② 皎然：《诗式·文章宗旨》，皎然撰，李壮鹰校注：《诗式校注》，人民文学出版社 2003 年版，第 118 页。
③ 皎然：《诗式·重意诗例》，皎然撰，李壮鹰校注：《诗式校注》，第 42 页。

心地之精邃，足以容纳万物、生化群情，这完全是得益于佛教的帮助；二是从诗歌作品的形式特点入手，认为诗歌具有多重意蕴，读谢灵运这样的诗坛高手的作品，不能拘泥于诗句的文辞，而须透过文辞，直造其文外之旨，得其性情而忘其文字；三是从儒、释、道三家入手，认为诗道与三家有关：尊儒，则重教化；贵道，则偏玄远；崇佛，则精性灵[①]。三家与诗道之关系孰密，由是即可知也。然而，宗教与审美毕竟是两种不同的意识形态，那么，二者何以能融为一体呢？自然山水又缘何能表现出佛理呢？山水诗又为何在宋元嘉时期由一个虔诚的佛教信徒来兴起呢？要想深刻理解这一连串的问题，还得需要从原始山水审美的产生和宗教的关联谈起。

从人的生存和发展来看，人类与大自然存在着物质和精神的两种密切关系：即大自然为人类提供了赖以生存和发展的自然生态环境及其物质资源，以及满足人类精神文化活动所需要的自然环境及其资源。人类从孕育到形成，一刻也不能离开大自然的怀抱。大自然就像母亲一样孕育了人类，又像摇篮一样护扶着人类的成长。构成大自然的山川、水流、树木、花草、啼鸣乃至宇宙空间的日月、星辰、云雾、雷电、风雨等都是人类生存和发展所必需的物质资源。从人类早期的活动来看，初民们尤其依赖于山川、水流、树木等自然物质条件。依山傍水的地理环境是初民最为理想的生存环境。也就是说，优良的自然山水环境，养育了初民，因此，人类是由山石、植物所生便成为原始初民的一种十分普遍的认识。据说，先民“因生以赐姓”[②]，而姓从母，故凡以杨、柳、桑、梅、朱、檀、蓝、麦之类为姓者，实源自“植物生人”[③]的观念。像夏启、孙悟空由山石而生，则是源自“山石生人”的观念。随着人类的进步，进入农业社会初期的先民，虽逐渐向平原拓展，但仍然离不开山水。他们认为，山能出风云、导雨水，滋润大地，哺育万物。因而能给人类带来喜悦、快感。这种精神上的感应，便是萌发自然美感的心理基础。另一方

① 何尚之《答宋文帝赞扬佛教事》：“谢灵运每云：‘……必求性灵真奥，岂得不以佛经为指南邪？’”（僧祐撰，李小荣校笺：《弘明集校笺》，第 576 页。）

②《左传·隐八年》，阮元校刻《十三经注疏·左传注疏》，第 3764 页。

③ 龚维英：《原始人“植物生人”观念初探》，《民间文学论坛》1985 年第 1 期。

面，由于初民们的视野不广阔、思维不开阔，在强大的自然力面前，他们产生了渺小和自卑感。人们相信，自然充满着有情感、能与人相通的精灵，“不仅人有灵魂，动物、石块、河流、山冈、天体、海洋和大地自身都有灵魂（Anima），而且这些灵魂能够与人相通，也会被人奉承或冒犯，既能帮助人也能危害人。……从某种程度上来说，原始宗教之所以倾向敬畏自然，是出于一种自然生命的意识”①。“万物有灵论”的宗教观由是而生②。恩格斯也说：“由于自然力被人格化，最初的神产生了。”③于是出现了日神、月神、风神、雨神、云神、山神、水神、河神、地神、树神、花神等等，几乎所有自然物都被神化。“有天鬼，亦有山水鬼神者，亦有人死而为鬼者。”④原始先民在对自然无能为力的情况下，往往采用宗教式的手段来驾驭自然。“即使神灵也是可以驾驭的。一个凡人可以用焚香、卑辞许愿、奠酒、供香料等手段来左右神灵。”⑤中国古代这种宗教祭祀手段十分繁多，“燔柴于泰坛，祭天也。瘗埋于泰折，祭地也。……埋少牢于泰昭，祭时也。相近于坎坛，祭寒暑也。王宫，祭日也。夜明，祭月也。幽宗，祭星也。雩宗，祭水旱也。四坎坛，祭四方也。山林、川谷、丘陵，能出云，为风雨，见怪物，皆曰神。有天下者祭百神”⑥。“天子祭天下名山大川，五岳视三公，四渎视诸侯，诸侯祭其疆内名山大川。”⑦“地载万物，天垂象，取财于地，取法于天，是以尊天而亲地也。故教民美报焉。”⑧自然的神力给人们带来了赖以生存和发展的财富，人们则通过宗教祭祀“美报”、取悦于自然。除了祭祀自然以外，另一种“取悦”自然的方式是将自然神灵与人紧紧联系、沟通起来，使神灵与人亲如一家。自然神灵是人产生的源头，人是神灵的子嗣。尤其是一系列的先

---

① [美]L.M.霍普夫：《世界宗教》，张云钢、王世钧等译，知识出版社 1991 年版，第 21 页。

② [英]泰勒：《原始文化》第十一至十七章《万物有灵论》，连树声译，上海文艺出版社 1992 年版。

③ [德]恩格斯：《路德维希·费尔巴哈和德国古典哲学的终结》，《马克思恩格斯选集》第 4 卷，人民出版社 1977 年版，第 220 页。

④《墨子·明鬼下》，孙诒让：《墨子间诂》，中华书局 2001 年版，第 247—248 页。

⑤ 费尔巴哈：《费尔巴哈哲学著作选集》下卷，商务印书馆 1984 年版，第 463 页。

⑥《礼记·祭法》，《十三经注疏·礼记正义》，第 3445 页。

⑦ 司马迁：《史记·封禅书》引《周官》，中华书局 1982 年版，第 1357 页。

⑧《礼记·郊特牲》，《十三经注疏·礼记正义》，第 3138 页。

民的感生神话，如黄帝之母附宝感雷电而孕后生黄帝[①]，殷商始祖母简狄吞玄鸟蛋而感孕生契[②]，姬周始祖母姜嫄踩“大人”足迹而感孕生后稷[③]等。在这种“美报”之中，神灵生人、自然审美与宗教祭祀紧密地联系于一起。“在原始人的意识里，很难把认识的逻辑形式与情感形式，认识的宗教形式与伦理形式和审美形式分开。它们仿佛混合在一起而存在。”[④]人类作为存在的类来说，其意义即在于具有创造性，他创造了文化和文明。人“不再生活在一个单纯的物理宇宙之中，而是生活在一个符号宇宙之中，语言、神话、艺术和宗教则是这个符号宇宙的各部分，它们是织成符号之网的不同丝线，是人类经验的交织之网”[⑤]。在这语言、神话、艺术、宗教的网络之中，人类赋予了自然山水以人的灵魂、人的精神、人的品格、人的情感、人的审美。自然山水就这样与人的一切精神活动融为一体。人在自然山水中的实践活动，使人既获得了宗教和哲理的目的，同时又享受到了审美的妙趣。现存最早的诗歌选集《诗经》，主要就是“记山川、溪谷、禽兽、草木、牝牡、雌雄……以达意”[⑥]。从哲学思想上来说，儒家的创始人孔子就对自然山水有“比德说”：

> 知者乐水，仁者乐山。[⑦]
>
> 岁寒，然后知松柏之后凋也。[⑧]

---

①《竹书纪年》卷上：“黄帝轩辕氏，母曰附宝，见大电绕北斗枢星，光照郊野，感而孕，二十五月而生帝于寿丘。”(郝懿行：《竹书纪年校证》，《郝懿行集》，齐鲁书社2010年版，第3817页。)司马迁《史记·五帝本纪》：“黄帝者，少典之。”唐张守节正义：“母曰：附宝，之祁野，见大电绕北斗枢星，感而怀孕，二十四月而生黄帝于寿丘。”(第25页。)

②《竹书纪年》卷上：“初，高辛氏之世妃曰简狄，以春分玄鸟至之日，从帝祀郊禖，与其妹浴于玄丘之水。有玄鸟衔卵而坠之，五色甚好，二人竞取，覆以二筐。简狄先得而吞之，遂孕。胸剖而生契。长为尧司徒，成功于民，受封于商。”(郝懿行：《竹书纪年校证》，第3851页。)《诗经·商颂·玄鸟》：“天命玄鸟，降而生商。”(《十三经注疏·毛诗正义》，第1343页。)

③《竹书纪年》卷下：“初，高辛氏之世妃曰姜嫄，助祭郊禖，见大人迹，履之，当时歆如有人道感己，遂有身而生男。以为不祥，弃之隘巷，羊牛避而不践；又送之山林之中，会伐林者；又取而置寒冰上，大鸟以一翼籍覆之。姜嫄以为异，乃收养焉，名之曰弃。枝颐有异相。长为尧稷官，有功于民。”《诗经·大雅·生民》：“厥初生民，时维姜嫄。生民如何？克禋克祀，以弗无子。履帝武敏歆，攸介攸止，载震载夙。载生载育，时维后稷。”

④［俄］雅科伏列夫：《艺术与世界宗教》，任光宣等译，文化艺术出版社1989年版，第11页。

⑤［德］E.卡西尔：《人论》，甘阳译，上海译文出版社1985年版，第33页。

⑥司马迁：《史记·太史公自序》，第3297页。

⑦《论语·雍也》，朱熹：《四书章句集注》，中华书局2008年版，第90页。

⑧《论语·子罕》，朱熹：《四书章句集注》，中华书局2008年版，第115页。

> 夫山,草木生焉,鸟兽蕃焉,财用殖焉……出云雨以通乎天地之间,阴阳和合,雨露之泽,万物以成百姓以飨,此仁者之乐于山者也。[①]
>
> 夫水者,君子比德焉。(水)遍予而无私,似德;所及者生,似仁;其流卑下句倨皆循其理,似义;浅者流行,深者不测,似智;其处百仞之谷不疑,似勇;绵弱而微达,似察;受恶不让,似贞;包蒙不清以入,鲜洁以出,似善化;至量必平,似正;盈不求概,似度;其万折必东,似意;是以君子见大水观焉尔。……是知之所以乐水也。[②]

这种把人的道德、修养、品格、节操与山水的自然特征相比拟,使人从中获得了一定的审美意义。道家的创始人老子直接提出了"道法自然"[③]的主张,他的"自然"显然包含着山水。他还以"水"来比拟女性之人格特征[④],"天下莫柔弱于水,而攻坚强者莫之能胜"[⑤];"上善若水,水善利万物而不争"[⑥]。老子的后继者庄子"从'道'的无限和自由,推出了人的无限和自由,把永恒的大自然的无意识、无目的,却又合乎规律的运动作为人效法的模范"[⑦]。他说:"山林与!皋壤与!使我欣欣然而乐与!"[⑧]故《庄子》中的"神人""真人""至人""高人""畸人"等皆居于山林之中,并且寄情于"广莫之野"[⑨]。道家这种主张通过与自然的融合来体验、感受和实践其"道",自然也就获得了与儒家"山水比德"所不同的审美意义。诞自于天竺的佛教,也与自然山水有着不解之缘。佛教是一种出世的宗教。当人们在苦难的现实社会面前无力与之抗争时,佛教让人们摆脱现实社会的纷繁,从烦恼中解脱出来。而实现这种解脱的方法与途径,小乘主张离开繁闹的都市,进入僻静山林,修持佛教的戒、定、慧三学。而大乘虽反对小乘单纯的出离遁世,但总不能离开自然山

---

① 《尚书大传》卷六载孔子语,皮锡瑞:《尚书大传疏证》,中华书局 2015 年版,第 337 页。
② 刘向:《说苑》卷十七《杂言》载孔子语,向宗鲁:《说苑校正》,中华书局 1987 年版,第 434 页。
③ 《老子》第二五章,楼宇烈:《老子道德经校释》,第 64 页。
④ 参见傅道彬:《中国生殖崇拜文化论》,湖北人民出版社 1990 年版,第 331 页。
⑤ 《老子》第七八章,楼宇烈:《老子道德经校释》,第 187 页。
⑥ 《老子》第八章,楼宇烈:《老子道德经校释》,第 20 页。
⑦ 李泽厚、刘纲纪主编:《中国美学史》第 1 卷,中国社会科学出版社 1984 年版,第 239 页。
⑧ 《庄子·知北游》,郭庆藩:《庄子集释》,第 765 页。
⑨ 《庄子·逍遥游》,郭庆藩:《庄子集释》,第 40 页。

水。不过，天竺佛教把自然山水仅仅看作是修行的基本的场所和必备条件，并未把自然山水看成是佛的化身或美的体现。佛教传入中国后，依然保持了这个传统。直至东晋，在吸收道家思想的基础上，佛教才把自然山水构划成为宗教与审美的有机结合体。由此始，中国的佛教信仰者修行之处总是置于那些依山傍水、风景如画的地方。是故中国宋代诗人赵抃有诗云："可惜湖山天下好，十分风景属僧家。"[1]古语也说"天下名山僧占多"[2]。总之，无论是宗教的还是哲学的，都在自然山水中寻找到了审美的情趣和意义。当然，这种寻找还仅仅停留在借自然山水而求得精神上的寄托，或以其自然特性比君子而获得情感交流的阶段。然而，就是这样的宗教与山水、哲理与山水的审美思想和实践，已经为后来的专以山水为独立的审美对象的文学实践奠定了厚实的基础。了解早期的自然山水与宗教、哲理的关系，对于我们进一步认识佛教与以谢灵运为代表的山水诗的关系，可能会有所裨益的。

第二节　般若学与山水文学

佛教进入中土后，继续发扬着与自然山水连为一体的传统。从《僧传》来看，早期传译佛经的僧人多住锡于都市郊外依山傍水的僻静之处。以禅定或苦行（hèng）[3]为高的僧人则终年生活于山林之中，与自然山水为伴。至曹魏两晋，由于南北方地理、环境、气候等自然方面的不同和北方重禅定、苦行，南方重义解、讲唱的学风的差异的原因，形成了南北方佛教信徒对待自然山水的不同态度。如果说北方僧人游荡山林专事苦行、躲进石窟潜心向佛、钻入洞穴专注面壁，突出的是人与自然山水关系中的宗教意义的话，那么，南下、过江僧人的游赏山林、纵情川流，则在宗教的气氛下更多地显示了人与自然山水中的审美内蕴。

① 赵抃：《清献集》卷一〇《次韵范师道龙图三首》之一，明汪旦嘉靖四十一年（1562）刻本。

② 方回：《桐江续集》卷三〇《天下夕阳佳诗说》，影印《文渊阁四库全书》，台湾商务印书馆2008年版，第662页c。

③ 苦行（Tapas）：指断除个人肉体欲望，忍受诸种难忍之苦的一种宗教实践行为。

当西晋永嘉之乱，晋室南渡之时，佛教也随着南下、过江的大潮涌向了南方，并在南方得到了飞速的发展。吴越、荆楚一带秀丽、旖旎的山水风光，为佛教徒的生存、传教和悟道提供了优良的环境和条件，也为佛教信徒内心深处的情韵供给了寄托之处。

治般若学的“义解”僧人，普遍重视和留恋自然山水。在般若学的“六家七宗”中，主张“本无宗”的慧远，在襄阳与师父道别，欲往广东罗浮山，经过庐山时，见匡庐清静、秀美，便上山留住。慧远“创造精舍，洞尽山美，却负香炉之峰，傍带瀑布之壑，仍石垒基，即松栽构，清泉环阶，白云满室。复于寺内别置禅林，森树烟凝，石筵苔合。凡在瞻履，皆神清而气肃焉”[①]。“缘会”义倡导者于道邃的师傅于法兰，“风神秀逸，道振三河，名流四远。性好山泉，多处岩壑。……后闻江东山水，剡县称奇，乃徐步东瓯，远瞻嵣嵊”[②]。于法兰死后，支遁曾为之立像赞曰：“于氏超世，综体玄旨，嘉遁山泽，驯洽虎兕。”[③]于道邃，“性好山泽，在东多游履名山。为人不屑毁誉，未尝以尘近经抱”[④]。康僧渊“于豫章山立寺，去邑数十里，带江傍岭，林竹郁茂，名僧胜达，响附成群”[⑤]。即色宗的支遁，先“隐居余杭山”，“俄又投迹剡山，于沃洲小岭立寺行道”，“晚移石城山，又立栖光寺。宴坐山门，游心禅苑，木食涧饮，浪志无生”。他曾应“徵请出都”，“淹留京师，涉将三载”，最后“收迹剡山，毕命林泽”。[⑥] 幻化宗的道壹，“闲居幽阜，晦影穷谷”。时有帛道猷，“性率素，好丘壑，一吟一咏，有濠上之风”。致书道壹谓：“始得优游山林之下，纵心孔释之书，触兴为诗，陵峰采药，服饵蠲痾，乐有余也。但不与足下同日，以此为恨耳。因有诗曰：‘连峰数千里，修林带平津。云过远山翳，风至梗荒榛。茅茨隐不见，鸡鸣知有人。闲步践其迳，处处见遗薪。始知百代下，故有上皇民。’”道壹得信，“有契心抱，乃东适耶溪，与道猷相

① 慧皎：《高僧传》卷六《慧远传》，第212页。
② 慧皎：《高僧传》卷四《于法兰传》，第166页。
③ 慧皎：《高僧传》卷四《于法兰传》，第166页。
④ 慧皎：《高僧传》卷四《于道邃传》，第170页。
⑤ 慧皎：《高僧传》卷四《康僧渊传》，第151页。
⑥ 慧皎：《高僧传》卷四《支遁传》，第159—163页。

会，定于林下。于是，纵情尘外，以经书自娱”[①]。“道壹道人……从都下还东山，经吴中。已而会雪下，未甚寒。诸道人问在道所经，壹公曰：‘风霜固所不论，乃先集其惨澹。郊邑正自飘瞥，林岫便已皓然。’”[②]

从治般若学的“义解”僧人的居住和活动的地方来看，多在由建康西南沿江至浔阳（今九江）、荆州，东南至浙东的会稽（今绍兴）、永嘉（今温州）一带。而这两个地区的山水风景，美不胜收。先看三峡至江陵之景：

> 有时朝发白帝，暮到江陵，其间千二百里，虽乘奔御风，不以疾也。……山松言：常闻峡中水疾，书记及口传悉以临惧相戒，曾无称有山水之美也。及余来践跻此境，既至欣然，始信耳闻之不如亲见矣。其迭崿秀峰，奇构异形，固难以辞叙。林木萧森，离离蔚蔚，乃在霞气之表。仰瞩俯映，弥习弥佳，流连信宿，不觉忘返。目所履历，未尝有也。既自欣得此奇观，山水有灵，亦当惊知己于千古矣。[③]

再看浔阳庐山：

> 其山大岭，凡有七重。圆基周回，垂五百里。风雨之所摅，江山之所带。高岩仄宇，峭壁万寻。幽岫穿崖，人兽两绝。天将雨，则有白气先抟；而缨络于山岭下，及至触石吐云，则倏忽而集。或大风振岩，逸响动谷；群籁竞奏，其声骇人。此其化不可测者矣。……其北岭两岩之间，常悬流遥沾，激势相趣，百余仞中，云气映天，望之若山，有云雾焉。……东南有香垆山，孤峰独秀。起游气笼其上，则氤氲若香烟。白云映其外，则炳然与众峰殊别。将雨，则其下水气涌出，如马车盖，此龙井之所吐。其左则翠林，青雀白猿之所憩。[④]

① 慧皎：《高僧传》卷五《竺道壹、帛道猷传》，第 207 页。

② 刘义庆：《世说新语》上卷上《言语》，第 173 页。

③ 郦道元：《水经注》卷三四《江水》，郦道元撰，陈桥驿校证：《水经注校证》，中华书局 2007 年版，第 793 页。

④ 慧远：《庐山记》，严可均辑校：《全上古三代秦汉三国六朝文》，第 4796—4797 页。

浙东会稽之山水风景，也足以让人叹为观止：

> 嵊山与嵊山接。二山虽曰异县，而峰岭相连。其间倾涧怀烟，泉溪引雾，吹畦风馨，触岫延赏，是以王元琳谓之神明境。[①]
>
> 从溪口随江上数十里，两岸峻壁极险，乘高临水，深林茂竹，表里辉映，名为嵊嵊，奔濑迅湍，以至剡也。[②]
>
> 会稽境特多名山水，潭壑镜澈，清流贯注，惟剡溪有之。[③]

僧人们长期生活在这种层峦叠嶂、翠林葱茏、云遮雾盖、雨濛露明、清流激湍、碧潭澄泉的优美秀丽的自然环境中，自然与生活在北方粗犷的山川、广袤的荒漠之中的感受是很不相同的。他们自觉或不自觉地就会被这隽秀、透明而且带着灵气的山水所吸引、所感动。于是，美也就体现到了山水景物之中。由此也就有了道壹和尚不顾行脚疲劳、风雪寒冷而欣赏沿途的"林岫皓然"之美景。

这样的心态和情趣又正好是过江的好玄名士所竭力追求的。[④] 以"玄对山水"[⑤]的名士们如同他们在玄学中难以继续找到对现实种种疑难问题的解答一样，他们在山水审美上，以玄学继续作为山水审美的指导思想，显然也是不够的。不论玄学中的"贵无"[⑥]"崇有"[⑦]，还是"独化"[⑧]，说到底，它们还是一种充分肯定现实世界合理性的世俗思想体

---

① 郦道元：《水经注》卷四〇《浙水》，第 946 页。

② 施宿等：《会稽志》卷九《嵊县》，影印《文渊阁四库全书》第 486 册，第 180 页 a。

③ 高似孙：《剡录》卷二《山水志》，孔晔：《会稽记》，影印《文渊阁四库全书》第 485 册，第 547 页 a。

④ 李泽厚、刘纲纪：《中国美学史》第 2 卷下，中国社会科学出版社 1987 年版，第 503—506 页。

⑤ 刘义庆：《世说新语·容止》刘孝标注引孙绰《庾亮碑文》，第 727 页。

⑥ 魏晋玄学的一种主张，以"无"为天地万物的精神本原。源于《老子》的"天下万物生于有，有生于无"。（楼宇烈：《老子道德经校释》，第 110 页。）代表人物为何晏、王弼。晋裴頠《崇有论》："察夫偏质有弊，而睹简损之善，遂阐贵无之议，而建贱有之论。"（严可均辑校：《全上古三代秦汉六朝文》，第 3297 页。）刘勰《文心雕龙·论说》："然滞有者全系于形用，贵无者专守于寂寥，徒锐偏解，莫诣正理。"（范文澜：《文心雕龙注》，第 327 页。）

⑦ 西晋裴頠提出的与"贵无"论对立的思想主张，认为世界本原是"有"，著有《崇有论》。

⑧《庄子·齐物论》："吾有待而然者邪，吾所待又有待而然者邪？"郭象注："若责其所待，而寻其所由，则寻责无极，卒至于无待，而独化之理明矣。"（郭庆藩：《庄子集释》，第 111 页。）《庄子·大宗师》："彼特以天为父，而身犹爱之，而况其卓乎？"郭象注："卓尔，独化之谓也。夫相因之功莫若独化之至也，故人之所因者天，天之所生者独化也。"（郭庆藩：《庄子集释》，第 241 页。）郭象的"独化"论即是指一切万事万物的个体的自存、自足、自立、自由、自生的存在状态以及这个绝对个体存在状态的活动变化。

系，它们所谓的自然山水总是要与统治者倡导的名教相适应，因而不可能真正赋予自然山水以超越名教的独立存在的审美意义。而此时兴起的般若学以其“缘起性空”的理论，不仅论证了现实世界的虚幻不实，同时也成为“动极神源”[①]的自然山水的理论依据。

从当时的六家七宗来看，他们对般若学的研究主要是着眼于把主观与客观两方面联系起来。所谓般若（Prajñā），“就其客观方面说是性空，就其主观方面说是大智（能洞照性空之理的智慧），把主观客观两方面联系起来构成一种看法，谓之‘空观’”[②]。空观的过程，就是用大智洞照性空的实践过程。这个实践过程，对于僧人来说，主要是竭力摆脱世俗精神上的捆绑和心猿意马的烦恼。而山水是自然万物的组成部分，因此，置身于山水胜景之中是实践空观的最好途径和环境。魏晋玄学思潮的主流是探讨“名教”与“自然”的关系，他们曾经历过三个阶段：以王弼为代表，主张“名教”应建立在“自然”的基础之上；以阮籍、嵇康为代表，主张“越名教而任自然”[③]；以郭象为代表，主张“名教”即“自然”、庙堂即山林。这三个阶段中，阮籍、嵇康最重视“自然”，但也不过是强调“物情顺通”“无私无非”[④]，仍然落实在现实人生的道德准则上。晋室南渡，“名教”与“自然”的争论也随着玄学在社会思想文化中的落潮而归于消歇。而它们重视“自然”的主张，则被般若学者统摄于佛学之中。所谓的六家七宗，在现存文献中只载其名，在僧肇的《肇论》中仅对本无宗、心无宗和即色宗作了介绍，并予以批判。

本无宗主张的“本无”是“真如”（Bhūtatathatā）的初译语，在般若学里表示性空（Prakṛti-abhāva）。本无宗讲“本无”，有特殊意义。“特别是这时期的玄学，已经由‘贵无’‘崇有’而发展到‘自然’说，佛学的‘本无’也与‘自然’说结合起来，以‘自然’解‘本无’，更不是一般所说的‘本

① 刘勰《文心雕龙·论说》：“宋岱、郭象，锐思于几神之区；夷甫（王衍）、裴頠，交辨于有无之域；并独步当时，流声后代。然滞有者，全系于形用；贵无者，专守于寂寥。徒锐偏解，莫诣正理；动极神源，其般若之绝境乎！”（范文澜：《文心雕龙注》，第327页。）

② 吕澂：《中国佛学源流略讲》，中华书局1979年版，第46页。

③ 嵇康：《释私论》，严可均辑校：《全上古三代秦汉三国六朝文》，第2667页。

④ 同上书，第2669页。

无'了。"[①]就是说，本无宗的立宗，是建立在"自然"(山林)的基础之上的。[②]

> 无在元化之前，空为众形之始，故为本无。非为虚豁之中，能生万有也。[③]
>
> 弥天释道安法师《本无论》云："……明如来兴世，只以本无化物。若能苟解无本，即思异(想)息矣。"……庐山慧远法师《本无义》云："因缘之所有者，本无之所无，本无之所无者，谓之本无。本无与法性，同实而异名也。"[④]

以道安、慧远为代表的本无宗虽承认"无在万化之前"，但强调的是"诸法本性空寂"的本体论，而反对"虚豁之中能生万有"的宇宙生成论。在他们看来，本无即是真如，又是性空，又是法性，是一切现象的本质、本体，是佛教的核心范畴。

心无宗(该宗的代表人物为支敏度、竺法蕴)主张心无色有："心无者，无心于万物，万物未尝无。"[⑤]他们认为，观照万物，主体乃应心中无物，至于自然万物本身是否空或非空，则不必深究之。"有为实有，色为真色。经所谓色为空者，但内止其心，不滞外色。外色不存，余情之内，非无而何?"[⑥]心无宗显然与本无宗的观点截然对立，前者是心无色有，后者是心有色无。

在六家七宗中，识含、幻化、缘会、即色四宗都是由心无宗的心无色有的思想引发而来的。他们都竭力坚持般若学的思想，反对心无宗的不空外色。但前三宗的理论水平不高，唯有即色宗在当时声誉最隆。即色宗的代表人物是名噪一时的支遁(道林)，他的"即色义"的理论思想主要集中于《即色游玄论》与《妙观章》。然此二篇皆佚，我们只能从他人的记载中略知一二。

---

① 吕澂:《中国佛学源流略讲》，第 53 页。

② 关于本无宗的代表人物学界尚有分歧，吕澂认为应为竺法汰；汤用彤、任继愈认为是道安，这里采用汤、任说。

③ 昙济:《七宗论》，宝唱:《名僧传抄 · 昙济传》，《续藏经》第 77 册，第 354 页 c。

④ 惠达:《肇论疏》卷一，《续藏经》第 54 册，第 59 页 b。

⑤ 僧肇:《肇论 · 不真空论》，僧肇撰，张春波校释:《肇论校释》，中华书局 2010 年版，第 39 页。

⑥ [日]安澄:《中论疏记》，《大正藏》第 65 册，第 94 页 b。

支道林著《即色游玄论》云："夫色之性，色不自色，不自，虽色而空。知不自知，虽知而寂。"……其制《即色论》云："吾以为即色是空，非色灭空。"①

支道林造《即色论》(《支道林集妙观章》云："夫色之性也，不自有色。色不自有，虽色而空。故曰色即为空，色复异空。")论成，示王中郎，中郎都无言。②

天竺佛教所谓"色"，是说宇宙万有的现象存在。相当于世俗哲学中物质的概念，然又非全指物质现象。根据佛教"五蕴(阴)(Pañcaskandha)"中的"色蕴"理论来看，"色蕴"包括"四大"(Caturmahādhūta，地、水、火、风)及由四大所组成的感觉器官(眼、耳、鼻、舌、身)和感觉的对象(色、声、香、味、触)等。这样，"色"就在指物质现象的同时，也包含有少数精神现象。支遁的"即色游玄论"的"色"主要是指现象，"玄"是指本体。他认为，本体是寓于现象之中的，认识本体，则需要从现象入手。然而这个现象的"色"却只是概念的色，并非色自己构成，所以其本身非色；非色了，自然就是空。因此说"色即是空"。支遁几首赞菩萨诗也反映了他的"色即是空"的思想：

能仁畅玄句，即色自然空。空有交映迹，冥知无照功。(《善思菩萨赞》)

绝迹迁灵梯，有无无所骋。不眴冥玄和，栖神不二境。(《不眴菩萨赞》)

体神在忘觉，有虑非理尽。色来投虚空，响朗生应轸。(《善宿菩萨赞》)③

从这些诗句看，支遁是运用有无双遣的方法来把握般若性空的。在他看来，人们从现象入手去认识本体，"即色自然空""色来投虚空"，即可达到"空有交映迹""有无无所骋"。从这一点上看，支遁是把本体和现象联系起来，把它们看成是一种相即的关系。然而，他在"色即是空"后

① [日]安澄：《中论疏记》，《大正藏》第65册，第94页a。

② 刘义庆：《世说新语》上卷下《文学》，第263页。

③ 道宣：《广弘明集》卷十五，《大正藏》第52册，第197页a—b。

又紧接着提出“色复异空”，强调认识上的色既是非色、假象、空，那么说空之外尚有由色的概念而成其为色的。故“色”与“空”是相异的。这样，支遁把前面相即的“色”与“空”，即现象与本体，又割裂开来，保留了一个假有，使得他的般若学的本体论在义理上空得不够彻底，在结构上显得残缺不全。

六家七宗的般若学研究并不是沿着天竺般若学的本义道路而行进的，而是融会“夷夏”两种不同的思想，采用“格义”方法，随意发挥，自由创解出来的。因此，当鸠摩罗什来华将龙树（Nāgārjuna）、提婆（Āryadeva）的中观学派（Mādhyamika）的理论系统译介过来后，其弟子僧肇便对六家七宗的主要三家本无宗、心无宗和即色宗做了清理和批判。僧肇首先指出了本无宗的不足是“本无者，情尚于无，多触言以宾无，故非有，有即无；非无，无亦无”①。僧肇认为本无宗虽提到“非有非无”的问题，但基本上仍在强调本体的“无”，而忽视了现象的“假有”。这等于把本体说成无而执著为实有了。心无宗的缺点在僧肇看来是“心无者，无心于万物，万物未尝无。此得在于神静，失在于物虚”②。僧肇认为心无宗的得在于在主观智慧方面空寂了；失在于以主观空寂而认为现象虚无，忽视了现象的假有。即色宗则是“即色者，明色不自色，故虽色而非色也。夫言色者，但当色即色，岂待色色而后为色哉？此直语色不自色，未领色之非色也”。在僧肇眼里，就现象之本性来说，都是虚假不实的，那么，若论即色，则应“当色即色”，直接说明色的本性是空的，而不能等到诸因缘和合而成色（事物），再说明它是假有之色。像支遁那样，实际执著的是概念之色，而非色之本身。这等于只理解到了色空的“非有”，而未解其还有“非无”。元康也认为“林法师但知言色非自色，因缘而成，而不知色本是空，犹存假有也”③。针对三家的观点，僧肇在《肇论》中彻底地发挥了中观学派的般若理论，他认为不光一切事物只是虚假的名号（“万物非真，假号久矣”），就是构成诸事物联系的

---

① 僧肇：《肇论·不真空论》，僧肇撰，张春波校释：《肇论校释》，中华书局2010年版，第41页。

② 同上书，第39页。

③ 元康：《肇论疏》卷一，《大正藏》第45册，第171页c。

"法",也是不真实的("诸法假号不真")。因此,他在《肇论》中立"不真空论",提出"不真"故"空"、"不真"即"空",把"不真"与"空"两者统一起来。他进一步指出:

> 经云:"色不异空,空不异色;色即是空,空即是色。"①若如来旨,观色空时,应一心见色,一心见空。若一心见色,则唯色非空;若一心见空,则唯空非色。然则空色两陈,莫定其本也。②

观照事物不可将空(本质)与色(现象)割裂开来,而应看到他们是统一的,是同一体的两个方面,因此,见色即见空,见空即见色。只有色空双遣,方能把握事物的现象与本质。③ 至此,般若学的研究与探讨,在佛教信徒看来,被僧肇较为圆满地画上了句号。

般若学的研究一方面使"缘起性空"的理论进一步深化,另一方面又使得晋宋之际以山水为审美对象的文学创作有了理论依据。本无宗是以"自然"作为立论基础的,就是说,反映自然的山林也就成为真如、法性、本无、性空本体的体现者,也就成为美的化身。慧远说:"无性之性,谓之法性。法性无性,因缘以之生。生缘无自相,虽有而常无。常无非绝有,犹火传不息。"④正是这种"生缘无自相"的"法性"无处不在,所以,慧远认为整个山河大地都是佛的神明——"法性"的体现者,所谓"神道无方,触像而寄";"廓矣大像,理玄无名。体神入化,落影离形。迴晖层岩,凝映虚亭。在阴不昧,处暗愈明";"茫茫荒宇,靡劝靡奖。谈虚写容,拂空传像。相具体微,冲姿自朗"。⑤ 在慧远看来,佛之神明、神理乃是"精极而为灵"的,它虽"无形无名",却又无处不在,如同《庄子》的"道"无所不在一样。而山河大地因为有了佛之神明、神理,因而也就显得极其光辉美妙。因此,用大智洞照山林,就可获得般若智慧,获得

① 《摩诃般若经》卷一《习应品》,鸠摩罗什译,《大正藏》第 8 册,第 223 页 a。

② 僧肇:《答刘遗民书》,僧肇撰,张春波校释:《肇论校释》,第 164 页。

③ 普慧:《〈心经〉—— 一部微型的大乘空宗般若学》,《东方论坛》1997 年第 1 期。

④ 慧远:《大智论钞序》,僧祐撰,苏晋仁、萧链子点校:《出三藏记集》卷一〇,中华书局 1995 年版,第 390 页。

⑤ 慧远:《万佛影铭》,严可均编:《全上古三代秦汉三国六朝文》,中华书局 1958 年版,第 4805 页。

美的享受。现存《庐山诸道人游石门诗序》[1]载释法师"交徒同趣"30余人,"因咏山水"而游匡庐石门。他们完全被美妙、秀丽的石门山水所吸引和打动,以至于"众情奔悦,瞩览无厌";"虽乐不期欢,而欣以永日";"会物无主,应不以情,而开兴引人,致深若此,岂不以虚明朗其照,闲邃笃其情邪";"悟幽人以玄览,达恒物之大情。其为神趣,岂山水而已哉"[2]。无情的山水之所以会产生如此大的吸引力,就在于它寄寓着佛之神明、神趣,而只有用般若观照山水,才能"达恒物之大情",体认事物之本体的"本无""性空",并由此获得审美欣赏过程中所得到的愉悦。显然,这种思想是天竺佛教不曾有的,它是吸收了中国道家思想和玄学"贵无"本体论的思想而产生的。它在山水审美的问题上,为文人认识山水审美的独立意义做出了理论准备,因而,影响尤为深远。

心无宗在般若学上的不空外色,与本无宗相比,显然不够彻底,不够纯粹。因而遭到了本无宗的围攻,但在山水审美上,它的不空外色,使自然山水的审美特性得到了明确的肯定。这对于世俗文人来说,自然有着相当的意义和影响。由于该宗时间不长,对山水审美的独立性是否产生直接的作用,现存文献尚无明确的记载。

支遁的即色论在般若学上不尽完美,但它在晋宋文人中影响颇大,当时有"支理"[3]之称。支遁本人也以其色空观来理解、观照山水,创作了颇有水平的山水诗。他在《八关斋诗三首·序》中说:"十月二十二日,集同意者在吴县土山墓下。三日清晨为斋始。道士白衣凡二十四

---

① 作者不详,李泽厚、刘纲纪认为是慧远所作。(《中国美学史》第2卷下,中国社会科学出版社1987年版,第508—509页。)张伯伟博士认为李、刘"考据亦颇粗疏"。(《禅与诗学》,浙江人民出版社1996年版,第175页。)据《序》所载,此次诸道人游石门,是在晋隆安四年(400)仲春,由释法师率同趣三十余人。这样大规模的聚众游玩,在庐山显然只有慧远具有这样的领导资格。又慧远《游山记》谓:"自托此山二十二载,凡再诣石门。"(严可均辑校:《全上古三代秦汉三国六朝文》,第4797页。)慧远《庐山记》谓:"自托此二十三载,再践石门。"(严可均辑校:《全上古三代秦汉三国六朝文》,第4797页。)考慧远入庐山为晋太元六年(381),以此加22和23,则为晋元兴元年(402)、二年(403),慧远以69岁、70岁的高龄尚能连续两年游石门,可知隆安四年的游石门不会少了慧远。慧远既游,必为领袖。故《序》中所谓的"释法师",当为慧远似无可疑。

② 严可均辑校:《全上古三代秦汉三国六朝文》,第4873—4874页。

③ 刘义庆《世说新语》上卷下《文学》:"《庄子逍遥篇》,旧是难处,诸名贤所可钻味,而不能拔理于郭、向之外。支道林在白马寺中,将冯太常(怀)共语,因及《逍遥》。支卓然标新理于二家之表,立异义于众贤之外,皆是诸名贤寻味之所不得。后遂用支理。"(第260页。)

人，清和肃穆，莫不静畅。至四日朝，众贤各去，余既乐野室之寂，又有掘药之怀。遂便独往。于是乃挥手送归，有望路之想；静拱虚房，悟外身之真。登山采药，集岩水之娱。遂援笔染翰，以慰二三之情。”其诗第三首云：“从容遐想逸，采药登祟阜。崎岖升千寻，萧条临万亩。望山乐荣松，瞻泽哀素柳。……寥寥神气畅，钦若磐春薮。”[①]《咏禅思道人诗·序》谓：“孙长乐（孙绰）作道士坐禅之像，并而赞之，可谓因俯对以寄诚心，求参焉于衡轭。图岩林之绝势，想伊人之在兹。余精其制作，美其嘉文，不能默已，聊著诗一首，以继于左。”其诗云：“回壑伫兰泉，秀岭攒嘉树。蔚荟微游禽，峥嵘绝蹊路。中有冲希子，端坐摹太素。自强敏天行，弱志欲无去。投一灭官知，摄二由神遇。……曾筌攀六净[②]，空同浪七住[③]。逝虚乘有来，永为有待驭。”[④]从这些诗句看，支遁对自然山水是抱着一种欣赏、娱乐的态度，并由此悟入他的色空理论，一切都是“逝虚乘有来”，如果有人弃“无”而执于“有”的话，将“永为有待驭（所控制）”。这就把体悟般若色空理论与审美感受同时赋予自然山水，二者的有机结合，即是最美的境界。

僧肇的“色空不二”论，比起支遁只提“色即是空，色复异空”的理论要更加辩证，同时也更加“空”得彻底。这样的色空观，无论对于佛教信徒，还是世俗文人，都具有深广的影响，尤其是在山水审美方面。按照这种色空观来理解，山水的“色”体现着佛理“空”的本体，而本体的“空”同时又显示于山水之“色”。这样，写“色”即能悟“空”，体“空”即能了“色”，审美愉悦即在其中。故僧肇对慧远的《念佛三昧诗集序》极尽赞誉：“此作兴寄既高，辞致清婉，能文之士率称其美。可谓游涉圣门，扣玄关之唱也。”[⑤]就现存资料而言，僧肇似乎是第一个运用“兴寄”来评论文学的人。他的“兴寄”指的是寄托于文学作品中的思想感情。唐陈子

---

① 道宣：《广弘明集》卷三〇，《大正藏》第 52 册，第 350 页 a—b。

② 六净：六根清净（Ṣaḍ-indriyāṇi-viśuddha）。

③ 七住：七常住果，1.菩提；2.涅槃；3.真如；4.佛性；5.庵摩罗识；6.空如来藏；7.大圆镜智。此谓于诸法作空观，则可证得七住果位。

④ 道宣：《广弘明集》卷三〇，《大正藏》第 52 册，第 351 页 a—b。

⑤ 僧肇：《答刘遗民书》，僧肇撰，张春波校释：《肇论校释》，第 144 页。

昂批评齐梁诗作时，袭用了“兴寄”[①]。此后，“兴寄”则成为中国诗学中重要的审美范畴。由此，也可以说，僧肇对中国诗学批评的杰出贡献。

马克思在《〈黑格尔法哲学批判〉导言》中指出：“理论要求是否能够直接成为实践要求呢？光是思想竭力体现为现实是不够的，现实本身应当力求趋向思想。”[②]晋宋之际般若学的山水审美理论在体现为现实也是不够的，它还要求现实本身趋向于般若学的山水审美理论。于是，“庄、老告退，山水方滋”，以谢灵运为代表的山水文学现实实践回应了般若学的“色空”理论思想。在谢灵运之前，就已有了支遁、孙绰等用佛教思想而专写山水的诗赋，如孙绰《游天台山赋》：

> 太虚辽廓而无阂，运自然之妙有。融而为川渎，结而为山阜。嗟台岳之所奇挺，实神明之所扶持。……跨穹窿之悬磴，临万丈之绝冥。践莓苔之滑石，搏壁立之翠屏。揽樛木之长萝，援葛藟之飞茎。……藉萋萋之纤草，荫落落之长松。觌翔鸾之裔裔，听鸣凤之嗈嗈。过灵溪而一濯，疏烦想于心胸。……朱阁玲珑于林间，玉堂阴映于高隅。……泯色空以合迹，忽即有而得玄。……浑万象以冥观，兀同体于自然。[③]

“妙有”，刘孝标注曰，“旧义者曰：‘……常住不变，谓之妙有’”[④]。“太虚”，刘孝标注道，“无义者曰：‘种智之体，豁如太虚，虚而能知，无而能应，居宗至极’”[⑤]。由此可见，“妙有”与“太虚”是般若学心无宗和本无宗的概念。就是说，孙绰是用了般若学的“色空”观来写自然山水的，把对自然的描绘与体悟佛理结合在一起。他在体悟佛理之时，将自然山水描绘得如此细致入微，是此前诗赋所没有的，因而开启了宋元嘉以山水为独立审美对象的文学流派的先声。

谢灵运继承了慧远、支遁、孙绰等以般若色空观来观照自然山水的

---

① “东方公足下：文章道弊，五百年矣。汉魏风骨，晋宋莫传，然而文献有可征者。仆尝暇时观齐梁间诗，彩丽竞繁，而兴寄都绝，每以永叹。”（陈子昂：《与东方左史虬修竹篇并书》，《陈子昂集》，中华书局1960年版，第15页。）

② 《马克思恩格斯选集》第1卷，人民出版社1977年版，第10页。

③ 严可均辑校：《全上古三代秦汉三国六朝文》，第3611—3612页。

④ 刘义庆：《世说新语·假谲》，刘义庆撰，刘孝标注，余嘉锡笺疏：《世说新语笺疏》，第1009页。

⑤ 同上。

审美实践,并把它发挥到了极致。他的山水诗赋,十分喜欢运用般若学的惯用词语,如"空""幽""寂""灵""清"等,其中"空"的使用频率最高,仅他的山水诗就有15处之多。其中:

云日相辉映,空水共澄鲜。表灵物莫赏,蕴真谁为传。①

同游息心客,暧然若可睹。清霄飏浮烟,空林响法鼓。②

绝溜飞庭前,高林映窗里。禅室栖空观,讲宇析妙理。③

"空",不是没有,而是物色之本体。既了悟此本体,体现"空"义的物色也就充溢于诗人的面前,其形象、色彩、线条等都成了诗人描写的对象:

远岩映兰薄,白日丽江皋。原隰荑绿柳,墟囿散红桃。④

四句诗,兰、白、绿、红,色彩对比鲜明。又如:

连嶂叠巘崿,青翠杳深沉。晓霜枫叶丹,夕曛岚气阴。⑤

四句中绿、红相对,然绿中又有青、翠之分,红中又有丹、黄之别。色彩可谓绚丽斑斓。在谢灵运的眼里,自然山水不光是色彩明丽,它主要是佛之神明的体现者。因此,自然界中的风花雪月、仙露明珠,就不能是僵死的,而是富有动态的美:

白云抱幽石,绿筱媚清涟。⑥

林壑敛暝色,云霞收夕霏。⑦

明月照积雪,朔风劲且哀。⑧

这种动态,表现出一种活生生的气息,的确让人能感受到自然山水的一种"灵气"和"神气"。

同样,我们在谢惠连的《雪赋》中也能感受到这种动态的"神气":

---

① 谢灵运:《登江中孤屿》,萧统:《文选》卷二六,第1243页。

② 谢灵运:《登石室饭僧》,逯钦立辑校:《先秦汉魏晋南北朝诗》,第1164页。

③ 谢灵运:《石壁立招提精舍》,欧阳询:《艺文类聚》卷七六,中华书局1965年版,第1294页。

④ 谢灵运:《从游京口北固应诏》,萧统:《文选》卷二二,第1037—1038页。

⑤ 谢灵运:《晚出西射堂》,萧统:《文选》卷二二,第1038—1039页。

⑥ 谢灵运:《过始宁墅》,萧统:《文选》卷二六,第1239页。

⑦ 谢灵运:《石壁精舍还湖中作》,萧统:《文选》卷二二,第1044页。

⑧ 谢灵运:《岁暮》,欧阳询:《艺文类聚》卷三,第56页。

于是河海生云，朔漠飞沙，连氛累霭，掩日韬霞。霰淅沥而先集，雪纷糅而遂多。其为状也，散漫交错，氛氲萧索。蔼蔼浮浮，瀌瀌弈弈，联翩飞洒，徘徊委积。始缘甍而冒栋，终开帘而入隙。初便娟于墀庑，未萦盈于帷席。[①]

“便娟”“萦盈”，白雪仿佛都有了生命和情感。由此来看，谢灵运等的上述诗句，整个贯穿了般若学“色空不二”(Rūpa-śūnyatādvaya)的法门。因此，张国星说：“般若学‘色空不二’的原理，使谢诗在描写景物时，放弃了事—景—情、‘体物写貌，蔚以雕画’的旧美学原理，着力以一组内在联系的景物，以它们之间的精神意蕴而不是繁芜的外相，去表现一种情感。这是自《诗经》至汉晋诗歌中所难见的，它开辟了类乎两宋词‘取神题外，设境意中’的艺术新境。”[②]除了谢灵运以外，元嘉其他山水作家、诗人也在一定程度上受到了般若色空观的影响。

沃若灵驾旋，寂寥云幄空。[③]
寂寂掩高门，寥寥空广厦。
日暗牛羊下，野雀满空园。[④]
如彼引鲲鱼，待尽守空梁。[⑤]
目极情无留，客思空已繁。[⑥]
高节难久淹，朅来空复辞。[⑦]
九逝非空思，七襄无成文。[⑧]
但恐羁死为鬼客，客思寄灭生空精。[⑨]
亲爱难重陈，怀忧坐空老。[⑩]

---

① 严可均辑校：《全上古三代秦汉三国六朝文》，第5245页。
② 张国星：《佛学与谢灵运的山水诗》，《学术月刊》1986年第11期，第66页。
③ 谢惠连：《七月七日夜咏牛女》，萧统：《文选》卷三〇，第1394页。
④ 王微：《杂诗》，萧统：《文选》卷三〇，第1401页。
⑤ 王微：《咏愁》，欧阳询：《艺文类聚》卷三五，第619页。
⑥ 刘骏：《登作乐山》，欧阳询：《艺文类聚》卷七，第124页。
⑦ 颜延之：《秋胡行》之七，郭茂倩：《乐府诗集》卷三六，中华书局1979年版，第532页。
⑧ 颜延之：《夏夜呈从兄散骑车长沙》，萧统：《文选》卷二六，第1263页。
⑨ 鲍照：《拟行路难》之十三，郭茂倩：《乐府诗集》卷七〇，第999页。
⑩ 鲍照：《赠故人马子乔》之一，逯钦立辑校：《先秦汉魏晋南北朝诗》，第1285页。

淹留徒攀桂，延伫空节兰。①

这些以佛教空观来看待人生、看待山水，虽不如谢灵运那样集中、深刻，但多少也能反映出一些元嘉作家们在诗歌中表现的般若思想。总之，佛教般若学的理论思想对晋宋之际及宋元嘉时期的山水文学的深刻影响，是显而易见的。

第三节　净土思想与山水文学

对晋宋之际及宋元嘉的山水文学产生重大影响的还有佛教另一派的思想，那就是晋宋时期在社会上流行的一股净土思想。净土(Buddhakṣetra)，音译佛纥差怛罗，是大乘佛教传说佛所居住的世界(Lokadhātu)，又称"净刹""净界""净国""佛国"等，与世俗众生所居住的所谓"秽土""秽国"相对。据佛教经论所载，佛有无数，故净土也有无数。各派所奉经典不同，故所追求的净土也有别。《法华经》讲灵山净土，《华严经》讲莲华藏净土，《密严经》讲密严净土等等。佛教的净土思想最早是在汉魏之际传入的。在《法华经》《华严经》《密严经》等尚未译出之前，在中国流行最盛、影响最广的是弥勒(Maitreya)净土和弥陀②净土，前者主要在北方和西南地区，后者则范围广泛，尤以南方地区最盛。

弥陀净土不仅以其经典繁多而著名③，更在于其经中美妙的故事和传说以及简便易行的法门(Dharmaparyāya)而紧紧吸引住了芸芸众生(Sattva)。按照大乘佛教的说法，除释迦牟尼佛之外，一切自觉和觉他的圆满者，皆为佛。因佛国空间之广大，故有三世(Tri-yadhva-jina)十

① 鲍照：《赠故人马子乔》之五，逯钦立辑校：《先秦汉魏晋南北朝诗》，第1285页。

② 弥陀：即阿弥陀(Amita)。本不应略称"弥陀"，因为"阿"(a)为"无"，"弥陀"(mita)为"量"，合称为"无量"，即无限度。但汉语受梵语双音节词的影响，将"阿"(a)音脱落，而称"弥陀"(mita)，意为"有量"，即有限度的，与原意不符。但汉语脱落"阿"(读若"e"与"o"之间的音)而略称"弥陀"，实际上仍保留"无量"原意。

③ 据估计，现存大乘佛典中赞颂阿弥陀佛内容的经典约占三分之一。任继愈主编：《中国佛教史》第1卷，中国社会科学出版社1981年版，第439页。

方(Dasa-dig)佛的说法。三世佛有横竖之分:横三世佛为,东方净琉璃世界的药师佛(Bhaiṣajyaguru)、娑婆世界的释迦牟尼佛(Śākyamuni)、西方极乐世界的阿弥陀佛;竖三世佛为,过去的迦叶诸佛(Kāśyapa)、现在的释迦牟尼佛、未来的弥勒佛(Maitreya)。四佛,一为四方佛,即东方香积世界的阿閦佛(Akṣobhya)、南方欢喜世界的宝相佛(Ratnaketu)、西方极乐世界的阿弥陀佛、北方莲花世界的微妙声佛(Amoghasiddhi);二为过去四佛,即拘留孙佛(Krakucchanda)、拘那含佛(Kanakamuni)、迦叶佛、释迦牟尼佛。阿弥陀佛(Amitābha),即是西方极乐世界(Sukhāvati)的教主。据《无量寿经》(*Aparimitāyursūtra*)和《阿弥陀经》(*Amitābhasūtra*)载,他原是国王(Koṭṭa Rāja),弃国出家,从"世自在王佛"(Lokeśvararāja)受佛法,号法藏(Dharmakośa),发出四十八弘愿,声称:"十方众生,至心信乐,欲生我国,乃至十念,若不生者,不取正觉。"据说,法藏历经"无央数劫①,积功累德",终于成佛,号阿弥陀佛(或译无量寿佛,Amitāyus)。他的职能是专门接引那些发愿死后往生西方净土的人,故又称"接引佛"。在他的佛国里是一片尽善尽美的极乐净土,这里园林处处,宫阙林林,金光珠色,交相辉映,天乐声声,梵音缭绕。

> 佛告长老舍利弗:"从是西方,过十万亿佛土,有世界名曰极乐。其土有佛,号阿弥陀,今现在说法。舍利弗,彼土何故名为极乐?其国众生,无有众苦,但受诸乐,故名极乐。又舍利弗,极乐国土,七重栏楯,七重罗网,七重行树,皆是四宝,周匝围绕,是故彼国名为极乐。又舍利弗,极乐国土有七宝池、八功德水充满其中,池底纯以金沙布地。四边阶道,金、银、琉璃、玻璃合成,上有楼阁,亦以金、银、琉璃、玻璃、砗磲、赤珠、玛瑙而严饰之。池中莲华,大如车轮,青色青光,黄色黄光,赤色赤光,白色白光,微妙香洁。舍利弗,极乐国土成就如是,功德庄严。又舍利弗,彼佛国土常作天乐,黄金为地,昼夜六时,雨天曼陀罗华。"②

---

① 无央数(Asaṅkya):音译阿僧祇,佛教专用于表示时间的单位。一阿僧祇有一千万万万万万万万万兆。也表极数,无穷大。

②《阿弥陀经》,鸠摩罗什译,《大正藏》第12册,第346页c—第347页a。

这是一幅多么神奇、圆满、美好的天堂画卷啊！佛教竭力把人间说成一切皆苦，甚至从物质到精神来否定人们的欲望和追求，而在这里却不惜笔墨从物质到精神，大肆渲染弥陀净土的美妙、祥瑞、富贵。人间得不到的，这里能得到；人间没有的，这里都有。但仅此描写，还嫌不够，在《无量寿经》里有更为细致入微的描绘。在“周遍其国”的七宝组成的树林，“行行相值，茎茎相望，枝叶相向，华实相当。荣色光耀，不可胜视。清风时发，出五音声。微妙宫商，自然相和”。在菩提道场，“微风徐动，吹诸枝叶，演出无量妙法音声”。这个清净极乐佛国中的“声闻”[Śrāvaka，指直接聆听佛陀说法的弟子，以自我解脱为目的，最高果位(Pada)为阿罗汉(Arhāñ)]、菩萨(Bohdisattva)、天人(Brahmakāyika)，智慧高明，神通洞达，咸同一类，形无异状；但因顺余方，故有天人之名。颜貌端正，超世希有，容色微妙，非天非人，皆受自然虚无之身，无极之体”①。这些虚无骨肉，仅具形体却又充满智慧的高级生命，实在让人钦慕不已。这种虚无飘渺的幻想世界，对于汉末、魏晋以来的那些在现实生活中屡遭苦难的黎民百姓来说，确实是一种最好的心理麻醉剂。马克思说过：“宗教把人的本质变成了幻想的现实性。”②人在现实中寻找不到的就会把希望寄托在幻想的世界里。而在那些世家文人那里，现实优越的自然环境、富裕的物质生活、空灵的精神境界，与幻想中的有相通之处。因此，弥陀净土境界的构想，正好成为世家文人现实生活和理想追求合二为一的直接反映。弥陀净土思想的魅力不仅在于它描绘了一个美妙、圆满、清净、富贵的理想境界，更在于它给人们指出了一条通向弥陀净土的捷径和走向捷径的一套简便易行的办法。

诸菩萨众，闻我名字，寿终之后，常修梵行，至成佛道。

若有众生，闻其(阿弥陀佛)光明威神功德，日夜称说，至心不断，随意所愿，得生其国。③

发菩提心，一向专念无量寿佛，修诸功德，愿生彼国。此等众

---

①《无量寿经》卷上，康僧铠译，《大正藏》第12册，第270页c。

②[德]马克思：《〈黑格尔法哲学批判〉导言》，《马克思恩格斯选集》第1卷，人民出版社1977年版，第1页。

③《无量寿经》卷上，康僧铠译，《大正藏》第12册，第270页b。

生临寿终时，无量寿佛与诸大众现其人前，即随彼佛往生其国。[①]

由上来看，实现弥陀净土的法门有三点：1. 只要听闻阿弥陀佛的名字，常修梵行（Brahma-vihāra）；2. 听闻阿弥陀佛的神威功德，并不断称说；3. 发菩提心，专念阿弥陀佛（或无量寿佛），并修功德。比起那些修般若六波罗蜜多[②]来说，这三点的确是太简单了。但这里仍十分强调"修诸功德"，而"修诸功德"又往往需要大量的钱财，这又给人们带来了很大的麻烦，不是一般草民布衣所能做到的。而《阿弥陀经》则提供了更为简洁省事的法门：

若有善男子善女人，闻说阿弥陀佛，执持名号，若一日，若二日，若三日，若四日，若五日，若六日，若七日，一心不乱，其人临命终时，阿弥陀佛与诸圣众，现在其前。是人终时，心不颠倒，即得往生阿弥陀佛极乐国土。

这里不需要布施、不需要功德，只要连续七日称念阿弥陀佛，即可见到阿弥陀佛，死后即往生西方净土极乐世界。这样廉价的佛国净土的入门券，对于广大黎民百姓来说，实在是极富有吸引力的。

弥陀净土思想的另一个魅力是它以积极、乐观、向未来看的态度面对死亡问题，这是中国传统思想和天竺小乘佛教不曾有的。在先秦儒家的思想中，它们很少有直接论述死亡的言论。《论语》中有这样的记载："季路问事鬼神，子曰：'未能事人，焉能事鬼？'敢问死，曰：'未知生，焉知死？'"[③]朱熹解释说："死者人之所必有，不可不知，皆切问也。然非诚敬足以事人，则必不能神；非原始而知所以生，则必不能反终而知所以死。盖幽明始终，初无二理，但学之有序，不可躐等，故夫子告之如此。"[④]这就是说，生死本是人之必然之事，不可不知，但死在生后，故应先知现实人生。不过，从整部《论语》来看，孔子是十分重视祖先祭祀

① 《无量寿经》卷下，康僧铠译，《大正藏》第12册，第272页b。

② 六波罗蜜多（Ṣaṭpāramitā），意译"六度"，即布施（Dāna）、持戒（Śila）、忍辱（Ksānti）、精进（Virya）、禅定（Dhyāna）、智慧（Prajñā）。

③ 《论语·先进篇》，朱熹：《四书章句集注》，中华书局2008年版，第125页。

④ 朱熹：《四书章句集注》，中华书局1986年版，第125页。

的。孔子说："生，事之以礼。死，葬之以礼，祭之以礼。"[①]"'兴灭国，继绝世，举逸民，天下之民归心焉。所重：民，食，丧，祭。'孔曰：'重民，国之本也。重食，民之命也。重丧，所以尽哀。重祭，所以致敬。'"[②]显然这是一种重生敬祭的思想。可是，现实尽管死生契阔，却紧紧吸引着人们的缱绻留恋，难以坦然、乐观地去直面死亡及死后的归宿。在儒家的思想中，几乎看不到有关死后走向的论述，即人生的终极关怀(Ultimate Care)。故梁刘歊在《革终论》中感叹说："死生之事，圣人罕言之矣。"[③]道家本来对生死有着至为豁达的理解：他们认识到生死是人的自然流程，所谓"方生方死，方死方生"[④]"生死齐一"[⑤]。这与大乘佛教的死亡观多有相通之处。尽管《庄子》承认死亡的必然性，也表现出豁达的态度，但整部书中几乎很少谈论死后的归宿——"鬼神世界"。这一点在整个先秦的老庄道和黄老道的思想中都得到了体现。然而道家却在其人生理想上，仍然把长生不死、肉体不朽作为现实经验境界来追求。在《庄子》中，作者竭力描绘了一些得道的人物，他们"乘天地之正，而御六气之辩，以游无穷"，"不食五谷，吸风饮露，乘云气，御飞龙，而游乎四海之外"[⑥]。在《庄子》看来，现实中的人，只要勤奋修炼，体认"大道"，成为"真人""至人""神人""圣人"的，即可肉体长生。一句话，得"道"即可超越死亡。后来的道教更片面地发展了方仙道的长生说：他们炼丹吃药，梦想长生不老；羽化登仙，乞求肉身不朽。可是，最终的结果还是免不了一死。在道教的神学体系中，道士们也勾画出了一幅有如佛教天界的美妙图画。然而，道家与道教的这种理想又具有多少现实的可能性呢？人固有一死，乃是自然规律，谁也不能违抗。因此，残酷的现实实践使得道家与道教的理想屡遭挫折，那些炼丹吃药、羽化

① 《论语·为政》，朱熹：《四书章句集注》，中华书局2008年版，第55页。

② 《论语·尧曰》，何晏注，邢昺疏：《论语注疏》，第266页。

③ 姚思廉：《梁书》卷五一《刘歊传》，第748页。

④ 郭庆藩：《庄子·齐物论》，《庄子集释》，第66页。

⑤ "生也死之徒，死也生之始，孰知其纪！人之生，气之聚也；聚则为生，散则为死。若死生为徒，吾又何患？故万物一也。"（《庄子·知北游》，郭庆藩：《庄子集释》，第733页。）

⑥ 《庄子·逍遥游》，郭庆藩：《庄子集释》，第28页。

登仙者，不是毒死就是摔死[①]，活着的也总是免不了寿终正寝。像秦皇、汉武，仍不免一死。故曹植《辩道论》即“以斥道教……而且由其有地位之人物来攻击道教，是对道士们，给于很大的打击的”[②]。不管道家与道教是如何讲究人与自然的顺应关系，但它梦想超越死亡而长生不老这一点，是经不起现实实践检验的。小乘佛教虽也讲天堂，但它引导众生走向的是悲壮的“灰身灭智”[③]，即肉体与灵魂一起灭亡，永远摆脱生死轮回。既然连灵魂都消亡了，那还有什么幸福可言呢？显然，这种思想对芸芸众生是缺乏吸引力的。因为，现实中的安富尊荣的统治者们，期望死后继续享乐，而穷苦百姓则想死后永远摆脱苦难。大乘佛教正是为了满足现实社会上宗教心理的需求，编织了一幅尽善尽美的佛国净土的画卷。人活着的时候只要坚持称诵阿弥陀佛，死后即可升入美妙的西方极乐净土世界。而这种编造的说法，是现实人生经验所无法检验的。在自然科学尚不发达的古代，人死后的形、神俱灭并不能得到有力的证明，所以，那些虚幻的佛国净土境界也无法被证明就是不存在的。这样一来，死亡在信仰者的眼里就变得不再可怕、恐惧，反而是一件幸福、愉快的事了。

大乘佛教弥陀净土思想中的这种美妙的极乐净土世界、简便易行的法门与积极乐观的死亡观在晋宋时期受到了中国社会上上下下的高度重视和青睐。晋末南方丛林迅速将极乐净土奉为追求的至高境界和目标。

> 彭城刘遗民、豫章雷次宗、雁门周续之、新蔡毕颖之、南阳宗炳、张莱民、张季硕等，并弃世遗荣，依远游止。远乃于精舍无量寿像前，建斋立誓，共期西方。乃令刘遗民著其文曰：“惟岁在摄提格，七月戊辰朔，二十八日乙未。法师释慧远，贞感幽奥，宿怀特

---

① 道士、方士还有一种成仙之法，谓之“尸解”。王充《论衡·道虚》：“所谓尸解者，何等也？谓身死精神去乎，谓身不死得免去皮肤也……如谓不死免去皮肤乎，诸学道死者骨肉俱在，与恒死之尸无以异也。”（黄晖：《论衡校释》，中华书局 1990 年版，第 331 页。）房玄龄《晋书·葛洪传》：“而洪坐至日中，兀然若睡而卒……视其颜色如生，体亦柔软，举尸入棺，甚轻，如空衣，世以为尸解得仙云。”（第 1913 页。）

② 李世杰：《汉魏两晋南北朝佛教思想史》，台湾新文丰出版有限公司 1979 年版，第 45 页。

③ 僧肇：《肇论·涅槃无名论》，僧肇撰，张春波校释：《肇论校释》，第 188 页。

发。乃延命同志息心贞信之士，百有二十三人，集于庐山之阴，般若台精舍阿弥陀像前，率以香华敬荐而誓焉。”[①]

慧远是东晋后期南方佛教丛林的领袖人物，他一改其师道安弥勒净土的信仰[②]，倡导弥陀极乐信仰，把净土信仰由菩萨（弥勒为菩萨）推向了佛（弥陀为佛），更上了一层。慧远组织发愿往生西方净土的活动，在南方的朝野、山林产生了巨大反响，特别是一些著名文士、学人的参加，更加推动了弥陀净土信仰在社会上层的传播。由于慧远是义学高僧，他的弥陀净土思想与思想简单、理论贫乏的传统弥陀净土信仰是有所不同的。在慧远之前的弥陀净土的主要经典，讲的是称名念佛和做各种功德，而慧远则依据东汉支谶译的《般舟三昧经》[③]中的“用是念佛故，当得生阿弥陀佛国，常当念如是佛身，有三十二相悉具足，光明彻照”[④]，把般若、禅定与净土三者相结合，提出了他的实现往生弥陀净土的途径和方法——“念佛三昧”。“念佛三昧”（Smṛtibuddhasamādhi），本是佛教禅定十念之一种[⑤]，主要分为三种：1. 称名念佛，即口念佛号或七万声，或十万声，即可成佛；2. 观想念佛，即静坐入定，观想阿弥陀佛的种种美好形相和威神功德以及西方极乐净土的美丽景色；3. 实相念佛，即洞观佛之法身“中道实相”之理。根据慧远的“念佛三昧，如《般舟经》念佛章中说，多引梦为喻。梦是凡夫之境，惑之与解，皆自厓已还理了。而经说念佛三昧见佛，则问云，则答云，则决其疑网。若佛同梦中之所见，则是我相之所矚想相，专则成定，定则见佛，所见之佛不自外来，我亦不往，直是想专理会，大闻于梦”[⑥]及有关的论述，可以看出他的念佛三昧是“观想念佛”。当时赞颂“念佛三昧”的诗作层出不穷，已结成集子[⑦]，

① 慧皎：《高僧传》卷六《慧远传》，第 214 页。

② 慧皎《高僧传》卷五《道安传》：“安每与弟子法遇等，于弥勒前立誓，愿生兜率。”（第 183 页。）另参见普慧：《慧远对道安的突破与超越》，《四川大学学报》2004 年第 3 期。

③ 般舟（Pratyutpanna）：意谓“常行”“佛立”“佛现前”，即通过禅定状态（“三昧”，Samādhi）观看十方佛出现于面前。

④《般舟三昧经》卷上《行品第二》，支娄迦谶译，《大正藏》第 13 册，第 905 页 b。

⑤ 参见方立天：《慧远及其佛学》，中国人民大学出版社 1987 年版，第 123 页。

⑥《远什大乘要义问答・十一辩念佛三昧缘生相》，《大正藏》第 45 册，第 134 页 b。

⑦ 道宣编《广弘明集》卷三〇仅收录王齐之的《念佛三昧诗》四首，其他诗作均散佚，《大正藏》第 52 册，第 351 页 c—第 352 页 a。

慧远为之作了《念佛三昧诗集序》，并进一步解释他的“念佛三昧”是“感物通灵，御心惟正，动必入微”，“明则内照交映而万象生焉”。[①] 这样，慧远就把对宇宙万物的观照统摄于“念佛三昧”之中，把弥陀净土的法门由单纯的称名念佛扩展到了观想念佛，赋予了更多的哲学意味[②]，因而在士人和僧侣中产生了不小的反响。宋初的西域僧人畺良耶舍（Kālayaśa）于宋元嘉初来到建康，受僧含之请翻译了《观无量寿经》（*Amitāyurdhyānasūtra*），以此为“净土之洪因，故沈吟嗟味，流通宋国”[③]。《观无量寿经》的译介，进一步为慧远的观想念佛找到了经典依据。《观无量寿经》谓，众生专心系念一处，观想阿弥陀佛相，“作是观者，除无量亿劫生死之罪，于现身中得念佛三昧”，“即见十方一切诸佛，以见诸佛故，名念佛三昧”。[④]这就是说，信奉弥陀净土，必须奉行“念佛三昧”。

由上看出，弥陀净土信仰在晋宋之际的社会上非常流行，而作为身处这一时期的著名佛教信徒和山水诗人的谢灵运，自然也免不了受到这一思潮的冲击和洗刷。慧远于匡庐与刘遗民、雷次宗等18高贤及僧俗共123人结社发愿往生西方极乐净土，“谢灵运负才傲物，一见师肃然心服，为凿东西二池种白莲，因名‘白莲社’。灵运尝求入社，师以其心杂止之”[⑤]。“白莲结社”的说法，虽早已被学界否定[⑥]，但谢灵运问学于慧远乃是事实。慧远即信仰弥陀净土，谢灵运自然不会无动于衷。他尝作有《无量寿佛颂》，其颂云：

> 法藏长王宫，怀道出国城。愿言四十八，弘誓拯群生。净土一何妙，来者皆清英。颓年欲安寄，乘化好晨征。[⑦]

可见，谢灵运的确有弥陀净土的思想。谢灵运对弥陀净土的信仰不仅表现在宗教方面，还把它与其山水诗的创作联系在一起。

---

① 道宣编：《广弘明集》卷三〇，《大正藏》第52册，第351页b。
② 普慧：《慧远的禅智论与东晋南北朝的审美虚静说》，《文艺研究》1998年第5期。
③ 慧皎：《高僧传》卷三《畺良耶舍传》，第128页。
④《大正藏》第12册，第343页b。
⑤ 志磐：《佛祖统纪》卷二六《不入社诸贤传》，《大正藏》第49册，第343页a。
⑥ 参见汤用彤：《汉魏晋南北朝佛教史》，北京大学出版社1997年版，第256—261页。
⑦ 欧阳询：《艺文类聚》卷七六，第1300页。

迎旭凌绝嶝，映泫归溆浦。钻燧断山木，掩岸墐石户。结架非丹甍，藉田资宿莽。同游息心客，暖然若可睹。清霄飏浮烟，空林响法鼓。忘怀狎鸥鯈，摄生驯兕虎。望岭眷灵鹫，延心念净土。若乘四等观，永拔三界苦。①

谢灵运对山林的审美观照(Esthetic Contemplation)，不只是因为其有独立的审美价值②，还在于它能使人眷恋着佛陀说法的灵鹫山(Gṛdhrakūṭa)，从而潜心专注地观念弥陀，向往净土。正是基于这样的认识，谢灵运在创作山水诗时，对自然山水的观照，往往离不开"念佛三昧"的禅观。在这个过程中，诗人是"玄音之叩心，听则尘累每消，滞情融朗"③。观想念佛之声扣动着诗人的心扉，专注聆听即会消除尘世之累赘烦恼，化解内心的积淤滞塞，使之忽然开朗，充满愉悦、快乐。谢灵运山水诗作的景象色彩和诗人内心情感变化的描绘，即是按照这个禅观的程序，由幽暗至明朗。又如：

裹粮杖轻策，怀迟上幽室。行源逕转远，距陆情未毕。澹瀲结寒姿，团栾润霜质。涧委水屡迷，林回岩逾密。眷西谓初月，顾东疑落日。践夕奄昏曙，蔽翳皆周悉。蛊上贵不事，履二美贞吉。幽人常坦步，高尚邈难匹。颐阿竟何端，寂寂寄抱一。恬如既已交，缮性自此出。④

诗人观照的山林景象，先是涧绕水转，林深岩密，使人难分初月还是落日；加之黄昏，四周一片幽暗。正当这一切让人感到十分迷茫、不知所措的时候，突然，诗人的笔锋一转，接着的是，诗人在这幽暗的景象之中

① 谢灵运：《登石室饭僧诗》，欧阳询：《艺文类聚》卷七六，第 1164 页。

② 所谓"独立的审美价值"，是谓自然山水之一草一木、一石一水、一星一辰，都充满着生命的气息，荡漾着生命的律动。更为重要的是，它们在生命中体现宇宙智慧、涌现心性魅力。所谓"青青翠竹，尽是法身；郁郁黄华，无非般若。"(慧海：《诸方门人参问语录》，《续藏经》第 63 册，第 26 页 b。)它远远超越了一般而言的山水"比德"[《礼记·玉藻》第十三："(君子)凡带必有佩玉，唯丧否。佩玉有冲牙，君子无故，玉不去身，君子于玉比德焉。"(《十三经注疏·礼记正义》，第 3212 页。)]之说，因而，其美不惟单纯之美，而是将自然、社会、人生融为一体，构成了审美价值的无限性和永久性。

③ 慧远：《念佛三昧诗集序》，道宣：《广弘明集》卷三〇，《大正藏》第 52 册，第 351 页 b。

④ 谢灵运：《登永嘉绿嶂山诗》，《永嘉县志》二，清光绪八年(1882)刻本。

坦然信步，并沉湎于寂思冥想，从而使心智恬适开朗，人生真谛昭彰明晰。[①] 再如，《石壁精舍还湖中作》对山中景象的描绘是："昏旦变气候，山水含清晖。清晖能娱人，游子憺忘归。出谷日尚早，入舟阳已微。林壑敛暝色，云霞收夕霏。"[②]诗人游玩山水，是抱着娱乐的态度，早出晚回，舟中回望远山林壑，已是落霞夕霭，黄昏暮色，令人乐以忘归的清晖美景形冥景灭。然而，诗人又是在这暮色苍茫之中，"披拂趋南径，愉悦偃东扉。虑淡物自轻，意惬理无违"。人生的价值和真意又是在这幽暗景象之中获得了彰显。

谢灵运的净土信仰又表现在他那庄园式的山水文学作品之中。庄园山水本是自西晋以来就颇得世家大族青睐的一项人造自然的大工程。世家大族既有钱财，自然不在乎所谓钱财。一切以高兴、快乐为上。西晋有如和峤、王戎、王济、王恺、石崇等的庄园，甚是著名。其中，石崇的庄园河阳别业更是当时的杰作："其制宅也，却阻长堤，前临清渠，百木几于万株，流水周于舍下，有观阁池沼，多养鱼鸟。"[③]北方世家大族过江百年后，一切恢复旧好。然而，东晋后期的士族文人，在追求自然之美的同时，不再突出庄园内的亭台楼榭，也较少堆土造山，而是利用庄园内原有的山石林木与流觞池沼的重构，巧妙地创造出自然情趣。"吴下士人共为(戴颙)筑室，聚石引水，植林开涧，少时繁密，有若自然。"[④]其"园内景观的布置上，也日趋精巧，处理好山、水、林、石间的远近、高下、幽显等关系，从而在有限的空间将其组合成相当完美的艺术结构"[⑤]。刘宋时期，世家大族对大型庄园兴建，更是豪情万丈。他们大肆兼并土地，霸占田产，巧取豪夺，愈演愈烈。如孔灵符，"产业甚广，又于永兴立墅，周回三十三里，水陆地二百六十五顷，含带二山，又有果园九处"[⑥]。而谢氏家族更是拥有诸多庄园，以供其游玩。谢灵运长期

① 参见李炳海：《慧远的净土信仰与谢灵运的山水诗》，《学术研究》1996年第2期。

② 萧统：《文选》卷二二，第1044页。

③ 石崇：《思归引序》，萧统：《文选》卷四五，第2041页。

④ 沈约：《宋书》卷九三《隐逸·戴颙传》，第2227页。

⑤ 朱大渭：《魏晋南北朝社会生活史》第四章第三节《士族庄园》，中国社会科学出版社1998年版，第170页。

⑥ 沈约：《宋书》卷五四《孔灵符传》，第1533页。

居住的会稽一带的自然山水本来就十分奇美：

> 王子敬见之曰："山水之美，使人应接不暇。"[1]
>
> 顾长康从会稽还，人问山川之美。顾云："千岩竞秀，万壑争流。草木蒙笼其上，若云兴霞蔚。"[2]

谢灵运不仅与世家文人一起游玩山泽，"灵运既东还，与族弟惠连、东海何长瑜、颍川荀雍、泰山羊璿之，以文章赏会，共为山泽之游，时人谓之'四友'"[3]。而且与僧人同游，有法勖、僧维、慧驎、僧镜、昙隆、法流等。但是，灵运还嫌外出远足的游玩不够方便，于是，"灵运因父祖之资，生业甚厚。奴僮既众，义故门生数百，凿山浚湖，功役无已。寻山陟岭，必造幽峻，岩嶂千重，莫不备尽"[4]。其庄园规模之大：有"左湖右江，往渚还汀，面山背阜，东阻西倾"的"北山二园，南山三苑"[5]。这样，庄园的人工山水，同样可以使世族文人游得玩心旷神怡。故谢灵运说："古巢居穴处曰栖；栋宇居山曰山居；在林野曰丘园；在郊郭曰城傍。四者不同，可以理推。言心也，黄屋实不殊于汾阳；即事也，山居良有异乎市廛。抱疾就闲，顺从性情，敢率所乐，而以作赋。"[6]这种庄园的人工山水之审美，正好与会稽郡的自然山水相辅相成，相得益彰。除了谢家外，其他高门豪族如琅琊王氏、太原王氏、高平郗氏、陈留阮氏、太原孙氏、高阳许氏等，都在该地兴建大兴庄园。

尽管世家豪门都重视庄园山水审美，但谢灵运的庄园却有着自家的妙趣之处。如果说自然山水带给谢灵运等的是外向的、流动的审美感受，那么，谢灵运的庄园人工山水则带给他的是一种幽静的、隐秘封闭式的崇高境界。而这种境界正好与他的净土信仰相联系。如他在有一首诗里描绘道：

---

① 刘义庆：《世说新语·言语》刘孝标注引《会稽志》，刘义庆撰，刘孝标注，余嘉锡笺疏：《世说新语笺疏》，第172页。

② 刘义庆：《世说新语·言语》，刘义庆撰，刘孝标注，余嘉锡笺疏：《世说新语笺疏》，第170页。

③ 沈约：《宋书》卷六七《谢灵运传》，第1774页。

④ 同上书，第1775页。

⑤ 谢灵运：《山居赋·序》，沈约：《宋书》卷六七《谢灵运传》，第1768页。

⑥ 谢灵运：《山居赋·序》，沈约：《宋书》卷六七《谢灵运传》，第1754页。

> 跻险筑幽居，披云卧石门。苔滑谁能步，葛弱岂可扪。嫋嫋秋风过，萋萋春草繁。美人游不还，佳期何由敦。芳尘凝瑶席，清醑满金樽。洞庭空波澜，桂枝徒攀翻。结念属霄汉，孤景莫与谖。俯濯石下潭，俯看条上猿。早闻夕飙急，晚见朝日暾。崖倾光难留，林深响易奔。感往虑有复，理来情无存。庶持乘日车，得以慰营魂。匪为众人说，冀与智者论。[①]

这就给人一种四面封闭而难以突破的感觉。显然，这是一幅纯美、旖旎、隽秀的人工山水风景。这种美景在《山居赋》中得到了重现：

> 其居也，左湖右江，往渚还汀。面山背阜，东阻西倾。抱含吸吐，款跨纡萦。绵联邪亘，侧直齐平。
>
> 近东则上田、下湖，西溪、南谷，石埭、石滂、闵硎、黄竹。……
>
> 近南则会以双六流，萦以三洲。表里回游，离合山川。……
>
> 近西则杨、宾接峰，唐皇连纵。室、壁带溪，曾、孤临江。……
>
> 近北则二巫结湖，两利通沼。横、石判尽，休、周分表。……
>
> 远东则天台、桐柏，方石、太平，二韭、四明，五奥、三菁。……
>
> 远南则松箴、栖鸡，唐嵫、漫石。崒、嵊对岭，能、孟分隔。……
>
> 远西则……
>
> 远北则长江永归，巨海延纳。昆涨缅旷，岛屿绸沓。……[②]

灵运在赋中自注谓此风景是，“东西百丈，南北百五十五丈。北倚近峰，南眺远岭，四山周回，溪涧交过，水石林竹之美，岩岫隈曲之好，备尽之矣”[③]。在这样的环境中，“面南岭，建经台；倚北阜，筑讲堂；傍危峰，立禅室；临浚流，列僧房。对百年之乔木，纳万代之芬芳；抱终古之泉源，美膏液之清长；谢丽塔于郊廓，殊世间于城傍；欣见素以抱朴，果甘露于道场”[④]。这样的环境，不由得使人想起前面所引的《阿弥陀经》中所描

---

① 谢灵运：《石门新营所住四面高山回溪石濑茂林修竹》，萧统：《文选》卷三〇，第1399—1400页。

② 沈约：《宋书》卷六七《谢灵运传》，第1757—1759页。

③ 同上书，第1767页。

④ 同上书，第1765页。

绘的弥陀净土的“七重栏楯，七重罗网，七重行树，皆是四宝周匝环绕”。谢灵运的“山居”，哪里是现实中的人工山水，简直就是弥陀极乐净土境界。黑格尔说：“这种境界里的生活，这种对真实的心满意足，作为情感，这就是享受神福，作为思想，这就是领悟，这种生活一般地可以称为宗教的生活。”①总之，谢灵运在创作山水文学的某些作品时，是有意识地把现实山水融入他所竭力追求的超现实的、虚幻的弥陀极乐净土境界之中的。

第四节　涅槃学与山水文学

作为宋元嘉时“山水方滋”的代表人物谢灵运，在接受佛教哲学影响方面最多的还不是般若学与弥陀净土思想。净土思想只注重实践，缺少理论深度，因而对人们的影响也只能在信仰方面，而谢灵运不仅是诗人、文学家，而且还是著名的佛学家，因此，他接受佛教哲学思想则更侧重在义理方面。般若学的发展在谢灵运的时代已经过了巅峰期，般若学说基本上是宇宙本体论的变种，不管它花样如何翻新，仍然摆脱不了空有不二、体用动静相即，而且总是在概念、术语、范畴上兜圈子，因而给人的还是抽象、空洞、玄远、不可明了的说教，它在解决现实社会人生的问题方面，越来越显得苍白无力。而佛教哲学的本质和最终目的，则是要说明和解决现实人生能否摆脱烦恼，从生死苦海中脱离出来而成佛，以及现实人生是否具有成佛的内在根据、潜质等问题。当般若学在东晋红极一时的时候，从天竺传入了一股新的佛学思潮——大乘涅槃佛性学说。这股思潮来势凶猛，迅速席卷南北、朝野、僧俗，至晋末宋初，取代了般若学在哲学思想界的主流地位。“佛教理论的重心在中国由魏晋时兴盛的般若学的本体论转向了涅槃学的心性论。这一次探寻人之佛性已远远高于早期印度佛教所揭示人生之苦难的阶段，它是要

① [德]黑格尔：《美学》第1卷，朱光潜译，商务印书馆1981年版，第128页。

揭示人是否具有成佛的内在根据的真实问题。"[①]任继愈说:"南北朝到隋唐,继魏晋玄学之后,中国哲学发展史上又上了一个台阶,由本体论进入心性论,佛性论由中国哲学史上的一个支流上升为主流,从而把中国哲学的发展向前推进了一大步。"[②]哲学是一个民族、一个时代、一个社会思想文化的精神结构的中枢神经,它是对该思想文化本身反思、理解、解释的理论体现。因而,哲学的动向即标志着该思想文化的主要特征。佛性论成为哲学上的主流,自然就是社会思想文化的主流之主流。在涅槃佛性学说这股汹涌澎湃的主流中,晋宋之际的许多文人被席卷了进去,而谢灵运并不像一般文人那样只是随波逐流者,而是一位起着关键作用的弄潮者。

涅槃(Nirvāṇa),也译泥日、泥洹等,意译灭、灭度、寂灭、解脱、圆寂等。原意为火的熄灭或风的吹散的状态。佛教用以作为修习所要达到的最高理想境界。小乘一般以"灰身灭智,捐形绝虑"[③]为涅槃。大乘空宗以"诸法实相即是涅槃"[④]。有宗则把涅槃说成具"常、乐、我、净"(Nitya-sukha-ātma-subha)"四德"(Catur-guṇa)的永生常乐之佛身,以众生皆有佛性为涅槃之根据。大乘涅槃学即是以有宗的佛性学说为核心。佛性学说在中国的传播和发展是伴随着《涅槃经》的流入、翻译而深入的。东晋隆安三年(姚秦弘始元年,399),著名高僧法显"与同学慧景、道整、慧应、慧嵬等发自长安",西行天竺留学求法,历经艰辛,九死一生,前后15年,所到29国。法显独自返回中土,携回大量佛教原典,其中包括《泥洹经》[⑤]。是经于东晋义熙十三年(417)十月,由天竺禅师佛陀跋陀罗(Buddhabhadra,359—429)与宝云译出,共六卷。经中首先提出"一切众生皆有佛性"的主张。所谓"佛性"(Buddhatā,Buddhatva),原指佛陀之本性。小乘佛教一般不认为众生可以成佛,而众生的最高果位则是阿罗汉;而大乘佛教则以成佛为目的,所以,认为

---

① 普慧:《探求人与世界的真实——佛教哲学对中国古代审美真实论的启示和影响》,《人文杂志》1993年第1期,第115页。

② 任继愈:《禅宗与中国文化》,《社会科学战线》1988年第2期,第82页。

③ 僧肇:《肇论·涅槃无名论第四》,僧肇撰,张春波校释:《肇论校释》,第188页。

④ 龙树:《中论》卷三《观法品》,鸠摩罗什译,《大正藏》第30册,第25页a。

⑤ 慧皎:《高僧传》卷三《法显传》,第89页。

众生也有佛陀之本性。后来，"佛性"则被发展成为众生成佛的内在根据、可能性、种子(Bīja)。《泥洹经》译后记云："愿令此经流布晋土，一切众生悉成平等如来法身。"[①]因而，大力宣扬涅槃佛性论思想[②]。《泥洹经》的译出和佛性论思想的介绍，在中国的宗教和思想界掀起了一场轩然大波，佛性论成为人们谈论一时的主要话题。在这股佛性论的热潮中，理论建树最大、影响最广的是竺道生。

道生初师释法汰，与慧远平辈。后"入庐山，幽栖七年"。鸠摩罗什到长安后，他"与慧叡、慧严同游长安，从什公受业"，学习大乘般若中观学说。于义熙五年(409)南返建业。宋元嘉十一年(434)卒于庐山。有关道生的佛性论思想，据载：

> 生既潜思日久，彻悟言外，乃喟然叹言："夫象以尽意，得意则象忘；言以诠理，入理则言息。自经典东流，译人重阻，多守滞文，鲜见圆义。若忘筌取鱼，始可与言道矣。"于是，校阅真俗，研思因果。乃立善不受报，顿悟成佛。又著《二谛论》《佛性当有论》《法身无色论》《佛无净土论》《应有缘论》等。笼罩旧说，妙有渊旨。而守文之徒，多生嫌嫉，与夺之声，纷然竞起。又六卷《泥洹》先至京师，生剖析经理，洞入幽微，乃说"阿阐提(即一阐提)人皆得成佛"。于时，大本未传，孤明先发，独见忤众。于是旧学以为邪说，讥愤滋甚，遂显大众，摈而遣之。[③]

根据这段记述，道生的佛性论思想主要有两点：1. 顿悟成佛说；2. "一阐提人"(Icchantika，指断绝一切善根的人)皆得成佛。前者是在六卷本《泥洹经》翻译之前、在大量研习佛教原典的基础上形成的(这说明道生是精通梵文的)。它认为"理不可分，悟语照极"[④]，即所悟佛理是完整而

---

① 僧祐撰，苏晋仁、萧链子点校：《六卷泥洹经记》，《出三藏记集》卷八，第316页。

② 赖永海博士认为："中土的佛性思想，如果按照逻辑与历史相统一的原则，最早者当算慧远的'法性论'。"(赖永海：《中国佛性论》，上海人民出版社1988年版，第22页。)愚以为，慧远的"法性"虽与"佛性"为异名同义，但它主要讲的是人的灵魂可以超越形体而独立存在，即形尽神不灭，属于佛教的轮回学说中的"神我论"，并非真正意义上的佛性论。与《涅槃经》所倡导的"一切众生皆有佛性"及众生皆得成佛的佛性论有根本的不同，似不可把二者混为一谈。

③ 慧皎：《高僧传》卷七《道生传》，第256页。

④ 惠达：《肇论疏》，《续藏经》第54册，第55页b。

不可分隔的，觉悟也不可分出阶段，而是一次性完成，悟此佛理即“反迷归极”。这个思想在当时的确是一个崭新的提法，它有力地动摇了传统佛学的渐悟说，因而不被当时佛教界所接受，遭到了“守文之徒”的嫉妒和怀疑。后者是在《大般涅槃经》译出之前提出的。六卷本《泥洹经》虽提出“一切众生皆有佛性”，但又认为一阐提人没有佛性，不能成佛。而道生却提出“一阐提人皆得成佛”，这就违背了《泥洹经》的经意，因而其时佛界斥其为“邪说”。据唐道暹《涅槃经玄义文句》卷下载，其时于阗沙门智胜宣讲六卷本《泥洹经》的“说一阐提定不成佛”，众高僧“盛宗此义”。他们闻知道生的说法，义愤填膺。智胜数次与道生辩论，均不敌对手而败北。[①] 尽管道生在理论思想上比“守文之徒”们更具有新意，也更适应了现实社会的需求，但他在佛教界保守势力的围攻下，毕竟显得势单力弱，无奈，被逐出建康，居虎丘。元嘉七年(430)又被迫躲藏于庐山。

道生的好友谢灵运公开站出来声援道生，写下了著名的文章《与诸道人辨宗论》[②]，与法勖、僧维、慧驎、法纲、慧琳等名僧及名士王弘进行论辩，对道生的顿悟成佛论做了进一步的发挥。时为宋武帝永初三年(422)。谢灵运的“宗”即是成佛之理或作圣之理。中国传统思想一般认为圣人是不可通过学习而企及的；而传统佛教则认为佛是可以通过修行(渐进)而达到的。谢灵运认为道生的顿悟成佛说，综合二家又超越其上。他在《辩宗论》里用般若空宗的层层否定或超越的方法(“傍权以为检，故三乘咸蹄筌；既意以归宗，故般若为鱼兔”[③])，来探讨佛性论。他说：“物有佛性，其道有归。”[④]不仅认为“有情”(Sattva)众生(人和有情识的生物)皆有佛性，就连“无情”(Ansattva)的物(草木、山河、大地、土石等)也有佛性，而且他们都有其道而归于佛理。这就把般若学统摄于佛性论之中，把宇宙本体与佛性主体相统一，彻底地贯彻了“一切众生皆有佛性”的佛性论。由是看来，谢灵运与道生一样，其佛性

---

① 道暹：《涅槃经玄义文句》，《续藏经》第36册，第40页a。

② 道宣：《广弘明集》卷十八，《大正藏》第52册，第224页c—第225页c。

③ 普慧：《〈心经〉：一部微型的大乘空宗般若学》，《东方论坛》1997年第1期。又道生的涅槃佛性学说，是在总结般若学的基础上以空出有的。《大般涅槃经》所说“从般若波罗蜜出大涅槃”，即是道生之根据。谢灵运亦如此。

④ 谢灵运：《辩宗论·答琳公难》，道宣：《广弘明集》卷十八，《大正藏》第52册，第227页a。

论均突出一个“理”字。与谢灵运辩论的王弘，将他与谢灵运的问答书信转送给了道生。道生对谢灵运的声援非常感激，他说：“究寻谢永嘉论，都无间然。有同似若妙善，不能不以为欣。”[1]道生在感激之外，又对谢灵运的答辩深表赞同和肯定。

谢灵运既然在宗教哲学上是以佛性论作为主要思想的，那么，他在其他的文化活动中也就会自觉或不自觉地贯彻和体现这个主导思想。前面我们曾说过谢灵运的山水文学创作受般若学的色空观和净土思想的弥陀信仰影响。实际上，对谢灵运的文学创作产生主要影响的还不是上述两种思想，而是涅槃佛性论。前人在论及谢灵运的山水文学时，都指出“理”乃是其基本特征。如黄子云《野鸿诗的》谓：“舒情缀景，畅达理旨。”[2]沈德潜《古诗源》卷十谓：“山水闲适，时遇理趣。”[3]王夫之《古诗评选》卷五谓：“理关致极，言之曲到。”[4]谢诗的确十分好用“理”字：

> 三江事多往，九派理空存。[5]
> 投沙理既迫，如邛愿亦愆。[6]
> 沈冥岂别理，守道自不携。[7]
> 虑澹物自轻，意惬理无违。[8]
> 禅室栖空观，讲宇析妙理。[9]
> 事为名教用，道以神理超。[10]
> 在宥天下理，吹万群方悦。[11]

除此之外，据我们的初步统计，在谢灵运的山水诗作中，还有 8 处。[12] 从这些“理”来看，显然表示着一种哲学思想。那么，“理”的内涵到底是什

① 道生：《答王卫军书》，道宣：《广弘明集》卷十八，《大正藏》第 52 册，第 228 页 a。
② 黄子云：《野鸿诗的》，清昭代丛书本。
③ 沈德潜选评：《古诗源》，中华书局 1963 年版。
④ 王夫之：《古诗评选》，《船山全书》第 14 册，岳麓书社 1996 年版，第 742 页。
⑤ 谢灵运：《入彭蠡湖口》，萧统：《文选》卷二六，第 1249 页。
⑥ 谢灵运：《还旧园作见范二中书》，萧统：《文选》卷二五，第 1195 页。
⑦ 谢灵运：《登石门最高顶》，萧统：《文选》卷二二，第 1045 页。
⑧ 谢灵运：《石壁精舍还湖中作》，萧统：《文选》卷二二，第 1044 页。
⑨ 谢灵运：《石壁立招提精舍》，欧阳询：《艺文类聚》卷七六，第 1294 页。
⑩ 谢灵运：《从游京口北固应诏》，萧统：《文选》卷二二，第 1037 页。
⑪ 谢灵运：《九日从宋公戏马台集送孔令》，萧统：《文选》卷二〇，第 960 页。
⑫ 此据逯钦立辑校的《先秦汉魏晋南北朝诗》统计。

么呢？这是学者们热衷探讨的问题之一。有认为是“以道家思想为主”[①]，有认为是“佛教哲学”[②]，还有认为是“兼有佛道二家的含义”[③]。

就上述意见来看，我们以为，尽管谢灵运的思想有一定的复杂性，但其诗中之“理”，似乎并不复杂，它与《辩宗论》中所说的“理”是一致的，主要是指佛性之“理”。这是他的佛性论思想在诗歌中的具体表现。如果说此“理”还兼有其他思想的话，那么也是被统摄于他的佛性论之中的。谢灵运的佛性论竭力突出的就是这个“理”。如他在《辩宗论》中说，“理为情先”[④]；“其理既当，颇获于心”[⑤]；“理妙者吝可洗”；“一悟理，质以经诰，可谓俗文之谈”；“辞微理析，莫不精究”。[⑥] 从思想的渊源来看，谢灵运的这个“理”即来自于道生的涅槃佛性论。而道生的“理”则是从对《大般涅槃经》《维摩诘经》和《法华经》的注解中而总结出来的。道生认为，理即是佛、当理为佛、理为佛因。他在《注维摩诘经》中说，“佛为悟理之体”；“佛以穷理为主”；“穷理尽性”；“既入其理，即为彼岸”；“如来身从实理中来”[⑦]；“观理得性”[⑧]。在《大般涅槃经集解》中说，“当理者是佛，乖则凡夫”；“以佛所说，为证真实之理，本不变也”；“善性者，理妙为善，反本为性”；“法者，理实之名也”。[⑨] 在《妙法莲华经疏》中说：“如来理圆无缺，道无不在。”[⑩]从道生的这些注释中，可以归纳出他的“理”的特点：1. 理即是佛、理为佛因、当理为佛。道生认为“理”既是非有非无、又即有即无的中道之理体，又是佛教之真理；既是佛陀之本性，又是成佛之根源。无所不在的佛教之真理无不从中道理体体现，因此，悟理也就是悟佛，当理也即为佛；2. 理即是法。法即是法性，“然则法与法性理一而名异”[⑪]。法性即佛性，故理亦即佛性。由此来

---

① 林文月：《谢灵运及其诗》，台湾大学文史丛刊，第 46 页。
② 张国星：《佛学与谢灵运的山水诗》，《学术月刊》1986 年第 11 期，第 46 页。
③ J. D. 弗罗德舍姆：《中国山水诗的起源》，张伯伟：《禅与诗学》，第 156 页。
④ 谢灵运：《辩宗论・答僧维问》，道宣：《广弘明集》卷十八，《大正藏》第 52 册，第 225 页 c。
⑤ 谢灵运：《辩宗论・答慧琳难》，道宣：《广弘明集》卷十八，《大正藏》第 52 册，第 227 页 a。
⑥ 谢灵运：《辩宗论・答王卫军问》，道宣：《广弘明集》卷十八，《大正藏》第 52 册，第 227 页 c。
⑦ 道生：《注维摩诘经》卷三，《大正藏》第 38 册，第 360 页 a。
⑧ 道生：《注维摩诘经》卷二，《大正藏》第 38 册，第 345 页 b。
⑨ 道生：《大般涅槃经集解》，《大正藏》第 37 册，第 549 页 a。
⑩ 道生：《妙法莲华经疏》卷一，《续藏经》第 27 册，第 2 页 a。
⑪ 道生：《注维摩诘经》卷二，《大正藏》第 38 册，第 346 页 c。

看，谢灵运的“理”虽没有道生的“理”如此细致，但二者的意义是一致的。因此，谢灵运的“理”亦是佛性之体现，当此理即当佛。正是基于这样的认识，谢灵运才特别强调说：“必求性灵真奥，岂得不以佛经为指南邪？”[①]于此，我们即可明了谢灵运强调的“理”，其着眼点乃在于“求性灵真奥”。谢灵运说：“夫衣食，人生之所资；山水，性分之所适。”[②]这就是说，谢灵运的山水文学创作的出发点，是通过山水自然物质的存在形式，来探讨和发掘人生之精神真谛。此所谓“表灵物莫赏，蕴真谁为传”[③]是也。因此，后人评谢诗，多着眼于其“真情”：“真于情性，尚于作用，不顾词彩，而风流自然。”[④]

俄国宗教美学家雅科伏列夫在谈到艺术与宗教的关系时指出：“艺术和宗教相互作用的这个历史过程导致的结果是，世界宗教几乎把所有的艺术——无论是传统的还是现代的艺术——都纳入自己的结构中。但是，这个过程也产生出致命的后果：由于各种艺术对宗教意识的多方面的影响，宗教意识的樊篱已被拆除，宗教开始丧失自己独特的幻想内容。与此同时，形成了一个与传统宗教思维相距甚远的、新的美学和艺术的环境。”[⑤]以谢灵运为代表的山水文学与佛教的关系正好是这段话的一个最为具体和有力的例证。当谢灵运同时面对和走向山水文学和佛教时，他的审美观和文学创作实践即被纳入到了他的佛教意识的结构之中。在代表佛性的“理”与代表审美的“情”的关系上，谢灵运的看法与道生的也颇为一致。

> 情不从理谓之垢也，若得见理，垢情必尽。[⑥]
> 理感心情恸，定非识所将。[⑦]
> 感往虑有复，理来情无存。[⑧]

① 何尚之：《答宋文帝赞扬佛教事》，僧祐撰，李小荣校笺：《弘明集校笺》，第 576 页。
② 谢灵运：《游名山志》，严可均辑校：《全上古三代秦汉三国六朝文》，第 5231 页。
③ 谢灵运：《登江中孤屿》，萧统：《文选》卷二六，第 1243 页。
④ 皎然：《诗式·文章宗旨》，皎然撰，李壮鹰校释：《诗式校释》，第 118 页。
⑤ [俄]E.T.雅科伏列夫：《艺术与世界宗教》，文化艺术出版社 1991 年版，第 4 页。
⑥ 道生：《注维摩诘经》卷二，《大正藏》第 38 册，第 346 页 a。
⑦ 谢灵运：《庐陵王墓下作》，萧统：《文选》卷二三，第 1095 页。
⑧ 谢灵运：《石门新营所住四面高山回溪石濑茂林修竹》，萧统：《文选》卷三〇，第 1399 页。

理为情先。①

二者皆把“理”看作是“情”的先导、主宰，“情”只有服从于“理”，才能得其所、得其用；反之，即是污垢。诗人如果是“见理”“理感”“理来”了，那么，“情”即可“尽去”“无存”。就是说，诗人的审美情思不是没有目的或随意飘动的，而是要纳入其佛性论思想的范围。道生是出家僧侣，他是完全站在佛性论的立场上来看待“理”和“情”的关系，而谢灵运虽然也是佛教信徒，但他更主要的还是一个诗人和文学家，然而在文学与佛教的关系上，他的艺术观却跳不出宗教意识的大网。

正是在这种宗教意识结构的作用下，谢灵运的山水文学创作形成了一个相对固定的模式：“记游—写景—兴情—悟理。”从前面所引的谢灵运的诗句，即可看出这一点。这种模式不光表现在谢灵运一人的诗作之中，还表现在谢惠连的诗赋中。

> 日落泛澄瀛，星罗游轻桡。憩榭面曲汜，临流对回潮。辍策共骈筵，并坐相招要。哀鸿鸣沙渚，悲猿响山椒。亭亭映江月，浏浏出谷飚。斐斐气幕岫，泫泫露盈条。近瞩祛幽蕴，远视荡喧嚣。悟言不能知，从夕至清朝。②

前面的山水之景，最后都要归结到“悟言不能知”的“理”上。又如谢惠连的《雪赋》在描绘瑞雪初降后，归入到了“理趣”：“节岂我名，洁岂我贞？凭云升降，从风飘零。值物赋象，任地班形。素因遇立，污随染成。纵心皓然，何虑何营。”③不管是随遇任化，还是素而变污，其性灵永远保持着高洁。作者通过赞美“雪”而获得心灵上的解脱。大小谢的这种模式是宗教规范和艺术规范的结合体。它虽然给人以一种桎梏的感觉，但在宗教艺术思维结构里，却有着重要的意义。这种模式不仅维护着文人们的一般生活，而且更为重要的是，它在不停地、随时随地地调节并组织文人的宗教和艺术生活的精神结构，尤其是文人的心态变化，使他们保持着相对完整性和稳定性。因此，这种宗教与艺术混合体的规

---

① 谢灵运：《辩宗论·答僧维问》，道宣：《广弘明集》卷十八，《大正藏》第52册，第225页c。

② 谢惠连：《泛湖归出楼中望月》，萧统：《文选》卷二二，第1036页。

③ 谢惠连：《雪赋》，欧阳询：《艺文类聚》卷二，第25页。

范虽“不能绝对地决定艺术思维的特性，只是在一定历史范围里它才能在一定的内容—形式层次上去构成艺术整体的稳固性”，但它“更加强调出在其框框范围里进行创作的艺术家的才能和特色，因为要想在规范的狭窄框框里创造一部有影响力的、伟大的艺术作品，就应具备巨大的创造潜力，具备克服教规的能力”①。谢灵运的山水文学创作就是在佛教规范的框框内进行的，但他的创作却能在这个规范面前进得来、出得去，因而他的山水文学作品不仅仅是一般的模山范水、一般的赏心悦目，而是一种十分富有个性化的哲学思考，如“遗情舍尘物，贞观丘壑美”②；“观此遗物虑，一悟得所遣”③；“研精静虑，贞观厥美”④。其深刻性和完整性始终是同时代人和后继者所竭力赞赏、咏叹和深思的。而没有这种宗教规范的体验，是不可能复制和再现其山水文学的。这也就是谢灵运在宗教思维的范式(Paradigm)里又创造出与宗教思维相距甚远的、新的美学和艺术的环境和境界。

这种宗教与审美的妙趣被巧妙地结合起来，一方面使人把自己融化在宗教意识的神学体系之中，另一方面又让人向着拯救个性方向发展下去。也就是说，人在宗教意识体系里不再表现为个体和个性，而是超越一切单个人的观念去寻求人类共同的存在本质。谢灵运的山水文学创作就体现了这个特点。有些学者认为，“谢诗虽然写的是自然美景，但却显得艰涩难解，很难引起读者心灵上的共鸣”⑤。还有学者认为，谢“诗乃极力刻划山水的形貌，又重复申述哲理的空言，便正因为这一切都只不过是他在烦乱寂寞之心情中，想要自求慰解的一种徒然的努力而已”⑥。其实，在我看来，谢灵运的山水诗赋并不是“艰涩难解”，而是它们更加关注着超越个体和个性，把佛教的心性论与人生之哀乐的咏叹联系于一起，探索着人生的更为深层的东西。

---

① [俄]E.T.雅科伏列夫：《艺术与世界宗教》，文化艺术出版社1991年版，第100页。

② 谢灵运：《述祖德》，萧统：《文选》卷十九，第914页。

③ 谢灵运：《从斤竹涧越岭溪行》，萧统：《文选》卷二二，第1049页。

④ 谢灵运：《山居赋》，沈约：《宋书》卷六七《谢灵运传》，第1770页。

⑤ 张伯伟：《禅与诗学》，浙江人民出版社1992年版，第183页。

⑥ 叶嘉莹：《从元遗山论诗绝句谈谢灵运与柳宗元的诗与人》，《中国古典诗歌评论集》，广东人民出版社1982年版，第41页。

> 欢去易惨，悲至难铄。击节当歌，对酒当酌。鄙哉愚人，戚戚怀瘼。善哉达士，滔滔处乐。①
>
> 倏烁夕星流，昱奕朝露团。……徂龄速飞电，颓节务惊湍。览物起悲绪，顾已识忧端。朽貌改鲜色，悴容变柔颜。……寸阴果有逝，尺素竟无观。幸赊道念戚，且取长歌欢。②
>
> 短生旅长世，恒觉白日欹。览镜睨颓容，华颜岂久期。苟无回戈术，坐观落崦嵫。③
>
> 空对尺素迁，独视寸阴灭。……桑茅迭生运，语默寄前哲。④
>
> 余生不欢娱，何以竟暮归。……所秉自天性，贫富岂相讥。⑤
>
> 心欢赏兮岁易沦，隐玉藏彩畴识真。⑥
>
> 孤客伤逝湍，徒旅苦奔峭。……遭物悼迁斥，存期得要妙。⑦
>
> 得性非外求，自已为谁纂。不怨秋夕长，常苦夏日短。……殷勤诉危柱，慷慨命促管。⑧
>
> 殷忧不能寐，苦此夜难颓。明月照积雪，朔风劲且哀。运往无淹物，年逝觉易催。⑨

在这些诗作中，时间（Time）与生命（Life），成为每一意象深层的结构形式。从哲学上来说，时间是永恒的、无限的、必然的，而个体的生命则是短暂的、有限的、偶然的。二者的同时共境，本身即构成了时空上突出的对立与矛盾。然而，就个体的生命而言，其时间与生命的存在则是一致的。德国现象学家海德格尔（M. Heidegger）认为，西方的时间观念从亚里士多德（Aristotle）到柏格森（H. Bergson）都是处于流俗的时间概念之中，即他们的时间概念所意指的时间乃是空间（Space）。他认为，人们习惯于把时间作为存在者状态上的标准，喜欢把“时间性的”存

---

① 谢灵运：《善哉行》，郭茂倩：《乐府诗集》卷三六，第 539 页。
② 谢灵运：《长歌行》，郭茂倩：《乐府诗集》卷三〇，第 444 页。
③ 谢灵运：《豫章行》，欧阳询：《艺文类聚》卷四一，第 741 页。
④ 谢灵运：《折杨柳行》，郭茂倩：《乐府诗集》卷三七，第 538 页。
⑤ 谢灵运：《君子有所思行》，郭茂倩：《乐府诗集》卷六一，第 891 页。
⑥ 谢灵运：《鞠歌行》，郭茂倩：《乐府诗集》卷三三，第 494 页。
⑦ 谢灵运：《七里濑》，萧统：《文选》卷二六，第 1241 页。
⑧ 谢灵运：《道路忆山中》，萧统：《文选》卷二六，第 1248 页。
⑨ 谢灵运：《岁暮》，欧阳询：《艺文类聚》卷三，第 56 页。

在者(空间关系与数学关系)划分开来,把道出命题的“时间性的”过程同命题的“无时间的”意义区别开来,还喜欢在“时间性的”存在者与“超时间的”永恒者之间划一条“鸿沟”。其实,如果真正从时间来理解存在,“时间性的”就不再可能只等于说“在时间中存在着的”。“非时间的东西”与“超时间的东西”就其存在来看也是“时间性”(Temporality)的。[①] 因此,海德格尔主张把时间性与此在(Dasein)联系起来,从此在的时间性上探求此在“存在在世界之中”[②]的本质。德国符号学家卡西尔(E. Cassier)认为,此在的人“不是一个物而是一个过程——一个永不停歇的持续的事件之流。……在它的生命中,时间的三种样态——过去,现在,未来——形成了一个不能被分割成若干个别要素的整体。……我们不能在描述一个有机物的瞬间状态时,不把这个有机物的整个历史考虑进去,不把这种状态与其未来状态相关联。对后者来说,前者只不过是线段的一个点而已”[③]。德国百科全书式的大学问家莱布尼茨(Gottfried. W. Leibniz)指出:“现在包含着过去,而又充满了未来。”[④]这样,现实此在的人,即不会再为面对线性时间的流逝而哀叹、苦恼,也不会为个体生命的短暂、无常而烦恼,他对这一切都会泰然处之。在谢灵运的诗中,我们感受到有这么一种时间观念:时间是流动着的,春去秋来,时光荏苒,倏烁星流,寸阴飞逝。在这种飞速流动的时间内,具有短暂生命的每一个体都无法控制自己生命的衰竭,“朽貌改鲜色,悴容变柔颜”;“览镜睨颓容,华颜岂久期”。所以,人们总是对时间的易逝和生命的短暂发出强烈的哀叹,“短生旅常世,恒觉白日欹”;“孤客伤逝湍,徒旅苦奔峭”。人们在时间面前显得无可奈何、无能为力,故而彷徨、喟叹、伤感,甚至于绝望。同样的感伤和悲凉在他的赋作中也毫无保留地得到了宣泄:

> 夫逝物之感,有生所同。颓年致悲,时惧其速。……鉴三命于予躬,怛行年之蹉跎。于鶗鴂之先号,挹芬芳而夙过。微灵芝之频

① 章启群:《哲人与诗——西方当代一些美学问题的哲学根源》,安徽教育出版社1994年版,第153页。

② 海德格尔:《存在与时间》,三联书店1987年版,第17页。

③ [德]E.卡西尔《人论》,甘阳译,上海译文出版社1986年版,第63—64页。

④ E.卡西尔《人论》,第63—64页。

秀，迫朝露其如何。虽发叹之早晏，谅大暮之同科。[1]

始春芳而羡物，终岁徂而感己。貌憔悴以衰形，意幽翳而苦心。[2]

弱质难恒，颓龄易丧。抚鬓生悲，视颜自伤。[3]

这种对时间易逝、人生短暂、生命无常的强烈喟叹，正是汉魏以来文学创作的重大主题，由此而构成了文学上的生命咏叹调。作为刘宋元嘉山水文学创作的代表作家，谢灵运自然比一般诗人、作家更能感受这一主题和咏叹调的深邃、无穷和意义。特别是他在政治上的屡屡失意和挫败，更容易让他感受到世态的炎凉和人生的无奈。然而，谢灵运不同于常人的是，他的时间与生命观并未到此为止，而是把时间和生命都看成是流动着的、延续性的。因此，当他在生命与时间的对立和矛盾面前时，又能从苦闷、消沉、浮躁、轻飘之中解脱出来，而表现出一种豁达、明朗的心态，"善哉达士，滔滔处乐"；"幸赊道念戚，且取长歌欢"；"苟无回戈术，坐观落崦嵫"；"桑茅迭生运，语默寄前哲"。对衰老、死亡表现出异常冷静和达观："居常以待终，处顺故安排。惜无同怀客，共登青云梯"。在《入道至人赋》中，则表现出对入道至人的钦慕和向往：

卜居千仞，左右穷悬，幽庭虚绝，荒帐成烟。水纵横以触石，日参差于云中；飞英明于对溜，积氤氲而为峰；推天地于一物，横四海于存心。超埃尘以贞观，何落落此胸襟。[4]

这种新的处世态度和生命观就是谢灵运浓厚的净土思想信仰在文学创作中的自然体现和运用。这种净土信仰与涅槃佛性思想结合起来就形成了一种新的生命观。在谢灵运看来，人的死亡并不可怕，因为死亡的同时，包含着新生，包含着迈向美丽的净土境界。因此，只要体认"空观"，讲析"妙理"，短暂、偶然、有限的生命也就具有了永恒、必然、无限的意义。这种"击节当歌，对酒当酌"、重生而不畏死的乐观、积极的人

① 谢灵运：《感时赋并序》，欧阳询：《艺文类聚》卷三四，第604页。
② 谢灵运：《伤己赋》，欧阳询：《艺文类聚》卷三四，第604页。
③ 谢灵运：《山居赋》，沈约：《宋书》卷六七《谢灵运传》，第1769页。
④ 欧阳询：《艺文类聚》卷三六，第646页。

生态度，更增加了现实生命的密度和质量。正是这种对生命的崭新认识，使得他能在数次被弹劾中，甚至于当众走向刑场时，也不改性情，不向世俗低头，表现出了崇高的生命意识。谢灵运的时间观和生命观虽然没有海德格尔、卡西尔等的系统、深刻、思辨，但我们从中也可看出一些超越现实的生命观的气息。

正是在这样的一种时间和生命观的基础上，谢灵运把人的生命赋予自然界的一切，连自然界中的山水、草木都具有了人的气息、人的生命、人的哀乐。

池塘生春草，园柳变鸣禽。①
泽兰渐被径，芙蓉始发池。②
白芷竞新苕，绿苹齐初叶。③
芰荷迭映蔚，蒲稗相因依。④
袅袅秋风过，萋萋春草繁。⑤
初篁苞绿箨，新蒲含紫茸。⑥

这些形态各殊、异彩纷呈的春草、泽兰、芙蓉、白芷、绿苹、芰荷、蒲稗、初篁、园柳等物色，虽然渺小，却无不荡漾着青葱的波动、洋溢着生命的光彩。而其形象之背后或深层结构，则无不是佛性、神理之体现。草木如此，自然界的一切物色，皆复如此。“一即一切，一切即一。”⑦故后人评道：“有灵运然后有山水，山水之蕴不穷，灵运之诗弥旨。山水之奇，不能自发，而灵运发之。”⑧“即于写山水中，由景生情立意，以求造语合符理境，又由情起一波澜，以求语有风趣，亦非难事。……夫文贵有内心，诗家亦然，而山水诗尤要。盖有内心，则不惟写山水之形胜，并传山水

① 谢灵运：《登池上楼》，萧统：《文选》卷二二，第1040页。
② 谢灵运：《游南亭》，萧统：《文选》卷二二，第1041页。
③ 谢灵运：《登上戍石鼓山》，《永嘉县志》卷二。
④ 谢灵运：《石壁精舍还湖中作》，萧统：《文选》卷二二，第1044页。
⑤ 谢灵运：《石门新营所住四面高山回溪石濑茂林修竹》，萧统：《文选》卷三〇，第1399页。
⑥ 谢灵运：《于南山往北山经湖中瞻眺》，萧统：《文选》卷二二，第1047页。
⑦ 僧肇：《宝藏论·本际虚玄品》，《大正藏》第45册，第148页c。
⑧ 《静居绪言》，郭绍虞编，富寿荪校：《清诗话续编》，上海古籍出版社1983年版，第1632页。

之性情，兼得山水之精神。”[①]这些评论虽未能直接点明谢灵运山水诗与佛性论的关系，但也指出了自然山水乃由人发，发之得其性情、精神的诗理。正是如此，谢灵运才能以玩、以赏的心态和审美趣味来对待事物，“天下良辰美景，赏心乐事四者难并”[②]；“情用赏为美，事昧竟谁辨”[③]；“妙物莫为赏，芳醑谁与伐”[④]；“孤游非情叹，赏废理谁通”[⑤]；“景夕群物清，对玩咸可喜”[⑥]；“弄波不辍手，玩景岂停目”[⑦]。显然，谢灵运的山水诗作已经超越了个体和个性的审美意蕴而包容了宇宙整体生命的生存价值。

海德格尔认为，一件艺术品，必须是大地、天空、神圣者和短暂者四者的统一。大地(Earth)指大地上的一切实物，“是承担者，开花结果，伸展成石头和水，产生了植物和动物”。天空(Sky)指一切天文气象，“是太阳的天穹轨道，是月亮变化的道途，有星星漫游闪烁，一年四季更替，有白昼的光明和暮霭，夜晚的黑暗与闪光，有天气的温和与险恶，浮云与湛蓝幽深的太空”。神圣者(Divinities)，指超自然的神圣的东西，“是神性召唤的信使”。短暂者(Mortals)是指世俗的有生死的人，“去死意味着能够作为死亡而死亡。只有人去死，而且是不断地去死，只要人保持在大地之上，天空之下，诸神之前”[⑧]。这四者的有机结合，构成了单一整体。我们在阅读谢灵运的山水文学作品时，同样能感受到上述四者的统一存在，诗的意蕴就是在这四者的聚合体中敞开，此在的历史、现实和未来在这里现身、到时，我与物、人与世界均处于纯然而然的一元境界之中。

综上所述，我们可以看出，晋宋之际及刘宋元嘉时期山水文学与佛教哲学的关系是多么密切。佛教哲学不仅为山水文学提供了理论依据，而且刺激了山水文学的迅速滋长；山水文学则使佛教内容有了新的

---

① 朱庭珍：《筱园诗话》卷一，郭绍虞编：《清诗话续编》，第2344页。
② 谢灵运：《拟魏太子邺中序》，萧统：《文选》卷三〇，第1432页。
③ 谢灵运：《从斤竹涧越岭溪行》，萧统：《文选》卷二二，第1049页。
④ 谢灵运：《石门岩上宿》，欧阳询：《艺文类聚》卷八，第144页。
⑤ 谢灵运：《于南山往北山经湖中瞻眺》，萧统：《文选》卷二二，第1047页。
⑥ 谢灵运：《初往新安至桐庐口》，欧阳询：《艺文类聚》卷二八，第503页。
⑦ 谢灵运：《登石门最高顶》，萧统：《文选》卷二二，第486页。
⑧ 海德格尔：《诗·语言·思》，彭富春译，文化艺术出版社1990年版，第135页。

扩展，也增加了新意。刘宋元嘉时期之所以能产生以谢灵运为代表的山水文学流派，其重要原因乃在于佛教的迅速发展，并成为社会的主流思潮，尤其是涅槃佛性学说对文人的深刻影响，使得山水文学中的“物—情—理”的融合达到了前所未有的深度。由此来看，刘宋元嘉山水文学的兴盛，不能不说是得益于佛教哲学的渗透。当然，如我们前面所说，宗教对艺术的影响并不都是积极的，它在相当大的程度上是限制或阻碍了艺术审美情思的自由抒展，它的范式化的框框，它的过分追求理性化的倾向，都对艺术的发展是不利的。从谢灵运的诗赋作品中，我们也可看到这种副作用，这是我们应当指出的。然而，谢诗赋中的缺点，也并非全由佛教来负责或承担，这里还有个诗歌、辞赋自身发展的问题。就是说，山水文学在刘宋元嘉时期只是作为一种新的题材体式而刚刚兴起，还未达到炉火纯青的地步，不可能完美无缺。另外，还与诗人、作家、士人自身的素质、才气、胆识、审美感受、语言表达等等诸多因素有关，这里就不再探讨了。

第三章　齐梁文人的佛教活动及其佛学思想

公元479年萧道成废宋顺帝刘准而建齐，至公元502年萧衍代齐建梁，整个萧齐帝朝历经7个皇帝，仅存23年。其中最为辉煌的，且时间最长的是齐武帝萧赜，在位11年。萧赜之后的5个皇帝总共在位不到9年，且皇室内讧，朝臣相左，国库一时挥霍殆尽。朝廷横征暴敛，百姓怨声载道。因此，作为南齐雍州刺史的萧衍从襄阳起兵反齐，很快得到各地的响应，在不到1年的时间里就迫使齐和帝萧宝融禅让帝位而建梁。萧梁帝朝历经7个皇帝，前后56年。其中梁武帝萧衍在位长达48年，这个时期是整个梁帝朝最发达、最兴盛，且国内局势较为安定的阶段。萧衍之后的6个皇帝在位仅8年。特别是萧衍晚年的侯景之乱，使得萧梁帝朝一蹶不振。萧衍的兄弟、儿子、孙子等为争夺帝位，互相倾轧，在外敌入侵时，见死不救。有的甚至投靠外敌，出让疆土，以换取外敌对自己夺取帝位的支持。北方民族的入侵和国内诸王的割据，使得萧梁帝朝混乱不堪，随时都有覆灭的危险。驻扎在广东的陈霸先以勤王为名起兵，很快控制萧梁帝朝的大权，不久，便代梁自立，国号陈。齐梁两代共79年的历史到此结束。齐朝的短命使得它在整个南朝的历史地位很低，仕齐的士大夫多数由齐入梁，其主要活动多在梁武帝时代，因此，后世多把“齐梁”连称。

齐梁文人的文学活动绝不仅仅限于单纯的文学创作。构成齐梁文人丰富多彩的文学实践活动的，还应包括文人们一定的社会实践和世界观的形成以及世界观对文学思想与文学创作的影响等等。根据美国文学理论家艾布拉姆斯的观点，文学活动由四个相关要素构成：宇宙（Universe）、艺术家（Artist）、作品（Work）和读者（Audience）[①]。而这些要素，均不是单一的，而是在文学活动中，相互依存、相互渗透、相互作用。齐梁时期，由于帝王、公卿、士大夫崇佛成为普遍的风气，所以文人的实践活动就与佛教结下了不解之缘。他们游溺山水，吟诗唱和，设坛斋戒，弘宣内典，一时声势浩大，充斥文坛，使得齐梁文坛的上空笼罩着一片佛光瑞气。其文学思想和文学创作，无不打上了佛教的烙印。他们的活动，一方面提高和扩大了佛教在中国文化中的地位和影响，给汉语文化注入了大量佛教内容、仪轨、语言等，在一定程度上改变了本土汉语文化的走向和轨迹；另一方面也使得佛教深受本土文化潜移默化的影响，改变了原本胡语、梵语佛教的原貌，进一步中国本土化了。

第一节　齐梁文人的佛教实践活动

齐梁两代的皇室成员崇佛乃是普遍之事。在萧齐诸帝王中，齐高帝萧道成（宋文帝元嘉四年—齐高帝建元四年，427—482）少年时即受学于雷次宗。“儒士雷次宗，立学于鸡笼山。太祖（萧道成）年十三受业，治《礼》及《左氏春秋》。”[②]而雷次宗，“少入庐山，事沙门释慧远，笃志好学，尤明三礼、毛诗，隐退不交事务”[③]。又入“莲社”，勤修“净业”[④]。

① “每一件艺术品总要涉及四个要点，几乎所有力求周密的理论总会大体上对这四个要素加以区辨，使人一目了然。第一个要素是作品，即艺术品本身。由于作品是人为的产品，所以第二个共同要素便是生产者，即艺术家。第三，一般认为作品总得有一个直接或间接地导源于现实事物的主题——总会涉及、表现、反映某种客观状态或者与此有关的东西。这第三个要素便可以认为是由人物和行动、思想和情感、物质和事件或者超越感觉的本质所构成，常常用‘自然’这个通用词来表示，我们却不妨换用一个含义更广的中性词——宇宙。最后一个要素是欣赏者，即听众、观众、读者。作品为他们而写，或至少会引起他们的关注。”（[美]艾布拉姆斯：《镜与灯——浪漫主义文论及批评传统》，郦稚牛、张照进、童庆生译，北京大学出版社 1989 年版，第 5 页。）我以为，在此四要素中，艺术家是整个文学活动中最为活跃的因素。无论是艺术家个体还是群体，其文学创作仅仅是其中的一个环节，而大量的是他们文学活动过程中的内容，包括外部的和内部的。

② 萧子显：《南齐书》卷一《高帝纪上》，中华书局 1972 年版，第 3 页。

③ 沈约：《宋书》卷九三《隐逸・雷次宗传》，中华书局 1974 年版，第 2292—2293 页。

④ 慧皎：《高僧传》卷六《慧远传》，第 214 页。

其讲学，想必涉及佛教思想。故萧道成接受佛教思想，似乎不成疑问。齐武帝萧赜对佛事甚为殷勤，临死时还在《遗诏》里念念不忘嘱托子孙尽心事佛，礼拜供养，勤做功德。① 其子文惠太子萧长懋与竟陵王萧子良，“俱好释氏，立六疾馆，以养穷民”②。尤其是萧子良，对佛教“敬信尤笃。数于邸园营斋戒，大集朝臣、众僧；至于赋食、行水，或躬亲其事。世颇以为失宰相体。劝人为善，未尝厌倦，以此终致盛名”③。萧齐诸帝王敬信佛教，连取小名和字，都要到佛教里找。仅做了不到一年皇帝的郁林王萧昭业的小名，即取为“法身”④。做了两年皇帝的齐明帝萧鸾次子、东昏侯萧宝卷，取字“智藏”⑤。萧齐诸帝王信佛如此，萧梁诸帝王更是愈演愈烈。梁武帝萧衍原崇奉老子，“武帝弱年好事，先受道法，及即位，犹自上章，朝士受道者众”⑥。梁天监三年(504)四月初八佛诞日，萧衍下诏“舍事道法”⑦，皈依佛门。十一日，萧衍再次下诏，称诸家为“邪道”，唯佛教乃为“正道”⑧。他曾 4 次舍身“同泰寺”⑨，心甘情愿做佛弟

---

① “显阳殿玉像诸佛及供养，具如别牒，可尽心礼拜供养之。应有功德事，可专在中。”(萧子显：《南齐书》卷三《武帝纪》，第 62 页。)

② 萧子显：《南齐书》卷二一《文惠太子传》，第 401 页。

③ 萧子显：《南齐书》卷四〇《竟陵文宣王萧子良传》，第 700 页。

④ 萧子显：《南齐书》卷四《郁林王萧昭业纪》，第 69 页。

⑤ 萧子显：《南齐书》卷七《东昏侯萧宝卷纪》，第 97 页。

⑥ 魏徵等：《隋书》卷三五《经籍志》四，中华书局 1973 年版，第 1093 页。

⑦ “维天监三年四月八日，梁国皇帝兰陵萧衍稽首和南，十方诸佛十方尊法十方圣僧，伏见经云：‘发菩提心者，即是佛心，其余诸善，不得为喻。’能使众生出三界之苦门，入无为之胜路。故如来漏尽智凝成觉，至道通机德圆取圣；发慧炬以照迷，镜法流以澄垢；启瑞迹于天中，烁灵仪于像外；度群迷于欲海，引含识于涅槃；登常乐之高山，出爱河之深际。言乖四句语绝百非，应迹娑婆王宫诞相。步三界而为尊，普大千而流照。但以机心浅薄，好生厌怠，遂乃湛说圆常，亦复潜辉鹤树。阇王灭罪婆薮除殃，若不逢遇大圣法王，谁能救接？在迹虽隐，其道无亏，弟子经迟迷荒，耽事老子，历叶相承，染此邪法，习因善发，弃迷知返。今舍旧医，归凭正觉，愿使未来生世，童男出家，广弘经教，化度含识，同共成佛。宁在正法中长沦恶道，不乐依老子教暂得生天。涉大乘心离二乘念，正愿诸佛证明，菩萨摄受，弟子萧衍和南。”(道宣：《广弘明集》卷四《叙梁武帝舍事道法》，《大正藏》第 52 册，第 112 页。)

⑧ “道有九十六种，惟佛一道是于正道，其余九十五种名为邪道。朕舍邪外道，以事正内，诸佛如来。若有公卿，能入此誓者，各可发菩提心。老子、周公、孔子等，虽是如来弟子而化迹，既邪，止是世间之善，不能革凡成圣。其公卿、百官、侯王、宗族，宜反伪就真，舍邪入正。故经教《成实论》云：若事外道心重，佛法心轻，即是邪见。若心一等，是无记性，不当善恶。若事佛心强，老子心弱者，乃是清信。言清信者，清是表里俱净，垢秽惑累皆尽信是信正不信邪，故言清信。佛弟子，其余诸信，皆是邪见，不得称清信也，门下速施行。”(道宣：《广弘明集》卷四《梁高祖武皇帝废李老道法诏》，《大正藏》第 52 册，第 112 页 a—b。)

⑨ 关于梁武帝萧衍舍身同泰寺的次数，史料记载不一。《梁书·武帝纪》载为 3 次；《南史》则载为 4 次，即大通元年(527)、中大通元年(529)、中大同元年(546)和太清元年(547)。此从《南史》说。

子。“衍崇信佛道，于建业起同泰寺，又于故宅立光宅寺，于钟山立大爱敬寺，兼营长干二寺，皆穷工极巧，殚竭财力，百姓苦之。曾设斋会，自以身施同泰寺为奴，其朝臣三表不许，于是内外百官共敛珍宝而赎之。衍每礼佛，舍其法服，著乾陀袈裟。令其王侯子弟皆受佛诫，有事佛精苦者，辄加以菩萨之号。其臣下奏表上书亦称衍为皇帝菩萨。”①萧衍诸子，从小受乃父信佛影响，耳濡目染，敬佛尤勤。“高祖大弘佛教，亲自讲说；太子亦崇信三宝，遍览众经。乃于宫内别立慧义殿，专为法集之所。招引名僧，谈论不绝。太子自立二谛、法身义，并有新意。”②简文帝萧纲、元帝萧绎，亦不示弱，对佛教经论烂熟于心。③ 齐梁两代帝王以手中强力的政治权力、丰厚的经济实力和优越的文化特权，大力倡导佛教，围绕在他们周围的文人岂甘落后。纵观齐梁文人的佛教实践活动，主要有以下几个方面。

一　结交名僧

齐梁帝王与文人对佛教僧侣十分崇仰，尤其对一些著名的高僧大德，更是殷勤倍至。他们往往以结交名僧来表现自己的潇洒和飘逸，从而抬高自己的身价。齐高帝萧道成，“将升位，入山寻(僧)远，远固辞老疾，足不垂床。太祖(萧道成)躬自降礼，咨访委悉。及登禅，复銮驾临幸，将谒远房。房阁狭小，不容舆盖。太祖欲见远，远持操不动。太祖遣问卧起，然后转跸而去，远曾不屑焉”④。又令道盛“代昙度为僧主”⑤。齐武帝萧赜得知僧远圆寂，特致书法献，悼念僧远：“承远上无常，弟子夜中已自知之。远上此去甚得好处，诸佳非一，不复增悲也，一二迟见法师，方可叙瑞梦耳。今正为作功德，所须可具疏来也。”⑥萧赜

① 魏收等:《魏书》卷八九《萧衍传》，中华书局1974年版，第2187页。

② 姚思廉:《梁书》卷八《昭明太子传》，中华书局1973年版，第66页。

③ 道宣:《广弘明集》收录三萧有关佛教文、诗47篇(首)。其中，萧纲31篇(首)，萧绎5篇(首)，萧统11篇(首)。另参见谭洁:《南朝佛学与文学：以竟陵“八友”为中心》第五章，宗教文化出版社2009年版。

④ 慧皎:《高僧传》卷八《僧远传》，第319页。

⑤ 慧皎:《高僧传》卷八《道盛传》，第307页。

⑥ 慧皎:《高僧传》卷八《僧远传》，第319页。

还“建立招提，傍求义士；以（僧）柔耆素有闻，故征书岁及”[①]。文惠太子萧长懋与竟陵文宣王萧子良对名僧的崇敬远远超过其父、祖。僧远“寝疾，文惠、文宣伏膺师礼，数往参候”[②]。在给僧远的吊唁书上，子良以弟子的身份，无比虔诚和悲痛：“远法师一代名德志节清高，潜山树美四海餐风，弟子暗昧谬蒙师范，方欲仰禀仁化用洗烦虑，不谓比疾，奄成异世，悲痛之心，特不可忍。远上即业行，圆通旷劫希有。弟子意不欲遗形影迹，杂处众僧墓中，得别卜余地，是所愿也，方应树刹表奇，刻石铭德矣，即为营坟于山南立碑颂德。”[③]对僧柔，“文宣诸王再三招请，乃更出京师，止于定林寺。躬为元匠，四远钦服人神赞美。文慧、文宣，并伏膺入室。柔秉德居宗，当之弗让，常誓生安养国。每至悬车西次，辄嚬容合掌”[④]。对僧韶，“齐文惠及竟陵王萧子良，雅相钦礼”[⑤]。对法宠，“齐竟陵王子良，甚加礼遇。尝于西邸义集选诸名学，事委治城智秀，而竞者尤多”[⑥]。萧子良还自号“净住子”，“净刹萌因，忍土现果，慧自天成，道为期出。孝忠淳和之深，仁智博爱之厚，率由而极，因心则至。若乃栖神二谛，宅业三宝，瞻前卓尔，望后不群。用能降帝子之尊，灼净土之操，屏朱观之贵，下白屋之礼。磨踵以拯俗，刻髓以徇道。望亿劫以长驱，凌千载而独上。若乃阐经律，弘福施，济苍黎，毓翾动，未常不虑积昏，明慈洽巨细。感灵瑞于显微，通觉应于霄梦。固已葳蕤民誉，昭晳神听矣。至于苞括儒训，洞镜释典。空有双该，内外咸照。常欲广彼洲渚，炽此法灯。驻四生之风波，烛九居之霾雾。指来际以为期，总大千以为任。故恻隐垂教，殷勤敷道。于是锐临云之思，壮谈天之文。网罗字轮，仪形法印。是以‘净住’命氏，启入道之门；华严缨珞，标出世之术；决定要行，进趣乎金刚；戒果庄严，克成乎甘露。尔其众经注义，法塔赞颂。僧制药记之流，导文愿疏之属。莫不诚在言前，理出辞表。大者钩深测幽，小者驰辩感俗。森成条章，郁为卷帙。可谓开士住心，道

① 慧皎：《高僧传》卷八《僧柔传》，第322页。

② 慧皎：《高僧传》卷八《僧远传》，第319页。

③ 同上书，第319—320页。

④ 慧皎：《高僧传》卷八《僧柔传》，第322页。

⑤ 道宣：《续高僧传》卷五《僧韶传》，道宣撰，郭绍林校点：中华书局2014年版，第146页。

⑥ 道宣：《续高僧传》卷五《法宠传》，第151页。

场初迹。冠一代之妙化，垂千祀之胜范者也。祐昔以道缘预属嘉会，律任法使，谬荷其寄。斋堂梵席，时枉其请。哲人徂谢，而道心不亡。静寻遗篇，暧乎如在。遂序兹集录，以贻来世云尔”①。子良讲法，每以弟子表示：“弟子萧子良，涤盥烦襟栖情正业，肃萃僧英敬敷慧典。”②因此，仅慧皎《高僧传》和道宣《续高僧传》记录的受过萧长懋、萧子良兄弟礼敬和结交的名僧就有：僧远、玄畅、僧柔、慧次、慧基、法安、法度、宝志、法献、僧祐、智称、道禅、法护、法崇、僧韶、法云、僧旻、智藏等，可谓与佛门僧人打成一片了。

作为西邸文学集团的盟主对名僧如此躬礼，其门下文人则更加踊跃。“司徒文宣王及张融、何胤、刘绘、刘瓛等并禀服文义，共为‘法友’”③。他们与名僧法安、法云等交往至深。西邸文学集团的元老王俭，喜好结交名僧。有法瑗，“后齐文惠（萧长懋）又请（法瑗）居灵根，因移彼寺。太尉王俭门无杂交，唯待瑗若师，书语尽敬”④；有僧旻，“齐文惠帝、竟陵王子良，深相贵敬（僧旻），请遗连接。尚书令王俭延请僧宗讲《涅槃经》，旻扣问联环，言皆摧敌。俭曰：‘昔竺道生入长安，姚兴于逍遥园见之，使难道融义。往复百翻，言无不切。众皆睹其风神，服其英秀。今此旻法师，超悟天体，性极照穷，言必典诣，能使前无横阵，便是过之远矣’”⑤。王俭是萧齐重臣文士，每每参与子良举办的佛教法事活动。有智藏，王俭、子良遇到智藏辩伏著名的“成实”论师僧柔、慧次后，“齐太尉文宪王公，深怀钦悦，爰请安居。常叹相知之晚。太宰文宣王，建立正典，绍隆释教。将讲净名，选穷上首。乃招集精解二十余僧，探授符策，乃得于藏。年腊最小，独居末坐。敷述义理，罔或抗衡。道俗翕然，弥崇高誉”⑥。萧子良的文友徐孝嗣亦不遗余力追随萧子良结交名僧。对僧印，“司徒文宣王、东海徐孝嗣并挹敬风猷，屡请讲说”⑦。

① 僧祐撰，苏晋仁、萧链子点校：《齐太宰竟陵文宣王〈法集录序〉》，《出三藏记集》卷十二，第448页。
② 沈约：《齐竟陵王解讲疏》，道宣：《广弘明集》卷十九，《大正藏》第52册，第232页c。
③ 慧皎：《高僧传》卷八《法安传》，第329页。
④ 慧皎：《高僧传》卷八《法瑗传》，第313页。
⑤ 道宣撰，郭绍林点校：《续高僧传》卷五《僧旻传》，中华书局2014年版，第154页。
⑥ 道宣：《续高僧传》卷五《智藏传》，第169页。
⑦ 慧皎：《高僧传》卷八《僧印传》，第330页。

对僧若，“太常卿吴郡陆惠晓、左氏尚书陆澄，深相待接”①。对法云，“齐中书周颙、琅琊王融、彭城刘绘、东莞徐孝嗣等一代名贵，并投莫逆之交。孝嗣每日见云公俊发，自顾缺然”②。对智顺，“齐竟陵文宣王特深礼异……司空徐孝嗣亦崇其行解，奉以师敬”③。他的这种礼敬，也得到了回报。当“孝嗣被诛，子绲逃窜避祸，顺身自营护，卒以见免”④。子良门下“竟陵八友”的沈约、谢朓、陆倕等，也颇能与名僧交往。郁林王隆昌年间，沈约因为萧子良之密友，被外放任职时，即携名僧慧约同行，“或停赤松涧游止。……及沈侯罢郡，相携出都。还住本寺。恭事勤肃，礼敬弥隆。文章往复，相继晷漏。以沈词藻之盛，秀出当时。临官莅职，必同居府舍。率意往来，未尝以朱门蓬户为隔”⑤。“竟陵八友”中文学成就最高的谢朓、张融乃萧齐元老重臣，亦好交名僧。其时，名僧僧旻，“少与齐人张融、谢眺友善，天下才学通人，莫不致礼。虽居重名，不嘉荣势。闲处一室，简通豪右，众人多恨之”⑥。入梁后，陆倕、萧昂对名僧僧旻更加崇敬：“唯吴郡陆倕，博学自居，名位通显早崇礼敬，旻亦密相器重。时为太子中庶，傧从到房，旻称疾不见，倕欣然曰：‘此诚弟子所望也。’人皆推倕之爱名德也，弥重旻之不趣于世。暨普通之后，先疾连发，弥怀退静。夜还虎丘，人无知者。时萧昂出守吴兴，欲过山展礼。山主智迁先知以告旻，旻曰：‘吾山薮病人，无事见贵二千石。昔戴颙隐居北岭，宋江夏王入山诣之，高卧牖下不与相见，吾虽德薄，请附戴公之事矣。’及萧至，旻从后门而遁。”⑦陆倕为齐“竟陵八友”之重要成员，萧昂为梁武帝萧衍之堂弟。梁武帝萧衍及其子萧统、萧纲、萧绎等与名僧交往更是殷勤有加。被称为“梁代三大家”的僧旻、法云、智藏，尤得梁皇室之推崇。对僧旻，“乃眷帝情，深见悦可，因请为家僧，四事供给”⑧。僧旻迁化，“天子悲惜，储君嗟惋。……丧事大小，随由备

---

① 道宣：《续高僧传》卷五《僧若传》，第149页。
② 道宣：《续高僧传》卷五《法云传》，第161页。
③ 慧皎：《高僧传》卷八《智顺传》，第335页。
④ 慧皎：《高僧传》卷八《智顺传》，第335页。
⑤ 道宣：《续高僧传》卷六《慧约传》，第184页。
⑥ 道宣：《续高僧传》卷五《僧旻传》，第157页。
⑦ 同上。
⑧ 同上书，第156页。

办。…… 贵人、君子，皆景慕焉”[①]。对法云，“梁氏高临，甚相钦礼。天监二年，敕使长召出入诸殿。…… 寻又下诏，礼为家僧，资给优厚”[②]。对智藏，“帝将受菩萨戒…… 而帝意在于智藏。…… 皇太子尤相敬接。将致北面之礼，肃恭虔往。朱轮徐动，鸣笳启路，降尊下礼，就而谒之，从遵戒范，永为师傅”[③]。由上看出，齐梁帝王、士大夫、文人仰慕名僧之风范，并以弟子礼参拜，已经成为一种社会风气。萧子良、萧衍、萧统、萧纲、萧绎这些权力至高无上、容颜至尊无比的帝王，对僧人自甘屈躬，殷切虔敬，因而在文人士大夫中几乎形成了这样一种普遍的心态：即能与名僧结交、友善，不仅可以学到最时髦、最流行的佛教知识，以适应社会上普遍崇佛的需要，还可以借此抬高自己的身价和地位。所以，文士们无不抢着结交僧侣。所谓“天子下礼承修，荣贵莫不竦敬”[④]。然而，最高统治者梁武帝的敬佛，不仅仅是出于信仰的虔诚，或许还有其他的目的。“帝欲自御僧官，维任法侣，勅主书遍令许者署名，于时盛哲，无敢抗者。匿然投笔，后以疎闻藏，藏以笔横轹之告曰：‘佛法大海，非俗人所知。’帝览之，不以介意。斯亦拒怀略万乘季代一人。而帝意弥盛，事将施行于世，虽藏后未同。而勅已先被，晚于华光殿设会，众僧大集，后藏方至。帝曰：‘比见僧尼多未诵习，白衣僧正，不解科条。俗法治之，伤于过重。弟子暇日欲自为白衣僧正，亦依律立法。此虽是法师之事，然佛亦复付嘱国王，向来与诸僧共论，咸言不异，法师意旨如何？’藏曰：‘陛下欲自临僧事，实光显正法，但僧尼多不如律，所愿垂慈矜恕此事为后。’帝曰：‘弟子此意，岂欲苦众僧耶，正谓俗愚过重，自可依律定之。法师乃令矜恕，此意何在？’答曰：‘陛下诚欲降重从轻，但末代众僧，难皆如律，故敢乞矜恕。’帝曰：‘请问诸僧犯罪，佛法应治之不？’答曰：‘窃以佛理深远，教有出没，意谓亦治不治。’帝曰：‘惟见付嘱国王治之，何处有不治之说。’答曰：‘调达亲是其事，如来置之不治。’帝曰：‘法师意谓，调达何人。’答曰：‘调达乃诚不可测，夫示迹正欲显教，若不可

① 道宣：《续高僧传》卷五《僧旻传》，第 159 页。
② 道宣：《续高僧传》卷五《法云传》，第 162 页。
③ 道宣：《续高僧传》卷五《智藏传》，第 173 页。
④ 同上书，第 169 页。

不治，圣人何容示此。若一向治之，则众僧不立。一向不治亦复不立，帝动容追停前勅，诸僧震惧相率启请。'帝曰：'藏法师是大丈夫心，谓是则道是。言非则道非，致词宏大。不以形命相累，诸法师非大丈夫，意实不同言则不异。弟子向与藏法师硕诤，而诸法师默然无见助者，岂非意在不同耳。'事遂获寝。藏出告诸徒属曰：'国王欲以佛法为己任，乃是大士用心，然衣冠一家子弟十数。未必称意，况复众僧。五方混杂，未易辩明，正须去其甚泰耳。且如来戒律，布在世间，若能遵用，足相纲理。僧正非但无益，为损弘多，常欲劝令罢之，岂容赞成此事。'或曰：'理极如此。当万乘之怒何能夷然。'藏笑曰：'此实可畏，但吾年老，纵复荷旨附会，终不长生。然死本所不惜，故安之耳。'后法云谓众曰：'帝于义理之中，未能相谢。一日之事，真可愧服。'不久勅于彭城寺讲成实，听侣千余，皆一时翘秀，学观荣之。又勅于慧轮殿讲波若经，别勅大德三十人预座。藏开释发趣，各有清拔，皆着私记，拟后传习。天监末年春，舍身大忏，招集道俗，并自讲金刚般若以为极悔。惟留衣钵，余者倾尽，一无遗余。"[①]萧衍欲自任佛教界最高领袖的愿望，在智藏激烈的辩驳下，最终未能如愿实现。但从这一点来看，萧衍对一代有道高僧的争辩，还是礼让七分。

帝王、重臣、文士对高僧的过分恭敬，让齐梁一批热衷于都市生活的僧侣过上了一种衣食无忧、轻松安逸的生活。而文人们在与僧人的交往中，看到了僧人的那种自由自在、怡然自得的生活，找到了平日于喧嚣的尘世间所没有的那种宁静、轻松、无拘无束。因此，齐梁文士们利用他们特有的诗才，作诗敬赠名僧，或与之唱和，表达他们对名僧的敬慕。"竟陵八友"之一的范云，就抒发了渴望与俊公和尚相遇的心情："秋蓬飘秋甸，寒藻泛寒池。风条振风响，霜叶断霜枝。幸及清江满，无使明月亏。月亏君不来，相期竟悠哉。"[②]不管是秋寒秋霜，还是月满月亏，诗人都在期望着与名僧的面晤。萧子云的《赠海法师游甑山诗》："真心好丘壑，偏悦幽栖人。忽闻甑山旅，万里自相亲。泬寥晚霖霁，重

---

① 道宣：《续高僧传》卷五《智藏传》，第170—171页。

② 范云：《赠俊公道人诗》，欧阳询：《艺文类聚》卷三，第51页。

迭晴云新。秋至蝉鸣柳，风高露起尘。动余忆山思，惆怅惜荷巾。”[①]表达了诗人与海法师一同出游的激动心情。齐梁文人主要表现在对僧人那种自在自得的生活的钦慕和向往。且看刘孝先的《和亡名法师秋夜草堂寺禅房月下诗》：

> 幽人住山北，月上照山东。洞户临松径，虚窗隐竹丛。出林避炎影，步迳逐凉风。平云断高岫，长河隔净空。数萤流暗草，一鸟宿疏桐。兴逸烟霄上，神闲宇宙中。还思城阙下，何异处樊篱。[②]

这种人静月明、长空如洗、松竹掩映、清凉爽快的炎夏之夜，比之尘世间的喧嚣，实在是让人神往。这里没有尔虞我诈、争权夺利，什么贫与富、辱与荣、毁与誉等等，都不过是过眼烟云。只有这幽静、美妙的净土世界，才是令人心旷神怡的。谁若还在思恋着尘世的功名利禄、荣华富贵，与置身“樊篱”又有何异乎！由此看出，齐梁文人与僧人的结交，不仅仅是为了宗教信仰，而更多地可能还是着意于名僧、大德们的生活情趣——一种自由出入于庙堂与山林间的自在、自富的生活。而这种逸情别趣是齐梁文人们平时所缺少的，甚或是没有的。

二　盛办法会

齐梁帝王、文士不只局限于与名僧的交往上，他们还常常举办大型法会，宣扬佛教，同时亦借机显示自己的政治实力和文化地位，以期达到教化百姓、拉拢文士、稳固统治的目的。在每一次举办的大型法会上，都要请高僧大德或帝王名士讲经说法，对一些重要的佛教典籍进行研究、探讨。同时文士们还要创作诗文赞扬佛教法事，以此促进文化上高层之间的交流与大众的普及。现存文献记录最早的由帝王主办的大法会是，“永明七年十月，文宣王招集京师硕学名僧五百余人，请定林寺僧柔、谢寺慧次法师于普弘寺迭讲……即座仍请祐及安乐智称法师，更集尼众二部名德七百余人，续讲《十诵律》……八年正月二十三日解座。设三业三品，别施奖有功劝不及，上者得三十余件，中者得二十许种，下

① 欧阳询：《艺文类聚》卷三一，第555页。
② 李昉、徐铉等编：《文苑英华》卷二三三，中华书局1966年版，第1174页。

者数物而已"[①]。这一场法会不仅规模宏大,而且持续的时间长,历时四个月。萧子良既为主办人,文人学士必自告奋勇参加。此"硕学"[②]者,虽未明言何人,但可以肯定是西邸文学集团中比较著名的人士。永明七年(489),正是西邸文学集团最为活跃的一年,著名的"竟陵八友"正好都在京师。"八友"皆信佛,估计不会错过这样的机会。翌年(490)二月后,周颙和王俭相继去世。[③] 之后,"竟陵八友"的主要成员相继离开了京城。[④] 入梁,梁武帝萧衍更集手中的政治和经济权力,频繁举办大型法会。汤用彤谓:"《南史》载帝设大会十六次。"[⑤]此盖合法会、受戒、讲经等集会统而言之,若单就法会来说,则《南史》记载并无"十六次"之多。

据《梁书》卷三《武帝纪》以及其他《列传》载,可统计出萧衍出席法会的次数及活动内容。

年号	公元年	活动内容
中大通元年	529	秋九月辛巳,朱雀航华表灾。以安北将军羊侃为青、冀二州刺史。癸巳,舆驾幸同泰寺,设四部无遮大会,因舍身,公卿以下,以钱一亿万奉赎。冬十月己酉,舆驾还宫,大赦,改元[⑥]
中大通三年	531	冬十月己酉,行幸同泰寺,高祖升法座,为四部众说《大般若涅槃经》义,迄于乙卯。前乐山县侯萧正则有罪流徙,至是招诱亡命,欲寇广州,在所讨平之 十一月乙未,行幸同泰寺,高祖升法座,为四部众说《摩诃般若波罗蜜经》义,讫于十二月辛丑[⑦]
中大通五年	533	二月癸未,行幸同泰寺,设四部大会,高祖升法座,发《金字摩诃波若经》题,讫于己丑[⑧] 二月,高祖幸同泰寺开讲,设四部大会,众数万人[⑨]

---

① 僧祐撰,苏晋仁、萧链子点校:《略成实论记》,《出三藏记集》卷十一,第405页。

② 只有周颙一人可以明确参加了这次法会,因在这次法会上,《成实论》改写成后,萧子良"教使周颙作论序",故周颙撰《抄成实论序》(《出三藏记集》卷十一,第405页)。

③ 普慧:《齐梁三大文学集团的构成及其盟主的作用》,《社会科学战线》1998年第2期,第113页。

④ 普慧:《齐梁三大文学集团的构成及其盟主的作用》,《社会科学战线》1998年第2期。

⑤ 汤用彤:《汉魏两晋南北朝佛教史》下册,中华书局1983年版,第341—342页。

⑥ 姚思廉:《梁书》卷三《武帝纪下》,第73页。

⑦ 同上书,第75页。

⑧ 同上书,第77页。

⑨ 姚思廉:《梁书》卷四二《臧盾传》,第600页。

续表

年号	公元年	活动内容
中大同元年	546	三月乙巳，大赦天下。……法驾出同泰寺大会，停寺省，讲《金字三慧经》。夏四月丙戌，于同泰寺解讲，设法会。大赦，改元
大同中	535—546	于台西立士林馆，领军朱异、太府卿贺琛、舍人孔子袪等递相讲述。皇太子、宣城王亦于东宫宣猷堂及扬州廨开讲，于是四方郡国，趋学向风，云集于京师矣。兼笃信正法，尤长释典，制《涅槃》《大品》《净名》《三慧》诸经义记，复数百卷。听览余闲，即于重云殿及同泰寺讲说，名僧硕学，四部听众，常万余人①
太清元年	547	三月庚子，高祖幸同泰寺，设无遮大会，舍身，公卿等以钱一亿万奉赎②

据这些记载来看，梁武帝萧衍7次于同泰寺设无遮大会，6次自己躬身演讲，所讲内容涉及涅槃、般若、三慧、净名等经部。皇帝亲自设坛为四部众升座讲法，恐怕历代无出其右者。唐李延寿《南史》记载则更为详切：

年号	公元年	活动内容
大通元年	527	春正月……帝创同泰寺，至是开大通门以对寺之南门，取反语以协同泰。自是晨夕讲义，多由此门。三月辛未，幸寺舍身。甲戌还宫，大赦，改元大通，以符寺及门名③
中大通元年	529	秋九月辛巳，朱雀航华表灾。癸巳，幸同泰寺，设四部无遮大会。上释御服，披法衣，行清净大舍，以便省为房，素床瓦器，乘小车，私人执役。甲午，升讲堂法坐，为四部大众开《涅槃经》题 癸卯，群臣以钱一亿万奉赎皇帝菩萨大舍，僧众默许 乙巳，百辟诣寺东门奉表，请还临宸极，三请乃许。帝三答书，前后并称顿首 冬十月己酉，又设四部无遮大会，道俗五万余人。会毕，帝御金辂还宫，御太极殿，大赦，改元④
中大通二年	530	夏四月癸丑，幸同泰寺，设平等会⑤

① 姚思廉：《梁书》卷三《武帝纪下》，第90页。

② 同上书，第92页。

③ 李延寿：《南史》卷七《梁本纪中》，中华书局1975年版，第205页。

④ 同上书，第206—207页。

⑤ 同上书，第207页。

续表

年号	公元年	活动内容
中大通三年	531	十一月乙未，上幸同泰寺，升法座，为四部众说《般若经》，迄于十二月辛丑①
中大通五年	533	二月癸未，幸同泰寺，设四部大会，升法坐，发金字《般若经题》，讫于己丑②
大同元年	535	三月丙寅，幸同泰寺，设无遮大会 夏四月庚子，波斯国遣使朝贡。壬戌，幸同泰寺，铸十方银像，并设无碍会③
大同二年	536	三月庚申，诏求谠言，及令文武在位举士。戊寅，帝幸同泰寺，设平等法会 秋九月辛亥，幸同泰寺，设四部无碍法会。冬十月乙亥，诏大举北侵。壬午，幸同泰寺，设无碍大会④
大同三年	537	夏五月癸未，幸同泰寺，铸十方金铜像，设无碍法会。 八月辛卯，幸阿育王寺，设无碍法喜食，大赦⑤
中大同元年	546	三月乙巳，大赦。庚戌，幸同泰寺讲金字三慧经，仍施身。 夏四月丙戌，皇太子以下奉赎，仍于同泰寺解讲，设法会，大赦，改元。是夜，同泰寺灾⑥
太清元年	547	三月庚子，幸同泰寺，设无遮大会。上释御服，服法衣，行清净大舍，名曰“羯磨”。以五明殿为房，设素木床、葛帐、土瓦器，乘小舆，私人执役。乘舆法服，一皆屏除。……乙巳，帝升光严殿讲堂，坐师子座，讲金字《三慧经》，舍身⑦

据此可知，梁武帝设大会14次之多，包括“无遮法会”（Pañcavarṣikā-pariṣad）、“平等”（Samatā）、“无碍”（Apratihata）等法会。意谓此类法会，无所限制，无所遮碍。凡与会者，不论帝王公卿，还是草民布衣，皆

① 李延寿：《南史》卷七《梁本纪中》，第208页。
② 同上书，第209页。
③ 同上书，第211页。
④ 同上书，第212页。
⑤ 同上书，第212—213页。
⑥ 同上书，第218页。
⑦ 同上书，第218—219页。

平等相待(Apekṣā)。"四部",即"四部众"[①]。如此众多的人参加,其规模可谓宏大矣。然而,实际上,萧衍设会的参加人数可能是屡加的。一次的大会不可能容纳那么众多的人群,尤其是"道俗五万余人"。其一是没有那么大规模的场地;其二是即使有场地,萧衍在大会上的讲法,众人肯定是听不到的。因为那时没有扩音设备,仅凭人的肉声发声传播的距离,最多也就二三百人能够听到,这还需要在室内,必须保持极为安静的环境。所以,每次大法会参加人数的统计,可能是从开始到结束陆陆续续、分批次的总和。不管怎么说,这么盛大、频繁的法会举办,显示了萧衍及其统御下的官民对佛教仪式活动的无比狂热。

萧统有《开善寺法会诗》描绘了法会的盛况:

> 栖乌犹未翔,命驾出山庄。诘屈登马岭,回互入羊肠。稍看原蔼蔼,渐见岫苍苍。落星埋远树,新雾起朝阳。阴池宿早雁,寒风催夜霜。兹地信闲寂,清旷惟道场。玉树琉璃水,羽帐郁金床。紫柱珊瑚地,神幢明月珰。牵萝下石磴,攀桂陟松梁。涧斜日欲隐,烟生楼半藏。千祀终何迈,百代归我皇。神功照不极,叡镜湛无方。法轮明暗室,慧海渡慈航。尘根久未洗,希沾垂露光。[②]

这首诗描写了从山庄出发到寺院的路途景物和佛寺中高古、辉煌、壮丽的气象以及法会带给人们的神力。"神功""叡镜""法轮""慧海",这些神秘、神圣、神奇的佛教神器,赋予了人们无尽的希冀和神往。作者极尽浓笔重彩、铺张扬厉,渲染了开善寺法会的庄严盛大的气势。

皇上亲自主持操办,王公贵族、文人学士无不争先恐后,上行下效,主唱仆从,故其规模之宏大,场面之壮观,足以令人叹为观止。

三　公共场域的寺院

举办盛大法会,必须依赖场地。所以,寺庙建设便成了齐梁时期帝王、重臣、文士的又一个兴趣和任务。晚唐诗人杜牧《江南春》尝写道:

---

① 四部众(Caturṇa Parṣāṇa)即比丘(Bhikṣu)、比丘尼(Bhikṣuṇī)、优婆塞(Upāsaka)和优婆夷(Upāsikā)。

② 道宣:《广弘明集》卷三〇,《大正藏》第52册,第352页c—353页a。

“千里莺啼绿映红，水村山郭酒旗风。南朝四百八十寺，多少楼台烟雨中。”①这首诗是杜牧由宣州（今属安徽宣城）经江宁（今属南京）往扬州访淮南节度使牛僧孺途中所写。他看到江南寺庙林立的情景，发出了无限的感慨，并将佛教寺庙与烟雨朦胧的绿景联系在一起，描绘出了一幅意境深邃的画卷。那么，整个南朝是否有寺480座，恐怕杜牧当时并未考证过。宋张表臣《珊瑚钩诗话》，“杜牧诗云：‘南朝四百八十寺，多少楼台烟雨中。’帝王所都而四百八十寺，当时已为多，而诗人侈其楼阁台殿焉”②。他认为杜牧嫌其佛寺楼阁台殿奢多，似乎以实为情。清王仲儒说：“‘四百八十寺’，无景不收入结句，包罗万象，真天地间惊人语也。”③似也着眼实处。然而，仔细揣摩，又觉杜牧乃为虚写。有杜牧另一首诗参证：“十载飘然绳检外，樽前自献自为酬。秋山春雨闲吟处，倚遍江南寺寺楼。”④“倚遍江南寺寺楼”，显然是说江南寺庙遍布，楼台亭榭存于寺庙，成为佛寺人工美景的重要组成部分。实际上，南朝的佛寺数量远远不止480座。梁武帝时期，“都下佛寺五百余所，穷极宏丽。僧尼十余万，资产丰沃”⑤。在“6世纪上半叶，建康据称有700多座寺庙，而在梁朝境内共有2816座寺庙”⑥。清人刘世琦《南朝寺考·序》说：“梁世合寺二千八百四十六，而都下乃有七百余寺。”⑦这是目前数字最多的统计。若按法琳的统计，整个南朝佛寺和僧尼，刘宋有1,913所、僧尼3.6万人，萧齐有2,015所、僧尼3.25万人，萧梁有2,846所、僧尼8.27万余人，陈有1,232所、僧尼3.2万人，共计佛寺8,006所、僧尼18.32万余人。⑧ 由此可以想见，南朝佛寺的数量之多、僧尼之众。其中都市佛寺，大致能占1/4。

---

① 杜牧：《江南春》，何锡光：《樊川文集校注》，巴蜀书社2007年版，第297页。

② 张表臣：《珊瑚钩诗话》卷二，宋百川学海本。

③ 范大士：《历代诗发》，清康熙三十七年（1698）虚白山房刻本。

④ 杜牧：《念昔游》，何锡光：《樊川文集校注·正文·第二》，第193页。

⑤ 李延寿：《南史》卷七〇《循吏·郭祖深传》，第1721页。

⑥ ［美］陆威仪：《哈佛中国史·南北朝：分裂的帝国》第四章《城市的变化·作为半公共空间的佛寺》，李磊译，周媛校，中信出版社2016年版，第143页。这个说法源于法琳《辩正论》卷三《十代奉佛上篇》引《舆地图》：“都下旧有七百余寺。”《大正藏》第52册，第503页c。

⑦ 刘世珩：《南朝寺考·序》，《大藏经补编》第14册，第620页。

⑧ 法琳：《辩正论》卷三《十代奉佛上篇》，《大正藏》第52册，第503页a—c。

与北朝佛寺不同的是，南朝的佛寺，尤其是都市的一些著名佛寺，多由帝王、将相、文士所捐修。兹举几例：

道场寺　位于今南京市秦淮区中华门外。东晋时期，与庐山东林寺并为南方佛教丛林之两大中心。据传，始建于东晋太宁初年（323—325），又名斗场寺，或以所在村得名。清陈作霖《南朝佛寺志》卷一："斗场寺，在秣陵县三桥篱門外斗场里，因以里名寺。《高僧传》皆云'道场寺'。殆慧皎以'斗'非佛旨，遂以'道'字音近而呼。与寺前有市，亦名'斗场市'。"[①]据吕澂考证，道场寺由司空谢石所建，故又称谢司空寺、谢寺[②]。谢石为东晋名将，"初拜秘书郎，累迁尚书仆射。征句难，以勋封兴平县伯。淮肥之役，诏石解仆射，以将军假节征讨大都督，与兄子玄、琰破苻坚。先是，童谣云：'谁谓尔坚？石打碎。'故桓豁皆以'石'名子，以邀功焉。坚之败也，虽功始牢之，而成于玄、琰，然石时实为都督焉。迁中军将军、尚书令，更封南康郡公。于时学校陵迟，石上疏请兴复国学，以训胄子，班下州郡，普修乡校"[③]。这段话说的是，秦晋（前秦、东晋）"淝水之战"之战晋胜秦的战略总指挥是谢石。而刘牢之、谢玄、谢琰只是前线战役的指挥者。因此，谢石战略上的统筹帷幄可能更是胜利的保证。这也与童谣相应。从史料上看，谢石参与的佛教活动极少，而其兄谢安则有许多僧友。如谢安"寓居会稽，与王羲之及高阳许询、桑门支遁游处，出则渔弋山水，入则言咏属文，无处世意"[④]。道场寺在晋末刘宋时期，影响巨大。梵、汉高僧云集，佛驮跋陀罗、法显、慧观、慧严、僧馥、法业、宝云、偶法、慧义、慧询、法庄等相与问答，传经译典，禅观修习。至齐梁，法畅、昙迁等驻锡道场寺，虽声名不及晋宋时期，但于齐梁时期，仍是重要宝刹。

庄严寺（谢寺）　孙文川遗稿、陈作霖整理之《南朝佛寺志》卷一："庄严寺，晋穆帝永和四年（348）镇西将军谢尚舍宅所造也，亦号塔寺。其地南，直竹格港，临秦淮。（即今之竹竿巷格竿港巷音之转耳。）逮宋

① 陈作霖：《南朝佛寺志》，《中国佛寺史志汇刊》第2册，第104页。

② 僧祐《出三藏记集》卷八《六卷泥洹经》："义熙十三年十月一日，于谢司空石所立道场出此方等大般泥洹经。"（第316页。）

③ 房玄龄等：《晋书》卷七九《谢石传》，第2088页。

④ 房玄龄等：《晋书》卷七九《谢安传》，第2072页。

大明中，路太后置庄严寺，嫌其同名，改此寺为谢镇西寺，或称谢寺。历代高僧有：昙无谶、慧次、僧宝、僧智、智宗，皆止于此。陈宣帝太建元年(569)，寺焚。后五年，豫州刺史程文秀修复，敕改名曰：兴严。有寺塔记、石刻及井槛铭。至宋绍兴中犹存，徙其寺于真武庙北也。”[①]东晋谢尚是陈郡谢氏家族的重要人物，文武全才，号镇西将军，都督豫冀幽并四州军事。齐梁时，谢寺因慧次的驻锡而声誉隆盛。慧次“迄宋季齐初，归德稍广，每讲席一铺，辄道、俗奔赴。沙門智藏、僧旻、法云等，皆幼年俊朗，慧悟天发，并就次请业焉。文慧、文宣悉敬以师礼，四事供给”[②]。因而，谢寺于齐梁时期，可谓建康弘法中心之一。

同泰寺　据正史载，该寺为梁武帝萧衍所敕建。“衍崇信佛道，于建业起同泰寺。”[③]“大通元年春正月……帝创同泰寺，至是开大通门以对寺之南门，取反语以协同泰。自是晨夕讲义，多由此门。三月辛未，幸寺舍身。甲戌还宫，大赦，改元大通，以符寺及门名。”[④]佛教内部记录该寺的是《续高僧传》：“大通元年，于台城北，开大通门，立同泰寺。楼阁台殿，拟则宸宫。九级浮图，迴张云表。山树园池，沃荡烦积。”[⑤]清人刘世珩则认为同泰寺“在宫城北掖门外路西，本吴之后苑，晋廷尉故署也。梁武帝以其地为寺，于宫后别开一门，名大通门，对寺之南门，取反语，以协‘同泰’为名”[⑥]。从这些材料看，同泰寺属皇家寺庙，其建设经费由王公大臣斥巨资而赎梁武帝舍身寺庙而得。因此，同泰寺的构筑，自然要比一般寺庙奢华、气派。不仅有大殿、法堂，更有人工营造的亭台楼阁，山树池苑。身置其中，既可感受佛法的庄严，又可审美山水的妙趣。信仰、审美、生活，融为一体。一个有趣的现象是，同泰寺驻锡的高僧大德很少，似乎这里的高僧大德的高位(High Position)是专门留给皇帝萧衍的。

普弘寺　该寺无载于《南朝寺考》《南朝佛寺志》等。其地理位置及

---

① 《南朝佛寺志》，《中国佛寺史志汇刊》第2册，第42页。

② 慧皎：《高僧传》卷八《慧次传》，第326页。

③ 魏收等：《魏书》卷八九《萧衍传》，第2187页。

④ 李延寿：《南史》卷七《梁本纪中》，中华书局1975年版，第90页。

⑤ 道宣：《续高僧传》卷一《宝唱传》，第10页。

⑥ 刘世珩：《南朝寺考》，《大藏经补编》第14册，第714页。

历史渊源都不得而知。但在萧齐时代，普弘寺受到僧俗高度重视，多次举办法会，宣讲佛法教义。尤其是讲说《成实论》（*Satyasiddhi-śāstra*），几乎成为"成实学"的中心。"《成实论》十六卷，罗什法师于长安出之，昙晷笔受，昙影正写。影欲使文玄，后自转为五幡，余悉依旧本。齐永明七年（489）十月。文宣王招集京师硕学、名僧五百余人，请定林僧柔法师、谢寺慧次法师于普弘寺迭讲，欲使研覈幽微，学通疑执即座。"[①]"至齐司徒文宣王，诚信三宝，每感嘉瑞，以齐永明十年（492）十月，延请名德五百余人，于普弘寺敷讲。文宣王每以大乘经论，为履道之津涯，正法之枢键，而后生弃本崇末，即请诸法师，抄此《成实》，以为九卷。命周颙作序。恐专弘小论，废大乘业。自尔已后，爰至梁武，盛弘大乘，排拆《成实》众师，不可具记。"[②]"齐文惠帝、竟陵王子良，深相贵敬，请遗连接。尚书令王俭，延请僧宗讲《涅槃经》。（僧）旻扣问联环，言皆摧敌。俭曰：'昔竺道生入长安，姚兴于逍遥园见之，使难道融义，往复百翻，言无不切。众皆睹其风神，服其英秀。今此旻法师，超悟天体，性极照穷，言必典诣，能使前无横阵，便是过之远矣。'文宣尝请柔、次二法师于普弘寺共讲《成实》，大致通胜，冠盖成阴。旻于末席论议，词旨清新，致言宏邈，往复神应，听者倾属。次公乃放麈尾而叹曰：'老子受业于彭城，精思此之五聚，有十五番以为难窟，每恨不逢勍敌，必欲研尽，自至金陵，累年始见，竭于今日矣。'且试思之，晚讲当答。及晚上讲，裁复数交，词义遂拥。次公动容，顾四坐曰：'后生可畏，斯言信矣。'（僧旻）年二十六。永明十年（492），始于兴福寺，讲《成实论》。"[③]以上材料至少说明几点：1. 普弘寺在萧齐永明年间十分重要，永明七年、永明十年两年举办大型法会，专题讲授《成实论》，而且是问答讨论式的。2.《成实论》在萧齐时得到建康佛教界和王公重臣的追捧。萧梁时期，则受到排斥。[④] 3. 普弘寺讲说法会的主角，皆为外寺僧人，似乎普弘寺自己并没有什么著名僧人，这一点倒是与同泰寺颇有相似之处。

---

① 僧祐撰，苏晋仁、萧链子点校：《出三藏记集》卷十一《略成实论记第六》，《大正藏》第55册，第78页a。

② 吉藏：《三论玄义》，《大正藏》第45册，第4页c。

③ 道宣：《续高僧传》卷五《僧旻传》，第154—155页。

④ 吉藏认为梁武帝时期，成实论师遭到排挤，似乎有违事实。萧梁时期，专讲《成实论》的三大家僧旻、法云、智藏，均受到萧衍及其子嗣的高度礼敬。而教内专修《成实论》的僧人也很普遍。

光宅寺　该寺是现存资料记录最为丰富的一座寺庙。“齐武帝永明元年(483),望气者,言娄湖有天子气,乃筑青溪旧宫作娄湖苑以厌之。……天监六年(507),初置光宅寺,(萧衍)帝舍宅造寺。未成,先于小庄严寺造无量寿佛像,长丈九尺。既成,移置光宅寺。”[①]著名僧人有僧正法师(法云)[②]、法悦、昙瑗等,慧皎《高僧传》立有法悦、昙瑗传,道宣《续高僧传》为法云立传。在萧梁,光宅寺因有大僧正法云的驻锡,得到了皇室、大臣、文士的经济和文化的大力支持,其佛教活动日益频繁,特别是由萧统、萧纲参与主持的两场持续时间长的佛教义理的大讨论,成为梁代思想世界的一道靓丽风景线,留下了诸多僧俗的诗与文。据现存资料显示,直接以光宅寺为题名的,诗有梁简文帝萧纲《游光宅寺应令》,文有沈约的《光宅寺刹下铭》《上钱随喜光宅寺启》,碑铭有梁元帝萧绎《光宅寺大僧正法师碑铭》,书有昙瑗《与梁朝士书》[③]。

定林寺　定林寺分为上、下两寺,定林寺在钟山下,“其地名蒋陵里。宋元嘉元年(424),为僧慧览造”[④]。然而,慧皎《高僧传》说:“宋文请下都止钟山定林寺。”[⑤]并未言及由慧览所造。从语义上看,反倒是慧

---

① 刘世珩:《南朝寺考》卷上,《大藏经续编》第 14 册,第 700 页。

② 大僧正:“僧正”,乃为僧官之一。《僧史略》:“僧正者何? 正,政也,自正正人,克敷政令,故曰也。盖以比丘无法,如马无辔勒,牛无贯绳,渐染俗风,将乖雅则。故设有德望者,以法而绳之,令归于正,故曰僧正也。此伪秦僧(䂮)为始也。”大僧正,则为僧官之极者。梁代,武帝萧衍曾敕两位法师为大僧正,一为法云寺云光,一为光宅寺法云。云光,历代僧传皆未立传,不知何故。宋志磐《佛祖统纪》卷五一:“梁武帝诏云光法师为大僧正。”(《大正藏》第 49 册,第 454 页 a。)法云被敕为大僧正,在道宣《续高僧传》卷五《法云传》有明确记载:“天监二年(503),勅使长召出入诸殿,影响弘通之端,赞扬利益之渐;皇高亟延义集,未曾不勅令云先入后下诏令。时,诸名德,各撰《成实》义疏。云乃经论合撰,有四十科,为四十二卷,俄寻究了。又勅于寺,三遍敷讲。广请义学,充诸堂宇。勅给传诏,车牛吏力,皆备足焉。至七年(508)制注大品。朝贵请云讲之,辞疾不赴。帝云:‘弟子既当今日之位,法师是后来名德。流通无寄,不可不自力为讲也。因从之。寻又下诏,礼为家僧,资给优厚。勅为光宅寺主,创立僧制,雅为后则。……普通六年(525)勅为大僧正,于同泰寺设千僧会,广集诸寺知事。及学行名僧,羯磨拜授,置位羽仪,众皆见所未闻,得未曾有。尔后虽遘疾时序,而讲说无废。及于扶接登座,弊剧乃止。至御幸同泰,开大涅槃,勅许乘舆上殿,凭几听讲。及遭父忧,由是疾笃,至于大渐。以大通三年(529)三月二十七日初夜,卒于住房,春秋六十有三。二宫悲惜,为之流恸。勅给东园秘器,凡百丧事,皆从王府。下勅令葬定林寺侧。太子中庶瑯琊王筠为作铭志,弟子周长胤等,有犹子之慕,创造二碑立于墓所,湘东王萧绎各为制文。”(《大正藏》第 50 册,第 464 页 a—c。)志磐《佛祖统纪》卷三七:“(普通)六年(525),勅光宅寺法云为大僧正,官给吏力。”(《大正藏》第 49 册,第 350 页 a。)明确了法云享有官方待遇。看来,法云作为大僧正,的确做了不少僧伽制度的建设工作。

③ 葛寅亮:《金陵梵刹志》卷四三,《大藏经补编》第 29 册,第 329 页。

④ 刘世珩:《南朝寺考》,《大藏经补编》第 14 册,第 657—658 页。

⑤ 慧皎:《高僧传》卷十一《慧览传》,第 418 页。

览来之前，定林寺就有了。之后，罽宾（Kashmir）僧人昙摩密多于"元嘉十年（433）还都，止钟山定林下寺。密多天性凝靖，雅爱山水，以为钟山镇岳，埒美嵩华。常叹下寺基构，临低侧。于是乘高相地，揆卜山势，以元嘉十二年（435）斫石刊木，营建上寺。士庶钦风，献奉稠叠，禅房殿宇，郁尔层构。于是息心之众，万里来集，讽诵肃邕，望风成化。定林达禅师，即神足弟子，弘其风教，声震道俗，故能净化，久而莫渝，胜业崇而弗替，盖密多之遗烈也。爰自西域，至于南土，凡所游履，靡不兴造檀会，敷陈教法"①。从此，分为下、上两寺。定林寺，尤其是上定林寺在齐梁时期极为著名。驻锡之僧俗皆为一时之选。僧远、僧柔、僧祐及著名文学批评家刘勰皆为上定林寺的佼佼者。尤其是大律师僧祐，著述颇丰：《出三藏记集》十五卷、《萨婆多部相承传》《十诵义记》《释迦谱》五卷、《世界记》五卷、《法苑集》十卷、《弘明集》十四卷、《法集杂记传铭》十卷，共 8 种，总名为《释僧祐法集》。僧祐自序："僧祐漂随前因，报生阎浮。幼龄染服，早备僧数。而慧解弗融，禅味无纪。刹那之息徒积，锱毫之勤未基。是以惧结香朝，惭动钟夕，茫茫尘劫，空阅斩筹。然窃有坚誓，志是大乘，顶受'方等'，游心'四含'。加以山房寂远，泉松清密。以讲席间时，僧事余日，广讯众典，披览为业。或专日遗餐，或通夜继烛。短力共尺波争驰，浅识与寸阴竞晷。虽复管窥迷天，测惑海，然游目积心，颇有微悟。遂缀其闻，诚言法宝，仰禀群经，傍采记传，事以类合，义以例分，显明觉应。故序'释迦'之谱，区辩六趣；故述世界之记，订正经译；故编三藏之录，尊崇律本；故铨师资之传，弥纶福源；故撰法苑之篇，护持正化；故集弘明之论，且少受律学，刻意毘尼。旦夕讽持，四十许载；春秋讲说，七十余遍。既禀义先师，弗敢坠失；标括章条，为律记十卷；并杂碑记撰为一帙。总其所集凡有八部，冀微启于今业，庶有藉于来津。岂曰善述，庶非妄作。但理远识近，多有未周；明哲傥览，取诸其心；使道场之果，异迹同臻焉。"②在这 8 部书中，集录了很多古记遗文，是为重要的佛教文史资料。然世事多变，僧祐著述散佚严重，现存只有《释迦谱》《出三藏记集》《弘明集》留世。僧祐钟情于佛教文献的

① 慧皎：《高僧传》卷三《昙摩密多传》，第 122 页。

② 僧祐撰，苏晋仁、萧链子点校：《出三藏记集》卷十二《释僧祐法集总目录序》，第 458 页。

搜集整理与学术研究，在齐梁时期的学问僧当中也是不多见的。这可能与他有一个得力的文人弟子刘勰分不开的。刘勰依僧祐十余年，除了学习佛教以外，其情志、兴趣还在于世俗学术与文学方面。从其《文心雕龙》可以看出，刘勰的学术功力、文献功底和文学知识都是极为出色的。因此，可以推测，刘勰是参与了僧祐佛教著述的工作。齐末，因僧柔在上定林寺，后来成为成实论三大家的僧旻、法云、智藏都聚集于上定林寺，从僧柔学习。梁时，僧旻又挑选刘勰等一起整理佛典，完成了佛典的选编。下定林寺因求那跋摩、僧镜、昙无谶、菩提达摩、宝誌居之而同负盛名。从上、下寺所居僧人来看，下定林寺偏重于习禅神异；上定林寺则以义学为主，以戒为师。

由上举几例佛寺可以看出，南朝都市佛教寺庙的大量修建，一方面为城市居民的宗教信仰提供了实践场地，为佛教的译经、义理、讲说、传道，拓展了平台，极大地促进了佛教的理论提升和大众化的普及；另一方面，都市佛寺在完成其宗教传播功能的同时，也为市民提供了佛教审美教化和休闲娱乐活动所必需的公共场域。① 在这种具有多重意义的公共场域里，宗教信仰的意义是首位的，是显而易见的，也是被学术研究所密切关注的。然而，这种佛寺公共场域的其他功能则为研究者所忽略。一般而言，作为公共场域的佛教寺庙，还具有其他功能。如佛教造型艺术审美、园林山水审美、文学活动审美和佛教音乐审美等。显然，在这种公共场域或空间里，集体与个体是相互作用着的。但是在具体的活动过程中，二者相互的作用就不一定都是一致的。② 如法会的信仰活动，可能更多地呈现出集体对个体的巨大影响。而在寺庙一般的游乐活动中，个体所呈现的心理、行为的作用，则显得更大一些。不管

---

① 有关“场域”，法国社会学家皮埃尔·布迪厄认为，是指由社会成员依据特定逻辑要求共同建设的，是社会个体参与社会活动的主要场所，是集中的符号竞争和个人策略的场所。他还认为，社会空间有各种各样的场域。场域的多样化是社会分化的结果。（参见皮埃尔·布迪厄：《实践与反思：反思社会学导引》，李猛、李康译，中央编译局出版社 1998 年版。）与布迪厄不同的是，两位德裔美籍心理学家考夫卡和卢因（或译勒温）分别提出了行为环境论和生活空间论。认为行为环境和生活空间都是由心理和环境两种因素构成的主一客混合环境。他们都强调了场域中的主体作用和社会生活环境构成富有活力的社会空间的作用，揭示了人类行为的进取性。（参见考夫卡：《格式塔心理学原理》，李维译，北京大学出版社 2010 年版；卢因：《社会科学中的场论》，中国传媒大学出版社 2016 年版。）

② 参见李小荣：《晋唐佛教文学史》，人民出版社 2017 年版。

怎么说，寺庙公共场域或空间，往往会呈现出一种氛围、一种感染、一种潜在的力量。其仪式化的活动，更能增强公众信仰的虔诚程度；同时也在一定程度上打破了民众文化和精英文化的隔绝，沟通了社会各阶层的联系和交往。“梁武帝不定期在都城的佛寺中召开普世聚会或者召集信众集会或者向所有人开放的集会，内容包括说法、忏悔、仪式性的宴会以及誓言。参与的集会者包括社会各个阶层的人，有僧侣、官员以及平民。座席的次序取决于参与者发誓的日期。就这样，菩萨宣誓这种本来独一无二的大事被一次又一次地翻新，都城每个社会阶级的人们都来参加大型的宣誓集会。尽管参与这些集会的总人数没有被记录下来，但无疑普通人获得了一个前所未有的机会，能亲眼见到皇帝，而皇帝通常隐于宫墙之后。这再一次表明，佛寺所提供的新的中介空间是如何对中国疆域的空间关系进行转变的。”①

四　实践戒律

齐梁帝王、文人对佛教不只是一般地感兴趣，而是注入了一股强烈、虔诚的宗教情感。如果说晋宋时期的帝王、文人对佛教的热情还只是表现在对僧人的交往及对佛经的翻译和对佛教义理的探讨上的话，那么，齐梁时期的帝王、文人则远远不满足于这些表面的东西，他们已把佛教的宗教实践纳入了自己的行为规范之中。换句话说，就是帝王、文人对佛教的热情和虔诚已经到了自觉实践佛教戒律、自觉忏悔自己行为的境地。他们要在佛教戒条的实践中体会人生的另一种生命意义。从萧子良的“数于邸园营斋戒”②始，齐梁大部分帝王、文人就自觉地履行起了佛教的有关戒条。

① [美]陆威仪：《哈佛中国史·南北朝：分裂的帝国》第四章《城市的变化·作为半公共空间的佛寺》，第143页。

② “又与文惠太子同好释氏，甚相友悌。子良敬信尤笃，数于邸园营斋戒，大集朝臣众僧。”（萧子显：《南齐书》卷四〇《竟陵文宣王萧子良传》，中华书局1972年版，第700页。）

佛教指导在家信徒所遵循的宗教实践有“五戒”[①]“八戒”[②]“菩萨戒”[③]等。[④] 其主要内容就是要求在家信徒不杀生、不偷盗、不邪淫、不妄语、不饮酒、不享受、少私欲等。这样的要求，在晋宋时，对帝王和文人来说还都是不可能的，而到了齐梁，却成了帝王和文人们普遍奉行的原则了。西邸文学集团中的许多重要成员都在严格地恪守着佛教有关戒条。萧子良著《净住子净行法》，其中有《十种惭愧门》《极大惭愧门》《戒法摄生门》。其中，《十种惭愧门》引佛经认为，“若无惭愧，与诸禽兽无相异也”[⑤]。在子良看来，所谓“惭者，自不作恶；愧者，不教他作。惭者，内自羞耻；愧者，发露向人。有惭愧故，则能恭敬父母师长；怀惭愧故，罪则除灭。显相如此，各须惭愧，顺清白法，事乃无量”[⑥]。在《极大惭愧门》中，他说：“一念之间，造过无量。过无量故，惭愧亦应无量。”[⑦]在《戒法摄生门》里又说：“凡论课励要，必托境行因。若心志浮荡，则进趣无寄。然托境行因，戒为其始。……经云：‘若无此戒，诸善功德，皆不得生。’”[⑧]显然，萧子良绝不只是理论上的表态，而是要落在实际行动

---

① 一不杀生戒；二不偷盗戒；三不邪婬戒；四不妄语戒；五不饮酒戒。

② 又称八关斋戒（Aṣṭā nga-samanvā gata-upavā sāṛ）。《俱舍论》卷十四：“何等名为八所应离？一者杀生，二不与取，三非梵行，四虚诳语，五饮诸酒，六涂饰香鬘歌舞观听，七眠坐高广严丽床座，八食非时食。”（《大正藏》第29册，第73页a。）《大智度论》卷十三：“一不杀生，二不盗，三不婬，四不妄语，五不饮酒，六不坐高大床上，七不着华璎珞，不香油涂身，不着香薰衣，八不自歌舞作乐、不往观听，九一日一夜不过中食。”（《大正藏》第25册，第159页b—c。）《受十善戒经》：“八戒斋者：是过去现在诸佛如来，为在家人制出家法：一者不杀，二者不盗，三者不淫，四者不妄语，五者不饮酒，六者不坐高广大床，七者不作倡伎乐故往观听、不着香薰衣，八者不过中食。”（《大正藏》第24册，第1024页b—a。）其中，前七为戒，后一为斋。持此八戒者，得八种功德：“一不堕地狱；二不堕饿鬼；三不堕畜生；四不堕阿修罗；五常生人中正见出家得涅槃道；六若生天上；七恒生梵天；八值佛出世，请转法轮，得阿耨多罗三藐三菩提。”（《受十善戒经》，《大正藏》第24册，第1024页c。）

③ 菩萨戒为优婆塞（Upā saka）、优婆夷（Upā sikā）、沙弥（Śrā maṇera）、沙弥尼（Śā maṇerikā）、式叉摩那尼（Śikṣamā nā ni）、比丘（Bhikṣu）、比丘尼（Bhikṣuṇi）等七众戒外之波罗提木叉（别解脱戒）。菩萨之身分可在七众之中，又可于七众之外，其尊贵处，在于涵盖而又超胜一切戒之故。菩萨戒于齐梁兴起。梁武帝萧衍立戒坛，诏请慧超授菩萨戒，又于天监十八年（519）自发弘誓，于等觉殿从慧约受菩萨戒，太子公卿道俗男女从受者，四万八千人。

④ 出家众者，比丘持二百五十戒；比丘尼持三百四十八戒，一说持五百戒。

⑤ 萧子良：《净住子净行法·十种惭愧门》，道宣：《广弘明集》卷二七，《大正藏》第52册，第314页a。

⑥ 同上书，第314页b。

⑦ 萧子良：《净住子净行法·极大惭愧门》，道宣：《广弘明集》卷二七，《大正藏》第52册，第315页c。

⑧ 萧子良：《净住子净行法·戒法摄生门》，道宣：《广弘明集》卷二七，《大正藏》第52册，第315页c。

上。他还虔诚地写下了《戒门颂》中的"金山严宝仞，琼畹烈瑶荑。墙狐议不窟，檐燕岂能栖。净花庄思序，慧沼盥身倪。六群傥未一，七众固恒齐。端仪有直影，正道无倾蹊。维宫超以悟，襄野竟何迷"[①]，热情赞扬了佛教戒律的巨大功效。所谓"净花庄思序，慧沼盥身倪"，就是在强调用佛教的戒、定、慧来消除人们的次第分别。这实际上是子良奉持戒律的一个神圣的宣言，它充分表达了子良恪守戒律的坚定决心。周颙，"清贫寡欲，终日长蔬食，虽有妻子，独处山舍"[②]。《南齐书》还记载了一段有关周颙的有趣故事。"卫将军王俭谓颙曰：'卿山中何所食？'颙曰：'赤米白盐，绿葵紫蓼。'文惠太子问颙：'菜食何味最胜？'颙曰：'春初早韭，秋末晚菘。'时何胤亦精信佛法，无妻妾。太子又问颙：'卿精进何如何胤？'颙曰：'三途八难，共所未免。然各有其累。'太子曰：'所累伊何？'对曰：'周妻何肉。'"[③]他曾写信劝何胤的兄长何点终日菜食，认为茹毛饮血乃是原始初民之事。而杀生贪其食，实在是自污清肠："众生之禀此形质，以畜肌膂，皆由其积壅痴迷，沉流莫反，报受秽浊，历苦酸长，此甘与肥，皆无明[④]之报聚也。何至复引此滋腴，自污肠胃。"[⑤]王俭，"寡嗜欲，唯以经国为务，车服尘素，家无遗财"[⑥]。沈约，"性不饮酒，少嗜欲，虽时遇隆重，而居处俭素"[⑦]。他作《究竟慈悲论》《忏悔文》，强调素食并时时刻刻要忏悔自己的罪业。他在《究竟慈悲论》中说："释氏之教，义本慈悲，慈悲之要，全生为重。恕己因心，以身观物，欲使抱识怀知之类，爱生忌死之群，各遂厥宜，得无遗夭。而俗迷日久，沦惑难变。革之一朝，则疑怪莫启；设教立方，每由渐致。又以情嗜所染，甘腴为甚；嗜染于情，尤难顿革。是故开设三净，用申权道。及涅槃后说，立言将谢，则大明隐恻，贻厥将来。夫肉食、蚕衣，为方未异；害命夭生，事均理一。爚茧烂蛾，非可忍之痛；悬庖登俎，岂偏重之业？而去取异情，

① 萧子良：《净住子净行法·戒法摄生门》，道宣：《广弘明集》卷二七，《大正藏》第52册，第316页a。
② 萧子显：《南齐书》卷四一《周颙传》，第732页。
③ 同上。
④ 意译"痴"，是佛教"根本烦恼"之一，泛指无智、愚昧，特指不懂佛教道理的世俗认识。
⑤ 萧子显：《南齐书》卷四一《周颙传》，第733页。
⑥ 萧子显：《南齐书》卷二三《王俭传》，第438页。
⑦ 姚思廉：《梁书》卷十三《沈约传》，中华书局1973年版，第236页。

开抑殊典，寻波讨源，良有未达。渔人献鲔，肉食同有其缘；桑妾登丝，蚕衣共颁其分。假手之义未殊，通闭之详莫辩。访理求宗，未知所适。…… 自《涅槃》东度，三肉罢缘，服膺至训，操概弥远，促命有殚，长蔬靡倦。秋禽、夏卵，比之如浮云；山毛、海错，事同于腐鼠。而茧衣纩服，曾不惟疑。此盖虑穷于文字，思迷于弘旨，通方深信之客，庶有鉴于斯理。斯理一悟，行迷克反，断蚕肉之因，固蔬枲之业。然则含生之类，几于免矣！"[①]认为禁肉食蔬不仅是对有生命动物的慈悲平等，避免人的私欲膨胀，而且有益于人的身体健康。在《忏悔文》中他又说："约自今生以前，至于无始。罪业参差，固非词象所算。识昧往缘，莫由证举。爰始成童，有心嗜欲，不识慈悲，莫辨罪报。以为毛群、蚧品，事允庖厨，无对之缘，非恻隐所及。晨剉暮爚，亘月随年，嗛腹填虚，非斯莫可。兼曩昔蒙稚，精灵靡达，遨戏之间，恣行夭暴。蠢动飞沉，罔非登俎。倘相逢值，横加剿扑。却数追念，种汇实蕃。远忆想间，难或详尽。又暑月寝卧，蚊虻嘬肤，忿之于心，应之于手，岁所歼殒，略盈万计。手因怒运，命因手倾，为杀之道，事无不足，迄至于今，犹未顿免。又尝竭水而渔，躬事网罟，牵驱事卒，欢娱赏会。若斯等辈，众多非一。……又绮语者众，源条繁广。假妄之愆，虽免大过。微触细犯，亦难备陈。又追寻少年，血气方壮，习累所缠，事难排豁。淇水上宫，诚无云几。分桃断袖，亦足称多。此实生死牢阱，未易洗拔。灌志惨舒，性所同禀。迁怒过瞋，有时或然。厉色严声，无日可免。又言谑行止，曾不寻研，触过斯发，动沦无纪，终朝纷扰，薄暮不休。来果昏顽，将由此作。前念甫谢，后念复兴。尺波不息，寸阴骤往。愧悔攒心，罔知云厝。今于十方三世诸佛前、见在众僧大众前，誓心克己，追自悔责。收逊前愆，洗濯今虑，校身诸失，归命天尊。"[②]沈约从年幼到成长做了深刻反省，甚至连"绮语者众，源条繁广"之类的文学写作和审美趣味，都成了"繁文缛节"的奢侈罪孽，无怪乎他后来强力提倡"三易"[③]的文学审美主张，似乎有着强

① 道宣：《广弘明集》卷二六，《大正藏》第 52 册，第 293 页 a。

② 道宣：《广弘明集》卷二八，《大正藏》第 52 册，第 331 页 b—c。

③ "沈隐侯曰：'文章当从三易。易见事，一也；易识字，二也；易读诵，三也。'"（颜之推：《颜氏家训 · 文章》，王利器：《颜氏家训集解》，中华书局 1993 年版，第 272 页。）

烈的救赎之意。可以想见,只有对佛教无比虔诚的人,才能做到如此深刻的忏悔。他还在《八关斋诗》中赞扬了精进持戒,“因戒倦轮飘,习障从尘染。四衢道难辟,八正扉犹掩。得理未易期,失路方知险。迷途既已复,豁悟非无渐”①,还强调了佛教定依戒起、慧由定生的说法,坚持持戒在佛教修习过程中的重要作用。刘虬,“精信释氏,衣粗布衣,礼佛长斋”②。齐梁时期持戒最为甚者是梁武帝萧衍。天监十八年(519)四月初八,萧衍不仅自己“发宏誓心,受菩萨戒”③,而且还令“王侯子弟,皆受佛戒”④。萧衍既受戒,即身体力行,以身作则,带头禁肉食、断房事、倡节俭。萧衍在《敕责贺琛》中说:“朕绝房室三十余年,无有淫佚。朕颇自计,不与女人同屋而寝,亦三十余年。至于居处,不遇一床之地,雕饰之物,不入于宫,此亦人所共知。受生不饮酒,受生不好音声,所以朝中曲宴,未尝奏乐,此群贤之所观见。朕三更出理事,随事多少,事少,或中前得竟,或事多,至日昃方得就食。日常一食,若昼若夜,无有定时,疾苦之日,或亦再食。昔腰腹过于十围,今之瘦削,裁二尺余,旧带犹存,非为妄说。”⑤“晚乃溺信佛道,日止一食,膳无鲜腴,惟豆羹粝饭而已。或遇事拥,日傥移中,便嗽口以过。制涅盘、大品、净名、三慧诸经义记数百卷。听览余闲,即于重云殿及同泰寺讲说,名僧硕学,四部听众,常万余人。身衣布衣,木绵皁帐,一冠三载,一被二年。自五十外便断房室,后宫职司贵妃以下,六宫袆褕三翟之外,皆衣不曳地,傍无锦绮。不饮酒,不听音声,非宗庙祭祀、大会飨宴及诸法事,未尝作乐。”⑥唐道宣亦说萧衍“俭约自节,罗绮不缘,寝处虚闲,昼夜无怠。致有布被、莞席、草履、葛巾。……日唯一食,永绝辛膻。自有帝王,罕能及此”⑦。

① 欧阳询:《艺文类聚》卷七六,上海古籍出版社 1965 年版,第 1298 页。

② 萧子显:《南齐书》卷五四《刘虬传》,第 939 页。

③ 道宣:《续高僧传》卷六《慧约传》。又萧衍《断杀绝宗庙牺牲诏》:“弟子萧衍虽在居家不持戒,今日当先自为誓,以明本心:弟子萧衍,从今以去,至于道场,若饮酒放逸,起诸淫欲,欺诳妄语,啖食众生,乃至饮于乳蜜及以苏酪,愿一切有大力鬼神,先当苦治萧衍身,然后将付地狱,阎罗王与种种苦,乃至众生皆成佛尽,弟子萧衍,犹在阿鼻地狱中。”(道宣:《广弘明集》卷二十六,《大正藏》第 52 册,第 298 页 a。)

④ 魏收:《魏书》卷九八《萧衍传》,第 2187 页。

⑤ 严可均辑:《全上古三代秦汉三国六朝文》,第 2971 页。

⑥ 李延寿:《南史》卷七《梁本纪中》,第 223 页。

⑦ 道宣:《广弘明集》卷四《梁武帝舍事道法诏》叙言,《大正藏》第 52 册,第 112 页 a。

这样勤俭自律、自觉的皇帝，非虔诚信佛者不能自持矣。在萧衍的感召和影响下，诸亲王、文士纷纷效仿。太子萧统“性宽和容众，喜愠不形于色”①。晋安王萧纲“威惠外宣，德行内敏”②。他不仅连撰《谢敕为建涅槃忏启》《六根忏文》《悔高慢文》《八关斋制序》③等文，讲说忏悔、持戒的重要性，还作《蒙预忏直疏诗》《蒙华林园戒诗》④，在诗歌创作中表现了他的忏悔和受戒。萧纲既作忏悔、受戒诗文，继有梁武帝萧衍作《和太子忏悔诗》⑤，幕僚王筠作《和皇太子忏悔诗》⑥《奉和皇太子忏悔应诏诗》⑦，庾肩吾作《和太子重云殿受戒诗》⑧《八关斋夜赋四城门更作四首》⑨来唱和。湘东王萧绎“性不好声色，颇有高名。与裴子野、刘显、萧子云、张缵及当时才秀为布衣之交”⑩。曾被萧子良“引为西邸学士”的江革，入梁后即颇能追效萧衍。“时高祖盛于佛教，朝贤多启求受戒，革精信因果，而高祖未知，谓革不奉佛教，乃赐革《觉意诗》五百字，云：‘惟当勤精进，自强行胜修；岂可作底突，如彼必死囚。以此告江革，并及诸贵游。’又手敕云：‘世间果报，不可不信，岂得底突如对元延明邪？’革因启乞受菩萨戒。”⑪与萧绎有“布衣之交”的裴子野，“末年深信释氏，持其教戒，终身饭麦食蔬”⑫。萧统门下的重要成员刘勰“不婚娶”⑬，并上表建议朝廷祭祀宗庙、农社，不用动物而改用蔬食⑭。刘歊，“博学有文才，

---

① 姚思廉：《梁书》卷八《昭明太子传》，第167页。

② 姚思廉：《梁书》卷四《简文帝纪》，第104页。

③ 道宣：《广弘明集》卷二八，《大正藏》第52册，第324页c—325页b。

④ 道宣：《广弘明集》卷三〇，《大正藏》第52册，第353页b—c。

⑤ 欧阳询：《艺文类聚》卷七六，第1295页。

⑥ 欧阳询：《艺文类聚》卷七六，第1299页。

⑦ 道宣：《广弘明集》卷三〇，《大正藏》第52册，第353页c—第354页a。

⑧ 欧阳询：《艺文类聚》卷七六，第1298页。

⑨ 道宣：《广弘明集》卷三〇，《大正藏》第52册，第354页c—第355页a。

⑩ 姚思廉：《梁书》卷五《元帝纪》，第136页。

⑪ 姚思廉：《梁书》卷三六《江革传》，第524页。

⑫ 姚思廉：《梁书》卷三〇《裴子野传》，第444页。

⑬ 姚思廉：《梁书》卷五〇《刘勰传》，第710页。杨明照先生谓刘勰“不婚娶”的原因是信佛。参见杨明照：《文心雕龙校注拾遗》，上海古籍出版社1982年版，第392页。

⑭ 姚思廉：《梁书》卷五〇《刘勰传》。又道宣《广弘明集》卷二六《叙梁武断杀绝宗庙牺牲事》：“梁高祖武皇帝临天下十二年，下诏去宗庙牺牲，修行佛戒，蔬食断欲。上定林寺沙门僧祐、龙华邑正柏超度等上启云：‘京几既是福地，而鲜食之族，犹布筌网。’”（《大正藏》第52册，第293页b—c。）此用意与刘勰同。

不娶不仕。与族弟讦并隐居求志，遨游林泽，以山水书籍相娱而已。……精心学佛”[①]。同被萧纲“赏接”[②]的陆杲，“素信佛法，持戒甚精”[③]。正是有了这样广泛的基础，梁武帝萧衍才可能下诏对在家修“五戒”的和出家修“沙弥十戒”“比丘二百五十戒”的信仰者一律禁止饮酒、吃鱼、吃肉[④]。吃鱼、吃肉自当违反杀生，而饮酒在萧衍看来，亦是大患。“酒是恶本，酒是魔事。”[⑤]凡饮酒者，必下“尼罗浮陀地狱[⑥]，身如段肉”[⑦]。由此可见，齐梁帝王、文士实践佛教戒律的决心和毅力。齐梁崇佛文人不仅在行动上实践佛教戒律，而且在思想上经常忏悔，检讨自己的思想、行为，并竭力宣扬和赞颂戒律[⑧]，同时，也在不遗余力地用地狱来恐吓。天堂的诱惑和地狱的恫吓这种双管齐下的办法，是一切宗教对于信众最为有效的措施。在这帝王、文士、僧侣紧密交织于一起的时候，输入中国的佛教在帝王、文人的积极参与和推动下，达到了第一个高潮。同时，也使得佛教与文学的关系进一步密切化、融通化了。

第二节　齐梁文人的佛学思想

齐梁文人接受佛教，并不仅局限于积极参与佛教实践和体验的活动，他们不同于普通信仰者之处，即在于其于宗教思想方面有着更为深刻的认知和理解。就是说，齐梁帝王、文士在佛学理论方面的素养和功底，一点儿不比那些学贯三藏的高僧大德逊色。特别是在齐梁时期的

---

① 姚思廉：《梁书》卷五一《刘歊传》，第748页。

② 姚思廉：《梁书》卷四九《庾肩吾传》，第690页。

③ 姚思廉：《梁书》卷二六《陆杲传》，第399页。

④ 道宣：《广弘明集》卷二六《断酒肉文四首》，《大正藏》第52册，第294页b。

⑤ 同上书，第295页b。

⑥ 尼禄浮陀，又译尼剌部陀、尼罗浮陀，为“八寒地狱”（Aṣṭauśītanarakāḥ）的第二寒。堕此地狱者，浑身胞疱，严寒逼身，身分疱裂，痛苦不堪。

⑦ 道宣：《广弘明集》卷二六《断酒肉文四首》，《大正藏》第52册，第295页b。

⑧ 小乘僧侣原是以乞食为生，虽讲杀戒，但不绝对禁止食肉，允许食“三净肉”，即不见杀，不闻杀，不为己杀。大乘佛教盛行后，为贯彻戒条和“大慈大悲”的教旨，提出了禁止食肉的戒条。齐梁帝王、文士多与大乘僧人交往，深受大乘经典的影响。故萧衍以行政手段禁止出家人饮酒食肉。中国汉地僧人不论何宗何派一律不得饮酒食肉之规定则肇始于此。

几次佛教内部一些重大理论问题以及关于儒、释、道三教孰优的大讨论中，帝王、文士们积极撰文，参加辩论，使得这些理论问题进一步得到了深化，有力地捍卫了佛教在整个思想界的独特地位，构成了弘扬大乘佛教思想的另一翼。

一　佛教神不灭论

神不灭论是一切宗教神学体系的中枢神经与核心范畴。因此对待这一理论，宗教信仰者总是全力以赴地捍卫它、保护它。对此，佛教也不例外。据说，天竺的原始佛教是不承认“神”的，更反对世界由神而造的说法。佛教祭起了“四大皆空”①和“五蕴和合”②的大旗，认为世界万有的产生不是神造，而是“五蕴”缘起的。然而。佛教在发展过程中，逐渐将佛陀神化，至大乘又肯定了“神我”③的存在，迅速形成了一套庞大的有神论的神学体系。佛教输入中国后，又与中国传统文化中的鬼神、灵魂不死的观念相结合，产生了既不同于天竺佛教又有别于中国固有的一种新的特殊的神不灭思想观念。特别是在与无神论者的论争中又不断深化了自己的思想体系。

中国佛教神不灭的讨论是由一般哲学上的形与神问题和佛教的因果报应、业感轮回而引起并展开的。东晋时，名僧慧远首先指出：“夫神者何耶？精极而为灵者也。精极则非卦象之所图，古圣人以妙物而为言。虽有上智，犹不能定其体状，穷其幽致。而谈者以常识生疑，多同自乱，其为诬也亦，已深矣。将欲言之，是乃言夫不可言，今于不可言之中，复相与而依稀。神也者，圆应无主，妙尽无名，感物而动，假数而行。”④强调具有周遍感应一切的“圆应”能力和超越生死轮回、常住不变的“灵魂”——神的永恒不灭。入宋，宗炳、郑鲜之等文士在同无神论者戴逵、何承天的论辩中，提出了“神非形作，合而不灭，人亦然矣。神也

---

① 四大皆空(Catur Bhūtaśūnyaṃ)，是说地(Bhumy；Pṛthivi、水(Ambv)、火(Agny)、风(Anila)四种元素都是依赖于彼此的作用，方能成形，就每一种元素而言，则没有自性(Svabhāvatā)。

② 五蕴和合(Pañca Skandhaka Sāmagrī)，是指色、受、想、行、识的因缘聚合而生有万事万物。

③ 黄心川：《印度佛教哲学》，任继愈主编：《中国佛教史》第1卷，中国社会科学出版社1981年版，第536页；吴焯：《佛教东传与中国佛教艺术》，浙江人民出版社1991年版，第28—29页。

④ 慧远：《沙门不敬王者论·形尽神不灭》，僧祐撰，李小荣校笺：《弘明集校笺》，第267页。

者，妙万物而为言”[①]，“理精于形，神妙于理。寄象传真，粗举其证。庶鉴诸将悟，遂有功于滞惑焉。夫形神混会，虽与生俱存，至于粗妙分源，则有无区异”[②]的主张，在理论分析上比慧远等更为细致深入。至齐梁，佛教神不灭因围攻无神论者范缜的《神灭论》而达到高潮。在这场大讨论中，参加的人员之广泛，涉及的问题之深刻，论辩的程度之激烈，在中国历史上，实属罕见。其中，著名的帝王萧子良、萧衍和文士沈约、萧琛、曹思文等都成为这场论辩的中坚人物。

据说，无神论者范缜撰写《神灭论》是有其政治和哲学背景的。“（缜）尝侍子良，子良精信释教，而缜盛称无佛。子良问曰：‘君不信因果，何得富贵贫贱？’缜答曰：‘人生如树花同发，随风而堕，自有拂帘幌坠于茵席之上，自有关篱墙落于粪溷之中。坠茵席者，殿下是也；落粪溷者，下官是也。贵贱虽殊途，因果在何处！’子良不能屈，然深怪之。退论其理，著《神灭论》。”[③]范缜的《神灭论》说：“神即形也，形即神也。是以形存则神存，形谢则神灭也。”[④]强调神对形的依赖和形与神的相互统一，所谓“形者神之质，神者形之用；是则形称其质，神言其用；形之与神，不得相异也”[⑤]。此论一出，“朝野喧哗！子良集僧难之，而不能屈”[⑥]。入梁，武帝萧衍以行政命令让“臣下”僧俗群起而“答”“难”范缜。参加发难者多达六十二人[⑦]，“先后写了七十余篇文章，围攻神灭论”[⑧]。著名的文士有沈约、萧琛、曹思文、陆倕、王筠、柳恽、王僧孺、张缅等。其中，沈约、萧琛、曹思文三人的文章最有力度。

曹思文写了两篇驳难范缜《神灭论》的论文，他的文章不直接驳难范缜的观点，而是借用史书上记载的赵简子、秦穆公做梦神游、梦醒神合的说法，提出与范缜对立的“神之与形，有分有合，合则共为一体，分

① 宗炳：《明佛论——神不灭论》，僧祐撰，李小荣校笺：《弘明集校笺》，第 90—91 页。
② 郑鲜之：《神不灭论》，僧祐撰，李小荣校笺：《弘明集校笺》，第 240 页。
③ 李延寿：《南史》卷五七《范云传》附《范缜传》，中华书局 1975 年版，第 1421 页。
④ 姚思廉：《梁书》卷四八《范缜传》，第 665 页。
⑤ 同上。
⑥ 李延寿等：《南史》卷五七《范云传》附《范缜传》，第 1421 页。
⑦ 僧祐撰，李小荣校笺：《弘明集》卷十《大梁皇帝敕答臣下神灭论》，《弘明集校笺》，第 497—498 页。
⑧ 刘跃进：《门阀士族与文学总集》，世界图书出版公司 2014 年版，第 86 页。

则形亡而神逝也”[①]的主张。然而，曹思文以梦来作为论据，实在是不足以说明其观点的正确。所以，曹思文自感论据不足，他在上梁武帝的奏折中说，“思文情用浅匮，惧不能征折诡经”，“思文情识愚浅，无以折其锋锐”[②]。但是曹思文在分析范缜的“蛩駏相资”“刃之与利”的例子时，指出了“一物二名”的矛盾，坚持了“二物合用”的观点，这在论证上虽不能难倒范缜，但在分析问题的程度上，显得非常精细。

与曹思文不同的是，萧琛对内兄范缜的驳难是直接从其论点开始的。“今论形神合体，则应有不离之证。而直云：‘神即形，形即神，形之与神，不得相异。’此辩而无徵，有乖笃喻矣。”[③]萧琛抓住了范缜只提论点而没有充足的事实论据的弱点，但他同样以梦境作为形神分离的论据，“予今据梦以验形神不得共体：当人寝时，其形是无知之物，而有见焉，此神游之所接也。……夫人或梦上腾玄虚，远适万里，若非神行，便是形往耶？形即不往，神又弗离，复焉得如此。……此即形静神驰，断可知矣”[④]。不管萧琛怎样论证，以梦境作为论据，其结论仍然是苍白无力的。

在这场围攻中，沈约是最为卖力的一位。他先后写了五篇文章[⑤]来讨论佛教神不灭。沈约针对范缜的“形神相即”的观点，首先认为形神是二物，“神者，对形之名，而形中之形各有其用，则应神中之神亦应各有其名矣”[⑥]。他在指出范缜“形神相即”的弱点后，用人的“出神”状态来说明神有形空。“凡人一念之时，七尺不复关所念之地。……凡人之暂无其无，其无甚促。圣人长无其无，其无甚远……一念而暂忘，则是凡品。万念而都忘，则是大圣。”[⑦]人在神思之时，形在此而神思在彼，故其形为无，当他停止神思时，其神与形又合于一处，故其形为有。然凡人不能总是神思，故其形之无是暂时的。而圣人万念俱忘，其形无长

---

① 曹思文：《难范缜神灭论》，严可均辑校：《全上古三代秦汉六朝文》，中华书局1995年版，第6545页。
② 曹思文：《上武帝启》，僧祐撰，李小荣校笺：《弘明集校笺》，第492页。
③ 萧琛：《难神灭论并序》，僧祐撰，李小荣校笺：《弘明集校笺》，第461页。
④ 萧琛：《难神灭论并序》，僧祐撰，李小荣校笺：《弘明集校笺》，第461页。
⑤ 道宣：《广弘明集》卷二二，《大正藏》第52册，第252页a—第254页b。
⑥ 沈约：《难范缜神灭论》，道宣：《广弘明集》卷二二，《大正藏》第52册，第253页c。
⑦ 沈约：《形神论》，道宣：《广弘明集》卷二二，《大正藏》第52册，第253页a—b。

存，故其神亦永恒常驻。沈约就是依靠他文章严谨的结构，精到的论说，优美的文辞，不仅把范缜逼到绝路，还建立起了一套自己的神不灭学说。

有学者指出："一个严肃探讨问题的唯心主义哲学家往往能够在客观上指出通向真理的道路，尽管他没有真理。"①像沈约等文士尽管不掌握真理，但他们的论辩把问题一步步引向深入，这在客观上又为后人指出了努力的方向，迫使无神论者进一步完善自己的理论。这就是沈约等人的贡献。

值得注意的是，在这场纵贯齐梁两代的佛教神不灭的论辩中，佛教僧侣似乎表现得不够出色。据现存文献来看，齐时，萧子良也曾组织僧人围攻范缜，但收效甚微，连僧人的名字都未有记载。入梁，只有法云一人公开响应梁武帝的号召，但亦没有什么著述。倒是以沈约、萧琛、曹思文为代表的文士，积极搦翰撰文，参加论战，旗帜鲜明地捍卫了佛教神不灭的理论。由此看出，齐梁文士自觉维护佛教神学理论的虔诚态度以及佛教在整个齐梁文士心目中的地位。

另一个值得注意的是，在这场旷日持久的论辩中，涉及论辩双方的文献史料是严重不对等的。范缜的《神灭论》没有完整的文本流传下来，现在所能看到的只是正史和驳难文章的摘引片段。而驳难的一方，则史料记录丰富，收集整理得相对齐全、完好。这样，这场论辩在后世看来，立论的范缜已经明显地失去了被研究的基础。这就说明，在古代科学不发达的情况下，无神论者要想说服有神论者，几乎是一件不可能的事。

二　二谛义与法身义

神灭与神不灭论争呈现的是一场佛教与外部思想世界的冲突，那么，在佛教内部的思想世界里，同样存在着多重的思想义理争议。对"二谛义"与"法身"两大佛教哲学范畴的不同理解，导致了佛教内部世界的分歧。"二谛"最初为天竺婆罗门教的用语，后为佛教所沿用。谛

① 任继愈主编：《中国哲学发展史》（魏晋南北朝卷），人民出版社1988年版，第825页。

(Satya),指真实不虚之理。二谛,即指俗谛(Saṃvṛti-satya,又称世谛、世俗谛)与真谛(Paramārtha-satya,又称胜义谛、第一义谛),是为两种真理。小乘有部把凡是复合的、可分解的对象视为真实存在的认识,称为世俗谛;把单一的、不可分解的对象视为真实存在的认识,称为胜义谛。小乘经部则把世俗的认识活动和对对象的理解称为世俗谛;把佛教智慧及其对对象的理解称为胜义谛。中观学派认为一切事物皆为因缘所生,故自性皆空。而世俗之人不明此理,误以为真实。中观学派把世俗这种以伪作真的道理谓为"俗谛";而把佛教圣贤发现世俗认识之"颠倒",明了缘起性空的道理,称为"真谛"。《中论·观四谛品》云:"世俗谛者,一切法性空,而世间颠倒故,生虚妄法,于世间是实;诸贤圣知其颠倒性故,知一切法皆空无生,于圣人是第一义谛。诸佛依是二谛,而为众生说法。若人不能如实分别二谛,则于甚深佛法,不知实义。若谓一切法不生是第一义谛,不须第二俗谛者,是亦不然。何以故?若不依俗谛,不得第一义,不得第一义,则不得涅槃。第一义皆因言说,言说是世俗。是故若不依世俗,第一义则不可说。若不得第一义,云何得至涅槃,是故诸法虽无生,而有二谛。"[①]法身(Dharmakāya),亦称"佛身",指以佛法成身,或身具一切佛法。"言法身者,解有两义:一显本法性,以成其身,名为法身。二以一切诸功德法而成身,故名为法身。"[②]小乘以戒、定、慧等功德说为法身;中观学派则以"第一义空"为法身。由是看来,天竺佛教大小乘关于二谛与法身的理解并不复杂。然而,随着佛典翻译的增多,南朝僧俗在原有的义学之风的影响下,对天竺佛教的这些范畴也进行了深入的探讨。其中名士周颙、昭明太子萧统、晋安王萧纲等的讨论,颇具深度,富有相当的代表性。

齐梁时期,最早触及佛教"二谛"的是"泛涉百家,长于佛理"的名士周颙,他"著《三宗论》,立空假名,立不空假名。设不空假名难空假名,设空假名难不空假名。假名空难二宗,又立假名空"[③]。所谓"三宗",实

---

① 龙树:《中论》,鸠摩罗什译,《大正藏》第30册,第33页a。

② 慧远:《大乘义章》卷十八,《大正藏》第44册,第820页c。

③ 萧子显:《南齐书》卷四一《周颙传》,第731页。

际上就是讲“二谛”[①]之义。此论一出，立即得到名僧智林的嘉许与鼓励。“申明二谛义，有三宗不同。时汝南周颙又作《三宗论》，既与林意相符，深所欣慰。乃致书于颙曰：‘近闻檀越叙二谛之新意，陈三宗之取舍，声殊恒律，虽进物不速，如贫道鄙怀，谓天下之理，唯此为得焉，不如此，非理也。’”[②]《三宗论》早佚，其说之含义，只能从吉藏的《大乘玄论》卷一中窥见一斑。《大乘玄论》卷一云：“周颙明三宗二谛：一不空假，二空假，三假空。”所谓“不空假名者，但无性实有，假世谛不可全无”[③]。此实谓色不尽空，分析为空，乃小乘毗昙之见。所谓“空假名，谓此世谛，举体不可得。若作假有观，举体世谛；作无观之，举体是真谛”[④]。此即《成实论》“我”“法”二空的主张。所谓“假名空者，即周氏所用。大意云：假名宛然，即是空也”[⑤]。依吉藏的说法，此观点源自僧肇“以物非真物，故是假物，假物故即是空”[⑥]。故吉藏说：“假空者，……虽空而假宛然，虽假而空宛然，空有无碍。”[⑦]据此，所谓“假名空”，仍是用真俗二谛相即来解释空有相即的。但他用“非有非空”的思维方式解释二谛，显然比玄学家们的“滞有”“崇无”的极端认识高明得多，也辩证得多。故智林和尚称誉此论为“真实行道第一功德”[⑧]。

入梁，二谛义受到了僧俗的普遍重视，据《广弘明集》卷二一载，仅参与这一问题讨论的僧俗，就有萧统、萧纲、慧超等23家之多，可谓热烈异常。其中，萧统是讨论这一问题的主角，他的解释也最具代表性。“高祖大弘佛教，亲自讲说；太子亦崇信三宝，遍览众经。乃于宫内别立慧义殿，专为法集之所。招引名僧，谈论不绝。太子自立二谛、法身义，并有新意。”[⑨]萧统对二谛的解释是：“所言二谛者，一是真谛，二是俗谛。

① “时京邑诸师，立二谛义，有三宗，宗各不同。于是汝南周颙作《三宗论》，以通其异。”（祖琇：《隆兴佛教编年通论》卷五，《续藏经》第75册，第135页b。）
② 慧皎：《高僧传》卷八《智林传》，第310页。
③ 吉藏：《大乘玄论》卷一，《大正藏》第45册，第25页a。
④ 吉藏：《大乘玄论》卷一，《大正藏》第45册，第24页c。
⑤ 吉藏：《中观论疏》，《大正藏》第42册，第29页b。
⑥ 吉藏：《中观论疏》，《大正藏》第42册，第29页c。
⑦ 吉藏：《二谛义》卷下，《大正藏》第45册，第115页a。
⑧ 萧子显：《南齐书》卷四一《周颙传》，第731—732页。
⑨ 姚思廉：《梁书》卷八《昭明太子传》，第166页。

真谛亦名第一义谛，俗谛亦名世谛。真谛、俗谛，以定体立名；第一义谛、世谛，以褒贬立目。……二谛立名，差别不同。”[①]“以定体立名”，就承认二谛是有二“体”的，而且并行不悖。萧统还坚持由成实论师所提的“真俗二谛是境”[②]，指出“至于二谛，即是就境明义”。这就明确申明他理解的二谛是“境”而不是“教”。“境”就是“理”，就是“体”。“就境明义”，就是肯定真俗二谛是两种独立的道理。这就与三论宗人把理视为一体、二谛是一理之用的观点有了根本的区别。既然二谛可为二体，那么“真既不因俗而有，俗亦不由真而生，正可得言一真一俗”[③]。这就是二谛的独立和互不相待。因此，萧统进一步解释二谛云：“第一义者，就无生境中别立美名，言此法最胜最妙，无能及者；世者，以隔别为义，生灭流动，无有住相。”[④]这就是说，真谛是“无生”境界，俗谛是“有生”境界。这二者构成了双重的世界：即一个是出世间人所知的真理世界；一个是世间人所知的泛伪世界。由此，萧统认为佛教的“中道”是“真谛离有离无，俗谛即有即无。即有即无，斯是假名；离有离无，此为中道。真是中道，以不生为体”[⑤]。只有“离有离无”的“真谛”才是“中道”。这是完全不同于中观学派的“为真谛而说俗谛”的一种新的解释。由上看来，萧统对二谛义的探讨，已经远远超出了天竺佛教仅从认识论上解释二谛义，他已经把二谛义扩展到了本体论和宇宙论的层次。

在讨论二谛义的同时，法身义也受到了僧俗们的热切关注，《广弘明集》卷二一收录了七家的讨论文章。其中，萧统的见解仍然最具代表性。萧统在《解法身义》中对“法身”作了解释：“法身虚寂，远离有无之境，独脱因果之外。不可以智知，不可以识识，岂是称谓所能论辩？将欲显理，不容默然。”[⑥]萧统理解的“法身”是不可以用概念、名言所描绘、阐述的；但是，为了显示、表达“法身”之理，则又不能默然不作声，因而须于不言之中强而为之言说。“法者，轨则为旨；身者，有体之义。轨则

① 萧统：《解二谛义令旨并答问》，道宣：《广弘明集》卷二一，《大正藏》第52册，第247页c。
② 吉藏：《二谛义》卷上，《大正藏》第45册，第87页a。
③ 萧统：《解二谛义令旨并答问》，《广弘明集》卷二一，《大正藏》第52册，第247页c。
④ 同上。
⑤ 同上。
⑥ 道宣：《广弘明集》卷二一，《大正藏》第52册，第250页b。

之体，故曰法身。……及谈实体，则性同无生。故云：佛身无为，不堕诸法。……无知清净而不可为无，称曰妙有而复非有；离无离有，所谓法身。”[①]这就明确指出，“法身”是精神的非实体性的，是无形无象[②]、不生不灭的。同时，它又是佛教的一种最高的理性精神，如同“真如”“法性”等一样，存在于一切事物之中，并为能够派生世界万有的本原和本体。“法身”在齐梁之所以受到如此重视，是因为它与“佛性”有着密切的联系。“如来法身，是常波罗蜜，乐波罗蜜，我波罗蜜，净波罗蜜。”[③]这样，法身也与佛性一样，具有了常、乐、我、净的“四德”。佛性，是南朝佛教最为关注的热点；法身，作为佛性的一种补充和延伸，自然要受到帝王、文士、僧侣们的宣扬。

三　夷、夏之辨与佛道之争

对于中国固有的儒、道文化来说，佛教文化是一种异域文化。她在中国的传播、发展，是有一个与中国固有文化的儒道两家相抵触、渗透、贯通，最后走向融合的过程。佛教在中国，先是作为谶纬方术的一种而发端的。中国本位文化的基础是儒道。先秦之际，儒道并行；两汉之时，大倡经学，独尊儒术，正式确立了儒学为主导的地位。因此，儒家文化对于异域文化的佛教，有着一种自觉或不自觉的抵制。从当时道家视其为鬼神方术、儒家比之为淫邪祭祀，特别是官方不准汉人出家的政策等可见一斑。本位文化的强烈排斥，迫使佛教不得不依附于道家以图生存和发展。初译佛经或讲说佛经的人，往往借用道家思想来介绍佛教，而道教则亦借佛教的依附来抬高自己的地位，扩大其影响。因此，是时汉人视佛教为道术之一种，看胡僧乃道教之一流。汉魏两晋时期，主要是儒、佛的矛盾，这从时人牟子的《理惑论》可见一斑。[④] 进入南朝，佛教已逐渐摆脱了对玄学的依附，堂而皇之地登堂入室了。佛教实力的日益壮大，以及她在刘宋朝与儒家的争论、妥协、让步、融合的过程

① 道宣：《广弘明集》卷二一，《大正藏》第52册，第250页a。

② 后起的密教，将“法身佛”演变成为有形体的，故有“法身佛像”。

③《胜鬘经·颠倒真实章》，求那跋陀罗译，《大正藏》第12册，第222页a。

④《理惑论》中关于儒佛道关系的论述，见周叔迦辑撰，周绍良新编：《牟子丛残新编》，中国书店2001年版。

中，亦渐趋改变了一些原有的面目（主要在佛教伦理学），使之更加适应了中国人固有的观念。因而，到了齐梁时期，佛、儒的争论基本上被佛、道的争论所代替。

齐梁两朝的佛道论争主要集中于“夷夏之辨”——即佛道孰优孰劣，孰更适合中国思想的需要。在这场论辩中，除了僧人撰文外，崇佛文人不甘寂寞，以极大的热情和犀利的文笔，积极参与论辩，显示了文人特有的敏锐，有力地捍卫了佛教的地位。这场佛道辩论最初是由顾欢所著《夷夏论》而引发的。顾欢“事黄老道”，被佛教徒称为“道士”。他于刘宋朝末年著《夷夏论》，谓佛、道同本共源，“道则佛也，佛则道也”。他引道经，说老子出关入天竺降生为佛，“于是佛道兴焉”；又引佛经，说佛显化成各种形象，表现为儒者、道士、和尚，“无物而不为”。然而，“教华而华言，化夷而夷语”，“佛道齐乎达化，而有夷夏之别”。这就是说，佛教产生于天竺，只适合教化夷戎地区；而道教生长于本土，最适合华夏民众的信奉，其说教的文字亦精而简，故为华夏“精人”[①]之宗教。顾欢用夷夏之辨来讨论佛道关系，实际上抬高了道教的地位。《夷夏论》的出现，引起了巨大的反响，遭到了佛教信仰者的激烈反对。据《弘明集》载，仅文士中反驳此论的就有谢镇之《与顾道士书》和《重与顾道士书》、朱昭之《难顾道士夷夏论》、朱广之《咨顾道士夷夏论》、明僧绍《正二教论》等5篇文章。其中，明僧绍的文章反驳得最有力，也最具代表性。明僧绍首先辨明二教的差别，揭露道教所说老子入天竺转生为佛的说法是荒诞不经，道教“唯以长生为宗，不死为主”，至于炼丹吃药、羽化登仙之说，更是张陵、葛洪之徒的无稽之谈。而佛教则“圆应无穷”“练伪归真”。因此，就二教相比，“佛明其宗，老全其生；守生者蔽，明宗者通”[②]。由是，佛教优于道教自不待言。

萧齐的张融没有像顾欢那么高抬道教，他是一位主张儒释道三教汇通的人物。据说，其家世代信佛，而舅家则信道，本人又兼善玄言。他临死时“左手执《孝经》《老子》，右手执《小品》《法华经》”[③]。表明自己

① 萧子显：《南齐书》卷五四《顾欢传》，第932页。

② 僧祐：《弘明集》卷六，僧祐撰，李小荣校笺：《弘明集校笺》，第324页。

③ 萧子显：《南齐书》卷四一《张融传》，第729页。

对三教的立场。他著《门论》认为，“道也与佛，逗（逗，留也、止也，终也）。极无二，寂然不动，致本则同。感而遂通，达迹成异”①。佛道二教都以追求永恒静寂的本体为最高的修行目的，其本质是一致的。二教所谓的不同，乃是因其所处的时代、社会、环境，教化的对象，修炼的方式等的差别而造成的。这些差别不过是枝叶上的问题，并不影响本质。只要所本相同，即可同时信奉。此论一出，立即遭到名士周颙的责难。周颙撰了《难张长史门论》②，认为道教以老子《道德经》为依据，“义极虚无”；而佛教则以“般若为宗”“照穷法性”。此二者，“其旨则别”，归极何处？周颙竭力区别佛道二教，其基本态度是抑道扬佛的。与张、周论辩有异曲同工之趣的是萧子良与孔稚珪的佛道论辩。张融论通源而重道，周颙辨异而执佛；子良述汇同而崇佛，稚珪言分别而持道。萧子良不同意孔稚珪对和尚出家的指责，批评他的重道抑佛，分别彼此。在萧子良的压力下，孔稚珪表示愿意皈依佛教，不再言佛道之异同③。萧子良表面上大倡佛道调和论，而实际上积极扶植佛教势力，抑制道教的发展。“文惠太子、竟陵王子良并好释法。吴兴孟景翼为道士，太子召入玄圃园众僧大会。子良使景翼礼佛，景翼不肯，子良送《十地经》与之。”④萧子良以行政手段干预，企图使道教屈从于佛教。

夷夏之争并没有因为萧子良的行政干预而告结束。齐末，一个道士假冒张融作《三破论》，激烈攻击乃至谩骂佛教，说佛教“入国而破国”“入家而破家”“入身而破身”，故谓“三破”⑤。当时身处寺庙的刘勰作《灭惑论》，旗帜鲜明地站在佛教的立场上对“三破论”逐一驳斥。首先，刘勰认为，国之衰破与佛法并无必然的关联。佛法传入之前，中国已有丧乱；佛法输入之后，中国亦有殷盛之时。而“塔寺之兴，阐扬灵教，功立一时，而道被千载”。其次，佛教虽叫人出家修行，但并非“五逆不孝”，而是与俗孝一致。所谓孝之理“由乎心，无系于发”，佛教让人“弃

① 僧祐：《弘明集》卷六，僧祐撰，李小荣校笺：《弘明集校笺》，第325页。

② 同上书，第330页。

③ 僧祐：《弘明集》卷十一《文宣王书与中丞孔稚珪释疑惑并笺答》，僧祐撰，李小荣校笺：《弘明集校笺》，第605页。

④ 萧子显：《南齐书》卷五四《顾欢传》，第934页。

⑤ 刘勰《灭惑论》、僧顺《释三破论》引《弘明集校笺》，第415，432页。

迹求心"，"知瞬息尽养无济幽灵，学道拔亲则冥苦永灭"，使祖先灵魂永脱苦海，此乃弃小孝而尽大孝也。再次，佛教并不违背中国传统礼仪，弃妻、剃发、摈除"受累"，乃是因为佛教"标出三界，神教妙本，群致玄宗"，最为高贵。理所当然地受人崇敬。刘勰还把道家分为三类："案道家立法，厥品有三：上标老子，次述神仙，下袭张陵。"老子"著书论道，贵在无为，理归静一，化本虚柔"，"斯乃导俗之良书，非出世之妙经"。神仙小道"神通而未免有漏，寿远而不能无终"。"张陵米贼，述记升天，葛玄野竖，著传仙公，愚斯惑矣。"张陵、张鲁"醮事章符，设教五斗"，"事合氓庶，故比屋归宗。是以张角、李弘，毒流汉季；卢悚、孙恩，乱盈晋末"。故此道"伤政萌乱，岂与佛同？"由是，就佛道二教相比，"佛法练神，道教练形。形器必终，碍于一垣之理；神识无穷，再抚六合之外"。道教教人锻炼形体，而形体必亡，受时空之限制；而佛教教人陶冶精神，而精神不朽，超越时空。应该说，刘勰对道家三品的划分和佛道二教优劣的分析，是相当有见地的。

在这场夷夏之辨和佛道之争的论辩中，道士们由于缺乏深刻的哲学思辨而显得思想狭隘、目光短浅，往往经不起理论推敲。而崇佛文人因有深邃的佛教哲学思辨作为基础，则显得理直气壮，寸步不让，致使这场从宋末至齐梁的争辩形成了一边倒的态势。

四　三教并用与三教归一

在夷夏之辨中，就有一些人士主张三教汇通，如前所提到的张融，还有一些提出了三教同源说。但因所本不同，同源之说有异：一种是道教的三教同源说，所本《庄子・德充符》《礼记・曾子问》以及晋道士王浮伪造的《老子化胡经》等，说孔子曾问礼于老子，老子又西越流沙化胡，为佛之师，认为道为儒、佛之源[①]。另一种是佛教的三教同源说，所本伪经《清净法行经》，谓"佛遣三弟子震旦（中国）教化，儒童菩萨，彼称孔丘；光净菩萨，彼称颜渊；摩诃迦叶，彼称老子"[②]。认为佛教乃儒、道

① 道安：《二教论》，道宣：《广弘明集》卷八，《大正藏》第52册，第136页b；甄鸾：《笑道论》，道宣：《广弘明集》卷九，《大正藏》第52册，第143页a。

② 道安：《二教论・服法非老》，道宣：《广弘明集》卷八，《大正藏》第52册，第140页a。

二教之源。入梁，武帝萧衍依据《清净法行经》，坚持了佛教为儒道二教之源的说法。他在《舍事道法诏》说："老子、周公、孔子等，虽是如来弟子，而化迹既邪，止是世间之善，不能革凡成圣。"[①]他认为，在宗教领域中，佛教是"正道"，而儒、道则为"邪道"，它不能在根本上使人们从生死轮回中解脱出来而成佛，但在现实生活中，儒、道亦教人为善，故仍可提倡。因此，"梁武帝在宗教信仰领域把佛教置于最高地位，同时又认为三教同源、三教一致，在现实政治生活中实行三教并用的政策"[②]。他的这种思想也反映在他的诗歌创作之中，其《述（或作"会"）三教诗》云：

> 少时学周孔，弱冠穷六经。孝义连方册，仁恕满丹青。践言贵去伐，为善在好生。中复观道书，有名与无名。妙术镂金版，真言隐上清。密行贵阴德，显证在长龄。晚年开释卷，犹月映众星。苦集始觉知，因果方昭明。不毁惟平等，至理归无生。分别根难一，执着性易惊。穷源无二圣，测善非三英。大椿径亿尺，小草裁云萌。大云降大雨，随分各受荣。心相起异解，报应有殊形。差别岂作意，深浅固物情。[③]

从萧衍自报的学历来看，他是少年学儒、中年观道、晚年修佛，集儒释道于一身。所谓"穷源无二圣，测善非三英"，即谓儒道释三教殊途同归、流别源同。因此，他虽宣布佛教高于儒道，但仍然设五经博士，大倡儒家经学；对道教亦未放弃，"然武帝弱年好事，先受道法，及即位，犹自上章。朝士受道者众；三吴及边海之际，信之逾甚"[④]。这说明萧衍仍然利用道教为其统治服务。相同的思想在萧统的诗创作中也得到了反映，其《东斋听讲诗》云：

> 昔闻孔道贵，今睹释花珍。至理乃悟寂，承禀实能仁。示教虽三彻，妙法信平均，信言一鄙俗。延情方慕真，庶兹祛八倒。冀此遣六尘，良思大车道。方愿宝船津，长延永生肇。[⑤]

---

① 道宣：《广弘明集》卷四，《大正藏》第 52 册，第 114 页 a。

② 任继愈主编：《中国佛教史》第 3 卷，中国社会科学出版社 1988 年版，第 25 页。

③ 道宣：《广弘明集》卷三〇，《大正藏》第 52 册，第 352 页 c。

④ 魏徵等：《隋书》卷三五《经籍志·道经》，第 1093 页。

⑤ 逯钦立辑校：《梁诗》卷十四，《先秦汉魏晋南北朝诗》，第 1798 页。

萧统与乃父一样，也是先学儒道，后修佛教。他于三教，更重儒、释。据《梁书》卷八《昭明太子传》云："三岁受《孝经》《论语》，五岁遍读五经，悉能讽诵。……八年九月，于寿安殿讲《孝经》，尽通大义。讲毕，亲临释奠于国学。……太子亦崇信三宝（佛、法、僧），遍览众经。乃于宫内别立慧义殿，专为法集之所。招引名僧，谈论不绝。"萧绎亦同乃父乃兄一样，于三教之中不偏废一教，"召置学生，亲为教授，废寝忘食，以夜继朝"①，所讲内容都是儒家经典②；"于龙光殿述《老子》义，尚书左仆射王褒为执经。……所著《孝德传》三十卷，……《周易讲疏》十卷，《内典博要》一百卷，……《老子讲疏》四卷"③。梁代最高领导层的三教一致说与三教并用的政策是有着直接的现实原因："儒家讲治国平天下，建立封建纲常，其内容既有社会政治理论又包括伦理道德学说，被中国历代封建统治者奉为统治思想；道家、道教中有关于统治方术、谋略的内容，又讲节欲及养性、修炼成仙，既可满足统治者追求不死的幻想，又可以愚化民众；佛教以因果报应论来解释、掩饰社会上的贫富等级差别，又以升天、解脱成佛教义给人以幻想寄托。三教从不同角度，用不同的方法维护与巩固封建统治秩序。"④

纵观齐梁时期有关佛教内部问题的讨论以及佛教与其他派别的论争，不难发现，崇佛文人无论在参与的态度上，还是在文章的质量上；无论是思辨的程度上，还是论辩的气势上，都不比那些高僧大德们逊色，更比那些论敌高明得多。在这场讨论与论辩中，崇佛文人的佛教思想的世界观得到了进一步的明确和深化，因而对他们的人生态度、生活感受以及文学思想和创作，都有一定的影响。

从上述两个方面看出，齐梁文人与佛教间关系之密切，几乎到了水乳交融的地步。翻开"南五史"，随处可以找到齐梁间的崇佛文人。如果说，两晋时期玄风大炽，文人言必谈玄成为时代之风尚，那么，到了齐梁时期，流行一时的玄学已被昌盛的佛教取而代之。佛教不仅在世界

① 颜之推：《颜氏家训·勉学》，王利器：《颜氏家训集解》，第 84 页。

② 此据严可均辑校的《全上古三代秦汉三国六朝文》中《全梁文》卷十六《召学生教》，第 6083 页；《请于州立学校表》，第 6084 页；卷十七《与学生书》，第 6083 页；卷十八《皇太子讲学碑》，第 6083 页。

③ 姚思廉：《梁书》卷五《元帝纪》，第 136 页。

④ 任继愈主编：《中国佛教史》第 3 卷，中国社会科学出版社 1988 年版，第 28 页。

观、人生观给齐梁文人以重大影响，就连文人们的衣食住行，也要受到佛教的宗教实践活动的指导和规范，可以说，佛教几乎成了齐梁文人们的精神食粮和不可或缺的行动指南。了解了齐梁崇佛文人的佛教活动，我们再来考察他们的诗赋创作，就不会再对那些充斥于诗赋当中的佛教术语或佛教思想困惑不解了，这也是我们不厌其烦地大量论述齐梁崇佛文人的有关佛教活动及其佛教思想的真正目的。

第四章　齐梁文人崇佛诗歌之创作

一般说来，世界观是人们对宇宙万物的起源、构成、本体以及人与世界的关系等等问题的总的根本的看法。人生观则是人们对人生存在的方式、价值、意义及人生终极关怀的看法。一定的人生观的形成往往是由世界观来决定的，二者密切相连。齐梁文人的多数既以佛教哲学为其世界观和人生观，那么，这种宗教性质的世界观和人生观就必然要反映到他们的文学创作之中。虽然，文学创作有它自己的独立性和特殊的规律，但并不是说在文学创作中，作家、诗人所具有的一定的世界观和人生观就会被文学自身的创作规律排除出去。特别是具有宗教色彩的世界观和人生观，就更容易渗透或体现在文学创作之中。因为，宗教和艺术从一开始就是连体婴儿，随着学科的进一步分化，宗教与艺术走上了各自发展的轨道，然其千丝万缕的联系和许多共同的特征并没有割断或消失，而是越发地扭缠在一起。尤其是佛教与文学，这种关系显得更加密切和明显。他们那种共同强调情感的力量，强调情感之后的理念、理趣以及非理性的感受和直觉把握等特点，导致了二者的粘连和密不可分。因此，带有佛教世界观和人生观的作家和诗人在其文学创作过程中，就会自觉或不自觉地把他们对佛教的情感、理解、崇敬渗透到作品之中，形成了文学创作较为鲜明的倾向。

众所周知，文学是用具有情感、形象、声韵、文采等语言材料，以艺术的思维方式来进行构划的。作家、诗人在思维高度集中、情感激越荡漾的创作过程中，往往以对创作对象的艺术感受为出发点，而构思、加工、提炼、创造，并非以概念、判断、比较、推理、论证等理性思维方式来进行的。因此，作家、诗人在对创作对象的审美感受中，就带有更多的自由、灵活、多样的特性。一方面，同一的创作对象，往往产生不同或多样的审美感受。比如就自然山水而言，儒家有“山水比德说”[①]，把自然山水与儒家的那种崇高的伦理道德品质相联系；道家也倡“山林与，皋壤与，使我欣欣然而乐与”，以养返朴归真之性情；道教也以山林为神仙所居，故体现长生不老之气；佛教则认为自然山水之美，乃在于它体现了佛之神理，对自然山水的审美观照，就可体悟佛理，所谓“乃悟幽人之玄览，达恒物之大情，其为神趣，岂山水而已哉！”[②]另一方面，创作对象又往往对作家、诗人产生一定的制约作用。作家、诗人的创作激情和艺术构思并不是漫无边际的，它总是集中于一定的创作对象，因而，同一创作对象，又往往带来相似或相近的审美感受。这种复杂的文学创作过程之中的审美活动，使得那些带有佛教世界观和人生观的作家、诗人或多或少地创作出崇佛的文学作品，当然，他们创作的崇佛文学作品的多寡或深刻，并不由其佛教世界观和人生观的浓重与否而决定。翻检齐梁诗歌作品，我们发现，一些佛教思想浓厚的诗人创作的崇佛诗作相对要多一些，而且佛教色彩比较浓厚。统观齐梁崇佛文学，主要有以下几个方面。

第一节　引佛语入诗歌

所谓“引佛语入诗歌”，就是指作家、诗人在文学创作过程中，将佛教三藏（经、律、论）典籍中具有佛教思想色彩的概念、术语、典故等，引入诗歌领域，作为诗歌创作的语词材料。引佛语入诗歌，往往是就一首诗或一篇作品而言，它不一定决定整首诗或整篇作品的内容就是崇佛思想情感，但已经明显地涂抹上了佛教色彩，因而，可以看作是崇佛诗歌。这种现象早在东晋时就已出现，支遁将诗歌引入了佛教，开创了僧

① “智者乐水，仁者乐山；智者动，仁者静；智者乐，仁者寿。”（《论语·雍也》，朱熹：《四书章句集注》，第90页。）

② 慧远：《庐山诸道人游石门诗序》，严可均辑校：《全上古三代秦汉三国六朝文》，第4874页。

人写诗的新局面，孙绰、许询首在诗歌中“加以三世之辞”[①]，当为文人诗歌引入佛语之始，中经刘宋谢灵运、颜延之等崇佛文人的实践，至齐梁，引佛语入诗歌已成为一种较为普遍的文学现象。这也是与齐梁时期整个社会文化思想崇尚佛教相适应的。齐梁时期崇佛诗歌常引用的佛语主要有：

一　禅

禅，不像“空”字在齐梁诗文中用得多，但仍在一些诗作中出现。如：

禅心暮不杂，寂行好无私。[②]
药树永繁稠，禅枝讵凋槭。[③]
睿心重禅室，游驾陟层城。[④]
蓊郁均双树，清虚类八禅。[⑤]
八解鸣涧流，四禅隐岩曲。[⑥]
慧居超七净，梵住逾八禅。[⑦]
禅衢开远驾，爱海乱轻舟。[⑧]
明心弘十力，寂虑安四禅。[⑨]
禅食宁须稼，云衣不待蚕。[⑩]

禅，在佛教入中国前有二义：一为封土为坛，扫地而祭，亦即封禅。《大戴礼·保傅》：“封泰山而禅梁父。”二为传授。《庄子·寓言》：“万物皆种也，以不同形相禅。”引申为禅让。《孟子·万章》上：“唐虞禅。”佛教入中国后，给禅赋予了佛教独特的内涵。禅，梵文 Dhyāna，意为“静虑”

---

① 刘义庆：《世说新语·文学》，刘义庆撰，刘孝标注，余嘉锡笺疏：《续晋阳秋》，第 310 页。
② 江淹：《吴中礼石佛诗》，逯钦立辑校：《先秦汉魏晋南北朝诗》，第 1566 页。
③ 萧统：《讲席将毕赋三十韵诗依次用》，道宣：《广弘明集》卷三〇，《大正藏》第 52 册，第 357 页 b。
④ 萧子显：《奉和昭明太子钟山讲解诗》，逯钦立辑校：《先秦汉魏晋南北朝诗》，第 1060 页。
⑤ 萧纲：《往虎窟山寺诗》，道宣：《广弘明集》卷三〇，《大正藏》第 52 册，第 357 页 b。
⑥ 沈约：《游钟山诗应西阳王教五章》之四，萧统：《文选》卷二二，第 1060 页。
⑦ 萧衍：《游钟山大爱敬寺诗》，欧阳询：《艺文类聚》卷七六，第 1295 页。
⑧ 王融：《法乐辞》之一，道宣：《广弘明集》卷三〇，《大正藏》第 52 册，第 352 页 a。
⑨ 王融：《法乐辞》之七，道宣：《广弘明集》卷三〇，《大正藏》第 52 册，第 352 页 b。
⑩ 孔焘：《往虎窟山寺诗》，道宣：《广弘明集》卷三〇，《大正藏》第 52 册，第 357 页 c。

"思维修",它不同于一般哲学上的范畴,而是佛教的一种修养实践活动。因为它是佛教戒(Śila)、定(Samādhi)、慧(Mati)三学之一的"定学"中的最大的一种,通常把"禅"与"定"合称为"禅定"。所谓禅定,"即是通过精神的高度集中,观想特定的对象,摒弃杂念,以臻明镜般的宁静、空纯状态,同时在身心上产生异乎寻常的功能,以泯灭主体与客体、过去与未来、可能与现实的对峙"[①]。佛教的一切内心修习的实践活动,几乎都伴随着禅定而进行的。小乘按修行层次,分为四禅(Caturdhyāna),即由初级阶段的专一沉思、摈除情欲到最高阶段的超脱苦乐、舍念清净的境界。大乘兴起后,提出了九种大禅,把禅定与般若结合于一起,以智慧指导禅定,止(Śamatha)、观(Vipaśyanā)并提,定、慧双运,不仅摆脱了单纯的出离遁世的修定,而且突出了对社会人生和宇宙本体及菩萨普度众生的实践阐释。即所谓"不舍道法而现凡夫事""不断烦恼而入涅槃"[②]。由于禅在佛教中影响较大,所以有时候禅也就成了整个佛教的代名词。从上引带"禅"的诗句看,除了萧统的"禅"字代指整个佛教外,其余都运用了"禅"的本义。

二　梵

梵,为梵文 Brahman 的音译讹略,意译为"清净""寂静""离欲"等。原为天竺婆罗门教及后来的印度教的名词术语,指人们宗教修行解脱的最后境界,即不生不灭、常住、无差别相、无所不在的最高实体,也指宇宙的最高主宰神。佛教兴起后,在一定程度上吸收了婆罗门教关于"梵"的修行解脱的境界和不生不灭的思想,但否认其为宇宙最高主宰的权威。又天竺婆罗门所使用的书面文字被称为梵文。佛教兴盛后,渐趋接受了梵文,并用其来书写经典。故传入中国的佛教经典亦多为梵文所写,人们便习惯上把"梵"作为佛教的代称。因此,齐梁文人们在写作崇佛文学时,就十分自然地运用到了这一术语,如:

艳艳金楼女,心如玉池莲。持底报郎恩,俱期游梵天。[③]

① 普慧:《禅宗的主体实践论》,妙峰主编:《曹溪禅研究》,中国社会科学出版社 2002 年版,第 192 页。
② 《维摩诘所说经》卷上《弟子品第三》,鸠摩罗什译,《大正藏》第 14 册,第 539 页 c。
③ 萧衍:《欢闻歌》之一,徐陵撰,吴兆宜笺注:《玉台新咏笺注》,中华书局 1985 年版,第 506 页。

誓寻青莲果，永入梵庭期。[①]
善学同梵爪，真言异铜腹。[②]
寄说表真冥，能令梵志遣。[③]
梵世陵空下，应真蔽景趋。[④]
镜山衔殿影，梅梁落梵尘。[⑤]
经法王之梵宇，睹因时之或跃。[⑥]
永言鹫室，栖诚梵宫。[⑦]
金盘响清梵，涌塔应鸣桴。[⑧]
缭绕闻天乐，周流扬梵声。[⑨]
腾芳清汉里，响梵高云中。[⑩]

上引诸诗句中，萧衍用的“梵天”，梵文为 Brahmā，音译“梵摩”“婆罗贺摩”“梵览摩”等，亦称“大梵天”，与湿婆（Śiva）、毗湿奴（Viṣṇu）并称为婆罗门教及后来印度教的三大神。由“梵”的概念衍化而来。佛教产生后，被吸收为佛陀的护法神。佛教入中国后，“梵”成了佛教的代名词，因而萧衍用的“梵天”、萧纲用的“梵世”、庾肩吾用的“梵尘”等就具有了佛教解脱的最高“境界”的含义。而江淹用的“梵庭”、张缵用的“梵宇”、沈约用的“梵宫”则成了佛寺的代称。萧统用的“梵志”，是梵文 Brahmacārin 的意译。天竺佛教把一切“外道”出家者通称为“梵志”，“梵志者，是一切出家外道，若有承用其法者，亦名梵志”[⑪]。齐梁名僧玄畅在《诃梨跋摩传》云：“直以世训承习，弗为心要也。遇见梵志，导以真轨。”[⑫]所谓“梵声”“清梵”“响梵”，皆指清脆、嘹亮的诵经之声。

---

① 江淹：《吴中礼石佛诗》，逯钦立辑校：《先秦汉魏晋南北朝诗》，第 1566 页。
② 萧统：《讲席将毕赋》，道宣：《广弘明集》卷三〇，《大正藏》第 52 册，第 354 页 a。
③ 萧统：《同泰僧正诗》，逯钦立辑校：《先秦汉魏晋南北朝诗》，第 1797 页。
④ 萧纲：《望同泰寺浮图诗》，道宣：《广弘明集》卷三〇，《大正藏》第 52 册，第 353 页 c。
⑤ 庾肩吾：《和太子重云殿受戒诗》，欧阳询：《艺文类聚》卷七六，第 1298 页。
⑥ 张缵：《南征赋》，萧子显：《梁书》卷三四《张缵传》，第 495 页。
⑦ 沈约：《瑞石像铭》，道宣：《广弘明集》卷十六，《大正藏》第 52 册，第 212 页 a。
⑧ 陆罩：《奉和往虎窟山寺诗》，道宣：《广弘明集》卷三〇，《大正藏》第 52 册，第 357 页 c。
⑨ 萧衍：《和太子忏悔诗》，欧阳询：《艺文类聚》卷七六，第 1295 页。
⑩ 王融：《法乐辞》之十一，道宣：《广弘明集》卷三〇，《大正藏》第 52 册，第 352 页 b。
⑪ 龙树：《大智度论》卷五六，鸠摩罗什译，《大正藏》第 25 册，第 461 页 b。
⑫ 僧祐撰，苏晋仁、萧链子点校：《出三藏记集》卷十一，第 401 页。

三 慧

慧，在先秦汉语的原典中仅具有聪明的意思，如《左传·成十八年》："周子有兄而无慧，不能辨菽麦。"《注》："不慧，盖世所谓白痴。"佛教输入后，赋予了"慧"大量新的含义。慧，梵文 Mati，原为有部大地法之一，指通达事理、决断疑念取得决断性认识的一种精神作用。《俱舍论》卷四："慧谓于法能有简择。"后特指戒、定、慧三学中的慧学，为智慧的略称。大乘兴起后，将般若（Prajñā）与慧糅合于一起，成为六度（Ṣaṭpāramitā，即布施、持戒、忍辱、精进、禅定、般若）的最高或最后一级，赋予了大智大慧的含义。众生只有凭借这种般若之智慧，才能从生死苦恼的此岸到达解脱、断灭生死诸苦及其根源"烦恼"的涅槃彼岸。所以大乘认为，"得般若波罗蜜，故得作佛"①。在三学中，亦往往以智慧为最高。在佛教看来，定以戒起，慧由定生，戒、定虽甚重要，然仅属共外道法、世间法，不堪依此而出离生死，唯有证得出世间的般若之智慧，方能断除烦恼（Kleśa）、无明（Avidyā）。"戒律之法者，世俗常数，三昧（定）成就者，亦是世俗常数，神足飞行者，亦是世俗常数，智慧成就者，此是第一之义。"②戒、定、神通皆为世间法，只有智慧方能获得解脱，进入涅槃境界。智慧的获得虽依禅定，但并非皆依四禅而入定，只要悟性好，往往在初禅中便可触发"电光定"，于刹那间顿悟开慧，了断烦恼，出离生死。智慧既然在整个佛教中占有这样的突出地位，自然也就受到齐梁崇佛文人的青睐，在崇佛文学作品中当然要大加描绘和宣扬。

> 慧义比瑶琼，薰染犹兰菊。
> 因兹阐慧云，欲使心尘伏。③
> 制书开摄受，丝纶广慧门。④
> 紫陌垂青柳，轻槐拂慧风。⑤

① 龙树：《大智度论》卷二〇引《明网菩萨经》，鸠摩罗什译，《大正藏》第 25 册，第 211 页 b。

②《增一阿含经》卷三八《马血天子问八政品》，僧伽提婆译，《大正藏》第 2 册，第 759 页 c。

③ 萧统：《讲席将毕赋》，道宣：《广弘明集》卷三〇，《大正藏》第 52 册，第 354 页 a。

④ 萧纲：《蒙预忏直疏诗》，道宣：《广弘明集》卷三〇，《大正藏》第 52 册，第 353 页 c。

⑤ 萧纲：《游光宅寺诗应令诗》，道宣：《广弘明集》卷三〇，《大正藏》第 52 册，第 355 页 c。

名僧引定慧，朝缨列元凯。①

愿藉连河涧，庶影慧灯昭。②

慧云方靡靡，法水正悠悠。③

祁果尊常住，渴慧在无生。④

谈谑有名僧，慧义似传灯。⑤

萧统、刘孝绰的“慧义”、鲍至的“慧灯”，就是般若智慧之义如同美玉一般晶莹剔透，好似明灯一样闪烁光辉；萧纲的“慧门”，即是智慧之门，研书摄受，广开慧门，即可了悟；萧统、陆罩的“慧云”，即是美好的智慧之云笼罩着受染的心灵，并使之开化；萧纲的“慧风”，即是美妙的智慧之风，吹拂着一草一木，青青翠竹，尽是法身，郁郁黄花，无非般若，仿佛宇宙万物都体现着佛的般若智慧。

四　尘、六尘

尘，在先秦典籍中就有世俗的意思，《老子·四章》：“和其光，同其尘。”佛教入中国后，给这个词赋予了更多的宗教含义，把它视为与出世间的涅槃境界相对立的概念。佛教认为人世就像尘埃一样，故名为“尘”(Raja)，所谓“尘世”“凡尘”“尘事”等。道宣《净心诫观》下：“云何名尘，坌污净心，触身成垢，故名尘。”智顗《法界次第》上之上：“尘以染污为义，以能染污情识，故通名为尘也。”这样的观念也反映到了崇佛文人的诗歌作品之中。

空成颠倒群，徒迷尘缚侣。⑥

喧尘是时息，静坐对重峦。⑦

尘情良易著，道性故难缁。⑧

---

① 王筠：《奉和皇太子忏悔应诏诗》，道宣：《广弘明集》卷三〇，《大正藏》第52册，第353页c。

② 鲍至《奉和往虎窟山寺诗》，道宣：《广弘明集》卷三〇，《大正藏》第52册，第358页a。

③ 陆罩：《奉和往虎窟山寺诗》，道宣：《广弘明集》卷三〇，《大正藏》第52册，第357页c。

④ 萧子显：《奉和昭明太子钟山讲解诗》，道宣：《广弘明集》卷三〇，《大正藏》第52册，第354页b。

⑤ 刘孝绰：《酬陆长史倕诗》，李昉、徐铉等：《文苑英华》卷二四〇，第1208页。

⑥ 萧纲：《十空诗·如响》，欧阳询：《艺文类聚》卷七六，第1296页。

⑦ 萧纲：《大同十年十月戊寅诗》，欧阳询：《艺文类聚》卷三，第56页。

⑧ 王台卿：《奉和往虎窟山寺诗》，道宣：《广弘明集》卷三〇，《大正藏》第52册，第357页c。

淹尘资海滴，昭暗仰灯然。①
秋至蝉鸣柳，风高露起尘。②
虽穷理游盛，终为尘俗喧。③

在这些崇佛文人看来，喧嚣的世俗尘事使人产生烦恼，而烦恼能染污心性，犹如尘垢蒙蔽心灵。人的尘世之情难以了却，故为其所累、所缚，不能解脱。要想淹没尘情，不光依靠禅定之海来洗涤，智慧之灯来昭明，还要“穷理”，即对佛教义理进行探讨，达到大彻大悟。即所谓“梵境幽玄，义归情旷；伽蓝净土，理绝嚣尘”④。正是由于“尘”有污染心灵的作用，佛教才把“十二处”(Dvādaśayatana)中的外六处叫“六尘”。所谓“六尘”，就是指眼、耳、鼻、舌、身、意六识所感觉认识的六种境界，即色、声、香、味、触、法。此六境像尘埃一样能污染人的情识。《圆觉经》卷中：“妄认四大为自身相，六尘缘影为自身相。”齐梁崇佛文人对“六尘”给人的熏染作用认识得非常清楚：

庶兹祛八倒，冀此遣六尘。⑤
六尘俱不实，三界信悠哉。⑥
由来六尘缚，宿昔五缠朦。⑦
三缚解智门，六尘清法海。⑧
挥霍变三有，恍惚随六尘。⑨
实相薄五礼，妙花开六尘。⑩
庶凭八解力，永灭六尘贪。⑪

从这些诗句看，齐梁崇佛文人认识到了“六尘”是虚妄不实的，人的一切

① 刘孝绰：《奉和昭明太子钟山解讲诗》，道宣：《广弘明集》卷三〇，《大正藏》第52册，第354页c。
② 萧子云：《赠海法师游甑山诗》，欧阳询：《艺文类聚》卷三一，第555页。
③ 刘孝仪：《和昭明太子钟山解讲诗》，道宣：《广弘明集》卷三〇，《大正藏》第52册，第354页c。
④ 魏收等：《魏书》卷一一四《释老志》，第3047页。
⑤ 萧统：《东斋听讲诗》，欧阳询：《艺文类聚》卷七六，第1297页。第354页c。
⑥ 萧纲：《十空诗·如幻》，欧阳询：《艺文类聚》卷七六，第1296页。
⑦ 萧纲：《旦出兴业寺讲诗》，道宣：《广弘明集》卷三〇，《大正藏》第52册，第354页a。
⑧ 王筠：《和皇太子忏悔诗》，欧阳询：《艺文类聚》卷七六，第1299页。
⑨ 萧衍：《十喻诗·幻诗》，欧阳询：《艺文类聚》卷七六，第1295页。
⑩ 谢朓《永明乐十首》之八，郭茂倩：《乐府诗集》卷七五，第1062页。
⑪ 孔焘：《往虎窟山寺诗》，道宣：《广弘明集》卷三〇，《大正藏》第52册，第357页c。

迷蒙、恍惚皆由"六尘"缠缚，他们急切希望驱遣、灭除"六尘"，使智慧之妙花在心灵中盛开。

五　法

法，梵文为 Dharma，音译"达磨""达摩"，意谓凡具有质的规定性，并为人们所认识的一切事物和现象，即称为"法"。《俱舍论》卷一："能持自相故名为法。"[①]在佛教文献中大致有三种用法：一是指佛的教法或谓佛法；二是泛指一切事物和现象，包括物质的和精神的，存在的和非存在的，过去的、现在的和未来的，如说"一切法""三世诸法"等；三是特指某一事物和现象，如说"色法""心法"等。除了在佛学理论文章中运用"法"的后两种意思外，一般在崇佛文学作品中，运用"法"，大都指"佛法"，或由佛法引申出的其他与佛教有关的意思。

掖影连高塔，法鼓乱严更。
已知法味乐，复悦玄言清。[②]
上风吹法鼓，垂铃鸣昼轩。
时英满君囿，法侣盛天园。[③]
以兹慧日照，复见法雨垂。[④]
慧云方靡靡，法水正悠悠。[⑤]
一知心相浊，乐染法流清。[⑥]
法朋一已散，笳剑俨将旋。[⑦]
法王唯一法，无生信不生。
虚薄今何事，徒知恋法城。[⑧]

上引诸句中的"法鼓"，指佛寺中的器物；"法味"，指佛教教义特有的韵

① 《大正藏》第 29 册，第 1 页 b。
② 萧统：《同泰僧正讲诗》，欧阳询：《艺文类聚》卷七六，第 1297 页。
③ 萧纲：《蒙预忏直疏诗》，道宣：《广弘明集》卷三〇，《大正藏》第 52 册，第 353 页 c。。
④ 萧统：《和武帝游钟山大爱敬寺诗》，逯钦立辑校：《先秦汉魏晋南北朝诗》，第 1795—1796 页。
⑤ 陆罩：《奉和往虎窟山寺诗》，道宣：《广弘明集》卷三〇，《大正藏》第 52 册，第 357 页 c。
⑥ 刘孝绰：《赋咏百论舍罪福诗》，道宣：《广弘明集》卷三〇，《大正藏》第 52 册，第 353 页 c。
⑦ 刘孝绰：《奉和昭明太子钟山解讲诗》，道宣：《广弘明集》卷三〇，《大正藏》第 52 册，第 354 页 c。
⑧ 萧绎：《和刘尚书侍五明集诗》，道宣：《广弘明集》卷三〇，《大正藏》第 52 册，第 354 页 b。

味;“法雨”“法水”“法流”,皆指喻佛法像滴滴雨露、悠悠泉水、涓涓清流,滋润着人们干涸的心田;“法侣”“法朋”,指一起修习佛法的道友、同契;“法王”,即指佛;“法城”,指佛所居之处。从这些诗句看,都是赞颂佛法的。

六 净

净(Śuddha,Viśuddha,Pariśuddha),为清净之略称。在佛教教义中是与“尘”相对立的。它有三义:一为净洁、空灵、澄澈,特指人的心灵。小乘说一切有部有著名命题:“心性本净,客尘所染。”[①]二为净尽、无余,是上义的动词用法,特指人心灵情欲的摒除净尽。萧子良《净住子净行法门·开物归信门》:“六尘爱染,永灭不起。十恶重障,净尽无余。业累既除,表里俱净。”[②]三为透明、美妙、庄严,特指佛所居的没有五浊(劫、见、烦恼、众生、命)的极乐世界。“《摄论》云:所居之土,无于五浊,如彼玻璃珂等,名清净土。”[③]大乘对“净”又赋予了更多的道德意义,属于人世间的真、善、美在佛教中变成了真、善、净,即由净取代了美。人们只要于“净”中陶冶、净化心灵,即可往生佛国净土。所谓“凡夫欲修净业者,得生西方极乐国土”[④]。齐梁文人正是在诗赋中运用了“净”的上述几个意义。

复悲沦苦海,何由果净天。[⑤]
星明雾色净,天白雁行单。[⑥]
沐芳肃朝带,驾言抵净宫。[⑦]
兰汤浴身垢,忏悔净心灵。[⑧]

① [印]世亲:《辩中边论》卷上,玄奘译,《大正藏》第31册,第466页b。
② 道宣:《广弘明集》卷二七,《大正藏》第52册,第307页a。
③ 释道世:《法苑珠林》卷十五《会名部第二》释道世撰,周叔迦、苏晋仁校注:《法苑珠林校注》,中华书局2003年,第508页。
④《观无量寿经》,畺良耶舍译,《大正藏》第12册,第341页c。
⑤ 庾肩吾:《八关斋夜赋四城门更作四首·第二赋东城门病》,道宣:《广弘明集》卷三〇,《大正藏》第52册,第355页a。
⑥ 萧纲:《大同十年十月戊寅诗》,欧阳询:《艺文类聚》卷三,第56页。
⑦ 萧纲:《旦出兴业寺讲诗》,道宣:《广弘明集》卷三〇,《大正藏》第52册,第354页a。
⑧ 萧衍:《和太子忏悔诗》,欧阳询:《艺文类聚》卷七六,第1299页。

表尘维净觉，泛俗乃轮皇。①
方为净国游，岂结危城恋。②
贞心延净境，邃业嗣天宫。③
起净法兮出西海，流梵音兮至索溟。④
患累已除，障碍亦净。
见净业之爱果，以不杀而为因。⑤

所谓“净天”“净宫”“净境”“净国”，指佛国净土；所谓“净法”，指佛法；所谓“净觉”“净业”“净心灵”“雾色净”“障碍净”，皆指净化、洗涤人的情识、业力，使之达到彻底的觉悟。上述文人对“净”的赞美，表达了他们对西方极乐净土世界的向往和冀求。

上引的“禅”“梵”“慧”“尘”“法”“净”，只是在齐梁文人崇佛诗歌作品中，最常被引用的佛教术语和范畴，其他术语或典故，如“戒”“持”“实相”“火宅”“法轮”“苦”“色”“乘”“梦”“幻”“影”“电”等等，也是屡见不鲜的。

综上所述，引佛语入诗歌这一做法，不仅给齐梁文学涂抹上了浓重的佛教色彩，而且使得齐梁文学中的大量作品成了直接渲染、流播佛教的传声筒，少数作品更成了宣传佛教义理的哲学讲义，削减、损害了文学特有的审美趣味。正如钟嵘批评东晋玄言诗时说的：“理过其词，淡乎寡味。”⑥然而，引入这些佛语的同时，也把佛教的一些时空观念带了进来，从而开拓了文人诗歌的一些新的思想和思维方式。

第二节　表现佛教“空”义之诗歌

空，原本是汉语中的一个词，在佛教输入中土之前，就已经广泛运

① 王融：《法乐辞》之三，道宣：《广弘明集》卷三〇，《大正藏》第52册，第352页a。
② 王融：《法乐辞》之四，道宣：《广弘明集》卷三〇，《大正藏》第52册，第352页a。
③ 王融：《法乐辞》之十一，道宣：《广弘明集》卷三〇，《大正藏》第52册，第352页b。
④ 江淹：《构象台》，逯钦立辑校：《先秦汉魏晋南北朝诗》，第1587页。
⑤ 萧衍：《净业赋》，道宣：《广弘明集》卷二九，《大正藏》第52册，第336页c。
⑥ 钟嵘：《诗品·序》，陈延杰：《诗品注》，第1页。

用于先秦的典籍之中。《管子·五辅》:“仓廪实而囹圄空。”意谓中无所有,即虚空。《诗·小雅·大东》:“小东大东,杼轴其空。”意谓空其所有,即尽也。《列子·黄帝》:“乘空如履实,寝虚若处床。”又谓天空。佛教输入中国之后,其教义中的核心范畴Śūnya,与汉语的“空”字的“虚空”之义在俗义上有点近似,同时也是译经僧人们再找不到汉语合适的对应词,故权且将Śūnya译为“空”,音译为“舜若”。佛教的所谓“空”,起源于小乘佛教对生命和世界的分析。早在佛教的基本经典《阿含经》里,就说明了构成宇宙万物的五种基本因素,即色(地、水、火、风及其所造)、受、想、行、识“五蕴”(Pañcaskandha)中的任何一种,都没有一个质的规定性或常住不变的实体,也没有一个与之相应独立存在的客体,他们都不是永恒不变的。世界万有的产生都是因缘合和而成的。因缘聚,则生;因缘散,则灭。作为联系五蕴的“法”亦复如是:“因缘合,诸法即生。”[①]小乘以“人”为五蕴的假合和,认为人不是独立自存的实体,故而强调“人无我”,但它并不彻底否定包括世界在内的一切事物和现象——即“法无我”。大乘不但认为“人无我”,还认为色、受、想、行、识五蕴自身亦虚假不实,故而倡导“法无我”。他们主张,“众因缘生法,我说即是空”[②]。即不但个人没有一个实体,即使天地万物、山河大川、日月星辰、草木鸟兽皆无实体,就连构成其因缘的法亦是虚幻不真实的,不真则空。由是看来,大乘所谓“空”,“不是数学上的一无所有,等于零,而是不可用言语描绘、阐述或概念认识的非实体性东西,它是一个容纳时间空间的无形场所,是一种体现诸法联系的无质状态”[③]。这种无形的场所和无质的状态是无法用诸法实相来表达的,因为它体现了佛教的最高真理,所以是“空者,理之别目,理绝众相,故名为空”[④]。可见,佛教的“空”是从教义上讲的一种理论,与汉语中空的含义实在是相距甚远。但是,佛教的“空”,从哲学上讲,又与魏晋玄学中的“无”具有相同的本体和根源的性质,加上两晋时的玄佛合流,译经僧经常把

① [印]世亲:《阿毗达磨俱舍论》卷六,玄奘译,《大正藏》第29册,第28页c。
② 龙树:《中论·观四谛品》,鸠摩罗什译,《大正藏》第30册,第33页b。
③ 普慧:《〈心经〉:一部微型的大乘空宗般若学》,《东方论坛》1997年第1期。
④ 慧远:《大乘义章》,《大正藏》第44册,第506页c。

Śūnya译为“无”，学问僧也常用“无”来代替“空”，或把“空无”连用①，这就给佛教的“空”在外表上加上了汉语空的“中无所有”的含义，造成了长期以来以为佛教的“空”具有汉语“无”或“没有”之义的误解，给佛教的“空”蒙上了一层俗义。这不光是一般百姓有这样的误解，就连有着深厚佛学功底的文人学士和高僧大德，也往往没有分清、辨析，有的则将误就误、随俗说法。再者，佛教大乘空宗认为所谓“诸法之空”的说法亦是不真实的，因而也应给它“空”掉，他们提出“空空”②。于是，作为佛教本体概念的“空”又具有了动词的性质和特点。尽管如此，佛家认为还尚欠周密，故而在般若经里，竟不间断、一口气地讲出十八个“空”来③，“把宇宙的一切物质现象和精神现象统统归结为‘空’”④，认为这样才够彻底。

这样一来，具有佛教含义的“空”，就渗透到了各个领域，尤其是文学创作之中也得到了反映。仅以江淹为例，据初步统计，现存江淹的诗作共有一百二十余首（含乐府），著有“空”字的诗，就达到二十四首之多。这些诗不一定都表现佛教的“空”义，但如以下诗句则明显与佛教的“空”义有关。

张子暗内机，单生蔽外像。一时排冥筌，冷然空中赏。⑤
常愿乐此道，诵经空山坻。禅心暮不杂，寂行好无私。⑥
虚堂起青霭，崦嵫生暮霞。空居寂以欷，左右自幽歌。⑦
瑶水虽未合，珠霜窃过中。坐识物序晏，卧视岁阴空。⑧
岁彩合云光，平原秋色来。寂听积空意，凝望信长怀。⑨

---

① 任继愈主编：《中国佛教史》第2卷第2章第4节，中国社会科学出版社1985年版。

② 《摩诃般若经》卷五《问乘品》，鸠摩罗什译，《大正藏》第8册，第250页b。

③ “复次须菩提！菩萨摩诃萨复有摩诃衍，所谓：内空，外空，内外空，空空，大空，第一义空，有为空，无为空，毕竟空，无始空，散空，性空，自相空，诸法空，不可得空，无法空，有法空，无法有法空。”（《摩诃般若经》卷五《摩诃衍品》，《大正藏》第8册，第250页b。）

④ 普慧：《〈心经〉：一部微型的大乘空宗般若学》，《东方论坛》1997年第1期。

⑤ 江淹：《许徵君询自叙》，萧统：《文选》卷三一，第1496册。

⑥ 江淹：《吴中礼石佛诗》，冯惟讷：《诗纪》卷七五，影印《文渊阁四库全书》第1380册，第101页a。

⑦ 江淹：《秋夕纳凉奉和刑狱舅诗》，冯惟讷：《诗纪》卷七五，影印《文渊阁四库全书》第1380册，第97页c。

⑧ 江淹：《赤亭渚诗》，冯惟讷：《诗纪》卷七五，影印《文渊阁四库全书》第1380册，第97页c。

⑨ 江淹：《步桐台诗》，冯惟讷：《诗纪》卷七五，影印《文渊阁四库全书》第1380册，第97页a。

这些诗句中所用的“空”，明显带有佛教教义和俗义的双重含义。虽然，整首诗不一定是表现崇佛的，但是，因为著了这个“空”字，就使得整首诗罩上了一层浓重的佛教色彩。

这种对“空”字的大量运用与对佛家“空”的教义的大肆宣扬，在梁代达到了顶峰。梁武帝萧衍就有《十喻诗》[①]五首，其中两首直接宣扬佛教的“空”义：

> 挥霍变三有，恍惚随六尘。兰园种五果，雕案出八珍。对见不可信，熟视事非真。空生四岳想，徒劳七识神。著幻是幻者，知幻非幻人。[②]
>
> 物情异所异，世心同所同。状如薪遇火，亦似草行风。迷惑三界里，颠倒六趣中。五爱性洞远，十相法灵冲。皆从妄所妄，无非空对空。[③]

这两首诗讲人生在世，迷惑恍惚，身处三界（Trilokya，即欲界、色界、无色界，此为有情众生存在的三种境界），随缘六尘，现实非真，如梦如幻，从妄所妄，一切皆空。《放光般若经》卷十七《无有相品》云：“五阴（为五蕴的旧译）如幻、如响、如梦、如热焰、如化；……梦幻之法，无所有故。”既然“五蕴”如幻，所以：

> 色不异幻，幻不异色；色即是幻，幻即是色。世尊！受、想、行、识不异幻，幻不异受、想、行、识；识即是幻，幻即是识。……乃至阿耨多罗三藐三菩提[④]不异幻，幻不异阿耨多罗三藐三菩提；阿耨多罗三藐三菩提即是幻，幻即是阿耨多罗三藐三菩提。[⑤]

五蕴是幻，同时也是空：

> 五阴则是空，空则是五阴。[⑥]

---

① 《金刚般若经》有“六喻”：“一切有为法，如梦、幻、泡、影，如露亦如电，应作为如是观。”（《大正藏》第8册，第752页b。）

② 萧衍：《十喻诗·幻诗》，欧阳询：《艺文类聚》卷七六，第1295页。

③ 萧衍：《十喻诗·灵空诗》，欧阳询：《艺文类聚》卷七六，第1295页。

④ 阿耨多罗三藐三菩提（Anuttarsamyaksaṃbodhi）：意译无上正等正觉。

⑤ 《摩诃般若经》卷四《幻学品》，鸠摩罗什译，《大正藏》第8册，第239页c。

⑥ 《放光般若经》卷一《无见品》，无罗叉（无叉罗，Mokṣala）、竺叔兰等共译。

> 色不异空，空不异色；色即是空，空即是色，受、想、行、识，亦如是。[①]

根据般若类经的观点，色即是幻，幻即是色；色即是空，空即是色。那么，幻亦即是空，空亦即是幻。从萧衍的这两首诗看，他对般若"空幻"的理解是准确的，而且是深刻的。萧纲亦作《十空诗》六首，把佛家的"空幻"与人与自然山水紧密地联系在一起。兹选其中四首：

> 汉安设大响，周穆置高台。三里生云雾，瞬息起冰雷。空持生识缚，徒用长心灾。慧人恒弃舍，庸识屡邅回。六尘俱不实，三界信悠哉。(《如幻》)
>
> 圆轮既照水，初生亦映流。溶溶如渍璧，的的似沈钩。非关顾兔没，岂是桂枝浮。空令谁雅识，还用喜腾猴。万累若消荡，一相更何求。(《水月》)
>
> 叠嶂迥参差，连峰郁相拒。远闻如句味，遥应成言语。竟无五声实，谁谓八音所。空惑颠倒群，徒迷尘缚侣。愍哉火宅中，兹心良可去。(《如响》)
>
> 秘驾良难辩，司梦并成虚。未验周为蝶，安知人作鱼。空闻延寿赋，徒劳岐伯书。潜令六识扰，安能二惑除。当须耳应满，然后会真如。(《如梦》)[②]

萧纲的这四首诗，比起萧衍的《十喻诗》，要稍具有一些诗味，但在理解"空幻"的教义上，则不如萧衍那么彻底、干脆、赤裸裸地宣称"一切皆空"。

总之，这样把诗当做宣传佛家教义的传声筒，几与佛教偈颂无异。黑格尔在谈到"教科诗"的时候说："在教科诗里，处在这种外在关系的艺术也只能涉及一些外在因素，例如韵律，提高了的语言，穿插的故事，意象，比喻，附加上去的感情吐露，较快或较慢的进展和转变之类，这些

---

① 《摩诃般若经》卷一《习应品》，鸠摩罗什译，《大正藏》第8册，第223页a。

② 欧阳询《艺文类聚》卷七六，第1296页。

因素和内容并没有互相渗透，而只是一种附加品，用意在于借它们的相对的生动性来减轻教科书的严峻和枯燥，把生活弄得愉快一些。”“例如希腊哲学在初期就是这样采取了教科诗的形式。”[①]萧衍、萧纲的这种诗正像黑格尔所说的“教科诗”一样，是把诗的审美特性附加于诗上，失去了诗原有的审美韵味，因而，读起来味同嚼蜡。

然而，佛家的这种“空”观，在文学领域，一旦和人与自然巧妙、和谐地糅合于一起，而不是附加上去的时候，就会出现另一种情况。请看梁代诗人王籍的《入若邪溪诗》：

> 艅艎何泛泛，空水共悠悠。阴霞生远岫，阳景逐回流。蝉噪林逾静，鸟鸣山更幽。此地动归念，长年悲倦游。[②]

“蝉噪”一联，唯其静、幽，乃在于蝉噪、鸟鸣；闻其蝉噪、鸟鸣，又衬托出静、幽。文学家评论是诗多着眼于此联的“合掌”。[③]《梁书》说：“（王籍）除轻车湘东王咨议参军，随府会稽。郡境有云门天柱山，籍尝游之，或累月不返。至若邪溪赋诗，其略云：‘蝉噪林逾静，鸟鸣山更幽。’当时以为文外独绝。”[④]《南史》说，“（王籍）至若邪溪赋诗云：‘蝉噪林逾静，鸟鸣山更幽。’刘孺见之，击节不能已已”[⑤]。颜之推也说，“王籍《入若邪溪》诗云：‘蝉噪林逾静，鸟鸣山更幽。’江南以为文外断绝，物无异议。简文吟咏，不能忘之；孝元（萧绎）讽味，以为不可复得。至《怀旧志》载于《籍传》。范阳卢询祖，邺下才俊，乃言：‘此不成语，何事于能！’魏收亦然其论。《诗》云：‘萧萧马鸣，悠悠旆旌。’《毛传》曰：‘言不喧哗也。’吾每叹此解有情致，籍诗生于此耳”[⑥]。由此看来，南人称道，而北人诋毁，盖因

① [德]黑格尔：《美学》第2卷(汉文本)，朱光潜译，商务印书馆1981年版，第150—151页。

② 冯惟讷：《诗纪》卷八六，影印《文渊阁四库全书》第1380册，第182页b。

③ 所谓“合掌”，是指一联中的上下两句意思一致。如谢灵运的“千虑集日夜，万感盈朝昏”；沈约的“夕行闻夜鹤，晨征听晓鸿”。

④ 姚思廉：《梁书》卷五〇《文学传下》，第713页。

⑤ 李延寿：《南史》卷二一《王弘传》，第581页。

⑥ 颜之推：《颜氏家训·文章第九》，王利器：《颜氏家训集解》，第295页。

审美趣味不同。后世批评者，乃因其“上下句只是一意”[①]、语“不成章”[②]耳。其实，这首诗的真正用意乃在于用佛教的“静空”(Śamatha-śūnya)的思想来观照人与自然，将主体及客体的一草一木、一山一水、一鸟一虫纳入到佛教“空”的状态和场所，消解了主、客体之间二元对立，使主、客进入由动返静、空灵澄澈的境界。再加上诗中的“长年悲倦游”，展示出人生旅途之悲凉和疲倦。由于这首诗不是单纯宣扬佛教“空”义，而是将佛教“空”义与人生体验、自然景物巧妙地熔为一炉，使得这首诗在宣扬佛教人生之苦与一切皆空思想的同时，也呈现出美的意蕴。

齐梁崇佛文人诗歌中对“空”的大量运用，一方面，在一定的程度上扩大了佛教的影响，宣扬了佛教思想，使佛教更加社会化和生活化；另一方面，它将佛教“空”和“静”的思想与自然山水、人生感受有机地相结合，形成了具有审美意义的“静空”观，对后世的文学理论批评与文学创作实践有着极其深远的影响。我们完全可以看出唐代“诗佛”王维的《鹿柴》[③]、宋代苏轼的《送参寥师》[④]中的“静空”思想与王籍的内在联系。

---

① “古人诗有‘风定花犹落’之句，以谓无人能对。王荆公(安石)以对‘鸟鸣山更幽’。‘鸟鸣山更幽’本宋王籍诗。元对‘蝉噪林逾静，鸟鸣山更幽’，上下句只是一意。‘风定花犹落，鸟鸣山更幽’，则上句乃静中有动，下句动中有静。”(沈括撰，金良年点校：《梦溪笔谈》卷十四《艺文一》，中华书局 2015 年，第 145 页。)

② 王世贞《艺苑卮言》卷三：“王籍‘鸟鸣山更幽’，虽逊古质，亦是隽语。第合上句‘蝉噪林逾静’，读之遂不成章耳。又有可笑者，‘鸟鸣山更幽’本是反不鸣山幽之意，王介甫(安石)何缘复取其本意而反之？且一鸟不鸣山更幽，有何趣味？宋人可笑大概如此。”(罗仲鼎：《艺苑卮言校注》，齐鲁书社 1992 年，第 139 页。)

③ “空山不见人，但闻人语响。返景入深林，复照青苔上。”(王维：《鹿柴》，陈铁民：《王维集校注》，中华书局 1977 年，第 417 页。)

④ “上人学苦空，百念已灰冷。剑头唯一吷，焦谷无新颖。胡为逐吾辈，文字争蔚炳？新诗如玉屑，出语便清警。退之论草书，万事未尝屏。忧愁不平气，一寓笔所骋。颇怪浮屠人，视身如丘井。颓然寄淡泊，谁与发豪猛？细思乃不然，真巧非幻影。欲令诗语妙，无厌空且静。静故了群动，空故纳万境。阅世走人间，观身卧云岭。咸酸杂众好，中有至味永。诗法不相妨，此语当更请。”(苏轼：《送参寥师》，苏轼撰，王文浩辑注，孔凡礼点校：《苏轼诗集》，中华书局 1982 年，第 905—907 页。)

第三节 游写佛寺之诗歌

齐梁崇佛文人在与僧人交往的过程中,一个颇有情趣的内容就是与僧人一起游玩,浪迹丛林,寄情山水。由于南朝的佛寺多建筑于风光旖旎、清净秀丽的山林之中,就是坐落于城市附近的也多依山傍水,湖光山色,松掩竹映,暮鼓晨钟,佛音梵唱,带给人的是一种无限超然出尘的感觉和幽情。因而,佛寺也就成了自然山水的一部分。文人游山玩水,自然少不了到佛寺观光。特别是崇佛文人更是见寺就进,见佛就拜。这样,佛寺中的建筑、周围的环境和僧人的生活,就成了崇佛文人的歌咏对象。据不完全统计,现存齐梁时期的文人咏佛寺的诗歌近二十首,其中多为奉和之作,即皇帝或太子出游佛寺,吟诗作颂后,崇佛文人望风而奉和。仅虎窟山寺一处,因皇太子萧纲作《往虎窟山寺诗》之后,奉和之作,就有五首;奉和萧衍《游钟山大爱敬寺诗》的,也有几首。游佛寺诗歌这类作品,除了其中直接引用的佛语外,就其文学性和审美效果来看,在整个崇佛诗歌当中是最具文学价值的。这是因为,这类作品的歌咏对象大都是景、是物,虽然它们往往涂抹着一层浓厚的佛教色彩,然而一旦这些客体的景、物获得了独立的审美韵味和审美价值,紧紧吸引住了作者的审美注意力,与主体的审美情趣相契合后,就会闪现出诱人的艺术光彩和魅力。因此,这类作品的着眼点在直接宣扬佛教教义的同时,还更多地放到了客体的景与物上。就景的方面来讲,主要是对日月星辰、云霞雾霭、池溪涧流、山川鸟兽、松柏梅竹、花草露珠等自然景色的描写;就物的方面而言,主要是对亭台楼榭、殿堂阁廊、幡旗鼓钟等佛教建筑、法器的刻画。实际上,齐梁崇佛文人的写景与咏物实在是难以区分的。他们的这类诗作,与晋宋的山水诗相比,显得更加成熟。晋宋的山水诗,往往着力于对自然风景作惟妙惟肖的描写、作掘幽发微的表现,使客体的景获得独立的审美价值,给人以美的享受。而晋宋的咏物诗与山水诗相比,就其客体之物的本身,显然是没有获得相对独立的审美价值。阮籍、鲍照以及此前曹植等人的诗作,其中有不少对于客体之物的细致观察和描绘,如阮籍《咏怀诗》中的《昔闻东陵瓜》《鸿鹄相随飞》等、鲍照的《梅花落》等以及曹植的《吁嗟篇》等篇都对客体之物有深入的描写，然而，就其诗作的着眼点来说，主要还是写人而不在咏物。就是说，晋宋乃至此前的咏物诗往往是从人的角度出发去写物，因而客体之物，只是具有了与人相关的某种喻意或曰象征意义，借物抒志或托物寄情就成了晋宋以及此前咏物诗的基本特征。齐梁崇佛文人的写景咏物诗，不但在写景方面使得客体之景获得了独立的审美价值，就是在咏物方面，也使得客体之物的审美独立性得到了确认。所以，其物不仅具有某种与人相关的喻意，而且更多的是独立于主体之外，唤起人们自觉的或不自觉的美感体验，甚或是掀起人们的某种难以明喻的情感波澜。于是，借物抒志或托物寄情不再是齐梁崇佛文人的主要方法和主题，代之而起的是对客体之景、之物的真正的、纯然的、完全超越现实功利的审美观照，故其写景状物别具一番情趣。宋代诗学家张戒说："建安、陶、阮以前，诗专以言志；潘、陆以后，诗专以咏物；兼而有之者，李、杜也。言志乃诗人之本意，咏物特诗人之余事。……潘、陆以后，专意咏物，雕镌刻镂之工日以增，而诗人之本旨扫地尽矣。谢康乐'池塘生春草'，颜延之'明月照积雪'，谢玄晖'澄江静如练'，江文通'日暮碧云合'，王籍'鸟鸣山更幽'，谢真'风定花犹落'，柳恽'亭皋木叶下'，何逊'夜雨滴空阶'，就其一篇之中，稍免雕镌，粗足意味，便称佳句。"[①]明代诗学家胡应麟也说："咏物起自六朝，唐人沿袭，虽风华竞爽，而独造未闻。唯杜诸作自开堂奥，尽削前规。"[②]张戒与胡应麟所谓的咏物，实际上是把客体之景、之物统起来看待的。在张戒所举之例中，除谢灵运为晋宋之际的诗人外，其他几位均为齐梁崇佛诗人。他们既有写景状物的才能和感受，在写游佛寺这类诗歌时，自然是得心应手。据阎采平博士统计，齐梁 75 位诗人的诗作，写咏花草树木的有 110 处，鸟兽虫鱼的 54 处，自然现象的 96 处，人文器物的 77 处。[③] 这个统计是否包括了崇佛诗人的作品，我们没有进一步统计，但是，我们可以说齐梁崇佛文人的游佛寺诗在对客体之景、之物的描绘和咏叹方面堪称是这一时期写

---

① 张戒:《岁寒堂诗话》卷上，陈应鸾:《岁寒堂诗话笺注》，巴蜀书社 2000 年版。

② 胡应麟:《诗薮・内编》卷四，上海古籍出版社 1958 年版，第 72 页。

③ 阎采平:《齐梁诗歌研究》，北京大学出版社 1994 年版，第 155 页。

景咏物诗作的佼佼者，其写景状物比起晋宋诗作来，更加明快、细腻、富于动感。

> 面势周大地，萦带极长川。棱层叠嶂远，迤逦隥道悬。朝日照花林，光风起香山。飞鸟发差池，出云去连绵。落英分绮色，坠露散珠圆。当道兰藿靡，临阶竹便娟。幽谷响嘤嘤，石濑鸣溅溅。萝短未中揽，葛嫩不任牵。攀缘傍玉涧，褰陟度金泉。长途弘翠微，香楼间紫烟。[①]
>
> 嘉木互纷纠，层峰郁蔽亏。丹藤绕垂干，绿竹荫清池。舒华匝长阪，好鸟鸣乔枝。霏霏庆云动，靡靡祥风吹。谷虚流凤管，野绿映丹麾。帏宫设尘外，帐殿临郊垂。[②]

这里景物绚丽多姿，有山川、朝日、祥云、飞鸟、露珠、幽兰、泉涧、香楼、宫殿；色彩明快鲜艳，有青（山）、白（云、玉）、红（朝日、丹藤、丹麾）、绿（林、竹）、兰（幽兰）、紫（烟）；声音清脆悦耳，有鸟叫、泉汩、谷嘤、濑鸣、风吹；这一切使得客体之景、之物完全获得了审美独立性，因而极富美感。19世纪俄国美学家车尔尼雪夫斯基曾说过："美是生活。""任何事物，凡是我们在那里面看得见依照我们的理解应当如此的生活，那就是美的。"[③]车尔尼雪夫斯基依据人类学的原则，认为人最可爱的东西是生命，也即生活。因此，有生命力的、健康的东西就是美的。比如，茂盛的草木、鲜丽的花朵、灵巧自在的鸟鱼等。相反，疾病、萎靡和缺乏生命力的东西就是丑的。比如枯萎的花木和像尸体一样冰冷的蛙就是丑的。[④]审美活动实质是一种人类本能的生理性的情感活动。而美感就是那种类似我们当着亲爱的人面时而溢于心中的愉悦。齐梁崇佛文人笔下的佛寺景物，声色俱佳，图文并茂，体现了宇宙生命运动的流程，因而，使人产生赏心悦目、怡情爽神的审美感受。其他如写山川丛林，"春山玉

---

① 萧衍：《游钟山大爱敬寺诗》，冯惟讷：《诗纪》卷六五，影印《文渊阁四库全书》第1380册，第8页d。
② 萧统：《和武帝游钟山大爱敬寺诗》，冯惟讷：《诗纪》卷六六，影印《文渊阁四库全书》第1380册，第15页a。
③ 北京大学哲学系美学教研室编：《西方美学家论美和美感》，商务印书馆1980年版，第242页。
④ [俄]车尔尼雪夫斯基：《艺术与现实的美学关系》，《生活与美学》，人民文学出版社2008年版，第10页。

所府，檀林芳所栖”[①]；“连山去无限，长洲望不极。参差照光彩，左右皆春色”[②]；“立孤台兮山岫，架半室兮江汀”[③]；“崑山雕润玉，丽水莹明金”[④]。写松杉楠竹，“苹荇缘涧壑，萝葛蔓松楠”[⑤]；“累青杉于涧构，积红石于林棂”[⑥]。写日月，“月落檐西暗，日去柱东侵”[⑦]。写佛寺，“定林去喧俗，鹿野出埃霞。香风流梵琯，泽雨散云花”[⑧]。写法物，“掖影连高塔，法鼓乱严更”[⑨]；“月殿曜朱幡，风轮和宝铎。……朝猿响甍栋，夜水声帷箔”[⑩]；“逦迤因台榭，参差憩羽旌”[⑪]；“盘承云表露，铃摇天上风。月出琛含采，天晴幡带虹”[⑫]。写楼塔阁廊，“重楼雾中出，接树隐高蝉”[⑬]；“王门虽八达，露塔复千寻”[⑭]；“金盘响清梵，涌塔应鸣桴”[⑮]。这些写景咏物的诗句，无不轻松、明快，充满着喜悦。

我王宗胜道，驾言从所之。辎轩转朱毂，骊马跃青丝。清渠影高盖，游树拂行旗。宾徒纷杂沓，景物共依迟。飞梁通涧道，架宇接山基。丛花临迥砌，分流绕曲墀。谁言非胜境，云山独在兹。[⑯]

神心眷物序，访道绝尘嚣。林疏盖影出，风去管声遥。息徒依胜境，税驾上山椒。[⑰]

美境多胜迹，道场实兹地。造化本灵奇，人功兼制置。房廊相

① 王融：《法乐辞》之九，道宣：《广弘明集》卷三〇，《大正藏》第52册，第352页b。
② 萧衍：《天安寺疏圃堂诗》，李昉、徐铉：《文苑英华》卷二三三，第1173页。
③ 江淹：《拘象台》，逯钦立辑校：《先秦汉魏晋南北朝诗》，第1587页。
④ 王训：《奉和同泰寺浮图诗》，道宣：《广弘明集》卷三〇，《大正藏》第52册，第353页a。
⑤ 孔焘：《往虎窟山寺诗》，道宣：《广弘明集》卷三〇，《大正藏》第52册，第357页c。
⑥ 江淹：《拘象台》，逯钦立辑校：《先秦汉魏晋南北朝诗》，第1587页。
⑦ 王训：《奉和同泰寺浮图诗》，道宣：《广弘明集》卷三〇，《大正藏》第52册，第353页a。
⑧ 王融：《永明乐》十首之六，郭茂倩：《乐府诗集》卷七五，第1064页。
⑨ 萧统：《同泰僧正讲诗》，冯惟讷：《诗纪》卷六六，影印《文渊阁四库全书》第1380册，第15页d。
⑩ 刘孝绰：《东林寺诗》，冯惟讷：《诗纪》卷九七，影印《文渊阁四库全书》第1380册，第193页d—第194页a。
⑪ 萧子显：《奉和昭明太子钟山讲解诗》，道宣：《广弘明集》卷三〇，《大正藏》第52册，第354页b。
⑫ 庾肩吾：《咏同泰寺浮图诗》，欧阳询：《艺文类聚》卷七六，第1298页。
⑬ 何逊：《登禅冈寺望和虞记室诗》，冯惟讷：《诗纪》卷八四，影印《文渊阁四库全书》第1380册，第170页a。
⑭ 王训：《奉和同泰寺浮图诗》，道宣：《广弘明集》卷三〇，《大正藏》第52册，第353页a。
⑮ 陆罩：《奉和往虎窟山寺诗》，道宣：《广弘明集》卷三〇，《大正藏》第52册，第357页c。
⑯ 王台卿：《奉和往虎窟山寺诗》，道宣：《广弘明集》卷三〇，《大正藏》第52册，第357页c。
⑰ 鲍至：《奉和往虎窟山寺诗》，道宣：《广弘明集》卷三〇，《大正藏》第52册，第357页c。

映属，阶阁并殊异。……豫游穷岭历，藉此方春至。野花夺人眼，山莺纷可喜。风景共鲜华，水石相辉媚。[①]

这样的“胜境”“美境”，更加衬托出佛寺那无限出尘的幽远，更易使人进入忘我的自由境界。所谓“法像无尘染，真僧绝名利”[②]。“惑心随教遣，法味与恩覃。庶凭八解力，永灭六尘贪。”[③]“尘情良易著，道性故难缁。承恩奉教义，方当弘受持。”[④]齐梁崇佛文人把佛寺客体之景之物的描绘与咏叹同宣扬佛教义理有机地结合在一起，使人们在对客体之景物的欣赏中，自然而然地接受佛教义理的陶冶。

一般说来，文人倾心于对客体之景物的描绘和咏叹往往有两种情况：一是那个时代和社会黑暗得令人窒息的政治环境，把一些优秀的文人摔出正常运转的社会秩序的轨道之外，逼迫文人躲进佛教丛林而只能以自然来对抗社会。所以，他们的写景咏物，往往浸透着一股对现实虚伪和人生之苦的痛恨和喟叹。即使那些表面看似空灵澄澈的诗作，“亦往往暗含着一些难以名状的哀愁、伤感；那些充满睿智、聪慧的机锋，往往蕴藏着深沉的悲痛、凄凉，其极端者，诅咒世界，笑骂人生，有时在看似淡若烟云、清冷高古之中，让人感到不寒而栗；即使是模山范水，也是浸透着幽冷清峻，如霜如雪，如玉如冰”[⑤]。另一种是一定时代和社会相对处于比较稳定的繁荣阶段，即使是整个社会的分裂动荡，而某些局部则相对安定昌盛，这种安定和繁荣不仅为文人提供了一种悠闲舒适的生活条件，而且冲淡了社会政治的激烈冲突及过于严格、甚或僵化的强迫性的社会伦理道德的行为规范，使得文人从严酷的政治斗争或宗法官僚的行政体系中解放出来，从而有更多的时间、精力和情趣投入到自然的怀抱。这里不存在人与世界、政治与自然的对立，一切都是和谐的统一。就是对于审美主体的人来说，其感觉能力和理智能力也充分得到了和谐统一。文人用不着有以“自然”而抗“名教”的顾虑，也不

---

① 王冏：《奉和往虎窟山寺诗》，道宣：《广弘明集》卷三〇，《大正藏》第52册，第357页b。

② 王冏：《奉和往虎窟山寺诗》，道宣：《广弘明集》卷三〇，《大正藏》第52册，第354页b。

③ 孔焘：《往虎窟山寺诗》，道宣：《广弘明集》卷三〇，《大正藏》第52册，第357页c。

④ 王台卿：《奉和往虎窟山寺诗》，道宣：《广弘明集》卷三〇，《大正藏》第52册，第357页c。

⑤ 普慧：《走出空寂的殿堂：唐代诗僧的世俗化》，《文史知识》1997年第7期。

必有放迹山水而违背社会秩序的担心，人与世界、人与自然的关系，处在一种和谐、平等、纯然而然、自由自在的状态之中。因而，其写景咏物的诗作往往表现出诗人的一种轻松活泼、愉快喜悦的心情，艺术风格上则呈现出清新明快、绮丽纤秾的特色。齐梁崇佛文人正属于后者。齐代在整个南朝虽历时最短，齐末又处在动乱之中，但在齐武帝萧赜永明十一年中，文惠太子萧长懋和竟陵王萧子良辅助朝政，萧齐王朝相对稳定，经济也有所上升，加上萧长懋和萧子良广纳贤士，赏接文友，政治上呈现出较为开明的局势。萧长懋又特喜山水，不仅游历山川丛林，还“开拓玄圃园与台城北堑等，其中楼观塔宇多聚奇石，妙极山水”[①]。在这种宽松、平和的政治氛围中，聚集于东宫和西邸的“竟陵八友”以及其他崇佛文人，与其盟主萧子良一起才有可能创作出那种无所顾忌、任情荡漾、物我两忘的写景咏物诗作。任昉有诗云：

> 散诞羁鞿外，拘束名教里。得性千乘同，山林无朝市。勿以耕蚕贵，空笑易农士。宿昔仰高山，超然绝尘轨。倾壶已等药，命管亦齐喜。无为叹独游，若终方同止。[②]

这里“散诞羁鞿外”与“拘束名教里”并不像魏晋时构成的那种尖锐的矛盾和冲突。正始年间，司马氏集团打着名教的幌子，罗织罪名，诛锄异己，把名教变成了残酷毒辣的争夺权力的工具。人们被迫在名教与自然之间作出选择，或者只要名教而不要自然，或者相反，只要自然而不要名教。这种选择，不仅是一种政治选择，拥护司马氏政权的选择名教，反对的则选择自然；也是一种对儒道两家思想的选择，儒家尚名教，道家崇自然。更为深层的是，这种选择反映出这个时期理想与现实的冲突已经发展到了不可调和的地步，险恶的政治环境迫使人们或放弃理想，与现实妥协；或坚持理想与现实对抗。阮籍、嵇康等则继续遵循与时代精神相一致的方向，但由于现实世界的自我分裂和二重化，他们的玄学思想不得不从自然与名教的结合而转变为自然与名教的尖锐对

---

① 萧子显：《南齐书》卷二一《文惠太子传》，第401页。

② 任昉：《答何征君诗》，欧阳询：《艺文类聚》卷三六，第642—643页。

立。[①] 因此，阮籍和嵇康的诗作，充满了对司马氏政权黑暗的强烈愤恨和对名教虚伪的无情嘲讽与揭露。即使写自然，也是"使气以命诗"[②]，用自然事物象征，"言在耳目之内，情寄八荒之表"，"厥旨渊放，归趣难求"[③]，竭力追求一种清逸脱俗的境界。而在任昉的诗中，没有阮籍、嵇康的那种对名教的蔑视和行为上的越轨。这里看不出名教与自然的对立，二者是互为表里的。虽然身在尘世，"拘束名教里"，却照样可以"得性""超然"。萧齐时期的许多崇佛文人就是报着这样的思想过着半官半隐的生活。如佛学家周颙，一直在官府任职，做过参军、山阴令、中书郎、给事中等，深得文惠太子萧长懋和竟陵王萧子良的赏识。然而，他却"钟山西立隐舍，休沐则归之。……清贫寡欲，终日长蔬食，虽有妻子，独处山舍"[④]。孔稚珪曾著《北山移文》，托山灵口吻，批评周颙不能坚持"隐遁之志"而出任县令，说周颙隐居之初"芥千金而不眄，屣万乘其如脱"，"谈空空于释部，核玄玄于道流；务光何足比，涓子不能俦"。然当朝廷委任县令时，他就"形驰魄散，志变神动。尔乃眉轩席次，袂耸筵上，焚芰制而列荷衣，抗尘容而走俗状"。这虽然是对周颙出仕的嘲谑，但也反映出了萧齐崇佛文人不把自然与名教对立的情况。孔稚珪自己也是"不乐世务，居宅盛营山水，凭机独酌，傍无杂事，门庭之内，草莱不剪"[⑤]，却一生始终没有离开仕途。另有何胤等皆如是也。直到齐武帝萧赜、文惠太子萧长懋的去世，萧齐政权出现了危机，相对稳定一时的政治伦理实体受到了严重的挤压，才打破了崇佛文人那种追求自然与名教和谐统一的平衡心态。代齐而起的萧梁王朝吸取了齐末奢靡腐朽、黑暗恐怖的专制教训，迅速恢复生产，休养生息；政治上缓和世族与庶族之间、农民与地主之间的矛盾，使得萧梁王朝迅速出现了经济上繁荣和政治上稳定的局面。萧梁王朝在思想上则一改前代的独尊儒家，而采取了尊儒崇佛的政策。颜之推曾说："洎于梁氏，兹风（魏晋玄

① 任继愈主编：《中国哲学发展史》（魏晋南北朝卷），人民出版社1988年版，第151页。
② 刘勰：《文心雕龙·才略》，刘勰撰，范文澜注：《文心雕龙注》，第700页。
③ 钟嵘：《诗品》卷上，陈延杰：《诗品注》，第23页。
④ 萧子显：《南齐书》卷四一《周颙传》，第732页。
⑤ 萧子显：《南齐书》卷四八《孔稚珪传》，第840页。

风)复阐。《庄》《老》《周易》，总谓三玄。武皇、简文躬自讲论……(元帝)召置学生，亲为教授，废寝忘食，以夜继朝。”[①]颜之推此说并不符合实际。玄风在梁代虽依然存在，那不过是一种思想行将退出历史舞台时的惯性而已。而真正体现梁代思想主流的则是尊儒崇佛。梁武、简文、元帝及昭明太子皆尊经、征圣、崇佛。翻检现存的《全梁文》，没有发现梁代诸帝对玄学再发生兴趣，而更多的是讲授儒家和佛教的文章。“玄的影响无疑还存在，但已不是人们十分注意的对象了。”[②]这样，思想上的礼、佛双修、以儒入佛与政治上的士庶调和，就为名教这个封建社会政治伦理实体注入了新的内容，使得原有的社会关系和秩序发生了变化。理想与现实、自然与名教失去了尖锐对立和激烈冲突的基础，人们在现实中不能实现的理想，完全可以在佛教中寻求和实现；而人们在宗教的空幻中，又找到了现实做为依托，这二者在梁代崇佛文人身上表现得既和谐又鲜明。他们不需要以自然来抗拒名教，因为在此时的名教里，已经包含着自然的内容，在自然里也体现着名教的秩序。作为具有超越现实或形而上学含义的自然，已不再成为人们直接在社会生活之外或之上追求的产物，人们也不需要舍弃或否定原有的生活和社会现实，才可能进入超现实的境界。所以，像刘勰等崇佛文人们，一般都要奉行着“穷则独善以垂文，达则奉时以骋绩”[③]的人生原则。正是在这经济繁荣、社会稳定、政治昌明、思想开放的大的背景下，梁代崇佛文人始终能够保持着比较轻松、愉快的心情。他们既可以自由地出入于萧衍、萧统与萧纲、萧绎两个大文学集团，一边参与盟主的政治活动，一边与盟主一起吟诗作文[④]，又可以面对宗教和自然，将人生与宗教、社会与自然有机地结合在一起，在社会中实现人生的价值，在自然中陶冶自我的情操，在宗教中寻找超我的境界。因此，齐梁崇佛文人在游历佛寺时，就能自觉地将人生、宗教、自然融为一体，从自身出发产生追求、向往和希冀，由此而体现一种生活和生命的价值形态。当代德国解释学

① 颜之推:《颜氏家训・勉学》，王利器:《颜氏家训集解》，第 187 页。

② 李泽厚、刘纲纪:《中国美学史》第 2 卷，中国社会科学出版社 1987 年版，第 545 页。

③ 刘勰:《文心雕龙・程器》，刘勰撰，范文澜注:《文心雕龙注》，第 720 页。

④ 普慧:《齐梁三大文学集团的构成及其盟主的作用》，《社会科学战线》1998 年第 2 期。

家伽达默尔认为，美的目的，在于引导人类立足于现实又超越现实，实现永恒。他指出："美的本体论的功能是在于跨越理念和现实之间的裂谷。"[①]人们在现实生活中，有种种超越现实的方式：宗教的，在无限信仰中让自我的精神飞跃，与那个最高的、超验的、万能的价值同在；哲学的，在最高的学术境界中，精神求得最高的真，并与之同在；伦理的，让精神在超越普通功利的升华中，达到终极的善；艺术的，即精神在现实的完善的作品中升华，达到一种绝对自由的境界。作为美的超越，应该是人们对生活（宗教生活亦是社会生活的一种）和幸福的不懈追求，在对最完美的生活目标的追求中，让精神超越人生，达到不朽。美就是这种超越现实的永恒的幸福，一种精神与自然、主体与客体、理性与感性和谐统一的生活。齐梁崇佛文人对佛寺之景、之物的描绘和咏叹，正是在上述几方面实现了对现实的超越，因而也就实现了美的本体和独立的价值。

① [德]伽达默尔：《美与其他问题论文集》，芝加哥大学出版社 1986 年版，第 15 页。

第五章　佛教与诗歌声律

隋唐以后文学理论家批评齐梁文学，抓住的一个主要症结就是形式主义。而这个形式主义的主要特征又是“唯务吟咏”：“江左齐梁，其弊弥甚，贵贱贤愚，唯务吟咏。”[①]既重吟咏，自然要讲究诗歌的声律，于是，“遗理存异，寻虚逐微，竞一韵之奇，争一字之巧”[②]。这就明确地把追求声律和音韵的谐调作为诗歌创作上的形式主义的一个重要标志。齐梁诗歌的所谓“雕琢蔓藻”[③]“彩丽竞繁”[④]，都与其时文人过分强调雕琢声律有极大的关系。

所谓“声律”，就是诗歌作品中的声音、节奏、韵律的规律。从诗歌的体裁来看，中国的传统诗歌可分为两大类：一类是古体诗，一类是近体诗(包括律诗和绝句)。二者的主要区别在于对诗歌声律和音调运用得是否严格的程度上。一般来说，古体诗对韵脚与声律的运用相对比较自由；而近体诗则相反，除了句子的长短和多少及一套押韵的规矩外，在声音的平仄方面还要受到严格的限制。扼要地说，就是上句(单数句)和下句(双数句)中对称的字，声调要平(平声)仄(上声、去声、入声)不同。例如“问姓惊初见，称名忆旧容”[⑤]，上句是“仄仄平平仄”，下句是“平平仄仄平”[⑥]。中国诗歌声律论的正式提出，不仅有着本民族固

---

① 李谔：《上隋高祖革文华书》，李昉、徐铉：《文苑英华》卷六七九，第3502页。

② 李谔：《上隋高祖革文华书》，李昉、徐铉：《文苑英华》卷六七九，第3502页。

③ 魏徵等：《隋书》卷三五《经籍志》四，第1090页。

④ 陈子昂：《与东方左史虬修竹篇序》，《陈子昂集》，第15页。

⑤ 李益：《喜见外弟又言别》，彭定求等编：《全唐诗》卷二八三，中华书局1960年版，第3217页。

⑥ 张中行：《佛教与中国文学》，《张中行作品集》第3卷，中国社会科学出版社1995年版，第384页。

有的传统文化悠久深远的历史渊源，而且还借鉴了外来异域佛教文化的宝贵财富。

第一节　诗歌声律的发生与发展

中国诗歌从诞生时就与声律成为连体婴儿。原始社会，初民们在生存和实践过程中，无意或有意地发出一些有节奏的呼声或击打声，使他们在心理上产生了一些意想不到的愉快或神圣，于是便把这种有节奏的呼喊声或击打声保留或固定下来，就成了原始诗歌产生的源头。随着初民的不断进步，他们便把生活和社会实践的内容（主要是人的生存及人与自然的关系）加进了有节奏的呼喊声和击打声，并用自己的形体动作予以表现，初步形成了原始艺术的基本形式。

> 帝曰："夔！命女典乐，教胄子。直而温，宽而栗，刚而无虐，简而无傲。诗言志，歌永言，声依永，律和声，八音克谐，无相夺伦，神人以和。"夔曰："于！予击石拊石，百兽率舞。"[①]

这段话表明，原始艺术的基本特征是诗、歌、舞三为一体的，而这种诗、歌、舞三为一体首先是与音乐的声律紧密地缠纽在一起。黑格尔说："音乐和诗有最密切的联系，因为它们都用同一种感性材料，即声音。"[②]春秋时的"风、雅、颂、赋、比、兴""六诗"，即为六种乐歌的名称，"以六德为之本，以六律为之音"[③]。所谓"六律"，是中国古代音乐律制十二律中的一部分。十二律将一个八度分为十二个不完全相等的半音，各律从低到高依次为黄钟、大吕、太簇、夹钟、姑洗、仲吕、蕤宾、林钟、夷则、南吕、无射、应钟，奇数各律称"律"，偶数各律称"吕"，或简称"律吕"。这就是说，"六诗"是以"六律"为基本音调来歌咏的，离开了乐歌，则诗即不成其为诗。先秦诗歌大多入乐，两汉乐府更是诗歌与乐歌相配合的

---

①《尚书·舜典》第二，《十三经注疏·尚书正义》，第 276 页。

②［德］黑格尔：《美学》第 3 卷上，朱光潜译，商务印书馆 1981 年版，第 340 页。

③《周礼·春官·宗伯第三》，《十三经注疏·周礼注疏》，第 1719 页。

产物。至魏晋南北朝，诗歌仍未完全脱离开音乐。一般说来，在文学上能自觉注意运用声律的文人，大都善解音律。曹操，“登高必赋，及造新诗，被之管弦，皆成乐章”[①]。曹植，“许以箫管之乐，荣以田游之嬉”[②]。《宋书·乐志》还载有曹植创作的合乐的乐府新词《鼙舞歌》五首及《序》。因此，中国早期文人对诗歌声律的认识往往依赖于对乐理的理解。《周礼·春官·大师》云：“皆文之以五声，宫、商、角、徵、羽。”所谓“宫、商、角、徵、羽”，即指音阶中的五个音级，五音中各相邻两音间的音程，除角与徵、羽与宫（高八度的宫）之间为小三度外，其余均为大二度，相当于现代简谱中的 1，2，3，5，6（do、re、mi、so、la）。这是中国对乐调高低的最早认识，它对于认识人们声音的高低变化，无疑起了重要的作用。在汉语四声发现之前，人们多借用音乐上的“律吕”和“宫商角徵羽”来比附诗赋的声律问题。司马相如论赋说：“合綦组以成文，列锦绣而为质。一经一纬，一宫一商，此赋之迹也。赋家之心，苞括宇宙，总览人物，斯乃得之于内，不可得而传览。乃作合组歌，列锦赋而退，终身不复敢言作赋之心矣。”[③]范晔说：“性别宫商，识清浊，斯自然也。”[④]沈约说：“夫五色相宣，八音协畅，由乎玄黄律吕，各适物宜，欲使宫羽相变，低昂互节，若前有浮声，则后须切响。”[⑤]萧子显说：“文章者，盖情性之风标，神明之律吕。”[⑥]这种从音乐上的借用，能为人们所接受，是因为诗歌上的声律平仄与乐律中的音阶高低有着内在的联系，“夫音律所始，本于人声也。声含宫商，肇自血气，先王因之，以制乐歌，故知器写人声，声非学器者也。故言语者，文章关键，神明枢机，吐纳律吕，唇吻而已”[⑦]。音律中的宫、商、角、徵、羽，原是从人的声音而来，而人的五声则是先天具有的，帝王即是根据人的五音而制乐作歌的。器乐之声音乃是表现人的声音，而不是人的声音仿效器乐。黑格尔也说：“最自由的

---

① 裴松之：《三国志注》引《魏略》，第 54 页。

② 曹植：《谢鼓吹表》，欧阳询：《艺文类聚》卷六八，第 1196 页。

③ 葛洪：《西京杂记》卷二，中华书局 1985 年版，第 12 页。

④ 沈约：《宋书》卷六九《范晔传》，第 1830 页。

⑤ 沈约：《宋书》卷六七《谢灵运传论》，第 1779 页。

⑥ 萧子显：《南齐书》卷五二《文学传论》，第 907 页。

⑦ 刘勰：《文心雕龙·声律》，刘勰撰，范文澜注：《文心雕龙注》，第 552 页。

而且响声最完美的乐器是人的声音，它兼有管乐和弦乐的特性，因为人的声音一方面是一个震动的空气柱，另一方面由于筋肉的关系，人的发音器官也像一根绷紧了的弦子。……人的声音也是如此，它是分散在各种器乐里的响声的理想的整体。因此，人的声音是完美的，可以与任何乐器配合得顶合式，顶美。”[①]中国早期也提出了类似的观点："丝不如竹，竹不如肉。”[②]所以，文章是由人写的，故“言为心声”[③]的文章语言亦有五声，其用则是符合人的自然声律。由此可以说，音乐中的“律吕”和“五声”，是诗歌声律形成的一个重要的源头。

其次，诗歌的声律与中国汉语语音有着密切的关系。世界上的任何语言，都有它自己的语音规律。汉语不同于其他语言的是，它是一种多声调和多音节的语言，而且它的每个音节都由声母、韵母、声调三个因素构成。汉语的声调有一个特性，就是它的音高不是单一、跳跃的，往往是复合的、滑动的。比如，现代汉语通用语的去声，调值为51，而我们念这个51调的时候，并不是先单念高的5，然后再念低的1，而是从高的5开始，中间经过4，3，2，然后才滑到1的。所以，汉语的声调可以用音乐上的五线谱来标记，这是实验语音学证明了的。[④] 现代汉语是由古代汉语演变而来，它的这个声调特性也是由古汉语声调特性发展而来。这就使它在表达上呈现出高低起伏、抑扬顿挫的音乐特色。基于这样的语音特色，中国的语言学家很早就注意到了人们发音时部位的不同而带来的声调变化。他们借用表示音律高低的宫、商、角、徵、羽“五音”来指各个不同部位的发音，即喉音(宫)、齿音(商)、牙音(角)、舌音(徵)、唇音(羽)，并说“欲知宫舌居中，欲知商开口张，欲知角舌缩却，欲知徵舌拄齿，欲知羽撮口聚”[⑤]。这种对汉语语音特色的认识，不仅是在语言上的，而且，它还被人们自觉地运用到了诗歌的创作之中，从而促使诗人们利用这种自然的声调变化来达到诗歌声律的协调与和谐，

① [德]黑格尔：《美学》第3卷上，朱光潜译，商务印书馆1981年版，第369页。

② 房玄龄等：《晋书》卷九八《孟嘉传》，第2581页。

③ “故言，心声也；书，心画也。声画形，君子小人见矣。”(扬雄：《法言·问神》，汪荣宝：《法言义疏》，中华书局1987年版，第160页。)

④ 唐作藩：《音韵学教程》，北京大学出版社1987年版，第55页。

⑤ 王应麟：《小学绀珠》卷一《四声》，中华书局1987年版，第13页。

产生极强的音乐性。这种优美动听的人的自然之声，运用到诗歌的创作（吟诵）上，同样可以与歌唱相媲美。历史的实践表明，原始艺术的三为一体发展到了一定程度，其中的成员就会逐渐地从这个曾经是密切、和谐、愉快的大家庭中分化出来而走向独立发展的道路。孔颖达说："风、雅、颂者，诗篇之异体，赋、比、兴者，诗文之异辞耳，大小不同，而得并为六义。赋、比、兴是诗之所用，风、雅、颂是诗之成形，用彼三事成此三事，是故同称为义，非别有篇卷也。"[①]作为《诗经》"六义"的"赋比兴"，已由"六诗"演变为"诗之作用"，"风雅颂"虽仍保留着"诗篇之异体"，仍然可以入各风乐以歌咏，但此时的各国之风，已与原始的诗、乐、舞三为一体的特征有很大的区别。各国之风尽管有一定的乐歌继续留存，但许多诗逐渐脱离对乐歌的依附，而依据当地语言的语音而吟诵。如郑卫之声，孔子谓"放郑声，远佞人"[②]，又谓"恶郑声之乱雅乐也"[③]。此谓郑卫之声乃靡靡之音、淫逸之音；秦声则慷慨激昂、铿锵响亮，盖因秦土"民俗修习战备，高上勇力，鞍马骑射，故秦诗曰：'王于兴师，修我甲兵，与子偕行。'其风声气俗，自古而然，今之歌谣慷慨，风流犹存耳"[④]。可见各地气候、地理、环境、风俗的不同，也影响到语音声调的不同。后起的楚辞亦合于楚声，极便于吟唱。"隋时有释道骞，善读之，能为楚声，音韵清切，至今传楚辞者，皆祖骞公之音。"[⑤]宋代黄伯思说："悲壮顿挫，或韵或否者，楚声也。"[⑥]楚人用楚声来吟诵楚辞，形成了"音韵清切""悲壮顿挫"的自然声韵和谐的特点。如在《离骚》中，屈原就灵活自如地运用了"余、吾、我"等自我称谓词。从音韵学上讲，"我"字发音疾直，"吾"字发音重浊，"余"字发音平舒。是故《离骚》开头说："皇览揆余初度兮，肇锡余以嘉名：名余曰正则兮，字余曰灵均。"四个"余"字，因其平舒之音，而显示出诗人自豪的心理；后面的"国无人莫我知兮，又何怀乎故都？既莫足与为美政兮，吾将从彭咸之所居"。前一"我"字，因其疾直，

① 孔颖达：《毛诗正文》卷一，《十三经注疏·毛诗正义》，第566页。
②《论语·卫灵公》，朱熹：《四书章句集注》，中华书局2008年版，第164页。
③《论语·阳货》，朱熹：《四书章句集注》，中华书局2008年版，第180页。
④ 班固：《汉书》卷六九《赵充国传赞》，第2999页。
⑤ 魏收等：《魏书》卷三五《经籍志》四，第1056页。
⑥ 黄伯思：《新校楚辞序》，吕祖谦撰，齐治平点校：《宋文鉴》卷九二，中华书局1992年，第1306页。

而烘托其情激愤；后一"吾"字，因其重浊，而表现其情悲壮。这三个表示自我的称谓词，在不同地方的不同运用，其声音则能够暗示出各种不同的感情色彩和情调。① 诗、骚这代表北、南的两大诗歌系统，以地方之声而吟诵，实为诗歌声律之滥觞。至魏晋南北朝，文人们在长期的语言实践中，又逐渐发现了汉语的押韵、双声、叠韵等特点，并且能自觉地在日常语言和诗歌创作中运用，增加了语言和诗歌的音乐性。清代经学家阎若璩观点如下。

> 按顾氏《音学五书》言："文人言韵，莫先于陆机《文赋》。"余谓《文心雕龙》："昔魏武论赋，嫌于积韵，而善于资代。"(《章句》)《晋书·律历志》："魏武时，河南杜夔精识音韵。为雅乐郎中令。"二书虽一撰于梁，一撰于唐，要及魏武、杜夔之事，俱有韵字。知此学之兴，盖于汉建安中。②

这就肯定了韵学之兴，始于建安。沈约评曹植的诗时也说："音律调韵，取高前式。"③这看来不是无意的。之后的诗赋写作，重视声律渐成风气。三张(载、协、亢)、二陆(机、云)、两潘(岳、尼)、一左(思)及孙绰、袁宏等，多用排偶，句子对仗工整，文辞艳丽。至南北朝，文人又好作双声和叠韵语。

> 王玄谟问庄何者为双声，何者为叠韵？答曰："玄护为双声，磝碻为叠韵。"④
>
> 戎少有才气，而轻薄少行检。语好为双声。江夏王义恭尝设斋，使戎布床。须臾王出，以床狭，乃自开床。戎曰："官家恨狭，更广八分。"王笑曰："卿岂惟善双声，乃辨士也。"文帝好与玄保棋。尝中使至，玄保曰："今日上何召我耶？"戎曰："金沟清泚，铜池摇飏，既佳光景，当得剧棋。"⑤
>
> 收外兄博陵崔岩，尝以双声嘲收曰："愚魏衰收。"答曰："颜岩

① 张永鑫：《声与诗》，《古代文学理论研究》第3辑，上海古籍出版社1981年版，第48页。
② 阎若璩撰，黄怀信、吕翊欣校点：《古文尚书疏证》卷五，上海古籍出版社2013年版，第264。
③ 沈约：《宋书》卷六七《谢灵运传论》，第1779页。
④ 李延寿：《南史》卷二〇《谢庄传》，第554页。
⑤ 李延寿：《南史》卷三六《羊戎传》，第934页。

腥瘦，是谁所生，羊颐狗颊，头团鼻平，饭房令笼，着孔嘲玎。”[1]

不仅文人喜用双声语，就连那些北朝的下人、奴婢等也能作双声语：

冠军将军郭文远游憩其中，堂宇园林，匹于邦君。时陇西李元谦乐双声语，常经文远宅前过，见其门阀华美，乃曰：“是谁第宅过佳？”婢春风出曰：“郭冠军家。”元谦曰：“凡婢双声。”春风曰：“宁奴慢骂。”元谦服婢之能，于是，京邑翕然传之。[2]

“是”“谁”同属禅母；“第”“宅”古音也属同声；“过”“佳”同属见母；“郭冠军家”四字同属见母；“宁奴”同属泥母；“慢”“骂”同属明母。[3] 这些押韵、双声、叠韵等在日常语言和诗歌创作中的广泛运用，提高了汉语语音的音乐性和生动性，为文人进一步认识诗歌声律奠定了厚实的基础。

第三，诗歌声律还与汉语言文字有着极大的关系。郭绍虞指出：“所谓自然的音调与人为的声律之区别，还有语言与文字的关系。自然的音调以语言为主……至于人为的音律则完全以文字为主，是利用当时审定字音的结果才创造完成的。”[4]汉字是单音文字，由陶文、甲骨文、金文衍化而来，字体由象形变为线条形，再由线条形变成方块形。其构造方式由表形到表意再到形声，据有关专家研究，汉字的绝大部分为形声字。[5] 一个字有一个音节，每个字音有固定的声调，这个声调又叫字调。各个字，因发音高低升降的不同，便构成了声调的不同。据说，中国的语言学家很早就注意到借用音乐“五音”来审定字音。唐人封演说：“魏时有李登者，撰《声类》十卷，凡一万一千五百二十字，以五声命字，不立诸部。”[6]李书失传，据载，“（吕）忱弟（吕）静别放故左校令李登《声类》之法，作《韵集》五卷，宫商角徵羽各为一篇”[7]。于此可知“以五声命字”的《声类》和《韵集》乃是两部有关汉字的读音和声调的书。关

① 李百药：《北齐书》卷三七《魏收传》，第 495 页。
② 杨衒之撰，周祖谟校释：《洛阳伽蓝记》卷五，《洛阳伽蓝记校释》，中华书局 2010 年，第 168 页。
③ 管雄：《声律论的发生和发展及其在中国文学史上的影响》，《古代文学理论研究》第 3 辑，第 26 页。
④ 郭绍虞：《声律说续考》，《古代文学理论研究》第 3 辑，第 1 页。
⑤ 夏征农主编：《辞海》，上海辞书出版社 1989 年版，第 995 页；戚雨村等编：《语言学百科词典》，上海辞书出版社 1993 年版，第 141 页。
⑥ 封演撰，赵贞信校注：《封氏闻见记》卷二《文字》《封氏闻见记校注》，中华书局 2005 年版，第 13 页。
⑦ 魏收等：《魏书》卷九一《江式传》，第 1963 页。

于这两部书的性质，郭绍虞说："李登《声类》、吕静《韵集》二书虽讲声韵，可能还是字书性质，而沈约《四声谱》则是韵书性质。所以一则与诗赋无关，一则可为诗赋所用。"[①]郭氏说得有点绝对，《声类》《韵集》还虽属自然的音调，不能直接为诗赋写作服务，但它们关于文字的韵与声的问题，间接为文人了解字音起到了一定的作用。在这种"以五声命字"之前，语言学家还使用过反切、"读若"、直音等注音方法，为汉字注音。这些为汉字注音的工作，使得汉字初步具有了超方言语音的标准音和通用音的性质和特点。写文章如果能够运用汉字的这些标准音的声调的不同而创造出一定的、带有规律性的声调高低升降的排列，就可以使文章产生朗朗上口、铿锵有力的气势，从而增加文章的感染效果，同时，也可以超越各地方言语音带给人们在写作和阅读上的诸多不便。刘勰说："若夫宫商大和，譬诸吹籥；翻回取均，颇似调瑟。瑟资移柱，故有时而乖贰；籥含定管，故无往而不壹。陈思、潘岳，吹籥之调；陆机、左思，瑟柱之和也。"[②]字声的运用有两类，一类是"吹籥"，声律协调，如曹植、潘岳之作；一类是"调瑟"，必须经过调弄才能取准，故"有时而乖贰"，如陆机、左思之作。究其原因，乃是"士衡多楚"，杂用方言，而杂用方言声律入文学，则会"失黄钟之正响"[③]，即失去标准声律。所以在文学创作中，正确运用汉字的标准或通用声律，可以增加文学语言的音乐性。汉字还有一个特性，就是一个汉字构成一个单语素词（Monomorphemic Word），而不能构成两个或两个以上的多语素词（Polymorphemic Word）。这个特点使得汉字运用到诗歌的写作中给人在直观上显得非常整齐、有法。我们知道，字数的整齐，节奏的匀称是诗的最朴素的要求。从现存记载中国最早的诗歌的文献来看，《吴越春秋》所载《弹歌》云："断竹、续竹，飞土、逐肉。"正反映了汉字在诗歌排列形式上极为工整的特点。《诗经》基本上采用的是四言两音步的排列，每行字数相等，字词整齐，节奏匀称。后来五言诗和七言诗的兴起，代替了长期称霸于诗坛的四言诗。五言和七言比四言多了一个或三个字，增加了词和音节的变化，

① 郭绍虞：《声律说续考》，《古代文学理论研究》第3辑，第4页。
② 刘勰：《文心雕龙·声律》，刘勰撰，范文澜注：《文心雕龙注》，第553页。
③ 同上。

运用起来伸缩性也较大，在表达上更灵活更方便。而在字数上仍然保留了整齐匀称的特点，为格律诗的形成提供了雏型。汉字在诗歌上整齐有序的特点是其他拼音文字所不能比拟的。

第二节 汉语反切及声韵对佛教梵语、梵呗的借鉴

南朝诗歌声律论的提出与推广所依赖的一个极为重要的条件和基础，就是要有一定数量的有关声韵著作的出现。前面说过，曹魏时汉语音韵学即开始兴起，曹植诗歌颇讲声律。不过，其时尚处在创作中的自然声律的运用阶段，还不能从理论高度上进行总结。西晋时的陆机已开始有意识地注意到了诗歌的声韵。到了南北朝，有关声韵的著作层出不穷，仅《隋书·经籍志》上记载的就有数十种之多，其中有周研的《声韵》、张谅的《四声韵林》、段弘的《韵集》、阳休之的《韵略》、李季节的《音谱》、刘善经的《四声指归》[①]、沈约《四声（谱）》、夏侯咏的《韵略》等；见于它书记载的还有周颙的《四声切韵》、杜台卿的《韵略》、王斌的《四声论》、僧旻的《四声指归》等。正如颜之推所说的，这一时期可谓是"音韵锋出"[②]。这些音韵著作的大量出现，标志着汉语音韵学的研究跃上了一个新的台阶，同时也为诗歌声律的运用和发展创造了更大的机遇和条件。

然而，这些韵书的编写所依赖的一个极为重要的条件，就是对汉语字音的分解与拼合成为一种自觉的、有规律的活动。也就是说，人们必须能够自觉地把汉字字音分析为声母、韵母，并由二者相拼合而成为另一个字音。可是，在佛教进入中国之前，人们对汉语字音的认识，还只停留在自然的分解和拼合上。之后，中国文人创制了一种叫"反切"的拼音方法，解决汉字的字音问题。清代古韵学家戴震说："未有韵书，先

① 刘善经生卒年无考，所著《四声指归》称齐太子舍人李季节，季节名概，称字而不称名，知善经与季节为同时人。古人于时人称字而不称名，如《颜氏家训》之称李季节、邢子才，而不称李概、邢劭是也。故知善经乃由北齐入隋者也。《四声指归》所引韵书，以李季节《音谱》为最晚，故亦知《指归》作于北齐至隋初。参见王利器：《文镜秘府论校注》，中国社会科学出版社 1983 年版，第 75 页。

② 颜之推：《颜氏家训·音辞》，王利器：《颜氏家训集解》，第 529 页。

有反切，反切散见于经传古籍，论韵者博考以成其书。反切扗前，韵书扗后也。”[①]所谓“反切”，就是给汉字注音的一种方法，它是用两个汉字来表示另一个汉字的读音。反切的原理与拼音基本相同，但方法不一样。拼音文字是单纯的两个音素相拼，而汉字是声、韵、调相结合的，因此，拼切时，上字只取其声，而不管它的韵母，下字只取其韵（包括声调），而不管它的声母，二者结合起来，连续快读就会切出被切字的字音。反切注音在汉字的注音法上可谓是一大进步。前面说过，汉字不是拼音文字，在汉魏以前，汉字的注音一般都采取打比方的方法，叫作“譬况”。如《淮南子·地形训》说：“其地宜黍，多旄犀。”东汉高诱注：“旄读绸缪之缪，急气言乃得之。”这种譬况显然是不科学、不准确的。还有一种注音方法，叫做“读若”或“读如”，意谓“读得像××音”。《说文解字》用得较多，如玉部“瑂，石之似玉者，从玉，眉声，读若眉”。又如《吕氏春秋·孟春纪》：“蛰虫始振。”高诱注：“蛰读如《诗》‘文王之什’。”这实际上还是打比方。所以，颜之推批评说：“郑玄注六经，高诱解《吕览》《淮南》，许慎造《说文》，刘熙制《释名》，始有譬况假借以证音字耳，而古语与今殊别，其间轻重清浊犹未可晓，加以内言、外言、急言、徐言、读若之类，益使人疑。”[②]另外，从汉代开始，还有一种直音法，就是用同音字给某个字注音，如《汉书·高帝纪》：“高祖为人，隆准而龙颜。”颜师古注引服虔曰：“准音拙。”又“单父人吕公善沛令”，注引孟康曰“单音善，父音甫”。此法的局限性很大，正如清人陈澧批评的那样：“然或无同音之字则其法穷，虽有同音之字而隐僻难识，则其法又穷。”[③]显然，上述几种注音方法都与运用拼音原理的反切没有多少联系。

那么，反切是如何产生或发明的呢？当代音韵学家较为普遍的看法是，反切是借鉴了佛教梵文而创造的。林序达说：“既然直到汉末，我们的语音研究，我们的字音分析，远没有达到足以制作反切的水平，关于反切的产生，就只好从另一途径，从受拼音文字的启发来考察。”[④]因

① 戴震：《声韵考》卷一《反切之始》，丛书集成初编本。

② 颜之推：《颜氏家训·音辞》，王利器：《颜氏家训集解》，第529页。

③ 陈澧：《切韵考》卷六《通论》，丛书集成初编本。

④ 林序达：《反切概说》，四川人民出版社1982年版，第35页。

此,他认为“反切是在梵文或中亚古文字如吐火罗文字的启发下产生的”[①]。季羡林认为,“最早的汉文里的印度文借字都不是直接从梵文译过来的,而是经过中亚古代语言,特别是吐火罗语的媒介”。“这事实告诉我们,在中印文化交流的初期,我们两国不完全是直接来往,使用吐火罗语的这个部族曾在中间起过桥梁作用。”[②]唐作藩说:“当时中国的和尚和学者在学习梵文中受到梵文字母悉昙的启发,懂得体文(辅音)和摩多(元音)的拼音原理,于是创造了‘反切’这种注音方法。”[③]其实,这个说法在中国古代从宋代至清,就已有之。宋代沈括说:“切韵之学,本出于西域。汉人训字,止曰‘读如某字’,未用反切。然古语已有二声合为一字者,如不可为叵,何不为盍,如是为尔,而已为耳,之乎为诸之类,似西域二合之音,盖切字之原也。如软字文从而、犬,亦切音也。”[④]南宋的郑樵也说:“切韵之学起自西域。旧所传十四字贯一切音,文省而音博,谓之婆罗门书。然犹未也,其后又得三十六字母,而音韵之道始备。”[⑤]他又说:“切韵之学,自汉以前,人皆不识。实自西域流入中土,所以韵图之学,释子多能言之,而儒者皆不识。”[⑥]南宋陈振孙说:“反切之学自西域入中国,至齐梁间盛行,然后声病之说详焉。”[⑦]以上所引各家言论,说明了反切的产生是受了梵文字母的影响。“这种说法是完全有根据的。”[⑧]反切的创制者,音韵学家们一般认定为服虔[⑨]、应劭[⑩]、孙炎[⑪]。服虔、应劭为东汉末年人,约卒于汉献帝建安年

① 林序达:《反切概说》,四川人民出版社1982年版,第35页。

② 季羡林:《吐火罗语的发现与考释及其在中印文化交流中的作用》,《中印文化关系史论文集》,三联书店1982年版,第110—111页。

③ 唐作藩:《音韵学教程》,北京大学出版社1987年版,第76页。

④ 沈括:《梦溪笔谈》卷十五《艺文二》,第149页。

⑤ 郑樵撰,王树民点校:《通志二十略》卷六四《艺文略第二》,《通志二十略》,中华书局1995年版,第1517页。

⑥ 郑樵撰,王树民点校:《通志二十略》卷三五《论华梵下》,《通志二十略》,中华书局1995年版,第352页。

⑦ 陈振孙:《直斋书录解题》卷三,上海古籍出版社1987年版,第92页。

⑧ 王力:《中国语言学史》,山西人民出版社1981年版,第57页。

⑨ 服虔著有《通俗文》一书,用反切注音,故唐景审《一切经音义序》谓:“古来音反,多以旁纽而为双声,始自服虔,元无定旨。”晚唐日本沙门安然《悉昙藏》引唐武玄之《韵铨·反音例》说:“服虔始作反音,亦不诘定;臣谨以口声为证。”(《大正藏》第84册,第369页b。)

⑩ 应劭著有《汉书注》,也用反切注音。颜师古《汉书注》多征引。

⑪ “孙叔然创《尔雅音义》是汉末人独知反语。……至于魏世,此事大行。”叔然为孙炎的字。(颜之推:《颜氏家训·音辞》,王利器:《颜氏家训集解》,第529页。)

间(196—219)。孙炎比服、应二人略晚,由汉入魏。他们所处的时代正是佛教传入中国后,佛经翻译出现的第一个新高潮的阶段。据唐智升和尚统计,从汉明帝永平十年(67)到东汉末年(220),佛经译本已有 292 部(395 卷)[1]。据《高僧传》载,初期翻译佛经的基本上是天竺和西域来华的僧人或出生于汉地的西域人,他们既懂梵文或吐火罗文,又晓汉语,翻译起来自然要对两种语言作对比。另外,佛典翻译有一个特点,即不是单个人操作,而是多人共同翻译。其中一个人做主译,一般多由天竺和西域僧人或汉地出生的西域人担任,其他人做助译。这样,懂梵文和吐火罗文的人就会逐渐增多。因而,中国的音韵学家们则通过译经时遇到的梵文或吐火罗文的拼音原理的问题,渐趋受到启发而创制反切。然而,就现存的文献来看,我们还无法找到最早使用反切的服虔、应劭、孙炎等人有什么佛教活动或与佛教传播、佛经翻译有直接关系的材料。不管怎样,尽管我们没有服虔、应劭、孙炎等人受佛教影响的证据,但是反切借鉴佛教梵文或吐火罗文的拼音原理而创制,则是可以肯定的。因为在反切之前,中国还不能够自觉地对字音进行分解与拼合。所以,反切,只能是在佛教输入中国之后,在梵语拼音的影响下产生的。

韵书的编写除了依赖于反切之外,还同人们对于汉语声韵的进一步认识有关。而这种认识又伴随着人们对音乐的探讨而深入。除此之外,从文献资料来看,还有佛教音乐对汉语声律的影响。

据说,“天竺国俗,甚重文制,其宫商体韵,以入弦为善。凡觐国王,必有赞德,见佛之仪,以歌叹为贵,经中偈颂,皆其式也”[2]。唐僧义净游历天竺后,介绍了天竺的佛教音乐与文学的情况,戒日王做法事时,“辑为歌咏,奏谐弦管,令人作乐,舞之蹈之,流布于代”;佛教大诗人马鸣(Aśvaghoṣa,约 1—2 世纪间人),“亦造歌词及《庄严论》,并作《佛本行诗》……五天南海,无不讽诵”[3]。这种被之管弦、边歌边诵、融音乐与文

① 智昇:《开元释教录》卷一,《大正藏》第 55 册,第 477 页 c。

② 慧皎:《高僧传》卷二《鸠摩罗什传》,第 53 页。

③ 义净:《南海寄归内法传》卷第四《赞咏之礼》,王邦维:《南海寄归内法传校注》,中华书局 1995 年版,第 184 页。

学于一体的佛教形式，进入中国后，在各地产生了不同的反响：

原夫经传震旦（中国），夹译汉庭，北则竺兰（竺法兰），始直声而宣剖；南惟僧会（康僧会），扬曲韵以讽通。①

所谓"始直声而宣剖"，是说其时北方颂佛的音乐朴直、单调；所谓"扬曲韵以通讽"，是说南方颂佛的音乐性宛转，富于变化。这是因为传播人康僧会"博学辨才，译出经典，又善梵音，传《泥洹》呗声，制哀雅擅美于世，音声之学，咸取则焉"②。这种带有强烈音乐性的佛教唱诵，通过僧人和信教群众的传播，渐渐地迷漫于整个社会的上空。据说曹植的诗歌创作就与佛教音乐有关：

始有魏陈思王曹植，深爱声律，属意经音，既通般遮之瑞响，又感鱼山之神制。于是删治《瑞应本起》，以为学者之宗，传声则三千有余，在契则四十有二。……原夫梵呗之起，亦兆自陈思。始著《太子颂》及《睒颂》等，因为之制声。吐纳抑扬，并法神授。③

植每读佛经，辄流连嗟玩，以为至道之宗极也。遂制转赞七声升降曲折之响，世之讽诵，咸宪章焉。尝游鱼山，忽闻空中梵天之响，清雅哀婉，其声动心。独听良久，而侍御皆闻。植深感神理，弥悟法应，乃摹其声节，写为梵呗，撰文制音，传为后式。梵声显世，始于此焉。④

陈思王，姓曹，名植，字子建，魏武帝第四子。十岁善文艺，私制转七声。植曾游鱼山，于岩谷间，闻诵经声，远谷流美，乃效之而制其声。⑤

中华佛法，虽始于汉明帝，然经偈故是胡音。陈思王登鱼山，临东阿，闻岩岫有诵经声，清婉遒亮，远谷有流响，肃然灵气，不觉敛襟祇敬，便有终焉之志。诸曹解音，以为妙唱之极，即善则之。

① 赞宁撰，范祥雍点校：《宋高僧传》卷二五《读诵论》，中华书局1987年版，第647页。
② 释道世：《法苑珠林》卷三六《呗赞・赞叹》，释道世撰，周叔迦、苏晋仁注：《法苑珠林校注》，第1171页。
③ 慧皎：《高僧传》卷十三《经师论》，第507页。
④ 释道世：《法苑珠林》卷三六《呗赞・赞叹》，释道世撰，周叔迦、苏晋仁注：《法苑珠林校注》，第1171页。
⑤ 湛然：《法华文句记》卷五引刘义庆《宣验记》语，《大正藏》第34册，第245页b。

今梵呗皆植依拟所造也。植亡，乃葬此土。[①]

上述文献都谈到了曹植制作了“梵呗”。“这就说明：曹植不仅是佛乐的创作者，而且‘置转赞七声’等等，无疑也包括着佛乐汉化的成分。”[②]而陈寅恪曾对这些材料表示过怀疑。他认为梵呗肇自曹植之说，乃是依托，而非事实。他的主要证据是从对曹植“删治《瑞应本起经》”这句话得来的。据僧祐《出三藏记集》卷二《新集撰出经律论录》载，《瑞应本起经》为支谦译出。支谦，据说以汉献帝末年避祸乱于孙吴，“从黄武元年至建兴中(222—253)，所出……《瑞应本起》等二十七经”[③]。又据《魏志》卷十九《陈思王植传》载，曹植以魏明帝太和三年(229)徙封东阿，六年(232)封陈王，不久发疾卒。陈氏云：“鱼山在东阿境。植果有鱼山制契之事，必在太和三年至六年之间。然当日魏朝之法制，待遇宗藩，备极严峻，而于植尤甚，若谓植能越境远交吴国，删治支谦之译本，实情势所不许。”[④]陈氏推理有点绝对，其时虽为三国鼎立(主要是政治和军事上的)，而民间的文化往来是频繁不断的。即使曹植不能越境赴吴，而支谦的译本流传至魏，也是有可能的。[⑤] 不能据此断言“其为依托之传说”[⑥]。另外，《瑞应本起经》尚有异译本流传，名《修行本起经》，由东汉时的昙果、竺大力共译。曹植于鱼山制呗，删治的是否为《瑞应本起经》的异译本《修行本起经》，甚或亦未可知。《瑞应本起经》记载了佛传中最为关键的一个情节：释迦牟尼苦行 6 年，最后在尼连禅河(Nairañjanā)畔钵多(Aśvattha)树下觉悟成佛。成佛后，想到众生“皆乐生求安，难以解脱”，故拟不作说法，自取涅槃。此时色界初禅天主大梵天(Mahābrahmā-deva)觉得佛如不传法，“三界将堕入恶道”，于是便派帝释天(Śakra-devānām-indra)去请求佛开示佛法。帝释天并未亲去，而是派般遮(Pañca-gandharva，五髻乾闼婆)先行诣佛处，弹琴颂佛，

① 鲁迅：《古小说钩沉》引刘敬叔《异苑》，《鲁迅全集》第 8 卷，第 227 页。

② 敏泽：《中国美学思想史》第 1 卷，齐鲁书社 1987 年版，第 489 页。

③ 僧祐撰，苏晋仁、萧链子点校：《出三藏记集》卷十三《支谦传》，第 517 页。

④ 陈寅恪：《四声三问》，《金明馆丛稿初编》，上海古籍出版社 1980 年版，第 338 页。

⑤ 刘跃进：《六朝僧侣：文化交流的特殊使者》，《中国社会科学》2004 年第 5 期。

⑥ 陈寅恪：《四声三问》，《金明馆丛稿初编》，上海古籍出版社 1980 年版，第 328 页。

启请说法。此即佛传中著名的"梵天劝请"的故事,也即慧皎说的"般遮瑞响"。经文中记载了般遮弹琴吟唱的全部歌辞。像这样关系重大的事件,是以般遮弹琴为缘起,反映出音乐在佛教中的重要作用。据调查研究表明,这个题材的形象材料,"在龟兹石窟壁画里大量出现。虽然龟兹石窟遭到了严重破坏,但尚可辨认出三十余幅。此题材壁画均绘在中心柱窟的主龛两侧,实为窟中最重要内容。……由此可知,此题材为龟兹佛教所重。……故般遮弹琴颂佛的故事题材,可能就产生于西域,'般遮瑞响'的音乐就创作于龟兹"①。总之,联系曹植的诗歌用韵情况及清人阎若璩认为音韵之学起于建安的观点,我们认为曹植制梵呗的说法是可能的甚或是有根据的。

所谓"梵呗"的呗,为"呗匿"(Pāṭhaka)的音译之略,亦译"婆陟""婆师",意译"止断止息"或"赞叹",原指佛教徒以短偈形式赞唱佛、菩萨之颂歌,亦可入乐由管弦乐器伴奏。慧皎说:"东国之歌也,则结韵以成咏;西方之赞也,则作偈以和声。虽复歌赞为殊,而并以协谐钟律,符靡宫商,方乃奥妙。故奏歌于金石,则谓之以为乐;设赞于管弦,则称之以为呗。"②梵呗入中土后,由于梵文字母的拼音化原理与汉文一字一个音节的不同,发生了较大的变化。

> 自大教东流,乃译文者众,而传声盖寡。良由梵音重复,汉语单奇。若用梵音以咏汉语,则声繁而偈迫;若用汉曲以咏梵文,则韵短而辞长。是故金言有译,梵响无授。③

"金言有译,梵响无授",即是说虽然佛教经文译成了汉文,但佛教原有的那种被之管弦、可以赞唱的音声往往就无法保留下来。早期传译佛教经论的僧人多会梵呗,尤其是西域僧人,如,支谦依《无量寿经》《中本起经》,而制《赞菩萨连句梵呗》三契。然"皆湮没而不存。世有共议一章,恐或谦之余,则也。唯康僧会所造《泥洹》梵呗,于今尚传"④。但到后来,进入中国的梵呗发生了分化:"然天竺方俗,凡是

① 霍旭初:《龟兹艺术研究》,新疆人民出版社1994年版,第286页。

② 慧皎:《高僧传》卷十三《经师论》,第507页。

③ 慧皎:《高僧传》卷十三《经师论》,第507页。

④ 慧皎:《高僧传》卷十三《经师论》,第509页。

歌咏法言，皆称为呗。至于此土，咏经则称为转读，歌赞则号为梵呗。昔诸天赞呗，皆以韵入弦管。五众既与俗违，故宜以声曲为妙。”[1]这就是说，梵呗分化为两种形式：即转读与梵呗。后者是指用梵音吟唱那些篇幅短小的赞、颂、偈，并且具有一些固定的曲式，来配合这些赞、颂、偈。这种悠扬宛转的梵唱，为佛教的法事增添了更多的庄严和美妙。“故有若美一期之呗匿，诵三契之伽他，感车马而不行，动人天之共听，此曲折声之效也。”[2]“如听呗，亦其利有五：身体不疲，不忘所忆，心不懈倦，音声不坏，诸天欢喜。”[3]这样动天地、感鬼神的呗匿，其特点怎样呢？赞宁说：“音附语言，谓之汉音汉语。则知语与音别，所言呗匿者，是梵音，如此方歌讴之调欤？且梵音急疾，而言则表诠也。分晓舒徐引曳，则呗匿也。”[4]呗匿的吟唱主要特征是舒展、徐缓，而这个特征正是因为梵语的发音急促，所以，徐、急相克，才能产生谐和、美妙的效果。这即是说，佛教的呗匿，是充分考虑到梵语发音的需要来设计创作的。这对中国的音韵学家和诗人认识和注重汉语语音的特点是不无启示的。

与梵呗相结合的佛曲在中土的流传是与梵呗同步的，并且流传的范围更广、更大。赞宁记载道，“或曰：‘此只合是西域僧传授，何以陈思王与齐太宰捡经示沙门耶？’通曰：‘此二王先已熟天竺曲韵，故闻山响及经偈，乃有传授之说也’”[5]。十六国时，来自西域特别是龟兹的佛曲[6]在南北方都有流传：

> 龟兹乐自吕光破龟兹得其声，吕氏云其乐分散。[7]
>
> 西凉者，起苻氏之末，吕光、沮渠蒙逊等，据有凉州，变龟兹声

① 慧皎：《高僧传》卷十三《经师论》，第 508 页。

② 赞宁：《宋高僧传》卷二五《读诵论》，第 647 页。

③ 慧皎：《高僧传》卷十三《经师论》，第 507 页。

④ 赞宁：《宋高僧传》卷二五《读诵论》，第 647 页。

⑤ 赞宁：《宋高僧传》卷二五《读诵论》，第 647 页。

⑥ 据西域学研究者的意见，传入中原的佛曲，其源出于西域，尤以龟兹为主。参见刘锡淦、陈良伟：《龟兹古国史》第六章《龟兹古国的音乐、舞蹈和文学艺术》，新疆大学出版社 1996 年版；霍旭初：《龟兹艺术研究》下篇《丝路音乐与佛教文化》，新疆人民出版社 1994 年版。

⑦ 李昉等编：《太平御览》卷五六七《乐部》五，第 2565 页。

为之，号为秦汉伎。魏太武既平河西得之，谓之西凉乐。[①]

近有西凉州呗，源出关右，而流于晋阳，今之面如满月是也。[②]

自宣武已后，始爱胡声。……按此音所由，源出西域诸天，诸佛韵调娄罗胡语直置难解。[③]

在南方，佛曲梵呗也很流行。据《高僧传》卷十三载，晋宋时以梵呗而著名的僧人不少，如，支昙籥，"尝梦天神授其声法，觉因裁制新声。梵响清靡，四飞却转。反折还喉叠哢。虽复东阿先变，康会后造，始终循环，未有如籥之妙。……所制六言梵呗，传响于今"[④]。超明、明慧，"少俱为梵呗"[⑤]。昙凭，"音调甚工……每梵音一吐，辄鸟马悲鸣，行途住足"[⑥]。齐永明五年(487)，竟陵王萧子良"移居鸡笼山邸，集学士抄《五经》、百家，依《皇览》例为《四部要略》千卷。招致名僧，讲语佛法，造经呗新声，道俗之盛，江左未有也"[⑦]。而"素精音律"[⑧]的梁武帝萧衍，对佛教音乐也很钟情和精通，他创作了佛曲，并名之曰"正乐"：

帝既笃敬佛法，又制《善哉》《大乐》《大欢》《天道》《仙道》《神王》《龙王》《灭过恶》《除爱水》《断苦轮》等十篇，名为"正乐"，皆述佛法。又有"法乐童子伎"，童子倚歌梵呗，设无遮大会则为之。[⑨]

由是看来，佛曲梵呗不仅在僧侣队伍中广为流传，就是在帝王文人中也颇为畅销。

正是由于这些佛曲、梵呗有着广泛的基础，所以在佛教僧侣队伍中出现了一批以擅长唱导而出名的僧人。据《高僧传》卷十三载，这类名僧就有 17 人之多。其中，道照，"披览群典，以宣唱为业，音吐嘹

---

① 魏徵等:《隋书》卷十五《音乐下》，第 378 页。

② 慧皎:《高僧传》卷十三《经师论》，第 509 页。

③ 马端临:《文献通考》卷一二九《乐考》二，中华书局 2011 年版，第 3964 页。

④ 慧皎:《高僧传》卷十三《支昙籥传》，第 498 页。

⑤ 慧皎:《高僧传》卷十三《超明、明慧传》，第 499 页。

⑥ 慧皎:《高僧传》卷《昙凭传》，第 504 页。

⑦ 萧子显:《南齐书》卷四〇《萧子良传》，第 698 页。

⑧ "梁武帝素精音律，自造四通十二笛，以鼓八音。又引古五正、二变之音，旋相为宫，得八十四调，与律准所调，音同数异。"(薛居正等:《旧五代史》卷一四五《乐志下》，中华书局 1976 年版，第1940 页。)

⑨ 魏徵等:《隋书》卷十三《音乐上》，第 307 页。

亮，洗悟尘心，指事适时，言不孤发，独步于宋代之初”[①]。昙颖，“属意宣唱，天然独绝。……张畅闻而叹曰：‘辞吐流便，足腾远理’”[②]。慧璩，“尤善唱导，出语成章，动辞制作，临时采博，罄无不妙”[③]。慧芬，“素善经书，又音吐流便”[④]。法愿，“又善唱导，及依经说法，率自心抱，无事宫商，言语讹杂，唯以适机为要”[⑤]。何谓“唱导”？慧皎对此作了精辟的阐释：

> 唱导者，盖以宣唱法理，开导众心也。……夫唱导所贵，其事四焉：谓声、辩、才、博。非声则无以警众，非辩则无以适时，非才则言无可采，非博则语无依据。至若响韵钟鼓，则四众惊心，声之为用也。辞吐后发，适会无差，辩之为用也。绮制雕华，文藻横逸，才之为用也。商榷经论，采撮书史，博之为用也。若能善兹四事，而适以人时。[⑥]

在唱导的四个基本要求中，把“声”置于第一位，说明佛教对声韵在宣唱佛教经论中的那种语音表现力的突出重视。正因为如此，唱导师们运用语言上丰富的音声变化，达到了感动人心的效果：

> 尔时，导师则擎炉慷慨，含吐抑扬，辩出不穷，言应无尽。谈无常，则令心形战栗；语地狱，则使怖泪交零。徵昔因，则如见往业；核当果，则已示来报。谈怡乐，则情抱畅悦；叙哀戚，则洒泪含酸。于是，阖众倾心，举堂恻怆。[⑦]

这种注重语言声音不同变化而产生感人魅力的佛教唱导，对于周颙、沈约、王融等这些崇佛文人来说，自然是再熟悉不过的了。因而，当崇佛文人创作诗赋时，就不会不考虑到诗赋声律在艺术表现力方面的作用，并由此导致了齐梁文学片面追求声律的倾向。

---

① 慧皎：《高僧传》卷十三《道照传》，第 510 页。
② 慧皎：《高僧传》卷十三《昙颖传》，第 511 页。
③ 慧皎：《高僧传》卷十三《慧璩传》，第 512 页。
④ 慧皎：《高僧传》卷十三《慧芬传》，第 515 页。
⑤ 慧皎：《高僧传》卷十三《法愿传》，第 518 页。
⑥ 慧皎：《高僧传》卷十三《唱导论》，第 521 页。
⑦ 慧皎：《高僧传》卷十三《唱导论》，第 522 页。

第三节　诗歌四声说的形成与佛经转读、佛教悉昙

南朝诗歌声律论的核心内容就是四声问题。所谓“四声”，指汉语文字的四种声调，也就是四种字调：即平、上、去、入。据说，中国古代无四声之名称。“四声，古无去声，段君所说。今更知独无上声，唯有平、入而已。”[①]四声的发现和提出，按照目前学术界通行的说法，一般认定是周颙、沈约、王融、谢朓、刘绘、范云等人于齐永明中首创的。其依据是：

（周颙）始著《四声切韵》行于时。[②]

永明末，盛为文章，吴兴沈约、陈郡谢朓、琅琊王融以气类相推毂。汝南周颙善识声韵，约等文皆用宫商，以平上去入为四声，以此制韵，不可增减，世呼为“永明体”。[③]

齐永明中，文士王融、谢朓、沈约文章始用四声，以为新变，至是转拘声韵，弥尚丽靡，复逾于往时。[④]

王元长创其首，谢朓、沈约扬其波。[⑤]

宋末以来，始有四声之目，沈氏乃著其谱论，云起自周颙。[⑥]

乐章有宫商五音之说，不闻四声。近自周颙、刘绘流出，宫商畅于诗体，轻重低昂之节，韵合情高，此未损文格。沈休文酷裁八病，碎用四声，故风雅殆尽。[⑦]

颙、约已降，兢、融以往，神谱之论郁起，病犯之名争兴，家制格式，人谈疾累。[⑧]

① 黄侃：《音略》—《略例》，《黄侃论学杂著》，中华书局1964年版，第62页。

② 李延寿等：《南史》卷三四《周颙传》，第894页。

③ 萧子显：《南齐书》卷五二《陆厥传》，第898页。

④ 姚思廉：《梁书》卷四九《庾肩吾传》，第690页。

⑤ 钟嵘：《诗品·序》，陈延杰：《诗品注》，第5页。

⑥ 刘善经：《四声指归》，遍照金刚撰，卢盛江校考：《文镜秘府论汇校汇考》中华书局2006年版，第214页。

⑦ 皎然撰，李注鹰校注：《诗式》卷一《明四声》，《诗式校注》，第14页。

⑧ [日]遍照金刚：《文镜秘府论·西卷·论病》，《文镜秘府论汇校汇考》，第887页。

周颙好为体，因此切字皆有纽，纽有平、上、去、入之异。永明中，沈约文辞精拔，盛解音律，遂撰《四声谱》。……时王融、刘绘、范云之徒，皆称才子，慕而扇之，由是远近文学，转相祖述，而声韵之道大行。①

上面所提到的人物不一定都是四声说的发现者和提出者，如王融、谢朓、刘绘、范云等人，即无有关"四声"之论著，上述文献提到他们，可能是说他们在诗歌创作的实践中，带头自觉运用四声来写作。所以，根据现存文献来看，应该说，四声之论创自周颙，而制谱以言声病，则肇自沈约。上引文献把发现和提出四声的具体时间定为永明中，根据陈寅恪的意见，其依据是永明五年(487)，竟陵王萧子良"招致名僧，讲语佛法，造经呗新声"②这一审音考文的大事件对汉语四声的发现产生了至关重要的影响。"在此略前之时，建康之审音文士及善声沙门讨论研求已甚众而且精。"③此即刘善经所谓的"宋末以来，始有四声之目"。故永明四声说的提出"不过此新学说研求成绩之发表"④。

永明四声说的提出不仅是受了上述梵语的拼音化、佛曲、梵呗、唱导等的重大影响，更为直接的，则是受了佛教经论的转读的启迪。何谓转读？慧皎说："至于此土，咏经则称为转读，歌赞则号为梵呗。"⑤这就是说，转读原属梵呗的内容，它是佛教输入中国后，伴随着佛教经论翻译过程中第一个带有中国化的特殊产物，是指用汉语的语音声调来吟诵翻译过来的佛教经论。由于转读离开了佛曲和呗匿，所以，在诵读佛教经论时特别讲究语音声调的丰富变化，以此来弥补其音乐性的不足，达到诵经时语音声调的抑扬顿挫，从而产生出以声感人的特殊效果。慧皎说："转读之为懿，贵在声文两得。若唯声而不文，则道心无以得生；若唯文而不声，则俗情无以得入。故经言，以微妙音歌叹佛德，斯之谓也。"⑥转读的好处和作用在于避免诵读佛教经论时梵语译成汉语的

① 封演撰，赵贞信校注：《封氏见闻记》卷二《声韵》，《封氏闻见记校注》，第13页。
② 萧子显：《南齐书》卷四〇《萧子良传》，第698页。
③ 陈寅恪：《四声三问》，《金明馆丛稿初编》，上海古籍出版社1980年版，第328—329页。
④ 同上。
⑤ 慧皎：《高僧传》卷十三《经师论》，第508页。
⑥ 慧皎：《高僧传》卷十三《经师论》，第508页。

那种"或破句以合声，或分文以足韵"的弊端，使"声之不足，亦乃文不成诠。听者唯增恍忽，闻之但益睡眠。使夫八真明珠，未掩而藏曜；百味淳乳，不浇而自薄"的现象得到改变。可见转读对于诵读翻译过来的佛教经论实在是极为重要的。然而，掌握转读并非是一件容易的事，它需要具备一定的条件：

> 若能精达经旨，洞晓音律。三位七声，次而无乱；五言四句，契而莫爽。其间起掷荡举，平折放杀，游飞却转，反叠娇弄。动韵则流靡弗穷，张喉则变态无尽。故能炳发八音，光扬七善。壮而不猛，凝而不滞；弱而不野，刚而不锐；清而不扰，浊而不蔽。谅足以起畅微言，怡养神性。故听声可以娱耳，聆语可以开襟。[①]

精通经旨是基础，在此基础上，若能再洞晓音律，就可达到一个更高的层次，掌握吟诵佛经语言的"起、平、游、反"，使转读的语言声调刚柔相济、抑扬顿挫、起伏有致，产生出"听声娱耳，聆语开襟"的感染力。据《高僧传》卷十三载，以转读而闻名的经师有 34 人。如帛法桥，"作三契，经声彻里许，远近惊嗟，悉来观听。……昼夜讽咏，哀婉通神"[②]。支昙籥，"特禀妙声，善于转读"[③]。道慧，"特禀自然之声，故偏好转读。发响含奇，制无定准，条章折句，绮丽分明"[④]。智宗，"博学多闻，尤长转读，声至清而爽快"[⑤]。昙迁，"巧于转读，有无穷声韵，梵制新奇，特拔终古"[⑥]。昙智，"既有高亮之声，雅好转读。虽依拟前宗，而独拔新异，高调清彻，写送有余"[⑦]。又有道朗、法忍、智欣、慧光，"并无余解，薄能转读。道朗捉调小缓，法忍好存击切，智欣善能侧调，慧光喜飞声"[⑧]。如此之多的名僧好善转读，致使"转读之名，大盛京邑"[⑨]。由是看来，佛经

---

① 慧皎：《高僧传》卷十三《经师论》，第 508 页。
② 慧皎：《高僧传》卷十三《帛法桥传》，第 497 页。
③ 慧皎：《高僧传》卷十三《支昙籥传》，第 498 页。
④ 慧皎：《高僧传》卷十三《道慧传》，第 500 页。
⑤ 慧皎：《高僧传》卷十三《智宗传》，第 500 页。
⑥ 慧皎：《高僧传》卷十三《昙迁传》，第 501 页。
⑦ 慧皎：《高僧传》卷十三《昙智传》，第 502 页。
⑧ 慧皎：《高僧传》卷十三《昙智传》，第 502 页。
⑨ 慧皎：《高僧传》卷十三《经师论》，第 500 页。

转读的特点在于"起、平、游、反"和"缓、切、侧、飞"，而这些特点，也正是汉语语音声调的平仄，也即沈约所谓的"前有浮声，则后有切响"①，刘勰所谓的"声有飞沈"②。掌握了这些特点，也就掌握了汉语语音声调的特点。这些以转读而著名的高僧，对其时的崇佛文人有着直接、深刻的影响。与昙迁结为挚交的范晔，深谙声律，他在《狱中与诸甥侄书》中说："性别宫商，识清浊，斯自然也。"③周颙，"音辞辩丽，出言不穷，宫商朱紫，发口成句"，"每宾友会同，颙虚席晤语，辞韵如流，听者忘倦"④。张融，在《门律自序》中自谓："传音振逸，鸣节竦韵。"⑤刘绘，"为后进领袖，机悟多能。时张融、周颙并有言工，融音旨缓韵，颙辞致绮捷，绘之言吐，又顿挫有风气。时人为之语曰：'刘绘贴宅，别开一门。'言在二家之中也"⑥。周舍，"博学多通，尤精义理，善诵书，背文讽说，音韵清辩"⑦。高僧、文人注重语言的声调，为四声说的提出创造了必备的条件。因此，近人陈寅恪认为，汉语四声的发现和四声说的提出，是直接受了佛经转读的影响：

> 所以适定为四声，而不为其他数之声者，以除去本易分别，自为一类之入声，复分别其余之声为平上去三声。综合通计之，适为四声也。但其所以分别其余之声为三者，实依据及摹拟中国当日转读佛经之三声。而中国当日转读佛经之三声又出于印度古时声明论之三声也。据天竺围陀之声明论，其所谓声 Svara 者，适与中国四声之所谓声者相类似。即指声之高低言。……围陀声明论依其声之高低，分别为三：一曰 Udātta，二曰 Svarita，三曰 Anudātta。佛教输入中国，其教徒转读经典时，此三声之分别当亦随之输入。……故中国文士依据及摹拟当日转读佛经之声，分别定为平上去之三声。合入声共计之，适成四声。于是创四声之说，并撰作

① 沈约：《宋书》卷六七《谢灵运传论》，第 1179 页。
② 刘勰：《文心雕龙·声律》，刘勰撰，范文澜注：《文心雕龙注》，第 552 页。
③ 沈约：《宋书》卷六九《范晔传》，第 1830 页。
④ 萧子显：《南齐书》卷四一《周颙传》，第 732 页。
⑤ 萧子显：《南齐书》卷四一《张融传》，第 729 页。
⑥ 萧子显：《南齐书》卷四八《刘绘传》，第 729 页。
⑦ 姚思廉：《梁书》卷二五《周舍传》，第 375 页。

声谱，借转读佛经之声调，应用于中国之美化文。[①]

此论于20世纪30年代刊出，振聋发聩，音韵学界和文学批评史界皆从其说。直至20世纪80年代初，始有怀疑此论者郭绍虞说："我认为陈寅恪的《四声三问》只看到问题的极小的局部的一面。"[②]管雄也说："陈寅恪说声调之所以定为四个而不为其他数目，系依据围陀的三声。这样人工的四声成立说，恐不可靠。"[③]启功虽未直接言及陈氏的四声问题，但他断言："当时所说的'宫商'等名称，即是'平、上'等名称未创用之前，对语音声调高低的代称。这恐是因为'宫商'等名称借自乐调，嫌其容易混淆，才另创'平上去入'四字来作语音声调的专名。"[④]这些说法在不同程度上对陈寅恪的四声外来说提出了质疑。另一种对陈氏四声说提出质疑的观点是，认为汉语的四声说非源自对围陀声明论的借鉴，而是对梵文悉昙的吸收。这是香港的著名学者饶宗颐提出的。他首先在《印度波你尼仙之围陀三声论略》一文中对汉语四声来自对围陀三声的类比的说法表示了否定[⑤]。归纳饶氏的考证，有如下几点：1. 围陀（Veda，又译吠陀）声明论于佛门被视为外道，佛典中对围陀声明论多有抨击之语。释怀德《释门自镜录》卷上《俗学禅录》、玄奘《大唐西域记》、日僧安然《悉昙藏》卷一，都斥责波你尼（Pāṇini）仙制《声明论》是"唯谈异论，不究真理，神智唐捐，流转未息"。2. 围陀声明论即波你尼仙所著《文法书》（Aṣṭa-dhyāyī）在天竺早已散佚，而在中国也是向未传译。直至现代，吕澂、金克木才著文根据古代之天竺其他文献记载予以介绍。3. 围陀声明，不啻三声，在 Anudātta 中又有更低的非高声调，叫 Anudāttara。4. 围陀的抑扬混合三声诵法，早已失传。公元前2世纪 Patarnjali 著《大疏》时，围陀读法已亡。5. 佛教诵经严禁用婆罗门诵法，且立为戒条，《十诵律》卷三八、《五分律》卷二六、《根本说一切有部

① 陈寅恪：《四声三问》，《金明馆丛稿初编》，上海古籍出版社1980年版，第328—329页。

② 郭绍虞：《文笔说考辨》，《文艺论丛》1978年第3期。

③ 管雄：《声律论的发生和发展及其在中国文学史上的影响》，《古代文学理论研究》第3辑，第32页。

④ 启功：《诗文声律论稿》，中华书局1977年版，第110页。

⑤ 饶宗颐：《梵学集》，上海古籍出版社1993年版，第79—92页。

昆奈耶杂事》卷六等都有明文规定。围陀三声，乃是婆罗门诵经之法，佛门不得讽诵。6. 佛陀传教，原不用上层雅言的梵语，而是用民间的巴利语，间或也用一种叫 Ardhamāgadhi 的原始东部语言。佛陀死后，其经典尚或用梵语，并杂糅俗语，遂成一种混合梵语（Buddhist Hybrid Sanskrit）①。即使保留了一些婆罗门诵经之法，也已变相。与围陀三声有无关系，已难明了。据此可见，饶氏考论颇为详备，而陈氏之说似显苍白。但饶氏所论的第二和第四点似不确。“围陀”在天竺并未很早就失传，《成实论》的著者诃梨跋摩（Harivrman，中天竺人，约 4 世纪）“幼则神期秀拔，长则思周变通。至若世典《围陀》，并是阴阳奇术，提舍高论，又亦外诰情辩，皆经耳而究其幽，遇心而尽其妙”②。可知诃梨跋摩精通“围陀”。又据载：“昙柯迦罗，此云法时，本中天竺人，家世大富，常修梵福。迦罗幼而才悟，质像过人，读书一览，皆文义通畅。善学《四围陀论》，风云星宿，图谶运变，莫不该综。……以魏嘉平（249—254）中，来至洛阳。”③又“（鸠摩罗）什以说法之暇，乃寻访外道经书，善学《围陀舍多论》，多明文辞制作问答等事，又博览《四围陀》典及五明诸论”④。由上故知围陀声明论并未失传，而且它还随着昙柯迦罗、鸠摩罗什等进入中国。可见，陈氏之说仍有其道理。

那么，汉语四声与佛教到底有无瓜葛呢？饶氏又撰《〈文心雕龙·声律篇〉与鸠摩罗什〈通韵〉》一文，认为“沈谱之反音，乃从悉昙悟得”⑤。所谓“悉昙”（Siddhāṃ），又译悉谈，意译成就、吉祥。指天竺之梵字，是天竺人学习字母拼音的法门。相传为梵天（Brahmā）所造，共 47 个字母，其中包括摩多 12 个，体文 35 个。摩多罗伽（Mātṛkā）为母音，也即元音，又称声势；体文（Vyañjana）为子音，也即辅音，又称纽。章太炎

① 季羡林在《原始佛教的语言问题》中也认为：“原始佛教不允许比丘们使用梵文来学习佛教教义，它也没有规定哪一种语言做为标准语言；它允许比丘们用自己的方言来学习佛所说的话。”他在《再论原始佛教的语言问题》中进一步认为，原始佛教的经典并不是用一种统一的语言写成，而是用东部语言、混合梵语等语言写成。（《季羡林学术论著自选集》，北京师范学院出版社 1991 年版，第 31—73 页。）

② 僧祐撰，苏晋仁、萧链子点校：《出三藏记集》卷十一《诃梨跋摩传》，第 407 页。

③ 慧皎：《高僧传》卷一《昙柯迦罗传》，第 13 页。

④ 慧皎：《高僧传》卷二《鸠摩罗什传》，第 47 页。

⑤ 饶宗颐：《梵学集》，上海古籍出版社 1993 年版，第 93—120 页。

谓:"声势音韵,体文者纽也。"①梵书东传,悉昙随之入华。《出三藏记集》卷三《新集安公失译经录》录有《悉昙慕》二卷,说明十六国时悉昙已入中国。刘宋元嘉中,谢灵运参与重译南本《大涅槃经》,谓"《大涅槃经》中有十五字,以为一切字之本,牵彼就此,反语为字"②。他虽"殊俗之音,多所达解",但仍"咨叡(慧叡)以经中诸字,并众音异旨,于是著《十四音训叙》,条列梵汉,昭然可了,使文字有据焉"③。据说"十四音总是悉昙章法"。《隋书·经籍志》谓:"自后汉佛法行于中国,又得西域胡书,能以十四字贯一切音,文省而义广,谓之婆罗门书。"④谢灵运问慧叡,说明慧叡精通十四音。而慧叡"入关从什公咨禀"⑤。那么,鸠摩罗什是否精通悉昙?西人斯坦因(Marc Aurel Stein)曾盗走的敦煌写卷中有一残卷,题为《鸠摩罗什〈通韵〉》,其中有论述十四音的一段:

> 十四音者,七字声短,七字声长。短音吸气而不高,长音平呼而不远。……罗文上下,一不生音。逆顺傍横,无一字音而不著,中边左右,(取)正交加。初二字与一切音声作本。……若长声作头,还呼长声,若短声作头,还呼短声,闻声相呼,自然而合。⑥

十四音,谓十四个元音。鸠摩罗什的十四音,经慧睿、谢灵运的再传,于宋齐颇有影响。萧衍亦著《涅槃经疏》论十四音皆是半字⑦。

在探讨元音的同时,崇佛文人们对辅音的运用也从未放松过。章炳麟《国故论衡·音理论》说:"慧琳《一切经音义》称梵文'迦'等三十三文为体文。体文者,纽也。"⑧所谓"纽",又称"音纽"或"声纽",如 ka、k'a、ga、g'a、a 等,即现在所说的"声母"。而唐封演《封氏见闻记》所云的"周颙好为体语,因此切字皆有纽。纽有平上去入之异"和北魏徐之才

① 庞俊、郭诚永:《国故论衡疏证》,中华书局 2008 年版,第 83 页。
② [日]安然:《悉昙藏》卷五抄《玄义记》,《大正藏》第 84 册,第 409 页 b。
③ 慧皎:《高僧传》卷七《慧叡传》,第 260 页。
④ 魏徵等:《隋书》卷三二《经籍志》一,第 947 页
⑤ 慧皎:《高僧传》卷七《慧叡传》,第 259 页。
⑥ 饶宗颐:《鸠摩罗什〈通韵〉笺》,《梵学集》,第 129—135 页。
⑦ 安然:《悉昙藏》卷五,《大正藏》第 84 册,第 410 页 c。参见周广荣:《梵语〈悉昙章〉在中国的传播与影响》,宗教文化出版社 2004 年版,第 106—110 页。
⑧ 庞俊、郭诚永:《国故论衡疏证》,中华书局 2008 年版,第 83 页。

"尤好剧谈体语"[①]的"体语",则与作为声母的"体文"略有不同。周、徐所用的"体语",乃是指"反语"[②],它与反切相近。反切是上字与所切之字声母相同,互为双声;下字与所切之字韵母及声调相同,互为叠韵。而周、徐的"体语"则是用反切法将词语中二字展转相切,从所切的字得出另一词语。清人李邺《切韵考》说:"南北朝人作反语,多是双反,韵家谓之正纽、倒纽。史之所载,如晋孝武帝作'清暑殿',有识者以'清暑'反为'楚声','楚声'为'清','声楚'为'暑'也。"[③]可见,周、徐之"体语"是在梵语"悉昙"声母的基础上又吸收了双声、叠韵的方法,使这种取声取韵与展转拼合不仅成为一种自觉的活动,而且还可以分辨出平上去入的不同。由是看来,周颙等对汉语四声的发现,的确受了梵文悉昙的直接影响。而沈约《四声谱》中的"凡四声,竖读为纽,横读为韵"与鸠摩罗什《通韵》所言的"大秦小秦,胡梵汉而超闻,双声牒韵,巧妙多端。牒即无一字而不重,双则无一声而不韵。……竖则双声,横则叠韵"更似同出一辙。宋、齐时期,佛教僧、俗们就是这样在梵汉两种语言声韵的反复对比中,渐趋找出各自的特点,以期相互弥补。是故饶宗颐说:"通过华梵双方语言之接触,产生新的反音方法。"[④]可见,从鸠摩罗什的《通韵》对梵、胡、汉音声的对比研究到谢灵运的用反切标记梵音的方法,再到周颙《四声切韵》、沈约的《四声谱》提出的汉语四声说,其间佛教悉昙的确是起了极为重要的作用。然而,陈寅恪所提到的"围陀"的许多诵唱之法被小乘有部和根本有部所吸收,并随着传小乘有部和根本有部的僧人如昙柯迦罗以及传大乘的鸠摩罗什等进入了中国。至于围陀声明论对中国文人发现四声是否产生直接或间接影响已无法确知,但也绝不可断然否定。

把四声说运用到诗歌创作之中,则是永明声律论在具体实践上的

① 李延寿《北史》卷九〇《徐之才传》:"之才幼而儁发。……曾与从兄康造梁太子詹事汝南周舍宅听《老子》。舍为设食,乃戏之曰:'徐郎不用心思义,而但事食乎?'之才答曰:'盖闻圣人虚其心而实其腹。'舍嗟赏之。……之才聪辩强识,有兼人之敏。尤好剧谈体语,公私言聚,多相嘲戏。"(第2969—2972页。)可见,徐之才善"体语",大有受周颙之影响的可能。

② 戚雨村等编:《语言学百科词典》,上海辞书出版社1993年版,第260页。

③《续修四库全书本》,第574页。

④ 饶宗颐:《〈文心雕龙·声律篇〉与鸠摩罗什〈通韵〉》,《梵学集》,第103页。

体现，并由此而产生了“永明体”。所谓“永明体”，即是“将平上去入四声，以此制韵，有平头、上尾、蜂腰、鹤膝，五字之中，音韵悉异，两句之内，角徵不同，不可增减。世呼为‘永明体’”①。这里的“平头、上尾、蜂腰、鹤膝”，即是五言诗的四种忌避。据学者研究，齐梁时期只有此四病，至唐，方有八病之说，即除上四种之外，还有大韵、小韵、旁纽、正纽。查佛教文献，始知这八病中的一些名称与佛教也有某些关联。鸠摩罗什《通韵》有：“初则以头就尾，后则以尾就头。或时头尾俱头，或尾头俱尾。……傍纽、正纽，往返铿锵。……宫商角徵，并皆罗什八处轮转。”由是看来，沈约等以头、尾、旁纽、正纽论犯病，其源本自罗什《通韵》。至于八病说的具体内容在诗歌创作上的运用，与佛教关系不密，且学者多有探讨，故兹不赘述。

综上三节所言，我们认为，汉语四声的发现，并不是某时某地、某几个人就能解决或完成的，而是有一个相当长的过程；它也并不是简单地吸收或借鉴某种单一的文化，而是多种文化相互渗透、相互影响、相互借鉴的结果。蒋述卓博士说得好：“它首先肇自对中国本土音律的体会，然后参照了佛经转读的所谓‘缓、切、侧、飞’以及‘起掷荡举、平折放杀’的声调。在发音规律的把握上又以中国本土的反切法作为基础，借鉴了梵语的音声结构，再反过来体会汉语的发音，进而将汉语声调定为平、上、去、入四声的。”②我们所要补充的是，在四声发现的漫长过程中，汉语语言文字本身的特点、中国的声乐发声理论和方法以及佛教音乐、梵呗、唱导等都起了难以估量的作用。而四声说作为诗歌声律论的核心内容的提出和创立，则是始于齐永明中期周颙、沈约的声韵著作的出现。它是在齐梁崇佛文人直接进行梵汉两种语言声韵的对比研究中，特别是吸收了佛经转读的特点，结合中国诗歌的体裁和特点，尤其是五言诗的结构③，将平、上、去、入四声运用到具体的诗歌创作之中，形成了诗歌创作中声调和谐、韵律协美、对偶工整的具体要求。这里存在着一

---

① 李延寿等：《南史》卷四八《陆厥传》，第1194页。

② 蒋述卓：《四声与佛经的转读》，《佛经传译与中古文学思潮》，江西人民出版社1990年版，第94页。

③ “作五言诗者，善用四声。”（[日]遍照金刚撰，卢盛江校考：《文镜秘府论·四声论》引沈氏《答甄公论》，第284页。）

个由汉语反切法到佛经转读，再回到汉语声韵学（韵书的出现，成为诗赋创作的工具书、文学的辅助物），再进入到诗歌创作的过程。四声的发现和四声说的提出，在中国音韵学和诗歌史上是一个重大的事件。在音韵学上，它的出现为人们研究汉语音韵立下了汗马功劳，对其评价也是极尽褒扬之词；而在文学上，则没有那么幸运，对其评价则是毁誉不一：一方面，它为中国格律诗的形成奠定了坚固的基础；另一方面，它促使和助长了诗歌创作过分追求声韵的谐调而忽视了对主体健康的感受和情感的抒发，而造成了绮靡文风的泛滥。黑格尔指出："诗的音律的严格要求仿佛很容易对想象成为一种桎梏，使诗人不能按照他心里所想的样子，把他的观念传达出来。因此有人就认为节奏的抑扬顿挫和韵脚的铿锵和谐尽管确实有一种悦人的魔力，但是如果对音律方面要求过多，就往往不免由于追求感官的快感而使最美好的情感思想受到牺牲。其实这种指责是站不住脚的。"①还是曹道衡、沈玉成的评价比较中肯："沈约等人所作的努力是对汉语音韵、诗歌格律第一次的探索，他们追求'宫羽相变，低昂互节'这一目标是正确的，至于过繁过细的规定使创作者感到束缚，则是探索中付出的代价。"②

① [德]黑格尔：《美学》第3卷下，第69—70页。

② 曹道衡、沈玉成：《南北朝文学史》，人民文学出版社1991年版，第136页。

第六章　佛教与梁陈宫体文学

梁武帝中大通三年(531)四月,皇太子萧统病逝,萧衍第三子萧纲继立为皇太子,第二年正式迁入东宫。萧纲入主东宫后的17年(548),北魏降将侯景发动叛乱,率兵直取梁朝都城建康。武帝萧衍被软禁,愤恨致死。皇太子萧纲被扶植成傀儡皇帝,是为简文帝。不到2年,萧纲即为侯景迫害而死。萧衍诸子为争夺皇位,相互杀戮。第八子萧纪、第七子萧绎,先后自立为帝。萧纪为萧绎所灭,萧绎自己也在做了2年的皇帝后,为西魏所灭。侯景之乱,给梁王朝以毁灭性的打击,但也遭到了梁朝各路人马的征讨。其中给侯景以致命打击的两支军队是萧绎的部将王僧辩和广州刺史元景仲的部将陈霸先。王僧辩与陈霸先联手破建康、灭侯景后,二人在拥立萧方智(萧绎第九子)与萧渊明(萧衍之侄)为帝的问题上发生分歧。陈霸先抢先擒杀王僧辩,并把北齐的势力赶出了长江以南。公元557年,陈霸先废萧方智而自立为帝,改国号为陈。至此,历时56年的萧梁王朝落下了厚重的大幕,陈王朝的大门徐徐打开。陈朝历武帝(陈霸先)、文帝(陈蒨)、废帝(陈伯宗)、宣帝(陈顼)、后主(陈叔宝)五帝,共33年。陈朝上承梁朝,梁朝的许多官吏、文人、学士都遗留陈朝继续为官。故后世多把此二朝连称为“梁陈”。梁陈的连称,不同于齐梁的连称,后者多半是带有政治意义,同时也兼及文化上的同一。如萧子良门下的竟陵八友,除了谢朓、王融死于齐末外,其余诸人均随萧衍入梁,并且成为扶助萧衍的重臣。同时,昭明太子萧统去世以前的梁朝文化,基本上是齐永明文化的延续。[①]而梁陈的连称则完全是文化意义上的。尽管梁朝的许多重臣遗老入陈,并且继续官居高位,如徐陵、张正见、江总等,但在政治上缺乏齐梁时竟陵王萧子良、梁武帝萧衍的那种同盟;而在文化上则完全承继了梁简文帝萧纲为皇太子以后的品位和风格,基本上形成了同一性的文化体系。这个文化体系的主要特征,就是宫体文学。梁陈宫体文学的形成和发展,受到了多种文化思想因素的影响,其中也存在着佛教文化的渗透。这一问题,时贤已有所涉及[②],我们也在此添砖加瓦,以求问题探讨之深入。

第一节 "宫体"之释名及南朝浮艳文风

齐永明四声说的提出并在文学上的运用,使齐梁诗歌出现了"宫商畅于诗体,轻重低昂之节,韵合情高"的可喜现象,而沈约"酷裁八病[③],碎用四声,故风雅殆尽"[④]。文学的形式进一步得到了文人们的重视和追求,于是"彩丽竞繁"[⑤],雕琢藻绘,"转拘声韵,弥尚丽靡"[⑥],成了齐梁文学的主要特征。皇太子萧纲入主东宫,对齐永明以来的文风极不满意。他在《与湘东王(萧绎)书》中说:"比见京师文体,懦钝殊常,竞学浮疏,争为阐缓。……是以握瑜怀玉之士,瞻郑邦而知退;章甫翠履之人,望闽乡而叹息。诗既若此,笔又如之。徒以烟墨不言,受其驱染;纸札无情,任其摇襞。甚矣哉,文之横流,一至于此。"[⑦]在萧纲看来,那些建

① 普慧:《齐梁三大文学集团的构成及其盟主的作用》,《社会科学战线》1998 年第 2 期。

② 蒋述卓:《佛经传译与中古文学思潮》第五章《齐梁浮艳雕绘文风与佛教》,江西人民出版社 1990 年版;汪春泓:《论佛教与梁代宫体诗的产生》,《文学评论》1991 年第 5 期;张伯伟:《禅与诗学·创作篇·宫体诗与佛教》,浙江人民出版社 1992 年版;许云和:《欲色异相与梁代宫体诗》,《文学评论》1996 年第 5 期,均可资参考。本章在一些方面吸收了上述论著的研究成果,谨致谢忱。

③ 据现存文献载,永明时期只有四病。至唐,渐备八病说。

④ 皎然撰,李壮鹰校注:《诗式》卷一《明四声》,《诗式校注》,第 14 页。

⑤ 陈子昂:《修竹篇序》,《陈拾遗集》卷一,《陈子昂集》,第 15 页。

⑥ 姚思廉:《梁书》卷四九《庾肩吾传》,第 690 页。

⑦ 同上书,第 690—691 页。

康的“懦钝”，不仅依然延续着永明以来的风格体制而无所变化，甚至还有倒退学习宋元嘉体的现象。这种陈腐的文学观念，萧纲认为是不适应于时代的发展。因此，他竭力追求文学上的新变，希望以此来给梁代文坛吹上一股新的气息。这股新的气息就是萧纲亲自倡导并大力实践的“宫体”文学。“宫体”文学的得名，据现存文献记载，主要有如下几条。

(简文帝萧纲)雅好题诗，其序云：“余七岁有诗癖，长而不倦。”然伤于轻艳，当时号曰“宫体”。①

(徐)摛幼而好学，及长，遍览经史。属文好为新变，不拘旧体。……摛文体既别，春坊尽学之，“宫体”之号，自斯而起。②

梁简文之在东宫，亦好篇什，清辞巧制，止乎衽席之间；雕琢蔓藻，思极闺闱之内。后生好事，递相放习，朝野纷纷，号为“宫体”，流宕不已，讫于丧亡。③

先是，梁简文帝为太子，好作艳诗，境内化之，浸以成俗，谓之“宫体”。④

自古文体变易多矣。梁简文帝及庾肩吾之属，始为轻浮绮靡之词，名曰“宫体”。自后沿袭，务于妖艳，谓之摛锦布绣焉。⑤

从上引诸条来看，诸家对“宫体”特征的理解基本上是一致的，即都认为宫体是自皇太子萧纲入主东宫后，在文学上倡导的一种风气，具有轻艳、绮靡、雕琢的特色，其描写对象多为女性，范围并不仅限于诗歌；而对它的评价则不尽相同。《梁书》的最早撰者是姚察，姚察由梁入陈，并在陈初参与梁史的编纂。入隋后，又继续受命编纂梁、陈两朝史。《梁书》与《陈书》的最后定型，则是由其子姚思廉于唐时完成的。应该说，姚察对“宫体”的评价代表了南朝人的普遍看法，即把“宫体”仅仅视为一种文体的新变，并没有从政治、伦理、道德的角度来考虑。或者说，在南朝人看来，那些专门描写女性生活、形象的“宫体”文学，并没有什么

① 姚思廉：《梁书》卷四《简文帝纪》，第109页。
② 姚思廉：《梁书》卷三〇《徐摛传》，第447页。
③ 魏徵等：《隋书》卷三五《经籍志》四，第1090页。
④ 刘肃撰，许德楠、李鼎霞点校：《大唐新语》卷三《公直第五》，中华书局1984年版，第42页。
⑤ 杜确：《岑嘉州诗集序》，董诰等编：《全唐文》卷四五九，中华书局1983年版，第4962页。

值得大惊小怪的。而《隋书》的主要撰者之一的魏徵，由隋入唐，是政治家兼史学家，因而评价“宫体”时，多从儒家诗教和国家存亡的角度着眼：

> 太宗（萧纲）聪睿过人，神彩秀发，多闻博达，富赡词藻。然文艳用寡，华而不实，体穷淫丽，义罕疏通，哀思之音，遂移风俗。①
>
> 古人有言：“亡国之主，多有才艺。”考之梁陈及隋，信非虚论。然则不崇教义之本，偏尚淫丽之文，徒长浇伪之风，无救乱亡之祸矣。②
>
> 梁自大同之后，雅道沦缺，渐乖典则，争驰新巧。简文、湘东，启其淫放；徐陵、庾信，分道扬镳。其意浅而繁，其文匿而彩，词尚轻险，情多哀思，格以延陵之听，盖亦亡国之音乎。③

上引魏徵的言论，一方面反映出政治家兼史学家与文学家兼史学家看待文学现象的着眼点的不同，另一方面也表露出当时北方人对南方的人文风俗观念的不理解和对南方文化的蔑视。南北方的地理和文化的差异，导致了对文学现象的不同评价。其实，倘若置身于南方，就不难理解“宫体”文学在南方文人心目中的地位和影响。关于南北方的差异，其时人已充分地注意到了：

> 南方水土和柔，其音清举而切诣，失在浮浅，其词多鄙俗；北方山川深厚，其音沉浊而鈋钝，得其质直，其词多古语。……而南染吴越，北杂夷虏，皆有深弊，不可具论。④
>
> 江左宫商发越，贵于清绮；河朔词义贞刚，重乎气质。⑤

南方特有的山水之旖旎、丝竹之秀美、音声之纤柔、歌舞之曼妙，再加上梁朝以来的社会相对稳定、经济日益繁荣，“十许年中，百姓无犬吠之惊。都邑之盛，士女昌逸；歌声舞节，袨服华妆。桃花绿水之间，秋月春

---

① 姚思廉：《梁书》卷六《敬帝纪》引魏徵语，第151页。

② 姚思廉：《陈书》卷六《后主纪》引魏徵语，中华书局1972年版，第119—120页。

③ 魏徵等：《隋书》卷七六《文学传序》，第1730页。

④ 颜之推：《颜氏家训·音辞》，王利器：《颜氏家训集解》，第529—530页。

⑤ 李延寿等：《北史》卷八三《文苑传序》，第2781—2782页。

风之下,无往非适"[①]。尤其是南方极善表现男女之情的文学传统[②],使得南方文人形成了一种独有的细腻、柔靡、极重男女之情的审美心理结构。这一切为萧纲倡导的宫体文学的正式诞生铺好了温床。

明代陆时雍曾深刻地指出:"诗丽于宋,艳于齐。物有天艳,精神色泽,溢自气表。王融好为艳句,然多语不成章,则涂泽劳而神色隐矣。"[③]其实,喜好艳诗者,何只王融?萧齐时,"情性既隐,声色大开"[④]。谢朓、沈约、范云、王僧孺、萧衍等均为写艳诗的高手。"谢玄晖艳而韵,如洞庭美人,芙蓉衣而翠羽旗,绝非世间物色。"[⑤]沈约有《四时白纻歌》五首和《六忆诗》四首,描摹女子之情态心理,细腻入微。范云的《送别》和《闺思》写闺人思郎,梦绕魂牵,情感纤细,清便宛转。王僧孺,诗文"丽逸","多用新事"[⑥],"杼轴云霞,激越钟管,新声代变"[⑦]。其《何生姬人有怨》《春闺有怨》《为人宠姬有怨》等,"不论题材和体格,都与稍后的宫体诗接近"[⑧]。萧衍以帝王之尊,好为艳词,其《长安有狭邪行》《江南弄·游女曲》,冶艳浮薄,虽未称宫体,实则类之。所以,陆时雍说"梁人多妖艳之音,武帝启齿扬芬,其臭如幽兰之喷,诗中得此,亦所称绝代之佳人矣。《东飞伯劳西飞燕》《河中之水歌》,亦古亦新,亦华亦素,此最艳词也。所难能者,在风格浑成,意象独出"[⑨]。许学夷也说:"梁武帝乐府五言,情虽丽而未甚靡,齐梁间乐府,唯武帝稍为有致。"[⑩]萧衍虽开启梁代之艳诗,然诗风毕竟"浑成,意象独出"。由上看出,齐和梁前期,帝王公卿、达官贵人皆好尚艳诗的写作,而文人学士更是趋之若鹜,因而

---

① 李延寿等:《南史》卷七〇《循吏传序》,第1697页。

② 郭茂倩《乐府诗集》卷六一《杂曲歌辞》:"自晋迁江左,下逮隋唐,德泽浸微,风化不竞;去圣逾远,繁音日滋。艳曲兴于南朝,胡音生于北俗。哀淫靡曼之辞,迭作并起,流而忘返,以至陵夷。原其所由,盖不能制雅乐以相变,大抵多溺于郑、卫,由是新声炽而雅音废矣。"(第884页。)又长江流域巫风本盛,祀神之作,多以男女之情喻之。

③ 陆时雍:《诗镜总论》,丁福保辑:《历代诗话续编》,中华书局2006年版,第1407页。

④ 同上。

⑤ 同上。

⑥ 姚思廉:《梁书》卷三三《王僧孺传》,第474页。

⑦ 张溥:《王左丞集》题辞,殷孟伦:《汉魏六朝百三家集题辞注》,中华书局2007年版,第296页。

⑧ 曹道衡、沈玉成:《南北朝文学史》,人民文学出版社1991年版,第215页。

⑨ 陆时雍:《诗镜总论》,丁福保辑:《历代诗话续编》,第1408页。

⑩ 许学夷:《诗源辩体》卷九,人民文学出版社1987年版,第125页。

艳情文学的创作于此时确实成为一股无所顾忌的弥漫社会的风气。近人刘师培又把这种艳诗风气追溯到了晋宋,他说:“宫体之名,虽始于梁,然侧艳之词,起源自晋宋乐府,如《桃叶歌》《碧玉歌》《白纻歌》《白铜鞮歌》,均以淫艳哀音,被于江左。迄于萧齐,流风益盛。其以此体施于五言诗者,亦始晋宋之间,后有鲍照,前则惠休。特至于梁代,其体尤昌。”[①]萧子显说:“雕藻淫艳,倾炫心魂。亦犹五色之有红紫,八音之有郑、卫。斯鲍照之遗烈也。”[②]钟嵘说:“惠休淫靡,情过其才;世遂匹之鲍照。”[③]可见,汤惠休、鲍照确为艳诗之开创者。萧纲入东宫后,对艳情文学大加提倡,并带头实践,其幕僚徐摛、庾肩吾则推波助澜,湘东王萧绎也遥相呼应,一时间就把这种艳情文学推向了极端。[④] 至陈,徐陵、张正见、江总等继续努力不辍,使艳情文学成为梁代后期以至陈代文坛的主流。有趣的是,以上所提到的诸位善写艳情文学的代表人物,均是崇佛文人。这些人一方面不仅崇佛,而且严格持戒;另一方面,却又毫无顾忌地创作艳情文学。这二者合于一体,本身就构成了尖锐的矛盾。如果我们能探究造成这种矛盾的原因和实质,就能解释梁陈宫体文学与佛教的关系,从而准确把握这两种特殊的文学现象和宗教现象在中国文化史中的作用。

第二节　天竺生殖文化与佛典艳事

根据世界三大宗教的教义来看,禁欲主义是他们的共同特点。而佛教在这一点上,尤胜于基督教和伊斯兰教。基督教和伊斯兰教一般的神职人员是可以娶妻生子的。而佛教僧侣则被要求戒除“淫”和“欲”,即一切有关性的活动和人的正常的各种感官欲望、生活追求。他们认为“淫”和“欲”,就是一切罪恶和痛苦的根源。因此,佛教制定了一

① 刘师培:《中国中古文学史》,人民文学出版社 1959 年版,第 90 页。

② 萧子显:《南齐书》卷五二《文学传论》,第 909 页。

③ 钟嵘:《诗品》卷下《齐惠休上人》,陈延杰:《诗品注》,第 66 页。

④ 普慧:《齐梁三大文学集团的构成及其盟主的作用》,《社会科学战线》1998 年第 2 期。

整套繁琐、细致的清规戒律[①]，来约束僧团中的成员。优婆塞(Upāsaka，善男，即男居士)、优婆夷(Upāsikā，信女，即女居士)必须恪守五戒(有的时候，遇到法会或盛大节日，还要受持八戒)，比丘(Bhikṣu，出家受具足戒的男僧)则尽守250戒，比丘尼(Bhikṣuṇī，出家受具足戒的女僧)则奉持348戒(一说500戒)。以此来杜绝"淫欲"(Kāma-mithyā-cāra)的诱惑，达到专注一境的地步。在佛教戒、定、慧三学中，戒始终处于基础的位置，所谓定依戒起，慧由定生，无戒则无定，无定则无慧，只有精勤持戒，才有可能入定而获取智慧。而佛教戒律的许多内容是针对女性而讲的。佛教认为，女人是引起人们"淫欲"的罪魁祸首。这一看法，不管是小乘还是大乘、印度还是中国，基本上是一致的：

> 一切女人皆是众恶所住处。[②]
>
> 一切女人必谄伪。[③]
>
> 一切女人身，众恶不净本。[④]
>
> 是时，老母语僧迦摩曰：非独我女而有此事，一切女人皆同此耳。舍卫城中人民之类，见我女者，悉皆意乱，欲与交通，如渴欲饮，睹无厌足，皆起想着。[⑤]
>
> 女人所起患毒，倍于男子。经云：女人甚深恶，难与为因缘。恩爱一缚着，牵人入罪门。女人有何好，但是诸不净。何不审谛观，为此发狂乱。……众祸之本，皆由女色。[⑥]
>
> 大火烧人，是犹可近；清风无形，是亦可捉；元蛇含毒，犹亦可触；女人之心，不可得实。[⑦]

于此可见，女性是"淫欲""邪恶""狠毒""谄伪"的象征和代表。那么，对

---

① 戒律(Śila-vinaya)：是指维持佛教教团道德性、法律性的规范。"戒"为自觉持守规范，属于个体精神的、自律的；"律"为维持教团秩序而规定的种种条规及违犯条规所定的罚则，属于形式的、他律的。然而戒与律并非分离而行，而是平行地共同维持教团之秩序。

②《大般涅槃经》卷九《菩萨品第十六》，慧严、慧观、谢灵运等译，《大正藏》第12册，第663页b。

③《大般泥洹经》卷六，法显译，《大正藏》第12册，第897页c。

④《护国尊者所问大乘经》卷三，施护译，《大正藏》第12册，第10页c。

⑤《增一阿含经》卷二七，僧伽提婆译，《大正藏》第2册，第702页a。

⑥ 萧子良：《净住子·在家从恶门第十》，道宣：《广弘明集》卷二七，《大正藏》第52册，第311页a。

⑦ 龙树：《大智度论》卷二一，鸠摩罗什译，《大正藏》第25册，第166页a。

付女性采取什么办法呢？佛在与弟子的对话中告诫说，“阿难问佛：‘如来灭后，见女人云何？’佛言：‘勿与相见；设见，勿共语；设共语，当专心念佛’”[①]。这是一步步退守，实在无法回避，则以专心念佛而避免分心。《后汉书》记载了这样的传说，“天神遗（浮屠）以好女，浮屠曰：‘此但革囊盛血！’遂不眄之。其守一如此，乃能成道”[②]。佛陀认为女性不过是“革囊盛血”[③]，故而不视。只有道心坚贞，不近女色，方堪觉悟。可见，佛教“把禁欲主义的矛头全部集中到女性身上来”[④]。据说，佛祖释迦牟尼就是看到了女子身体的丑陋，而萌发出家念头的。[⑤] 因此，佛教还认为人有“六欲”[⑥]（Ṣaḍrajas，Ṣaḍchanda），即色欲（美的色彩）、形貌欲（长相、身体、体态、曲线美）、威仪姿态欲（楚楚动人的风度、姿态）、语言音声欲（优美动听的音调）、细滑欲（肌肤细软光滑亮泽）、人相欲（整个人体形象美）。从这“六欲”的内容来看，它们全部是针对女性而言的。那么，如何来破除这“六欲”呢？佛教在发展过程中各派对此的态度和方法是不尽相同的。有采用“九想”（Nava-saṃjña）[⑦]破“六欲”的，有回避不见的，有视若无睹的，有出污泥而不染的，总之，法门不同，方便有异，然其目的却是一致的，都是要坚持禁欲主义。佛教在理论口号上不遗余力地攻击女性、贬低女性、猥亵女性，但在实际操作上，并不一定就严格地执行这一原则。法门的不同，各派对女性的态度也不完全一致。一般说来，早期佛教悲观厌世，以生活为牢笼，以涅槃为解脱，提倡“无生”，所以视性欲和性行为为大罪，被列为一切戒条之前位，而作为生育和生命力象征的妇女，就被当成“性”和“欲”的化身，淫佚、放荡的源泉，当作邪恶的标志，对她们进行轻蔑和攻击。有一个叫上度比丘的，就认

---

① 智顗：《妙法莲华经文句》卷九，《大正藏》第34册，第121页c。

② 范晔：《后汉书》卷六〇下《襄楷传》，中华书局1965年版，第1082。

③ “天神献玉女于佛，欲以试佛意、观佛道。佛言：‘革囊众秽，尔来何为？以可斯俗，难动六通。去！吾不用尔。’”（《四十二章经》，摄摩腾、竺法兰译，《大正藏》第17册，第723页b。）

④ 严北溟：《论佛教的美学思想》，《中国古代美学史研究》，复旦大学出版社1983年版，第94页。

⑤ 这一内容在新疆克孜尔石窟110号窟正壁画上得到反映，图中有女性裸体人像。参见韩翔、朱英荣：《龟兹石窟》，新疆大学出版社1990年版，第255页。

⑥ 智顗：《释禅波罗蜜次第法门》卷九，《大正藏》第46册，第536页c。

⑦ “九想”：青瘀想、血涂想、脓烂想、膨胀想、坏想、虫啖想、散想、骨想和烧想，由此破除“六欲”。参见严北溟：《论佛教的美学思想》，《中国古代美学史研究》，第95页。

为"为女人不得作佛"[①]。但在后来的大乘佛教"一切众生皆有佛性"思想洪流的猛烈冲击下，女性在佛教中的地位与日俱增。《大净法门经》用"逸女上金光首"的故事说明妓女也能成佛。在佛教艺术中女性菩萨的形象也是频频展现。这种抬高女性地位的观念除了与男女平等思想有关之外，又与天竺原始生殖(性)文化的巨大惯性，有着直接的和内在的联系。还是让我们先考察一下天竺的性文化吧。

恩格斯指出："根据唯物主义观点，历史中的决定性因素，归根结蒂是直接生活的生产和再生产。但是，生产本身又有两种。一方面是生活资料即食物、衣服、住房以及为此所必需的工具的生产；另一方面是人类自身的生产，即种的蕃(繁)衍。"[②]恩格斯的两种生产理论说明了前者的生产主要是人与自然的斗争，它决定了人生存的外部环境；后者的生产则是人自身的劳动，它决定了人类自身的种的兴衰。在荒蛮、邈遥的远古时代，前者的生产对于人类来说，比较简单，而后者的生产，则充满了神秘色彩。因为它与祭祀礼仪或原始宗教粘连于一起。人类自身的生产就是生殖问题，就是原始的性文化问题。人类生殖所依赖的条件乃是女人和男人及其生殖器，因此，对生殖及男女生殖器的崇拜就成了遍及世界的历史文化现象。[③] 黑格尔早就指出："在讨论象征型艺术时我们早已提到，东方所强调和崇敬的往往是自然界的普遍的生命力，不是思想意识的精神性和威力而是生殖方面的创造力。特别是在印度，这种宗教崇拜是普遍的，它也影响到佛里基亚和叙利亚，表现为巨大的生殖女神的像，后来连希腊人也接受了这种概念。更具体地说，对自然界普遍的生殖力的看法是用雌雄生殖器的形状来表现和崇拜的。这种崇拜主要地在印度得到发展。"[④]翻开天竺文化史册，我们发现天竺

---

① 《超日明三昧经》卷下，聂承远译，《大正藏》第15册，第541页b。

② [德]恩格斯：《家庭、私有制和国家的起源·第一版序言》，《马克思恩格斯选集》第4卷，人民出版社1977年版，第2页。

③ 根据考古实物和文献资料，人类的早期，主要是对女性及其生殖器的崇拜，其时，人类的自身生产的专利权属于女性，而男性在人类自身生产中的作用尚未得到认识。社会进入母系氏族晚期和父系氏族的中前期，随着男性在生殖过程中作用的一步步认识，男性及其生殖器也受到了崇拜。请参见龚维英：《原始崇拜纲要》第二编《原始性崇拜》，中国民间文艺出版社1989年版；普慧：《开拓远古文化研究新路的尝试》，《学术月刊》1991年11期，第75—78页。

④ [德]黑格尔：《美学》第3卷上，朱光潜译，商务印书馆1981年版，第40页。

的文学、绘画、雕塑乃至某些建筑物的造型上，都洋溢着生殖崇拜的气息，其强烈和刺激的程度，足以令人瞠目结舌，甚至感到心灵的震撼。如在文学作品中，就表现得异常突出。黑格尔读了之后说："印度人所描绘的最平凡的事情之一就是生殖，正如希腊人把爱神奉作最古的神一样。生殖这种神圣的活动在许多描绘的形象里是很感性的，男女生殖器是看作最神圣的东西。"①再如，在宗教艺术中，"表现男女结合情景的塑像堂而皇之地供养在神殿中，展示男女交媾姿态的浮雕肆无忌惮地镶嵌在宏大庙宇的石墙上，象征女阴（Yoni）的磨盘状石刻和象征男根（Liṅga）的圆柱形石头组合在一起，今日还在领受膜拜"②。然而，极有意思的是，天竺人对这种露骨的、赤裸裸的性文化泰然自若，镇定如常，这令学富五车的黑格尔感到有些茫然不知所措。黑格尔说："这些（生殖）描绘简直要搅乱我们的羞耻感，因为其中不顾羞耻的情况达到了极端，肉感的泛滥也达到难以置信的程度。"③他在谈到天竺的神谱时还说："在这些神谱里主要的范畴都是生殖，但是其他民族的神谱都不像印度的那样放荡恣肆，在塑造形象方面那样随意任性，不顾体统。"④这说明黑格尔对古老的东方文化缺乏历史的了解。在中外学者对天竺性文化的研究中，一些成果得到了普遍的确认。如，天竺人以莲花象征女阴，以莲蓬象征女性子宫（在梵文中，莲蓬与子宫为一个词，Garbha），以摩尼宝珠（Maṇi）象征阴蒂，以颈屏膨起的眼镜蛇象征男根等。由是看来，天竺人的性文化的确是非常发达，而且是激情热烈而奔放。这充分反映了天竺人注重人自身的繁衍、希冀种的兴旺发达的美好愿望；同时也表露了他们率真、坦露、质朴的人生风格。

天竺这种如此开放的生殖崇拜文化在佛教创立后，也以其巨大的渗透力溶入了佛教之中。佛教虽然贬低女性，但在某些方面却也宣扬、描绘了女性的形象之美。如《方广大庄严经》里对摩耶夫人⑤的一段精彩描绘：

① [德]黑格尔：《美学》第2卷，朱光潜译，商务印书馆1981年版，第49页。

② 赵国华：《生殖崇拜文化论》，中国社会科学出版社1990年版，第153页。

③ 黑格尔：《美学》第2卷，商务印书馆1981年版，第57页。

④ 同上书，第58页。

⑤ 摩诃摩耶（Mahāmāyā）：迦毗罗卫国（Kapila-vastu）净饭王（Śuddhodana）之王后，释迦牟尼之生母。

王之圣后，名曰摩耶。善觉王女。年少盛满，具足相好。未尝孕育。端正无双，姿色妍美，犹如彩画。无诸过恶，所言诚谛，出妙音词。身心恬和，无罪离恼。亦无嫉妒。语必应时。乐行惠施。性戒成就。常于己夫，而生知足。心不轻动，情无外染。支节相称，眉高而长。额广平正，发彩绀黑，犹如玄蜂。含笑而言，美声柔软。所作顺右，质直无曲。无谄无诳，有惭有愧。心性安静，颜容清净。三毒皆薄，温和能忍。而于面目，及以手足。善自防闲。身体柔软，如迦邻陀衣。目净修广，如青莲花。唇色赤好，如频婆果。颈如螺旋。美若虹蜺。修短合度，容仪可法。其肩端好，其臂佣长。支体圆满，肤彩润泽。犹如金刚，不可沮坏。善解众艺，故号摩耶。常处王宫，犹如宝女。亦如化女。又似天女。①

这样对女性细致入微、惟妙惟肖的描写，在佛教经论中并不少见。特别是讲述佛陀出家前为太子时诸宫女对太子的诱惑的情景，极尽渲染宫女的妖艳，包括其服饰、体态、姿势、容貌、动作、表情等。如马鸣著的《佛所行赞》(*Buddhacaritākāvy-asūtra*)既是佛教中的重要经典，又是天竺文学史上著名的长诗。汉译本有北凉昙无谶的，其卷一第四品《离欲品》描写道：

太子入园林，众女来奉迎，并生希遇想，竞媚进幽城。各尽妖姿态，供侍随所宜。或有执手足，或遍摩其身，或复对言笑，或现忧戚容，规以悦太子，令生爱乐心。

太子对宫女的诱惑不动声色，这时，有一个婆罗门叫优陀夷(Udayin)的婆罗门教诸宫女引诱太子的办法：

汝等悉端正，聪明多技术，色离亦不常，兼解诸世间，隐秘随欲方；容色世稀有，状如玉女形。天见舍妃后，神仙为之倾。如何人王子，不能感其情？今此王太子，持心虽坚固，清净德纯备，不胜女人力。古昔孙陀利，能坏大仙人，令习于爱欲，以足蹈其顶。……如彼诸美女，力胜诸梵行。……何不尽其术，令彼生染心？

①《方广大庄严经》卷一，地婆诃罗译，《大正藏》第3册，第543页a—b。

于是，众婇女：

> 往到太子前，各进种种术：歌舞或言笑，扬眉露白齿，美目相眄睐，轻衣见素身，妖摇而徐步，诈亲渐习近。情欲实其心；兼奉大王言，漫形媟隐陋，忘其惭愧情。

众宫女之妖媚依然不能扰乱太子的坚固之心，故又施展招数：

> 或为整衣服，或为洗手足，或以香涂身，或以华严饰，或为贯璎珞，或有扶抱身，或为安枕席，或倾身密语，或世俗调戏，或说众欲事，或作诸欲形，规以动其心。

如此充满浓烈艳情色彩的佛教诗作，竟然能在“五天南海，无不讽诵”[①]。宝云的异译本有一段太子与宫女同浴的描写，是《佛所行赞》里没有的：

> 太子入池，水至其腰。诸女围绕，明耀浴池；犹如明珠，绕宝山王，妙相显赫，其好巍巍。众女水中，种种戏笑：或相湮没，或水相洒；或有弄华，以华相掷；或入水底，良久乃出；或于水中，现起众华；或复于水，但现其手。众女池中，光耀众华，令众藕花，失其精光。或有攀缘，太子手臂，犹如杂华，缠着金柱。女妆涂香，水洗皆堕，栴檀木欓，水成香池。如是戏笑，难可计数。六万婇女，围绕其侧，太子于中。[②]

这一段也够香艳的，比起世俗文学中的艳情描写来是一点儿都不逊色。马鸣菩萨在《大庄严论经》(*Mahāyānasūtrālaṅkāraṭikā*)卷九《降魔品》中写到波旬(Pāpiyas)魔女以淫欲媚惑佛陀时，竟一口气描绘了她们的32种媚态：

> 魔王尔时又命诸女作如是言：“汝等诸女！可共往彼菩提树下，诱此释子坏其净行。”于是魔女诣菩提树，在菩萨前，绮言妖姿三十二种媚惑菩萨：一者扬眉不语。二者褰裳前进。三者低颜含笑。四者更相戏弄。五者如有恋慕。六者互相瞻视。七者掩敛唇

① 义净：《南海寄归内法传》卷四，义净撰，王邦威校注：《南海寄归内法传校注》，中华书局1995年版，第184页。

②《佛本行经》第八品《与众婇女游居品》，宝云译，《大正藏》第4册，第63页b。

> 口。八者媚眼斜眄。九者娄娱细视。十者更相谒拜。十一以衣覆头。十二递相拈掐。十三侧耳佯听。十四迎前蹬蹀。十五露现髀膝。十六或现胸臆。十七念忆昔时恩爱戏笑眠寝之事而示欲相。十八或如对镜自矜姿态。十九动转遗光。二十乍喜乍悲。二十一或起或坐。二十二或时作气似不可干。二十三涂香芬烈。二十四手执璎珞。二十五或覆藏项领。二十六示如幽闲。二十七前却而行瞻顾菩萨。二十八开目闭目如有所察。二十九回步直往佯如不见。三十嗟叹欲事。三十一美目谛视。三十二顾步流眄。①

同样的内容在竺法护译《普曜经》(*Lalitavistara*)卷六《降魔品》中也有细致的描绘。可见,佛教为夸大和炫耀其法力和道心,不惜以赤裸裸的性描写来衬托。

饶有趣味的是,这些描写女性色情文化的文字内容,在佛教传播的过程中又进一步被视觉化了。“魔女诱惑”的内容在印度的阿旃陀(Ajantā)石窟、新疆的龟兹(Kucina)石窟和甘肃的敦煌石窟都得到了反映。尤其是龟兹石窟的壁画,极为细致。在克孜尔(Kizil)第 76 号窟的“魔女诱惑”壁画中,中央为释迦牟尼结跏趺坐于宣字座上,释迦牟尼上身坦露,形体羸瘦,骨肉嶙峋,后有大型圆身光,形态与著名的犍陀罗菩萨苦行石雕②十分相似。释迦牟尼右侧有三位少女,后面两位头戴花蔓,披发于肩,着圆领长衫,容貌俊秀,体态婀娜,有头光,为天女之形象。前面一少女,赤身露体,丰乳肥臀,束发垂背,身上仅有花环饰身,该女侧身向佛,蹉步缓行,一副以色相进行诱惑的情状。右侧为三位发白面皱的丑陋老妪。这是佛祖对三魔女诱惑的惩罚。③ 另外,在克孜尔石窟第 8 号窟的窟顶画有一幅女性裸体人像。她全身赤裸,一丝不挂,

---

① 马鸣:《方广大庄严经》卷九《降魔品》,地婆诃罗译,《大正藏》第 3 册,第 592 页 b—c。

② 犍陀罗(Gandhāra,相当今巴基斯坦北部白沙瓦及毗连的阿富汗东部一带),历属古波斯帝国、马其顿帝国、天竺孔雀王朝、安息帕提亚帝国、大夏王朝、塞克王朝、大月氏贵霜王朝、新波斯帝国、月氏小贵霜王朝、嚈哒帝国。公元 1 世纪时的贵霜王朝迦腻色迦一世时代创立了犍陀罗佛教雕塑艺术,曾深受古希腊、罗马雕塑艺术及塞种文化的影响,创造出释迦牟尼及菩萨的各种形象,其特征为:鼻直而高,薄唇(一些菩萨像的上唇有卷曲的短髭),颊部丰满,头发自然卷曲,人物表情沉静肃穆。参见[美]H.因戈尔特:《犍陀罗艺术》,李铁译,上海人民出版社 1991 年版;吴焯:《佛教东传与中国佛教艺术》第二章第一节《几个影响中国的印度佛教艺术流派》,浙江人民出版社 1994 年版。

③ 霍旭初:《龟兹艺术研究》,新疆人民出版社 1994 年版,第 149 页。

双乳高耸，正在佛的身旁妖冶地跳着舞；在第193窟的窟顶也画有一幅女裸体人像，她赤身裸体，高耸乳房，正在向佛祖行跪拜之礼。[①] 考之这两幅画的内容，皆出于《撰集百缘经》：

> 佛在王舍城，迦兰陀竹林，时彼城中，豪富长者，各相率合，设大节会，作诸伎乐，而自娱乐。时有舞师，夫妇二人，从南方来，将一美女，字青莲华，端正殊妙，世所稀有，聪明智慧，难可酬对。妇女所有，六十四艺，皆悉备知，善解舞法，回转俯仰，曲得节解，作是唱言："今此城中，颇有能舞，如我者不？明解经论，能回答不？"时人答曰："有佛世尊，在迦兰陀竹林，善能问答，使汝无疑。"舞女闻已，寻将诸人，共相随逐，且歌且舞，到竹林中，见佛世尊，犹故骄慢，放逸戏笑，不敬如来。[②]

根据这个故事，我们可以断定，第8号窟的裸体女性，即是经文中那个放荡淫逸、以歌舞挑逗佛祖的舞师女青莲华。第193窟的裸女，则是在佛祖的劝谕下，在佛法的感召下的舞师女青莲华终于觉悟，皈依了佛门。从龟兹佛教壁画的这些内容来看，佛教对女性并不是完全采取回避的态度或用"九想"的办法来破除。特别是大乘佛教，更是把其宗教魅力抛向最为广大、最具活力的人世间，对女性的态度也较小乘灵活、多变，尤其注重显示其法力的广大无边和感召力。因此，不管女性有多么放荡淫欲、有多么罪孽深重，在佛法面前都显得渺小无力。这样，龟兹佛教壁画中有裸体女性的画面就不足为奇了。从佛教向北传播的线路来看，西域是贯通天竺与中原汉族地区的唯一通道和桥梁。佛教在西域又以塔里木南部的于阗（Khotan；Kustana）和北部的龟兹为两大重镇。因而龟兹的佛教壁画基本上能够反映出佛教传播、发展的实际情况。同时，龟兹在西域诸国中是与中原联系最紧密的国家，其汉化程度在西域诸国也是最高的。汉地佛教僧侣与龟兹僧侣相互往来十分频繁，著名者有佛图澄（Buddhacinga）、鸠摩罗什（Kumārajīva）、智猛、法

① 韩翔、朱英荣：《龟兹石窟》，新疆大学出版社1990年版，第253页，图版118，119。

②《撰集百缘经》卷八《舞师女作比丘尼缘》，支谦译，《大正藏》第4册，第240页a—b。

勇等。[①] 这就是说，龟兹壁画中的裸体女性在汉地僧人看来也没有什么大惊小怪的。

佛在淫荡女性面前可以依其法力而感化之，那么，一般的和尚在修行过程中如果抵挡不住女性之诱惑怎么办？佛教并没有一棍子赶走这些人，而是认为只要他们能够悔过自新，即使与女性私通，也依然能够觉悟。佛教将其名曰为“秽解脱法”（Acaukṣa-vimokṣa）：

> 若法眼清净，亦观彼法身，无有众生想。若复作是观，亦不言禁戒。曾闻尊者名优波斯，有弟子名钵摩迦……入淫女村中，彼淫女见此比丘年少端正，身无尘埃，见怀欢喜，欲意炽盛。时彼比丘，便入淫舍，观如是结，使不欲造结，如是秽解脱法，速得此法果。是时比丘便作是语，而说此偈：“欲如彼毒药，欲为不净行，欲为坏淫色，堕人入恶趣。”作是说已，便退而去。[②]

此类故事在佛教经论中并不少见。如西晋竺法护译《生经》卷一《佛说分卫比丘经》载有一比丘入淫荡家舍，“见淫荡女颜色妙好，淫意为动，志在放逸著淫荡女，口出软柔恩情之词，怀亲附心，与语周旋彼家，日日不懈。分卫比丘睹其好色，听闻其声，淫意为乱，迷惑愦错，不能自觉”。如此淫荡，佛祖谓“此比丘宿命曾作小鳖，淫女曾作猕猴，故也相好”。又如，三国吴康僧会译《旧杂譬喻经》卷上一四条记载佛祖对这对淫男荡女的态度是“悔过自责，即得罗汉”。而且“次女人宿命对也，逢对皆罪，乃得道矣”。所谓“道从一切爱欲中求”[③]“至于淫欲而离于欲”[④]即是也。这里值得注意的是，和尚犯过，只要悔过，即可解脱，这是可以理解的；而一向被看作是祸源的女人，不管有多么淫荡、多少罪孽，通过忏悔，依然也可以得道。在《大净法门经》中，其故事的主线便是以文殊师利度“逸女上金光首”来组织编排的。故事通过文殊菩萨开示妓女“逸

① 刘锡淦、陈良伟：《龟兹古国史》第三章第二节、第四章第四节、第五章第五节，新疆大学出版社1996年版。

②《僧伽罗刹所集经》卷下，僧伽跋澄译，《大正藏》第4册，第139页a。

③《须真天子经》卷四《道类品》，竺法护译，《大正藏》第15册，第110页b。

④《须真天子经》卷三《无畏品》，竺法护译，《大正藏》第15册，第105页a。

女”“汝即是道”，使之得到了佛教的觉悟，最终成为候补佛。[①] 这说明在“放下屠刀，立地成佛”[②]观念上，女性与男性处于平等的地位，并享有同样的权利。

大乘佛教否认“女身”是一种“恶报”的宗教观点，在小乘那里是没有的：

> 一切无相，何有男女？[③]
>
> 以何罪盖受女人身？佛告舍利弗：“菩萨大士不以罪盖受女身也。所以者何？菩萨大士以慧神通、善权方便圣明之故，现女人身，开化群黎。”[④]

女人何罪之有？一切事物本来就是“无相”（Animitta）的，哪里还有什么“男女”贵贱、尊卑之分呢？就连菩萨开化众生也要现示女人身。在《诸佛要集经》中，“离意”女对小乘佛教智慧的代表舍利弗（Sāriputra）贬低女性的传统观念给予了猛烈的抨击。她认为，从“四大”（Catvāri Mahā—bhūtāni）、“五蕴”（Pañca—skandha）、“六入”（Ṣaṭ-āyatana）的基本思想出发，男女之间是没有什么区别的。所以，认为女性只有转男身才可成佛的说法是没有根据的，甚或是荒唐的：

> 假使我已自得女处，见于男女，则舍女像当受男形；我不得女，不见男子，何因舍女成男子形？……一切诸法，悉如虚空，当以何因转于女像成男子乎？[⑤]

“离意”女从般若性空的理论出发提出了深刻的质疑，既然提倡一切皆空，那还用什么因素来把女人转成男子身呢？这些足以显示出大乘佛教极其开放和进步的女性观。这开放和进步的女性观集中体现到了西晋著名翻译家竺法护的译著中。“可以说，竺法护在很大程度上提炼了佛经关于妇女观念的精华。……竺法护译籍中地妇女则大方庄重，有

① 《大净法门经》，竺法护译，《大正藏》第 17 册，第 817 页 a。
② 通润：《法华经大窥》卷七《普门品》，《续藏经》第 31 册，第 816 页 a。
③ 《超日明三昧经》卷下，聂承远译，《大正藏》第 15 册，第 105 页 a。
④ 《宝女所问经》卷二《问宝女品》，竺法护译，《大正藏》第 13 册，第 460 页 b。
⑤ 《诸佛要集经》卷下，竺法护译，《大正藏》第 17 册，第 768 页 b。

高度的智慧和辩才。他力图摆脱那种从纯粹'性'地角度考察妇女问题地低下情调，不但给予了和男子同等地'自然'性质，而且给予了和男子同等地成佛的权利。”[1]这比起同时期中国的那种对女性横加禁锢的正统妇女观来说，真是要开放得多，也进步得多。

上述的天竺生殖崇拜文化、大乘佛教开放的女性观与佛教提倡的禁欲、节欲观念，从理论上看是相矛盾、相抵触的。然而，在具体的操作中，佛教又以其强大的灵活性和宽容性，化消极为积极、化腐朽为神奇，更加突出了它的法力广大无边的特点。这样的佛教进入中土内地汉族地区，就与中土儒家文化特别是两汉建立起来的为大一统封建帝国服务的礼教中，对女性的贬低和对男女之情的禁忌的内容[2]，产生了很大的冲突。天竺佛教的禁欲观内容庞杂，主要包括戒除食欲和淫欲。戒除食欲的严厉是中国人难以想象的。而戒除淫欲方面则不如食欲那么严格。天竺佛教并未绝对禁止一切佛教徒的性生活，在菩萨戒里也规定，妻子不妨碍居家菩萨行梵行。[3] 所以在早期的佛教经论的汉译中，即将一些不符合儒家礼教的、露骨的词语进行音译，如，将“拥抱”(Ālingina)、“接吻”(Ācumbana)译为“阿梨宜”“阿众鞞”，隐藏其原意。[4] 陈寅恪早就指出：“独至男女性交诸要义，则此土自来佛教著述，大抵静默不置一语。”[5]但到两晋南朝时期，由于儒家经学衰微，玄学昌励，佛典汉译可以忠实于原文，不需要再有那么多的顾忌，因而那些真实体现天竺佛教思想的经论就堂而皇之地在中土登堂入室了。像竺法护的译经就忠实地保留了原经中的具体内容。大乘佛教开放的女性观随着佛教经论的汉译而涌入中国，特别是在儒家思想失去统治地位的时期，随着佛教地位的日益提高，给其时乃至后来的中国社会带来重大而深刻的影响。两晋南朝时期呈现出开放的妇女观，显然是与佛教的女性观有着相当大的关系。

---

① 任继愈主编：《中国佛教史》第2卷，中国社会科学出版社1985年版，第83页。
② 参见班昭：《女诫》，严可均辑校：《全上古三代秦汉三国六朝文》。
③ 许华应：《佛教文化》，长春出版社1992年版，第62页。
④ [日]中村元：《佛教思想对佛典汉译带来的影响》，《世界宗教研究》1982年第2期。
⑤ 陈寅恪：《莲花色尼出家因缘跋》，《寒柳堂集》，上海古籍出版社1980年版，第155页。

第三节 中土传统生殖文化与晋宋齐梁浮艳之风

据现存文献资料和考古实物来看，世界上各民族的早期都曾存在过生殖（性）崇拜的阶段。在那荒蛮的时代，礼赞和讴歌生命是人类早期文化最为显著的特征。这种“真正的生命即通过生殖、通过性的神秘而延续的总体生命。……性的象征本身是可敬的象征，是全部古代虔敬所包含的真正的深刻意义。生殖、怀孕和生育行为中的每个细节都唤起最崇高最庄严的情感”①。因此，对男女间的性活动、生殖及生殖器的赤裸裸的、迷狂的崇拜，就体现了人类追求生命的神圣要求，因而也是最美的活动。这样的情况在中国也很突出。据考古资料和文化人类学的研究结果表明，辽宁红山文化的牛河梁和东山嘴遗址的陶塑裸体女性像，夸张性地突出了女性的生殖特征②；新疆天山呼图壁岩画大量的男女交欢舞蹈图，极力表现两性活动带给人们的愉悦③；西安半坡仰韶文化彩陶上的鱼纹，不仅是女性生殖器的象征符号，同时又以鱼腹多子，繁殖力极强来喻意女性的生殖力④；另外，从文献资料看，少数汉字依然残存有某些性活动及生殖崇拜的意义，如“后”“它”“土”“王”“祀”“祖”“也”等等⑤。这些材料表明，中国的生殖（性）文化在原始社会时期并不比天竺、希腊等国的弱。只是中国社会进入文明时代后⑥，经过儒家文化思想的洗礼，其原始意义被渐渐掩埋。

其实，就先秦文化而言，它仍然是上古生殖文化的延续，而且这种

---

① ［德］尼采：《偶像的黄昏》，周国平译，湖南人民出版社 1987 年版，第 124 页。

② 杨静荣：《陶瓷与原始宗教中的生殖崇拜》，《美术史论》1987 年第 3 期。

③ 王炳华：《天山：远古的性崇拜》，《美育》1988 年第 4 期。

④ 闻一多：《神话与诗·说鱼》，《闻一多全集》第 1 册，开明书店 1948 年版；赵国华：《生殖文化崇拜论》第五章《中国原始社会的女性生殖器崇拜》第一节《鱼纹的象征意义》，中国社会科学出版社 1990 年版。

⑤ 户晓辉：《岩画与生殖巫术》第五章第二节《汉字中残存的生殖图象》，新疆美术摄影出版社 1993 年版。

⑥ 这里的“文明时代”，是摩尔根意义上的“文明”，即以文字的创立和使用为标志。参见 L. H. Morgan：*Ancient Society*，Cambridge，MA：Harvard University Press，1964，pp.8 - 10.

延续上升到了理论的高度，同宇宙、社会、人生结合在一起。《周易·系辞下》："天地细缊，万物化醇；男女构精，万物化生。"即谓天地合气肇源于男女构精的基本法则。而男女构精之法则是"夫乾，其静也专，其动也直，是以大生焉。夫坤，其静也翕，其动也辟，是以广生焉"①。完全是以男女生殖器官的运动特征来形容的。这说明《周易》对宇宙的探讨，完全是从男女两性交合开始的。儒家也肯定生殖文化。《礼记·礼运》说："饮食男女，人之大欲存焉。"孔子虽然反对人兽同群，将人性动物化②，认为郑、卫之声淫靡，但他在删定《诗经》时，仍然保存了大量的郑、卫之声，特别是像《卫风·硕人》一诗对女性的容貌、肌肤、形态做了极为细腻的描摹，其对女性人体美的咏叹是超越了儒家的礼教范围。像郑、卫之风的其他描写男女情爱的诗篇，若直译成现代汉语，其热烈、大胆、赤裸裸的性挑逗，足以令今人瞠目结舌。这说明孔子删定《诗经》的尺度是很宽泛的。孟子甚至认为"食色，性也"③。又谓："不孝有三，无后为大。"④公开承认性文化活动是人的本能，并把这种性活动与孝道联系起来，反映出生殖文化的原型意义。⑤ 先秦的道家文化诞自楚地⑥，充满了浓重的性文化意味。老子的哲学是直言不讳地以生殖器官模型作为思想象征的哲学，其哲学的"全部底蕴是女性生殖崇拜"⑦，尤以女性的生殖器为最胜。所谓"谷神不死，是谓玄牝；玄牝之门，是谓天

① 《周易·系辞上》，《十三经注疏·周易正义》，第162—163页。

② "鸟兽不可与同群。"（《论语·微子》，朱熹：《四书章句集注》，中华书局1983年版，第184页。）

③ 《孟子·告子上》，朱熹：《四书章句集注》，中华书局2008年版，第326页。

④ 《孟子·离娄上》，朱熹：《四书章句集注》，中华书局2008年版，第286页。

⑤ "儒家的根本思想出发于'生殖崇拜'，就是说，儒家哲学的价值或伦理学的根本观念是仁，而本体论或形而上学的根本观念是生殖崇拜，因为崇拜生殖，所以主张仁孝。因为主张仁孝，所以探源于生殖崇拜，二者有密切关系，绝对不能隔离……在儒家的意见，以为万物的化生，人群的繁衍，完全在于生殖。倘若生殖一旦停止，则一切毁灭，那时无所谓社会，也无所谓宇宙，更无所谓讨论宇宙原理或人类法则的哲学了，所以生殖，或者更露骨些说性交，在儒家是认为最伟大最神圣的工作。"（周予同：《孝与生殖器崇拜》，《周予同经学史论著选集》，上海人民出版社1996年版，第77—78页。）

⑥ 《史记·老子列传》谓老聃为楚人，"姓李氏名耳"。（第2139页。）然据高亨《老子正诂·前记》考之，"古有老姓而无李姓"。李耳，原为楚语，即虎也。《方言》八："虎……江淮南楚之间谓之李耳。"（杨雄撰，周祖谟校笺：《方言校笺》，中华书局1993年版，第51页。）故老子为楚人。又，楚族祖先之一的祝融，即训为大虫（虎）（《史记·楚世家》集解），与老子皆为虎，可看出二者的内在联系。参见龚维英：《原始崇拜纲要》第四章第三节《楚族的次生态虎图腾》，中国民间文艺出版社1989年版。

⑦ 傅道彬：《中国生殖崇拜文化论》，湖北人民出版社1990年版，第327页。

地根。绵绵若存,用之不勤"[①]。"玄牝之门",即女性之阴户,是老子所追求的"道"的根本,是化育万物与人类的门户。庄子则将两性之交欢与养生结合于一起,他在"庖丁解牛"的寓言中以刀解牛暗喻男女之交欢,使"文惠君大受启迪,顿有领悟"[②]。道家这种把生殖和性活动抬到哲学和养生的高度,没有丝毫的羞涩感。与道家文化同出一地的楚骚文化,更是洋溢着性文化的气息。《墨子·明鬼下》:"燕之有祖,当齐之社稷,宋之桑林,楚之云梦也,此男女之所属而观也。"据学者研究,燕之"祖"、齐之"社稷"、宋之"桑林",皆为祭祀时男女交合的场所,并以其作为男根之象征。[③] 只有楚之"云梦",言巫山女神之与男性欢爱,显示出女性崇拜的特色。屈原作品中的《山鬼》《湘夫人》等在男女情爱的描写上比同时期其他地方的作品更为大胆、露骨。先秦文化中如此浓重的生殖(性)文化,实际上是中国人审美心理赖以存在的基础和根本。[④]

至汉,南北文化交合,北方的儒家文化渐居了中国文化的主导地位。特别是汉武帝"罢黜百家,表章六经"[⑤],使得儒家经学大盛,礼教进一步健全,为封建集权统治服务的三纲五常被逐渐教条化,致使先秦以来的"食""色"的审美文化被覆盖上了一层层厚厚的泥土,沉没于中华文化的底层。然而,这种特殊的审美心理文化并没有消失,而是成为一种"集体无意识",存在于人们心理结构最隐蔽最深层的记忆之中,成为超个人的具有族类的集体意象。荣格(Carl Gustav Jung)指出,"集体无意识是人类心理的一部分,它可以依据下述事实而同个体无意识做否定性的区别:它不像个体无意识那样依赖个体经验而存在,因而不是一种个人的心理财富。个体无意识主要是由那些曾经被意识但又因遗

① 《老子》第六章,楼宇烈:《老子道德经注校释》,第 16 页。

② 龚维英:《原始崇拜纲要》,中国民间文艺出版社 1989 年版,第 300—301 页。

③ 同上书,第 242—244 页。

④ 中国美学与西方美学有一点很大的不同,就是中国美学是把"食""色"作为审美的第一对象(天竺美学亦具有这样的特征),特别注重先由感官的享受再到意识的体验。因此,中国的美"食"和美"色"尤其发达,尽管后者在表面上不断受到儒家文化的压抑,但实际上,美"色"如同美"食"一样,一直是帝王、士夫、文人、商贾、贩夫、走卒所追求的审美目标。尤其是文人墨客,更是把美"色"与艺术紧密地联系于一起。在相当一部分文人的眼里,女色即艺术,艺术即女色,无女色即无艺术。

⑤ 班固:《汉书》卷六《武帝纪第六·赞》,第 212 页。

忘或抑制而从意识中消失的内容所构成的，而集体无意识的内容却从不在意识中，因此从来不曾为单个人所独有，它的存在毫无例外地要经过遗传。个体无意识的绝大部分由‘情结’所组成，而集体无意识主要是由‘原型’所组成”①。这种“集体无意识”，当它们遭到外界强烈挤压时，就会以十分隐蔽或晦涩的方式含而不露；而当它们得到合适的土壤和环境时，就会或以变异的方式或以本真的面目展露出来。因此，当中国社会进入到魏晋时期，儒家经学的一统天下被打破，各种思潮纷纭而起，特别是强烈要求从名教中解放出来的玄学的盛行，使得表现男女情爱和两性关系的行为比两汉时期来得更为大胆、痛快。江左、荆楚一带的性文化更加得到了展露。晋室南渡后的苟且偷安，使南迁的北方世家望族们沉溺于江南的山水、酒色之中。贵族们被驱赶、扭曲的审美情趣与江左、荆楚一带特殊的性文化②一拍即合。新兴的贵族在富商大贾的资助下，亦官亦商，财权双获。于是，商人与市井之人的那种拥有倡家、歌妓、舞女的习气随着新贵带到了宫廷。这些民间女子所表演的主要是吴声和西曲，而吴声、西曲是吴越、荆楚一带的民间乐歌，主要是表现男女之艳情的，尤以歌咏女性为多，基本上保留了先秦以来南方的性文化传统。这种乐府民歌大量进入宫廷，又与宫廷中淫逸生活相适应，“于是本来是从市井之中进入宫廷的倡女、歌女、舞女，也被比之为‘神女’‘洛神’了”③。到了齐梁时期，三股洪流，即佛教中的性文化、南方传统的生殖(性)文化和此时王公贵族、文人学士特有的淫逸浮艳的审美情趣，汇聚到了一起，构成了这一时期或显或潜的社会思潮和风气。追求形貌、风度，裸露、放浪形骸，放纵两性关系，成为很普遍的事情。据张伯伟博士的统计，仅《高僧传》中记录的六朝名僧以“美容”“风姿”著称者，就有 38 人。④ 尤其是名士及贵胄子弟，以女性化的“美容”和“风姿”为标志的，几乎成为时尚：

---

① [瑞士]荣格：《集体无意识的概念》，叶舒宪选编：《神话——原型批评》，陕西师范大学出版社 1987 年版，第 104 页。

② 此时的性文化已由对女性生殖及生殖器的崇拜，变异为对女性的容貌、肌肤、体态、动作等的欣赏与崇尚以及男女两性的活动。

③ 李泽厚、刘纲纪：《中国美学史》第 2 卷下，中国社会科学出版社 1987 年版，第 557 页。

④ 张伯伟：《禅与诗学》，浙江人民出版社 1992 年版，第 202—204 页。

魏尚书何晏好服妇人之服。[①]

潘岳妙有姿容，好神情，少时，挟弹出洛阳道，妇人遇者，莫不连手共萦之。左太冲绝丑，亦复效岳遨游，于是群妪齐共乱唾之，委顿而返。[②]

梁朝全盛之时，贵游子弟……无不熏衣剃面，傅粉施朱……从容出入，望若神仙。[③]

因此，王瑶曾经指出："在魏晋，其风直至南朝，一个名士是要他长得像个美貌的女子才会被人称赞的。……病态的女性美是最美的仪容。"[④]江左、荆楚一带弥漫着这样女性化的审美理想和情趣似与其长期崇尚女神文化的传统不无关系。据文献资料载，越人喜好"文(纹)身断发，披草莱而邑焉"[⑤]。既纹身，必以为其美，故裸露之。此与佛教中的裸体形象既有不同又有相似之处。佛教中的裸体形象分为两类：一是异教徒尤其是耆那教徒主张裸露身体进行苦行，后在佛祖的点化下皈依佛门[⑥]；一是淫女裸露身体以示其美。晋、宋之人亦好裸露形体，"竹林七贤"之一的刘伶"纵酒放达，或脱衣裸形在屋中"[⑦]。更有甚者，"暑夏之月，露首袒体。……或亵衣以接人，或裸袒而箕踞"[⑧]。晋宋大诗人谢灵运，"又与王弘之诸人出千秋亭饮酒，倮身大呼，(孟)顗深不堪，遣信相闻。灵运大怒：'自身大呼，何关痴人事'"[⑨]。"陈郡谢灵运有逸才，每出入，自扶接者常数人，民间谣曰：'四人挈衣裙，三人捉坐席'是也。此盖不肃之咎。"[⑩]显然，这种裸露形体的行为是在与名教相对抗，然而其

① 房玄龄等:《晋书》卷二七《五行志上》，第822页。

② 刘义庆:《世说新语·容止》，第717页。

③ 颜之推:《颜氏家训·勉学》，第148页。

④ 王瑶:《中古文学史论集》，上海古籍出版社1982年版，第13页。

⑤ 司马迁:《史记》卷四一《越世家》，第1739页。

⑥ 韩翔、朱英荣:《龟兹石窟》第七章第一节《裸体人像》，新疆大学出版社1990年版，图版113、114、115、116、117。

⑦ 刘义庆:《世说新语·任诞》，第858页。

⑧ 葛洪:《抱朴子·外篇》卷二《疾谬第二〇》，杨明照:《抱朴子外篇校笺》，中华书局1991年版，第601、631页。

⑨ 李延寿等:《南史》卷十九《谢灵运传》，第540页。

⑩ 沈约:《宋书》卷三〇《五行志一》，第884页。

中是否与越人的纹身传统和佛教裸体有关呢？这是值得我们思考的问题。这种裸形(Acelaka)之风，也吹拂到了宫闱之中：

惠帝元康中，贵游子弟相与为散发倮身之饮，对弄婢妾。[①]

上尝宫内大集，而裸妇人观之，以为欢笑。[②]

帝好游华林园竹林堂，使妇人倮身相逐。有一妇人不从命，斩之。[③]

这种裸身之风促使皇室更加淫逸、放荡。而江左沙门之污秽，更是到了乌烟瘴气的地步，足以令人扼腕长叹。和尚与尼姑之通奸，僧、尼与世俗之淫乱，已经到了触目惊心的程度。

佛者清远玄虚之神，以五诫为教，绝酒不淫。而今之奉者，秽慢阿尼，酒色是耽。[④]

佛所贵无为，殷勤在于绝欲。而比者陵迟，遂失斯道。京师竞其奢淫，荣观纷于朝市。[⑤]

佛教贪淫，奢侈妖妄。……比丘徒党，行淫杀子，僧尼悉然。[⑥]

妃主昼入僧房，子弟夜宿尼室。[⑦]

齐武帝时，隐灵寺雕饰炫丽……僧尼并皆妍少，俗心不尽，或以箱簏贮奸人而进之。[⑧]

这些污秽、淫乱之行为，不能仅仅归罪于持戒不严，实际上，乃是佛教"秽解脱法"之恶性膨胀造成的结果。皇室淫乱如此，佛门中有败类如此，遑论他流。晋、宋、齐、梁呈现的这种社会风气，对梁中叶的"宫体文学"的产生和滋长，不会没有影响。

---

① 房玄龄等：《晋书》卷二七《五行志》，第 820 页。

② 李延寿：《南史》卷十一《后妃上·明恭王皇后》，第 325 页。

③ 李延寿：《南史》卷二《宋本纪·前废帝纪》，第 70 页。

④ 房玄龄等：《晋书》卷六四《简文三王传》引许荣之上疏，第 1733 页。

⑤ 桓玄：《辅政欲沙汰众僧与僚属教》，僧祐撰，李小荣校笺：《弘明集校笺》，第 701 页。

⑥ 道宣：《叙列代王臣滞惑解下·梁荀济》，《广弘明集》卷七《辩惑篇》，《大正藏》第 52 册，第 129 页 c。

⑦ 道宣：《叙列代王臣滞惑解下·章仇子陀者》，《广弘明集》卷七《辩惑篇》，《大正藏》第 52 册，第 131 页 c。

⑧ 萧绎：《金楼子》卷二《箴戒》，许逸民：《金楼子校笺》，第 337 页。

第四节　宫体文学中之色欲空相

宫体文学出现在晋宋齐梁社会的那种普遍具有的妖冶、淫逸、绮丽、浮艳的社会氛围中，看来不会与之无关。然而，梁代的统治者们又是如何看待这种社会风气的呢？梁武帝萧衍历经宋、齐、梁三代，目睹了宋、齐的"毁弃君德，奸回淫纵""形体宣露，亵衣颠倒""骋肆淫放，驱屏郊邑""淫酗訾肆，酣歌垆邸，宠恣愚竖，乱惑妖孽"①的腐朽、荒淫的世风带给统治者的灭国之灾，痛恨那种"骄艳竞爽，夸丽相高"的宫廷淫逸生活。还在未登基之前，萧衍就下令"掖庭备御妾之数，大予绝郑、卫之音"②。作为一个出色的政治家，萧衍非常清楚淫逸浮艳之风对社稷江山的危害有多么严重。因此，他在代齐建梁之后，加强了风俗教化的力度，采取了一系列推行风化的具体措施。第一，大力宣扬佛教，把佛教抬高到一切宗教、思想流派之上。之所以这样做，是因为佛教要求其信仰者必须清心寡欲，有了清心寡欲，就可摒除奢侈、浮艳。所以萧衍下令将皇室的淫逸之所华林园改为弘扬佛法的道场。据陆云公说："华林园者，盖江左以来后庭游宴之所也。自晋迄齐。年将二百，世属威夷，主多奢替。舞堂钟肆，等阿房之旧基；酒池肉林，同朝歌之故所。自至人御宇，屏弃声色，归倾宫之美女，共灵囿于庶人。重以华园毁折，悟一切之无常。宝台假合资十力而方固，舍兹天苑，爰建道场。庄严法事，招集僧侣，肃肃神宇，结翠巘之阴，峨峨重阁，临丹雉之上，广博光明，有迈庵罗之地，身心安乐，寔符欢喜之园。"③可见，改华林园为道场，实际上就是对皇室淫靡、奢欲生活的清洗和革除。把皇室的生活引向禁欲主义或者节欲主义的宗教生活之中。第二，萧衍认为，光是取缔一些皇家淫逸场所是不够的，还必须使皇室、朝臣的每一个人从主观上约束自己的行为。而佛教戒律主要是针对人们欲望而设置的，因而是约束人们行为方式的最好办法。所以，萧衍决定带头"受戒"。"天监……

① 姚思廉：《梁书》卷一《武帝纪上》，第6页。

② 姚思廉：《梁书》卷一《武帝纪上》，第15页。

③ 陆云公：《述御讲波若经序》，《广弘明集》卷十九《法义篇》，《大正藏》第52册，第235页c。

十八年己亥，四月八日，天子发弘誓心，受菩萨戒。”[①]萧衍不仅自己受戒，还要“令其王侯子弟，皆受佛诫”[②]。甚至“皇储以下，爰至王姬，道俗士庶，咸希度脱；弟子著籍者，凡四万八千人”[③]。既受戒，自当严格持戒，作出人君之榜样。于是，“日止一食，膳无鲜腴，惟豆羹、粝食而已。庶事繁拥，日傥移中，便嗽口以过。身衣布衣，木绵皂帐，一冠三载，一被二年。常克俭于身，凡皆此类。五十外便断房室。后宫职司贵妃以下，六宫袆褕三翟之外，皆衣不曳地，傍无锦绮。不饮酒，不听音声，非宗庙祭祀、大会乡宴及诸法事，未尝作乐。性方正”[④]。故史家评价道，“历观古昔帝王人君，恭俭庄敬，艺能博学，罕或有焉”[⑤]；“自有帝王，罕能及此”[⑥]。萧衍此举可谓身体力行，以身作则。第三，萧衍十分明白，保住江山的关键在于培养好接班人。宋、齐两代的开国君主虽都曾努力严整法度，移风易俗，对“纨绮丝竹之音”“伤化扰俗”之举，“一皆荡涤”[⑦]。然其对于子弟却是“顾有慈颜，前无严训”[⑧]，使皇室子弟养成了“所欲必从其志”的骄横恶习，演出了一幕幕荒淫、奢靡的闹剧[⑨]，断送了大好江山。因此，萧衍非常注重对皇室子弟的教化。其言传身教，使子弟耳濡目染，修身、立命、齐家、治国、平天下的一整套的理论思想武装了皇室子弟。萧统，“性爱山水……尝泛舟后池，番禺侯轨盛称‘此中宜奏女乐’。太子不答，咏左思《招隐诗》曰：‘何必丝与竹，山水有清音。’侯惭而止。出宫二十余年，不畜声乐”[⑩]。其政绩颇著，“自加元服，高祖便使省万机，内外百司奏事者填塞于前。太子明于庶事，纤毫必晓，每所奏有谬误及巧妄，皆即就辨析，示其可否，徐令改正，未尝弹纠一人。平断法狱，多所全宥，天下皆称仁”[⑪]。萧纲，“孝敬自然，威惠外宣，德行

---

① 道宣：《续高僧传》卷六《慧约传》，第185页。
② 魏收等：《魏书》卷九八《萧衍传》，第2187页。
③ 道宣：《续高僧传》卷六《慧约传》，第185页。
④ 姚思廉：《梁书》卷三《武帝纪下》，第97页。
⑤ 姚思廉：《梁书》卷三《武帝纪下》，第97页。
⑥ 道宣：叙言《梁武帝舍事道法诏》，《广弘明集》卷四，《大正藏》第52册，第112页a。
⑦ 李延寿：《南史》卷一《宋本纪上》，第52页。
⑧ 李延寿：《南史》卷一《宋本纪上·论》，第31页。
⑨ 参见赵翼：《廿二史札记·宋齐多荒主》，第229—238页。
⑩ 姚思廉：《梁书》卷八《昭明太子传》，第168页。
⑪ 姚思廉：《梁书》卷八《昭明太子传》，第167页。

内敏，群后归美，率土宅心”[①]；“孝慈仁爱，实守文之君”[②]；“寔有人君之懿矣”[③]。其军政业绩丰厚，“在襄阳拜表北伐，遣长史柳津、司马董当门、壮武将军杜怀宝、振远将军曹义宗等众军进讨，克平南阳、新野等郡，魏南荆州刺史李志据安昌城降，拓地千余里”[④]。这样大的军事上的胜利在齐梁时期是少有的。萧绎，“性不好声色，颇有高名”[⑤]。其治世自有一套，“用宁宗社，握图南面，光启中兴，亦世祖雄才英略”[⑥]。比起晋、宋、齐三代来说，梁代诸帝王无论在修身、养性上，还是处理军国之事上，均较之为胜。这也看出萧衍家训之严厉和培养诸子之有方。第四，宋、齐二代儒家经学衰微，人伦纲常毁坏，人们缺少统一的价值观念和审美标准。而这两代开国之主皆出身于武人，虽认识到浮艳、淫逸之风有害于社会，然采取的措施只能是硬性的取缔和个人节俭形象的树立，不能从思想上解决问题。萧衍虽也出身于武人，然其文化水平之高和理论修养之深几与士族文人无异。因此，他不仅用佛教戒律约束皇室与文人的生活作风，还大倡儒家经学。建梁不久（天监四年，505），即下诏置五经博士各一人，每人各主一馆，每馆有数百生，又立孔子庙。天监七年（508）又诏“建国君民，立教为首”[⑦]，令皇室贵胄就学儒业，萧衍亲自祭奠儒圣并为讲经；萧纲熟读萧衍之《五经讲疏》，“尝于玄圃奉述，听者倾朝野”[⑧]；萧绎也召置学生讲授儒家经典。从他的《召学生教》《请于州立学校表》[⑨]《皇太子讲学碑》[⑩]等文来看，萧绎与乃父尊儒思想一致。萧统更是自幼学起：“三岁受《孝经》《论语》，五岁遍读《五经》，悉

① 姚思廉：《梁书》卷四《简文帝纪》，第103页。

② “太宗孝慈仁爱，实守文之君，惜乎为贼所杀，至乎文章妖艳，隳坠风典，诵于妇人之口，不及君子之听，斯乃文士之深病，政教之厚疵。然雕虫之技，非关治忽，壮士不为，人君焉用。”（何之元：《梁典总论》，李昉等：《文苑英华》卷七五四，第3950页。）

③ 姚思廉：《梁书》卷四《简文帝纪》，第109页。

④ 同上。

⑤ 姚思廉：《梁书》卷五《元帝纪》，第135—136页。

⑥ 姚思廉：《梁书》卷五《元帝纪》史臣评语，第136页。

⑦ 姚思廉：《梁书》卷二《武帝纪中》，第46页。

⑧ 姚思廉：《梁书》卷四《简文帝纪》，第109页。

⑨ 严可均辑校：《全上古三代秦汉三国六朝文》，第6083—6084页。

⑩ 严可均辑校：《全上古三代秦汉三国六朝文》，第6111页。

能讽诵。……八年(509)九月，于寿安殿讲《孝经》，尽通大义。"在此思想熏陶下的萧统，"性仁孝"，"善举止"；"性宽和容众，喜愠不形于色"；"孝谨天至"，"仁德素著"。[①] 梁代帝王如此重视儒家经学，使得儒家经学一时大兴。梁代经学的最大特点是"重视经学在宗法礼制方面的应用，即《礼》学"[②]。礼教的兴起，自然就要束缚人们原始情感的抒发，所谓"发乎情，止乎礼义"[③]。这样就可把人们的生活纳入礼教的规范之中，在皇室和朝臣中间提倡勤俭、孝廉的生活作风。由上看出，梁代诸帝王为保住社稷江山，维护封建统治，从佛、儒两方面所要遏制的主要是骄奢、荒淫、糜烂的生活作风，而对文学上的对男女之情爱和女色的细腻描绘及追求过分文学语言的声色之美而产生的轻艳、绮丽、妖冶的文风并未给予太大的干预。这就给人们提出了一个严肃而不易理解的问题：为什么这些崇信佛教、持戒谨严、勇猛精进，又大倡儒家经学、维护伦理纲常的"皇帝菩萨"[④]和现实"人君"[⑤]，会对充满轻艳、绮丽、妖冶的文学创作不予制止，反而亲自实践，大加倡导，使之弥漫于朝野呢？

造成这种现象的原因除了梁代诸帝王认为文风之轻艳、绮丽、妖冶对社稷江山无足轻重外，在我看来，还在于来自佛教中的某些性文化、本土南方的女神文化与士庶新贵们不断追求新的审美趣味这三方面的相互渗透力和张力，长期潜浸在人们的思想观念和行为方式之中，梁代诸帝王也未能幸免。梁代诸帝王谙熟佛教经论，对其中的性文化自不陌生。他们虽受菩萨戒，但菩萨戒并未禁止修持人的性生活，只是反对乱搞男女关系。这样谈性和男女之事就不至于引起"色变"。而且，从佛教定、慧二学来看，女色又可成为衡量修道者的定力深浅和解脱的法门。于是，极写女色和男女之事，在梁代诸帝王看来就没有什么可大惊

① 姚思廉：《梁书》卷八《昭明太子传》，第 169 页。
② 任继愈主编：《中国哲学发展史》第 2 卷，人民出版社 1988 年版，第 637 页。
③《毛诗序》，《十三经注疏·毛诗正义》，第 56 页。
④ 魏收等：《魏书》卷九八《萧衍传》，第 2187 页。
⑤ 姚思廉：《梁书》卷四《简文帝纪》，第 109 页。

小怪的了。[①] 此其一。萧衍、萧纲长期在襄阳任雍州刺史，皆从襄阳发迹：萧衍为雍州刺史时，起兵反齐，并一举成功；萧纲在雍州时，不仅取得对北魏军事上的重大胜利，还形成和扩大了声势浩大的文学集团。"在雍州，(庾肩吾)被命与刘孝威、江伯摇、孔敬通、申子悦、徐防、徐摛、王囿、孔铄、鲍至等十人抄撰众籍，丰其果馔，号'高斋学士'。"[②]萧绎长期任荆州刺史，也拥有像刘孝绰、刘之遴、刘孺、刘孝胜、刘孝先、庾肩吾等一批文人，形成与萧纲遥相呼应的文学圈[③]，直至登帝位，也不愿离开江陵。襄阳、江陵为汉水下游、长江中游之重镇，为楚文化的发祥地。萧衍、萧纲、萧绎长期居此，楚文化中的巫山女神崇拜意识和"楚之云梦"的性观念不会不对他们产生潜移默化的影响。这样，西曲民歌中表现的那种露骨的男女情爱和对女色的细描慢写，对他们来说实在是习以为常的了。据称，萧纲倡导的宫体文学，即"发源于雍州，在萧纲始立为太子时还只是流行于雍府和东宫的文人圈子里，其后才逐渐蔚为风气"[④]。这就是说，以艳情为主的宫体文学发源于襄阳，这是否意味着与此间盛行的荆楚地方性文化有某些内在的联系呢？从"竟陵八友"的王融、范云的《巫山高》、萧衍的《襄阳蹋铜蹄》和萧纲的《楚妃叹》《雍州曲》等作品来看，回答是肯定的。此其二。中国文学尤其诗歌发展到了晋、宋、齐、梁，不断追求创新。先是两晋时玄言诗的兴起，接着是晋宋间的"体有因革，庄老告退，而山水方滋"[⑤]的山水诗的兴盛；至"齐永明中，文士王融、谢朓、沈约始用四声，以为新变，至是转拘声韵，弥尚丽靡，复逾于往时"[⑥]的永明体的创立，再到梁普通年间的"属文好为新变，不拘旧体"[⑦]的宫体文学的风靡，这些新变都是文人有意追求的结果。

① 《古今谭概》有一故事说，明朝有个士人叫丘琼山，好游名山大川。一次，进入一座气象庄严的古刹，发现佛殿的四周墙壁上画满了《西厢记》里的图画，便质问老和尚："佛门清净之地，怎能画这些情男痴女的肮脏行为？"老和尚合十道："咱出家人即从此领悟佛教真谛。"丘琼山不解，老和尚又道："《西厢记·惊艳》中不是有张生的一句唱词'怎当她临去秋波那一转'么？洒家便是从这里透悟禅理的。"此故事之思想所本即为梁代诸帝之女色观念。

② 李延寿：《南史》卷五〇《庾肩吾传》，第1246页。

③ 普慧：《齐梁三大文学集团的构成及其盟主的作用》，《社会科学战线》1998年第2期。

④ 曹道衡、沈玉成：《南北朝文学史》，人民文学出版社1991年版，第239页。

⑤ 刘勰：《文心雕龙·明诗》，刘勰撰，范文澜注：《文心雕龙注》，第67页。

⑥ 姚思廉：《梁书》卷四九《庾肩吾传》，第690页。

⑦ 姚思廉：《梁书》卷三〇《徐摛传》，第446页。

所谓"习玩为理,事久则渎,在乎文章,弥患凡旧。若无新变,不能代雄"[①]。南朝诗风一变于元嘉,再变于永明,三变于普通之后,一次比一次趋于形式上的追求,表现对象也一次比一次狭小,至后来的宫体文学几乎不离艳情和咏物,文人的文学审美观念和趣味由社会功利教化完全转化为个人顽赏、娱乐,甚或是宗教的体验,这三者构成了宫体文学相互制约、互为因果的主要因素。特别是萧纲把修身、养性、齐家、治国、平天下与文学上作为玩赏、娱乐的"吟咏情性"[②],分别来看待,所谓"立身之道与文章异,立身先须谨重,文章且须放荡"[③],更加刺激了宫体文学审美趣味的膨胀与扩展。这种"以艳为美"的审美趣味,较之以政教性和伦理性为主要成分的审美心理来说,是一种比较纯粹的、更具艺术特征的审美心理。它专以人的本性和本体作为审美对象,在一定意义上说,是对正统的审美心理和趣味的一种超越和反叛。特别是在南朝这个充满"楚之云梦"的文化发祥地的氛围中,这种审美心理和趣味就可以给人们带来一种摄人心魂、沁人心脾的亲切感受。此其三。由上看出,被隋唐以后人们普遍攻击、指责、谩骂为"雅道沦缺""淫放"的"亡国之音"[④]的宫体文学,在梁陈人看来并不觉得有什么不好,甚或根本不会想到它会祸国殃民。就连史家姚察在评论宫体文学时,也仅指出了它的特征是"伤于轻艳"[⑤],而且还认为它是文学上的"新变",并未将其斥责为淫逸、荒靡的亡国之音。按说,姚察经历了梁、陈两朝灭国的切肤之痛,可他并未把亡国之因与宫体文学联系起来,这显然不是什么疏忽,而是因他本身即是南朝人,对南朝的那种长期以来就十分活跃的性文化习以为常,并不觉得那是亡国的因素。而北朝人不了解南朝的风俗文化,更多的是站在正统儒家的立场上,把南朝的亡国归咎于宫体文学。事实上,考诸历史,国家的兴亡与艳情文学并无直接关系,萧纲在襄阳,与徐摛、庾肩吾等创作艳情文学,照样可以指挥军队打败北

① 萧子显:《南齐书》卷五二《文学传论》,第 908 页。

② 萧纲:《与湘东王书》,姚思廉:《梁书》卷四九《庾肩吾传》,第 690 页。

③ 萧纲:《诫当阳公大心书》,欧阳询:《艺文类聚》卷二五,第 424 页。

④ 魏徵等:《隋书》卷七六《文学传论》,第 1730 页。

⑤ 姚思廉:《梁书》卷四《简文帝纪》,第 109 页。

魏，拓地千里；梁代晚期的宫体文学虽然成为文坛主流，然梁代的亡国主要在于萧衍处理侯景归降问题上的错误做法[①]，实与宫体文学无关。

综上所述，以艳情为主的宫体文学在梁代诸帝王看来既是“吟咏情性”“情灵摇荡”[②]，又是模仿佛教经论“通过人间的欲色异相来体现‘真如’（‘空’）”[③]，那么，就无所谓有伤风化了，亲自创作并倡导这种“情性”“情灵”，既可抒发平日“立身”时所压抑、扭曲的内心深处的情欲的冲动，又可借此“舍栰登岸”[④]。所谓心中有佛性，自然当解脱。这样，极写艳情与女色，反倒可以对宫廷中和社会上奢靡、荒诞、淫荡之风气进行批判和否定。这就是所谓的“色欲空相”（Rūpa-kāma-śūnya-lakṣaṇa）。于是，帝王倡导，朝臣呼应，宫体文学一时声势浩大，充斥朝野。此处举几篇简略分析之。先看萧衍的《欢闻歌》之一：

艳艳金楼女，心如玉池莲。持底报郎恩，俱期游梵天。[⑤]

此诗有学者认为是暗指男女幽会、交欢[⑥]，也有认为是表达佛徒希冀超脱人间欲界苦海而入清净梵天的美好愿望[⑦]，二者解释的不同主要是因为对“梵天”理解的有别。其实，这二者并不构成矛盾。从诗的整体来看，无疑是表现男女艳情的，如“玉池莲”，实为女阴之象征物，这是佛教经论和造像艺术中惯用的方法。鸠摩罗什就说过：“如臭泥中生莲花，但采莲花，勿取臭泥也。”[⑧]而此“金楼女”是“玉池莲”，更显示出其高雅、净洁，“采”这样的“莲花”，岂不比“臭泥之莲”更具有意义么？“梵天”，既可释为“幽会、交欢之所”，又可解为“色界之初禅天”。出于情爱的男女幽会、交欢，虽属欲界之事，但是在佛教看来，则是可以通过此种法门“俱游到”“色界之初禅天”的“梵天”。即后世佛门所谓“放下屠刀，立地

---

① 王仲荦：《魏晋南北朝史》第六章第四节《侯景乱梁与南朝的再削弱》，上海人民出版社1994年版。

② 萧绎：《金楼子》卷四《立言九下》，萧绎撰，许逸民校笺：《金楼子校笺》，第966页。

③ 许云和：《欲色异相与梁代宫体诗》，《文学评论》1996年第5期。

④《中阿含经》卷五四《大品阿梨吒经》，僧伽提婆译，《大正藏》第1册，第764页c。

⑤ 徐陵：《玉台新咏》卷十，徐陵编，吴兆宜注：《玉台新咏笺注》，第506页；郭茂倩：《乐府诗集》卷四五题王金珠作，第656页。

⑥ 张伯伟：《禅与诗学》，浙江人民出版社1992年版，第216页。

⑦ 许云和：《欲色异相与梁代宫体诗》，《文学评论》1996年第5期。

⑧ 慧皎：《高僧传》卷二《鸠摩罗什传》，第53页。

成佛”[①]是也。又如萧纲的《采莲赋》:

> 望江南兮清且空,对荷花兮丹复红。卧莲叶而覆水,乳高房而出丛。楚王暇日之欢,丽人妖艳之质。且弃垂钓之鱼,未论芳萍之实。唯欲回渡轻船,共采新莲。傍斜山而屡转,乘横流而不前。于是素腕举,红袖长,回巧笑,堕明珰。荷稠刺密,亟牵衣而绾裳;人喧水溅,惜亏朱而坏妆。……千春谁与乐,唯有妾随君。[②]

萧纲此赋以“采莲”喻楚王与丽人之欢爱,其中的“莲”“鱼”为女阴之象征,“水”则为女性之本性取象。《红楼梦》中贾宝玉就说过“男人是泥捏的,女人是水做的”。这种极写男女尽情之合欢,在萧纲看来不过是佛教中讲的“清且空”,正所谓“慧人恒弃舍,庸识屡邅迴。六尘俱不实,三界信悠哉”[③]。再看萧纲的宫体诗《咏美人观画》:

> 殿上图神女,宫里出佳人。可怜俱是画,谁能辨伪真。分明净眉眼,一种细腰身。所可持为异,长有好精神。[④]

不管是殿堂上画的神女,还是现实中实存的美女,在萧纲看来,都不过是画,是虚幻不实的。所以,不能去执着她们。只有明白了女性的这种虚幻,才能使人从苦海中解脱出来。再如萧绎的《荡妇秋思赋》:

> 荡子之别十年,倡妇之居自怜。……秋何月而不清,月何秋而不明?况乃倡楼荡妇,对此伤情!于时露萎庭蕙,霜封阶砌,坐视带长,转看腰细,重以秋水文波,秋云似罗,日黯黯而将暮,风骚骚而渡河。妾怨回文之锦,君思出塞之歌。相思相望,路远如何!鬓飘蓬而渐乱,心怀愁而转叹。愁萦翠眉敛,啼多红粉漫。已矣哉!秋风起兮秋叶飞,春花落兮春日晖。春日迟迟犹可至,客子行行终不归。[⑤]

此赋写时间之易逝、人生之悲离,岁岁年年,春去秋来,荡妇霜染鬓,红

---

① 通润:《成唯识论集解》卷六,《续藏经》第31册,第86页a。
② 欧阳询:《艺文类聚》卷八二,第1404页。
③ 萧纲:《十空诗·如幻》,欧阳询《艺文类聚》卷七六,第1295—1296页。
④ 徐陵:《玉台新咏》卷七,徐陵编,吴兆宜注:《玉台新咏笺注》,第301页。
⑤ 欧阳询:《艺文类聚》卷三二,第570页。

颜不遮老，思夫不见夫，春心已悴憔，人生之痛苦渲染至极。这实际上是佛教苦谛中的“爱别离”和“求不得”之苦[①]在宫体文学上的反映。既有此苦，解脱之法唯有信仰佛教了。在宫体诗中，大量的是“羞恨掩空扉”[②]，“空闺易成响”[③]，“何解妾床空”[④]，“月色思空闺”[⑤]，“取镜挂空台”[⑥]，“何劳空折麻”[⑦]，“空持迷上客”[⑧]，“夜夜守空床”[⑨]，“非复守空房”[⑩]，“宁顾空房里”[⑪]，“中宵空伫立”[⑫]等等诗句。这些诗句虽不一定是直接表现佛教的“空”观，但是就诗的整体而言，这些“空”的运用，为诗作营造出一种男女艳情的虚空之感，让人感到无尽的怜惜。这对于熟知佛教的南朝文人来说，无疑是提醒人们要从此苦海中解脱出来。

当然，宫体文学中的艳情诗赋并不一定都是表现佛教思想，让人对女色作不净观，或说明人间欲爱欢乐是虚幻不实的，它们中有许多作品是以欣赏和赞美的口吻或笔法来写女性或男女之艳情的。如：

北窗聊就枕，南檐日未斜。攀钩落绮障，插捩举琵琶。梦笑开娇靥，眠鬟压落花。簟文生玉腕，香汗浸红纱。夫婿恒相伴，莫误是倡家。[⑬]

碧玉与绿珠，张庐复双女。曼声古难匹，长袂世无侣。似出凤

① 佛教讲苦有八种：即“生苦、老苦、病苦、死苦、忧悲恼苦、怨憎会苦、恩爱别苦、所欲不得苦”。（《增一阿含经》卷四二《结禁品第四十六·八》，僧伽提婆译，《大正藏》第2册，第779页a。）“爱别离苦”(Priyaviprayoge-d)，《佛说五王经》：“何谓恩爱别苦？室家内外，兄弟妻子，共相恋慕，一朝破亡，为人抄劫，各自分张，父东子西，母南女北，非唯一处，为人奴婢，各自悲呼，心内断绝，窈窈冥冥，无有相见之期。”（《大正藏》第14册，第796页c。）“所求不得苦”(Yad Apīcchayāparyeṣ Amāṇo Nalabhatetad Api Duḥkhaṁ)，《佛说五王经》：“何谓所求不得苦？家有财钱，散用追求，大官吏民，望得富贵，勤苦求之，求之不止，会遇得之，而作边境令长。未经几时，贪取民物，为人告言，一朝有事，槛车载去，欲杀之时，忧苦无量，不知死活何日。”（《大正藏》第14册，第796页c。）

② 王筠：《向晓闺情》，欧阳询：《艺文类聚》卷三二，第568页。

③ 王筠：《闺情》，欧阳询：《艺文类聚》卷三二，第568页。

④ 萧子范：《春望古意》，欧阳询：《艺文类聚》卷三，第43页。

⑤ 萧子晖：《春宵》，欧阳询：《艺文类聚》卷三二，第568页。

⑥ 徐陵：《为羊兖州家人答饷镜》，徐陵编，吴兆宜注：《玉台新咏笺注》，第357页。

⑦ 闻人倩：《春日》，徐陵编，吴兆宜注：《玉台新咏笺注》，第355页。

⑧ 纪少瑜：《拟吴均体应教》，徐陵编，吴兆宜注：《玉台新咏笺注》，第354页。

⑨ 刘缓：《冬宵》，徐陵编，吴兆宜注：《玉台新咏笺注》，第347页。

⑩ 王训：《奉和率尔有咏》，徐陵编，吴兆宜注：《玉台新咏笺注》，第336页。

⑪ 刘遵：《从顿还城应令》，徐陵编，吴兆宜注：《玉台新咏笺注》，第335页。

⑫ 萧绎：《夜游柏斋》，徐陵编，吴兆宜注：《玉台新咏笺注》，第305页。

⑬ 萧纲：《咏内人昼眠》，徐陵编，吴兆宜注：《玉台新咏笺注》，第314页。

凰楼，言发潇湘渚。幸有褰裳便，含情寄一语。[①]

皎皎高楼暮，华烛帐前明。罗帷雀钗影，宝瑟凤雏声。夜花枝上发，新月雾中生。谁念当窗牖，相望独盈盈。[②]

在这几首诗中，很难看出有什么佛教色欲空相的思想。萧纲的诗给人表现的是渴求男女长相伴的正常的人的生理和心理需求。王僧孺与何逊的诗则从服装、声音、表情等方面极力渲染和赞美女性之美貌，诗尾并未拖上一条色欲空相之尾巴。正是由于这些没有夹杂佛教观念的宫体诗赋的大量存在，才使得宫体文学适应了皇室、官吏、文人、商贾等的审美趣味和心态。如果宫体文学皆为色欲空相，那么，文学便成了佛教的附庸和宗教的传声筒，文学也就无从谈与“立身”之异了。显然，宫体文学的作家们虽受佛教的巨大影响，但并未完全把文学“吟咏情性”的特点出卖给佛教，他们依然还保留有独立的文学观念和文学领域。

第五节　陈代宫体作家与佛教

陈代的宫体作家基本上是从梁代遗入的。早在萧纲入主东宫之后，徐陵、庾信就加入了萧纲的宫体文学集团。“（萧纲）及居东宫，又开文德省，置学士。肩吾子信、摛子陵、吴郡张长公、北地傅弘、东海鲍至等充其选。”[③]徐陵父徐摛，最早追随萧纲。天监八年（509），萧纲领石头戍军事，量置佐吏时，“高祖谓周舍曰：‘为我求一人，文学俱长兼有行者，欲令晋安游处。’舍曰：‘臣外弟徐摛，形质陋小，若不胜衣，而堪此选。’高祖曰：‘必有仲宣之才，亦不简其容貌。’以摛为侍读”[④]。徐摛于文学，追求新变，“文体既别，春坊尽学之，‘宫体’之号，自斯而起”[⑤]。庾肩吾亦与萧纲、徐摛有共同的思想和审美情趣，故其子庾信也与徐陵一

① 王僧孺：《为人有赠》，徐陵编，吴兆宜注：《玉台新咏笺注》，第 242 页。

② 何逊：《咏倡家》，徐陵编，吴兆宜注：《玉台新咏笺注》，第 215 页。

③ 姚思廉：《梁书》卷四《简文帝纪》，第 690 页。

④ 姚思廉：《梁书》卷三〇《徐摛传》，第 447 页。

⑤ 姚思廉：《梁书》卷三〇《徐摛传》，第 447 页。

样，从小耳濡目染。既入东宫，竞相仿效，遂滥为“徐庾体”。“时肩吾为梁太子中庶子，掌管记，东海徐摛为左卫率，摛子陵及信并为抄撰学士，父子在东宫，出入禁闼，恩礼莫与比隆。既有盛才，文并绮艳，故世号为‘徐庾体’焉。当时后进，竞相模范。每有一文，京都莫不传诵。”①“徐庾体”，实即宫体文学之翻版。记录宫体诗的集子《玉台新咏》即是徐陵受萧纲之命而编纂的。

徐、庾父子既为萧纲幕僚文人，自然也随萧纲崇信佛教。梁武曾因徐摛创作宫体文学而怒斥徐摛，然摛“应对明敏，辞义可观，高祖意释。因问《五经》大义，次问历代史及百家杂说，末论释教。摛商较纵横，应答如响，高祖甚加叹异，更被亲狎，宠遇日隆”②。萧衍精通佛教，尚不能问住徐摛，可见徐摛对佛教经论是非常熟悉的。根据许云和博士的意见，徐摛在回答萧衍的责问时，是以“宫体仿佛经而极写女色和男女性爱所要体现的教化内容及所要达到的教化目的”③是像佛经一样。这就把宫体文学引向了宣扬佛教法力的轨道。庾肩吾，对佛教更为虔诚，而且直接实践佛教戒律，有《咏蔬圃堂诗》《和太子重云殿受戒诗》《咏同泰寺浮图诗》和《八关斋夜赋四城门更作四首》（十六首）等诗作，尤其后者，从病、老、死、沙门四门宣扬人生之苦和虚幻不实，奉劝人们精勤持戒。徐陵深受父亲崇佛之影响，据载：“时宝志上人者，世称其有道。陵年数岁家人携以候之。宝志手摩其顶，曰：‘天上石麒麟也。’光宅惠云法师每嗟陵早成就，谓之颜回。……少而崇信释教，经论多所精解。后主在东宫，令陵讲《大品经》，义学名僧自远云集。每讲筵商较，四座莫能与抗。目有青睛，时人以为聪惠之相也。”④徐陵虽精通佛学，但对名僧大德礼敬尤勤。对智顗大师，“仆射徐陵，德优名重，梦其先门曰：‘禅师是吾宿世宗范，汝宜一心事之。’既奉冥训，资敬尽节，参不失时序，拜不避泥水，若蒙书疏，则洗手烧香，冠带三礼，屏气开封，对文伏读，句句称诺。若非微妙至德，岂使当世文雄屈意如此耶？”⑤当“陈少主顾问群

① 令狐德芬等：《周书》卷四一《庾信传》，中华书局 1971 年版，第 733 页。

② 姚思廉：《梁书》卷三〇《徐摛传》，第 477 页。

③ 许云和：《欲色异相与梁代宫体诗》，《文学评论》1996 年第 5 期。

④ 姚思廉：《陈书》卷二六《徐陵传》，第 1525 页。

⑤ 灌顶：《隋天台智者大师别传》，《大正藏》第 50 册，第 192 页 b。

臣：'释门谁为名胜?'徐陵对曰：'瓦官禅师（智顗），德迈风霜，禅鉴渊海。昔远游京邑，群贤所宗，今高步天台，法云东霭"①。徐陵的佛学著述多已不存，《艺文类聚》收录了不少他写的有关寺院的碑铭，在现存的徐陵著述中，最能反映其佛教思想的是《谏仁山深法师罢道书》，其文摘录如下：

> 窃闻出家闲旷，犹若虚空；在俗笼樊，比于牢狱。非但经有明文，亦自世间共见。……且三十年中，造莫大之业，如何一旦舍已成之功，深为可惜。敬度高怀，未解深意。将非帷帐之策，欲集刘侯。形类卧龙，拟求葛氏。黄石兵法，宁可再逢。三顾茅庐，无由两遇。封爵五等，惟见不逢。中阁外门，难朱易白。鸣笳凤管，非有或闻。舞女歌姬，空劳反玩。觅之者等若牛毛，得之者譬犹牛角。以此之外，何所窥窬。……仰度仁者，心居魔境，为魔所迷，意附邪途，受邪易性。假使眉如细柳，何足关怀；颊似红桃，讵能长久？同衾分枕，犹有长信之悲；坐卧忘时，不免秋胡之怨。洛川神女，尚复不惑东阿。世上班姬，何关君事？夫心者面焉，若论缱绻，则共气共心；一遇缠绵，则连宵厌起。法师未通返照，安悟卖花？未得他心，那知彼意？呜呼桂树，遂为豆火所焚，可惜明珠，乃受淤泥埋没。②

从这篇书信看出，徐陵为劝仁山深法师不要放弃修佛还俗，是晓之以理，动之以情。他列举了世俗所谓的功名利禄、荣华富贵的虚伪，特别提到了"舞女歌姬"，不过是"空劳反玩"。如班婕妤与汉成帝，是"同衾分枕"；秋胡娶妻，三年而返，反成怨恨；曹植与洛川神女，终是"人神之道殊"。在徐陵看来，这些世俗男女情爱之事，只是淤泥浊水，万不可贪恋。由是可见，徐陵对佛教的虔信和对女性及男女之事的淡漠和轻蔑。但是，徐陵作为梁代后期和陈代的宫体文学的主要作家，却又极写女性及男女之艳情，显然，是与萧纲、萧绎及其父徐摛等仿佛教经论中的色欲空相是一致的。然而，如前所说，与梁代宫体作家一样，徐陵的宫体

① 灌顶：《隋天台智者大师别传》，《大正藏》第50册，第194页a。
② 道宣：《广弘明集》卷二四，《大正藏》第52册，第278页a—c。

文学创作并不完全都是为了表现色欲空相的，其中表现某些人的正常的心理和生理欲求的作品并不少见，如：

> 绣帐罗帷隐灯烛，一夜千年犹不足。唯憎无赖汝南鸡，天河未落犹争啼。[①]

> 流苏锦帐挂香囊，织成罗幌隐灯光。只应私将琥珀枕，暝暝来上珊瑚床。[②]

显然，这些诗句与色欲空相无关，而是带着赞许、留恋的情调抒写男女欢爱。这说明徐陵的佛教信仰与他的人生心理和生理需求并不互相排斥。人们在理解崇佛文人时，往往把他们绝对化了，以为他们信仰佛教，就会自觉排斥人间的男女之情欲。其实不然，作为在家的崇佛文人，毕竟不可能像出家人那样严格地恪守戒律而不近女色，因此，当他们以诗人的情怀来观察柔态百媚的女性时，往往会不自觉地为之所吸引和打动。特别是在南朝那样的环境下，一个崇佛文人大谈男女之性生活是很随便、很正常的事情。这从徐陵的《答周处士书》中的言论就可得到证明：

> 仰披华翰，甚慰翘结，承归来天目，得肆闲居。差有弄玉之俱仙，非无孟光之同隐。优游俯仰，极素女之经文；升降盈虚，尽轩皇之图艺。虽复考盘在阿，不为独宿；讵劳金液，唯饮玉泉。[③]

由是可知，徐陵的佛教信仰及色欲空相与他的欣赏男女情爱是并行不悖的。

陈代另一崇佛的宫体文学作家江总，与徐陵的情况相差不多。江总于梁代，即受萧衍的赏识，“梁武帝撰正言始毕，制《述怀诗》，总预同此作。帝览总诗，深降嗟赏”[④]。著名文士张缵、王筠、刘之遴“并高才硕学，总时年少有名，缵等雅相推重，为忘年友会”[⑤]。江总虽未入萧纲、萧

① 徐陵：《乌栖曲》之二，郭茂倩：《乐府诗集》卷四八，第696页。

② 徐陵：《杂曲》后四句，郭茂倩：《乐府诗集》卷七七，第1090页。

③ 李昉等：《文苑英华》卷六七七，第3489页。

④ 姚思廉：《陈书》卷二七《江总传》，第343页。

⑤ 姚思廉：《陈书》卷二七《江总传》，第344页。

绎的宫体文学集团，然而其创作则与萧纲、萧绎等趣味相投，“好学能属文，于五言、七言尤善。然伤于浮艳”[①]。由此，江总也可算是宫体文学的作家了。江总与梁陈时众多的宫体文学作家一样，也是虔诚的佛教信徒。梁时，侯景做乱，江总避之，“至会稽郡，憩于龙华寺，乃制《修心赋》，略序时事。其辞曰：‘太清四年秋七月，避地会稽龙华寺。此伽蓝者，余六世祖宋尚书右仆射州陵侯元嘉二十四年之所构也。侯之王父晋护军将军彪，昔莅此邦，卜居山阴都阳里，贻厥子孙，有终焉之志。寺域则宅之旧基，左江右湖，面山背壑，东西连跨，南北纡萦。聊与苦节名僧，同销日用。晓修经戒，夕览图书。寝处风云，凭栖水月。不意华戎莫辨，朝市倾沦，以此伤情，情可知矣’”[②]。由是可知，江总家世奉佛。江总本人于佛教也是虔信有加：“弱岁归心释教，年二十余入钟山，就灵曜寺则法师受菩萨戒。暮齿官陈，与摄山布上人游款，深悟苦空，更复练戒，运善于心，行慈于物，颇知自励，而不能蔬菲，尚染尘劳，以此负愧平生耳。”[③]江总的文没有流传下来，有关他的佛教思想和活动我们只能从他的十一首崇佛诗中考察。江总与梁代萧纲等一样，受了菩萨戒。其《入摄山栖霞寺诗》序云：“壬寅年（太建十四年，582）十月十八日，入摄山栖霞寺，登崖极峭，颇畅怀抱。至德元年（583）癸卯十月二十六日，又再游此寺，布法师施菩萨戒。甲辰（584）年十月二十五日，奉送金像还山，限以时务，不得恣情淹留。乙巳年（585）十一月十六日，更获礼拜，仍停山中宿，永夜留连，栖神悚听。但交臂不停，薪指俄谢，率制此篇，以记即目，俾后来赏者，知余此志。”[④]与《陈书》不同的是，此序说江总是在摄山栖霞寺由慧布法师受的菩萨戒，而不是在钟山灵曜寺由则法师受菩萨戒。江总既受菩萨戒，自然要按戒律行事，经常忏悔是一个受戒崇佛文人必须做的事情。故江总有《至德二年（584）十一月十二日升德施山斋三宿决定罪福忏悔诗》和《营涅槃忏还途作诗》[⑤]。正是在这种思想的指导下，江总“不邀世利，不涉权幸。……官陈以来，未尝逢迎

① 姚思廉：《陈书》卷二七《江总传》，第 347 页。

② 姚思廉：《陈书》卷二七《江总传》，第 344 页。

③ 姚思廉：《陈书》卷二七《江总传》，第 347 页。

④ 道宣：《广弘明集》卷三〇，《大正藏》第 52 册，第 357 页 a。

⑤ 道宣：《广弘明集》卷三〇，《大正藏》第 52 册，第 356 页 b。

一物，干预一事。悠悠风尘，流俗之士，颇致怨憎，荣枯宠辱，不以介意”[1]。他十分钦慕谢灵运，向往佛教名胜山水。他在《游摄山栖霞寺诗》序中说：“祯明元年(587)太岁丁未四月十九日癸亥，入摄山展慧布法师，忆谢灵运集还故山入石壁中寻昙隆道人有诗一首十一韵。今此拙作，仍学康乐体。”且看他的几首诗句：

> 敬仰高人德，抗志尘物表。三空豁已悟，万有一何小。始终情所寄，冥期谅不少。荷衣步林泉，麦气凉昏晓。乘风面泠泠，候月临皎皎。……平生忘是非，朽谢岂矜矫。五净自此涉，七尘庶无扰。[2]
>
> 太息波川迅，悲哉人世拘。……兹山灵妙合，当与天地俱。……高僧迹共远，胜地心相符。[3]
>
> 十五诗书日，六十轩冕年。名山极历览，胜地殊留连。……金河知证果，石室乃安禅。夜梵闻三界，朝香彻九天。[4]

诗人已豁然开悟诸法之空，什么人间之是非、曲折皆抛之脑后，“六尘”烦恼都不会再来打扰；在这与“天地”灵妙俱合的“名山”“胜地”的“历览”“留连”过程中，会证得正果。从这些诗句可以看出，江总对佛教的赞颂和对佛寺所处山水胜境的向往和留连。

然而，从创作的年代考察，这些崇佛诗作大多作于陈后主(叔宝)时代。据史载：“后主之世，总当权宰，不持政务，但日与后主游宴后庭，共陈暄、孔范、王瑳等十余人，当时谓之狎客。”[5]这就是说，江总创作大量崇佛诗的时候，亦是他与陈后主饮酒作乐、极写艳诗的时候，这看起来是甚相矛盾的。其实，在江总看来，既然已经是“三空豁已悟”“平生忘是非”了，那还在乎什么醉生梦死、男女情欢呢？且看江总的《梅花落》：

> 腊月正月早惊春，众花未发梅花新。可怜芬芳临玉台，朝攀晚折还复开。长安少年多轻薄，两两共唱梅花落。满酌金卮催玉柱，

① 姚思廉：《陈书》卷二七《江总传》，第346页。

② 江总：《游摄山栖霞寺诗》，道宣：《广弘明集》卷三〇，《大正藏》第52册，第357页a。

③ 江总：《入摄山栖霞寺诗》，道宣：《广弘明集》卷三〇，《大正藏》第52册，第356页b。

④ 江总：《明庆寺诗》，徐坚：《初学记》卷二三《道释部》，中华书局2004年版，第559页。

⑤ 姚思廉：《陈书》卷二七《江总传》，第347页。

> 落梅树下宜歌舞。金谷万株连绮甍，梅花密处藏娇莺。桃李佳人欲相照，摘叶牵花来并笑。杨柳条青楼上轻，梅花色白雪中明。横笛短箫凄复切，谁知柏梁声不绝。[①]

此诗借梅花喻佳人，欲求少年；“长安少年”四句，极写男欢女爱。全诗艳情纤秾，丝丝缠绵，可看出江总是如何欣赏男女之情的。另外，如《宛转歌》《杂曲》三首等也均以艳丽著称，“和‘狎客’的身份正相吻合”[②]。

除徐陵、江总之外，陈代崇佛的宫体文学作家还有张正见、陈后主、陈暄、傅宰、姚察（因是史官出身，故其艳味不十分香浓）等，与梁代崇佛的宫体作家和徐陵、江总的思想意识、人生态度、审美情趣相差无几。所不同的是，梁代的崇佛宫体作家虽香艳气非常浓厚，但其艳情作品往往注重色欲空相的结果，而且他们于社会，颇思进取；而陈代的宫体作家江总、陈后主等，虽也崇尚佛教，但其作品更多是发泄个人内心深处未被满足的情结，那种色欲空相的目的很少考虑，而且他们于社会，不思进取，只图享受，其情调十分颓废。所以，史书说：“由是国政日颓，纲纪不立。有言之者，辄以罪斥之。君臣昏乱，以至于灭。”[③]这是《梁书》和《陈书》的作者第一次将宫体文学与国政之兴衰相联系，这就意味着陈代的宫体文学较多地脱离了佛教的色欲空相而走向了娱乐、消遣和个人私情欲念的发泄。由此可见，梁、陈宫体文学在利用佛教色欲空相上的近疏，决定了他们之间的某些不同和差异。

综上所言，梁陈宫体文学的产生和嬗变是有着多种文化因素，其中，天竺的生殖文化、佛教经论中的色欲空相和中国南方荆楚、吴越地域性的女神崇拜文化和开放的性文化以及南朝时期皇室与士大夫、文人特有的文学观念和审美情趣，都起了极为重要的作用。如果我们不从佛教角度来考察梁陈宫体文学，那就难以理解那些励精图治、皈依佛门的帝王为什么会成为艳情文学的倡导者；那些受了菩萨戒而又严格持戒的崇佛文人为什么还会创作大量的艳情作品；为什么这一时期的帝王、“狎客”会一面礼敬佛教、向往佛寺的山水胜地，一面又放浪于酒、

① 郭茂倩：《乐府诗集》卷二四，第351页。

② 曹道衡、沈玉成：《南北朝文学史》，人民文学出版社1991年版，第290页。

③ 姚思廉：《陈书》卷二七《江总传》，第347页。

色、才、情之中等等问题。同时，通过上述的考察，我们也可以看到佛教文化与中国本土文化是怎样相互渗透、相互融合的，并由此而发现佛教中国化和中国佛教化的轨迹。因此，我以为，在已出的中国文学史和文学理论批评史的著作中，在言及梁陈宫体文学的问题时，都未能从佛教角度予以关注，这不能不说是一大遗憾。

第七章　佛教与五朝[①]叙事小说及"世说体"、史传文学

佛教作为一种宗教,在弘法和传播的过程中,为了吸引和教化广大的民众,允许宣讲者采用多种多样、灵活有效的形式、方法和法门,佛教把这些手段统称为"方便"[②]。佛教对这种"方便"极为重视,中国僧人解释道:"又方便者,门也;门名能通,通于所通,方便权略,皆是㖃引,为真实作门。真实得显,功由方便。"[③]就是说,众生的度脱和对佛教真实根本的认识,其功劳都在于方便。离开了方便,佛教就无法向广大众生展示其诱惑人的魅力。佛陀尤其注重运用语言这种方便形式来宣传佛教。《法华经・序品》载佛言:"我以无数方便,种种因缘、譬喻言辞,演说诸法。"[④]然而,在佛教初期(即小乘阶段),对"方便"的运用是有限制的。据说,佛陀及部派佛教时期的比丘,学习佛教教义和传教所用的语言是有限制的。"原始佛教不允许比丘们使用梵文来学习佛教教义,它也没有规定哪一种语言做为标准语言;它允许比丘们用自己的方言来学习佛所说的话。"[⑤]梵文,为天竺文字,相传为大梵天王所说之书,书体右行。在吠陀时代,梵文主要为婆罗门(Brāhmaṇa)使用的语言文字。

---

① 这里的五朝,指都城建立在江南建康(今南京)、朝代相连的东晋、宋、齐、梁、陈,时间为 317—589 年。

② 方便(Upāya):全称"方便善巧""方便胜智"(Upāyakauśalya)。

③ 智𫖮《法华文句》卷三《释方便品》,《大正藏》第 34 册,第 36 页 b

④《妙法莲华经》卷一《方便品第二》,鸠摩罗什译,《大正藏》第 9 册,第 7 页 a。

⑤ 季羡林:《再论原始佛教的语言问题》,《季羡林学术论著自选集》,北京师范大学出版社 1991 年版,第 43 页。

婆罗门是天竺社会上四种姓[①]的最高一种，是一切知识的垄断者，是全社会的精神统治者，享有最高的特权。但它允许刹帝利和吠舍两个种姓诵读用梵文写的经典《吠陀》。原始佛教不允许比丘用梵文来学习佛教教义，说明它是反对属于上层社会的婆罗门的。刹帝利和吠舍除祭祀时用梵文外，平时多用巴利语（Pāli），首陀罗则完全使用粗俗的各地方语。佛教允许比丘用自己的方言传教或学习佛教，而这个方言实际上就是指巴利语。据说佛陀本人在传教时经常使用的方言是摩揭陀（Magadha）语和憍萨罗（Kośalā）语。按斯里兰卡的传统说法，巴利语即摩揭陀语。现代学者认为，巴利语是摩揭陀语的一种变异形式。[②] 这说明原始佛教基本上是一种贫民的宗教。这样，原始佛教的传播者们在面对文化水平低下的民众时，就不能用那些古雅的语汇、抽象的说理等形式进行讲说，而是采用浅显的、接近口语的语言，通过讲故事和寓言的形式，把抽象的佛教理论具体化、形象化。这样的故事和寓言越富有情节化、越完整，叙事性越强，其感染力和威慑力就越大。因此，原始佛教极为注重把佛教教义叙事化、故事化，这从诸多的譬喻经和用巴利语写成的《佛本生故事》[③]即可看出。大乘佛教兴起，主张普度众生，认为凡是有利于众生皈依佛教的方便都可运用。这样，原为婆罗门用的梵文也就不再被限制于佛教之外了。随着更多的婆罗门对佛教的皈依，佛教队伍中的文化水平也有了很大的提高。为了满足这些知识僧侣的高层次的文化需求，佛教接受了典雅、古奥的梵文。于是，佛教经论中出现了大量的韵语和诗偈，故事和寓言的形式也由以前单一的散文体之后，加上了复述同样内容的字句对偶、音律谐和的韵文和诗偈。在此基础上，便产生了讲述佛陀从诞生直至涅槃的生平故事的、史诗般的长篇叙事诗——马鸣的《佛所行赞》等。同时，佛经中还保留了一些天竺早期的史诗故事。这些文字优美、情节起伏、故事完整、叙事生动

① 天竺社会根据种族、职业世袭所划分的四个阶层，即婆罗门（Brāhmaṇa，教士，掌管祭祀）、刹帝利（Kṣatriya，武士，掌管国家）、吠舍（Vaiśya，农民和工商业者）、首陀罗（Śūdra，卑贱的奴隶）。

② 季羡林主编：《印度古代文学史》，北京大学出版社 1991 年版，第 124 页。

③ 孙昌武认为，《佛本生故事》"在南齐时可能翻译过，但后来佚失了"。（孙昌武：《佛教与中国文学》，上海人民出版社 1988 年版，第 15 页。）

的佛教作品，颇富有文学色彩。从文学的角度看，这些作品的文学技巧之娴熟，艺术趣味之浓厚，已经达到了相当的高度。它在内容上，多歌颂和赞扬善良、美好、勤劳、智慧、团结、友爱，极富有哲理性和教育意义；在形式上，发扬了天竺古老的史诗般的叙事思维方式，结构完整，故事性强，艺术手法多样，富有艺术感染力。因而，当这些佛教文学作品被传播到各地后，便对当地的文学产生相当大的影响。鲁迅在谈到佛教寓言时曾说："尝闻天竺寓言之富，如大林深泉，他国艺文，往往蒙其影响。"①佛教的这些具有文学品味的作品，随着佛教的教义传播一起涌进了中土，它们作为一种异域的思想文化，不仅在文化思想上给中土带来了新的观念、新的思维方式，还在文学上给中国输入了叙事文学的结构和模式。可以说，中国的叙事文学的样式——小说，之所以能在魏晋南北朝时期兴起，并走向成熟，与佛教在此时的兴盛有着极大的关系。

第一节　小说之叙事性结构与佛教

按照东西方现代文学理论的说法，文学体式（Mode）的划分大致有三种：即抒情诗（Lyric）、戏剧（Drama）和叙事文（Narrative）。② 我们知道，文学是用语言材料生动、形象地传达人生经验的本质和意义的艺术。抒情诗的传达人生经验在于直接描绘静态的人生本质；戏剧是通过场面的冲突和角色的诉怀——即英文所谓的舞台表现（Presentation）或体现（Representation）来关注人生的矛盾，从而传达出人生的本质；叙事文则侧重于展现时间流中的人生经验或在时间流中展现人生的历程，因而是一个充满动态的过程，也即人生经验一段一段的拼接和连缀，它不是直接去描绘人生的本质，而是以"传"（Transmission）事为主要目标，告诉读者某事在时间中如何如何流过，从而展现

① 鲁迅：《集外集·痴华鬘题记》，《鲁迅全集》第7卷，人民文学出版社1973年版，第458页。

② 参见［日］浜田正秀：《文艺学概论》第三章《文学体裁》，陈秋峰、杨国华译，中国戏剧出版社1985年版。

它的起讫和转折。[①] 从东西方传统文学发展的历程来看，西方的传统文学是以后者为主，即从古希腊荷马史诗(Epic)开始，到中近世的“罗曼史”(Romance)，再到18—19世纪的长篇小说(Novel)，构成了一个经由“Epic－Romance－Novel”一脉相承的主流叙事文学的系统。而中国的传统文学的走向却与西方文学传统的主脉形成了殊途同归的异趣，其主流是“诗—骚—赋—乐府—律诗—词曲—戏剧—小说”[②]。由是看出，二者的源头和重心有很大的不同。中国早期的文学是一个诗的王国，而且是抒情诗的天地，史诗极为罕见。神话(Myth)，一般认为是叙事文学的最古老的形式。鲁迅在谈到小说渊源时说：“探其本根，则亦犹他民族，在于神话与传说。”[③]然而，在中国，超语言(Metalanguage)的神话却是一种“非叙述性的”，因为它不像西方神话那样以“时间性”(Temporal)为架构，而是以“空间化”(Spatial)为经营中心，故缺少完整的故事，缺少人物个性化和事件具体化的描写。再加上儒家思想对神话的排斥[④]，致使神话在中国文学中影响极小。中国的叙事文的源头虽然可以追溯到《尚书》和《左传》，但那是属于史传文的范畴，与虚构(Fiction)性的叙事文学不是一个领域。叙事文学的主体是小说，而“小说”这一名称在先秦的典籍中已经出现，所谓“饰小说以干县令，其于大达亦远矣”[⑤]。这是说“小说”是与那些弘论大言相反，没有什么思想意义的琐屑言谈。亦即荀子所说的“小家珍说”[⑥]。显然，这里的“小说”不具备叙事文学的意义。汉代对小说的认识基本承袭《庄子·外物》的说法，但有所创造。

小说家者流，盖出于稗官，街谈巷语，道听途说者之所造也。[⑦]

---

① 参见[美]浦安迪：《中国叙事学》，北京大学出版社1996年版，第6页。

② 戏剧、小说作为中国传统文学后期的主流，乃是现代人的看法。事实上，戏剧和小说于明、清时期，谓俗文学，是不登大雅之堂的。文坛的正统席位仍然属于诗和文(抒情文和政论文)。

③ 鲁迅：《中国小说史略》，东方出版社1996年版，第7页。

④ “子不语怪、力、乱、神。”(《论语·述而》，朱熹：《四书章句集注》，第98页。)

⑤《庄子·杂篇·外物》，郭庆藩：《庄子集释》，第925页。

⑥《荀子·正名第二十二》，王先谦：《荀子集解》，中华书局1988年版，第429页。

⑦ 班固：《汉书》卷三〇《艺文志第十》，第1745页。

> 小说家合丛残小语，近取譬论，以作短书，治身理家，有可观之辞。[①]

“街谈巷语”“丛残小语”，仍是先秦小说之观念。“以作短书”，则说明桓谭已注意到了小说的文体和结构。然而根据桓谭的整句话来理解，他所谓的小说，乃是指寓言。[②] 先秦两汉人对“小说”名称的认识，基本上反映了这一时期小说的实际状况。这就是说，作为叙事文学意义上的中国小说的源头和原型，并不是来自于先秦两汉的“小说”[③]。按照今天文学理论对“小说”的定义，我以为五朝可算是中国作为叙事文学——小说的成形期。美国普林斯顿大学教授、著名汉学家浦安迪博士(Dr. A. H. Plaks)说：“先秦寓言故事严格讲，不能称为小说，汉代小说又多伪托，而六朝则为小说真正风行的时代。”[④]那么，构成五朝叙事小说的“源头”和“原型”到底在哪里呢？五朝小说又何以一时间就能一挥而就呢？

既然中国先秦、两汉的“街谈巷语”“丛残小语”不能构成五朝小说的源头和原型[⑤]，那么，我们就得换一个思路，从另外一条渠道考虑。被西方文学理论界誉为与马克思主义批评、精神分析批评鼎立的原型批评[⑥]的理论认为，人类文化是由一系列的“文化原型”组成，每一民族的文化都存在着该民族固有的“原型系统”，也即一些不断复现的结构模型。这些复现的结构模型不断作用，推动着该民族文化的运动与发展。在中华民族文化发展的历程中，并不都是单一的本土文化。在本土的汉文化刚刚得到统一并基本形成稳定结构模型时的汉代，就从遥远的

---

① 桓谭：《新论·补遗》，朱谦之：《新辑本桓谭新论》，中华书局2009年版，第1页。

② 参见吴志达：《中国文言小说史》，齐鲁书社1994年版，第22页。按：中国先秦的寓言，虽有故事，但却侧重于“言”和“理”，而不注重“事件”本身。因而不能算作叙事文学的源头。

③ 这样说，并不绝对排斥中国先秦以来业已存在的文学素材、题材等，诸如神话传说、寓言、史传中的一些人物事迹、稗官野史中的灵、怪、鬼、仙等等内容对五朝小说的影响。

④ 浦安迪：《中国叙事学》，北京大学出版社1996年版，第11页。六朝，指上述五朝外，再加上三国时的吴(都建康)。我个人觉得，东吴时期的“小说”实属两汉“街谈巷语”的继续，并未成型。况且，吴与五朝之间在时间上还隔着魏和西晋，故严格地讲，六朝只是一个地域上的概念。而五朝则是一个具有地域和时间双重意义的概念。所以，我以为，说五朝更为严密。

⑤ 这里的源头和原型，主要是指一种完整的、具有时间性的叙事形态。

⑥ 参见 Wolfgang Bernard Fleischman: *Encyclopedia of Wold Literature in the 20th Century*, Frederick Ungar Publishing Co., 1975, Vol. 2, p.288。

喜马拉雅山南麓到喀喇昆仑山西麓的广大的五天竺国和西域，分别经丝绸之路和南海传入了一种新的宗教文化——佛教文化。这种佛教文化来势并不凶猛，而是以它那特有的韧力，渗透到了本土文化之中，经过三国、西晋至东晋十六国，外来的佛教文化已蔚为大观，改变了本土汉文化固有的稳定结构模型。佛教文化传播的内容，并不仅仅是教义上的，它同时也包含着天竺更为古老的文化原型。这就是说，比佛教更为古老的文学原型在佛教的传播过程中进入了中国。与中国文学注重抒情诗的传统不同，天竺的文学传统是从史诗开始的。产生于公元前4世纪的著名史诗《摩诃婆罗多》(*Mahābhārata*)与《罗摩衍那》(*Rāmāyaṇa*)[①]无论在内容还是形式上都与荷马史诗有相近之处。内容上，它们有英雄、美女、爱情、王位的继承、宫廷的阴谋及男女主人公的悲欢离合、复仇、战争、神助等；形式上，它们有完整的故事情节和鲜明的人物形象。特别是情节方面，已具备了开端、发展、高潮和结局。"而且每一阶段都不乏扣人心弦的戏剧性冲突和紧张场面"，"主要人物都有鲜明的个性，互不雷同"[②]。与希腊史诗不同的是，在天竺的两大史诗中，有许多"插话"(Upākhyāna)。这些插话各自独立，是一个个小故事，有自己的情节和人物。但跟主线的中心故事与核心人物紧密相连。天竺这两大史诗的文学原型在佛教经论的翻译中，被介绍到了中国。姚秦时期，佛教大翻译家鸠摩罗什在翻译《大庄严经论》时，就介绍过《摩诃婆罗多》："时聚落中多诸婆罗门，有亲近者为聚落主说《罗摩延书》，又《婆罗他书》，说阵战死者，命终生天。"[③]而《罗摩衍那》的主干故事情节，则在汉译佛典中较为详细地作了介绍。这个故事的上半部分载于元魏西域三藏吉迦夜共昙曜译的《杂宝藏经》(427年译)卷一的第一个故事，名《十奢王缘》。主要讲述国王十奢之太子罗摩被流放深山，继立太子的弟弟婆罗陀得知，将兵入山，请罗摩还朝登极，罗摩不肯，将革屣与弟。婆罗陀还朝，置革屣于御座，代摄国政。12年后，罗摩还国为王。下半部分载于三国吴康僧会译的《六度集经》(251年译)卷五

---

① Ananda Guruge: *The Socicty of the Rāmāyaṇa*, Maharagama, Ceylon, India, 1960, p.p.36-39.

② 季羡林主编：《印度古代文学史》，北京大学出版社1991年版，第71—72页。

③《方广大庄严经》卷五，鸠摩罗什译，《大正藏》第4册，第281页a。

《未名王生经》的第 46 个故事，名为《猴王》。主要讲述菩萨曾为国王，遭舅舅兴兵夺地，为避战争，他带着元妃逃往山林，不期元妃被邪龙盗挟。他路遇猕猴王，并帮助猴王打败猴舅，猴群帮他找到了元妃。人猴两王班师回国，国王复又为王。这两个故事“合而读之，据印度罗古毗罗（Dr. Raghu Vira）与日本山本博士（Dr. Chikyo Yamamoto）之研究，即印度古代大史诗罗摩衍那最早之传说形式，虽后世发展，史诗内容，逐渐丰富，然犹可于此古代简单故事中，见其梗概”[①]。与《摩诃婆罗多》在结构上类似的还有巴利文的《佛本生经》（*Jātaka*），它也是以佛的前生为骨架，把几百个流行民间的故事汇集起来，成为一部大书。季羡林说：“中译佛典里的吴康僧会译《六度集经》、吴支谦译《菩萨本缘经》、西晋竺法护译《生经》、朱绍德、慧询译《菩萨本生鬘论》、元魏慧觉等译《贤愚经》等等，都同巴利文的《佛本生经》是一个类型。”[②]汉译佛典中还有一种经具有叙事文学的特征，那就是“譬喻经”，它包括 Avadāna 和 Upamā 两种形式[③]在内，如被鲁迅极为重视并出资捐刻的《百喻经》等。汉译佛典中的天竺史诗、佛本生故事和譬喻等，较诸天竺的可能有些简单，但它们保留的那种完整的情节，鲜明的人物和叙事的时间性，进入了中国，融入到了汉文化当中，就有可能成为五朝时期中国叙事文学的原型。如佛经里的一则故事：

昔有婆罗门，其妇少壮，姿容艳美，欲情深重，志存淫荡。以有姑在，不得遂意，密作奸谋，欲伤害姑。诈为孝养，以惑夫意，朝夕恪勤，供给无乏。其夫欢喜，谓其妇言：“尔今供给，得为孝妇，我母投老，得尔之力。”妇答夫言：“今我世供，资养无几，若得天供，是为愿足，颇有妙法，可生天不？”夫答妇言：“婆罗门法，投岩赴火，五热炙身，行如是事，便得生天。”妇答夫言：“若有是法，姑可生天，受自然供，何必孜孜，受世供养。”作是语已，夫信其言，便于野田，作大

① 常任侠：《佛经文学故事选》，上海古籍出版社 1982 年版，第 7 页。

② 季羡林：《印度文学在中国》，《中印文化关系史论文集》，三联书店 1982 年版，第 126 页。

③ Avadāna，音译阿波陀那，原指篇幅较大，内容详尽的传奇故事；Upamā，音译优波摩，一般指篇幅相对较短，注重寓道理于故事中的寓言。然，譬喻经中的寓言，并不都是篇幅简短，有的故事还很复杂，情节也较为完整。这一点与中国先秦之寓言有些不同。

火坑，多积薪柴，极令然炽。乃于坑上，而设大会，扶将老母，招集亲党。婆罗门众，尽诣会所，鼓乐弦歌，尽欢竟日。宾客既散，独共母住。夫妇将母，诣火坑所，推母投坑，不顾而走。时火坑中，有一小隥，母堕隥上，竟不堕火。母寻出坑，日已逼暗，按来时迹，欲还向家。路经丛林，所在阴黑，畏惧虎狼，罗刹鬼等，攀上卑树，以避所畏。会值贼人，多偷财宝，群党相随，在树下息。老母畏惧，怖不敢动，不能自制，于树上咳。贼闻咳声，谓是恶鬼，舍弃财物，各皆散走。既至天明，老母泰然，无所畏惧，便即下树，选取财宝。香璎珠玑，金钏耳珰，真奇杂物，满负向家。夫妇见母，愕然惊惧，谓是起尸鬼，不敢来近。母即语言："我死生天，多获财宝。"而语妇言："香璎珠玑，金钏耳珰，是汝父母，姑姨姊妹，用来与汝。由吾老弱，不能多负，语汝使来，恣意当与。"妇闻姑语，欣然欢喜，求如姑法，投身火坑。而白夫言："老姑今者，缘投火坑，得此财宝，由其力弱，不能多负，若我去者，必定多得。"夫如其言，为作火坑，投身焦烂，于即永没。尔时诸天，而说偈言："夫人于尊所，不应生恶意。如妇欲害姑，反自焚灭身。"①

这个故事首先是以宣扬佛教的恶有恶报为旨趣，它完全是一种社会心理的折射，是长期以来广大黎民百姓对那些对老人不尽孝道的恶人的痛恨的反映。如果用抽象的说教来阐释恶人恶报的教义，显然是枯燥乏味的，而借这样生动的故事，就可以使读之者善恶分明，理存心朗。闻之者"阖众倾心，举堂恻怆。五体输席，碎首陈哀。各各弹指，人人唱佛"②，从而达到恶者弃恶以从善，善者扬善以精进的效果。在这个故事中，我们除了明了它的宗教旨趣外，还看到了它的一种完整的叙事结构或模型。在这里，作为现代叙事文的六要素，即时间、地点、人物、事件、起因、后果，都齐备了；作为现代小说的情节四要素，即开端、发展、高潮、结局，也已具备；而且情节曲折，跌荡起伏，步步扣人心弦。特别是故事中的人物形象塑造得十分鲜明：婆罗门夫妇的不孝、奸诈、贪婪，乃

①《杂宝藏经》卷十《婆罗门妇欲害姑缘》，吉迦夜共昙曜译，《大正藏》第4册，第498页b—c。
② 慧皎：《高僧传》卷十三《唱导论》，第521—522页。

至愚蠢；老母的忍耐、机智等这些个性特点都栩栩如生，宛在目前。人物的语言也极富个性化。与其说这是故事还不如说就是小说呢。显然，像这样结构完整的小说在先秦是极少有的，而在佛教经论中却是俯拾即是，不胜枚举。佛教文化中的这些原型，把文学与社会生活紧密地联系在一起，成为二者相互作用的媒介。如果说佛教文化在五朝时期成为全社会的一种最为活跃的文化的话，那么，它的这些文学原型乃至整个思想就首先对其时志怪小说的创作产生了极为深广的影响。鲁迅指出："还有一种助六朝人志怪思想发达的，便是印度思想之输入。因为晋宋齐梁四朝，佛教大行，当时所译的佛经很多，而同时鬼神奇异之谈也杂出，所以当时合中印两国底鬼怪到小说里，使它更加发达起来。"①另外，从传播情况来看，五朝时宣讲佛教经论，盛兴"唱导"形式。唱导师除了具备广博的知识，"商榷经论，采撮书史"而外，还要有即兴创作、随缘发挥的能力，"若为君王长者，则须兼引俗典，绮综成辞；若为悠悠凡庶，则须指事造形，直谈闻见；若为山民野处，则须近局言辞，陈斥罪目。凡此变态，与事而兴，可谓知时知众，又能善说"②。这种唱导不是解释性的，而是演义式的，它可以"谈无常""语地狱""征昔因""核当果""谈怡乐""叙哀戚"，总之是用可歌可泣、感人肺腑的故事或寓言来打动人心。唱导的唱辞有些是承传下来的，有些则是应时编成的，所谓"言无预撰，发响成制"③。这些口头形式的讲经，可以说就是唐代"俗讲"的前身。佛教经论中的故事、寓言，乃至一些中国本土的东西，就是通过这些唱导师们的宣讲，深入到了帝王、士大夫、文人、百姓的心中，成为五朝部分小说的原材料。如果这个设想能够成立的话，那么，抛开中国古代正统文学中的诗文来看，中国古代的整个叙事文学就有了一个从源到流的完整的发展线索了，那就是：天竺史诗—佛本生故事—五朝小说（志怪、志人）—唐变文、传奇—宋元话本—明清章回小说。

---

① 鲁迅：《中国小说的历史变迁》，《鲁迅全集》第9卷，人民文学出版社1981年版，第308页。

② 慧皎：《高僧传》卷十三《唱导论》，第521页。

③ 慧皎：《高僧传》卷十三《道儒传》，第515页。

第二节　佛教故事、譬喻对志怪小说的影响

加拿大著名的文学批评家诺思洛普·弗莱(Northrop Frye)在他的原型批评理论中认为,原型,其根源既是社会心理的又是历史文化的,它把文学同生活联系起来,成为二者相互作用的媒介;它还体现着文学传统的力量,把孤立的作品相互联结起来,使文学成为一种社会交际的特殊形态;原型还可以是意象、象征、主题、人物、结构等文学的内在因素。①

佛教经论中的故事和寓言原型,其根源即是社会心理和历史文化的。它在中国的传播,首先不是以文学的面目出现的,而是作为根据社会心理需求的宗教形式走到人们中间的。但是,抽象的说教,是很难深入人心的,尤其是文化层次较低的黎民百姓。而以生动有趣的故事形式,则能起到特殊的效果。这些具有浓厚宗教色彩的文学或本身即是佛教文学的故事、寓言、譬喻、史诗等随着佛教在五朝的兴盛而走入了千家万户。统而察之,佛教对五朝志怪小说的影响有如下几个方面。

一　人生观和道德观

佛教有它一套与中国本土完全不同的人生观和道德观。它们认为,人的生命是一个循环往复的过程,每一个体都有他的三世,即前世、今世和来世。这三世是轮回转生的,即生而复死,死而复生,生生死死,死死生生,轮转不已。而每一轮转去处的好坏,即轮回的六道(地狱、恶鬼、畜生、人、阿修罗、天),都决定于他的现世的行为。就是说,人在现世行善积德了,来世即会转为阿修罗或进入天界;若现世做恶多端,则会变成畜生或恶鬼,甚至堕入地狱。现世人生的好坏或地位的高低,也取决于前世的道德行为。这种三世说和因果报应的人生观和道德观虽屡遭本土文化的抵御,但它还是以顽强的渗透力,深入到了中国人的心中。这种渗透并不仅仅依靠理论上的说教,还大量以志怪小说的面目

① 参见叶舒宪:《神话——原型批评的理论与实践》,《神话——原型批评》,陕西师范大学出版社1987年版,第15—17页。

出现，主要有如下几类：

一是“三世因缘”。

> 安侯世高者，安息国王子。与大长者子共出家，学道舍卫城。值主不称，大长者子辄恚，世高恒呵戒之。周旋二十八年，云当至广州。值乱，有一人逢高，唾手拔刀曰：“真得汝矣！”高大笑曰：“我宿命负对，故远来相偿。”遂杀之。有一少年云：“此远国异人而能作吾国言，受害无难色，将是神人乎？”众皆骇笑。世高神识还生安息国，复为王作子，名高。安侯年二十，复辞王学道。十数年，语同学云：“当诣会稽毕对。”过庐山，访知识，遂过广州。见少年尚在，径投其家，与说昔事，大欣喜，便随至会稽。过嵇山庙，呼神共语，庙神蟒形，身长数丈，泪出。世高向之语，蟒便去，世高亦还船。有一少年上船，长跪前受咒愿，因遂不见。世高曰：“向少年即庙神，得离恶形矣。”云庙神即是宿长者子。后庙祝闻有臭气，见大蟒死，庙从此神歇。前至会稽，入市门，值有相打者，误中世高头，即卒。广州客遂事佛精进。[1]

这则故事，讲的是安世高的“三世因缘”故事。安世高，名清，是中国佛教史上早期著名的译经高僧，是小乘禅数学的传播者。这个故事在当时影响很大，以致梁代的高僧慧皎在《高僧传》卷一里写到安世高时，还录用了这则故事，只是文字略有差异。这类宣扬三世因缘的故事还有不少。又如：

> 《冥祥记》云：琅琊王珉，其妻无子，常祈观音乞儿。珉后路行，逢一胡僧，意甚悦之。僧曰：“我死当为君子。”少时，道人果亡。三月间，珉妻有娠。及生，能语，即解西域十六国音。大聪明有器度，即晋尚书王渊明身也，故小名阿练，叙前生时事事有验也。[2]

此故事原出王琰《冥祥记》，唐法琳收入其《辨正论》，宋李昉等编《太平广记》卷一一〇《报应九》亦收入此条。再如，王琰《冥祥记》中的“陈秀

---

① 刘义庆：《幽明录・安息王子》，李昉等：《太平广记》卷二九五，中华书局 1961 年版，第 2346—2347 页。

② 法琳：《辨正论》卷七《信毁交报篇第八》，《大正藏》第 52 册，第 537 页 c。

远”条,刘宋的陈秀远信佛:

> 元徽二年(474)七月,中宴卧未寝,叹念万品死生流转无定,惟已将从何来一心,祈念冀通感梦。时夕结,阴室无灯烛。有顷,见枕边如萤火者,明照流飞。俄而,一室尽明,连空如昼。秀远遽兴合掌喘息,见庭中四五丈上有一桥阁危栏彩槛立于空中。秀远了不觉升之坐于桥侧。见桥上士女往还,衣装不异世人。末有一妪,年可三十,青袄白裳,行至秀远而立。有顷,又一妇人,纯衣白布,偏环髻,持香花前,语秀远曰:“汝前身即我也,以此花供养佛,故得转身作汝。”复指青白妪曰:“此即复是我前身也。”言殚而去,后指者亦渐隐。秀远忽不觉还下之,时光亦寻灭。[①]

宣扬“三世因缘”的小说,从文学角度,为佛教轮回转世和形尽神不灭的理论做了有力的证明,其影响力并不亚于慧远、郑鲜之、沈约、萧琛等人从理论上所作出的努力。

二是“因果报应”。佛教所遵循的道德行为准则即是“诸恶莫作,诸善奉行”[②]。这个行为准则是建立在因果报应原理的基础之上的。按照因果报应的理论,“人生的命运、前途完全受因果律的支配和主宰,善因得善果,恶因得恶果”[③]。佛教经论中这类故事比比皆是,上节所引《杂宝藏经》中的《婆罗门妇欲害姑缘》即一例。在五朝志怪小说中,也是一大主题。如《幽明录》“姚翁”条,讲的即是项县县令因秉公审理一件人命案而受到善报的故事。佛教的道德观中的一条最为重要的原则就是“不杀生”,即不能以任何方式伤害各种生命,这是尊重和承认一切生命平等权的体现。杀生即有恶报,不杀生即有善报。这一点在南朝志怪小说中得到了广泛的反映。

> 吴唐,庐陵人也。少好驱媒猎射,发无不中,家以致富。后春日,将儿出射,正值麋鹿将麑,鹿母觉人气,呼麑渐出。麑不知所畏,径前就媒,唐射麑,即死。鹿母惊还,悲鸣。唐乃自藏于草中,

① 李昉等编:《太平广记》卷一一四《报应十三》,第790—791页。

② 《法句经》卷下《述佛品》,维祇难译,《大正藏》第52册,第537页c。

③ 方立天:《中国佛教与传统文化》,上海人民出版社1988年版,第256页。

> 出麑致净地。鹿母直来地，俯仰顿伏，绝而复起。唐又射鹿母，应弦而倒。至前场，复逢一鹿，上弩将放，忽发箭反激，还中其子。唐掷弩抱儿，抚膺而哭。闻空中呼曰："吴唐，鹿之爱子，与汝何异！"唐惊听，不知所在。[①]

此事又见《幽明录》。再如，《幽明录》中的"王导"条，说王导兄弟三人"断舌而杀"鹊，果遭报应，三人"悉得喑疾"。"沛国周氏"条，说周氏儿时用蒺藜害死三只小燕子，长大后，所生三儿皆哑。这就是作恶多端的结果。反之，不杀生者自有善报。

> 苏易者，庐陵妇人，善看产。夜忽为虎所取，行六七里，至大圹，厝易置地，蹲而守。见有牝虎当产，不得解，匍匐欲死，辄仰视。易怪之，乃为探出之，有三子。生毕，牝虎负易还。再三送野肉于门内。[②]

此外，《搜神记》还记有病龙、玄鹤、黄雀、蛇、龟、蚁、鱼、犬等报恩故事。

> 桓邈为汝南，郡人赍四乌鸭作礼。大儿梦四乌衣人请命。觉，忽见鸭将杀，遂救之，买肉以代。还，梦四人来谢而去。[③]

此文中虽未言及善报之事，但自然使人联想到佛本生故事中的"割肉贸鸽"的故事。事说尸毗王（Śibi Raja）为救一只被饿鹰追逐的鸽子而"持刀自割股肉与鹰"[④]。二者何其相似，所不同处是，一买肉换取鸭子性命，一割己肉贸鸽以救鸽、鹰之性命。显然后者更为悲悯、壮烈、无私。因果报应的思想对中国的叙事文学影响深远，以致后来的许多章回小说把因果报应当成了结构小说的固定模式。

三是"死而复生"。"死而复生"是佛教"三世因缘"和"因果报应"思想的必然产物。今天，稍具有科学知识的人都知道，被医学上称为死亡的人是不可能再还生的。在中国古代的魏晋以前，中国人也认为人死

---

① 萧子良：《冥验记・吴唐射鹿事》，李昉等编：《太平御览》卷九〇六《兽部》，第4019页。

② 干宝：《搜神记》卷二〇"苏易"，李剑国：《新辑搜神记》，中华书局2007年版，第456页。

③ 刘义庆：《幽明录・桓邈》，李昉等编：《太平广记》卷二七六《梦一》，第824页。

④《众经撰杂譬喻》卷上，鸠摩罗什译，《大正藏》第4册，第531页c。又《贤愚经》卷一《梵天请法六事品》（慧觉等译）亦载。

后是不可复生的。所谓“众生必死，死必归土，此之谓鬼”[1]。然而，自从佛教输入后，这种“死而复生”的观念和说法也进入了中土，并在民间得到了广泛的流传，以致正史及僧传也多采其说。

> 帛远，字法祖……。(后)行至汧县，忽语道人及弟子云：“我数日对当至。”……明晨，……奄然命终。……后少时有一人，姓李名通，死而更苏云：“见祖法师在阎罗王处，为王讲《首楞严经》，云：‘讲竟，应往忉利天。’又见祭酒王浮，一云道士基公，次被锁械，求祖忏悔。”昔祖平素之日，与浮每争邪正，浮屡屈，既瞋不自忍，乃作《老子化胡经》，以诬谤佛法，殃有所归，故死方思悔。[2]

此事又见刘义庆《幽明录》及陈子良注引梁裴子野《高僧传》。据说，干宝作《搜神记》也是因为一番“死而复生”的因缘：

> 宝父先有所宠侍婢，母甚妒忌。及父亡，母乃生推婢于墓中。……后十余年，母丧，开墓，而婢伏棺如生；载还，经日乃苏。言其父常取饮食与之，恩情如生。在家中，吉凶辄语之，考校悉验。地中亦不觉为恶。既而嫁之，生子。宝兄尝病气绝，积日不冷。后遂悟，云见天地间鬼神事，如梦觉，不自知死。宝以此，遂撰集古今神祇灵异人物变化，名为《搜神记》。[3]

宝父侍婢死而复生事，又见《孔氏志怪》，末尾说“宝因作《搜神记》，中云‘有所感起’是也”[4]。宝兄死而复苏事，又见《文选抄》，谓其兄名庆，死而复生，宝感而作《搜神记》。又《十二真君传》亦载此事。[5] 干宝既有所感，故于《搜神记》中多记此类故事。是书卷十五共十七条，就有十三条记写此类事。人死而复生，显然系虚构传说之事，它不过是从佛教经论中佛本生故事而衍生出来的一种形式而已。从思想上来看，一点儿都不值得肯定，然而，把它运用于老百姓的生活中，却也可以产生出许多

① 《礼记·祭义》，《十三经注疏·礼记正义》，第3461页。

② 慧皎：《高僧传》卷一《帛远传》，第26—27页。

③ 房玄龄等：《晋书》卷八二《干宝传》，第2150页。

④ 陈耀文：《天中记》卷十九《妾侍》，影印《文渊阁四库全书》第965册，第871页c。

⑤ 李昉等编：《太平广记》卷十四，第100页。

动人的故事。

> 晋武帝(按:当为惠帝)世,河间郡有男女私悦,许相配适。寻而男从军,积年不归。女家更欲适之,女不愿行。父母逼之,不得已而去,寻病死。其男戍还,问女所在,其家具说之。乃至冢,欲哭之尽哀,而不胜其情。遂发冢开棺,女即苏活,因负还家。将养数日,平复如初。后夫闻,乃往求之,其人不还,曰:"卿妇已死,天下岂闻死人可复活耶?此天赐我,非卿妇也。"于是相讼。郡县不能决,以谳廷尉。秘书郎王导奏:"以精诚之至,感于天地,故死而更生。此非常事,不得以常礼断之。请还开冢者。"朝廷从其议。①

这是把佛教的死而复生的说法运用于老百姓的爱情故事之中。从中我们看出兵役和父母之命的婚姻制度给人们带来的不幸,然而,作者又赋予了一个美满的团圆结局,由死而复生的佛教说法来表达人们的一种美好愿望。此篇故事短小而精美,情节生动而曲折,想象奇特而瑰丽,叙述细腻而干净,颇具审美价值,对后世小说影响甚大。明代汤显祖之《牡丹亭》即为一例。

四是"地狱之说"。地狱(Naraka),是佛教特有的概念,是一个超现实的残酷的名称,是六道中恶道的最低一级。唐释道世解释说:"云何名地狱耶?答曰:'依《立世阿毘昙论》云:梵名泥犁耶。以无戏乐故,又无喜乐故,又无行出故,又无福德故,又因不除离恶业故,故于中生复说此道于欲界中最为下劣,名曰非道,因是事故,故说地狱名泥犁耶。如《婆沙论》中,名不自在。谓彼罪人为狱卒阿傍之所拘制,不得自在,故名地狱,亦名不可爱乐,故名地狱。又地者底也,谓下底万物之中,地最在下,故名为底也。狱者局也,谓拘局不得自在,故名地狱。'"②

地狱之说,把人所应有的一切幸福和享乐全部给剥夺了,唯有受尽种种苦难。地狱之说早在公元2世纪末流入中国,据载:"有沙门支曜、康巨、康孟祥等,并以汉灵、献之间(168—189,190—220),有慧学之誉,

---

① 干宝:《搜神记》卷十五《河间郡男女》,李建国:《新辑搜神记》,第357页。

② 释道世:《法苑珠林》卷七《六道篇·地狱部·会名》,释道世撰,周叔迦、苏晋仁注:《法苑珠林校注》,第228—229页。

驰于京、洛。……(康)巨译《问地狱事经》,并言直理旨,不加润饰。"[①]可见,地狱类经的翻译以《问地狱事经》为最早。此后至南朝梁代,地狱类经的翻译达到了一个小高潮。据僧祐《出三藏记集》卷四载,就有十七八部。还有后秦弘始十四至十五年(412—413)由竺佛念译的《长阿含经》卷十九有《世记经·地狱品》。南朝陈真谛译《立世阿毗昙论》卷八有《地狱品》,讲说十种地狱。一时间,地狱之说充斥佛坛。然而,地狱之说在中土百姓中的流传和影响,不是借佛教经论而为盛,而是赖画家与小说家以显扬。《幽明录》即多有对地狱之具体描写,尤以"舒礼""康阿得""赵泰"等条为详。如"舒礼"条说,礼至地狱,观未遍,"忽见一人,八手四眼,提金杵逐礼,……礼见一物,牛头人身,持铁叉,叉礼投铁床上,身体焦烂,求死不得"[②]。"康阿得"条记康阿得入地狱,"复前行,见一城,其中有卧铁床上者,烧床正赤。凡见十狱,各有楚毒。狱名'赤沙''黄沙''白沙',如此七沙。有刀山剑树,抱赤铜柱"[③]。"赵泰"条对地狱之描写更为细致:赵泰年三十五,忽心痛而死,十日复苏,备说地狱之事。其魂游地狱,先见一大城如锡铁崔嵬;复到尼犁地狱,见剑树。又至一大殿,见狮子座,佛坐其上,泰山府君礼佛。后复又见一城,名为"受变形城"。此后又见二城,终因无罪而被遣还人世。泰还前问:"人生何以为乐?"主者言:"唯奉佛弟子,精进不犯禁戒为乐耳。"[④]"赵泰"条又载《冥祥记》,较此更详,洋洋900余言,更为可观。故鲁迅谓:"《冥详记》在《珠林》及《太平广记》中所存最多,其叙述亦最委曲详尽。"[⑤]似主要是说"赵泰"条。地狱之说是佛教人生观和道德观中因果报应思想的组成部分,从思想上说,纯属糟粕,一无可取。然就叙事文学来看,其叙述完整,层层有序,人物情态惟妙惟肖,历历在目,又不乏其叙事文学的审美价值。故对后世唐传奇、《西游记》《聊斋志异》等带有神、鬼、怪、异的叙事性作品都有深刻的影响。

① 慧皎:《高僧传》卷一《支楼迦谶传》,第11页。

② 李昉等编:《太平广记》卷二八三《巫·舒礼》,第2254页。

③ 法琳:《辨正论》卷七《信毁交报篇第八》,《大正藏》第52册,第538页a。

④ 李昉等编:《太平广记》卷一〇九《报应八》,第739—740页。

⑤ 鲁迅:《中国小说史略》,东方出版社1996年版,第37页。

东晋史学家袁宏说："（佛教）以为人死精神不灭，随复受形，生时所行善恶，皆有报应。故所贵行善修道，以练精神而不已，以至无为而得为佛也。……故王公大人，观死生不已之际，莫不矍然自失。"①可见佛教的人生观和道德观在中国人的心中有多大的震撼力。这种震撼力的产生并不仅仅依靠在理论上的大力宣扬，而且更多是以叙事文学的方式，把这种人生观和道德观具体化，增加了它的感染力。特别是在记述这些故事时，又多附以现实真人，呈现出"亦真亦幻"的特点，越发增加了它的"真实"感。这对于缺乏科学文化知识的老百姓来说，更是难以抵挡其巨大的威慑力。

二　时空观

比起天竺文化来讲，中国本土文化并不缺乏对时间观念的重视，但是，它所重视的只是一种社会历史的编年时间，而对于超现实的时间，中国文化是极少问津的。中国本土文化也有空间观念，但那不过是在天地之间。儒家的"不语怪、力、乱、神"②的思想完全限制了中国文化的超现实的时空观。而天竺佛教文化，虽对社会历史的编年时间不很看重，却对超现实的时空有着极大的兴趣，创造了一系列的理论体系。佛典汉译词语"世界"（Loka-dhātu），音译路迦驮都，其梵语本来含义就有时间和空间的双重意义。"世为迁流，界为方位。汝今当知东、西、南、北、东南、西南、东北、西北、上、下为界，过去、未来、现在为世；位方有十，流数有三。一切众生，织妄相成，身中贸迁，世界相涉；而此界性，设虽十方，定位可明，世间秖目，东西南北，上下无位，中无定方，四数必明，与世相涉，三四四三，宛转十二，流变三迭，一十百千，总括始终，六根之中，各各功德，有千二百。"③这是说，"世"是时间概念，"界"是空间概念，二者合一，便是时空范畴。在汉语里，"世"也是指时间，但其长度多指不超过人的一生，即所谓"一生一世"或"一辈子"。而佛教的"世"，

---

① 袁宏：《后汉纪》卷十，袁宏撰，张烈点校：《后汉纪》，中华书局2002年版，第187页。

②《论语·述而》，朱熹：《四书章句集注》，中华书局2008年版，第98页。

③《大佛顶如来密因修证了义诸菩萨万行首楞严经》卷四，般剌蜜帝译，《大正藏》第19册，第122页c。

则是一个包含着过去、现在、未来轮转的不逝不尽、永恒长住的时间。汉语的“界”虽也指方位空间，但主要是指平面上的，如“域民不以封疆之界”[①]。佛教的“界”，则是一个囊括十方的无边无际、绵邈高广的空间，它不仅指平面，还包括立体方位。对比之下，可以看出，汉语“世”与“界”的时空是有限的，而佛教“世”与“界”的时空则是无限的。现代哲学认为，空间和时间是无限和有限的统一，就宇宙而言，空间无边无际，时间无始无终；就具体的个别事物而言，则空间和时间都是有限的。根据这个说法来看，汉语中的“世界”是指具体的个别事物，而佛教的“世界”则是指宇宙。可见，佛教“世界”的时空观已涉及了“四维空间”，这与现代物理学中相对论所提出的“四维空间”的理论颇为相似。相对论认为，物理空间[②]+时间，即构成“四维空间”。佛教的“世”+“界”，即时间（三世）+空间（十方）也同样构成了“四维空间”。这种开放式的、高维空间的时空观念输入中国后，给中国文化带来了新的时空观、新的思维方式。这些新的东西在极大程度上改变了儒家文化抑制文学创作中的想象力的自由发挥，大大启发了中国人的思维，激发了中国人的想象力。在东晋人曹毗的《志怪》中有一故事：

> 汉武凿昆明池，极深，悉是灰墨，无复土。举朝不解，以问东方朔。朔曰：“臣愚不足以知之，可试问西域胡人。”帝以朔不知，难以移问。至后汉明帝时，外国道人入来洛阳，时有忆方朔言者，乃试以武帝时灰墨问之。胡人云：“天地大劫将尽，则劫烧，此劫烧之余。”乃知朔言有旨。[③]

此事原见于《关辅古语》，又载于《搜神记》卷十三、《幽明录》、《高僧传》卷一《竺法兰传》。故事中的“劫”，就是一个来自天竺佛教的新的时空概念。

“劫”（Kalpa），是音译“劫波”之略，原是一个单纯的时间概念，意为极为久远的、不能以通常的年月日时来计算的时间，是“长时”或“大

① 《孟子·公孙丑下》，朱熹：《四书章句集注》，第241页。

② 物理空间：又称三维空间，通常指我们活动于其中的客观存在的空间。

③ 曹毗《志怪》久佚，鲁迅从《初学记》卷七、《太平太平御览》卷六七、《草堂诗笺》卷二六等辑入《古小说钩沉》。

时”，与极短的“刹那”[①]相对。佛教对“劫”的解释说法不一，一般认为，世上的人的寿命是有增有减的，每一增（人寿自十岁开始，每百年增一岁，增至八万四千岁）及一减（人寿自八万四千岁开始，每百年减一岁，减至十岁），各为一小劫（一说合一增一减为一小劫），合一增一减为一中劫（一说合二十小劫为一中劫），合八十中劫为一大劫[②]。《华严经》又说一大劫中包括世界的“成、住、坏、空”（即形成、安住、毁坏、空虚）四个阶段，这就把“劫”的时间概念由此引申到空间范畴，赋予了时空的双重意义。佛教认为，每一“三千大千世界”（Tri-sāhasra-mahā-sāhasra-loka-dhātu）都要经历从形成而安住而毁坏（大火燃烧）而空虚的四劫。无量无边的“三千大千世界”，或成、或住、或坏、或空，各不相同。在无限的时空中，有无限的世界相继消长，无前无后，无始无终。上面所引故事中的“天地大劫将尽则劫烧”，即指世界的一成一坏所经历的劫火烧毁，其“灰墨”，乃是劫火烧毁世界所余之灰烬。这说明中国文人在创作志怪小说时，已经接受了“劫”这个具有时空双重意义的概念，这种接受，对中国文人来说，在思维与想象领域都是有极大的开拓作用。

佛教的时空观还表现在它的“三千大千世界”的宇宙模式论里。据《长阿含经》卷十八等说，下从地狱上至梵世界（色界四禅之初禅天），各有一个太阳和月亮所照的地方，这样的一千个世界为小千世界，一千个小千世界为中千世界，一千个中千世界为大千世界。合此小千、中千、大千三种世界为三千大千世界。佛教认为，世界是以须弥山（Sumeru）为中心，以铁围山（Cakravāḍa Parvata）为外郭，中间有七香海和七金山，第七金山之外有咸海，海中有东方胜身洲（Pūrva Videha）、南方赡部洲（Jambu Dvīpa）、西方牛货洲（Apara Godānīya）、北方俱卢洲（Uttara Kuru）四大部洲。其中，南赡部洲原指天竺及周边地区，后扩指人类居住的地球。须弥山周围排列着大地、山河、星辰，其山由金、银、琉璃和玻璃四宝构成，山上宫殿林立，树木葱茏，香气远闻。衡量世

① 刹那（Kṣaṇa）：佛教中指极短的时间。《俱舍论》卷十二称1弹指顷有65刹那；《仁王般若波罗蜜多经》上《观空品》谓1念中有90刹那。

② 据说，有人作过粗略计算，一小劫约为1,600万年，一中劫约为32亿年，一大劫约为128亿年。（参见方立天：《佛教哲学》，中国人民大学出版社1986年版，第151页。）

界的长度单位是由旬(Yojana)[①],须弥山高 84,000 由旬,顶为帝释天,四面山腰为四天王天,以须弥山至外围的铁围山的半径是 601,725 由旬。可见这一世界之高之阔。这一立体式的空间思维,在五朝的志怪小说中也能发现它的影子。

> 昆仑山有昆陵之地,其高出日月之上。山有九层,每层相去万里。有云五色,从下望之,如城阙之象。……甘露蒙蒙似雾,著草木则滴沥如珠。……昆仑山者,西方曰须弥山,对七星之下,出碧海之中。上有九层,第六层有五色玉树,荫翳五百里,夜至水上,其光如烛。……第九层山形渐小狭,下有芝田蕙圃,皆数百顷,群仙种耨焉。旁有瑶台十二,各广千步,皆五色玉为台基。最下层有流精霄阙,直上四十丈。东有风云雨师阙。南有丹密云,望之如丹色,丹云四垂周密。西有螭潭,多龙螭,皆白色,千岁一蜕其五脏。此潭左侧有五色石,皆云是白螭肠化成此石。有琅玕璆琳之玉,煎可以为脂。北有珍林别出,折枝相扣,音声和韵。九河分流。南有赤陂红波,千劫一竭,千劫水乃更生也。[②]

这段文字与《山海经》颇类,又明显有道教之传说,但其中昆仑山之立体结构的安排,却与佛教的世界结构更似密切,尤其是文中直接运用的"甘露"(Amṛta)、"须弥山""劫"等佛教词语,更可看出佛教时空观的影响。

另外,前面所说的地狱,也是佛教宇宙观中立体结构模式的一部分。据《出三藏记集》卷四载,汉魏六朝译出的各种《地狱经》就有 15 种之多。可见地狱观念在中国的流传是比较普遍的。地狱的结构有 18 层地狱说和 30 层地狱说,前者载于《问地狱经》:名泥犁、刀山、沸沙、沸屎、黑耳、火车、镬汤、铁床、嵫山、寒冰、剥皮、畜生、刀兵、铁磨、冰地狱、铁栅、蛆虫、洋铜。18 层地狱说在南朝时十分流行,据说,"西河离石县有胡人刘萨何遇疾暴亡,而心下犹暖,其家未敢便殡,经十日更苏。说

① 1 由旬约为 40 华里。

② 王嘉等:《拾遗记》卷十《昆仑山》,王嘉等撰,齐治平校注:《拾遗记》,中华书局 1981 年版,第 221—222 页。

云：'有两吏见录，向西北行，不测远近，至十八层地狱，随报重轻，受诸楚毒。见观世音语云：汝缘未尽，若得活，可作沙门。……有阿育王塔，可往礼拜。若寿终，则不堕地狱。语竟，如堕高岩，忽然醒寤。'因此出家，名慧达"①。后者载于《净度三昧经》②，该经宋元嘉时有智严译本一卷，宝云译本二卷，求那跋陀罗译本三卷，均见《开元释教录》卷五。可见，30层地狱说在南朝已颇为盛行，但已较为中国化了。

三 情节、叙述人

天竺佛教文化的"原型"对中国叙事文学的渗透并不仅仅表现在文学外在的人生观、道德观和时空观，而且还表现在中国叙事文学的内部结构上。情节，一般认为是叙事文学不可缺少的重要因素，是叙事文学的主要审美特征。③ 作为叙事文学中的主要式样的小说，则更要求具有完整、生动、丰富、曲折变化的情节。如前所述，在佛教文化输入中土以前，中国文学主要是抒情文学，尤以抒情诗为主，叙事性的成分较少。而天竺的叙事文学却十分发达，不仅史诗和佛本生故事有非常完整曲折的叙事情节，就连佛教经论中的寓言和譬喻，并不都是篇幅短小的，有一些则具有较为复杂的故事情节，它不像中国先秦的寓言那样只注重说理，把较深的道理寓于简单、短小的故事之中，而是较为看重故事情节的完整和曲折，一些教义的表达，往往是在较长的故事中，通过复杂、曲折的情节而进行的。在佛教经论中，有专门称为"譬喻"一类的经典，梵文为Avadāna，其故事情节的安排与教义有关，有篇幅较大、内容详尽的传奇故事，也有短小精悍的寓言故事，似可单独视为叙事文学的一种式样。天竺佛教文化中文学故事情节的原型，在五朝时期，对中国志怪叙事小说产生了重要的影响。这种影响主要表现在：一是照搬佛教经论中的文学故事情节，只在文字上稍加改动；一是摹仿佛教经论故事的情节，而改变其中的人物和场景。

---

① 姚思廉：《梁书》卷五四《诸夷·扶南国》，第790页。

② 宝唱：《经律异相》卷四九引，《大正藏》第53册，第258页c。

③ 文学理论一般认为，小说的三大要素是人物、情节和环境。三者之中，在我看来，情节是第一位的，任何小说都不能没有情节。而人物在小说中并不一定都有，如有些小说则以动物为主要角色，几乎不涉及人。

刘义庆的另一志怪小说《宣验记》曾被鲁迅称为是“释氏辅教之书”[①]，在书里，有一则“鹦鹉灭火”的故事：

> 有鹦鹉飞集他山，山中禽兽辄相爱重。鹦鹉自念：“虽乐，不可久也。”便去。后数月，山中大火。鹦鹉遥见，便入水沾羽，飞而洒之。天神言：“汝虽有志意，何足云也！”对曰：“虽知不能救，然尝侨居是山，禽兽行善，皆为兄弟，不忍见耳。”天神嘉感，即为灭火。[②]

此故事又见刘敬叔《异苑》卷三。就这个故事的情节来说，看不出佛教原型的什么影子，然而，人们在佛经中发现了同样情节的故事：

> 昔有鹦鹉，飞集他山中。山中百鸟畜兽，转相重爱，不相残害。鹦鹉自念：“虽乐，不可久也，当归耳。”便去。却后数月，大山失火，四面皆然。鹦鹉遥见，便入水，以羽翅取水，飞上空中。以衣毛润入洒之，欲灭大火。如是往来。天神曰：“咄！鹦鹉，汝何以痴！千里之火，宁为汝两翅水灭乎？”鹦鹉曰：“我由知而不灭也。我曾客是山中，山中百鸟畜兽，皆仁善，悉为兄弟，我不忍见之耳。”天神感其至意，则雨灭火也。[③]

该故事情节又见《杂宝藏经》卷十三《佛以智水灭三火缘》。《旧杂譬喻经》为三国吴康僧会译，早于《宣验记》。可见，《宣验记》的“鹦鹉灭火”情节是照搬《旧杂譬喻经》的。据季羡林说，这个故事还有一个变体，也见于《宣验记》：

> 野火焚山。林中有一雉，入水渍羽，飞以灭火。往来疲乏，不以为苦。[④]

这里鹦鹉换成了雉鸡。“这个以野鸡为主的故事，也来自印度。《大智度论》卷十六就有这个故事。唐玄奘《大唐西域记》卷六《拘尸那揭罗国》说：‘精舍侧不远，有窣堵波，是如来修菩萨行时，为群雉王救火之

① 鲁迅：《中国小说史略》，东方出版社 1996 年版，第 37 页。

② 欧阳询：《艺文类聚》卷九一《鸟部中・鹦鹉》，第 1575 页。

③《旧杂譬喻经》卷上第二三条，康僧会译，《大正藏》第 4 册，第 515 页 a。

④ 李昉等编：《太平御览》卷九一七《羽族部四・白雉》，第 124 页。

处。'"①显然,这些都属于佛教故事情节的照搬或抄袭,属于第一种情况。

第二种是模拟、袭用佛教故事情节的。如《幽明录》中的"桓冲"条:

> 桓冲镇江陵,正会夕,当烹牛,牛忽然熟视帐下都督甚久,目中泣下,都督咒之曰:"汝若能向我跪者,当启活也。"牛应声而拜,众甚异之。都督复谓曰:"汝若须活,遍拜众人者直往。"牛涕殒如雨,遂拜不止。值冲醉,不得启,遂杀牛。冲醉止,得启,冲闻之叹息,都督痛加鞭罚。②

这一故事情节,显系摹仿佛教经论故事而来。《生经》卷四有一故事可视为上引故事情节之所本:

> 时远方民,将一大牛,肥盛有力,卖与此城中人。城中人买以出之,欲以杀之,在城门中,与佛相遇。其主见牛,既大多势,畏犇突故,请十余人,将牛共行。牛遥睹佛,心中悲喜,绝靷驰逸,数十人救,救不能制,走趣如来。如来则知忆本宿命。阿难见之,前欲搏耳,逐之一面,恐触如来;一切众人,亦怀恐惧,畏来伤佛。佛告阿难:"听之来,勿得呵之!"牛径前往趣佛,屈前两脚,而鸣佛足,泪出交横,口自演言:"唯然,世尊! 加以大哀,救济危厄,令脱此难,今是其时。大圣难遭,亿世时有所以出者,为众生故。唯垂弘慈,一见济拔。"佛言:"善哉! 甚可愍哀,意之迷人,乃值斯患。"③

两相比较,即可看出二者深层的情节原型。模拟和袭用佛经故事情节最为出色者,当为晋荀氏《灵鬼志》的"外国道人"和梁吴均《续齐谐记》的"阳羡书生"中所述口中吐人的故事。唐人段成式认为,口中吐人的故事情节渊源于佛经,"释氏《譬喻经》(《旧杂譬喻经》)云:'昔梵志作术,吐出一壶,中有女与屏,处作家室。梵志少息,女复作术,吐出一壶,中有男子,复与共卧。梵志觉,次第互吞之,柱杖而去。'余以吴均尝览

① 季羡林:《印度文学在中国》,《中印文化关系史论文集》,三联书店 1982 年版,第 124 页。

② 李昉等编:《太平御览》卷九〇〇《兽部·牛下》,第 3995 页。

③《生经》卷四《佛说负为牛者经第三十九》,竺法护译,《大正藏》第 3 册,第 98 页 a—b。

此事，讶其说以为至怪也”[①]。在佛经故事中，口中吐人为两个层次，荀氏《灵鬼志》的“外国道人”[②]也是两个层次，而到了吴均《续齐谐记》的“阳羡书生”[③]已增至四个层次。这可以说是吴均在摹仿基础上的一个再创造。

作为叙事文学的志怪小说，其叙事人（Narrator）的存在也是不可或缺的。按照西方现代文学理论的说法，研究叙述人的口吻是西方叙事修辞形式的一个重要方面。罗伯特·施格尔斯（Robert Scholes）和罗伯特·凯洛格（Robert Kellogg）在《叙事的本质》（*Nature of Narrative*）一书中把“叙述者”作为一个区分西方三大文类的重要工具。他们认为，抒情诗有叙述人但没有故事，戏剧有场面和故事而无叙述人，只有叙事文学既有故事又有叙述人。因此，“我们翻开某一篇叙事文学时，常常会感觉到至少有两种不同的声音同时存在，一种是事件本身的声音，另一种是讲述者的声音，也叫‘叙述人的口吻’。叙述人的‘口吻’有时要比事件本身更为重要”[④]。在汉译佛典的佛传故事里，我们看到有两个叙述人：一是阿难，一是佛陀。其叙述方法也形成了固定的模式，首先是第一叙述人阿难出场，并以第一人称的口吻述说道，“如是我闻”或“我闻如是”或“闻如是”，以表示下面的故事是“我”亲耳听说的，以增加其真实性和感染力。接着，便是介绍时间、地点、人物、事件，如“一时，佛在王舍城灵鹫山，与大比丘众五百人俱，佛告比丘……”[⑤]。“佛告比丘”，则意味着第二叙述人佛陀的出场。第二叙述人的叙述，仍然以第一人称的口吻进行。在第二叙述人讲述一番曲折复杂的故事后，第一叙述人一般要在结尾说“佛告大众”或“尔时佛告诸比丘言”，“往昔之时，某某者，我身是也”。这样双重和双层次的第一人称的“讲述故事的方法是一种精巧的、比其他方式有影响的方法”[⑥]。它可以使

---

① 段成式：《酉阳杂俎·续集》卷四《贬误》，段成式撰，许逸民校笺：《酉阳杂俎校笺》，中华书局 2015 年版，第 1673 页。

② 释道世：《法苑珠林》卷六一《咒术篇》第六八之二《感应缘·杂俗幻术》，释道世撰，周叔迦、苏晋仁注：《法苑珠林校注》，第 1815 页。

③ 李昉等编：《太平广记》卷二八四《幻术》一《阳羡书生》，第 2266 页。

④［美］浦安迪：《中国叙事学》，北京大学出版社 1996 年版，第 14 页。

⑤《生经》卷一《佛说堕珠著海中经》，竺法护译，《大正藏》第 3 册，第 75 页 b。

⑥［美］韦勒克、沃伦：《文学理论》，刘象愚、邢培明等译，三联书店 1984 年版，第 250 页。

听众和读者与叙述人保持一致，相互认同。然而，在这种双重和双层次的第一人称的叙述中，实际上出现了一个隐藏于第二叙述人背后的“全知全能”[①]的叙述者，也就是说，对于以第二叙述人的叙述为主的故事来说，第一叙述人的第一人称口吻即改变为第三人称。这样，他实际出现在故事的旁边，“就像一个演讲者伴随着幻灯片或纪录片进行讲解一样”[②]。佛传故事的这种叙述方法，对五朝志怪小说之叙述，似也有影响。前述干宝撰《搜神记》，即云是感其父妾及其兄死而复生事，“虽考先志于载籍，收遗逸于当时，盖非一耳一目之所亲闻睹也，又安敢谓无失实者哉！”[③]其开场白颇似阿难之“如是我闻”。下来之叙述，则转为第三人称。这样，就构成了叙述人话语的“多声部”的立体效果。

四　奇特的想象

艺术想象是文学的本质特征之一。离开了艺术想象，文学就失去了翅膀，不可能飞翔在辽阔广袤的天宇。黑格尔说：“最杰出的艺术本领就是想象。”[④]高尔基也说：“想象是创造形象的文学技巧的最重要的方法之一。”[⑤]在佛教输入前的中国文学中，并不乏丰富灿烂的艺术想象，如屈原的《天问》，就是先秦文学中的一篇奇文，它对自然、社会的现象和事物发出了一系列的疑问，提出了170多个问题，其中充溢着丰富、奇特的想象。然而，《天问》的主旨不是在有意地伸张这些想象，而是对自然、社会诸多现象的不理解，它表现的是诗人的一种探索真理的求实精神。这实际上是对奇特想象的一种消解。《庄子》在先秦文学中是最富于艺术想象的。其开篇《逍遥游》谓鲲鹏之大，不知其几千里，其徙南冥，需水击三千里，抟扶摇而上天九万里。不过这种飞翔仍需借助大风；那些神人、至人、圣人则可以不借任何东西，即可“乘天地之正，御六气之辩，以游无穷”。《庄子》的想象在中国文化中可谓够奇特的，然而，它仍然局限在天地之间，比起前述佛教文化中的“高维空间”观来

---

① [美]浦安迪：《中国叙事学》，北京大学出版社1996年版，第15页。
② [美]韦勒克、沃伦：《文学理论》，刘象愚、邢培明等译，三联书店1984年版，第251页。
③ 干宝：《搜神记序》，干宝撰，李剑国辑校：《新辑搜神记》，中华书局2007年版，第19页。
④ [德]黑格尔：《美学》第1卷，朱光潜译，商务印书馆1981年版，第357页。
⑤ 高尔基：《论文学的技巧》，《古典文艺理论译丛》第11辑，知识产权出版社2010年版。

说，显得狭小得多。可就是这样的想象，在汉代儒家经学昌盛之时，也被压抑住了。我们在汉代文学作品中几乎看不到庄子式的想象。佛教的传入，不仅带来了它那宗教的人生观和道德观，同时也带来了它那丰富、开放、立体的“高维空间观”和奇特的想象。在中国文学理论批评中，唯魏晋南北朝时，文学理论批评家们论及“想象”的甚多，其论也最为深刻。

> 其始也，皆收视反听，耽思傍讯，精骛八极，心游万仞。其致也……观古今于须臾，抚四海于一瞬。[①]
>
> 文之思也，其神远矣。故寂然凝虑，思接千载；悄焉动容，视通万里。吟咏之间，吐纳珠玉之声；眉睫之前，卷舒风云之色；其思理之致乎？故思理为妙，神与物游。[②]

这些论想象，以超越时间、空间为标志，显然是受了佛教时空观的影响。据说，汉语“奇特”一词，也是源于佛教[③]。在先秦文献中，汉语只有“奇”与“特”各自单独的用法。如《庄子·知北游》：“是其所美者为神奇。”《老子》：“以正治国，以奇用兵。”意为稀罕、出人意料。《诗经·秦风·黄鸟》：“维此奄息，百夫之特。”《荀子·大略》：“天下之人，唯各特意哉，然而有所共予也。”意为出众、卓异。“奇特”是梵语Āścarya的意译，所谓“如来出世，实复奇特”[④]。佛经说，佛有三种奇特，即神通奇特、慧心奇特、摄受奇特。[⑤] 又谓“奇特”有超常、独特、幻异、夸诞之意。[⑥] 称佛教文学的想象为“奇特”，那是再恰当不过的了。牟子《理惑论》说：“佛经前说亿载之事，却道万世之要，太素未起，太始未生，乾坤肇兴，其微不可握，其纤不可入，佛悉弥纶。其广大之外，剖析其寂，窈妙之内，靡不纪之。”[⑦]范晔也说：“然好大不经，奇谲无已，虽邹衍谈天之辩，庄周蜗角之论，尚未足以概其万一。又精灵起灭，因报相寻，若晓而昧者，故通

① 陆机：《文赋》，萧统《文选》，第763页。
② 刘勰：《文心雕龙·神思》，刘勰撰，范文澜注：《文心雕龙注》，第493页。
③ 参见中国佛教文化研究所编：《俗语佛源》，上海人民出版社1993年版，第167页。
④《贤愚经》卷八《盖事因缘品》，慧觉等译，《大正藏》第4册，第402页c。
⑤《过去现在因果经》卷四，求那跋陀罗译，《大正藏》第3册，第650页a。
⑥《一字奇特佛顶经》，不空译，《大正藏》第19册，第285页a。
⑦ 僧祐：《弘明集》卷一，僧祐撰，李小荣校笺：《弘明集校笺》，第17页。

人多惑焉。"[1]佛教文化中的这些奇特之想象，对中国叙事志怪小说的影响是显而易见的，这一点我们可以从《旧杂譬喻经》中的"梵志口中吐人"到晋人荀氏《灵鬼志》中的"外国道人口中吐人"再到吴均《续齐谐记》"阳羡鹅笼"中的书生口中吐人的故事，即可看出。鲁迅说："阳羡鹅笼之记，尤其奇诡者也。……然此类思想，盖非中国所故有，段成式已谓出于天竺。"[2]佛教经论中这些奇特的想象，在思想上，是荒谬的，纯属无稽之谈。然而，当它们进入艺术思维的领域和文学创作园地，又最容易刺激和引发人们美的遐想和丑的恶梦，从而为中国文学拓展了更为广阔的思维空间，使中国叙事文学的想象步入了新的领域。可以说，这是佛教文化对中国文学的一大赠礼。

第三节　佛教与"世说体"及史传文学[3]

魏晋南朝时期，除了志怪小说以外，还有一种文体与小说有关，这类文体以《世说新语》为代表，故又称为"世说体"[4]。《世说新语》等在历代文献总集中，多被归入子部小说类，如《唐书·艺文志》《通志》《直斋书录解题》《宋史·艺文志》《文献通考》《四库全书总目提要》等，均是。鲁迅在《中国小说历史变迁》一文中也把"世说体"划归为小说范畴，并名之曰"志人小说"，以别于志怪小说。然而，按照今天文学理论对小说的界定，小说的基本要素是人物、情节、环境。从这点来看，"世说体"仅具备一个要素，即人物，是难以构成现代意义上的小说。特别是按英文的 Novel 的要求，"世说体"就更无法列入小说的范围了。"世说体"与志怪小说还不同，志怪小说已基本具备了现代小说的三大要素，特别是具有了较为完整的叙事情节，有些故事中的人物形象也很鲜明生动，背

---

① 范晔：《后汉书》卷八八《西域传论》，第 2392 页。

② 鲁迅：《中国小说史略》，东方出版社 1996 年版，第 34—35 页。

③ 本节所讨论的"世说体"及史传文学不限于南朝，上限已至曹魏。

④ 参见宁稼雨：《"世说体"初探》，《中国古典文学论丛》第 6 辑，人民文学出版社 1987 年版。吴志达：《中国文言小说史》，齐鲁书社 1994 年版，第 201 页。这里探讨"世说体"与佛教关系，主要讲《世说新语》，并包括刘孝标注。

景氛围渲染得也较为宏厚。而“世说体”篇幅短小，长者不过200余字，短者竟然不到10字，无法言及情节，其写作兴趣主要在于写人记言，无意于讲说故事。有学者认为，“《世说新语》处于历史与小说之间，它兼有两种文体的部分特征”①。似也未能把握其“真谛”（Paramārtha Satya）。首先，《世说新语》与历史文体的基本特征相距甚远。中国最早的历史文籍《尚书》虽重记言，但自以记事为主的《春秋》产生后，历史文籍的主要任务和旨趣都转到记事方面。战国时的《国语》表面虽为记言，但实际是通过记言而达到记事。自从司马迁的《史记》出现后，历史文籍的写作就完全放到了记事方面。而《世说新语》在记事方面，甚为简短，往往是三言两语，构不成对一个事件的完整交代。再从记人来看，史籍的人物传记一般要交代人物的来龙去脉，主要业绩，介绍时一般按时间顺序而展开。而《世说新语》的写人，片言只语，只抓所写人物的片鳞颗珠，随意而止。从这两点来看，《世说新语》并不具有历史文籍的主要特征。那么，《世说新语》是否是处于历史与小说之间的文体呢？如果从涉及的内容与写作特征来看，它不仅处于历史与小说之间，还处于哲学、宗教等学科与小说之间。显然，这样做，未免太较真儿了。在我看来，对于古代某种文体的界定，要讲历史性。有的文体与现代某种文体特征相仿，即可归入这种文体；有的文体不具备现代一些文体特征，那就不要强行归类，而是保留其文体的历史独立性。“世说体”就是世说体，它异于现代一切文类的样式，又介乎于各类样式之间，是一种曾经存在过的、独立的文体。

在我们明了《世说新语》的文体性质后，再来看看它与佛教有什么关系。《世说新语》由于受到文体方面的限制，不可能像志怪小说那样接受天竺佛教文化的那么多原型，但并不是说它与佛教无缘。《世说新语》的主编刘义庆，就是一个虔诚的佛教信徒。他所编纂的志怪小说《幽明录》和《宣验记》，就用大量的文学故事宣扬佛教教义，尤其是后者，被鲁迅称为“释氏辅教之书”。然而，《世说新语》与《幽明录》《宣验记》不同的是，它的旨趣并不在于宣扬和展示佛教的种种教义和佛法的

① 张海明：《〈世说新语〉的文体特征及与清谈之关系》，《文学遗产》1997年第1期。

广大无边，而是重在记录和重现时人的品貌、风采，特别是时人的一些充满睿智的精彩话语。其中所涉及的重要人物不下五六百人，上自帝王卿相，下至士庶僧徒都有所记录。这样，它所能显示的天竺佛教文化的东西就十分疏稀，倒是反映了佛教输入中国后，中国人接受佛教以及中国僧人言行的一些情况。这也是由《世说新语》这种文体所决定的。

《世说新语》虽然是以记载人物的言行为主，但也不乏对某些事件的简略记录。就佛教而言，它也简略记录了僧人过江、南下的佛教活动，这是今天研究东晋宋初佛教的重要资料。如《假谲篇》记录支愍度创立"心无义"不是为了弘扬般若学，而是为了适应江南清议之风，"权救饥尔"；《文学篇》记载康僧渊初过江，"未有知者，恒周旋市肆，乞索以自营"。这二则寥寥数言，反映出佛教僧人在永嘉之乱后，初过江南的艰辛与坎坷。然而，时隔不久，佛教就在东晋崛起，受到了帝王卿相和世族文士的青睐，并与玄学合而并流。这些情况在《世说新语》中也有一些记录。

> 竺法深在简文坐，刘尹问："道人何以游朱门？"答曰："君自见其朱门，贫道如游蓬户。"
>
> 庾公尝入佛图，见卧佛，曰："此子疲于津梁。"①

简文，即简文帝刘昱；刘尹，即刘惔，时为丹阳尹。庾公，即庾亮，时为太尉。法深为简文皇帝的座上客，可见佛教于此时在帝王心目中的地位。然世族贵戚有时却也带有调侃的口吻形容佛教。"津梁"原意为"桥梁"，后引申为能起到桥梁作用的人。佛教入华，则以"津梁"比喻济渡众生。庾亮说佛陀疲于津梁，即谓佛忙于济渡众生而疲惫不堪。显然这种说法的语气，则带有一定的诙谐意味。

> 王逸少作会稽，初至，支道林在焉。孙兴公谓王曰："支道林拔新领异，胸怀所及乃自佳，卿欲见不？"王本自有一往隽气，殊自轻之。后孙与支共载往王许，王都领域，不与交言。须臾支退，后正值王当行，车已在门。支语王曰："君未可去，贫道与君小语。"因论

---

① 刘义庆：《世说新语·言语》，刘义庆撰，刘孝标注，余嘉锡笺疏：《世说新语笺疏》，第129页。

《庄子·逍遥游》。支作数千言，才藻新奇，花烂映发。王遂披襟解带，留连不能已。[①]

王逸少者，王羲之是也，东晋名士，尝作《兰亭序》而著称于世。初见支遁，并不把支遁放在眼里，甚至不与之语，表现出名士的孤傲之气。然而，当支遁弘论一番《庄子·逍遥游》后，便放下了名士的架子，遂即折服。支遁论《逍遥游》，自然不会是再用玄学那一套论调，而是以佛解庄，故能“卓然标新理于二家之表，立异义于众贤之外，皆是诸名贤寻味之所不得”而成为“支理”[②]。这就反映出了当时名士与名僧、玄与佛的合流，主要是佛教向玄学名士的渗透和靠拢，而不是玄学名士主动缴械的实际情况。从文学角度讲，这种反映佛教活动的记载并没有多少文学价值，但其中的一些简略的动作、语言的描写，却颇具文学意味。如王羲之听了支遁的高论之后，“披襟解带，留连不能已”，这一简单的动作描写，就使得王羲之的那种茅塞顿开、豁然醒悟后，不顾名士风度的神态，跃然纸上。由是来看，佛教并未给“世说体”带来文体方面的影响，反倒《世说新语》成了记录佛教一些活动的史料著作。

从文学上讲，佛教为《世说新语》提供的最具文学审美价值的是一些富有人物个性的僧人形象。据初步统计，《世说》记录的僧人（包括刘孝标注）大约有 40 余人，其中记载最多的僧人形象主要有释道安、竺法深、竺法汰、康僧渊、支愍度和支遁，尤以支遁的为多，竟达到 53 条，这是一般名士和帝王所不能比的。这些具有鲜明个性特色的僧人形象，不仅丰富了整部著作的群像，而且还为塑造其他人物形象提供了写作经验。如：

支道林常养数匹马。或言：“道人畜马不韵。”支曰：“贫道重其神骏。”[③]

支公好鹤，住剡东岇山。有人遗其双鹤，少时翅长欲飞。支意惜之，乃铩其翮。鹤轩翥不复能飞，乃反顾翅，垂头。视之，如有懊

① 刘义庆：《世说新语·文学》，刘义庆撰，刘孝标注，余嘉锡笺疏：《世说新语笺疏》，第 121 页。

② 刘义庆：《世说新语·文学》，《世说新语笺疏》，第 264 页。

③ 刘义庆：《世说新语·言语》，《世说新语笺疏》，第 145 页。

丧意。林曰:“既有凌霄之姿,何肯为人作耳目近玩?”养令翮成,置使飞去。①

褚季野语孙安国云:“北人学问,渊综广博。”孙答曰:“南人学问,清通简要。”支道林闻之曰:“圣贤固所忘言。自中人以还,北人看书,如显处视月;南人学问,如牖中窥日。”②

支道林初从东出,住东安寺中。王长史宿构精理,并撰其才藻,往与支语,不大当对。王叙致作数百语,自谓是名理奇藻。支徐徐谓曰:“身与君别多年,君义言了不长进。”王大惭而退。③

谢公云:“见林公双眼黯黯明黑。”孙兴公“见林公稜稜露其爽”。④

王长史尝病,亲疏不通。林公来,守门人遽启之曰:“一异人在门,不敢不启。”王笑曰:“此必林公。”⑤

从上引条文可看出,支遁作为僧人形象,从相貌、语言、品性、思想等都是十分鲜明和富有个性化的。这样的文学人物形象,在整部《世说新语》中,也是不多见的。当然,上引条文有作者们对支遁这个形象的遴取、提炼、加工,但是,首先是支遁这个人物为《世说新语》的作者们提供了极为丰富、可写的生活原型形象。如果没有这样生动的生活原型人物,《世说新语》的作者们即使写作水平再高,恐怕也只能是“巧妇难为无米之炊”了。这也可以说是佛教对《世说新语》这种独特的文体的一个赠礼。

与《世说新语》同属一类文体的《笑林》⑥,与佛教经论中的寓言故事颇有一些瓜葛,尤其是在故事原型和结构方面与《百喻经》似同出一辙。

---

① 刘义庆:《世说新语·言语》,《世说新语笺疏》,第161页。

② 刘义庆:《世说新语·文学》,《世说新语笺疏》,第255页。

③ 刘义庆:《世说新语·文学》,《世说新语笺疏》,第270页。

④ 刘义庆:《世说新语·容止》,《世说新语笺疏》,第737页。

⑤ 刘义庆:《世说新语·容止》,《世说新语笺疏》,第733—734页。

⑥ 鲁迅说:“《笑林》今佚,遗文存二十余事,举非违,显纰缪,实《世说》之一体。”(鲁迅:《中国小说史略》,东方出版社1996年版,第47—48页。)在我看来,说《笑林》与《世说新语》同属一类文体,只不过是就大的方面而言,实际上二者在写作的对象上是有很大不同的。如在写人上,《世说》中的人物基本上是真实的历史人物,而《笑林》中的人物则带有很大的虚构性。

平原人有善治伛者，自云："不善，人百一人耳。"有人曲度八尺，直度六尺，乃厚货求治。曰："君且□。"欲上背踏之。伛者曰："将杀我！"曰："趣令君直，焉知死事？"①

这既是一个笑话又是一个寓言，寓哲理于幽默之中。无独有偶，在佛经《百喻经》里也有一则故事是"治驼背"的：

有人卒患脊偻，请医疗之。医以酥涂，上下著板，用力痛压。不觉双目一时并出。②

由上看出，这两个故事的原型是一致的。那么，这两个故事到底是谁影响谁的呢？有学者认为前者的"治伛"故事"是从佛经故事演变来的"③。我们认为这个说法是能够站得住脚的。从《笑林》的编撰和《百喻经》的翻译的年代来看，《笑林》是由三国曹魏人邯郸淳编撰，而《百喻经》则是在南朝齐由求那毗地翻译的，从成书的时间上来说，《笑林》是早于《百喻经》的。但是，根据《隋书・经籍志》和新旧《唐书・艺文志》的著录，《笑林》原仅有三卷，而到宋代时，则已增至十卷，显然后人增补不少。鲁迅辑录的《笑林》20余则，基本上是从宋代李昉等编撰的《太平广记》和《太平御览》中搜集而来。"治伛"故事是原有，还是后补，我们暂无法确定，姑且以为原作。考邯郸淳之事迹，似与佛教有一些联系。淳，一名竺。而"竺"字在魏晋时，除与"竹"同而外，其意即指天竺，引申为佛教，如"竺黄""竺经"等。其时，中国僧人师从天竺僧人的，均以竺为姓。淳名竺，似有倾于佛教之意。又邯郸淳与陈思王曹植甚密，"太祖遣淳诣植，植初得淳甚喜，延入坐，不先与谈。时天暑热，植因呼常从取水自澡讫，傅粉，遂科头拍袒，胡舞五椎锻，跳丸击剑，诵俳优小说数千言讫，谓淳曰：'邯郸生何如邪？'于是，乃更著衣帻，整仪容，与淳评说混元造化之端，品物区别之意。然后论羲皇以来贤圣名臣烈士优劣之差，次颂古今文章赋诔及当官政事宜所先后，又论用武行兵倚伏之势"④。曹植

① 鲁迅：《古小说钩沉・笑林》，《鲁迅全集》第8卷，人民文学出版社1973年，第185页。

② [印]僧伽斯那编：《百喻经》卷三《医治脊偻喻》，求那毘地译，《大正藏》第4册，第550页。

③ 薛克翘：《佛教与中国文化》，中国华侨出版社1993年版，第17页。

④ 陈寿：《三国志・魏书》卷二一《邯郸淳传》裴松之注引《魏略》，第603页。

于佛教，颇有缘分，史籍载有其作“鱼山梵呗”，此又谓其会“胡舞”，又尝著《辩道论》，“以斥道教”①。说明曹植谙熟佛教经论，故他每读佛经，即“嗟玩以为‘至道宗极也’”②。曹植既对佛教尤感兴趣，想来邯郸淳不会无动于衷，他所记的一些笑话故事，很有可能就是曹植编撰出的。《百喻经》虽是南齐时所译，但其中故事乃是从12部佛经中辑出的，就是说，在《百喻经》译出之前，其中的故事早已在各地流传。这样讲来，《笑林》中的故事原型源自佛经，则是可以讲得通的。

《笑林》不只在故事的原型上源自于佛经，而且在故事的结构上，也汲取了《百喻经》的结构原型。

譬喻类经的故事结构是有一定的模式。譬喻，包括Avadāna和Upamā，均有逸史趣闻的特性，其叙述手法平直，一篇一个故事，仅围绕着一个主题，其叙述模式“一般很容易分出几个段落：开场白、主题转折、结尾，故事之后便是训诫”③。且看《百喻经》中的两个故事，它们很能反映出譬喻类经的叙述模式：

> （开场白）昔有愚人，至于他家，主人与食，嫌淡无味。主人闻已，更为益盐。（主题转折）既得盐美，便自念言：“所以美者，缘有盐故。少有尚尔，况复多也？”（结尾）愚人无智，便空食盐，食已口爽，返为其患。（训诫）譬彼外道，闻节饮食可以得道，即便断食。或经七日，或十五日，徒自困饿，无益于道。如彼愚人，以盐美故，而空食之，至令口爽，此亦复尔。④

> （开场白）昔有大富长者，左右之人欲取其意，皆尽恭敬。长者唾时，左右侍人以脚蹋却。（主题转折）有一愚者，不及得蹋，而作是言：“若唾地者，诸人蹋却。欲唾之时，我当先蹋。”（结尾）于是长者正欲咳唾，时此愚人即便举脚，蹋长者口，破唇折齿。长者语愚人言：“汝何以故蹋我唇口？”愚人答言：“若长者唾出落地，左右谄

---

① 曹植：《辩道论》，道宣：《广弘明集》卷五，《大正藏》第52册，第118页c—第119页b。

② 同上书，第119页b。

③ ［俄］L.N.门西科夫：《中国文学中的佛教寓言故事》，《西域与佛教文史论集》，许章真译，台湾学生书局1988年版，第287页。

④ 僧伽斯那：《百喻经》卷一《愚人食盐喻》，求那毘地译，《大正藏》第4册，第543页a。

者已得蹋去。我虽欲蹋,每常不及。以此之故,唾欲出口,举脚先蹋,望得汝意。”(训诫)凡物须时,时未及到,强设功力,返得苦恼。以是之故,世人当知时与非时。①

《百喻经》中的故事大多如是结构。而在其他《譬喻经》中,如《众经撰杂譬喻》《道略杂譬喻经》,文字较《百喻经》更为详细。譬喻类经的这种叙述结构,在《笑林》中得到了反映:

(开场白)鲁有执长竿入城门者,初竖执之,不可入。横执之,亦不可入,计无所出。(主题转折)俄有老父至,曰:“吾非圣人,但见事多矣。何不以锯中截而入!”(结尾)遂依而截之。②

(开场白)甲父母在,出学三年而归。舅氏问其学何所得,并序别父久。乃答曰:“渭阳之思,过于秦康。”(主题转折)既而父数之:“尔学奚益?”(结尾)答曰:“少失过庭之训,故学无益。”③

(开场白)甲与乙斗争,甲啮下乙鼻。官吏欲断之,甲称乙自啮落。(主题转折)吏曰:“夫人鼻高耳口低,岂能就啮之乎?”(结尾)甲曰:“他踏床子就啮之。”④

通过上述引文,即可看出《笑林》与《百喻经》的故事结构是何其的一致,这样的雷同似乎不会是偶然的巧合或是偶意而为之。《笑林》的作者们必定是对佛经譬喻故事的结构非常熟悉而才有可能作得如此之像。于此可见,佛教经论譬喻故事对“世说体”文学的渗透力有多么强。《笑林》中的故事,虽然在深层次上打下了佛教的烙印,但在表面上倒也颇具中国化的情调。这也反映出了佛教中国化历程中的一个环节。

在历史文籍中,最具文学色彩的便是人物传记,因而又称之为史传文学。然而,就是记载帝王将相、士大夫贵吏、文人名士的正史文籍中,也常常能发现一些潜在的佛教文化原型。这些潜在的原型大致有三种类型。

① 僧伽斯那:《百喻经》卷三《蹋长者口喻》,求那毘地译;释道世:《法苑珠林》卷五四《堕慢篇》第六一《引证部》第二,《大正藏》第4册,第511页b。

② 李昉等编:《太平广记》卷二六二《嗤鄙五·鲁人执杆》,第2053页。

③ 李昉等编:《太平广记》卷二六二《嗤鄙五·外学归》,第2052页。

④ 李昉等编:《太平广记》卷二六二《嗤鄙五·啮鼻》,第2052页。

一是故事的原型。人物传记，并不仅仅局限于呆板地交代人物的来龙去脉，好的人物传记，往往能在一些具有一定文学色彩的故事中展现人物的风貌、性格、聪明才智。这样，这些具有文学色彩的故事对于生动地塑造人物形象，就显得十分重要。

> 邓哀王冲，字仓舒。少聪察歧嶷，生五六岁，智意所及，有若成人之智。时孙权曾致巨象，太祖欲知其斤重，访之群下，咸莫能出其理。冲曰："置象大船之上，而刻其水痕所至，称物以载之，则校可知矣。"太祖大悦，即施行焉。①

这个故事描写曹冲用化整为零之法称出大象之重量，生动地表现出了曹冲的聪明机智。大象自上古时曾在中原存活过，如河南简称为豫，从文字学上故知其地曾有象，这一点亦为考古发掘所证实。然至三国时代，由于种种原因，莫说北方的大象早已绝迹，就连江南的大片温和湿润的地区，也无有大象踪迹。在中国所管辖的地区，只有与天竺、暹罗(Siam，今泰国)毗邻的地区有大象，但这一带归西蜀所辖。东吴虽不产象，但孙权赠大象与曹操却是有可能的。譬如有可能交趾(Cochim，今越南)赠象与孙权，孙再转赠曹操。然而，曹冲化整为零的称象之法的故事显然没有本土的原型。用船称象一事，佛经里却早有记载：

> 天神又复问言："此大白象，有几斤两?"群臣共议，无能知者。亦募国内，复不能知。大臣问父，父言："置象船上，著大池中，画水齐船，深浅几许。即以此船，量石著中，水没齐画，则知斤两。"即以此智以答。②

显然，佛经中的用船称象的故事，乃为"曹冲称象"故事之所本。这一点，早已为陈寅恪、季羡林盖棺论定。③ 史家将此附会于曹冲，以显其智，实在是高明。又据陈寅恪考论，谓《三国志·魏书》卷二九《华佗传》记载三国神医华佗行医事迹，如治广陵太守陈登、魏武帝曹操等故事，

---

① 陈寿：《三国志·魏书》卷二〇《邓哀王冲传》，第580页。

②《杂宝藏经》卷一《弃老国缘》，吉迦夜昙曜译，《大正藏》第4册，第449页b。

③ 陈寅恪：《三国志曹冲华佗传与佛教故事》，《寒柳堂集》，上海古籍出版社1980年版，第157—158页；季羡林：《印度文学在中国》，《中印文化关系史论文集》，三联书店1982年版，第122页。

与《㮈女耆域因缘经》所载神医耆域事迹尤为相似。[①] 可能华佗传的一些行医故事由耆域比附而来。

二是人物的名字。人物的名字是人类社会中的人们之间相互区别的声音符号和文字符号。人物名字起得是否有特色，往往给人们留下的印象亦是有深浅的。特别是人物的起名能与人物的性格、职业、本领等相结合，就更能给人留下深刻的印象。故给人物起名不独为文学家所重视，就连史家也很注意给人物选取好的名字。一般来说，史家所记人物多是历史上的真实人物，其名不由史家决定。但历史上的一些真实人物，因其职业本领与古老的神话人物相联系，故史家也有改其名或袭用他名的。《三国志》中的华佗即是一例。华佗的名字，据陈寅恪之考，实出于天竺语 Agada，而该词乃"药"之义，故人们称其华佗，"实以'药神'目之"[②]。华佗一名，既能反映其职业，史家当然乐意用之。

三是人物的肖像。人物的肖像描写也是史传文学所不可或缺的环节。好的肖像描写能反映和展示出人物的神采和性格特征。汉魏六朝正史的人物传记，在描绘人物，尤其是帝王的肖像时，自觉或不自觉地袭用了佛教文化的原型。这一时期的正史人物传记，在描绘帝王的肖像时，喜欢采用夸张的笔法，如写刘备是"垂手过膝，顾自见其耳"[③]。司马炎"发委地，手过膝"[④]。刘曜"身长九尺三寸，垂手下膝"[⑤]。陈霸先"日角龙颜，垂手过膝"[⑥]。陈顼"手垂过膝"[⑦]。高欢"齿白如玉"[⑧]。"垂手过膝"，显然是荒诞诡异的。据季羡林考论，中国古籍绝无迹象可寻。故他认为此种夸张之描写，源自佛教描绘佛陀美好的"三十二大人相"(Dvātriṃśan Mahāpuruṣalahṣaṇāni)及"八十种好"(Aśityanuvyañjanāni)。三十二相中有二相：一为 Sthitāvavanatajānupralambabahuḥ，在三国吴地

① 陈寅恪：《三国志曹冲华佗传与佛教故事》，《寒柳堂集》，第 158—160 页。

② 陈寅恪：《三国志曹冲华佗传与佛教故事》，《寒柳堂集》，第 160 页。

③ 陈寿：《三国志・蜀书》卷二《先主纪》，第 871 页。

④ 房玄龄等：《晋书》卷三《武帝纪》，第 49 页。

⑤ 房玄龄等：《晋书》卷一〇三《刘曜传》，第 2683 页。

⑥ 姚思廉：《陈书》卷一《高祖纪》，第 1 页。

⑦ 姚思廉：《陈书》卷五《宣帝纪》，第 75 页。

⑧ 李百药：《北齐书》卷一《神武纪》，第 1 页。

的汉文佛典译为“平住两手摩膝”①；另一为 Susukladantah，汉文般若经等佛典译为“齿白齐密而根深”②。八十种好中有二好，一为Śukladaṃṣṭrḥ，汉译为“诸齿方整鲜白”③；一为 Pīnāyatakaṃaḥ，汉译为“耳厚广大修长轮埵成就”④。又查之《大智度论》，又知“三十二大人相”中之第九相（Sthitānavanatapralambabāhutā）为“正立手摩膝相”⑤，第二十二相（Catvariṃśaddanta）为“四十齿相”⑥，第二十三相（Samadanta）为“齿齐相”⑦，第二十四相（Suśukladanta）为“牙白相”⑧。可见，这些描绘佛陀生来不同凡俗的神异容貌特征，的确为中国帝王的肖像增添了几分神异和光彩。

总上所述，不难看出佛教文化对汉魏六朝，尤其是对五朝的志怪叙事小说、史传文学和“世说体”文学的影响。从小说角度来说，这一时期的文人虽“非有意为小说”⑨，但并不等于说此时的小说没有成型，按今天小说的定义来衡量，这一时期的志怪小说已具备了小说的基本特征。应该说，在中国抒情文学一统天下的情况下，能于佛教文化输入不久就产生了叙事性的小说，实在是得益于佛教。“世说体”文学的出现和繁盛，也不能说与佛教无关。史传文学接受的较少，但在一些方面还是受了一些潜移默化的影响。同时，志怪小说在宣扬佛教教义、“世说体”文学在宣传僧人等方面，都起到了其他文体的文本所不能替代的作用。这也可以说是俗文学对佛教文化的一大贡献。

---

①《梵摩渝经》，支谦译，《大正藏》第 1 册，第 884 页 b。

②《摩诃般若波罗蜜多经》卷二四《四摄品》，鸠摩罗什译，《大正藏》第 8 册，第 395 页 c。

③《大般般若波罗蜜多经》卷三八一《初分诸功德相品》，玄奘译，《大正藏》第 5 册，第 968 页 b。

④《大般般若波罗蜜多经》卷三八一《初分诸功德相品》，玄奘译，《大正藏》第 5 册，第 968 页 b；季羡林：《三国两晋南北朝正史与印度传说》，《印度古代语言论集》，中国社会科学出版社 1982 年版，第 385—391 页。

⑤《大智度论》卷四《初品中菩萨释论第八》，鸠摩罗什译，《大正藏》第 25 册，第 90 页 b。

⑥ 同上。

⑦ 同上。

⑧ 同上。

⑨ 鲁迅：《中国小说史略》，东方出版社 1996 年版，第 28 页。

第八章　佛教与文学集团及文学流派

文学绝不仅仅是一个作家或诗人个体的审美创作实践，而是一个与社会实践相适应的文学活动过程。在这个文学活动当中，作家、诗人的主体创作，似乎没有显得那么绝对地突出，而群体间的观念、美感、思想等的交流，反而显得更加重要。尤其是特定的文学团体的形成或创作、批评趣味的共识，使得文学活动更加丰富多彩，从而增加了文学境界的拓展和审美风格的多样。

第一节　佛教与文学集团

文学是个体的，更是群体的。离开了传播和交流，文学便成了一潭死水，缺乏生命力。所以，孔子早就说，诗“可以群”[①]。“群”，即意味着相互的切磋，相互交流。这样，文学的创作、传播、交流，就存在着某些共同的标准、趣味、风格、理想等一系列审美的问题。就是说，一部文学作品即使不受时空的限制也不可能被所有的人接受、流传。它只能在一定范围内被某一伙或一群具有共同审美趣味、审美价值取向的文人所接受。因此，文学就成了维系一群性格相近、情趣相投、志同道合的文人的重要纽带。于是，文学史上产生了一个又一个文学集团，而南朝是诸多文学集团产生比较集中的一个时期。[②] 这些文学集团的产生和

①《论语·阳货》，朱熹：《四书章句集注》，中华书局 2008 年版，第 178 页。

② 胡大雷：《中古文学集团》，广西师范大学出版社 1996 年版。

活动正好与佛教在中国的发展、兴盛相适应。佛教从东汉明帝时即进入了中国的知识上层，随着佛典的大量翻译和佛教思想的迅速传播，佛教与文人的关系越来越密切。一种宗教只在民间传播，充其量也只能算是边缘文化。只有进入了知识上层，才有可能冲击、改变、参与主体文化，成为主体文化的组成部分。所以，佛教的传播者很清楚地认识到这一点。他们在民间拥有大量的信众后，便开始直接向文人渗透。

一　晋末会稽文学集团

永嘉之乱后，南下、过江僧人或仿效名士之清谈，或比附名士之风范，或迎合名士之思想，或参与名士之唱和，总之是竭尽全力与文人打成一片。[①] 他们首先靠拢的便是其时活跃在会稽的文学集团。会稽文学集团以著名文艺家王羲之为首，主要成员有谢安、谢万、孙绰、许询、徐丰之、王彬之、王凝之、王肃之、王徽之、袁峤之、谢尚等40余人。他们以会稽兰亭为聚会之点，吟诗唱和，“畅叙幽情”[②]。这么大的文学聚会，正是诗僧参与的大好机会。当时著名诗僧支遁等便融入其中。[③] 他不仅与名士唱和，还与他们谈玄论道，游山玩水[④]，给加文人名士们添加了另一种情趣[⑤]。

二　晋末宋初庐山文学集团

庐山文学集团不同于会稽文学集团的是，其盟主不是文人名士，而是由著名僧人慧远来主持。由于慧远为当时南方佛教丛林的领袖，其门下文人名士“不期而至，望风遥集”[⑥]。著名者有刘遗民、周续之、毕颖

---

① 参见《世说新语笺疏》有关条目。

② 王羲之：《临河叙》，刘义庆撰，刘孝标注，余嘉锡笺疏：《世说新语笺疏》下卷上《企羡》注引，第743页。

③ “王羲之初渡江，会稽有佳山水，名士多居之。与孙绰、许询、谢尚、支遁等宴集于山阴之兰亭。”（王隐：《晋书》，《太平御览》卷一九四，第938页。）

④ 房玄龄《晋书》卷七九《谢安传》：“（谢安）寓居会稽，与王羲之及高阳许询、桑门支遁游处，出则渔弋山水，入则言咏属文，无处世意。”（第2072页。）

⑤ 余嘉锡《世说新语笺疏》上卷下《文学》：“支道林、许掾诸人工在会稽王斋头。支为法师，许为都讲。支通一义，四座莫不厌心。许送一难，众人莫不抃舞。但共嗟咏二家之美，不辩其理之所在。”（第268—269页。）

⑥ 慧皎：《高僧传》卷六《慧远传》，第214页。

之、宗炳、雷次宗、张莱民、张季硕、王齐之、谢灵运等。庐山文学集团的基本性质是宗教性的,其文学审美活动都是为宗教服务的。慧远本人就特别喜好文学创作①,但他把文学审美活动与佛教信仰和实践活动紧密结合起来。如其门下有关于"念佛三昧"的集体诗歌创作,并辑录成册。慧远则以饱满的热情,欣然为之写了《念佛三昧诗集序》,充分赞扬了这种以诗的形式,体悟佛教精义、抒发虔诚信仰的有效活动。遗憾的是,这一诗集仅存王齐之的《念佛三昧诗》四首。庐山集团文学审美活动的另一重要内容是借游览山水而体悟佛陀法身之神明和神趣。现存《庐山诸道人游石门诗序》在释法师"交徒同趣"30余人,"因咏山水"而游石门。他们"众情奔悦,瞩览无厌。……会物无主,应不以情,而开兴引人,致深若此,岂不以虚明朗其照,闲邃笃其情邪! ……悟幽人之玄览,达恒物之大情。其为神趣,岂山水而已哉!"②这一文学审美活动,把文学直接导向了宗教的范畴,同时也为文学进一步获得认识山水、观照山水的独立意义而做了理论和实践的准备,也为晋宋山水文学流派的产生奏响了序曲。

三　宋初藩王文学集团

刘宋初期,尽管皇族出身于"老兵""劲卒"的武夫,但诸藩王却竭力招揽文学之士,特别是士族文人,以争取士族的支持,扩大自己的影响。临川王刘义庆、卢陵王刘义真、建平王刘景素等各自拥有庞大的文学集团。其中,刘义庆、刘义真的文学集团声势最大。③ 由于刘宋诸王皆信佛教,故其文学集团活动的主要内容之一,就是宣传佛教。刘义庆主持、门下众文人编纂的《幽明录》《宣验记》等笔记小说以佛教三世轮回、因果报应的思想为主题,把佛教理论具体化、形象化、生动化,从文学角

---

① 慧皎《高僧传》卷六《慧远传》:"远善属文章,辞气清雅,席上谈吐,精义简要。加以容仪端整,风彩洒落,故图像于寺,遐迩式瞻。所著论序铭赞诗书集为十卷,五十余篇,见重于世。"(第222页。)

② 严可均辑校:《全上古三代秦汉六朝文》第3册,第4873—4874页。

③ 沈约《宋书》卷五一《宗室列传・刘义庆》:"(刘义庆)性简素,寡嗜欲,爱好文义,才词虽不多,然足为宗室之表。……招聚文学之士,远近必至。太尉袁淑,文冠当时……请为卫军咨议参军。其余吴郡陆展、东海何长瑜、鲍照等,并为辞章之美,引为佐史国臣。"(第1477页。)《宋书》卷六一《武三王列传・刘义真》:"义真聪明,爱文义,而轻动无德业。与陈郡谢灵运、琅琊颜延之、慧琳道人并周旋异常,云:'得志之日,以灵运、延之为宰相,慧琳为西豫州都督。'"(第1635—1636页。)

度极大地宣传了佛教的神威。这需要文人们把佛教三世轮回和因果报应的理论融会贯通，并搜集现实有关材料，加以验证。可以肯定，刘义庆的文学集团的文学活动与佛教是紧密联系在一起的。刘义真文学集团的主要成员都是佛教信仰者，他们或为出家人，或为在家信士，其佛教活动十分频繁。如谢灵运，曾拜庐山慧远为师，从慧叡学习过梵文，与慧观、慧严一起重译过《大般涅槃经》，与昙隆、法流、法勖、僧维、法纲等结伴共游山水，又撰《辩宗论》申述道生的"佛性顿悟论"①。再如颜延之，站在佛教立场上，尝着《释达性论》猛烈抨击何承天的"形尽神灭论"②。宋文帝刘义隆称赞说："颜延年之折《达性》，宗少文（炳）之难《白黑》，论明佛法汪汪，尤为名理并足，开奖人意。"③这样的文学集团，不论是宣扬佛教，还是文学创作，都会在一定程度上融汇二者的精华。

四　萧齐东宫西邸文学集团

萧齐皇室亦出身于武将，但尤爱文学。东宫太子萧长懋、竟陵王萧子良广纳文学名士④，遂形成庞大的文学集团。由于萧长懋和萧子良兄弟二人"甚相友悌"⑤，感情笃深，故东宫、西邸成员多有交叉，其活动也多在一起，而且比较集中。东宫、西邸文学集团因盟主"太子与竟陵王子良俱好释氏"⑥，故其成员尤其是"竟陵八友"也与佛教保持密切的联系，其文学活动多与佛教有关：1. 永明七年（489）二月十九日，"司徒竟

① 道宣：《广弘明集》卷十八，《大正藏》第52册，第225页b—c。

② 僧祐：《弘明集》卷四，僧祐撰，李小荣校笺：《弘明集校笺》，第195页。

③ 何尚之：《答宋文帝赞扬佛教事》，僧祐撰，李小荣校笺：《弘明集校笺》，第576页。

④ 李延寿《南史》卷四四《文惠太子传》："（萧长懋）从容有风仪，音韵和辩，引接朝士，人人自以为得意。文武士多所招集。会稽虞炎、济阳范岫、汝南周颙、陈郡袁廓、并以学行才能，应对左右。"（第1099页。）姚思廉《梁书》卷十三《沈约传》："时东宫多士，约特被亲遇。每直入见，影斜方出。"（第233页。）《梁书》卷一《本纪・武帝上》："竟陵王子良开西邸，招文学，高祖（萧衍）与沈约、谢朓、王融、萧琛、范云、任昉、陆倕等并游焉，号曰'八友'。"（第2页。）萧绎《金楼子》卷八《说蕃》："（竟陵王子良）好文学，我高祖（萧衍）、王元长、谢玄晖、张思光、何宪、任昉、孙广、江淹、虞炎、何僩、周颙之俦，皆当时之杰，号士林也。"（萧绎撰，许逸民校笺：《金楼子校笺》，第643页。）慧皎《高僧传》卷八《法安传》："司徒文宣王（子良）及张融、何胤、刘绘、刘瓛等并禀服文义，共为法友。"（第328页。）《南史》卷五九《王僧孺传》："（子良）招文学，僧孺与太学生虞羲、丘国宾、萧文琰、丘令楷、江洪、刘孝孙并以善辞藻游焉。"（第1460页。）

⑤ 萧子显：《南齐书》卷四〇《竟陵文宣王萧子良传》，第700页。

⑥ 李延寿：《南史》卷四四《文惠太子传》，第1100页。

陵文宣王梦于佛前咏《维摩》一契。同声发而觉，即起至佛堂中，还如梦中法，更咏古《维摩》一契。便觉韵声流好，著工恒日。明旦即集京师善声沙门龙光普智、新安道兴、多宝慧忍、天保超胜及僧辩等，集第作声"[①]。这次的作声，与此前永明五年（487）萧子良"招致名僧，讲语佛法，造经呗新声"[②]的活动，都对东宫、西邸文学集团成员对汉语音律的认识合诗歌新体的产生，发挥了至关重要的影响。2. 永明七年十月的大法会，"文宣王招集京师硕学、名僧五百余人"[③]参加，周颙奉命作《抄成实论序》。3. 自觉恪守佛教戒律，将佛教戒律奉为衣食住行的指南[④]。子良着《净住子净行法》，其中有《十种惭愧门》《极大惭愧门》《戒法摄生门》等；沈约作《究竟慈悲论》《忏悔文》《八关斋诗》等，盛赞精进持戒。4. 集体创制法曲乐歌。"《永平乐歌》者，竟陵王子良与诸文士造奏之，人为十曲。道人释宝月辞颇美，上常被之管弦，而不列于乐官也。"[⑤]今存王融、谢朓所作法曲各十曲，而其他人之所作均佚。5. 组织集体创作"释氏辅教"小说《冥验记》《宣明验》[⑥]，以故事形式"征明善恶，劝戒将来，实使闻者深心感悟"[⑦]。总之，东宫、西邸文学集团是自觉把佛教与文学很好地结合起来的一个典范，极大地推动了佛教迈向文学园地。

五　萧梁文学集团

"竟陵八友"之一的萧衍代齐建梁，是为梁武帝。萧衍承竟陵王萧子良遗风，继续广纳文学之士，"有高才者，多被引进，擢以不次"[⑧]。竟陵八友除了王融、谢朓死于萧齐，沈约、范云、任昉、萧琛、陆倕均与萧衍

① 慧皎：《高僧传》卷十三《僧辩传》，第 503 页。
② 萧子显：《南齐书》卷四〇《竟陵文宣王萧子良传》，第 698 页。
③ 僧祐撰，苏晋仁、萧链子点校：《略成实论记》，《出三藏记集》卷十一，第 405 页。
④ 萧子显《南齐书》卷四〇《竟陵文宣王萧子良传》："子良敬信（佛教）尤笃，数于邸园营斋戒，大集朝臣、众僧，至于赋食行水，或躬亲其事。"（第 700 页。）萧子显《南齐书》卷四一《周颙传》："（周颙）清贫寡欲，终日长蔬食，虽有妻子，独处山舍。"（第 732 页。）姚思廉《梁书》卷十三《沈约传》："（沈约）性不饮酒，少嗜欲，虽时遇隆重，而居处俭素。"（第 326 页。）
⑤ 萧子显：《南齐书》卷十一《乐志》，第 196 页。
⑥ 李剑国：《唐前志怪小说史》，南开大学出版社 1984 年版，第 395 页。
⑦ 唐临：《冥报记序》，陈尚君辑校：《全唐文补编》，中华书局 2005 年版，第 85 页。
⑧ 姚思廉：《梁书》卷五〇《文学列传·刘峻》，第 702 页。

一起入梁，并成为萧衍朝政的政治台柱和文学侍臣。其他如王僧孺、刘孺、张率、到荩、曹景宗、到沆、沈众、丘迟、刘苞、刘孝绰、王规等文人都是萧衍文学集团的成员。萧衍好文学，遗传子弟。昭明太子萧统、晋安王萧纲（后为太子及简文帝）、湘东王萧绎（后为元帝）也尤爱文学，招延文士，各自拥有庞大的文学集团。萧统周围有王筠、刘孝绰、陆倕、到洽、殷芸、张率、谢举、王规、张缅、王锡、张缵、刘勰等；萧纲门下有徐摛、庾肩吾、张率、陆杲、刘遵、刘孝仪、刘孝威、江伯摇、孔敬通、申子悦、鲍至、徐陵、庾信等；萧绎手下有刘孝绰、刘之遴、刘孺、刘孝胜、刘孝先、裴子野、刘显、萧子云等。[①] 萧梁几个主要的文学集团因盟主都是虔诚的佛教信徒[②]，所以，他们的文学活动大多与佛教联系在一起。如对法会盛大场面的描绘，对佛寺庄严空灵的赞叹，对戒律严格奉持的决心[③]，对僧人无束自在的向往……这些均构成了文学集团内创作的重要内容。

六　陈后主文学集团

梁灭陈兴，诸帝均好文学。及至后主陈叔宝更有过之。在他周围经常有一群宫廷文学侍臣。[④] 这个文学集团主要以后主和江总为主。后主作太子时即与名僧智顗有深交。江总则家世奉佛，“弱岁归心释教，年二十馀入钟山，就灵曜寺则法师受菩萨戒”[⑤]。陈后主文学集团的文学活动十分单调，主要是将描绘宫廷女性[⑥]与崇尚佛教结合起来。所谓“三空豁已悟”，“平生忘是非”[⑦]，不过是他们穷奢极欲地描写女性、发

---

① 普慧：《齐梁三大文学集团的构成及其盟主的作用》，《社会科学战线》1998 年第 2 期。

② 魏收《魏书》卷九八《萧衍传》：“令其王侯子弟，皆受佛诫。”（第 2187 页。）道宣《续高僧传》卷六《慧约传》：“皇储已下，爰至王姬，道俗士庶，咸希度脱；弟子著籍者，凡四万八千人。”（第 185 页。）

③ 姚思廉《梁书》卷三六《江革传》：“时高祖盛于佛教，朝贤多启求受戒，革精信因果，而高祖未知，谓革不奉佛教，乃赐革《觉意诗》五百字……革因启乞受菩萨戒。”（第 347 页。）

④ 姚思廉《陈书》卷二八《岳阳王叔慎传》：“后主尤爱文章，叔慎与衡阳王伯信、新蔡王叔齐等日夕陪侍，每应诏赋诗，恒被嗟赏。”《陈书》卷二七《江总传》：“（总）日与后主游宴后庭，共陈暄、孔范、王瑳等十余人，当时谓之‘狎客’。”（第 347 页。）

⑤ 姚思廉：《陈书》卷二七《江总传》，第 347 页。

⑥ 李延寿《南史》卷十《陈本纪下》：“后主愈骄，不虞外难，荒于酒色，不恤政事，左右嬖佞珥貂者五十人，妇人美貌丽服巧态以从者千余人。常使张贵妃、孔贵人等八人夹坐，江总、孔范等十人预宴，号曰‘狎客’。先令八妇人襞采笺，制五言诗，十客一时继和，迟则罚酒。君臣酣饮，从夕达旦，以此为常。”（第 306 页。）

⑦ 江总：《游摄山栖霞寺诗》，道宣：《广弘明集》卷三〇，《大正藏》第 52 册，第 357 页 a。

泄个人内心未被满足的肉欲情结的保护伞。

总结佛教与文学集团的活动有这样一些特点：1. 佛教信仰成为文学集团中文人相互联系和相互交流的一个重要的思想支柱；2. 佛教为文学集团的活动提供场所和条件；3. 佛教的自然观与文人的山水审美的内在联系使得二者产生了强烈的共鸣，拉近了文人与僧人的关系；4. 佛教的某些思想成为文学集团创作活动一时的主题，引发了文学集团内部的仿效，在一定程度上强化了文学集团内在的凝聚力。

第二节　佛教与文学体裁

文学是教化人生的一个重要手段。一切思想家或宗教家都不会忽略文学这一行之有效工具。佛教亦不例外，他们在宣法和传播的过程中，为了吸引和教化芸芸众生，采取了一切可资利用的有效手段，尤其是运用文学形式和方法，将佛教抽象的义理说教转换成为富有音韵朗畅、激越情感的诗偈赞颂或具体生动、形象可感的譬喻故事，构成了审美趣味浓厚、艺术技巧娴熟、宗教情绪热烈、教化功用完善的佛典文学。佛陀寂灭后，弟子们结集，诵读、整理"三藏"，形成了终成十二部经[①]，奠定了佛教文献的基本规模和体制。十二部经，则成为佛典文学中的十二种文学体裁。也就是说，佛陀的传教，就有明确的文体意识：什么样的文体适用于什么样的说教，重视不同文体的不同效果，也是佛教十分讲究的。因此，当这种佛典文学与中国文学走到一起的时候，两种不同的文学内容与形式的碰撞，为晋末南朝文学提供了新的发展契机，尤其在文学的体裁上，促进了一些文体的日臻成熟。

① 十二部经：1.长行，以散文直说法相，不限定字句者，因行类长，故称长行。2.复颂，既宣说于前，更以偈颂结之于后，有重宣之意，故名重颂。3.单颂，不依前面长行文的意义，单独发起的偈颂。4.因缘，述说见佛闻法，或佛说法教化的因缘。5.本事，是载佛说各弟子过去世因缘的经文。6.本生，是载佛说其自身过去世因缘的经文。7.未曾有，记佛现种种神力不思议事的经文。8.譬喻，佛说种种譬喻以令众生容易开悟的经文。9.论评，指以法理论议问答的经文。10.无问自说，如阿弥陀经，系无人发问而佛自说的。11.方广，谓佛说方正广大之真理的经文。12.记别或授记，是记佛为菩萨或声闻授成佛时名号的记别。

一 诗

诗，是世界上各民族文学发展到一定时期的产物，其早期形式为口头歌谣，文字出现后，诗的形式被固定下来。诗的产生从一开始即伴随着强烈的功用，早期的诗往往与宗教祭祀活动紧密地联系在一起，更多地被精神上层（主要由巫或觋）所掌握和利用。如早期汉诗中的“诗言志”，就具有鲜明的“神人以和”①的宗教祭祀特征。随着汉诗的进一步发展，其宗教祭祀的特征愈来愈减少，而社会政治教化和个体审美愉悦的功能日益突出，诗的走向更多地转向了世俗的方面。佛典汉译，其中的偈颂形式需要用诗的形式来表现，这就使得汉诗的形式与佛典偈颂有了一个交流渗透的机缘。于是，汉诗曾经拥有的古老的宗教特性又得以恢复和发展。永嘉南渡后，随着玄、佛的合流和佛教的渐趋独立，崇佛文人越来越多，诗在文人那里不仅是抒发个体情怀和表现政治理想的手段，同时也成了崇佛文人表达虔诚的佛教信仰、歌颂佛教神威功德和抒写游览佛教胜迹的有效工具。这样，就形成了四类崇佛诗：直接表述佛教教义的诗，赞颂佛教仪轨、法事活动的诗，游写佛教山寺的诗，与僧人唱和、赠答的诗。如第一类有郗超的《答傅郎诗六章》、王齐之的《念佛三昧诗》、谢灵运的《石壁立招提精舍诗》《过瞿溪石室饭僧诗》《临终诗》、萧衍的《十喻诗》《觉意诗》、萧纲的《十空诗》《赋咏五阴识枝诗》《被幽述志诗》、萧绎的《和刘尚书侍讲五明集诗》、刘孝绰的《赋咏百论舍罪福诗》等；第二类有谢庄的《八月侍华林曜灵殿八关斋诗》，沈约的《八关斋诗》《四城门诗》，庾肩吾的《八关斋夜赋四城门更作四首》，王融的《法乐辞》，谢朓的《永明乐》十首之八、《秋夜讲解诗》，萧衍的《和太子忏悔诗》，萧统的《开善寺法会诗》《东斋听讲诗》《同泰僧正讲诗》《讲席将毕赋三十韵诗依次用》，陆倕的《和照明太子钟山解讲诗》，刘孝仪的《和昭明太子钟山解讲诗》，萧纲的《蒙华林苑戒诗》《蒙预忏直疏诗》《旦出兴业寺讲诗》，王筠的《和太子忏悔诗》，庾肩吾的《和皇太子忏悔诗》《奉和皇太子忏悔应诏诗》，萧詧的《迎舍利诗》等；第三类有吴迈远的

---

①《尚书·舜典》：“帝曰：‘夔！……诗言志，歌永言，声依永，律和声，八音克谐，无相夺伦，神人以和。’夔曰：‘于！予击石拊石，百兽率舞。’”（《十三经注疏·尚书正义》，第131页。）

《游庐山观道士石室诗》、萧衍的《游钟山大爱敬寺诗》《天安寺疏圃堂诗》、沈约的《游沈道士馆诗》《游钟山诗应西阳王教五章》、王融的《栖玄寺听讲毕游邸园七韵应司徒教诗》、江淹的《吴中礼石佛诗》、萧纲的《往虎窟山寺诗》《游光宅寺适应令诗》、孔焘的《往虎窟山寺诗》、鲍至的《奉和往虎窟山寺诗》、陆罩的《奉和往虎窟山寺诗》、王台卿的《奉和往虎窟山寺诗》、王冏的《奉和往虎窟山寺诗》、萧纲的《望同泰浮图诗》《夜望浮图上相轮绝句诗》、王训的《奉和同泰寺浮图诗》、王台卿的《奉和望同泰寺浮图诗》、庾信的《和同泰寺浮图诗》、何逊的《等禅冈寺望和虞纪室诗》、庾信的《登云居寺塔诗》、阴铿的《开善寺诗》《游巴陵空寺诗》、张正见的《陪衡阳王游耆阇寺诗》、刘孝绰的《东林寺诗》、刘令娴的《光宅寺诗》等；第四类最多，主要有张翼的《赠沙门竺法頵三首》《答庾（当为康）僧渊诗》、习凿齿的《嘲道安诗》、刘程之的《奉和慧远游庐山诗》、王乔之的《奉和慧远游庐山诗》、张野的《奉和慧远游庐山诗》、鲍照的《秋日示休上人诗》《答休上人菊诗》、萧衍的《江南弄·方丈曲》、范云的《赠俊公道人诗》、江淹的《休上人怨别》、萧子云的《赠海法师游甑山诗》、刘孝先的《和亡名法师秋夜草堂寺禅房月下诗》、刘孝绰的《酬陆长史倕诗》等。这四类崇佛诗，从文学的审美特性上说，游写佛寺的诗和与僧人赠答的诗与世俗诗最为接近，其情感的抒发或直泻于外，或隐含于内，情与景合，理与趣谐。如范云的《赠俊公道人诗》，抒发了渴望与俊法师相遇的心理；萧子云的《赠海法师游甑山诗》表达了诗人与海法师共游山水的激动心情；刘孝先的《和亡名法师秋夜草堂寺禅房月下诗》描绘亡名法师所住草堂寺美妙的秋夜之景，表达了诗人出离"世俗樊篱"的愿望。其余的诗更多地表现了一种宗教诗歌的崇高美和幽远美。如萧统的《开善寺法会诗》，描绘法会盛况，铺张扬厉，极尽浓笔重彩。这些崇佛诗，大部分为佛教义理的传声筒，"理过其辞，淡乎寡味"[1]。但从宗教上说，这些崇佛诗，促进了佛教与中国知识上层的迅速融合，在一定程度上提供了文人的佛学水平，同时又成为佛教文学中不可缺少的组成部分，为中国后来的哲理诗提供了借鉴的依据。

① 钟嵘：《诗品·序》，陈延杰：《诗品注》，第1页。

佛典的汉译，在诗歌方面不只是在义理诗上有重大影响，在叙事诗上也为中国诗歌提供了很大的启示。古代印度本来就有史诗的传统，佛教吸收了传统史诗的特点，如《佛所行赞》《大庄严论经》《佛本行经》等均具有史诗的叙事特点。而中国诗歌以抒情诗为主，在佛教入中国之前，几乎没有叙事诗。然而，在被南朝人最后改定的汉乐府诗中，意外地保存有一首篇幅较长的叙事诗——《焦仲卿妻》[①]。这首诗内容完全为中国式的，丝毫不见有外来痕迹。但是，诗的一开头"孔雀东南飞，五里一徘徊"的"孔雀"意象，却是来源于佛教。中国本土不产孔雀鸟，故在此之前尚无用孔雀作为诗歌意象的先例。孔雀（Mayūra）本来生长于印度及其周边地区，是古代印度的吉祥鸟。[②] 在佛典中，经常把孔雀说成是佛陀的化身，有宣示佛法的特殊功效，故有孔雀咒法、孔雀修法等。《焦仲卿妻》用"孔雀"起兴，显然是受到了佛教的影响。尤其是诗中委婉细腻、一波三折的叙述，受到《佛所行赞》启示的可能性是极大的。[③] 所以，梁启超早就指出这首长篇叙事诗受了佛教文学的影响[④]，胡适也肯定了这一点。这完全可以说，佛教对于中国叙事诗是有着重大贡献的。

二　颂、赞

颂，本为中国诗歌最早的类型之一，主要用于为祖先歌功颂德。它与佛典中的"偈颂"基本相似，故二者在形式和内容上很容易沟通。偈颂（Gāthā），音译伽陀，为十二部经之一种。其长短有二句、三句、四句、五句、六句不等。汉译时有四言、五言、六言、七言，一般隔行押

---

① "我们可以相信它（指《焦仲卿妻》）到了《玉台新咏》的时候，才有最后的写定。那么我们怎还能说它是汉代的乐章呢？……我们现在把它列入南朝《杂曲》中，也许不算太武断吧。"（陆侃如、冯沅君：《中国诗史》，人民文学出版社1956年版，第242页。）

② 印度神话中，谓孔雀可以生人，故有孔雀家族。由旃陀罗笈多（Candragupta）王出者，谓之孔雀种。阿育王即为孔雀种系。

③ "假使没有宝云（《佛本行经》译者）与（昙）无谶（《佛所行赞》译者）的介绍，《孔雀东南飞》也许到现在还未出世呢，更不用说汉代了。"（陆侃如：《〈孔雀东南飞〉考证》，《国学月报》第3期。）

④ 梁启超：《印度与中国文化之亲属的关系》，《梁启超全集》第7册，北京出版社1999年版，第4254—4255页。

韵。两晋南北朝的译经以五言为多;隋以后,七言增多,并渐成固定形式。[①] 魏晋南北朝文人崇信佛教、颂扬佛之功德神威,而颂这一文体形式则是最适合、最有效的。根据现存文献,有谢灵运的《无量寿佛颂》、鲍照的《佛影颂》、褚澐的《芳林园甘露颂》、沈约的《千佛颂》《为齐竟陵王发讲疏并颂》、王融的《净住子归信门颂》《忏悔三业门颂》《出家善门颂》《在家善门颂》《法门颂》、萧纲的《大法颂》《玄圃园讲颂》《菩提树颂》等。

赞,本为颂之流,其本意为称赞人物,两汉始有作为文体的赞。佛典中的"赞"(Stotra),音译成怛罗,以偈颂赞叹佛陀及菩萨的威德恩泽,如《佛所行赞》《普贤菩萨行愿赞》等。魏晋南北朝的崇佛文人继续保持了佛教传统赞的内容特点,如王齐之的《诸佛赞》《萨陀波仑赞》《萨陀波仑入山求法赞》《萨陀波仑始悟欲供养大师赞》、范泰的《佛赞》、傅亮的《文殊师利菩萨赞》《弥勒菩萨赞》、殷景仁的《文殊师利赞》、沈约的《千佛赞》《弥勒赞》等,又扩大了赞的题材范围,即将著名僧人以及经论、画像、法器等纳入到了赞的范畴之中,如康泓的《单道开传赞》、王齐之的《昙无竭菩萨赞》、鲍照的《庐山招提寺释僧瑜赞》《释昙鉴赞》、王玄载的《释普恒赞》、谢灵运的《和范光禄祇洹像赞:佛赞·菩萨赞·缘觉声闻合赞》《维摩经十譬赞:聚沫泡合·焰·芭蕉·聚幻·梦·影响合·浮云·电》、殷景仁的《文殊像赞》、王僧儒的《慧印三昧及济方等学二经序赞》、张君祖的《道树经赞》《三昧经赞》、江总的《香赞》《花赞》《灯赞》《幡赞》等。这些崇佛颂、赞反映了中国文人虔诚的宗教信仰和热烈情感,在信仰方面起着重要的作用,但从审美方面来看,它们完全是宗教的附庸,只具有共性的神圣和崇高,而缺少个性的愉悦和宣泄。它们只有在先验的前提下,才能发挥出一定的审美感召力,否则,其审美情趣和感悟很难独立实现。

三　赋

赋,为古诗之流,原为三种诗法(赋、比、兴)之一。因有铺陈其事、

① 孙尚勇:《佛教经典诗学》,高等教育出版社2013年版,第25—33页。

体物写志的特点，而发展成为与诗歌不同的独立文体，属于“文”（与“笔”相对）的范畴。这是汉文独有的一种文体。佛典中无此相应文体，所以，不存在佛教文体影响赋的问题。倒是赋对佛典翻译的形式有重大影响。赋在形式上多由四字或六字组成，两句对仗，讲究音律的谐调和辞藻的华丽。佛典在翻译上虽不甚追求朗畅的音律和华美的辞藻，但是在句式上却主要采用了四字或六字，并且形成了一定的对仗。这就使得赋与佛典有了密切的关系。赋这种文体在魏晋南北朝文人的心目中有着特殊的地位，尤其史家，往往把一些体制宏大、篇幅颇长的名赋全文录入正史传主事迹之内，极大地提高了赋在文坛的地位。故而，赋家辈出，赋作如林。对于这样有影响的一种文体，崇佛文人自然不肯放过。于是，以赋的形式来宣弘佛教的作品也加盟到了崇佛文学当中。如李颙的《大乘赋》、孙绰的《游天台山赋》、谢灵运的《山居赋》、萧衍的《净业赋》《孝思赋》、江淹的《伤爱子赋》、萧子云的《玄圃园讲赋》、梁宣帝的《游七山寺赋》、王锡的《宿山寺赋》、北魏高允的《鹿苑赋》等。唐代道宣说：“晋宋已来，诸集数百余家，信重佛门，俱陈声略。至于捃拾，百无一存。且列数条，用尘博观。”[①]由此可见，当时崇佛赋作犹如沧海密林，难以数计。

四　小说

小说，直接作为一种文体的概念，产生得很晚，在中国至少要到了明代以后，而小说作为一个名称则始于庄子[②]，汉代进一步论及[③]。但作为具有叙事性文学特征的文体，小说则是在魏晋南北朝开始兴盛起来的，这显然与佛典的叙事性特点有密切的关系。[④]

在魏晋南北朝小说中，最为丰富的是被鲁迅称之为“志怪”的小说。而这志怪小说又深受佛教影响：“有一种助六朝人志怪思想发达

① 道宣：《广弘明集》卷二九《统归篇序》，《大正藏》第52册，第335页b。

② “饰小说以干县令，其于大达亦远矣。”（《庄子·外物》，郭庆藩：《庄子集释》，第295页。）

③ “小说家者流，盖出于稗官，街谈巷语，道听途说者之所造也。”（第1745页。）桓谭《新论》：“小说家合丛残小语，近取譬论，以作短书，治身理家，有可观之辞。”（班固：《汉书·艺文志》，朱谦之：《新辑本桓谭新论》，第1页。）

④ 普慧、张进：《佛教故事：中国五朝志怪小说的一个叙事源头》，《中国文化研究》2001年春之卷。

的，便是印度思想之输入。因为晋，宋，齐，梁四朝，佛教大行，当时所译的佛经很多，而同时鬼神奇异之谈也杂出，所以当时合中，印两国底鬼怪到小说里，使它更加发达起来。”[①]佛教的“三世因缘”“因果报应”“死而复生”“天堂地狱”等教义，都不同程度地反映在志怪小说之中。如荀氏的《灵鬼志》、干宝的《搜神记》、王嘉的《拾遗记》、王琰的《冥祥记》、刘义庆的《幽明录》《宣验记》、刘敬叔的《异苑》、傅亮的《应验记》、张演的《观世音应验记》、王韶之的《太清记》、王延秀的《感应传》、朱君台的《征应传》、袁王寿的《古异传》、郭季产的《集异记》、东阳无疑的《齐谐记》、萧子良的《冥验记》、吴均的《续齐谐记》、颜之推的《冤魂志》《集灵记》、侯白的《旌异记》等。其中，一些志怪被鲁迅认为是“释氏辅教之书”：“宋刘义庆《宣验记》、齐王琰《冥祥记》、隋颜之推《集灵记》、侯白《旌异记》四种，大抵记经像之显效，明应验之实有，以震耸世俗，使生敬信之心。”[②]其实，作为释氏辅教之书的远远不止这几部。可以说，志怪小说为宣扬佛法、弘传佛教起到了不可用其他形式所替代的作用，他们采用浅显的、接近口语的语言，通过讲故事的形式，把抽象的佛教理论具体化、形象化，特别是它们常常把其中的故事比附于现实真人，呈现出“亦真亦幻”的特点，更加强化了这些故事的“真实性”。其感化、教化的巨大作用往往是理论方面的著述所难以比拟的。而佛典的文学性给志怪小说的影响至少可以说是有几方面的：一是叙事的时间性和空间性，二是情节的模拟化和戏剧化，三是人物的生动性和喜剧性，四是想象的奇特性和虚幻性。这可说是佛教对于中国文学的一大礼赠。[③]

随着汉末以来清议之风的盛行，魏晋南北朝时期出现了以记录人物的风神、笑谈、轶事为主的小说，被鲁迅称之为“志人小说”。其中最为著名的是曹魏邯郸淳的《笑林》和刘宋刘义庆主编的《世说新语》。前者在故事原型和结构上多模仿佛教譬喻类经典，基本上形成了“开场

① 鲁迅：《中国小说的历史变迁》，《鲁迅全集》第 9 卷，人民文学出版社 1981 年版，第 308 页。

② 鲁迅：《中国小说史略》，东方出版社 1996 年版，第 37 页。

③ 普慧：《佛教对中国六朝志怪小说的影响》，《复旦学报》2002 年第 2 期。

白、主题转折、结尾，故事之后便是训诫”[①]的叙述模式。后者因文体所限，记事十分简略，但对当时的佛教传播和发展过程也有一定的记载。如永嘉南渡后，佛教般若六家七宗在江南传播佛教的困难及般若学的玄学化以及佛教的渐趋独立。《世说新语》与佛教关系最突出的是塑造了一批具体可感、栩栩如生的佛教人物形象，如释道安、竺法汰、竺法深、康僧渊、支愍度、支道林（遁）等，其中有关支道林的就有53条。这些佛教僧人群像的塑造，极大地提高了佛教僧人在知识上层的地位，扩大了佛教的影响，为当时及后来的叙事文学作品和僧人传记提供了丰富的写作经验。

文人崇佛文学还表现在一些碑铭、诔文、行状、书论等文体当中。崇佛文学构成了文学园地的另一朵奇葩。它们把文人的审美情感提升到了崇高、庄严、纯净、神圣的境界，使人们在赞美宗教的同时，道德和灵魂得到了净化和升华。这比起单纯的宣讲教义，效果要好得多。

第三节　佛教与文学流派

文学流派是整个文学活动中的一个重要现象。文学流派不同于文学集团，文学集团是文学流派产生的基础，但是一个文学集团并不一定就能形成较为统一的文学流派。文学流派的形成有多重因素，其中较为统一的宗教信仰和世界观及其人生观、道德观、价值观等在文学活动中的反映，是某一文学流派赖以积蓄、产生、凝聚、延续的一个重要的内在力量。佛教在魏晋南北朝的文学活动中发挥了多重作用，其中这一时期的文学流派与佛教也有着密切关系。魏晋南北朝第一个大规模的文学流派是产生于汉末建安时期的“三曹七子”文学流派，但由于此时佛教势力并不壮大，基本上囿于经典的译介阶段，故“三曹七子”这一流

① [俄] L. N. 门西科夫：《中国文学中的佛教寓言故事》，《西域与佛教文史论集》，许真章译，台湾学生书局1988年版，第287页。

派与佛教关系不大。曹魏西晋玄学盛行，佛教仅寓社会一隅。及至东晋，佛教般若盛行，玄佛合流，佛教在文学上的巨大影响才真正得以发挥出来。

一 东晋玄言诗派

玄言诗派是东晋文坛上一个有着长久影响力的主流派别。玄言诗的产生有两个重要的前提条件：一是汉末以来文坛上的清议之风，一是曹魏以来思想界的玄学之潮。前者为文人提供了诗的生活情趣和人格魅力，后者为文人展示了诗的哲学基础和理想境界。[①] 然而，这二者只是世俗生活和思想的结合，是一种充分肯定现实世界合理性的世俗学说和生活方式。因此，当玄言诗派发展到一定阶段时，这种世俗的生活和思想便难以彻底排遣玄言诗人们的苦闷，解答其有关现实的种种疑难。于是，玄言诗人们必须寻找更为符合其生活、思想的东西，以便使其心灵得到超越和解脱。正好此时兴盛的佛教般若学以其“缘起性空”的理论论证了现实世界的虚幻不实，填补和慰藉了玄言诗人们正感苦闷的心灵，同时为玄言诗的发展做出了理论补充。鲁迅指出：“到东晋，风气变了，社会思想平静得多，各处都夹入了佛教的思想。”[②]玄言诗人们不止在老庄思想中汲取玄理，而且在佛教中找到了新的理念、新的契机、新的境界。[③] 玄言诗人王导、谢安、简文帝、王羲之、王献之、殷浩等与名僧支遁、竺法深、道安、竺法汰等过从甚密，玄言诗派的代表诗人郗超、许询、孙绰等更是精通佛理，善讲佛经。[④] 玄言名士能通佛经，而有

---

① 罗宗强：《玄学与魏晋士人心态》，浙江人民出版社 1991 年版；敏泽：《中国美学思想史》第 1 卷，齐鲁书社 1989 年版，第 463—474 页；李泽厚、刘纲纪主编：《中国美学史》第 2 卷上，中国社会科学出版社 1987 年版，第 329—334 页。

② 鲁迅：《鲁迅全集》第 3 卷，人民文学出版社 1973 年版，第 505 页。

③ 檀道鸾《续晋阳秋》：“正始中，王弼、何晏好《庄》《老》玄胜之谈，而世遂贵焉。至过江，佛理尤盛，故郭璞五言始会合道家之言而韵之。(许)询及太原孙绰转相祖尚，又加以三世之辞，而《诗》《骚》之体尽矣。”(刘义庆：《世说新语·文学》，刘义庆撰，刘孝标注，余嘉锡笺疏：《世说新语笺疏》，第310 页。)

④ 慧皎《高僧传》卷四《于法开传》：“(于法开)每与支道林争即色空义，庐江何默申明开难，高平郄(郗)超宣述林解，并传于世。”(第 168 页。)刘义庆《世说新语》上卷下《文学》：“支道林、许掾诸人共在会稽王斋头。支为法师，许为都讲。支通一义，四坐莫不厌心。许送一难，众人莫不抃舞。但共嗟咏二家之美，不辩其理之所在。”(《世说新语笺疏》，第 268—269 页。)

道名僧更能讲玄理[①]，故有将“竹林七贤”比附之于七位名僧者[②]。玄佛合流，相互参透，已经成为玄言诗派的基本特征。就现存的玄言诗作来看，大部分作品表现老庄玄理，但后期也有一定数量的作品佛理意趣十分浓厚。如郗超的《答傅郎诗》、许询的《农里诗》、孙绰的《答许询诗》等，前者宣说了支遁的“即色空”义，而后二者讲的是道安、慧远的“本无义”。玄言诗内容上的这一重大扩充，完全受到了日益兴盛的大乘般若学的影响。玄言诗派的创作在后世多遭诟病，南朝萧梁的诸多批评家沈约、刘勰、钟嵘等便认为其缺乏艺术形象和诗歌韵味，偏离了诗歌艺术发展的正常轨迹，是诗歌发展过程中所出现的不良倾向，几无可取之处。[③] 然而，就其时玄言诗人们而言，所谓“道家之言”“三世之辞”乃是他们的一种审美心态的自然流露，是其“襟怀之咏”[④]。玄言诗人们“清谈雅论，剖玄析微，宾主往复”，不过是为了审美的“娱心悦耳”[⑤]。“他们的玄谈和‘理咏’大多是非功利的，表现了一种审美的意味。”[⑥]玄言诗派的创作更多地带有宗教诗歌的性质，尤其后期的诗作，明显地具有佛教倾向。他们更多地注重表现和抒发“崇高”“致远”“恬适”“澹然”的情感，而不是把自己那超迈的情感束缚于人世间最为普通情感的缧绁之中。所以，以世俗的审美眼光简单地批评玄言诗派，显然是不公允的。

---

① 刘义庆《世说新语・文学》：“支道林在白马寺中，将冯太常共语，因及《逍遥》，支卓然标新理于二家(郭象、向秀)之表，立异义于众贤之外，皆是诸名贤寻味之所不得。后遂用支理。……(支道林)因论《庄子・逍遥游》，支作数千言，才藻新奇，花烂映发。”(《世说新语笺疏》，第260—264页。)慧皎《高僧传》卷六《慧远传》：“(慧远)博综六经，尤善《庄》《老》。……尝有客听讲……远乃引《庄子》义为连类，于是惑者晓然，是后安公特听慧远不废俗书。”(第211—212页。)《高僧传》卷五《道立传》：“(道立)以《庄》《老》三玄，微应佛理，颇亦属意焉。”(第203页。)《高僧传》卷五《昙一、昙二传》：“昙一、昙二，并博练经义，有善《老》《易》，风流趣好，与慧远齐名。”(第193页。)《高僧传》卷四《竺法蕴传》：“(竺法蕴)悟解入玄。”(第157页。)

② 据《高僧传》转引孙绰《道贤论》，以竺法护比山涛，以帛法祖比嵇康，以法乘比王戎，以竺道潜比刘伶，以支遁比向秀，以于法兰比阮籍，以于道邃比阮咸。

③ 沈约《宋书》卷六七《谢灵运传论》：“自建武暨乎义熙，历载将百，虽缀响联辞，波属云委，莫不寄言上德，托意玄珠，遒丽之辞，无闻焉尔。”(第1778页。)刘勰《文心雕龙・时序》：“自中朝贵玄，江左称盛，因谈余气，流成文体。是以世极迍邅，而辞意夷泰，诗必柱下之旨归，赋乃漆园之义疏。”钟嵘《诗品序》：“永嘉时，贵黄老，稍尚虚谈，于时篇什，理过其辞，淡乎寡味。爰及江表，微波尚传，孙绰、许询、桓、庾诸公诗，皆平典似道德论，建安风力尽矣。”(陈延杰：《诗品注》，第1—2页。)

④ 刘义庆：《世说新语・赏誉》，《世说新语笺疏》，第583页。

⑤ 颜之推：《颜氏家训・勉学》，王利器：《颜氏家训集解》，第187页。

⑥ 张可礼：《东晋文艺综合研究》，山东大学出版社2001年版，第10页。

总结而言，玄言诗派的产生与佛教关系不大，但在其发展过程中，佛教为其注入了新的内容，开拓了玄言诗人们新的视野，提高了玄言诗人们的论辩思维，丰富了玄言诗人们的生活方式。

二　晋宋山水诗派

山水诗是诗人审美观念、审美趣味与自然山水相结合的产物。它依赖的两个重要条件是：就创作主体而言，诗人必须对自然山水进行审美观照，由景而动，勃发审美激情；就客体而言，自然山水本身必须蕴藏着感人的因素，从而成为独立的审美对象。主体情感的外射与客体景象的反映构成的物我交融、情景合一，即为山水诗的创作基础。然而，自然山水能够成为独立的审美对象，必须有一定的哲学作为其理论基础。晋宋之际诗人们之所以能把自然山水提升为独立的审美对象，就在于：1. 自然山水（包括人工模拟的山水，即庄园山水）成为诗人们长期赖以生活的环境。诗人们置身其中，把酒临风，登高吟诵，悠闲自得，无拘无束，外在尘世纷嚣的烦恼此时烟消云散，化为乌有，剩下的只是诗人们那特有的心情朗畅，不为物累[①]。2. 自然山水为诗人们提供了体认宇宙万有的契机，并成为神道（宇宙大道）的中介或化身。世俗社会仅仅是宇宙万有的一小部分，其变迁流转，处处无常，而那自然山水虽历经世间的沧桑，却依然充溢着超越时空的永恒。世俗间的争权夺利，尔虞我诈，沽名钓誉，荣华富贵，在自然山水面前显得是何其的渺小、苍白。3. 人的生命意识与山水的生命意识融化一体。自然山水不再是无生命的景物，而是洋溢者活勃勃的无限生机，充满着喜怒哀乐的生命光彩。诗人徜徉其中，我就是物，物就是我，物我浑一，生机盎然。诗歌经过东晋玄言诗派对从自然山水中寻求人生哲理和意趣的初步探求后，对自然山水作为审美对象有了更为进一步的认知。大乘佛教般若学的“缘起性空”、涅槃学的佛性论以及弥陀净土信仰的风行，为自然山水成为独立的审美对象奠定了哲学基础。般若学的“本无宗”即以“自然”作

① 谢灵运《辨宗论》：“累起因心，心触成累。累恒触者心日昏，教为用者心日伏。伏累弥久，至于灭累，然灭之时，在累伏之后也。伏累灭累，貌同实异，不可不察。灭累之体，无我同忘，有无一观。”（道宣：《广弘明集》卷十八，《大正藏》第52册，第225页c—第226页a。）

为立论基础，认为自然山水是真如、法性、本无、性空本体的体现者，是美的化身。慧远就指出整个山河大地无不是佛的神明——法性的体现者，所以，它们显得极其光辉美妙。[①] 因此，作为主体的修道者，用大智大慧洞照山林，即可即可体认佛理，获得美的愉悦和享受。慧远就曾多次率众游玩庐山石门山水，目的在于"会物无主，应不以情，而开兴引人，致深若此，岂不以虚明朗其照，闲邃笃其情邪！""悟幽人之玄览，达恒物之大情。其为神趣，岂山水而已哉！"[②]故支遁、孙绰、慧远等用佛教般若思想专门抒写山水诗赋，赋予了山水独立的审美意义。涅槃学的倡导者更是把自然山水纳入佛性论中，他们认为"物有佛性，其道有归"[③]："有情"(Sattva)众生(人和有情识的动物)皆有佛性，即使"无情"(Ansattva)的物(草木、山河、大地、土石等)也有佛性，它们各有其道而归于佛理。这实际上是把般若学统摄于佛性论之中，把宇宙本体与佛性主体相统一，彻底贯彻了"一切众生皆有佛性"的涅槃佛性论思想。因此，作为晋宋山水诗派的实际创始人和代表诗人的谢灵运就是佛性论的倡导者，他在写自然山水时，把宇宙自然的生命与人的生命紧密联系在一起，《登池上楼》中的春草、园柳，《游南亭》中的泽兰、芙蓉，《登上戍石鼓山》中的白芷、绿苹，《石壁精舍还湖中作》中的芰荷、蒲稗等物色，虽渺小却无不显示出一股股活生生的气息，荡漾着一缕缕生命的光彩，充塞着一幅幅动态的"神气"。在谢惠连、鲍照等山水诗人的作品中，同样能让人感受到这种性情和精神。这些绚丽缤纷的形象背后，则无不体现者佛性常在。所以，自然山水的生命就是人的生命，人的生命意识则是自然山水性情的精彩反射。朱庭珍《筱园诗话》卷一："夫文贵有内心，诗家亦然，而山水诗尤要。盖有内心，则不惟写山水之形胜，并传山水之性情，兼得山水之精神。"[④]谢灵运与谢惠连及法勖、僧维、慧

---

① "神道无方，触像而寄。……廓矣大像，理玄无名。体神入化，落影离形。回晖层岩，凝映虚亭。在阴不昧，处暗愈明。……茫茫荒宇，靡劝靡奖。谈虚写容，拂空传像。相具体微，冲姿自朗。"(慧远：《万佛影铭并序》，道宣：《广弘明集》卷十五，《大正藏》第52册，第198页a。)

② 《庐山诸道人游石门诗序》，严可均辑校：《全上古三代秦汉三国六朝文》，第4874页。

③ 谢灵运：《辨宗论·答琳公难》，道宣：《广弘明集》卷十八，《大正藏》第52册，第227页a。

④ 郭绍虞编选：《清诗话续编》下，上海古籍出版社1983年，第2344页。

骈、僧镜、昙隆、法流等远离尘嚣的“山泽之游”[①]，即是体验着自然山水的灵性，感受着超越世俗现实的生活境界，领悟着宇宙万有的奥秘和真谛。[②] 所以，谢灵运的十世孙、唐代著名僧人皎然（本名谢清昼）十分深刻地指出“康乐公早岁能文，性颖神澈，及通内典，心地更精。故所作诗，发皆造极，得非空王之道助邪？”[③]从现存文献看，不唯大谢深受佛教影响，其他山水诗人颜延之、谢惠连、鲍照等也皆受佛教思想的熏陶和洗涤。综而察之，晋宋之际的社会生活、思想潮流、宗教信仰、审美理想、诗画情趣以及诗人们个体的素质、才力、胆识、诗情等，正好成为山水诗派滋生的催化剂。其中，佛教在山水诗派的哲学理论和信仰实践上的巨大作用是显而易见的。

三　梁陈宫体诗派

按照一般的说法，“宫体诗”产生于梁简文帝萧纲入主太子东宫后。“宫”不是宫廷的“宫”，而是东宫的“宫”。宫体诗是指太子东宫以萧纲、庾肩吾、徐摛等诗人倡导并带头创作出的一种诗体，内容上多表现宫廷女性的生活（包括其容貌、肤色、神态、举止、衣着）以及男女欢爱之事，风格上呈现出极其冶艳、浮薄、雕藻的特色，又被后世称为“梁陈艳诗”。然而，艳诗之盛，非始于萧纲。鲍照、沈约、萧衍、王融、谢朓等皆为艳诗高手。[④] 萧纲等宫体诗之出现，乃为诗派之举，声势浩大，遍及朝野，遂取代艳诗之名。及至陈，萧纲等宫体诗派的后继徐陵、江总、张正见等继续推动宫体创作，声色淫逸愈盛，最终导致亡国。一个奇怪的现象是，创作和倡导艳诗和宫体诗的作者皆为信仰佛

---

① 沈约：《宋书》卷六七《谢灵运传》，第 1774 页。

② “谢灵运每云：‘……必求性灵真奥，岂得不以佛经为指南邪？”（何尚之：《答宋文帝赞扬佛教事》，僧祐撰，李小荣校笺：《弘明集校笺》，第 576 页。）

③ 皎然：《诗式》卷一《文章宗旨》，皎然撰，李壮鹰校注：《诗式校注》，第 118 页。

④ 萧子显《南齐书》卷五二《文学传论》：“雕藻淫艳，倾炫心魂。亦有五色之有红紫，八音之有郑、卫。斯鲍照之遗烈也。”（第 908 页。）陆时雍《诗镜总论》：“诗丽于宋，艳于齐。物有天艳，精神色泽，溢自气表。王融好为艳句，然多语不成章，则涂泽劳而神色隐矣。……诗至于齐，情性既隐，声色大开。谢玄晖艳而韵，如洞庭美人，芙蓉衣而翠羽旗，绝非世间物色。……梁人多妖艳之音，武帝启齿扬芬，其臭如幽兰之喷，诗中得此，亦所称绝代之佳人矣。‘东飞伯劳西飞燕’，《河中之水歌》，亦古亦新，此最艳词也。”（丁福保辑：《历代诗话续编》，第 1407—1408 页。）

教的虔诚教徒，他们为人正直，作风谨严，生活俭朴，严于律己，不好女色，却为何写出大量宫体诗来？原来，佛教教义中有一重要内容，即是讲“女色之空”。佛教认为，女性是引起人们（主要指男性）“淫欲”的根源，是导致人们贪恋、迷执、萎靡的源泉，是“淫欲”“邪恶”“狠毒”“谄伪”“枷锁”的象征和代表。[①] 其实，她们不过是一种幻相而已，是不真实的存在——空。谁若贪恋、执着，就会跌落于万丈深渊之中。所以，初期佛教对待女性的办法主要是回避不见或视若无睹。大乘佛教宣扬佛法无边，普度众生，把重心投放到了最为广大的世俗社会生活中。尽管他们仍然视女性为罪恶根源，但在诸多方面改变了小乘对女性的一些态度。特别是对与女性私通的信仰者，不是采用一棍子打死的办法，予以严厉的惩罚，而是采用了灵活有效的措施，只要其悔过，仍然给予出路，达到解脱。此举谓之“秽解脱法”[②]，所谓“道从一切爱欲中求”[③]“至于淫欲而离于欲”[④]“在欲而行禅”[⑤]。所以，对于女性不可执着，而应采取“舍筏登岸”[⑥]的办法。佛教这样的一种女性观，在南朝的崇佛文人那里是非常熟悉的。当他们处在女性文化十分发达的荆楚、吴越一代的都市环境中，面对诸多妖冶、美艳、极富动感的宫廷女性，便不能不用佛教的女性观来审视：

殿上图神女，宫里出佳人。可怜俱是画，谁能辨伪真。分明净眉眼，一种细腰身。所可持为异，长有好精神。[⑦]

无论是殿堂上画的女神，还是现实中的宫廷美女，她们都是虚幻不实的，千万不可执着。在梁陈宫体诗中，大量地是用“女色空观”来吟咏女

---

① 萧子良《净住子·在家从恶门第十》：“女人所起患毒，倍于男子。经云：‘女人甚深恶，难与为因缘。恩爱一缚着，牵人入罪门。女人有何好，但是诸不净。何不审谛观，为此发狂乱。……众祸之本，皆由女色。”（道宣：《广弘明集》卷二七，《大正藏》第52册，第311页a。）《菩萨诃色欲法经》：“女色者，世间之枷锁，凡夫恋着，不能自拔。女色者，世间之重患，凡夫困之，至死不免。女色者，世间之衰祸，凡夫遭之，无厄不至。”（鸠摩罗什译，《大正藏》第15册，第286页a。）《大智度论》卷十四：“蚖蛇含毒，犹可手捉。女情惑人，是不可触。”（鸠摩罗什译，《大正藏》第25册，第166页a。）

②《僧伽罗刹所集经》卷下，僧伽跋澄译，《大正藏》第4册，第139页a。

③《须真天子经》卷四《道类品》，竺法护译，《大正藏》第15册，第110页b。

④《须真天子经》卷三《无畏品》，竺法护译，《大正藏》第15册，第105页a。

⑤《维摩诘所说经》卷中《佛道品》，鸠摩罗什译，《大正藏》第14册，第550页b。

⑥《中阿含经》卷五四《大品阿梨吒经》，僧伽提婆译，《大正藏》第1册，第764页c。

⑦ 萧纲：《咏美人观画》，徐陵撰，吴兆宜笺注：《玉台新咏笺注》，第301页。

性和男女情爱的，目的是提醒人们从男女情欲的苦海中解脱出来。当然，在宫体诗中，也有一部分诗作仅仅描绘女性之美和男欢女爱之情，就诗作文本来看，并不表现佛教的“女色空观”。不仅崇佛文人创作宫体诗，就连僧人也有创作艳诗的，如惠休和尚①。清代诗评家沈德潜在评论南齐惠休和尚的诗作时说：“禅寂人作情语，转觉入微，微处亦可证禅也。”②所谓“微”，即是指“隐匿”“幽深”，就是说惠休和尚在男女之隐匿事上亦可证得禅觉，体悟女色空，由此进一步认识、透悟“一切皆空”的真谛。

南朝在中国文学史上是第一个出现多样化的文学集团和文学流派的时期。而这些文学集团和文学流派都与佛教保持了密切的联系。其文学活动几乎是在佛教思想与实践的指导下进行的。

① 钟嵘《诗品》卷下《齐惠休上人》：“惠休淫靡，情过其才；世遂匹之鲍照。”（陈延杰：《诗品注》，第66页。）

② 沈德潜：《古诗源》卷十一，中华书局1963年版，第270页。

第九章　佛教与文学理论思想

中国汉语文学理论批评经由魏晋的快速发展，进入南朝后，旋即登上了新的高峰。汉末两晋，随着文学创作的繁荣，迫切需要文人们对文学创作的实践以及作家、诗人的文学活动进行带有某些规律性的总结批评。于是，曹丕的《典论·论文》、陆机的《文赋》、挚虞的《文章流别论》、李充的《翰林论》等应运而生。就其所论的文学现象和问题，已经涉及文学的诸多方面。如文学的功能，文学的特质，文学创作的主体心理机制，文学的构思、想象、灵感，文学体裁、风格、审美趣味等。这些批评意见，在后世看来有这样那样的不足①，但在当时和稍后的整个文学活动，发挥了重要的作用。

南朝物质资料的丰富充足、社会生活的相对稳定，为加速文学的繁荣提供了优越的基础条件。南朝的文学理论批评正是在这样一种已有的物质与精神双丰收的基础上，由第一个高原走向了高峰。刘勰的《文心雕龙》、钟嵘的《诗品》是这一时期高峰的代表之作。体现文学理论批评高峰标志的，是这一时期涌现了数量可观的文学理论批评的范畴(Category)，有本土原有的但经过了诸多改造或发展，注入了新的内容的；有直接引进外来的；有融本土、外来不同文化后混血而成的，如虚

① 刘勰《文心雕龙·序志》："详观近代之论文者多矣：至于魏文(曹丕)述《典》、陈思(曹植)序《书》、应玚《文论》、陆机《文赋》、仲洽(挚虞)《流别》、宏范(李充)《翰林》，各照隅隙，鲜观衢路。或臧否当时之才，或铨品前修之文，或泛举雅俗之旨，或撮题篇章之意。魏《典》密而不周，陈《书》辩而无当，应《论》华而疏略，陆《赋》巧而碎乱，《流别》精而少巧，《翰林》浅而寡要。又君山(桓谭)、公干(刘桢)之徒，吉甫(应贞)、士龙(陆云)之辈，泛议文意，往往间出，并未能振叶以寻根，观澜而索源。"(刘勰撰，范文澜注：《文心雕龙注》，第726页。)

静、圆通、性灵等。这些范畴成为支撑文学理论批评大厦的一根根坚实的立柱。

第一节 东晋南朝审美虚静说

一 虚静说渊源

中国传统虚静说从提出到发展经历了漫长的风雨时代，其间，无数思想家、理论家从各个方面对虚静说作了补充和开拓。在佛教全面输入中土之后的东晋南朝，一些名僧、名士即开始从佛教理论来看待审美虚静说，并使其融入了新的内涵。

虚静说早在先秦就已出现，不过其时它是被作为一种哲学里的认识论范畴和心理学的范畴而提出的。人类早期的哲学所讨论的根本问题是本体论，即对世界万物的产生的总根源和万物运动变化的规律、特点的认识，这一点，中西哲学都是一致的。然而，中国先秦的哲人们在面对客观世界这一问题时所提出的虚静说，是不同于西方运用形式逻辑推理和科学实验求证的方法，对客体进行分析，而是以一种神秘的感受性的认知原则和方法来进行的。从心理学的角度说，它又是主体的一种精神状态，即通过主体的特殊状态来感受、把握、体验客体。先秦的老庄学派、宋尹学派、荀韩学派都对虚静说做了相当丰富的论述和阐释，他们既有一致之处，又有各自特点。总括而言，先秦虚静说的特点是，排除主观之成见、杂念、嗜欲，保持内心平静、清澈，聚精会神，心智专一。

先秦的虚静说属于哲学范畴，跟艺术与审美毕竟分属两个领域，其联系也不像一些学者所说的那么紧密。降及魏晋，玄、佛兴起，虚静说也随之扩充了内容，并进入了艺术与审美领域。太康诗人陆机首发其端，他在《文赋》中论述文学创作的准备阶段时，讲到了虚静与审美的关系。从《文赋》的整体论述来看，陆机的审美虚静说基本上是从先秦哲学虚静说脱化而来的，但其中也融入了某些佛教思想。故唐大圆认为陆机的审美虚静说与佛教思想彼此相通："执笔为文之始，必断向外之视听，令其收反向内。如是内力充积，乃能耽思傍讯，如佛家闭目冥坐，修习禅定。名'思维修'，亦名'由定生慧'。即是先去其外视听等，乃能耽内之思讯也。"[①]及至晋宋之际，佛教由从属于玄学的支流而上升为哲学的主流。因此，它的两大系统"禅学"与"般若"便涌进精神文化的方方面面。其中，艺术领域的审美虚静说受其冲刷最大。尤其是一代名僧慧远的禅智论对东晋南朝审美虚静说的影响最为深刻、卓著。

二　慧远的禅智论

在慧远的佛学思想体系中，与虚静说关系最为密切的是其禅智论。慧远首先对禅学十分推崇，他每慨叹"大教东流，禅数尤寡，三业无统，斯道殆废"[②]，力图倡导禅学实践：

> 夫三业之兴，以禅智为宗，虽精粗异分，而阶藉有方。是故发轸分逵，途无乱辙；革俗成务，功不待积。静复所由，则幽绪告微，渊博难究。然理不云昧，庶旨统可寻。[③]

在慧远看来，禅智是修持身、口、意三业的根本宗旨，禅与智是"精粗异分"，属佛教三学戒、定、慧的后二种。禅(Dhyāna)，音译"禅那"，意译为"静虑""思维修"，是古代天竺宗教的一种共同具有的实践修行活动，是各种定中的一种，其特点是通过集中精神、观想特定对象而获得悟解和功德的思维修习活动。早在佛教创立前，禅就被宗教家们作为一种修习入定的方法。《蒙查羯奥义书》云："不由余诸天，苦行或事业，唯由智清净，心地化纯洁，静定乃见彼，无分是太一。"[④]这就是在静定中离概念、思量，能静虑者与所静虑者大梵的对立泯灭，无分"太一"心境，超乎生灭。到了佛陀创立佛教时，又赋予了禅在戒定慧三学中的中心地位与功能，突出强调了禅在佛教实践中的重要性。佛陀临终前劝勉弟子

① 张少康：《文赋集释》，上海古籍出版社1984年版，第27页。
② 慧远：《庐山出修行方便禅经统序》，僧祐撰，苏晋仁、萧链子点校：《出三藏记集》卷九，第344页。
③ 同上书，第343页。
④《五十奥义书》，徐梵澄译，中国社会科学出版社1995年版，第702页。

说："譬如惜水之家，善治堤塘，行者亦尔，为智慧水故，善修禅定，令不漏失。"[①]大乘经典说："一切菩萨摩诃萨众，无不皆依第四静虑。"[②]又说："一切声闻及如来等，所有世间及出世间一切善恶法，当为皆是此奢摩他毗婆舍那（止观）所得之果。"[③]还说："常乐涅槃从实智慧生，实智慧从一心禅定生。"[④]

智（Jñāna），音译若那，是人们普遍具有的辨识事物、判断是非善恶的能力或认识，又称智慧。[⑤] 佛教认为，一切众生皆由愚昧无知（无明），不知诸法（一切事物）之因果关系及其真性，妄起颠倒执着而造种种恶业，因而流转生死轮回，受诸苦恼逼迫身心，断除无明烦恼而得解脱即是智慧。智又有二智、三智、四智、五智及十智、二十智、四十八智、七十七智等。佛教虽极重禅定，但并非以禅定为至上，而是以智慧、正见置于一切修行道之首位，以注重智慧为教义之最突出的特点。这里的智慧即是出世间的般若智慧。在佛教看来，禅定虽重要，但仅属共外道法、世间法，不能依此而出离生死，唯有证得出世间的智慧，才能断除烦恼无明。佛陀教导说："戒律之法者，世俗常数，三昧成就者，亦是世俗常数，神足飞行者，亦是世俗常数，智慧成就者，此是第一之义。"[⑥]

慧远在传统禅智论的基础上，提出了自己的观点：

> 试略而言：禅非智无以穷其寂，智非禅无以深其照；然则禅智之要，照寂之谓。[⑦]

慧远认为，禅与智是相互依存的，定能发慧，智由禅起，禅定没有智慧就不能穷尽寂灭，智慧没有禅定就不能深入观照。此处，慧远超越了佛教对三学关系的看法的传统。佛教一般认为定能发慧，智由禅起；禅由戒

① 《佛遗教经》，鸠摩罗什译，《大正藏》第 12 册，第 1111 页 c—1112 页 a。

② 《大般若波罗蜜多经》卷五九一《第十五静虑波罗蜜多分》，玄奘译，《大正藏》第 7 册，第 1056 页 a。

③ 《解深密经》卷三《分别瑜伽品》，玄奘译，《大正藏》第 16 册，第 701 页 b。

④ 龙树：《大智度论》卷十七《释初品中禅波罗蜜》，鸠摩罗什译，《大正藏》第 25 册，第 180 页 c。

⑤ 佛教一般认为智与慧有别。《大乘义章》卷九："言智慧者，照见名智，解了称慧，此二各别。"又谓正在观察、分别、抉择事物时，称之为慧（无间道）；已经对事物作出决断并通达明了时，名之为智（解脱道）。（《大正藏》第 44 册，第 649 页 c。）

⑥ 《增一阿含经》卷三八《马血天子问八政品》，僧伽提婆译，《大正藏》第 2 册，第 759 页 c。

⑦ 慧远：《庐山出修行方便禅经统序》，僧祐撰，苏晋仁、萧链子点校：《出三藏记集》卷九，第 343 页。

起，非由智生。而慧远却认为智也可生定，或能使定更加深化，所谓“禅非智无以穷其寂”也。由此可见，慧远把禅、智看得同等重要。

> 其相济也，照不离寂，寂不离照；感则俱游，应必同趣。功玄于在用，交养于万法。其妙物也，运群动以至一而不有，廓大象于未形而不无。无思无为而无不为，是故洗心静乱者，以之研虑；悟彻入微者，以之穷神也。①

就禅智之用的寂、照之相济相成来说，二者互不相离，共同感应，其妙用则是使人统摄运转各种事物至于虚静、守一，达到无思无虑无作为而又无所不为。这样，心境清净，寂灭躁乱之人，便可用以研讨思虑；悟解透彻而入微之人，就能用以穷尽神妙。这是慧远用玄学思想来解释禅智，其“运群动以至一”与先秦荀子的“虚一而静”颇为相似；其“研虑”之说，又突破了佛教经论中常用“静虑”“止虑”（或“息虑”）之说，强调了观照事物的周密和全面。

> 其为要也，图大成于末象，开微言而崇体，悟惑色之悖德，杜六门以寝患；达忿竞之伤性，齐彼我以宅心。于是，异族同气，幻形告疏，入深缘起，见生死际。尔乃辟九关于龙津，超三忍以登位，垢习凝于无生，形累毕于神化。②

获得修习之“大成”，必须着眼于一般现象事物（“末象”），竭尽全力领悟禅法之微言弘旨，崇尚佛之根本教义。就是说，慧远把修持实践与悟解义理紧密结合起来，也即禅智贯通，相济相成。此处，可以看出慧远杂糅了般若、庄、玄等思想。

> 孰能洞玄根于法身，归宗一于无相③，静无遗照，动不离寂者哉？④

谁能于法身上洞察到玄妙之根本，于无相上返归宗本，寂静无所遗照，

---

① 慧远：《庐山出修行方便禅经统序》，僧祐撰，苏晋仁、萧链子点校：《出三藏记集》卷九，第343页。

② 同上书，第344页。

③ 无相：指对现实世界不应留恋和执着，做到不著事相（即事物现象的相状和性质）。《金刚经》：“凡所有相，皆是虚妄，若见诸相非相，则见如来。”（《大正藏》第8册，第749页a。）

④ 慧远：《庐山出修行方便禅经统序》，僧祐撰，苏晋仁、萧链子点校：《出三藏记集》卷九，第345页。

活动不离寂灭呢？这与开篇所说“照不离寂”“寂不离照”是一致的，首尾贯通，前后呼应。强调了寓禅于智，寓智于禅，定慧双运，止观并行。

与虚静说有着内在联系的还有慧远的“念佛三昧”的思想。

> 夫称三昧者何？专思寂想之谓也。思专，则志一不分；想寂，则气虚神朗。气虚，则智恬其照；神朗，则无幽不彻。斯二者，是自然之玄符，会一而致用也。是故靖恭闲宇，而感物通灵，御心惟正，动必入微。此假修以凝神，积习以移性，犹或若兹，况夫尸居坐忘，冥怀至极，智落宇宙，而暗蹈大方者哉？[①]

“三昧”(Samādhi)，音译“三摩地”，意译“定”“等持”。“念佛三昧”是禅观十念[②]之一，是指以念佛为观想内容的一种禅定。其具体法门有三种：一是称名念佛，口念佛号七万声或十万声，即可成佛；二是观想念佛，即静虑入定，观想佛之种种美好形相和功德神威及佛土之庄严美妙，即可精骛八极，使佛相、佛土出现于目前；三是实相念佛，即洞观佛之法身“中道实相”之理。慧远的“念佛三昧”显系中者。《观无量寿经》云，专心系念一处，观想阿弥陀佛相，“作是观者，除无量亿劫生死之罪，于现身中得念佛三昧”，“即见十方一切诸佛，以见诸佛故，名念佛三昧”。慧远给三昧下的定义是按照天竺佛教的传统观点，即专思寂想。他认为人的思维活动专注一境，就会志一不分；物相、认知、概念处于寂静状态，人就会出现气虚空、神清朗。气虚，智慧就能安然静谧地观照；神朗，就能洞晓彻鉴微妙之奥。这样，恭守静居，来感应万物，即可通达神灵。治心以正，思虑一动，即可深入奥府。只要凭借此种静虑来凝聚精神，并通过积累修持实践来改变性情，即可于冥冥之中，抵达“至极”境界。慧远强调“三昧”是一种禅定功夫，奉行三昧，即可使智慧透彻地观照宇宙万物。那么，在诸三昧中，哪一种最具有功效呢？慧远认为，“诸三昧，其名甚众，功高易进，念佛为先”，这是因为“穷玄极寂，尊号如来；体神合变，应不以方”，念穷通体极玄寂大道的如来佛，就会与其共同变化，其感应是无方所的。

---

① 慧远：《念佛三昧诗集序》，道宣：《广弘明集》卷三〇，《大正藏》第 52 册，第 351 页 b。

② 即念佛、念法、念僧、念戒、念施、念天、念休息、念安般、念身和念死。

入斯定者，昧然忘知，即所缘以成鉴。鉴明则内照交映而万像生焉，非耳目之所暨而闻见行焉。于是睹夫渊凝虚镜之体，则悟灵相湛一，清明自然；察夫玄音之叩心听，则尘累每消，滞情融朗。非天下之至妙，孰能与于此哉？以兹而观，一觌之感，乃发久习之流覆，豁昏俗之重迷。若以匹夫众定之所缘，固不得语其优劣，居可知也。[①]

进入“念佛三昧”之人，昧然忘却一切分别知，以所攀缘之对象为镜。明镜洞照，交相辉映，万象俱生，不以耳目，却听闻见知。于是，看到了深奥凝沉的虚幻镜子之本体，悟到了心灵实相的湛然纯一，清明自然；体察幽邃的声音，在内心里领受，就会使内心的种种烦恼妄念消殆耗尽，淤滞沉浊的情欲亦随之消融，从而心境明朗。如此美妙的境界，只有通过“念佛三昧”这种最为神秘的修持方法才能领略得到。从慧远运用的“睹夫”“一觌”等词来看，他倡导的念佛即是观想念佛。因此，慧远才特别强调“念佛三昧”中的“专思”“寂想”。既然是观想念佛，必然要涉及佛之法身出现于面前的问题。如果出现，那么，现于目前的法身有无真假，这是其时中国僧众普遍关心的问题。慧远在与长安的佛学大师鸠摩罗什讨论时，明确宣布，佛之法身有“真法身”和“变化形”的区别：

众经说佛形，皆云身相具足，光明彻照，端正无比……真法身者，可类此乎？[②]

所缘之佛，为是真法身佛，为变化身乎？[③]

为是定中之佛，外来之佛？若是定中之佛，则是我想之所立，还出于我了；若是定外之佛，则是梦表之圣人。然则成会之来，不专在内，不得令同于梦，明矣！[④]

慧远向罗什提出了许多问题，其中最关键的是：佛经说佛有三十二相、八十种好，而佛的真法身如此吗？人们在“念佛三昧”中所见之佛是真

---

① 慧远：《念佛三昧诗集序》，道宣：《广弘明集》卷三〇，《大正藏》第 52 册，第 351 页 a—b。
② 《远什大乘要义问答》卷上《次问真法身像类并答》，《大正藏》第 45 册，第 125 页 b。
③ 《远什大乘要义问答》卷上《次问修三十二相并答》，《大正藏》第 45 册，第 127 页 a。
④ 《远什大乘要义问答》卷中《次问念佛三昧并答》，《大正藏》第 45 册，第 134 页 b。

法身，还是变化身？他在提出问题的同时，也表明了他自己的观点，他把定中出现的佛分为两种：一种是内心专想而产生的梦幻，一种是由心外神会而来的“圣人”。前者是虚假的，后者则是实在的。这就是说，慧远在他的观想念佛的实践中，最为关注的即是所见佛相究竟怎样的问题。

三　慧远的审美禅智论

慧远的禅智论尽管着意于纯粹的宗教，而且不遗余力地宣扬佛教的功德和神威，表现出了宗教信仰主义者的坚定信念，但其涉及的思想又远远超出了宗教范畴。从艺术角度讲，如果我们抛开它的宗教色彩，就不难发现其中蕴含着十分丰富的审美思想。概括而言，有两个方面：一是慧远要求修习者控制意识，把全部注意力集中到专一的境界，止息人间的种种情欲、烦恼、无明，把感受、知觉、思维等心理功能完全调整，指向佛理的悟解，形成了一套特殊的思维定势和心理状态；二是慧远要求以一定的色相为输导（观想）引入特定心境，并在特定的心境中，凭借想象、联想、幻想等思维形式，产生丰富的内听、内视和想象世界，唤起种种美妙奇特的诸法实相。在这种丰富的想象世界中，思维活动虽然是精骛八极，却不是心猿意马或南辕北辙，而是与具体色相紧密伴随，进而证会契合本体实相。这里面实际上包含着个性现象与共性本质的统一。显然慧远的禅智论已经涉及了审美注意、审美想象和艺术思维中意象变化的审美心理机制的诸多方面。单就思维活动的形式而言，慧远的禅智观与艺术思维是相通的。

既然慧远的禅智论具有丰富的美学思想，那么，它一旦与艺术相碰撞，就会产生炽热耀眼的电光石火。中国传统的虚静说在慧远之前，主要涉及了一般的心理过程，远没有慧远的禅智论丰富、深刻。因此，当慧远迈向艺术殿堂时，他的禅智观便为东晋南朝的虚静说奠定了坚实的哲学理论基础，同时也为虚静说开辟了更为广阔的思维空间和丰富多彩的景象。我们似乎可以说，东晋南朝艺术虚静说的形成与深化，主要不是来自于中国先秦传统的虚静说，而是直接受了慧远禅智论的重要影响。

就现存文献资料看，慧远直接参与艺术创作的活动并不多。今人逯钦立辑校《先秦汉魏晋南北朝诗·晋诗》卷二〇中慧远的诗仅有一首[①]，另有《庐山诸道人游石门诗并序》，学者多以为慧远所作[②]。唐道宣《广弘明集》卷三〇著录有慧远的《念佛三昧诗集序》[③]。然慧皎说："初，远善属文章，辞气清雅，席上谈吐，精义简要。……所著论、序、铭、赞、诗、书，集为十卷，五十余篇，见重于世焉。"[④]僧传还说居士雷次宗曾向慧远学三体毛诗。唐陆德明亦说："周续之与雷次宗同受慧远法师《诗》义。"[⑤]可见慧远不仅精通佛理，而且谙熟诗道，其所作诗当不只现存两首。慧远除直接进行文学创作外，还大量参加了艺术的审美活动。尽管这些活动的背景是宗教意义上的，但他对丰富审美虚静说起了决定性的作用。这主要表现在他的"幽人玄览"和"冥神绝境"的审美虚静说上。

在《庐山诸道人游石门诗并序》中，作者描述了慧远以67岁高龄率庐山僧俗30余人，兴高采烈，欣赏庐山石门自然山水时的审美感受。石门山水风景之优美，令诸僧俗"怅然增发"，"众情奔悦，瞻览无厌"。自然山水再奇妙、美丽，缘何能如此引人入胜？

> 夫崖谷之间，会物无主。应不以情而开兴，引人致深若此，岂不以虚明朗其照，闲邃笃其情耶。并三复斯谈，犹昧然未尽。俄而太阳告夕，所存已往。乃悟幽人之玄览，达恒物之大情，其为神趣，岂山水而已哉？[⑥]

"虚明朗其照"，就是慧远"念佛三昧"中的"气虚神朗"，也即"寂想"。"幽人"，指幽雅、幽闲自得之人，即幽隐绝俗、毫无功利嗜欲之人。"玄览"一词借用《老子》的"涤除玄览"；"达何物之大情"则借用《庄子》，可以看出慧远佛学和审美思想的玄化。但此处的"玄览"已非老子用意，

---

① 逯钦立辑校：《先秦汉魏晋南北朝诗》，第1085页。

② 参见本书第二章第二节。

③ 这是以慧远为庐山僧俗集团编著的《念佛三昧诗集》作的序，《诗集》已佚，今仅存王齐之《念佛三昧诗》四首。参见《广弘明集》卷三〇，《大正藏》第52册，第351页b—c。

④ 慧皎：《高僧传》卷六《慧远传》，第222页。

⑤ 陆德明：《经典释文》卷五《毛诗音义》，中华书局1983年版，第53页。

⑥ 冯惟讷：《诗纪》卷三七，影印《文渊阁四库全书》第1379册，第387页a。

而是鲜明地打上了佛教禅智双遣、以慧内照的烙印。在慧远看来，自然山水属于无情，之所以会如此“开兴引人”，不仅在于其本身的美，更在于它蕴含着佛之神明、至理。但是，一般人是不能体认到这种双重结合的意蕴，只有“虚明朗其照，闲邃笃其情”的“幽人”，才能与之契合，把握其“神趣”。这正如唐代青原惟信禅师所说的：

> 老僧三十年前未参禅时，见山是山，见水是水。及至后来，亲见知识，有个入处，见山不是山，见水不是水。而今得个休歇处，依前见山只是山，见水只是水。大众，这三般见解，是同是别？[①]

这不仅涉及审美的客观性，更强调审美的主观性。即客观的美是呆板的、机械的，只有当主体在审美观照时，处于虚静的状态，“幽人玄览”，并与之契合后，客观的美才会真正焕发出活泼泼的生机。

慧远还发挥佛教的相教思想，极为重视用佛教艺术形相的珍品来感悟佛理。在他看来，佛是美的化身，佛理是美的理念，它通过色相表现出来，直接诉诸人们的感官。而人们正是通过观赏具体可感的佛教艺术品，从而唤起美感心理的体验，感悟佛之博大深邃的哲理、宽容仁慈的胸怀和坚定不移的信念。他随师父道安在襄阳时，铸佛陀“丈六金像”。翌年像成，慧远激动不已，情不自禁地作了《晋襄阳丈六金像颂并序》，序云：

> 若形心目，冥应有期，幽情莫发，慨焉自悼，悲愤靡寄，乃远契百念，慎敬慕之思，追述八王同志之感，魂交寝梦，而情悟于中，遂命门人铸而像焉。夫形理虽殊，阶途有渐；精粗诚异，悟亦有因。是故拟状灵范，启殊津之心；仪形神模，辟百虑之会。使怀远者，兆玄根于来叶；存近者，遘重劫之厚缘。[②]

佛像的塑造，虽与佛之真法身有别，只要“若形心目，冥应有期”，就可以通过它来感悟佛之真谛。佛像与佛之真法身就像俗、真二谛的关系一样。“冥应”，就是在禅定中，排除杂念，观想佛相，以般若智对佛理感

① 普济撰，苏渊雷点校：《五灯会元》卷十七，中华书局1984年版，第1135页。
② 道宣：《广弘明集》卷十五，《大正藏》第52册，第198页b—c。

应。在庐山，慧远又以79岁的高龄亲自创意制作“万佛影”：“背山临流，营筑龛室，妙算画工，淡彩图写，色凝积空，望似烟雾，晖相炳暖，若隐而显。”①慧远目睹这件精美的佛教艺术珍品，感慨万分，欣然为之写下了《万佛影铭序》。序云：

于是发愤忘食，情百其慨；静虑闲夜，理契其心。……妙寻法身之应，以神不言之化。化不以方，唯其所感，慈不以缘，冥怀自得。譬日月丽天，光影弥晖。群品熙荣，有情同顺。②

在慧远看来，“万佛影”是那样的壮丽辉煌，每一个“有情”都会在对佛影的审美欣赏的过程中感悟到佛理的魅力。于是，情不自已，感慨万千。此处的“静虑”“冥怀”，已不仅仅是指在感悟佛理的实践中的宗教心理活动，而是已经包含了在欣赏“万佛影”这件艺术珍品过程中的审美心理活动，它们具有宗教与审美实践的双重机制和作用。世俗之芸芸众生往往在欣赏佛影时只看到它的表面形相，而不能领悟其宗教意义，其根源即在于“匪伊玄览，孰扇共极”，也就是他们不能“悟之以静，震之以力”③，发挥定慧双运、止观并行的作用。因此，慧远进一步认为：

神道无方，触像而寄。……廓矣大像，理玄无名，体神入化，落影离形，回晖层岩，凝映虚亭。④

事物的本质没有一定的方所，无形无名看起来似乎难以捉摸，实际上，它化生有形有名的万物而又寄于其中，并使其充满光辉和美丽。就是说，现实事物之所以美，不仅在于其外表如何华丽、秀美，而更在于它体现了事物的本质——神，即人与自然合二而一的精神。而这种精神是佛之神明、真谛的具体显现，它只可感悟，不可迹求。“实际上，注重禅修，使用佛像也是庐山慧远僧团区别于南方其他佛教支派的根本特点。”⑤

① 僧祐撰，苏晋仁、萧链子点校：《出三藏记集》卷十五《慧远传》，中华书局1995年版，第566—567页。
② 道宣：《广弘明集》卷十五，《大正藏》第52册，第197页c。
③ 道宣：《广弘明集》卷十五，《大正藏》第52册，第198页a。
④ 道宣：《广弘明集》卷十五，《大正藏》第52册，第198页a。
⑤ 何剑平：《佛影传说及其对中国山水诗的影响》，《学林漫录》第15辑，中华书局2000年版。

盖神者，可以感涉而不可以迹求，必感之有物，则幽路咫尺；苟求之无主，则渺茫何津。①

体现佛之神明的真谛，是可感悟而不可迹求的。这就需要用感性、直觉、知觉去排除主客的二元对立，从而领悟人生之本性，而不是以概念、判断、推理去分析、归纳事物。否则，即如临济禅师所说的“求著即转远，不求还在目前，灵音属耳”②。因此，无论对于佛道的修持者，还是艺术的欣赏者来说：

不以情累其生，则生可灭；不以生累其神，则神可冥。冥神绝境，故谓之泥洹。③

“冥神”，即是“玄览”“静虑”“冥怀”“冥应”，就是超脱生死，不为私欲烦恼所累，洒脱飘逸，神趣智悦，达到与体现人与自然合二而一的精神的契合；“绝境”，则是不为外境所囿，绝知弃相，物我两忘，空灵澄澈，纯然如一。在慧远看来，佛之“神理”虽通过色相而表现，但人们万万不可拘泥于色相，一定要超越一切物色。就是说，既依赖于色相，又超越乎色相，才能进入绝对自由的涅槃境界。从慧远提出的“幽人玄览”与“冥神绝境”的审美虚静说来看，前者注重的是主体的观照，后者强调的是主客的泯灭。而二者的有机结合，则成为宗教感悟和艺术审美实践所不可或缺的心理状态。显然，慧远以禅智论为基础的审美虚静说较之以前的虚静说远为深刻得多。

四　宗炳的绘画虚静说

慧远之后的南朝时期，对审美虚静说贡献最大的两个人是画论家宗炳和文论家刘勰。宗炳是慧远庐山僧俗集团的重要成员，依慧远“考寻文义”④。其宗教思想是以佛统儒、道的。在审美与艺术上，他以慧远的禅智论为基础，提出了他的审美虚静说——“澄怀味象”。

① 慧皎：《高僧传》卷六《慧远传》，第 214 页。
② 赜藏主编集，萧萐父、吕有祥、蔡兆华点校：《古尊宿语录》卷四，中华书局 1994 年版，第 67 页。
③ 慧远：《沙门不敬王者论三》，僧祐撰，李小荣校笺：《弘明集校笺》，第 260 页。
④ 沈约：《宋书》卷九三《宗炳传》，第 2278 页。

据说宗炳"好山水，爱远游。……西陟荆巫，南登衡岳，因而结宇衡山，欲怀尚平之志。有疾还江陵，叹曰：'老疾俱至，名山恐难遍睹，唯当澄怀观道，卧以游之。'凡所游履，皆图之于室"①。宗炳患疾，不能亲领名山大川那奇丽、险峻、美妙的景象，不能不说是一大遗憾。但宗炳不同，他将名山大川绘成于画卷，置于室内，通过"澄怀味道"的途径，卧床即可领略体现于自然山水中的佛之神明。这实际上已经涉及了现象事物与艺术创作、艺术鉴赏与把握事物本质的重大理论问题。宗炳认为，奇特美丽的自然山水是可以"画象布色，构兹云岭"②，进行艺术创作的，但现实的自然山水往往绵邈无穷，巍峨万仞，而有限的画幅何以能容纳得了呢？在宗炳看来，艺术家不仅在于能"以形写形，以色貌色"的形色逼肖，更在于"应会感神，神超理得"，"理入影迹，诚能妙写"③。宗炳的"神"，是表现于"形"之中的，"形"的美完全在于它是"神"的感性呈现。艺术家不必机械地去照搬、临摹现实，而若能"澄怀味道"，即可超越功利，了断无明，虚静寂想，以直觉把握感性形象，领悟那不离感性形象而又超越感性形象的精神、意蕴。由此，即使足不出户，"嵩、华之秀，玄牝之灵，皆可得之于一图矣"④。因此，一件形神兼备的艺术品，其创作过程本身就贯穿着"澄怀味道"，即艺术家虚静寂想的审美，而作为鉴赏者在观赏艺术品时，再次融入于"澄怀味道"，同样会"畅神而已"，不仅心理上享受愉悦、安谧，而且精神上获得解脱、觉悟。故而宗炳才会将自然山水"图之于室"，并"卧以游之"。宗炳进一步说：

> 圣人含道映物，贤者澄怀味像。至于山水，质有而趣灵。是以轩辕、尧、孔、广成、大塊（隗）、许由、孤竹之流，必有崆峒、具茨、藐菇、箕首、大蒙之游焉。又称仁智之乐焉。夫圣人以神法道，而贤者通；山水以形媚道，而仁者乐。不亦几乎！⑤

---

① 沈约：《宋书》卷九三《宗炳传》，第2279页。

② 宗炳：《书山水序》，张彦远：《历代名画记》卷六《宗炳别传》，影印《文渊阁四库全书》第812册，第327页d。

③ 同上书，第328页b。

④ 同上书，第328页a。

⑤ 同上书，第327页d。

"圣人"主要指佛,《明佛论》曰"夫佛也者,非他也,盖圣人之道"[①]。"含"即《易传》之"含章可贞",包含、含有、持有之意。"圣人含道应物",即是"圣人以神法道"。《明佛论》:"唯佛则以神法道。"[②]由于宗炳的宗教思想是以佛统儒道,故此处"圣人"也包括儒道之先哲。"应物",一作"映物"。"应"即感应、感化、应化、应现,是指佛之"神明"(法理)感应万物而现身;"映"是照耀、辉映;"映物",即是佛法实相如日月熠丽,辉映万物。此二者皆可通。宗炳把艺术观照分为两个层次:一是"圣人含道应物",即一切自然万物的美都是佛之神明的化生和显现。二是"贤者澄怀味象",即通过"澄怀味象"的途径,达到"含道应物"的境界。

"澄怀",即虚静其怀,就是使情怀高洁,不为物欲所累,也即佛学讲的"破我执"(Duh-ātma-grāha)、"破法执"(Duh-dharma-grāha)。佛教认为,"我执"是一切分别谬误、烦恼的总根源。"由我执力,诸烦恼生,三有轮回,无容解脱。"[③]破除"我执",即可"圣神玄照,而无思营之识"[④],进入一种超世间、超功利的直觉状态。"味象"(Rasa-lakṣaṇa),即品味、玩味、欣赏、寻觅宇宙万物之形象之美,从而感应神道,领悟佛理,臻于解脱。以"味"(Rasa)作为一种美感体验而运用于艺术,在魏晋南北朝较为普遍,但在画论上则由宗炳首提。宗炳此处还十分重视"象"。从艺术思维的观照来说,这个象的含义非常复杂。在宗炳的时代,其一尚未完全摆脱魏晋玄学中"言—意—象"的认知模式;其二以自然山水为审美对象的艺术观照,极为重视外在的形象。而晋宋间追求形似之风颇炽。宗炳在审美观照上虽未能摆脱这两方面的影响,但当他以慧远的禅智论来看待"味象"之象时,就超越了晋宋间追求形似的模式。因此,他的"象",乃是艺术家处于虚静状态中显现于眼前或脑海中的审美意象,而不是现实的自然山水之形象。在宗炳看来,自然山水都是佛之神明的产物和体现,其美的内在规定性是佛之神明赋予的,所

① 宗炳:《明佛论》,僧祐撰,李小荣校笺:《弘明集校笺》,第117页。

② 同上。

③ 世亲:《阿毘达磨俱舍论》卷二九《破执我品》,玄奘译,《大正藏》第29册,第152页b。

④ 宗炳:《明佛论》,僧祐撰,李小荣校笺:《弘明集校笺》,第100页。

以它与一切“有情”一样,“悉有佛性”[①],故而“质有而趣灵”。宗炳在《明佛论》里对此作了进一步的解释:

> 夫五岳四渎,谓无灵也,则未可断矣。若许其神,则岳唯积土之多,渎唯积水而已矣。得一之灵,何生水土之粗哉!而感托岩流,肃成一体,设使山崩川竭,必不与水土俱亡矣。[②]

自然山水的“质有”,在于它是佛之“精感”而托生,故其为“趣灵”。慧远说:“夫神者何耶?精极而为灵者也。”[③]宗炳的“趣灵”有二义:一是自然山水体现佛法,人们通过对自然山水的审美观照,达到“味道”;二是自然山水因有佛之神明而显得很美,因之可以“味象”。此二者即所谓“山水以形媚道而仁者乐”是也。宗炳还以明镜照物为例,对此作了解释:

> 今有明镜于斯,纷秽集之,微则其照蔼然,积则其照朏然,弥厚则照而昧矣。质其本明,故加秽犹照,虽从蔼至昧,要随镜不灭,以之辩物,必随秽弥失,而过谬成焉。人之神理,有类于此。[④]

明镜沾满灰尘污物,必须拭去,绝弃情识,摈除欲染,保持禅智的状态。此与慧观“渐悟”说颇类。对自然山水的审美观照也即如此,必须使内心无我无欲,澄怀虚寂,方能“含道应物”,达到审美过程中身心愉悦的自然境界。

> 夫岩林希微,风水为虚,盈怀而往,犹有旷然,况圣穆乎空,以虚授人,而不清心乐尽哉。[⑤]

这就是在审美过程中心理机制获得的完美的愉悦。从宗炳的“澄怀味象”的思想,我们可以看出慧远禅智论及其审美心理思想的潜在因素。

五　刘勰的文学虚静说

宗炳之后,刘勰对审美虚静说做了进一步的发挥。刘勰与佛教的

---

① 《大般涅槃经》卷二八,昙无谶译,《大正藏》第12册,第530页b。
② 宗炳:《明佛论》,僧祐撰,李小荣校笺:《弘明集校笺》,第90页。
③ 慧远:《沙门不敬王者论》,僧祐撰,李小荣校笺:《弘明集校笺》,第267页。
④ 宗炳:《明佛论》,僧祐撰,李小荣校笺:《弘明集校笺》,第101页。
⑤ 宗炳:《明佛论》,僧祐撰,李小荣校笺:《弘明集校笺》,第101—102页。

因缘颇深[1]，他对审美虚静说的解释主要集中于《文心雕龙》中的《神思》和《养气》两篇：

> 是以陶钧文思，贵在虚静：疏瀹五藏，澡雪精神。积学以储宝，酌理以富才，研阅以穷照，驯致以绎辞；然后使玄解之宰，寻声律而定墨；独照之匠，窥意象而运斤。此盖驭文之首术，谋篇之大端。[2]

刘勰提出“陶钧文思，贵在虚静”，认为虚静是“驭文之首术，谋篇之大端”，是文艺创作过程中最为关键和重要的环节，它不是文艺创作前的一种审美心理状态的一个起点[3]，而是贯穿文艺创作中审美感知的心理状态变化的全部流程。如果在创作过程中艺术家不能处于虚静状态，就会出现“关键将塞，神有遁心”。刘勰认为虚静的方法是“疏沦五藏，澡雪精神”。于此看来，刘勰虚静说的特点是，集中注意力，专于一境，清洗主观之杂念、陈见，处于宁静、清空的心理状态。显然，这是艺术创作过程中的一种最佳的心理状态。然而，刘勰的虚静说并非如此简单，更为复杂的是，它涉及一种哲学理论基础的问题。因此，许多学者对此做了细致的探讨，黄侃认为刘勰的虚静说源于道家思想[4]；王元化认为与荀子的“虚一而静”[5]“并无二致”[6]；李泽厚、刘纲纪认为“既与庄子相通的方面，同时又和他所钦佩的荀子的思想有密切关系”[7]。其实，一种学术思想的提出，必然与其前代的思想有着渊源关系。特别是对于刘勰这样一个儒、释、道皆通而并不绝对排斥某一思想的人来说，上述的思想会对他有一定的影响。但是这不是说刘勰的虚静说就是一个大杂烩。实际上，我们稍加联系刘勰的虚静说与南朝的虚静观，即可明了刘勰虚静说的直接源头是慧远等的佛教禅智论。

东晋南朝呈现在艺术上的虚静观普遍受到佛教影响，慧远、宗炳前

---

① 参见本章第二节《〈文心雕龙〉的成书与佛教成实学》。

② 刘勰：《文心雕龙·神思》，刘勰撰，范文澜注：《文心雕龙注》，第 493 页。

③ “刘勰把虚静说视为唤起想象的事前准备，作为一个起点。”（王元化：《文心雕龙创作论》，上海古籍出版社 1979 年版，第 114 页。）

④ 黄侃：《文心雕龙札记》，中华书局 1962 年版，第 91 页。

⑤《荀子·解蔽第二一》，王先谦：《荀子集解》，第 395 页。

⑥ 王元化：《文心雕龙创作论》，上海古籍出版社 1979 年版，第 115 页。

⑦ 李泽厚、刘纲纪：《中国美学史》第 2 卷，中国社会科学出版社 1987 年版，第 709 页。

已述及，极为崇佛的梁武帝萧衍就说“有动则心垢，有静则心净”[①]，认为目随色而变易，眼逐物而转移，六尘同障善道，使人沉沦苦海终不觉悟。因此，只有“外清眼境，内净心尘，不染不取，不爱不嗔”[②]。心若明镜，照理应物，神攀思缘。萧衍还说：“想缘情生，情缘想起，物类相感，故其然也。……思因情生，情因思起。”[③]显然，萧衍所说的“想”“思”是一致的，即在审美的虚静观的思维过程中，观想不在目前的事物，同时，也伴随着情感因素，也就是宗炳所说的“以虚授人，而不清心乐尽”。

刘勰在这种浓厚的、充满佛教禅智思想的氛围中，不能不受影响。他提出达到艺术虚静的具体要求是：“积学以储宝，酌理以富才，研阅以穷照，驯致以绎辞。”这些与人的认知、学习、修养相关。“积学”“酌理”，是讲学习、修养的积累，以提高丰富艺术家的创造力和想象力。这与佛教所讲的勇猛精进、勤奋修持是一致的。“研阅”，从文学上讲，是指对文学规律的认识、把握和对作品的鉴赏。但其中明显带有佛教特别是慧远禅智论的色彩。“研”，即《总术》中说的“凡精虑造文，各竞新丽，多欲练辞，莫肯研术”[④]的“研术”。“精虑”即慧远“心静乱者，以之研虑”的“研虑”，也即《神思》中的“疏沦五藏，澡雪精神”，实即禅定。“穷照”，即用般若智慧观照文学之道——人与宇宙、社会及自身之关系。它完全超越了一般的文学技巧、风格等“技”的问题，而是高于其上的文学规律与宇宙、社会、人生在文学上的表现。即“佛之至也，则空玄无形，而万象并应；寂灭无心，而玄智弥照”[⑤]。也即慧远的“悟微入微者，以之穷神”。“研阅以穷照”，实为禅、智双遣，定、慧齐运，寂、照并行，止、观同用。二者的相济，则会“照不离寂，寂不离照，感则俱游，应必同趣”[⑥]。“驯致以绎辞”，指的是文学写作要处于一种从容、平和、朗畅的心境。其中也渗透着佛学思想。“驯致”，是保持平和、朗畅的心致、情思，即

---

① 萧衍：《净业赋》，道宣：《广弘明集》卷二九，《大正藏》第52册，第336页b。
② 同上书，第336页c。
③ 萧衍：《孝思赋》，道宣：《广弘明集》卷二九，《大正藏》第52册，第336页c—第337页b。
④ 刘勰：《文心雕龙・总术》，刘勰撰，范文澜注：《文心雕龙注》，第655页。
⑤ 刘勰：《灭惑论》，僧祐撰，李小荣校笺：《弘明集校笺》，第427页。
⑥ 慧远：《庐山出修行方便禅经统序》，僧祐撰，苏晋仁、萧链子点校：《出三藏记集》卷九，第343页。

"率志委和,则理融而情畅;……吐纳文艺,务在节宣,清和其心,调畅其气"①。心气和畅,就能虚静明朗;虚静明朗,就能神与物游,理融情畅。也即"水停以鉴,火静而朗"。这正是慧远"念佛三昧"中"气虚,则智恬其照;神朗,则无幽不彻……感物通灵……动必入微……冥怀至极,智落宇宙,而暗蹈大方"②所强调的观点。

从刘勰虚静说中的四个条件来看,前二者属于一个层次,是指平时的学习、修养,是积累、准备的阶段;后二者属于一个层次,是指创作和鉴赏过程中的心境和观照状态,是直接把握文学创作与鉴赏过程中的"道"与"象""理"与"情"冥合的关键阶段。有了这样的虚静状态,就可以"寻声律而定墨","窥意象而运斤"。"窥意象"即宗炳的"味象"。刘勰认为虚静有两个特点:一是神虑思运之游伴随着美好的物象,但此物象非外在实物景象,而是艺术家思运过程中观想的审美意象;二是伴随着愉悦的情感,所谓"登山则情满于山,观海则意溢于海"。这里的虚静说涉及"神""情""物"的关系。"神"即"神与物游""神用象通"的"神",既指神奇的运思,也指在虚静状态中主体精神与充盈宇宙万物之中的"至道"的契合,即刘勰《灭惑论》中的"神化变通……至道宗极,理归乎一;妙法真境,本固无二;……佛之至也,则空玄无形,而万象并应"③的佛之"至道"。"神与物游""神用象通"实际上就是宗炳的"含道应物"、慧远的"冥神绝境"。"情",指人的情感。刘勰说:"人禀七情,应物思感。"④人们往往以为佛教以世界为寂灭空灵为旨归,就认定佛教排斥、否定"登山情满于山,观海则意溢于海"⑤的神情飞扬,其实这是误解。佛教从未否定人的情感,相反它认为人的生命是离不开"情"的,所谓"生由化有,化以情感;……有情于化,感物而动,动必以情"⑥。佛教否定的是能够引起人们私欲、妄念的情感,即不要"以情欲为苑囿,声色为

① 刘勰:《文心雕龙·养气》,刘勰撰,范文澜注:《文心雕龙注》,第646—647页。
② 慧远:《念佛三昧诗集序》,道宣:《广弘明集》卷三十,《大正藏》第52册,第351页b。
③ 刘勰:《灭惑论》,僧祐撰,李小荣校笺:《弘明集校笺》,第426—427页。
④ 刘勰:《文心雕龙·明诗》,刘勰撰,范文澜注:《文心雕龙注》,第65页。
⑤ 参见李泽厚、刘纲纪:《中国美学史》第2卷,中国社会科学出版社1987年版,第653页。
⑥ 慧远:《沙门不敬王者论》,僧祐撰,李小荣校笺:《弘明集校笺》,第259—260页。

游观，耽湎世乐"[1]，而不否定虚静状态中引起通达佛理的娱悦之情。否则，佛教壁画上的"天女散花"[2]"香象渡河"等神情飞扬的作品就无法予以解释了。在"神""情""物"的关系之中，刘勰认为，"神"是统帅，"文之思，其神远矣"，"情""物"皆伴随其中。"神"与"物"的关系是"神与物游"，"神用象通"；"情"与"物"的关系是"情以物迁，辞以情发"[3]；"神"与"情"的关系是"神用象通，情变所孕"。这三者的关系，正好慧远也有精辟的论述：

> 神也者，圆应无生，妙尽无名，感物而动，假数而行。感物而非物，故物化而不灭；假数而非数，故数尽而不穷。有情则可以物感，有识则可以数求。……化以情感，神以化传，情为化之母，神为情之根，情有会物之道，神有冥移之功。[4]

慧远的"神"，是指人的形尽神不灭的"灵魂"，它有"冥移之功"；"情"，是感物、会物，使个体生命得以存在和延续的主要因素。我们可以把刘勰与慧远关于神、情、物关系用图表示：

就三者的关系来看，慧远与刘勰论述的目的不同，慧远的目的是要证明"灵魂"不死，即"形尽神不灭"；刘勰则要强调艺术创作过程中虚静状态下的审美观照。但从论述的方式上看，二人颇有一致之处。由此看来，刘勰的虚静说尚带有慧远禅智论的色彩或影子，则是可以肯定的了。刘勰虚静说对慧远、宗炳的突破在于：一是他肯定了虚静是"驭文之首

① 慧远：《沙门不敬王者论》，僧祐撰，李小荣校笺：《弘明集校笺》，第257页。

② 《维摩诘所说经》卷中《观众生品》，鸠摩罗什译，《大正藏》第14册，第547页c。

③ 刘勰：《文心雕龙·物色》，刘勰撰，范文澜注：《文心雕龙注》，第693页。

④ 慧远：《沙门不敬王者论》，僧祐撰，李小荣校笺：《弘明集校笺》，第267页。

术，谋篇之大端"，把虚静摆到了文学创作最为突出的位置；二是揭示了艺术虚静的审美特征是，"神用象通"，"情变所孕"，更加符合文学创作和鉴赏的规律；三是基本上脱去了一个纯粹的佛教范畴的外衣，使其成为艺术领域的审美范畴。这三点，可以说是刘勰对文艺审美学的一大贡献。

综上所述，慧远、宗炳、刘勰三人分别代表了虚静说由一个宗教范畴而成为审美范畴的三个阶段：慧远是在其佛教禅智论的基础上，把虚静从宗教推向了文艺领域；宗炳是有意从佛教引进虚静范畴，着意在文艺活动中运用，其着眼点还在于宗教与审美的结合；刘勰虽在佛教禅智论背景下于文艺领域运用虚静，但已经自觉地加以改造，其目的已经不是宣扬宗教的神威，而是完全着意于审美规律。这三个阶段可以用推广（慧远）—引进（宗炳）—改造（刘勰）来表示。东晋南朝的虚静说，由慧远到宗炳到刘勰，其发展、变化的线路是十分清楚的。这个发展、变化，可说是佛教向中国文学渗透成功的一个典型范例，对中国文学的影响十分深广。后世宋代的苏轼所总结的审美虚静说，正是沿着这一线路而来的。

第二节　南朝文学性灵说

"性灵说"是中国古代学术思想史上的一个极为重要的范畴。性灵思想的传播，从时间上说，从南北朝始，经由唐至明清，不断被理论化、系统化，尤其是明代的"公安三袁"和清代的袁枚等人，更是做出了巨大的贡献；从空间上说，性灵思想经日本遣唐留学僧空海（遍照金刚，774—835）等吸收，传播日本。空海就曾将其著作命名为《遍照发挥性灵集》行世[1]。此后的江户时代早期，明末诗人陈元贇（1587—1671）为避战火，东渡扶桑，大力宣传文学"性灵"说。受元贇的影响，日本文人石川丈山（1583—1672）和僧人元政（1623—1668）对公安派主将袁宏道

① 早稻田大学藏本。

十分钦佩，论诗大倡“性灵”[①]，尤其是元政在诗歌中时常言及“性灵”一词[②]。稍后的梁田蜕岩(1672—1757)竭力学习、模仿袁宏道、徐渭的诗歌，亦颇喜用“性灵”[③]。江户时代中期，又一批推崇公安派文人涌现出来，如井上金峨、僧六如、山本北山、市河宽斋、大洼诗佛、菊池五山、朝川善庵等[④]，其中山本北山最为有力[⑤]。江户时代的后期，则有著名诗人广濑淡窗(1782—1856)，他追随清代性灵说的倡导者袁枚(1716—1797)，在其《淡窗诗话》里说：“有学清诗者，皆师袁子才。”[⑥]朝鲜半岛与日本情况一样。18世纪中叶，朝鲜时期的李德懋(1741—1793)、朴齐家(1750—1805)、柳得恭(1749—1807)和李书九(1754—1825)四人深受中国清代袁枚(1716—1797)的影响，以“性灵”为旨趣，编辑其诗为《四家诗集》，受到清代性灵派诗人李调元(1734—1803)的高度评价：“今观四家之诗，沉雄者其才，铿锵者其节，浑浩者其气，郑重者其词。”[⑦]稍晚于“四家”的崔瑆焕(1813—1891)编选汉诗，“专主性灵”(《性灵集序》)，并将诗集命名为《性灵集》。其序直揭编选原则：“今体诗，得性灵之为最近，故取之颇多而大要又欲卷帙之等而齐也。”[⑧]文学性灵说于东北亚地区影响可谓大矣。然以往学者探讨“性灵说”时，多把着眼点放到了“公安三袁”和袁枚等明、清美学思想家身上，而对于“性灵说”的源头却很少予以关注。这似乎是一大缺憾。从学术思想史的角度来说，

---

① 石川丈山说：“一二句有唐诗之风，一二句又有宋诗之风，亦或有朝鲜之风，有日本之风，诗多不可命名。是何故也？盖自诸書中拾掇集缀，而非自性灵内流出，非从肺腑中秀发也。”(石川丈山：《北山纪闻》第1辑，长沢规矩也编：《影印日本随笔集成》，汲古书院1978年版，第49页。

② 如其诗句，“吾诗写性灵，岂借江山助”；“陶写性灵无一字，岭云溪月是真诗”；“诗发性灵妙，沛然谁又防”。([日]元政：《草山集》，富士川英郎编：《诗集日本汉诗》第13卷，汲古书院1988年版，第153、236、271页。)

③ “宇宙一性灵，春也终不死”；“故其诗发乎性灵，泼泼欲飞”；“数人者，不武不文，不雅不俗，性灵攸发，各自躍如”。([日]梁田蜕严：《蜕岩集》，富士川英郎编：《诗集日本汉诗》第5卷，汲古书院1985年版，第12、61、67页。)

④ 刘芳亮：《日本江户时期汉诗与晚明公安派》，《四川外国语学院学报》2007年第2期，第33—38页。

⑤ 刘芳亮：《山本北山〈作诗志彀〉与袁宏道性灵说关系再论》，《解放军洛阳外国语学院学报》2013年第3期，第98—104页。

⑥ [日]广濑淡窗：《淡窗诗话》下卷，中村幸彦：《近世文学论集》，岩波书店1969年版，第400页。

⑦ [韩]崔日义：《韩国朝鲜后期诗坛接受袁枚诗学之状况》，《苏州大学学报》(哲学社会科学版)2010年第2期，第50—55页。

⑧ [韩]琴知雅：《崔瑆焕的〈性灵集〉考》，《文献》2008年第3期，第162—169页。

一个术语的出现，必然有它的哲学渊源，而沿波讨源，寻根振叶，则是学术研究的一个基本思路和方法。

一　术语的提出

就现存文献来看，一般认为"性灵"一词最早出现于南朝刘宋文帝刘义隆（424—453）在位时期。[①] 范泰、谢灵运、何尚之、颜延之率先使用：

> 范泰、谢灵运每云："六经典文，本在济俗为治耳，必求性灵真奥，岂得不以佛经为指南邪？"……近世道俗较谈便尔。若当备举夷夏，爰逮汉魏，奇才异德，胡可胜言？宁当空失性灵，坐弃天属，沦惑于幻妄之说，自陷于无征之化哉。……慧远法师尝云："释氏之化，无所不可，适道固自教源，济俗亦为要务。"[②]今所载咸其素蓄，本乎性灵，而致之心用。夫选言务一，不尚烦密，而至于备议者，盖以网诸情非。……含生之氓，同祖一气，等级相倾，遂成差品，遂使业习移其天识，世服没其性灵。至夫愿欲情嗜，宜无间殊，或役人而养给，然是非大意。[③]

范泰、谢灵运、何尚之、颜延之四人是刘宋时期著名的文人士大夫，地位颇为显赫。他们使用"性灵"一词，记录者似乎不会作伪羼入。

"性灵"一词，南北朝之前的本土典籍和汉译佛典，竟无一例。那

---

① 房玄龄《晋书》卷二二《乐志上》、卷一〇〇《晋书载记序》载有"性灵"一语，如《乐志上》："夫性灵之表，不知所以发于讴歌；感动之端，不知所以关于手足。生于心者谓之道，成于形者谓之用。譬诸天地，其犹影响，百兽率舞，而况于人乎！美其和平而哀其丧乱，以兹援律，乃播其声焉。"（第675页。）《晋书载记序》："古者帝王，乃生奇类，淳维、伯禹之苗裔，岂异类哉？反首衣皮，餐膻饮，而震惊中域，其来自远。天未悔祸，种落弥繁。其风俗险诐，性灵驰突，前史载之，亦以详备。"（第2673页。）然《晋书》作者皆为唐人，不能算作率先使用者。

② 何尚之：《大宋文皇帝赞扬佛教事》，僧祐撰，李小荣校笺：《弘明集校笺》，第576—580页。

③ 颜延之：《听诰》，《宋书》卷七三《颜延之传》，第1894—1896页。四川师范大学皮朝纲教授尝就本文所提颜延之《听诰》使用的"性灵"一词提出意见。他认为颜延之《听诰》是一篇儒家思想的文章，故其"性灵"非佛教用意。余就此反复研读《听诰》，并结合颜延之的整体思想认为，《听诰》一文的主旨确如皮朝纲所言为儒家思想，但就"性灵"一词而言，却难以证明其思想来源就是儒家的。用佛教辞汇，写儒、道二教方面的文章，晋宋时期已屡见不鲜。且此时文人儒士崇佛是普遍的现象，儒、佛经辩论后逐渐融合，尤其在"立身""孝道"等方面，双方不再对立。颜延之等正是这样儒佛同尊、以佛统儒的文人。这从与"性灵"对举的"心用""天识"等词，即可看出。因为"心用""天识"皆为佛教色彩甚为浓厚之词语。故其所用"性灵"一语，完全可能从佛教而来。

么，这里出现一系列的问题，就是喜欢使用“性灵”一词的范泰和谢灵运到底是从何处吸收来的这一词汇？是他们自己在阅读中总结、自创出来的，还是受了本土孟子“尽性说”的影响，抑或是将二者结合起来呢？这些问题都值得认真思考和探究。从当时的实际情况来看，最有可能的就是范泰、谢灵运、颜延之、何尚之融汇了印中思想。

范泰（355—428），“少信大法，积习善性，颇闻馀论，髣髴玄宗”[①]。对弘扬佛性论的竺道生尤为景仰：“王弘、范泰、颜延之并挹敬风猷，从之问道。”[②]对僧苞也很敬重，“时王弘、范泰闻苞论议，叹其才思，请与交言”[③]。又与慧义甚密，“宋永初元年（402），车骑范泰立祇洹寺，以义德为物宗，固请经始。义以泰清信之至，因为指授仪则，时人以义方身子[④]，泰比须达[⑤]。故祇洹之称，厥号存焉”[⑥]。僧祐《弘明集》卷一二收有范泰有关佛教文章《与王司徒诸人书论道人踞食》《与生观二法师书》《论踞食表》，卷一六收有范泰《佛赞》。由此，知范泰于佛教典籍十分熟悉。谢灵运（385—433）于佛教更是虔敬备至。他拜庐山慧远为师，又与僧人昙隆、法流、法勖、僧维、法纲、慧驎等结伴游山玩水，从慧叡学习梵文，精通梵文音律[⑦]，与慧观、慧严一起重译《大般涅槃经》，并撰文《辩宗论》[⑧]，宣扬道生的“顿悟成佛”论和“‘一阐提人（Icchantika）’有佛性”论[⑨]，在当时的佛教界有着广泛的影响[⑩]。

---

① 范泰：《论踞食表》，僧祐撰，李小荣校笺：《弘明集校笺》，第 656 页。

② 慧皎：《高僧传》卷七《竺道生传》，中华书局 1992 年版，第 256 页。

③ 慧皎：《高僧传》卷七《僧苞传》，中华书局 1992 年版，第 271 页。

④ 即舍利弗多罗（Śāriputra）的意译，舍利为身，弗多罗为子。乃佛陀十大弟子之一，有“智慧第一”之称。

⑤ 须达（Sudatta）：又音译作须达多、苏达哆，意译善授、善与、善施等。为中印度㤭萨罗国（Kośalā）舍卫城（Śrāvasti）大富商，波斯匿王（Prasenajit）大臣。其性仁慈，夙怜孤独，乐善好施，人称给孤独。皈依佛陀后，为佛陀建造祇园精舍（Jetavanānāthapiṇḍadasyārāma），以供养佛陀。刘宋人将范泰比作须达，说明范泰信仰之虔诚。

⑥ 慧皎：《高僧传》卷七《慧义传》，中华书局 1992 年版，第 266 页。

⑦ “陈郡谢灵运独好佛理，殊俗之音，多所达解。乃谘叡以经中诸字，并众音异旨，于是著《十四音训叙》。条列梵汉，昭然可了，使文字有据焉。”（慧皎：《高僧传》卷七《慧叡传》，中华书局 1992 年版，第 260 页。）

⑧ 道宣：《广弘明集》卷一八，《大正藏》第 52 册，第 224 页 c—第 225 页 c。

⑨ 参见普慧：《大乘涅槃学与谢灵运的山水文学》，《陕西师范大学学报》2000 年第 4 期；普慧：《大乘般若学与晋宋山水文学》，《佛学研究》2001 年刊。

⑩ 高华平：《谢灵运佛教著述研究》，《中国文化研究》2006 年冬之卷，第 156—165 页。

颜延之(384—456)与佛教亦是因缘颇深:其一,他与佛教名僧甚密,尤敬名僧之风范。如中天竺僧人求那跋陀罗至建康,“初住祇洹寺。俄而,太祖(刘义隆)延请,深加崇敬。琅琊颜延之,通才硕学,束带造门,于是京师远近,冠盖相望,大将军彭城王义康、丞相南谯王义宣,并师事焉”[①]。再如,慧静,居贫履操,厉行精苦,风姿秀整,容止可观。解兼内外,偏善涅槃。“颜延之、何尚之并钦慕风德,颜延之每叹曰:‘荆山之玉,唯静是焉。’”[②]其子颜竣出镇东州,颜延之遂携慧静同行游玩。然而,颜延之对待名僧并不是一味崇敬。他所仰慕的是那些操行高洁、风德隽雅的名僧,而对于那些风德低下、阿谀奉承的名僧,即使其名声显赫、地位高筑,他也还是瞧不起。如其时有“黑衣宰相”[③]之称的慧琳,原是道渊的弟子,为性敖诞,颇自矜伐。一次,其师道渊访诣尚书令傅亮,慧琳先在坐,见师来而不为致礼,道渊怒之彰色。傅亮遂罚慧琳杖二十。[④] 而宋文帝却雅重慧琳,引见常昇独榻。故此,颜延之每以致讥,使宋文帝辄不悦。[⑤]其二,颜延之不只流于与名僧结交的表面,他很重视佛教义理,著书立论,探讨佛教奥义。如他著佛教论著《离识观》和《论检》,与名僧慧严反复讨论,被宋文帝刘义隆比作东晋晚期的名僧支遁和崇佛名士许询。[⑥]又与何尚之一起跟昙无成“共论实相,往复弥晨”[⑦]。当慧琳著《白黑论》、何承天著《达性论》,攻击神不灭论和因果报应思想时,颜延之和宗炳旗帜鲜明地站出来写了《释达性论》(又一篇《重释何

① 慧皎:《高僧传》卷三《求那跋陀罗传》,中华书局 1992 年版,第 131 页。

② 慧皎:《高僧传》卷七《慧静传》,中华书局 1992 年版,第 285 页。

③ “《南史》:(宋)文帝尝宠沙门慧琳。元嘉(424—453)中,遂参权要势侔宰辅。孔顗叹曰:‘今日遂有黑衣宰相,可谓冠履失所矣。’”(叶庭珪撰,李之亮校点:《海录碎事》卷一三,中华书局 2002 年版,第 702 页。)

④ 此事当在元嘉三年(426)以前。据沈约《宋书》卷四三《傅亮传》载,元嘉三年,宋文帝下诏,傅亮伏诛。(第 1337—1338 页。)

⑤ 慧皎:《高僧传》卷七《道渊、慧琳传》,中华书局 1992 年版,第 268 页。又“时沙门释慧琳,以才学为太祖所赏爱。每召见,常升独榻,延之甚疾焉。因醉白上曰:‘昔同子参乘,袁丝正色。此三台之坐,岂可使刑余居之。’上变色。延之性既褊激,兼有酒过,肆意直言,曾无遏隐,故论者多不知云。”(沈约:《宋书》卷七三《颜延之传》,中华书局 1974 年版,第 1902 页。)

⑥ 慧皎:《高僧传》卷七《慧严传》,中华书局 1992 年版,第 262 页。

⑦ 慧皎:《高僧传》卷七《昙无成传》,中华书局 1992 年版,第 275 页。

衡阳》)和《明佛论》(又二篇《答何衡阳书之一》《答何衡阳书之二》),站在佛教神学的立场上,对慧琳、何承天进行了坚决的反驳。尽管慧琳与何承天的立论没错,但其推理却显得十分稚嫩,经不起颜、宗的批驳,致使宋文帝更加欣赏和赞叹佛教:"颜延年之折《达性》,宗少白之难《白黑》,论明佛法汪汪,尤为名理并足,开奖人意。"[①]

何尚之(382—460),虽擅玄学[②],但亦好与僧人交往。如与颜延之一起对慧静、昙无成之敬慕;对慧观,"元嘉初三月上巳,(宋文帝)车驾临曲水燕会,命观与朝士赋诗。观即坐先献,文旨清婉,事适当时。琅琊王僧达、庐江何尚之,并以清言致款,结赏尘外"[③]。又对志道,不仅钦德致礼,还将其"请居所造法轮寺"[④]。他还对宋初竺道生的顿悟成佛说极为重视。元嘉时道生顿悟说曾一度消歇。当得知法瑗是继道生之后"顿悟成佛说"的宣导者后,"文帝访觅述生公(道生)顿悟义者,乃敕下都,使顿悟之旨,重申宋代。何尚之闻而叹曰:'常谓生公殁后,微言永绝。今日复闻象外之谈,可谓天未丧斯文也'"[⑤]。何尚之对佛教最大的贡献是,他把佛教与政治的治国安邦联系起来。元嘉十二年(435)五月,丹阳尹萧摹之上奏的请制佛寺及铸像事,宋文帝召集"侍中何尚之、吏部郎中羊玄保等议之,谓尚之曰:'朕少来读经不多,比日弥复无暇,三世因果,未辩厝怀,而复不敢立异者,正以卿辈时秀,率所敬信故也。……若使率土之滨,皆敦此化,则朕坐致太平,夫复何事。'……尚之对曰:'……若使家家持戒,则一国息刑。……故神道助教,有自来矣。而萧摹之所启,亦不谓全非。……金铜土木,虽縻费滋深,必福业所寄,复难得顿绝。臣比思为斟酌,进退难安,今日亲奉德音,实亦深用

① 何尚之:《答宋文帝赞扬佛教事》,僧祐撰,李小荣校笺:《弘明集校笺》,第 576 页。

② "(元嘉)十三年(436),彭城王义康欲以司徒左长史刘斌为丹阳尹,上不许,乃以尚之为尹,立宅南郭外,置玄学,聚生徒。东海徐秀、庐江何昙、黄回、颍川荀子华、太原孙宗昌、王延秀、鲁郡孔惠宣,并慕道来游,谓之南学。"(沈约:《宋书》卷六六《何尚之传》,中华书局 1974 年版,第1734 页。)

③ 慧皎:《高僧传》卷七《慧观传》,中华书局 1992 年版,第 264—265 页。

④ 慧皎:《高僧传》卷一一《志道传》,第 435 页。何尚之造法轮寺事,见孙文川撰:《南朝佛寺志》,《中国佛寺史志汇刊》第 1 辑。

⑤ 慧皎:《高僧传》卷八《法瑗传》,第 312—313 页。

夷泰。……夫礼隐逸则战士怠，贵仁德则兵气衰。若以孙吴为志，苟在吞噬，亦无取尧舜之道，岂唯释教而已耶。'帝悦曰：'释门有卿，亦犹孔氏之有季路，所谓恶言不入于耳。'帝自是信心乃立，始致意佛经。及见严、观诸僧，辄论道义理"①。何尚之给宋文帝的觐言，至少起了两点作用：一是使宋文帝把信佛与治理国家相结合，坚定了宋文帝信佛的信心；二是使宋文帝喜欢上了佛经，且具有了佛教理论水准，可以和义解僧人探究佛教义理。从范泰、谢灵运、颜延之、何尚之所参与的佛教活动来看，他们四人对佛教典籍和佛教思想应该说是相当熟悉的，完全有可能从佛教思想中抽绎出"性灵"这一术语来。但是，范泰、谢灵运、何尚之、颜延之等毕竟是中国文人士大夫，他们再怎么崇佛也绝不会像僧人一样，为了一种信仰而排斥其他思想。因此，传统的儒教思想②依然镶嵌在他们的心灵深处，也可能成为其思想的一个来源。更何况当时僧人习儒者不在少数③。在学术研究中，经常面临的一个误区就是，把古代文人的思想绝对地单一化，而不能回归到历史的境阈之中来"知人论世"④。在南朝文学性灵说的思想来源时，我们需要尽量避免陷入单一化的误区。

二　佛教思想的直接源头

据上所述，范泰、谢灵运使用"性灵"一语的佛教来源是有可能存在的。但是，从佛教思想的渊源上考察，似与东晋时期极盛一时的大

① 慧皎：《高僧传》卷七《慧严传》，中华书局1992年版，第261—262页。

② 此处所谓的儒教，是指一种神学化了的国家意识形态，自然属于宗教的范畴。但与教团宗教有别。

③ 仅据慧皎《高僧传》所载宋前僧人涉外经、通儒学者，有：康僧会"博览《六经》"（卷一）；竺昙摩罗刹（Dharmarakṣa）"博览《六经》，游心七籍"（卷一）。慧远"博综《六经》"（卷六）；昙邕"内外经书，多所综涉"（卷六）。道祖"后发愈于远公。但儒博不逮耳"（卷六）。僧碧"通六经及三藏"（卷六）。道融"内外经书，暗游心府"（卷六）。梵敏"内外经书，皆暗游心曲"（卷七）。史宗"博达稽古辩说玄儒"（卷一〇）。

④ "孟子谓万章曰："一乡之善士斯友一乡之善士，一国之善士斯友一国之善士，天下之善士斯友天下之善士。以友天下之善士为未足，又尚论古之人。颂其诗，读其书，不知其人，可乎？是以论其世也，是尚友也。"（《孟子·万章下》，朱熹：《四书章句集注》，中华书局1983年版，第324页。）

乘般若学[①]无甚关联。因为,大乘般若学主张"一切皆空"[②],不会承认"性灵"之有的。尽管大乘般若学在整个东晋时期风靡盛行,谢灵运之师慧远也尝为"本无宗"之代表,但是,东晋末期,般若学那玄而又玄、空掉一切的理论愈来愈难以解决当时日益突出的现实问题,更难以慰藉人们(包括帝王、文人等)日趋苦闷的心灵。而人们于此时更加关注的是,人生能否摆脱烦恼,从生死苦海中解脱出来而成佛,现实人生有无成佛的内在根据——佛性等的问题。般若学明显地开始失去了独步佛教思想领域的地位。代之而兴起的则是以饱满的活力和魅力而走向社会大舞台的大乘涅槃学。

大乘涅槃学是佛教两大宗(空宗和有宗)之一有宗的主要思想体系。它以《大般涅槃经》等涅槃类经典为主要理论依据,以佛性论为核心内容,不再否定一切,而是大胆地承认佛性之有,并且提出"一切众生悉有佛性"[③],一下子把出离遁世的佛教拉回到了充满生气的世俗社会。所谓"佛性"(Buddhatā;Buddhatva),原指佛陀之本性。大乘兴起后,赋予了"佛性"为众生本具的成佛的根据、可能性、种子的定义。"佛"(Buddha)为觉悟,即自觉、觉他、觉行圆满三者。"性"(Prakṛti)为本性、本质,即本来具有又不受外在影响而改变的根本。《大智度论》卷三一:"性名自有,不待因缘。若待因缘则是作法,不名为性。"[④]按照佛教缘起论——"所谓此有故彼有,此生故彼生。……所谓此无故彼无,此灭故彼灭"[⑤]的基本说法,一切事物的产生都是相互依赖着的,它事物的产生是依据此事物的产生,它事物的灭亡是依赖于此事物的灭亡。而"性",则是不因因缘而起的东西,是先于事物而自有存在的一种非实体性的。

---

① 其时有"六家七宗"之说:据刘宋庄严寺昙济《六家七宗论》、隋吉藏《中论疏》等所载,六家七宗为:1. 本无宗,包括道安、僧睿、慧远等之说;2. 即色宗,关内"即色义"与支遁《即色游玄论》;3. 识含宗,为于法兰弟子于法开之说;4. 幻化宗,为竺法汰之弟子道一之主张;5. 心无宗,包括竺法溫、道恒、支湣度等之说;6. 缘会宗,为于道邃之缘会二谛论;7. 本无异宗,为本无宗支流,有竺法琛、竺法汰之说。参见汤用彤:《汉魏两晋南北朝佛教史》第九章,北京大学出版社1997年版;任继愈主编:《中国佛教史》第二章第四节,中国社会科学出版社1985年版。

②《放光般若波罗蜜多经》卷二〇《摩诃般若波罗蜜萨陀波伦品》,无罗叉译,《大正藏》第8册,第141页a。

③《大般涅槃经》卷六《如来性品》,昙无谶译,《大正藏》第12册,第402页b。

④《大智度论》卷三一《释初品中》,鸠摩罗什译,《大正藏》第25册,第292页b。

⑤《杂阿含经》卷一〇,求那跋陀罗译,《大正藏》第2册,第66页c。

因此,“性”即是带有某种神秘的、具有强大能量的成分。大乘佛性论所指的众生具有佛性,就是说众生都有这种成为觉悟者的内在的、强大的神秘力量——自力。但是,众生虽具佛性的自力,却未必皆能成佛。这还需要通过修行实践,在善知识[①]的引导下,获得般若智慧,觉悟成佛。

当大乘般若学在东晋红极一时的时候,大乘涅槃学的佛性论思潮开始席卷中国北方和南方、朝野以及僧俗。先是法显从天竺带回《大般泥洹经》,并由天竺禅师佛陀跋陀罗(Bodhibhadra)与宝云译出,首倡佛性论。[②] 接着竺道生根据自己对涅槃佛性论的理解,创造性地提出了连“阿(一)阐提人皆得成佛”[③]的佛性论。然而,此论一出,即遭佛界守旧势力的猛烈攻击。道生因此而被逐出建康。[④] 就在道生危难之际,谢灵运撰写了《辩宗论》,公开支持道生的佛性论。当昙无谶译的《大般涅槃经》从姑藏(今甘肃武威)传至建康后,涅槃学的佛性论便成为不可抗拒的洪流,猛烈地冲刷着社会各个层面。他认为,“物有佛性,其道有归”[⑤]。“有情”(Sattva)众生(人和有情识的动物)皆有佛性,即使“无情”(Ansattva)的物(草木、山河、大地、土石等)也有佛性,它们各有其道而归于佛理。这实际上是把般若学统摄于佛性论之中,把宇宙本体与佛性主体相统一,彻底贯彻了“一切众生皆有佛性”的涅槃佛性论思想。

“性灵说”的“灵”,是上古印度和中国俱有的观念。就高于人的层面而言,谓之神灵、神明;就人的层面而言,则指精灵、灵魂等。此二者往往有相通或冥合之处。古印度婆罗门教有“梵我一如”(Brahma-

① 善知识(Kalyāṇamitra):以知识友善、教授人走正道的具有正直德行的人。

② “复有比丘广说如来藏经,言一切众生皆有佛性,在于身中无量烦恼悉除灭已,佛便明显,除一阐提。”(《大般泥洹经》卷四《分别邪正品》,《大正藏》第12册,第881页b。)“一阐提”(Icchantika; Ecchantika),指断绝一切善根的人,这种人不能成佛,即不具有佛性。

③ 慧皎:《高僧传》卷七《道生传》,中华书局1992年版,第256页。

④ “于是旧学以为邪说,讥愤滋甚,遂显大众,摈而遣之。生于大众中正容誓曰:‘若我所说反于经义者,请于现身即表厉疾;若于实相不相违背者,愿舍寿之时,据狮子座。’言竟拂衣而游。”(慧皎:《高僧传》卷七《道生传》,中华书局1992年版,第256页。)

⑤ 谢灵运:《辩宗论·答琳公难》,《广弘明集》卷十八,《大正藏》第52册,第227页a。

ātma-aikyam)[①]之论，而中国也有“神人以和”[②]之说。所以，寄存于人之形体、又可脱离于形体的精神体——精灵、灵魂，实不可小视。古印度婆罗门教极为推崇灵魂，认为其转世之体即依赖于灵魂。因此，他们强调灵魂（Ātman，自我）这个精神体之有，也保证了婆罗门种姓[③]世袭的至高地位。从早期佛教的思想来看，它们并不承认有“精神体”或“灵魂”的存在。按照“三法印”[④]和“缘起论”（Pratītya-samutpāda）的说法，一切事物都没有永恒常驻的自性，每一事物的产生或灭亡都是相互依存着的。因此，早期佛教可以说是典型的无神论。[⑤] 当早期佛教接受了婆罗门教的三世轮回说的时候，它却深深地掉进了矛盾的陷阱之中。如果不承认灵魂或一个主宰个体的精神体的存在，那么，轮回转世的依据或承载者又是什么呢？人生死的终极解脱又在哪里呢？为了解决这些难题，早期佛教以“五蕴”（Pañca-skandha）、“十二因缘”[⑥]解释了这种矛盾的不可调和性[⑦]。在“五蕴”“十二因缘”中，有一概念“识”（Vijñāna）与轮回转世有关，可以视为“性灵说”之“灵”的思想渊源。早期汉译将“识”译为“识神”。“识神”，在佛教中是一个意义非常复杂而

---

① “是吾内心之性灵者，大梵是也。”[《五十奥义书》，徐梵澄译，《唱赞奥义书》（*Chandogya Upaniṣat*）第三篇第十四章第四条，中国社会科学出版社 1995 年版，第 139 页。]另本书第八篇第三章第四条：“此则‘自我’也！是永生者，是无畏者，是即‘大梵’。”（第 236 页。）

② “诗言志，歌永言，声依永，律和声，八音克谐，无相夺伦，神人以和。”（《尚书·尧典》，《十三经注疏·尚书正义》，中华书局 2009 年版，第 131 页。）

③ 古代印度社会实行四种姓制度（Cātur-varṇya），印度本土称其为“瓦尔纳”（Varṇa），即以肤色划定人群等级。吠陀（Veda）时代后期（公元前 1000—600），基本形成了四种姓制度，即婆罗门（Brāhmaṇa）：指祭司、僧侣阶级，执掌祭祀、教授《吠陀》圣典、接受布施，最为高贵；刹帝利（Kṣatriya）：指王族及武士阶级，掌管国家机器，保护人民。吠舍（Vaiśya）：指从事农业、畜牧、工商业的庶民阶级，国家财政、税务的主要纳税者；首陀罗（Śūdra）：指奴隶阶级，专为上述三种姓服务。

④ 即 1. 诸行无常（Sabbe Saṅkhārā Aniccā，Anityā SarvasaṁSkārāḥ）；2. 诸法无我（Sabbe Dhammā anattā，Anātmanaḥ Sarvadharmāḥ）；3. 涅槃寂静（Santaṁ Nibbānaṁ，Śāntamnirvāṇam）。此为早期佛教最为基本的教义之一。

⑤ SHEN Lisia & Puhui：The Non－Religious Nature of the Original Buddhism，Kingston，Canada；*International Journal of Natural and Social Science*，Vol. 1，Issue 2，2008，pp.1—4.

⑥ 是早期佛教解释人生本质及其流转过程的基本理论。具体有：老死、生、有、取、爱、受、触、六入、名色、识、行、痴。这十二因缘可以正转，亦可以逆流。参见杜继文主编：《佛教史》，江苏人民出版社 2006 年版，第 14—19 页。

⑦ 郭良鋆：《佛陀和原始佛教思想》，中国社会科学出版社 1987 年版，第 190 页。

又重要的术语。作为“五蕴”里的“识蕴”，属于幻法（Māyā-dharma）[①]。就是说，世界是虚幻的，一切皆为假相，需要以“识”来对外境（Viṣaya）了别，识知事物的本体，不为事物幻相所迷惑。故“六识”（Ṣaḍvijñāna）即指眼、耳、鼻、舌、身、意等六种认识作用。它以眼、耳、鼻、舌、身、意等六根为依据，对色、声、香、味、触、法等六境，产生见、闻、嗅、味、触、知等了别作用。故在谈到六识时，则必须识、根、境三者同时存在。据阿毗达摩（Abhidharma）的观点看，“六识”乃是“心”（Citta）的作用，所以，其体乃是唯一之心。显然，了别外境的“识”义，是大乘瑜伽行派兴起后的思想，与“性灵说”的关系不大。与“灵”关系最为密切的应该是“十二因缘”里的“识”。“识”直接联系的是“行”（Saṃskāra）和“名色”（Nāma-rūpa）。“行”是“识”的因，“名色”是“识”的缘。行，即行为，是依前世烦恼而做的善、恶行“业”[②]；识，是依前世的行业而受现世受胎的一念。名色，是指心身发育而成的物质状态。这样，“行”与“名色”的联系是靠“识”来完成的。而“识”则是“一念”（Eka-citta）之间的精神作用，为精神的主体[③]。就是说，有情众生的生活经验（行）的活动积蓄而形成个人精神的主体（识），由这个精神主体引起而构成身体的精神（名）和肉体（色）[④]。在行、识、名色三者中，行和名色都是可视、可感的，而唯有识是不可视、不可感的，是完全精神的和神秘的、刹那（Kṣaṇa）间的。在因果轮回和报应的迴圈过程中，不管“行”的善、恶如何积聚，它转化为“名色”的关键和决定作用则在于“识”。而“业”就像催化剂一样，以不达目

---

① 《增一阿含经》二七“色如聚沫，痛（受）如浮泡，想如野马，行如芭蕉，识为幻法，最胜所说。”（僧加提婆译，《大正藏》第 2 册，第 701 页 b。）

② 业（Karma）：音译“羯磨”，意指造作或行为。最早为古印度婆罗门教轮回（*Saṃsāra*）说的主要思想，是婆罗门至上的种姓制思想的具体体现，与善恶道德无关。在《斯康陀奥义书》（*Skanda Upaniṣat*）、《蒙查羯奥义书》（*Muṇḍaka Upaniṣat*）、《大林间奥义书》（*Bṛhadāraṇyaka Upaniṣat*）中已开始将业与善恶相联系。如：“二人者，（携手）出而论之。所谈者，业也；所颂者，业也。人唯以善业而善，以雕业而恶矣。”（《五十奥义书》，徐梵澄译，《大林间奥义书》第三部分第二婆罗门书，中国社会科学出版社 1995 年版，第 571 页。）佛教创立，袭用了这一术语。但为反对婆罗门世袭制的种姓制，佛教加大了业的善恶道德力度，即人的身、口、意造作善法与不善法，直接导致后果的好坏。这样，业就具备了一种强大的神秘力量，配合着“行”的实践。

③ 识：犹似灵魂，但绝不等同于灵魂。识也是可灭的，而灵魂则是不灭的。“识神无形法，起灭无常定。”（《中阴经·道树品》，竺佛念译，《大正藏》第 12 册，第 106 页 c。）

④ 黄心川：《印度佛教哲学》，任继愈主编：《中国佛教史》第 1 卷附录，中国社会科学出版社 1981 年版，第 505 页。

的誓不甘休的气势，催促着“识”的转化。这样，“识”仅仅是一念，就有了巨大的潜能或超能。大乘佛教进入中国后，“识”与“灵”在中国传统的神鬼灵魂思想[①]的作用下，不再泾渭分明了。因此，早期汉译佛典时，就把“识”神化为“识神”，并使其成为一个常用术语。如：

谓死如生时，或谓死断灭；识神造三界，善不善五处；阴行而默到，所往如回应；欲色不色有，一切因宿行。[②]

今闻我说，前世本末，闭结疑解，得无想安隐。是其宿命，识神使然。[③]

汝今生存，识神出入，尚不可见，况于死者乎。汝不可以目前现事观于众生。[④]

此人为贼，唯愿治之我勅左右，收缚此人，生剥其皮，求其识神，而都不见又勅左右，脔割其肉，以求识神，又复不见又勅左右，截其筋脉骨间求神，又复不见。又勅左右，打骨出髓，髓中求神。又复不见。[⑤]

除了汉译佛典常用“识神”外，在五朝时期[⑥]，中国僧人和崇佛文人也常用“识神”。

此土先出诸经，于识神性空，明言处少；存神之文，其处甚多。[⑦]

---

① 秦汉以前，中国哲学认为，精灵之气是形成万物的本原。《易·系辞上》：“精气为物，游魂为变。”孔颖达疏：“阴阳精灵之气，氤氲积聚而为万物也。”（《十三经注疏·周易正义》，第77页。）又灵与魂相合，附特指寄存于人躯体上作为主宰的一种非物质的东西。《楚辞·九章·哀郢》：“羌灵魂之欲归兮，何须臾而忘反。”（洪兴祖撰，白化文、许德楠等点校：《楚辞补注》，中华书局1983年版，第134页。）又神与灵相连，体现天神与祖先崇拜的统一。《礼记·月令》：“令民无不咸出其力，以共皇天上帝名山大川四方之神，以祠宗庙社稷之灵，以为民祈福。”（《十三经注疏·礼记正义》，第1371页。）《礼记·祭义》：“子曰：‘气也者，神之盛也；魂也者，鬼之盛也；合鬼与神，教之至也。众生必死，死必归土，此之谓鬼。骨肉毙于下，阴为野土。其气发扬于上，为昭明，焄蒿，凄怆，此百物之精也，神之著也。因物之精，制为之极，明命鬼神，以为黔首，则百众以畏，万民以服。’”（《十三经注疏·礼记正义》，第1595页。）

②《法句经》卷二《生死品》，维祇难等译，《大正藏》第4册，第574页a。

③《佛说鹿母经》，竺法护译，《大正藏》第3册，第457页b。

④《长阿含经》卷七《第二分弊宿经》，佛陀耶舍共竺佛念译，《大正藏》第1册，第44页a。

⑤ 同上书，第44页b。

⑥ 狭义指公元4—6世纪在南京建都的、时间连贯的五个朝代，即东晋、宋、齐、梁、陈；广义则还包括同时期北方的十六国、北魏、西魏、东魏、北齐、北周、隋等。

⑦ 僧叡：《毗摩罗诘提经义疏序》，严可均辑校：《全上古三代秦汉六朝文》第3册，中华书局1995年版，第2387页a。

> 远乃著《沙门不敬王者论》，凡有五篇。一曰在家：谓在家奉法；……二曰出家：谓出家者能遁世以求其志，变俗以达其道；……三曰求宗不顺化：谓反本求宗者，不以生累其神；……四曰体极不兼应：谓如来之与周孔，发致虽殊，潜相影响；……五曰形尽神不灭：谓识神驰骛，随行东西也。此是论之大意，是沙门得全方外之迹矣。①

> 挥霍变三有，恍惚随六尘，兰园种五果，雕案出八珍，对见不可信，熟视事非真，空生四岳想，徒劳七识神，著幻是幻者，知幻非幻人。②

> 夫识神冥漠，其理难穷。粤在庸愚，岂能探索。③

> 故惑者闻识神不断而全谓之常，闻心念不常而全谓之断。云断则迷其性常；云常则惑其用断。④

> 浮屠正号曰佛陀，……凡其经旨，大抵言生生之类，皆因行业而起。有过去、当今、未来，历三世，识神常不灭。凡为善恶，必有报应。⑤

作为崇佛文人，范泰、谢灵运、颜延之、何尚之等自然对佛教典籍相当熟悉，他们对汉译"识神"一语应该说不会陌生。而且，著名僧人慧远、僧叡都曾使用过这一术语，所以，范、谢、颜、何四人完全有可能吸收"识神"思想。

三　本土思想的助澜

其实，早期佛教无神论的思想，到了大乘佛教那里，已经是荡然无存了。大乘佛教为了自己的发展，不断改变了早期佛教的基本教义。

---

① 慧皎：《高僧传》卷六《慧远传》，中华书局 1992 年版，第 220—221 页。僧祐《弘明集》所收慧远《沙门不敬王者论》一文，无后一句，严可均认为是《弘明集》有删节。

② 萧衍：《十喻幻诗》，欧阳询：《艺文类聚》卷七六《内典上》，第1295 页。

③ 袁昂：《答释法云书难范缜〈神灭论〉》，严可均辑校：《全上古三代秦汉六朝文》，中华书局 1995 年版，第 3229 页 a。

④ 沈绩：《立神明成佛记注序》，严可均辑校：《全上古三代秦汉六朝文》，中华书局 1995 年版，第 3353 页 c。

⑤ 魏收等：《魏书》卷一一四《释老志》，中华书局 1974 年版，第 3026 页。

其中一个最为明显的做法就是将佛陀神化，继而承认了灵魂的存在。但是大乘空宗（Mādhyamikāḥ，公元2—3世纪兴起）主张“一切皆空”，它离不开现象界，但对于灵魂问题、“心识”问题，却仅能承认其假有。到了大乘有（Yogācāra，公元2世纪兴起，公元4—5世纪繁盛），这种神秘的精神体的东西才得到了佛教的完全肯定。他们认为，世界上的一切现象都是由人们精神的总体——“识”所转变显现出来的。[①]但是，范、谢、颜、何的时代，大乘有宗的经典翻译得并不多，所以，大乘佛教的“有神”思想是到了中国后，才突然间变得成为佛教的主要命题。佛教初传中土时，混迹于“前道教”[②]的道士、方士之列，与中国传统的鬼神祭祀相结合。如东汉明帝刘庄时期，楚王刘英就把佛教与黄老道杂糅在一起：

（英）晚节更喜黄老，学为浮屠，斋戒祭祀。[③]

汉明帝永平八年（65）刘庄给楚王刘英下的诏书曰：

楚王诵黄老之微言，尚浮屠之仁祠，洁斋三月，与神为誓。[④]

所谓“斋戒祭祀”“与神为誓”，乃是中国传统宗教神学信仰的主要仪式。在佛教传入之前，中国典籍就有许多“斋戒”的记载：

孟子曰：“西子蒙不洁，则人皆掩鼻而过之。虽有恶人，斋戒沐浴，则可以祀上帝。”[⑤]夫也者，以知帅人者也。玄冕斋戒，鬼神阴阳也。[⑥] 齐人徐市等上书，言海中有三神山，名曰蓬莱、方丈、瀛洲，仙人居之。请得斋戒，与童男女求之。于是遣徐市发童男女数千人，入海求仙人。……始皇还，过彭城，斋戒祷祠，欲出周鼎泗水。使

---

① 世亲菩萨造、玄奘译《唯识二十论》：“内识生时，似外境现。”（《大正藏》第31册，第74页b。）护法菩萨造、玄奘译《成唯识论》卷七：“是故一切，皆唯有识。虚妄分别，有极成故。唯既不遮，不离识法。故真空等，亦是有性。由斯远离，增减二边。唯识义成，契会中道。由何教理，唯识义成。岂不已说，虽说未了。非破他义，己义便成。应更確陈，成此教理。如《契经》说：‘三界唯心’；又说：‘所缘唯识所现’；又说：‘诸法皆不离心’；又说：‘有情随心垢净’；又说：‘成就四智菩萨，能随悟入，唯识无境。’”（《大正藏》第31册，第38页c。）

② 指东汉末年作为正统道教产生之前的道术、道法活动，主要由秦汉以来的方仙道、黄老道、巫鬼道等构成。

③ 范晔撰，李贤等注：《后汉书》卷四二《楚王英传》，中华书局1965年版，第1428页。

④ 同上。

⑤《孟子·离娄下》，朱熹：《四书章句集注》，中华书局1983年版，第297页。

⑥《礼记·郊特牲》，《十三经注疏·礼记正义》，中华书局1980年版，第1456页。

千人没水求之，弗得。[①]

(汉宣帝神爵)四年(公元前58)春二月，诏曰："乃者凤皇甘露降集京师，嘉瑞并见。修兴泰一、五帝、后土之祠，祈为百姓蒙祉福。鸾凤万举，蜚览翱翔，集止于旁。斋戒之暮，神光显著。荐鬯之夕，神光交错。或降于天，或登于地，或从四方来集于坛。上帝嘉向，海内承福。"[②]

"斋戒"的形式是沐浴、食素，其含义则是整洁身心，以示对神祇的虔诚。而古代印度婆罗门教也有极其繁琐的斋戒祭祀仪式。尽管早期佛教反对神灵，但斋戒的仪式并没有放弃。大乘佛教神化佛陀，承认神灵，更是将斋戒祭祀的仪式发扬光大。当佛教输入中国后，两种宗教祭祀活动都需要斋戒仪式，于是，二者一拍即合，为上层社会所接受。这样，在中国人的观念里，最初的佛同中国的天神、上帝是一样的。东汉末年的牟融更能代表早期中国人对佛的认识：

佛乃道德之元祖，神明之宗绪。佛之言觉也，恍惚变化，分身散体，或存或亡，能小能大，能圆能方，能老能少，能隐能彰，蹈火不烧，履刃不伤，在污不染，在祸无殃，欲行则飞，坐则扬光，故号为佛也。[③] 问曰："佛道言：'人死当复更生。'仆不信此言之审也。"牟子曰："人临死，其家上屋呼之。死已复呼谁?"或曰："呼其魂魄。"牟子曰："神还则生，不还神何之乎?"曰："成鬼神。"牟子曰："是也。魂神故不灭矣，但身自朽烂耳。身譬如五谷之根叶，魂神如五谷之种实。根叶生必当死，种实岂有终亡，得道身灭耳。"[④]

① 司马迁撰，裴骃集解，司马贞索隐，张守节正义：《史记》卷六《秦始皇本纪》，中华书局1959年版，第248页。

② 班固撰，颜师古注：《汉书》卷八《宣帝纪》，中华书局1962年版，第263页。

③ 牟子：《理惑论》，僧祐撰，李小荣校笺：《弘明集校笺》，第14页。周叔迦辑撰，周绍良新编：《牟子丛残新编》，中国书店2001年版，第3页。

④ 牟子：《理惑论》，僧祐撰，李小荣校笺：《弘明集校笺》，第27页。周叔迦辑撰，周绍良新编：《牟子丛残新编》，第9页。

在牟子眼里，佛简直就是世界的主宰，万物的根源，是不能以人的观念来认识和形容的。而灵魂不死，形尽神不灭，才能有三世轮回。东晋的史学家袁巨集也有同样的认识：

浮屠者，佛也。西域天竺有佛道焉。佛者，汉言觉，将悟群生也。其教以修善慈心为主，不杀生，专务清净。其精者，号为沙门。沙门者，汉言息心，盖息意去欲而归于无为也。又以为人死精神不灭，随复受形。生时所行善恶，皆有报应。故所贵行善修道，以炼精神而不已，以至无为，而得为佛也。佛身长一丈六尺，黄金色项中，佩日月光，变化无方，无所不入，故能化通万物而大济群生。初，(汉明)帝梦见金人，长大，项有日月光，以问群臣。或曰："西方有神，其名曰佛，其形长大。"乃问其道术，遂于中国而图其形像焉。有经数千万，以虚无为宗，包罗精粗，无所不统，善为宏阔胜大之言，所求在一体之内而所明在视听之外。世俗之人以为虚诞，然归于玄微深远，难得而测。故王公大人，观死生报应之际，莫不矍然自失。①

概括袁宏的记述，有这样几点：1. 佛陀为神，变化无方，大济群生；2. 人死精神不灭，随复受形；3. 所行善恶，皆有报应；4. 义理宏阔胜大，玄微深远。

既然佛是神，永恒于宇宙之中，又承认人死精神不灭，那么，灵魂的存在也就不再是可疑的了。既然灵魂存在而不灭，那么，识神又该如何呢？这里又出现了一系列的问题，灵魂和识神是一，还是二？若是一，那灵魂不灭，识神是否也应该不灭呢？若是二，二者又是什么关系呢？实际上，对于这样的问题，五朝时期的佛教学者和学僧们并没有如此细致地去追问。在对待"识神"和"灵魂"问题上，他们已经是把二者合二为一了。尤其是在东晋至梁长达近200年的"神灭"与"神不灭"的大讨论中，佛教"神不灭"论者完全把二者等同了起来。

凡在有方，同禀生于大化，虽群品万殊，精粗异贯，统极而言，

① 袁宏撰，周天游校注：《后汉纪》卷一〇《孝明皇帝纪》，中华书局2002年版，第187页。

唯有灵与无灵耳。有灵则有情于化，无灵则无情于化。无情于化，化毕而生尽，生不由情，故形朽而化灭。有情于化，感物而动，动必以情，故其生不绝。[①] 夫神者何耶？精极而为灵者也。……神也者，圆应无生，妙尽无名，感物而动，假数而行。感物而非物，故物化而不灭；假数而非数，故数尽而不穷。有情则可以物感，有识则可以数求。……不寻无方生死之说，而惑聚散于一化；不思神道有妙物之灵，而谓精粗同尽，不亦悲乎？[②]

慧远的神不灭论是针对东汉桓谭以来的“形尽神灭”[③]论而提出的。他在论述人死精神不灭的时候，以不生不灭的“神”来做为轮回、受报乃至成佛的主体承担者。而这个“神”则是“精极”的“灵”，而“灵”又是因缘流转的承载者“识神”。这样，在慧远的形尽神不灭论中，“神”“灵”“识神”实际上是一组密切联系、相互作用着的概念的使用。显然，它与古印度早期佛教所讲的“十二因缘”中的“识”有了明显的本质上的不同。慧远的俗家弟子宗炳也表达了同样的理解：

然群生之神，其极虽齐，而随缘迁流，成粗妙之识，而与本不灭矣。

况今以情贯神，一身死坏，安得不复受一身，生死无量乎？识能澄不灭之本，禀日损之学，损之又损，必至无为无欲。欲情唯神独映，则无当于生矣。无生则无身，无身而有神，法身之谓也。夫亿等之情，皆相缘成识，识感成形，其性实无也。自有津悟已来，孤声豁然，灭除心患，未有斯之至也。请又述而明之。夫圣神玄照，而无思营之识者，由心与物绝，唯神而已。皆心用乃识，必用用妙接，识识妙续，如火之炎炎，相即而成烂耳。……情识之构，既新故妙续。……人之神理，有类于此。伪有累神，成精粗之识，识附于

① 慧远：《沙门不敬王者论·求宗不顺化》，僧祐撰，李小荣校笺：《弘明集校笺》，第259—260页。

② 慧远：《沙门不敬王者论·形尽神不灭》，僧祐撰，李小荣校笺：《弘明集校笺》，第267—269页。

③ “精神居形体，犹火之然烛矣。如善扶持，随火而侧之，可毋灭而竟烛。烛无，火亦不能独行于虚空，又不能后然其火也。犹人之耆老，齿堕发白，肌肉枯腊，而精神弗为之能润泽内外周遍，则气索而死，如火烛之俱尽矣。”（桓谭撰，朱谦之辑校：《新论·祛蔽》，《新辑本桓谭新论》，中华书局2009年版，第31页。）

> 神，故虽死不灭。夫天地有灵，精神不灭，明矣！有神理必有妙极，得一以灵，非佛而何？夫神也者，依方玄应，不应不预存，从实致化，何患不尽。[①]

在宗炳看来，“识”是有情众生得以“妙续”的载体，它“附于神”就会不灭。佛就是有此“神理”“妙极”，才会“依方玄应”“从实致化”。

就上引慧远、宗炳的说法来看，其“神”“灵”“识”紧密相联，有时则互换、互代，而不是像早期佛教以“识”排“神”“灵”。梁代的刘勰在《灭惑论》里就把佛教称为“灵教”[②]。就慧远和宗炳对神不灭论的理解来看，他们虽然站在佛教的立场上来捍卫佛教的基本理论，但是事实上，他们的“识神”思想吸收了中国本土传统的鬼神、灵魂观念。如《周易·说卦传》：“神也者，妙万物而为言者也。”[③]《孝经》：“为之宗庙，以鬼享之；春秋祭祀，以时思之。”[④]结合慧远、宗炳儒佛并修，以佛统儒的思想[⑤]和实践[⑥]来看，他们的神灵观念，融汇了印中的思想而赋予了“识神”的永恒不灭的性质。

根据上述的沿波讨源，我们基本上可以说，范泰、谢灵运等所使用的“性灵”一语的主要思想是从佛教而来的。从“性灵”的内涵渊源来看，它既是指一切众生（有情）内在具有的恒常不变、强大无比的神秘力量，又是指充盈宇宙、泯灭差别的根源能量。所以，范泰、谢灵运等认为，要想洞察、揭示、焕发这个“性灵”，就必须依靠佛教经典为指南。

自从“性灵”一语在刘宋出现后，它便在佛教文化领域流行起来。

> 夫性灵之为性，能知者也；道德之为道，可知者也。能知而不

---

① 宗炳：《明佛论》，僧祐撰，李小荣校笺：《弘明集校笺》，第84—144页。

② “夫塔寺之兴，阐扬灵教，功立一时，而道被千载。”（刘勰：《灭惑论》，僧祐撰，李小荣校笺：《弘明集校笺》，第418页。）

③《周易·说卦》，《十三经注疏·周易正义》，第94页。

④《孝经·丧亲》，《十三经注疏·孝经注疏》，第2561页。

⑤ “彼佛经也，包《五典》之德，深加远大之实；含《老》《庄》之虚，而重增皆空之尽。高言实理，肃焉感神，其映如日，其清如风，非圣谁说乎？”（宗炳：《明佛论》，僧祐撰，李小荣校笺：《弘明集校笺》，第85页。）

⑥ 据慧皎：《高僧传》卷六《慧远传》载，慧远“博综《六经》，尤善《庄》《老》”。（第211页。）“远内通佛理，外善群书，夫预学徒，莫不依拟。时远讲《丧服经》，雷次宗、宗炳等，并执卷承旨。”（第221页。）

知所可知，非能知之义；可知而不为能知，所知非夫可知矣。[①]

信足以光扬妙觉，拯厥沉泥。近照性灵之极，远明孝德之本，实使异学翦其邪心，向方笃其羡慕。[②]

弟子生此百年，早闻三世；验以众经，求诸故实。神鬼之证，既布中国之书；菩提之果，又表西天之学。圣教相符，性灵无泯。致言或异，其揆唯一。但以圣人之化，因物通感，抑引从急，与夺随机。[③]

寻内外群圣开引殊文，如来说三乘以标一致，言二谛以悟滞方；先王诠五礼以通爱敬，宣六乐以导性灵。或显三世以征因果，或明诚感以验应实，岂可顿排神源，永绝缘识者哉？[④]

若疑人死神灭，无有三世，是自诬其性灵，而蔑弃其祖祢也。[⑤]

从佛教角度来看，以上几例所用的“性灵”都与“神不灭论”有着极为密切的关系。在他们看来，人的“性灵”是能知的，但是它又潜藏于人体内，不易被人们所知；“性灵”是人生而俱有的、绝不泯灭的精神主宰，它是三世轮回流转的承载者，又是“神”的体现者。假若认为“人死神灭”的话，那么，实际上也就否认了“性灵”的存在。显然，“性灵说”在佛教领域的意义主要在于它的常存不灭和无穷的能量。性灵说在佛教领域流行的同时，也在文学园地盛行，从而成为南北朝的一个重要的文学审美范畴，对后世产生了不可估量的影响。[⑥]

---

① 张融：《门律·重与周书并答所问》，僧祐撰，李小荣校笺：《弘明集校笺》，第333页。

② 萧纲等：《大梁皇帝敕答臣下神灭论·祠部郎司马筠答》，僧祐撰，李小荣校笺：《弘明集校笺》，第528页。

③ 萧纲等：《大梁皇帝敕答臣下神灭论·通直郎庾黔娄答》，僧祐撰，李小荣校笺：《弘明集校笺》，第558页。

④ 萧纲等：《大梁皇帝敕答臣下神灭论·五经博士陆琏答》，僧祐撰，李小荣校笺：《弘明集校笺》，第563页。

⑤ 僧祐：《弘明论后序》，僧祐撰，李小荣校笺：《弘明集校笺》，第797页。

⑥ 参见普慧：《佛教思想与文学性灵说》，《文学评论》2012年第2期。

第三节 《文心雕龙》成书及其结构

一 成书和献书

《文心雕龙》的成书时间是《文心雕龙》研究中的一个不可忽视的问题。多年来，龙学界对《文心雕龙》的成书时间多从清人刘毓崧说，认为成书于齐末。刘毓崧认为《文心雕龙》成书于齐末和帝中兴元年至中兴二年间(501—502)。其根据有三：1.“皇齐驭宝”，刘氏认为，刘勰“于‘齐’上加一‘皇’字”；2.“至齐之四主，惟文帝以身后追尊，止称为帝，余并称祖称宗”；3.“于齐则竭力颂美，绝无规过之词。”刘氏据此推断，“东昏上高宗之庙号，系永泰元年八月事，据‘高宗兴运’之语，则成书必在是月以后，梁武受和帝之禅位，系中兴二年四月事，据‘皇齐驭宝’之语，则成书必在是月以前。其间首尾相距，将及四载。所谓今圣历方兴者，虽未尝明有所指，然以史传核之，当是指和帝而非东昏也”[①]。刘氏此说考证颇为细腻，极富权威。然细察之，并非无懈可击。刘氏此说所据仅为《时序》一篇所载之语，而《文心雕龙》全书为50篇，《时序》乃是第45篇。从《文心雕龙》“体大精思”的规模来看，绝非一时而就。它必定耗费作者大量的精力和时间，才能精心筹划，写作而成。如果说刘勰写作《文心雕龙》是从第一篇开始，按顺序往下写的话，那么，到了齐末和帝中兴元至中兴二年间，刘勰则写出了45篇，还有5篇尚未完成。到梁天监元年至天监二年(502—503)，则完成了最后的5篇。如果不按顺序来写，从《文心雕龙》全书的结构来看，《时序》篇无论如何也不会是最后完成的一篇。因此，刘氏的论据不足以说明《文心雕龙》全书最后的写定时间，它只能说明《时序》篇的写定时间。

《文心雕龙》成书后，刘勰向当时地位显赫的文坛执牛耳者沈约献书的时间，也是一直悬而未决的问题。《刘勰传》说：“约时贵盛，无由自达。”[②]沈约一生虽历仕宋齐梁三朝，然“贵盛”之时乃在梁初。宋时，沈

① 刘毓崧：《通义堂文集》卷十四《书〈文心雕龙〉后》，求恕斋丛书本。

② 姚思廉：《梁书》卷五〇《刘勰传》，第712页。

约官至尚书度支郎。萧道成代宋建齐后，沈约成为萧长懋的记室，深受宠信。萧长懋被立为皇太子后，沈约由东宫属官步兵屯骑校尉、掌管书记，累迁太子右卫率、太子家令、兼著作郎，迁黄门侍郎、御史中丞，官运亨通，仕途颇为得意。沈约又投萧子良门下，成为“竟陵八友”之一，深得萧子良的器重。但好景不长，文惠太子萧长懋于永明十一年(493)正月病逝。不到七个月，齐武帝萧赜病崩。郁林王萧昭业嗣位后，第二年(494)，萧子良心情郁闷而病薨。在短短的两年里，沈约的三位政治靠山相继倾倒。沈约因与萧子良关系密切而被萧昭业外放为东阳太守，前后三年。萧鸾受禅后，于建武三年(496)召沈约还都，委以五兵尚书，迁国子祭酒。萧鸾在萧昭业与萧子良争夺帝位时，支持萧昭业而与萧子良矛盾甚大，因而对沈约常怀疑心，虽委沈约以高官，但并不重用。齐明帝永泰元年(498)，东昏侯萧宝卷继位，又外放沈约为南清河太守。沈约对此颇为不满。他在与徐勉的信中说到：“永明末，出守东阳，意在止足；而建武肇运，人世胶加，一去不返，行之未易。及昏猜之始，王政多门，因此谋退。”[①]公元501年，萧宝融在萧衍的扶植下，于江陵即帝位，是为齐和帝，改元中兴元年(501)。沈约官位被提升为吏部尚书兼右仆射。此时的沈约虽官位提升，但并不“贵盛”。而且，这一年，沈约与范云又一直忙于拥戴和支持萧衍称帝，似乎无暇顾及刘勰的《文心雕龙》，不可能“常陈诸几案”[②]。齐和帝中兴二年(502)四月，萧衍即帝位，沈约因拥戴萧衍称帝有功，被提升为尚书左仆射，封建昌县侯，邑千户，又“拜约母谢为建昌国太夫人。奉策之日，右仆射范云等二十余人咸来致拜，朝野以为荣”[③]。“天监二年(503)遭母忧，舆驾亲出临吊，以约年衰，不宜致毁，遣中书舍人断客节哭。”[④]此时的沈约在政治上称得上“贵盛”，在文坛上算得上盟主。沈约如此显赫的地位，使得刘勰无缘拜识，“无由自达”。因此，刘勰不得不“负其书候约出，干之于车前”。沈约得书，大重之。其时梁台初建，国家正是用人之际，沈约立即推荐了刘

① 姚思廉：《梁书》卷十三《沈约传》，第235页。
② 姚思廉：《梁书》卷五〇《刘勰传》，第712页。
③ 姚思廉：《梁书》卷十三《沈约传》，第235页。
④ 姚思廉：《梁书》卷十三《沈约传》，第235页。

勰。[①] 刘勰遂于"天监初,起家奉朝请"[②]。由此可见,刘勰向沈约献书一事,当在梁初的天监元年四月到二年(502—503)。

二 自荐

刘勰在向沈约献书之前,就已经在佛教界小有名气。据载:"勰早孤,笃志好学。家贫不婚娶,依沙门僧祐,与之居处,积十余年,遂博通经论。"[③]根据范文澜所考的"刘勰自二十三四岁起,即寓居在僧寺钻研佛学"[④]。刘勰入定林寺依僧祐的时间为齐武帝永明七年(489)前后。刘勰入定林寺不几年,就显露出他那横溢飘洒的才华和优美绝伦的文笔。"勰为文长于佛理,京师寺塔及名僧碑志,必请勰制文。"[⑤]如定林寺名僧超辩,于"齐永明十年(492)终于山寺……沙门僧祐为造碑墓所,东莞刘勰制文"[⑥]。名僧僧柔卒于齐海陵王萧昭文延兴元年(494),僧祐"为立碑墓所,东莞刘勰制文"[⑦]。刘勰还可能参与帮助僧祐整理、编辑《弘明集》《出三藏记集》等佛教文籍。据载:"初祐集经藏,既成,使人抄撰要事,为《三藏记》《法苑记》《世界记》《释迦谱》及《弘明集》等。"[⑧]日本学者兴善宏推测,《出三藏记集》的相当一部分文字出于刘勰之手[⑨],看来是有一定道理的。刘勰既非高官,又非名僧,而以俗家弟子的身份,出道短短几年,就能参与整理佛教文献,而且为超辩、僧柔这些被帝王礼敬的名僧撰制碑文,这在当时名僧荟萃的建康实属不易。由此可以看出他在定林寺乃至整个建康的佛教界是有一定知名度和地位的。如果这个推测能够成立的话,那么,沈约在刘勰献书之前是否认识或者耳闻刘勰呢?现存的文献资料没有记录这点。但答案是肯定的,那就是

---

① 参见王更生:《刘勰是个什么家》,《北京大学学报》1996年第2期。

② 姚思廉:《梁书》卷五〇《刘勰传》,第710页。

③ 姚思廉:《梁书》卷五〇《刘勰传》,第710页。

④ 范文澜:《中国通史简编》修订本,人民出版社1964年版,第422页。

⑤ 姚思廉:《梁书》卷五〇《刘勰传》,第710页。

⑥ 慧皎:《高僧传》卷十二《超辩传》,第471页。

⑦ 慧皎:《高僧传》卷八《僧柔传》,第323页。

⑧ 慧皎:《高僧传》卷十一《僧祐传》,第441页。

⑨ [日]兴膳宏:《〈文心雕龙〉与〈出三藏记集〉》,《兴膳宏〈文心雕龙〉论文集》,彭恩华译,齐鲁书社1984年版。

沈约不认识刘勰，但有可能耳闻。否则，刘勰绝不会在外挡沈约的车。从沈约的履历和思想看，沈约是一个佛教信仰者。他在齐永明年间，以文惠太子萧长懋的太子家令和竟陵王萧子良门下“八友”的身份，多次参加了东宫西邸组织的佛教斋戒和讲经活动，并为萧长懋、萧子良弟兄俩的佛教解讲作疏，同时撰文参加佛教神不灭问题的大讨论，旗帜鲜明地捍卫“形尽神不灭”的理论。仅现存的《广弘明集》就收录了他的有关佛教的文章20余篇。他还与名僧慧约友善，相携交游。应该说沈约对齐末梁初佛教界的情况是熟悉和了解的。沈约不认识刘勰的原因可能是：1.永明年间，刘勰还只是定林寺的一个年轻的俗家弟子，他的主要工作是协助僧祐搜集、整理、校勘佛教文献，不是专门钻研佛教某宗某派的理论学说。而当时一些受到帝王公卿礼遇的僧人，都是以能讲某宗某派的经典而闻名的；2.萧长懋与萧子良于永明十一年（493）和隆昌元年（494）相继病逝，沈约失势，被外放任职。至梁台建之前，沈约虽两度返京，但再也找不回往日的那种佛教学术文化的氛围。这期间，帝王公卿几乎没有举办过大一点的佛教学术活动。沈约可能因此减少了他的佛教活动；3.自武帝萧赜死后到萧衍建梁的九年中，萧齐皇室风雨飘摇，皇帝就换了五个。作为一个政治家，沈约不得不权衡利弊，判断得失，以应付仕途的不测之变。这可能也影响了他与佛教界的联系。特别是萧衍入主京师，沈约忙于为萧衍称帝而奔波。萧衍称帝后，沈约得到了重用，更是一心扑在政务上，根本顾不上参加佛教活动。因此，在刘勰献书之前，沈约对刘勰可能是只闻其名而未谋其面。

三 《文心》未为时流所称

《文心雕龙》成书后，刘勰“乃负其书候约出，干之于车前，状若货鬻者”[①]。史传的这一记载令人颇为费解。刘勰在当时的佛教界已小有名气，而且他所依居的定林寺更是名僧倍出，他完全可以请求那些名僧来推荐，为何还要装扮成一个卖货郎来挡沈约的车呢？原来，《文心雕龙》“既成，未为时流所称。勰自重其文，欲取定于沈约”[②]。那么这里的“时

① 姚思廉：《梁书》卷五〇《刘勰传》，第712页。

② 姚思廉：《梁书》卷五〇《刘勰传》，第712页。

流”指的是何许人？从刘勰生活的环境和他所结交的人员来看，这些“时流”当不出佛教界。《文心雕龙》完成后，作为一个年轻的俗家弟子，刘勰肯定会想到找一些德高望重的名僧来推荐。在他生活的圈子里，最有资格和影响力的就是他的师傅僧祐。

僧祐（宋文帝元嘉二十二年—梁武帝天监十七年，445—518），乃是佛教史上的一代名僧。僧祐，本姓俞氏，祖籍彭城下邳，父世居于建业。僧祐幼年入建初寺，师事僧范，14 岁入定林寺拜法达为师。受具足戒后，从律僧法颖学习戒律，“遂大精律部，有迈先哲”，成为律学名师。永明年间，竟陵王萧子良“每请讲律，听众常七八百人”。又受敕到吴（今苏州）测试僧尼并宣讲《十诵律》。入梁，武帝萧衍对他“深相礼遇。凡僧事硕疑，皆敕就审决。年衰脚疾，敕乘舆入内殿，为六宫受戒，其见重如此”。又梁“临川王宏、南平王伟、仪同、陈郡袁昂、永康定公主、贵嫔丁氏，并崇其戒范，尽师资之敬”，“凡白黑门徒一万一千余人”①。其荣耀可谓大矣。刘勰依僧祐十余年，颇富师徒情谊。本来，他在佛学上是可以大有作为的，可他却偏偏怀着“摛文必在纬军国，负重必在任栋梁”②的抱负不安心于佛学，偷偷撰写《文心雕龙》，对儒家圣人孔子推崇倍至：“夜梦执丹漆之礼器，随仲尼而南行。”③像刘勰这样的俗家弟子赞颂孔子，这在齐梁思想界乃至佛教界都是一种普遍的现象。萧子良、周颙、沈约等皆是儒佛并尊，就是僧人也常常大谈儒学。齐梁名僧僧旻七岁出家后，从僧回学儒家《五经》，后“立义多儒”④。按理说，僧祐应该理解刘勰入世报效国家的心情，积极把刘勰推荐给朝廷。然而，僧祐不是一般的经论学僧，而是以律学名家的高僧。他自己不仅要严格恪守戒条，同时还要监督和检查佛教信徒们履行戒条的情况。若有违犯者，还要执法以惩之。像僧祐这样彻头彻尾、坚定不移的佛教徒，总是希望刘勰能勇猛精进地去钻研佛学，不可能容忍他在书中（不管它是哪类书）表露对孔子的无比崇敬与赞美。这岂不是“形在江海之上，心存魏阙之

① 慧皎：《高僧传》卷十一《僧祐传》，第 440 页。
② 刘勰：《文心雕龙·程器》，刘勰撰，范文澜注：《文心雕龙注》，第 720 页。
③ 刘勰：《文心雕龙·序志》，刘勰撰，范文澜注：《文心雕龙注》，第 725 页。
④ 道宣：《续高僧传》卷五《僧旻传》，第 155 页。

下”[1]吗？为了严肃法纪和捍卫佛教的地位，他是不会把充满儒家风味的《文心雕龙》推荐给帝王和文坛盟主的。作为刘勰的师傅，声望巨高的僧祐不推荐，其他名僧则自当默不作声。这就是“未为时流所称”。于是，刘勰不得不自己背着书，扮作卖货郎，以免失身份，在外堵沈约的车。如果刘勰在《文心雕龙》中像谢灵运那样大谈“必求性灵真奥，岂得不以佛经为指南邪”[2]的话，那僧祐肯定会竭力予以推荐的。由此可见，《文心雕龙》的主导思想，恐怕还是在儒家方面。

四　古因明的传播

《文心雕龙》全书的主导思想是儒家思想，这一点已被学术界所公认。而《文心雕龙》渗透着浓厚的佛教思想亦为大家所认可。从《文心雕龙》的全书来看，除了直接运用佛教术语（如《论说》中的“般若”，《知音》中的“圆通”，《物色》中的“物色”等）外，在结构和论述方面，明显地受到了佛教的影响。范文澜曾经指出：“彦和精湛佛理，《文心》之作，科条分明，往古所无。……盖采取释书法式而为之，故能鰓理明晰若此。”[3]杨明照亦谓：“按文心全书，虽不关佛理，然其文理密察，组织谨严，似又与之有关。”[4]周振甫不但认为，《文心雕龙》的“‘纲领明’‘毛目显’，同编经藏的要明纲领，显毛目也是一致的”，还进一步指出“刘勰《文心雕龙》的所以立论绵密，这同他运用佛学的因明是分不开的”[5]。王元化亦认为，“倘撇开佛家的因明学对刘勰所产生的一定影响，那就很难加以解释”[6]。黄广华《〈文心雕龙〉与因明学》一文对周、王二位先生之见作了详细推论。[7] 周、王 之论断颇富创见，然细察之，未必可靠，似有商榷之必要。

因明（Hetu Vidyā），本是古代天竺（今印度、巴基斯坦、尼泊尔、孟

① 刘勰：《文心雕龙・神思》，刘勰撰，范文澜注：《文心雕龙注》，第 493 页。

② 何尚之：《答宋文帝赞扬佛教事》，道宣：《弘明集》卷十一，第 576 页。

③ 范文澜：《文心雕龙注》，人民文学出版社 1978 年版，第 728 页。

④ 杨明照：《文心雕龙校注拾遗》，上海古籍出版社 1982 年版，第 408 页。

⑤ 周振甫：《文心雕龙注释》，人民文学出版社 1981 年版，第 5 页。

⑥ 王元化：《文心雕龙创作论》，上海古籍出版社 1979 年版，第 238 页。

⑦ 黄广华：《〈文心雕龙〉与因明学》，《学术月刊》1984 年第 7 期。

加拉等国一带)创立的逻辑学说,是"五明"(PañcaVidyā,即声明、工巧明、医方明、因明、内明)之一。因(Hetu),指推理的根据、理由;明(Vidyā),即知识、智慧;学说、学问。因明学说原是导源于辩论术,古代天竺正统婆罗门神学派别关于祭祀的辩论,目的是指明对方学说的错误,证明本派学说的正确。在长期的辩论中,约在公元前2—3世纪,由尼夜耶派(Nyāyika)的足目(Akṣapada,意译阿义波达)作《正理经》[又称《尼夜耶经》(*Nyāya Sūtra*)],系统总结了各派论证、推理的方法,以五支作法[①]为中心,即通过宗(Siddhānta)、因(Hetu)、喻(Udāharaṇa)、合(Upanaya)、结(Nigamana)组成的五支作法,进行推理、证明,初步形成了一套逻辑推理的基本原则,被称为"古因明学"。在五支中,宗,是立论的论题;因,是支持和证明结论的理由、根据;喻,是比喻,即例证;合,是把宗与因从正面与反面联系起来;结,即结论。其中因是主要部分,所以称为因明。自公元2世纪起,佛教内部对古代因明学产生了两种截然不同的态度。大乘中观学派(Mādhyamika,亦称空宗)的创始人龙树(Nāgārjuna)对因明学的正理派的逻辑学说持否定态度。龙树著《回诤论》(*Vivāda Śamana Śāstra*),东魏毘目智仙(Ṛiṣi Vimokṣa Prajñā)译,总破正理派的"量"与"所量";又著《广破论》,破斥正理派十六句义,即今本《正理经十六句义》。小乘有部则对因明持肯定态度。4世纪兴起的大乘瑜伽行派(Yogācāra,亦称有宗),逐渐吸取并发展了古因明,使之成为辩驳敌论、宣传和推广本派教义的重要的理论和方法。该派的重要经典《大乘庄严经论》《瑜伽师地论》《显扬圣教论》《集论》等都讲到了因明,并对因明的核心问题——辩论中所用的推理形式作了深刻的阐述。佛教的新因明学则是由5世纪末6世纪初的陈那(Dignāga,约440—约520)继承了大乘瑜伽行派的创始人无著(Asaṅga)、世亲(Vasubandhu)的因明思想而创立的。其代表作为《正理门论》(*Nyāya Dvāra Tarka Śāstra*)。陈那对古因明作了革新,把五支改为三支,仅留宗、因、喻,形成了一个象西方形式逻辑的倒"三段式"(Triade),然其推理之方法与目的同西方形式逻辑的三段式颇为不同。因明

① 五支作法最早见于马鸣的《大庄严经论》。

学进入中国的汉族地区与佛教其他经、律、论相比，则为时较晚，而且数量较少。北魏孝文帝（元宏）延兴四年（474），由吉迦夜与昙曜才译出了第一部因明专著《方便心论》（*Upāyakauś*alya Hridayā Śāstra），然其影响不大。直到梁简文帝（萧纲）大宝元年（550），西天竺僧人真谛（Paramārtha）在富春（今浙江富阳）译出了世亲的因明论著《如实论》（*Tarka Śāstra*）。然此时正值侯景之乱，萧梁王朝元气大伤，很少有人问津和关注真谛传译的因明思想。这是因为，真谛传播的是瑜伽行派的佛教学说，而这个学说是一套最具经院哲学色彩的理论，它要求研究者必须有钱、有闲、有文化，三者缺一不可。在当时的中国，得到一个稳定的政治支持，同时又得到富有资产和知识的权贵的支持，是它赖以传播的最为重要的条件。可是，真谛却难以得到。他来华的十几年，基本上是在颠沛流离中度过的。他虽遇到一些知识僧，合作译事，但知音者少，在学术传播上没有得到有力的襄助，“真谛虽传经论，道缺情离，本意不申。……随方翻译，栖遑靡托”①。所以，真谛传译的因明学几乎没有影响。佛教因明学尤其是陈那派的因明正理学，在中国汉族地区的系统传译是在唐代由玄奘主持的。玄奘西行求法返唐，全面介绍了大乘瑜伽行派的理论，同时也系统译出了陈那的《因明正理门论》和商羯罗主（Śankarasvāmin）的《因明入正理论》。由于玄奘的努力，中国的汉族地区才掀起了学习新因明学的热潮。而其他涉及因明学的佛教论典《大乘庄严经论》《瑜伽师地论》《显扬圣教论》等也都是由玄奘和唐代其他僧人译出的。从因明学在中国传译的情况看，佛教因明学的流播主要在唐以后。而中国对佛教因明学的了解和认识，皆依陈那与商羯罗主的佛教新因明学。因此，齐末梁初几乎没有佛教因明学，而刘勰的《文心雕龙》正是成书于此时，何谈以因明而立论呢？黄广华亦承认，“刘勰的时代还没有因明学专著的翻译，更没有新因明的传入”②。再者，从思想上来看，刘勰的时代还没有系统译介大乘瑜伽行派的理论，此时昌盛于佛教界的依然是中观学派的理论思想，而中观学派是否定古因明学的。根据刘勰的生平活动，他所接触的僧人，基本上是空宗学

① 道宣：《续高僧传》卷一《真谛传》，第19页。

② 黄广华：《〈文心雕龙〉与因明学》，《学术月刊》1984年第7期。

派的僧人。因此，刘勰是不可能于此时接受古因明学的。因此，说《文心雕龙》全书是以佛教因明而立论，则是不符合事实的。

五　刘勰与成实论师

既然《文心雕龙》全书不可能以佛教因明而立论，那么，它会以佛教的什么法式和结构来组织全书呢？从刘勰生活的环境来看，不难想到齐梁时期极为兴盛的佛教成实学。在刘勰周围的多是以成实学而成为名家的高僧。萧齐时，最有影响的成实论师是刘勰所居定林寺的僧柔和谢寺的慧次。

僧柔（宋文帝元嘉八年—齐海陵王延兴元年，431—494），俗姓陶，丹阳人。齐初，就受到齐高帝萧道成和齐武帝萧赜的礼敬。永明初，“文宣诸王再三招请，乃更出京师，止于定林寺，躬为元匠，四远钦服，人神赞美。文惠、文宣并伏膺入室。……沙门释僧祐与柔少长山栖，同止岁久，亟挹道心”①。僧柔迁化，僧祐立碑，刘勰制文。

慧次（宋文帝元嘉十一年—齐武帝永明八年，434—490），俗姓尹，冀州人。宋大明中，出都止于谢寺。齐初，“每讲席一铺，辄道俗奔赴。沙门智藏、僧旻、法云等皆幼年俊朗，慧悟天发，并就次请业焉。文惠、文宣悉敬以师礼”②。

此二僧皆与刘勰之师僧祐友善。永明七年（489），“文宣王（萧子良）招集京师硕学名僧五百余人，请定林僧柔法师、谢寺慧次法师于普弘寺迭讲（《成实论》），欲使研核幽微，学通疑执；……公（萧子良）每以大乘经渊深，满道之津涯，正法之枢纽，而近世陵废，莫或敦修，弃本逐末，丧功繁论。故即于律座，令柔、次等诸论师，抄比《成实》，简繁存要，略为九卷，使辞约理举，易以研寻”③。刘勰是否参加了这次隆重的大集会，史无记载，但其师僧祐是参加了，且做了记录。这说明僧祐也精通《成实论》。僧柔、慧次、僧祐皆精通《成实论》，想来不会对刘勰没有影响，特别是刘勰又为僧柔撰制碑文，更见其对僧柔的崇敬。

---

① 慧皎：《高僧传》卷八《僧柔传》，第322页。

② 慧皎：《高僧传》卷八《慧次传》，第326页。

③ 僧祐撰，苏晋仁、萧链子点校：《成实论记》，《出三藏记集》卷十一，第405页。

齐末梁初，被誉为佛教“三大家”的是成实论师的僧旻、法云、智藏。

僧旻（宋明帝泰始三年—梁武帝大通元年，467—527），俗姓孙，吴郡富春人。为孙权后裔。7岁出家，精神洞出，标群独秀。永明初，“与同寺法云、禅岗、法开禀学柔、次、达、亮四公经论”，遂“大明数论，究统经律，原始要终，望表知里，内鉴诸己，旁启同志”。“齐文惠帝、竟陵王子良深相贵敬，请遗连接。”与僧宗辩《涅槃》，齐太尉王俭比之为“竺道生入长安”难道融，“言无不彻”；又听柔、次二僧讲《成实论》时，论议清新，听者倾倒，慧次谓之“后生可畏”。永明十年（492），于兴福寺讲《成实论》，“其会如市，山栖邑寺，莫不掩扉毕集，衣冠士子，四衢辐凑，坐皆重膝，不谓为迮，言虽竟日，无起疲倦，皆仰之如日月矣。希风慕德者，不远万里相造。……于是，名振日下，听众千余”。入梁，“天子礼接”，“请为家僧”；天监七年（508），“帝自监听，仍选才学道俗释僧智、僧晃、临川王记室东莞刘勰等三十人，同集上定林寺，抄一切经论，以类相从，凡八十卷，皆令取衷于旻”。所著佛教论述外，还有《四声指归》《诗谱决疑》[①]。

法云（宋明帝泰始三年—梁武帝中大通元年，467—529），俗姓周，宜兴阳羡人。7岁出家，与僧旻“等年腊，齐名誉”，同师事柔、次、达、亮四公。而立开讲《法华》《净名》二经，“序正条源，群分名类。学徒海凑，四众盈堂”，“齐中书周颙、琅琊王融、彭城刘绘、东莞徐孝嗣等，一代名贵，并投莫逆之交”。入梁，地位和声望与日俱增，被梁皇室“礼为家僧，资给优厚”。“时诸名德，各撰《成实义疏》，云乃经论合撰，有四十科，为四十二卷，俄寻究了”[②]，名声更著。

智藏（宋孝武帝大明二年—梁武帝普通三年，458—522），俗姓顾，本名净藏，吴郡吴人。年十六，代宋明帝出家。泰始六年（470），“敕住

① 道宣：《续高僧传》卷五《僧旻传》，第159页。又梁宝唱《经律异相序》：“圣旨以为像正浸末，信乐弥衰；文句浩漫，鲜能该洽。以天监七年，敕释僧旻等备抄众典，显证深文，控会神宗，辞略意晓，于钻求者已有太半之益。”（严可均辑校：《全上古三代秦汉三国六朝文》，第6791—6792页。）道宣《续高僧传》卷一《宝唱传》：“天监七年，帝以法海浩汗，浅识难寻，敕庄严僧旻，于定林上寺缵众经要抄八十八卷。”（第8页。）费长房《历代三宝纪》：“众经要抄一部并目录，八十八卷。……天监七年十一月，帝以法海浩博，浅识窥寻，卒难该究。因敕庄严寺沙门释僧旻等于定林上寺，缉撰此部，到八年夏四月方了。见宝唱录。”（《大正藏》第49册，第99页a。）

② 道宣：《续高僧传》卷五《法云传》，第162页。

兴皇寺，师事上定林寺僧远、僧祐、天安寺弘宗"，深得齐文宪王萧嶷和竟陵王萧子良的赏识。他宣讲佛经，"敷述义理，罔或抗衡。道俗翕然，弥崇高誉"。逮梁，又得梁武及太子萧统礼遇，"荣贵莫不竦敬"；"不久，敕于彭城寺讲《成实》，听侣千余，皆一时翘秀，学观荣之"①。

从梁代"三大家"的生平活动来看，他们与刘勰也有着直接和间接的关系。第一，"三大家"都于宋齐时拜刘勰之师僧祐为师，与刘勰为师兄弟。所以，刘勰在齐末梁初，肯定与"三大家"较为熟悉；第二，僧旻、法云与刘勰年龄差不多相同，齐末梁初时，他们三人同为佛教年轻的僧俗弟子，又是佛教界知名的有才华的义学僧俗，其交往必然频繁；第三，僧旻不仅精通佛教《成实论》，还喜好文学，其所著《四声指归》和《诗谱决疑》乃是配合齐代诗歌"永明体"，追求诗歌四声的产物。在佛教界，他与刘勰有着相同的爱好，想必二人有过对文学的切磋。入梁后，僧旻奉敕选僧抄经，又选中了刘勰。这看来不是偶然的或没有缘由的。刘勰与这么多的著名成实论师朝夕相处，耳濡目染，必然会受到《成实论》的影响。因此，刘勰在结构《文心雕龙》全书时，自觉或不自觉地会以成实学来立论的。

六　《文心》与《成实论》之结构

从《文心雕龙》全书的构架来看，颇类《成实论》的结构。《成实论》，原是佛教"小乘空宗"的重要论典，但它反对小乘说一切有部"诸法实有"的理论，提倡"人法二空"②，接近于大乘的教义，所以，在佛教史上，多把它看作是由小乘空宗向大乘空宗过渡的著作。它的著者是古代中天竺的诃梨跋摩(Harivarman，约 4 世纪)，他不满意小乘有部的观点，乃著是书以批判之。《成实论》的译者是东晋时弘传"三论"的鸠摩罗什(Kumārajīva)，但鸠摩罗什对于《成实论》的思想并不怎么推崇，其门下对于是论的评价也是贬多于褒。这是因为："其《论》云：'色、香、味、触，实也；地、水、火、风，假也。精巧有余，明实不足。'推而究之：小乘内之实耳；比于大乘，虽复龙烛之于萤耀，未足喻其悬矣！或有人言：'此论

① 道宣：《续高僧传》卷五《智藏传》，第 172 页。

② 即"我空"(Ātmaśūnyatā)和"法空"(Dharma-nairātmya)。

明于灭谛，与大乘均致。'罗什闻而叹曰：'秦人之无深识，何乃至此乎！吾每疑其普信大乘者，当知悟不由中，而迷可识矣。'"[①]然而，到了齐梁时代，《成实论》却受到了帝王公卿、文人学士、僧侣道俗的格外推重。齐竟陵王萧子良曾多次组织僧俗重新整理、抄写《成实论》；梁武帝则把成实论师奉为"家僧"，待为上宾，竭力弘扬成实思想。著名佛学家周颙给予成实思想高度的评价："至如《成实论》者，总三乘之秘数，穷心色之微阐。摽因位果，解惑相驰，凡圣心枢，罔不毕见乎其中矣。又其设书之本，位论为家，抑扬含吐，咸有宪章，则优柔窥探，动开奖利。自《发聚》之初首，至《道聚》之末章，其中二百二品，鳞采相综，莫不言出于奥典，义溺于邪门。故必旷引条绳，碎陈规墨，料同洗异，峻植明涂，裨济之功，实此为著者也。既宣效于正经，无染乎异学；虽则近派小流，实乃有变方教。"[②]梁武帝萧衍及昭明太子萧统亦多次请成实论师宣讲《成实论》。一时间，《成实论》成了齐梁时期与般若、涅槃并盛的佛教三大思想。刘勰所处的时代，正是《成实论》受到如此高度评价和礼遇的时期，刘勰决不可能不倾心研读《成实论》。可以想见，刘勰对《成实论》必然是了如指掌的。

从《文心雕龙》和《成实论》的构书情况来看，我们发现二者在成书的形式上有着惊人的相似之处。首先，从结构上看，《成实论》以"四谛"（苦、集、灭、道）为中心组织佛教学说，以"五聚"来构架全书，形成了结构严谨、层次分明的特点。吉藏指出："'成'是能成之文，'实'谓所成之理。二百二品，十六卷文，'四谛'建章，'五聚'明义，说既精巧，归众若林。"[③]《文心雕龙》则以"原道""征圣""宗经""正纬"为"枢纽"，组织其文学理论，以"五论"（文原论或曰本体论、文体论、文术论、文评论及绪论）来安排全书，构成了布局缜密、体大精思的特点。我们可以把二者的结构列成图表：

① 吉藏：《三论玄义》卷上，《大正藏》第45册，第3页c。
② 周颙：《抄〈成实论〉序》，僧祐撰，苏晋仁、萧链子点校：《出三藏记集》卷十一，第406页。
③ 吉藏：《三论玄义·排〈成实〉》，《大正藏》第45册，第3页b。

成实论		文心雕龙	
五聚	1. 发聚(总论佛教性质) (1) 佛法僧三宝论 (2) 余论——十论 2. 苦谛聚 论说色、识、想、受、行等 3. 集谛聚 (1) 业论:详述善恶诸业 (2) 烦恼论:详论断惑之事 4. 灭谛聚 详说断灭假名心、实法心、空心等三心 5. 道谛聚 以八正道分别正定、正智;用"止观"概括"灭苦"之所有方法	五论	1. 文原论(总论文学性质) (1) 原道、征圣、宗经 (2) 余论——正纬、辨骚 2. 文体论 论文叙笔,囿别区分 3. 文术论 (1) 剖情析采、笼圈条贯 (2) 摛神性、图风势、苞会通、阅声字 4. 文评论 崇替于时序,褒贬于才略 怊怅于知音,耿介于程器 5. 绪论 长怀序志,以驭群篇

第一,通过这个图表,可以清楚地看出《文心雕龙》与《成实论》的结构何其相似,尤其是二书总论的安排更是同出一辙。这不能不说是纯属偶然的或无缘由的。第二,从表述上看,《成实论》所使用的术语,解说清楚,内涵明晰,并由此形成的逻辑体系,大致能保持前后的一贯性。与一般佛经,尤其是般若类经的那种模棱两可、不加肯定的表达方法一样,更便于人们的学习和掌握。汤用彤指出:"此论名相分析,条理井然,可为初研佛学者之助也。"①《文心雕龙》则是"外文绮交,内义脉注"②,推理严密,有条不紊。其行文之圆通,体大之虑周,在中国文学批评史上,实属罕见。第三,从写作动机上看,诃梨跋摩与刘勰都有矫枉从正、建言立论的目的:名僧玄畅在《诃梨跋摩传》中述及诃梨跋摩撰写《成实论》的动机是不满意毗昙学的论述,而建立《成实论》。"其师(究摩罗陀)既器而非凡,即训以名典,迦旃延所造《大阿毗昙》,乃有数千偈,而授之曰:'此论盖是众经之统例,三藏之要目也。若能专精寻究,则悟道不远。'于是跋摩敬承钻习,功不逾月,皆精其文义。乃慨焉而叹曰:'吾闻佛旨虚寂,非名相所议;神澄妙绝,罕常情攸测。故为先达之所遵崇,我亦注心归仰。如今之所禀,唯见浮繁妨情,支离害志,纷纭名

① 汤用彤:《汉魏两晋南北朝佛教史》下册,中华书局1987年版,第516页。

② 刘勰:《文心雕龙·章句》,刘勰撰,范文澜注:《文心雕龙注》,第571页。

相，竟无妙异。若以为先圣应期适时之渐，斯则教之流，非化之源矣。’遂乃数载之中，穷三藏之旨，考九流之源，方知五部创流荡之基，迦旃启偏竞之始，纷纶遗踪，谋方百辙。由使归宗者昧其繁文，寻教者惑其殊轨。夫源同末异，乃将衰之征，然颓纲不振，亦弘道者之忧也。遂抗言五异，辩正众师，务遵洪范，当而不让。……志在会宗，光隆遗轨，庶废乖竞，共遵通济。斯论既宣，渊懿响萃，旬日之间，倾震摩竭。”[①]刘勰亦是不满魏晋以降的文论著作而著《文心雕龙》的，他说，“详观近代之论文者多矣：至于魏文述典，陈思序书，应玚文论，陆机文赋，仲洽流别，宏范翰林，各照隅隙，鲜观衢路；或臧否当时之才，或铨品前修之文，或泛举雅俗之旨，或撮题篇章之意。魏典密而不周，陈书辩而无当，应论华而疏略，陆赋巧而碎乱，流别精而少功，翰林浅而寡要。又君山、公干之徒，吉甫、士龙之辈，泛议文意，往往间出，并未能振叶以寻根，观澜而索源。不述先哲之诰，无益后生之虑。……擘肌分理，唯务折衷”[②]。第四，从方法上看，《成实论》与《文心雕龙》皆注重追根溯源，旁征博引，由末归本，释名定义：玄畅认为，诃梨跋摩撰述《成实论》的方法是“遂得研心《方等》，锐意九部，采访微言，搜简幽旨。于是，博引百家众流之谈，以检经奥通塞之辩。澄汰五部，商略异端。考核迦旃延，斥其偏谬。除繁弃末，慕存归本，造述明论，厥号《成实》。崇附三藏，准列四真，大明筌极，为二百二品”[③]。刘勰自己说他的方法是“沿波讨源，虽幽必显”[④]，“沿根讨叶，思转自圆”[⑤]，他力求做到“振叶以寻根，观澜而索源。……原始以表末，释名以章义，选文以定篇，敷理以举统”[⑥]。黄侃谓刘勰的方法是：“其敷陈详核，征证丰多，枝叶扶疏，原流粲然者，惟刘氏《文心》一书耳。”[⑦]鲁迅则谓《文心雕龙》是“解析神质，包举洪纤，开源发流，为世楷式”[⑧]。根据上述四点的比较，我们有理由说《文心雕龙》受到

---

① 玄畅：《诃梨跋摩传》，僧祐撰，苏晋仁、萧链子点校：《出三藏记集》卷十一，第 407—408 页。
② 刘勰：《文心雕龙 · 序志》，刘勰撰，范文澜注：《文心雕龙注》，第 726—727 页。
③ 玄畅：《诃梨跋摩传》，僧祐撰，苏晋仁、萧链子点校：《出三藏记集》卷十一，第 408 页。
④ 刘勰：《文心雕龙 · 知音》，刘勰撰，范文澜注：《文心雕龙注》，第 715 页。
⑤ 刘勰：《文心雕龙 · 体性》，刘勰撰，范文澜注：《文心雕龙注》，第 506 页。
⑥ 刘勰：《文心雕龙 · 序志》，刘勰撰，范文澜注：《文心雕龙注》，第 727 页。
⑦ 黄侃：《文心雕龙札记》，中华书局 1962 年版，第 1 页。
⑧ 鲁迅：《论诗题记》，《鲁迅全集》第 8 卷，人民文学出版社 1981 年版，第 332 页。

了齐梁时期盛行的佛教《成实论》的深刻影响。从东汉佛经传译开始，到齐末梁初，汉译佛典虽卷帙浩繁，流派众多，但皆不如《成实论》如此体系周全，结构严谨，推理严密，分析透彻，概念明晰。而在文学理论方面，六朝前，"我国的理论著作，只有散篇，没有一部系统完整的专著。直到刘勰的《文心雕龙》问世，才出现了第一部有着完整周密体系的理论著作"[①]。这不能说是巧合或纯属偶然性的。刘勰对佛教《成实论》的接受是自觉或不自觉的，而《成实论》对《文心雕龙》全书形式的影响则完全是潜在的。

① 王元化：《文心雕龙创作论》，上海古籍出版社1979年，第238页。

参考文献

一、汉文佛教典籍(含点、校、辑、注)

1. 高楠顺次郎等编:《大正新修大藏经》(以下简称《大正藏》),大正一切经刊行会 1924—1934 年版。

2. 前田慧云、中野达慧等编:《卍续藏经》,商务印书馆民国初年影印本。

3. 蓝吉富主编:《大藏经续编》,台湾华宇出版社 1985 年版。

4. 任继愈、李富华、方广锠等编:《中华大藏经》,中华书局 1984—1997 年版。

5. 欧阳竟无编:《藏要》,上海书店 1991 年版。

6. 杜洁祥主编:《中国佛寺史志汇刊》,台湾宗青图书出版公司 1980—1994 年版。

7.《阿弥陀经》,鸠摩罗什译,《大正藏》第 12 册。

8.《阿毘达磨俱舍论》,玄奘译,《大正藏》第 29 册。

9.《百喻经》,求那毘地译,《大正藏》第 4 册。

10. 僧肇:《宝藏论》,《大正藏》第 45 册。

11.《般舟三昧经》,支娄迦谶译,《大正藏》第 13 册。

12.《宝女所问经》,竺法护译,《大正藏》第 13 册。

13. 法琳:《辩正论》,《大正藏》第 52 册。

14.《辩中边论》,玄奘译,《大正藏》第 31 册。

15. [日]遍照金刚:《遍照发挥性灵集》,早稻田大学藏本。

16.《禅源诸诠集都序》,宗密,《大正藏》第 48 册。

17.《超日明三昧经》,聂承远译,《大正藏》第13册。

18.《长阿含经》,佛陀耶舍共竺佛念译,《大正藏》第1册。

19.《超日明三昧经》,聂承远译,《大正藏》第13册。

20. 僧祐撰,苏晋仁、萧链之点校:《出三藏记集》,中华书局1995年版。

21.《大般涅槃经》,昙无谶译,《大藏经》第12册。

22.《大般涅槃经》,慧严、慧观、谢灵运等译,《大正藏》第12册。

23. 道生:《大般涅槃经集解》,《大正藏》第37册。

24.《大般若波罗蜜多经》,玄奘译,《大正藏》第7册。

25.《大乘起信论》,真谛译,《大正藏》第32册。

26.《大乘玄义》,吉藏撰,《大正藏》第45册。

27.《大乘义章》,慧远,《大藏经》第44册。

28.《大佛顶如来密因修证了义诸菩萨万行首楞严经》,般刺蜜帝译,《大正藏》第19册。

29.《大净法门经》,竺法护译,《大正藏》第17册。

30. 赞宁:《大宋僧史略》,《大正藏》第49册。

31. 西明寺释氏撰:《大唐内典录》,《大正藏》第55册。

32. 玄奘、辩机撰,季羡林等校注:《大唐西域记校注》,中华书局1985年版。

33.《大智度论》,鸠摩罗什译,《大正藏》第25册。

34.《大庄严论经》,鸠摩罗什译,《大正藏》第4册。

35.《道行般若经》,支谶译,《大正藏》第8册。

36. 李申校译、方广锠简注:《敦煌坛经合校译注》,山西古籍出版社1999年版。

37. 吉藏撰:《二谛义》,《大正藏》第45册。

38. 通润:《法华经大窥》,《续藏经》第31册。

39. 湛然述:《法华文句记》,《大正藏》第34册。

40.《法句经》,维祇难译,《大正藏》第4册。

41. 法显撰,章巽校注:《法显传校注》,中华书局2008年版。

42. 释道世撰,周叔迦、苏晋仁校注:《法苑珠林校注》,《大正藏》第

53 册。

43. 释法云撰:《翻译名义集》,广陵古籍刻印社 1990 年版。

44.《梵摩渝经》,支谦译,《大正藏》第 1 册。

45.《梵网经》,鸠摩罗什译,《大正藏》第 24 册。

46.《方广大庄严经》,地婆诃罗译,《大正藏》第 3 册。

47.《放光般若经》,无罗叉译,《大正藏》第 8 册。

48.《佛本行经》,宝云译,《大正藏》第 4 册。

49.《佛说大般泥洹经》六卷,法显译,《大正藏》第 12 册。

50.《佛说观无量寿佛经》,畺良耶舍译,《大正藏》第 12 册。

51.《佛说鹿母经》,竺法护译,《大藏经》第 3 册。

52.《佛说普曜经》,竺法护译,《大正藏》第 3 册。

53.《佛说人本欲生经》,安世高译 ,《大正藏》第 1 册。

54.《佛说十二头陀经》,求那跋陀罗译,《大正藏》第 17 册

55.《佛说四谛经》,安世高译,《大正藏》第 1 册。

56.《佛说无量寿经》,康僧铠译,《大正藏》第 12 册。

57.《佛说五王经》,失译,《大正藏》第 14 册。

58.《佛说须真天子经》,竺法护译,《大正藏》第 15 册。

59.《佛所行赞》,昙无谶译,《大正藏》第 4 册。

60.《佛遗教经》,鸠摩罗什译,《大正藏》第 12 册。

61. 志磐撰:《佛祖统纪》,《大正藏》第 49 册。

62. 慧皎撰:《高僧传》,《大正藏》第 50 册。

63. 道宣编:《广弘明集》,四部丛刊本。

64. 赜藏主编集:《古尊宿语录》,上海古籍出版社 1991 年版。

65.《过去现在因果经》,求那跋陀罗译,《大正藏》第 3 册。

66. 僧祐撰,李小荣校笺:《弘明集》,四部丛刊本。

67.《护国尊者所问大乘经》,施护译,《大正藏》第 12 册。

68.《华严经》六十卷,佛驮跋陀罗译,《大正藏》第 9 册。

69. 道宣撰,刘林魁校注:《集古今佛道论衡校注》,中华书局 2018 年版。

70.《解深密经》,玄奘译,《大正藏》第 16 册。

71.《金刚般若波罗蜜经》,鸠摩罗什译,《大正藏》第 8 册。

72. 葛寅亮:《金陵梵刹志》,《大藏经补编》第 29 册。

73.《经律异相》,宝唱等集,《大正藏》第 53 册。

74. 道原:《景德传灯录》,《大正藏》第 51 册。

75.《旧杂譬喻经》, 康僧会译,《大正藏》第 4 册。

76. 智昇:《开元释教录》,《大正藏》第 55 册。

77.《楞伽阿跋多罗宝经》四卷本,求那跋陀罗译,《大正藏》第 16 册。

78. 净觉:《楞伽师资记》,《大正藏》第 85 册。

79. 费长房:《历代三宝记》,《大正藏》第 49 册。

80. 丁福保编:《六祖大师法宝坛经笺注・六祖大师法宝坛经略序》,佳芳印刷有限公司 1987 年版。

81. 祖琇:《隆兴佛教编年通论》,《续藏经》第 75 册。

82. 陈舜俞:《庐山记》,《大正藏》第 51 册。

83.《妙法莲华经》,鸠摩罗什译,《大正藏》第 9 册。

84. 智顗:《妙法莲华经文句》,《大正藏》第 34 册。

85. 道生:《妙法莲华经疏》,《续藏经》第 27 册。

86. 宝唱:《名僧传抄》,《续藏经》第 77 册。

87.《摩诃般若波罗蜜多经》,鸠摩罗什译,《大正藏》第 8 册。

88.《摩诃僧祇律》,佛陀跋陀罗共法显译,《大正藏》第 22 册。

89. 周叔迦辑撰,周绍良新编:《牟子丛残新编》,中国书店 2001 年版。

90. 陈作霖:《南朝佛寺志》,《中国佛寺史志汇刊》第 2 册。

91. 刘世珩:《南朝寺考》,《大藏经补编》第 14 册。

92. 义净:《南海寄归内法传》,《大正藏》第 54 册。

93. 道暹:《涅槃经玄义文句》,《续藏经》第 36 册。

94.《菩萨本生鬘论》,绍德、慧询等译,《大正藏》第 3 册。

95.《仁王般若波罗蜜多经》,鸠摩罗什译,《大正藏》第 8 册。

96. 吉藏:《三论玄义》,《大正藏》第 45 册。

97.《僧伽罗刹所集经》,僧伽跋澄译,《大正藏》第 4 册。

98. 杨曾文编校:《神会和尚禅话录》,中华书局 1996 年版。

99.《生经》,竺法护译,《大正藏》第 3 册。

100.《胜鬘经》,求那跋陀罗译,《大正藏》第 12 册。

101. 智顗:《释禅波罗蜜次第法门》,《大正藏》第 46 册。

102.《受十善戒经》,失译,《大正藏》第 24 册。

103.《四十二章经》,迦叶摩腾共竺法兰译,《大正藏》第 17 册。

104. 赞宁撰,范祥雍据宋本碛砂版《大藏经》点校:《宋高僧传》,中华书局 1987 年版。

105. 灌顶:《隋天台智者大师别传》,《大正藏》第 50 册。

106. 郭朋校释:《坛经校释》,中华书局 1983 年版。

107.《维摩诘所说经》,鸠摩罗什译,《大正藏》第 14 册。

108.《唯识二十论》,玄奘译,《大正藏》第 31 册。

109. 普济撰,苏渊雷据景宋宝祐本点校:《五灯会元》,中华书局 1984 年版。

110. [日]安然:《悉昙藏》,《大正藏》第 84 册。

111.《贤愚经》,慧觉等译,《大正藏》第 4 册。

112. 杨增文整理:《新版敦煌新本六祖坛经》,宗教文化出版社 2001 年版。

113. 道宣:《续高僧传》,《大正藏》第 50 册。

114. 慧琳:《一切经音义》,《大正藏》第 54 册。

115.《一字奇特佛顶经》,不空译,《大正藏》第 19 册。

116.《阴持入经》,安世高译,《大正藏》第 15 册。

117. 慧远问,鸠摩罗什答:《远什大乘要义问答》,《大正藏》第 45 册。

118.《杂阿含经》,求那跋陀罗译,《大正藏》第 2 册。

119.《杂宝藏经》,吉迦夜共昙曜译,《大正藏》第 4 册。

120.《增一阿含经》,僧伽提婆译,《大正藏》第 2 册。

121. 僧肇撰,张春波校释:《肇论校释》,中华书局 2010 年版。

122. 惠达:《肇论疏》,《续藏经》第 54 册。

123. 元康:《肇论疏》,《大正藏》第 45 册。

124. 圆照:《贞元新定释教目录》,《大正藏》第 55 册。

125.《中阿含经》,僧伽提婆、僧伽罗叉译,《大正藏》第 1 册。

126. 吉藏:《中观论疏》,《大正藏》第 42 册。

127. 石峻、楼宇烈、方立天等编:《中国佛教思想资料选编》第 1—4 卷,中华书局 1981 年版。

128.《中论》,鸠摩罗什译,《大藏经》第 30 册。

129. 安澄:《中论疏记》,《大正藏》第 65 册。

130.《众经撰杂譬喻》,鸠摩罗什译,《大正藏》第 4 册。

131.《诸佛要集经》,竺法护译,《大正藏》第 17 册。

132.《撰集百缘经》,支谦译,《大正藏》第 4 册。

二、中国古籍(含整理、校注、校释)

1. 纪昀等编:《文渊阁四库全书》,上海古籍出版社 1987 年影印本。

2. 白居易:《白氏长庆集》,艺文印书馆 1981 年版。

3. 葛洪撰,王明校释:《抱朴子内篇校释》,中华书局 1985 年版。

4. 葛洪撰,杨明照校笺:《抱朴子内篇校笺》,中华书局 1991 年版。

5. 李百药等:《北齐书》,中华书局 1972 年版。

6. [日]石川丈山撰,长沢规矩也编:《北山纪闻》第 1 辑,汲古书院 1978 年版。

7. 李延寿等:《北史》,中华书局 1974 年版。

8. 曹操:《曹操集》,中华书局 2013 年版。

9. [日]元政撰,富士川英郎编:《草山集》,《诗集日本汉诗》第 13 卷,汲古书院 1988 年版。

10. 陈子昂:《陈子昂集》,中华书局 1960 年版。

11. 洪兴祖撰,白化文等点校:《楚辞补注》,中华书局 1983 年版。

12. 徐坚等辑:《初学记》,中华书局 1962 年版。

13. 孙诒让斠补:《大戴礼记斠补》,中华书局 2010 年版。

14. 刘肃撰,许德楠、李鼎霞点校:《大唐新语》,中华书局 1984 年版。

15. [日]广濑淡窗撰,中村幸彦:《淡窗诗话》,《近世文学论集》,岩波书店 1969 年版。
16.《二十五史补编》,中华书局 1986 年版。
17. 扬雄撰,汪荣宝注:《法言义疏》,中华书局 1987 年版。
18. 扬雄撰,周祖谟校笺:《方言校笺》,中华书局 1993 年版。
19. 杜牧撰,何锡光校注:《樊川文集校注》,巴蜀书社 2007 年版。
20. 封演撰,赵贞信校注:《封氏闻见记校注》,中华书局 2005 年版。
21. 冯梦龙:《古今谭概》,学苑出版社 2002 年版。
22. 王夫之:《古诗评选》,《船山全书》第 14 册,岳麓书社 1996 年版。
23. 冯惟讷:《古诗纪》,《文渊阁四库全书》第 1380 册。
24. 沈德潜选评:《古诗源》,中华书局 1963 年版。
25. 阎若璩、黄怀信、吕翊欣校点:《古文尚书疏证》,上海古籍出版社 2013 年版。
26. 鲁迅:《古小说钩沉》,《鲁迅全集》第 8 卷,人民文学出版社 1973 年版。
27. 章太炎撰,庞俊、郭诚永疏证:《国故论衡疏证》,中华书局 2008 年版。
28. 叶庭珪撰,李之亮校点:《海录碎事》,中华书局 2002 年版。
29. 班固撰,颜师古注:《汉书》,中华书局 1962 年版。
30. 岑仲勉:《汉书西域传地里校释》,中华书局 1981 年版。
31. 张溥撰,殷孟伦注:《汉魏六朝百三家集题辞注》,中华书局 2007 年版。
32. 袁宏撰,张烈点校:《后汉纪》,中华书局 2002 年版。
33. 范晔撰,李贤等注:《后汉书》,中华书局 1965 年版。
34. 萧绎撰,许逸民校笺:《金楼子校笺》,中华书局 2011 年版。
35. 房玄龄等:《晋书》,中华书局 1974 年版。
36. 陆德明:《经典释文》,中华书局 1983 年版。
37. 刘昫等:《旧唐书》,中华书局 1975 年版。
38. 薛居正等撰:《旧五代史》,中华书局 1976 年版。
39. 施宿等:《会稽志》,《文渊阁四库全书》第 486 册。

40. 楼宇烈释:《老子道德经注校释》,中华书局 2008 年版。

41. 张彦远:《历代名画记》,《文渊阁四库全书》第 812 册。

42. 范大士:《历代诗发》,清康熙三十七年(1698)虚白山房刻本。

43. 何文焕编:《历代诗话》,中华书局 1981 年版。

44. 丁福保辑:《历代诗话续编》,中华书局 2006 年版。

45. 姚思廉:《梁书》,中华书局 1973 年版。

46. 余太山:《两汉魏晋南北朝正史西域传要注》,中华书局 2005 年版。

47. 刘禹锡撰,瞿蜕园校点:《刘禹锡全集》,上海古籍出版社 1999 年版。

48. 柳宗元撰,曹明纲校点:《柳宗元全集》,上海古籍出版社 1997 年版。

49. 王充撰,黄晖校释:《论衡校释》,中华书局 1990 年版。

50. 杨伯峻译注:《论语译注》,中华书局 1963 年版。

51. 杨衒之撰,周祖谟校注:《洛阳伽蓝记校注》,中华书局 2010 年版。

52. 郑玄笺释,孔颖达注疏:《毛诗注疏》,世界书局 1963 年版。

53. 孟轲等撰,杨伯峻译注:《孟子译注》,中华书局 1960 年版。

54. 沈括:《梦溪笔谈》,岳麓书社 2002 年版。

55. 孙诒让:《墨子间诂》,中华书局 2001 年版。

56. 萧子显:《南齐书》,中华书局 1972 年版。

57. 李延寿:《南史》,中华书局 1975 年版。

58. 赵翼:《廿二史札记》,中国书店出版社 1990 年版。

59. 赵抃:《清献集》,明汪旦嘉靖四十一年(1562)刻本。

60. 陈澧:《切韵考》,中国书店 1984 年版。

61. 李邺:《切韵考》,《续修四库全书》本。

62. 丁福保编:《清诗话》,上海古籍出版社 1978 年版。

63. 郭绍虞编,富寿荪校点:《清诗话续编》,上海古籍出版社 1983 年版。

64. 严可均辑校:《全上古三代秦汉三国六朝文》,中华书局 1958

年版。

65. 彭定求等编:《全唐诗》,中华书局1960年版。

66. 董诰等编:《全唐文》,中华书局1983年版。

67. 陈寿撰,裴松之注:《三国志》,中华书局1982年版。

68. 张表臣:《珊瑚钩诗话》,宋百川学海本。

69. 高似孙:《剡录》,《文渊阁四库全书》第485册。

70. 皮锡瑞:《尚书大传疏证》,中华书局2015年版。

71. 戴震:《声韵考》,丛书集成初编本。

72. 皎然撰,李壮鹰校注:《诗式校注》清刊本,人民文学2003年版。

73. 陈延杰:《诗品注》,人民文学出版社1980年版。

74. 胡应麟:《诗薮》,上海古籍出版社1958年版。

75. 许学夷:《诗源辩体》,人民文学出版社1987年版。

76. 王嘉等撰,齐治平校注:《拾遗记》,中华书局1981年版。

77. 司马迁撰,裴骃集解,司马贞索隐,张守节正义:《史记》,中华书局1982年版。

78.《十三经注疏》,中华书局2009年版。

79. 刘义庆撰,刘孝标注,余嘉锡笺疏:《世说新语笺疏》,中华书局2007年版。

80. 郦道元撰,陈桥驿校注:《水经注校证》,中华书局2007年版。

81. 许慎撰,段玉裁注:《说文解字注》,中华书局2013年版。

82. 刘向:《说苑校正》,中华书局1987年版。

83. 朱熹:《四书章句集注》,中华书局1983年版。

84. 沈约:《宋书》,中华书局1974年版。

85. 吕祖谦编:《宋文鉴》,上海古籍出版社1994年影印本。

86. 干宝撰,汪绍楹校注:《搜神记》,中华书局1979年版。

87. 苏轼撰,王文诰辑注,孔凡礼点校:《苏轼诗集》,中华书局1982年版。

88. 魏徵等:《隋书》,中华书局1973年。

89. 张戒撰,陈应鸾笺注:《岁寒堂诗话笺注》,四川大学出版社1990年版。

90. 李昉等编:《太平广记》,中华书局 1961 年版。

91. 李昉等编:《太平御览》,中华书局 1960 年版。

92. 姚铉编:《唐文粹》,上海古籍出版社 1994 年版。

93. 陈耀文:《天中记》,上海古籍出版社 1991 年版。

94. 王应麟:《通鉴地理通释》,景印文渊阁《四库全书》第 312 册,上海古籍出版社 1987 年版。

95. 袁枢:《通鉴纪事本末》,中华书局 1964 年版。

96. 方回:《桐江续集》,《文渊阁四库全书》第 1193 册。

97. 服虔撰,段书伟辑:《通俗文辑校》,中州古籍出版社 1993 年版。

98. 刘毓崧:《通义堂文集》,求恕斋从书本。

99. 郑樵撰,王树民点校:《通志二十略》,中华书局 1995 年版。

100.《吐鲁番出土文书》第 2,3,6,7 册,文物出版社 1981 年、1985 年、1986 年版。

101. [日]梁田蜕岩撰,富士川英郎编:《蜕岩集》,《诗集日本汉诗》第 5 卷,汲古书院 1985 年版。

102. 王维撰,陈铁民校注 :《王维集校注》, 中华书局 1997 年版。

103. 萧华荣编:《魏晋南北朝诗话》,齐鲁书社 1986 年版。

104. 魏收:《魏书》,中华书局 1974 年版。

105. 陆机撰,张少康集释:《文赋集释》,上海古籍出版社 1984 年版。

106. [日]遍照金刚撰,王利器校注:《文镜秘府论校注》,中国社会科学出版社 1983 年版。

107. [日]遍照金刚撰,卢盛江校考:《文镜秘府论汇校汇考》,中华书局 2006 年版。

108. 马端临:《文献通考》,中华书局 1986 年版。

109. 刘勰撰,杨明照校注:《文心雕龙校注拾遗》,上海古籍出版社 1982 年版。

110. 刘勰撰,范文澜注:《文心雕龙注》,人民文学出版社 1978 年版。

111. 周振甫:《文心雕龙注释》,人民文学出版社 1981 年版。

112. 萧统编:《文选》,中华书局 1997 年版。

113. 李昉、徐铉等编:《文苑英华》,中华书局 1995 年版。

114. 葛洪集,向新阳、刘克任校注:《西京杂记》,上海古籍出版社 1991 年版。

115. 逯钦立辑校:《先秦汉魏晋南北朝诗》,中华书局 1995 年版。

116. 桓谭撰,朱谦之辑校:《新辑本桓谭新论》,中华书局 2009 年版。

117. 干宝撰,李建国辑校:《新辑搜神记》,中华书局 2007 年版。

118. 欧阳修、宋祁等:《新唐书》,中华书局 1975 年版。

119. 王应麟:《小学绀珠》,中华书局 1987 年影印本。

120. 荀子撰,王先谦集解:《荀子集解》,中华书局 1988 年版。

121. 颜之推撰,王利器集解:《颜氏家训集解》,中华书局 1993 年版。

122. 黄子云:《野鸿诗的》,清昭代从书本。

123. 欧阳询等辑:《艺文类聚》,上海古籍出版社 1965 年版。

124. 王世贞撰,罗仲鼎校注:《艺苑卮言校注》,齐鲁书社 1992 年版。

125. 郝春文编:《英藏敦煌社会历史文献释录》第 1—3 卷,社会科学出版社 2001 年、2003 年。

126. 王棻:《永嘉县志》,清光绪八年(1882)刻本。

127. 刘义庆撰,郑晚晴辑注:《幽明录》,文化艺术出版社 1988 年版。

128. 段成式撰,许逸民校笺:《酉阳杂俎校笺》,中华书局 2015 年版。

129. 徐陵编,吴兆宜注:《玉台新咏校笺》,中华书局 1985 年版。

130. 郭茂倩编:《乐府诗集》全 3 册,中华书局 1979 年版。

131. 张君房编,李永晟点校:《云笈七签》,中华书局 2003 年版。

132. 陈振孙撰,徐小蛮、顾美华点校:《直斋书录解题》,上海古籍出版社 1987 年版。

133. 钟嵘撰,吕德申校释:《钟嵘诗品校释》,北京大学出版社 1986

年版。

134. 令狐德芬、岑文本等:《周书》,中华书局1971年版。

135. 郝懿行校正:《竹书纪年校正》,齐鲁书社2010年版。

136. 郭庆潘集释:《庄子集释》,中华书局1961年版。

137. 司马光编撰,胡三省音注:《资治通鉴》,中华书局1956年版。

三、现代人论著

1. 胡适:《白话文学史》,上海古籍出版社1999年版。

2. 张伯伟:《禅与诗学》,浙江人民出版社1992年、1996年版。

3. 谢思炜:《禅宗与中国文学》,北京:中国社会科学出版社1993年版。

4. 夏征农主编:《辞海》,上海辞书出版社1989年版。

5. 季羡林:《当代学者自选文库·季羡林卷》,安徽教育出版社1999年版。

6. 东初:《东初老人全集》,东初出版社1991年版。

7. 张可礼:《东晋文艺系年》,山东教育出版社1992年版。

8. 张可礼:《东晋文艺综合研究》,山东大学出版社2001年版。

9. 周绍良:《敦煌写本〈坛经〉原本·整理说明》,文物出版社1997年版。

10. 林序达:《反切概说》,四川人民出版社1982年版。

11. 饶宗颐:《梵学集》,上海古籍出版社1993年版。

12. 周广荣:《梵语〈悉昙章〉在中国的传播与影响》,宗教文化出版社2004年版。

13. 金克木:《梵语文学史》,江西教育出版社1999年版。

14. 龚贤:《佛典与南朝文学》,江西人民出版社2008年版。

15.《佛教》,中国大百科全书出版社1990年版。

16. 姚卫群:《佛教般若思想发展源流》,北京大学出版社1996年版。

17. 慈怡主编:《佛教大辞典》,台湾佛光山出版社1998年版。

18. 吴焯:《佛教东传与中国佛教艺术》,浙江人民出版社1991年、

1994 年版。

19. 朱庆之编:《佛教汉语研究》,商务出版社 2009 年版。

20. 杜继文主编:《佛教史》,中国社会科学出版社 1991 年版。

21. 孙尚勇:《佛教经典诗学》,高等教育出版社 2013 年版。

22. 许华应编:《佛教文化》,长春出版社 1992 年版。

23. 俞晓红:《佛教与唐五代白话小说研究》,人民出版社 2006 年版。

24. 薛克翘:《佛教与中国文化》,中国华侨出版社 1993 年版。

25. 张曼涛主编:《佛教与中国文学》,大乘文化出版社 1978 年版。

26. 孙昌武:《佛教与中国文学》,上海人民出版社 1988 年、2007 年版。

27. 张中行:《佛教与中国文学》,《张中行作品集》第 3 卷,北京:中国社会科学出版社 1995 年版。

28. 蒋述卓:《佛教与中国文艺美学》,广东高等教育出版社 1992 年版。

29. 方立天:《佛教哲学》,中国人民大学出版社 1986 年版。

30. 蒋述卓:《佛经传译与中古文学思潮》,江西人民出版社 1990 年版。

31. 侯传文:《佛经的文学性解读》,中华书局 2004 年版。

32. 常任侠编:《佛经文学故事选》,上海古籍出版社 1982 年版。

33. 晁华山:《佛陀之光:印度与中亚佛教胜迹》,文物出版社 2001 年版。

34. 梁启超:《佛学研究十八篇》,天津古籍出版社 2005 年版。

35. 余太山:《古族新考》,中华书局 2000 年版。

36. 刘锡淦、陈良伟:《龟兹古国史》,新疆大学出版社 1992 年、1996 年版。

37. 韩翔、朱英荣:《龟兹石窟》,新疆大学出版社 1990 年版。

38. 霍旭初:《龟兹艺术研究》,新疆人民出版社 1994 年版。

39. 陈寅恪:《寒柳堂集》,上海古籍出版社 1980 年版。

40. 郭鹏:《汉魏两晋南北朝佛教》,齐鲁书社 1986 年版。

41. 汤用彤:《汉魏两晋南北朝佛教史》,北京大学出版社 1997 年版。

42. 李世杰:《汉魏两晋南北朝佛教思想史》,台湾新文丰出版公司 1979 年版。

43. 黄侃:《黄侃论学杂著》,中华书局 1964 年版。

44. 方立天:《慧远及其佛学》,中国人民大学出版社 1987 年版。

45. 季羡林:《季羡林学术论著自选集》,北京师范学院出版社 1991 年版。

46. 陈寅恪:《金明馆丛稿初编》,上海古籍出版社 1980 年版。

47. 李小荣:《晋唐佛教文学史》,人民出版社 2017 年版。

48. 汤用彤:《理学·佛学·玄学》,北京大学出版社 1991 年版。

49. 余太山:《两汉魏晋南北朝正史西域传研究》,中华书局 2003 年版。

50.《鲁迅全集》第 8 卷,人民文学出版社 1981 年版。

51.《鲁迅全集》第 9 卷,人民文学出版社 1981 年版。

52.《鲁迅全集》第 7 卷,人民文学出版社 1973 年版。

53.《鲁迅全集》第 3 卷,人民文学出版社 1973 年版。

54. 李泽厚:《美的历程》,中国社会科学出版社 1984 年版。

55. 刘跃进:《门阀士族与文学总集》,世界图书出版公司 2014 年版。

56. 张弘:《迷路心回因向佛:白居易与佛禅》,河南人民出版社 2001 年版。

57. 曹道衡、沈玉成:《南北朝文学史》,人民文学出版社 1991、2007 年版。

58. 刘师培:《南北学派不同论》,《刘申叔先生遗书》第 15 册,宁武南氏校印。

59. 普慧:《南朝佛教与文学》,中华书局 2002 年版。

60. 谭洁:《南朝佛学与文学:以竟陵“八友”为中心》,宗教文化出版社 2009 年版。

61. 阎采平:《齐梁诗歌研究》,北京大学出版社 1994 年版。

62. 叶舒宪选编:《神话——原型批评》,陕西师范大学出版社 1987 年版。

63. 赵国华:《生殖崇拜文化论》,中国社会科学出版社 1990 年版。

64. 启功:《诗文声律论稿》,中华书局 1977 年版。

65. 韩康信:《丝绸之路古代居民种族人类学研究》,新疆人民出版社 1993 年版。

66. 苏北海:《丝绸之路与龟兹历史文化》,新疆人民出版社 1996 年版。

67. 中国佛教文化研究所编:《俗语佛源》,上海人民出版社 1993 年版。

68. 向达:《唐代长安与西域文明》,河北教育出版社 2001 年版。

69. 李剑国:《唐前志怪小说史》,南开大学出版社 1984 年版。

70. 刘金柱:《唐宋八大家与佛教》,人民出版社 2004 年版。

71. 陈允吉:《唐音佛教辨思录》,上海古籍出版社 1988 年版。

72. 徐文堪:《吐火罗人起源研究》,昆仑出版社 2005 年版。

73. 王欣:《吐火罗史研究》,中国社会科学出版社 2001 年版。

74. 王仲荦:《魏晋南北朝史》,上海人民出版社 1994 年版。

75. 朱大渭:《魏晋南北朝社会生活史》,中国社会科学出版社 1998 年版。

76. 罗宗强:《魏晋南北朝文学思想史》,中华书局 1996 年版。

77. 王元化:《文心雕龙创作论》,上海古籍出版社 1979 年版。

78. 黄侃:《文心雕龙札记》,中华书局 1962 年版。

79. 北京大学哲学系美学教研室编:《西方美学家论美和美感》,商务印书馆 1980 年版。

80. 冯承钧:《西域南海史地考证论著汇辑》,中华书局 1957 年版。

81. 张广达:《西域史地丛稿初编》,上海古籍出版社 1995 年版。

82. 林文月:《谢灵运及其诗》,台湾大学文史丛刊。

83. 张煜:《心性与诗禅:北宋文人与佛教论稿》,华东师范大学出版社 2012 年版。

84. 罗宗强:《玄学与魏晋士人心态》,浙江人民出版社 1991 年版。

85. 户晓辉:《岩画与生殖巫术》,新疆美术摄影出版社 1993 年版。

86. 唐作藩:《音韵学教程》,北京大学出版社 1987 年版。

87. 吕澂:《印度佛学源流略讲》,上海人民出版社 2002 年版。

88. 季羡林主编:《印度古代文学史》,北京大学出版社 1991 年版。

89. 季羡林:《印度古代语言论集》,中国社会科学出版社 1982 年版。

90. 戚雨村等编:《语言学百科词典》,上海辞书出版社 1993 年版。

91. 龚维英:《原始崇拜纲要》,中国民间文艺出版社 1989 年版。

92. 章启群:《哲人与诗》,安徽教育出版社 1994 年版。

93. 胡大雷:《中古文学集团》,广西师范大学出版社 1996 年版。

94. 王瑶:《中古文学史论集》,上海古籍出版社 1982 年版。

95. 印顺:《中国禅宗史》,上海书店 1992 年版。

96. 杜继文、魏道儒:《中国禅宗通史》,江苏古籍出版社 1993 年版。

97. 任继愈主编:《中国道教史》,上海人民出版社 1988 年版。

98. 中国佛教协会编:《中国佛教》第 1 册,东方出版中心 1980 年版。

99. 石峻、楼宇烈、方立天等编:《中国佛教思想资料选编》第 1—4 卷,中华书局 1981 年版。

100. 任继主编:《中国佛教史》第 1—3 卷,中国社会科学出版社 1981 年、1982 年、1988 年。

101. 方立天:《中国佛教与传统文化》,上海人民出版社 1988 年版。

102. 曾祖荫:《中国佛教与美学》,华中师范大学出版社 1991 年版。

103. 赖永海:《中国佛性论》,上海人民出版社 1988 年版。

104. 吕澂:《中国佛学源流略讲》,中华书局 1979 年版。

105. 叶嘉莹:《中国古典诗歌评论集》,广东人民出版社 1982 年版。

106. 潘桂明:《中国居士佛教史》,中国社会科学出版社 2000 年版。

107. 李泽厚、刘纲纪主编:《中国美学史》第 1—2 卷,中国社会科学出版社 1984 年、1987 年版。

108. 敏泽:《中国美学思想史》第 1 卷,齐鲁书社 1987 年版。

109. 复旦大学出版社编:《中国古代美学史研究》,复旦大学出版社

1983 年版。

110. 傅道彬:《中国生殖崇拜文化论》,湖北人民出版社 1990 年版。

111. 陆侃如、冯沅君:《中国诗史》,人民文学出版社 1956 年版。

112. 侯外庐主编:《中国思想通史》第 3 卷,人民出版社 1995 年版。

113. 范文澜:《中国通史简编》修订本,人民出版社 1964 年版。

114. 吴志达:《中国文言小说史》,齐鲁书社 1994 年版。

115. 鲁迅:《中国小说史略》,东方出版社 1996 年版。

116. 王力:《中国语言学史》,山西人民出版社 1981 年版。

117. 任继愈主编:《中国哲学发展史》(魏晋南北朝卷),人民出版社 1988 年版。

118. 杨宪邦主编:《中国哲学通史》第 2 卷,中国人民大学出版社 1990 年版。

119. 刘师培:《中国中古文学史》,人民文学出版社 1959 年版。

120. 季羡林:《中印文化关系史论文集》,三联书店 1982 年版。

121. 任继愈主编:《宗教词典》,上海辞书出版社 1985 年版。

122. 周予同:《周予同经学史论著选集》,上海人民出版社 1996 年版。

四、外国论著(含汉译)

1. 中共中央编译局:《马克思恩格斯选集》第 4 卷,人民出版社 1977 年版。

2. 中共中央编译局:《马克思恩格斯选集》第 1 卷,人民出版社 1977 年版。

3. [德]海德格尔:《存在与时间》,陈嘉映、王庆节译,三联书店 1987 年版。

4. [德]费尔巴哈:《费尔巴哈哲学著作选集》,商务印书馆 1984 年版。

5. [荷]许里和:《佛教征服中国》,李四龙等译,江苏人民出版社 1998 年版。

6. [美]考夫卡:《格式塔心理学原理》,李维译,北京大学出版社

2010 年版。

7. [美]陆威仪:《哈佛中国史·南北朝:分裂的帝国》,李磊译,周媛校,中信出版社 2016 年版。

8. [英]崔瑞德:《剑桥中国隋唐史》,杨品泉译,中国社会科学出版社 2003 年版。

9. [美]H. 因戈尔特:《犍陀罗艺术》,李铁译,上海人民出版社 1991 年版。

10. [美]艾布拉姆斯:《镜与灯——浪漫主义文论及批评传统》,郦稚牛、张照进、童庆生译,北京大学出版社 1989 年版。

11. [日]小林正美:《六朝佛教思想研究》,王皓月译,齐鲁出版社 2013 年版。

12. [苏]高尔基:《论文学的技巧》,《古典文艺理论译丛》第 11 辑,知识产权出版社 2010 年版。

13. [德]黑格尔:《美学》第 1—3 卷,朱光潜译,商务印书馆 1981 年版。

14. [德]伽达默尔:《美与其他问题论文集》,尼考拉斯·沃尔克尔英译,剑桥大学出版社 1986 年版。

15. [印]《摩奴法典》,马香雪译,商务印书馆 1996 年版。

16. [德]尼采:《偶像的黄昏》,周国平译,湖南人民出版社 1987 年版。

17. [德]E.卡西尔:《人论》,甘阳译,上海译文出版社 1985 年版。

18. [德]卡西尔:《神话思维》,黄龙保、周振选译,中国社会科学出版社 1992 年版。

19. [德]海德格尔:《诗·语言·思》,彭富春译,文化艺术出版社 1990 年版。

20. [法]皮埃尔·布迪厄:《实践与反思:反思社会学导引》,李猛、李康译,中央编译局出版社 1998 年版。

21. [美]L. M. 霍普夫:《世界宗教》,张云钢、王世钧等译,知识出版社 1991 年版。

22. [德]克林凯特:《丝绸古道上的文化》,赵崇民译、贾应逸审校,新疆美术摄影出版社1994年版。

23. [美]韦勒克、沃伦:《文学理论》,刘象愚、邢培明等译,三联书店1984年版。

24. [日]浜田正秀:《文艺学概论》,陈秋峰、杨国华译,中国戏剧出版社1985年版。

25. [印]《五十奥义书》,徐梵澄译,中国社会科学出版社1995年版。

26. [俄] L. N. 门斯考夫:《西域与佛教文史论集》,许章真译,台湾学生书局1988年版。

27. [日]兴膳宏:《兴膳宏〈文心雕龙〉论文集》,彭恩华译,齐鲁书社1984年版。

28. [俄]雅科伏列夫:《艺术与世界宗教》,任光宣等译,文化艺术出版社1989年版。

29. [俄]车尔尼雪夫斯基:《艺术与现实的美学关系》,人民文学出版社2008年版。

30. [英]渥德尔:《印度佛教史》,王世安译,商务印书馆1987年版。

31. [英]C.埃里奥特:《印度教与佛教史纲》第1卷,商务印书馆1982年版。

32. [英]泰勒:《原始文化》,连树声译,上海文艺出版社1992年版。

33. [法]列维,谢阁兰、伯希和:《〈中国西部考古记〉〈吐火罗语考〉》,冯承钧译,中华书局2004年版。

34. [美]浦安迪:《中国叙事学》,北京大学出版社1996年版。

35. [意]马里奥·布萨格里,[印]查娅·帕塔卡娅,B.N.普里:《中亚佛教艺术》,许建英、何汉民编译,新疆美术摄影出版社1992年版。

36. [匈牙利]J. 哈尔马塔主编:《中亚文明史》第2卷,徐文堪、芮传明译,余太山审订,中国对外翻译出版公司/联合国教科文组织2002年版。

37. [德]阿尔伯特·冯·勒克科:《中亚艺术与文化史图鉴》,赵崇民、巫新华译,中国人民大学出版社2005年版。

38. A. J. Van Windekens: Le Tokharian con fronté avec les autres

langues indo—europeans. Vol. I：la phonétique et le vocabulaire(Louvain 1976)，pp. 614－619.

39. Ananda Guruge：*The Socicty of the Rā*māyaṇa，Maharagama，Ceylon，India，1960. pp.36－39.

40. D. Q. Adams：*The Position of Tocharian among the Other Indo—European Languages*，New Haven：Journal of the American Oriental Society，104.3(1984)，pp. 399－400.

41. David A. Utz："Arśak，Parthian Buddhists，and Iranian Buddhism"，the International Seminar on "Buddhism across Boundaies：the Sources of Chinese Buddhism"，His Lai Univ.，Hacienda Heights，California，USA，1993.

42. Frederick Ungar Publishing：*Encyclopedia of Wold Literature in the 20th Century*，Frederick Ungar Publishing Co. 1975，Vol. 2，p.288.

43. J. P. Mallory：*Indo-European homeland*. In Encyclopedia of Indo—European Culture，edited by J. P. Mallory and D. Q. Adame，London，1997，pp. 290－299.

44. Kurt Lewin：*Field Theory in Social Science*，中国传媒大学出版社2016年英文版。

45. L. H. Morgan：*Ancient Society*，The Belknap Press of Harvard University Press，Cambridge，Massachusetts：1964，pp. 8－10.

46. Marija Gimbutas：*Proto－Indo-European Culture：the Kurgan culture during the 5th to the 3th millennia B. C.，in Cardona*，Hoenigswald，and Senn，eds，Indo－European and Indo－Europeans，pp. 155－198；"Primary and Secondary Homeland of the Indo－Europeans，"*The Journal of Indo-European Studies*，13.1－2(1985)，pp. 185－202.

47. Maurice Winternitz：*History of Indian Literature*，University of Calcutta Press，1927.

48. SHEN Lisia & Puhui：*The Non-Religious Nature of the O-*

riginal Buddhism, International Journal of Natural and Social Science, Vol. 1, Issue 2, 2008, pp.1 - 4, Kingston, Canada.

49. W. B. Henning: *The first Indo - Europeans in History*, In Society and History, Essays in Honor of Karl August Wittogel, ed, G. L. Ulmen, The Hague: Mouton, 1978, pp. 215 - 230.

五、现代人论文

1. 陆侃如:《〈孔雀东南飞〉考证》,《国学月报》第3期。

2. 张海明:《〈世说新语〉的文体特征及与清谈之关系》,《文学遗产》1997年第1期。

3. 黄广华:《〈文心雕龙〉与因明学》,《学术月刊》1984年第7期。

4. 普慧:《〈心经〉——一部微型的大乘空宗般若学》,《东方论坛》1997年第1期。

5. 宁稼雨:《"世说体"初探》,《中国古典文学论丛》1987年第6辑。

6. 叶嘉莹撰:《从元遗山论诗绝句谈谢灵运与柳宗元的诗与人》,《中国古典诗歌评论集》,广东人民出版社1982年版。

7. [韩]琴知雅:《崔瑆焕的〈性灵集〉考》,《文献》2008年第3期。

8. 普慧:《禅宗的主体实践论》,《曹溪禅研究》,中国社会科学出版社2002年版。

9. 任继愈:《禅宗与中国文化》,《社会科学战线》1988年第2期。

10. 普慧:《佛教对中国六朝志怪小说的影响》,《复旦学报》2002年第2期。

11. 普慧、张进:《佛教故事:中国五朝志怪小说的一个叙事源头》,《中国文化研究》2001年春之卷。

12. [日]中村元:《佛教思想对佛典汉译带来的影响》,《世界宗教研究》1982年第2期。

13. 普慧:《佛教思想与文学性灵说》,《文学评论》2012年第2期。

14. 齐文榜:《佛教与谢灵运及其诗》,《文学遗产》1988年第2期。

15. 张国星:《佛学与谢灵运的山水诗》,《学术月刊》1986年第11期。

16. 何剑平:《佛影传说及其对中国山水诗的影响》,《学林漫录》第15辑,中华书局2000年版。

17. [韩]崔日义:《韩国朝鲜后期诗坛接受袁枚诗学之状况》,《苏州大学学报》(哲学社会科学版)2010年第2期。

18. 普慧:《慧远的禅智论与东晋南北朝的审美虚静说》,《文艺研究》1998年第5期。

19. 李炳海:《慧远的净土信仰与谢灵运的山水诗》,《学术研究》1996年第2期。

20. 普慧:《开拓远古文化研究新路的尝试》,《学术月刊》1991年11期。

21. 张可礼:《刘勰论魏晋玄言诗》,《文史哲》1995年第6期。

22. 王更生:《刘勰是个什么家》,《北京大学学报》1996年第2期。

23. 刘跃进:《六朝僧侣:文化交流的特殊使者》,《中国社会科学》2004年第5期。

24. 汪春泓:《论佛教与梁代宫体诗的产生》,《文学评论》1991年第5期。

25. 杜继文:《论南北朝的佛典翻译》,《中国佛教与中国文化》,宗教文化出版社2003年。

26. 吕叔湘:《南北朝人名与佛教》,《中国语文》1988年第4期。

27. 普慧:《齐梁三大文学集团的构成及其盟主的作用》,《社会科学战线》1998年第2期。

28. 普慧:《秦汉上郡治所小考》,《唐都学刊》2008年第1期。

29. 陈世良:《龟兹白姓和佛教东传》,《世界宗教研究》1984年第4期。

30. 刘芳亮:《日本江户时期汉诗与晚明公安派》,《四川外国语学院学报》2007年第2期。

31. 刘芳亮:《山本北山〈作诗志彀〉与袁宏道性灵说关系再论》,《解放军洛阳外国语学院学报》2013年第3期。

32. 闻一多:《神话与诗·说鱼》,《闻一多全集》第1册,开明书店1948年版。

33. 管雄:《声律论的发生和发展及其在中国文学史上的影响》,《古代文学理论研究》第3辑,上海古籍出版社1981年版。

34. 郭绍虞:《声律说续考》,《古代文学理论研究》第3辑,上海古籍出版社1981年版。

35. 张永鑫:《声与诗》,《古代文学理论研究》第3辑,上海古籍出版社1981年版。

36. 普慧:《探求人与世界的真实——佛教哲学对中国古代审美真实论的启示和影响》,《人文杂志》1993年第1期。

37. 杨静荣:《陶瓷与原始宗教中的生殖崇拜》,《美术史论》1987年第3期。

38. 王炳华:《天山:远古的性崇拜》,《美育》1988年第4期。

39. 普慧:《天竺佛教语言及其对中国语言学的影响》,《人文杂志》2004年第1期。

40. 郭绍虞:《文笔说考辨》,《文艺论丛》1978年第3期。

41. 高华平:《谢灵运佛教著述研究》,《中国文化研究》2006年冬之卷。

42. 孙述圻:《谢灵运与南本〈大般涅槃经〉》,《南京大学学报》1983年第1期。

43. 梁启超:《印度与中国文化之亲属的关系》,《梁启超全集》第7册,北京出版社1999年版。

44. 许云和:《欲色异相与梁代宫体诗》,《文学评论》1996年第5期。

45. 孙昌武:《早期中国佛法与文学里的"真实"观念》,《文学遗产》2011年第4期。

46. 龚维英:《原始人"植物生人"观念初探》,《民间文学论坛》1985年第1期。

47. 普慧:《走出空寂的殿堂:唐代诗僧的世俗化》,《文史知识》1997年第7期。

后　记

2017年6月的一天，接到了一个陌生的电话和一封电邮，起初并未理会，因为现在电讯诈骗实在是太多，防不胜防，自然也就不把它当回事。接下来的几天，连续接到了同样的电话和电邮，邀我赴宁参加江苏省的“江苏文脉整理与研究工程”会议。我咨询了南京大学的友人，答曰确有其事。于是，应约赶赴南京，方知拙著《南朝佛教与文学》出版15年后被江苏省委宣传部和社会科学工作办公室选入“江苏文脉整理与研究工程·研究编”丛书，这让我有点欣喜。真没想到，15年前出版的小书，居然还被读者们惦记，还能留下点儿学术影响，这也是值得欣慰的一件事。根据“江苏文脉整理与研究工程”的要求，需要对拙著进行修正、增订，这也正是我多年的愿望。拙著出版后，随着研究不断深入和扩展，我陆陆续续地发现了一些错讹，一直有改订的愿望，但因为手头的事情实在是太多，总也没有时间和机会。感谢江苏“江苏文脉整理与研究工程”编辑委员会，给了我这样一个机缘。

南朝是佛教传入中国400年后①达到的第一个高潮时期，是佛教作为外来宗教走向中国化的开始，也是中国大陆一步步佛教化的开始。这个“化”(Sādhya)的过程几乎是双向、同步的。一方面，佛教在汉地传播之初，就把自己装扮成方士或道士之一种，混迹于其中。经过魏晋时

---

① 一般认为佛教入华最早的时间是西汉哀帝元寿元年(公元2世纪)。“昔汉哀帝元寿元年，博士弟子景卢受大月氏王使伊存口受浮屠经曰复立者其人也。浮屠所载临蒲塞、桑门、伯闻、疏问、白疏间、比丘、晨门，皆弟子号也。”(陈寿：《三国志》卷三十《魏书》三十，陈寿撰，裴松之注：《魏略·西戎传》。)

期的大量佛典汉译，佛教又依附于玄学，不断寻求佛、玄合一，以求得生存的地位。如两晋时期的佛教六家七宗即是一例。佛教又将“丛林七僧”比附“竹林七贤”[①]，更是有攀附之意。在晋末南朝的几次重大的佛教与本土儒、道二教的论争中，佛教也尽可能避其锋芒，调和三方之见。譬如，关于孝道，儒家和道教都攻击佛教出家行为是“破身”“破家”“破国”的行为，而佛教则从人生和国家层面，宣说佛教出家乃是“大孝”的行为。在修行实践中，佛教又把“五戒”（不杀生、不淫欲、不偷盗、不诳语、不饮酒）比附于儒家的“五常”（仁、义、礼、智、信）。特别是，在理想目标的追求上，儒家“成圣”[②]、佛教“成佛”[③]、道教“成仙”[④]成为三教的最高理想。而“圣”“佛”“仙”是人的最高境界，这是可以通过学人的努力修学而达到和实现的。这一点与基督教有根本的不同。基督教无论是上帝还是耶稣基督，本具神性[⑤]，是其子民的拯救者（Savior）或救赎者（Soul Redeemer），绝非凡人所能企及。而儒、释、道三教，以人为师，以师为高，极具共通性。也就是说，中国化的佛教与古代印度佛教此时已呈现出很大的差异。而这一差异的形成，正是在南朝时期开始的。还有，在理论上，“佛教‘中国化’的一个重要内容是扬弃大乘‘般若空’对于解脱、出离的追求而回归到现世，即实践僧肇所谓‘立处即真’，后来终于形成明心见性的禅宗”[⑥]。至北宋，佛教完全走完了中国化的历程，俨然成为地道的汉地、本土式的宗教，并跃居为中国本土三大主流思想文化之一，对精英思想和民间文化发挥了至深、至广、至远的影响。另一方面，自东汉明帝刘庄开始引进佛典，到桓帝刘志时的安世高、支娄迦谶汉译批量佛典，佛教在汉地传播，如雨后春笋，如大地泉涌，其迅

① 参见孙绰：《道贤论》。

② 儒家认为尧舜圣人可学。《论语·雍也》：“子贡曰：‘如有博施于民而能济众，何如？可谓仁乎？’子曰：‘何事于仁！必也圣乎？尧舜其犹病诸！夫仁者，己欲立而立人，己欲达而达人。能近取譬，可谓仁之方也已。’”同篇：“子曰：‘若圣与仁，则吾岂敢？抑为之不厌，诲人不倦，则可谓云尔已矣。’”

③ 大乘佛教提出“一切众生皆有佛性”。（《大般涅槃经》）中国僧人道生提出“一阐提人皆得成佛”。（《高僧传》卷六《竺道生传》）

④ 葛洪《抱朴子·内篇》卷十四《勤求》：“仙之可学致，如黍稷之可播种得，甚炳然耳。然未有不耕而获嘉禾，未有不勤而获长生度世也。”这是葛洪经教道教的著名论断，与嵇康的“神仙可信论”和向秀的“仙人无验说”有根本的不同。

⑤ 基督教认为圣父、圣子、圣灵是三位一体。

⑥ 孙昌武：《早期中国佛法与文学里的“真实”观念》，《文学遗产》2011 年第 4 期。

猛之势，难以名状。起初官府是不准汉地民众出家为僧、为尼的。但是随着汉末三国以及西晋后期政治上的混乱，狼烟四起，烽火连天，金革铁马，刀光剑影，“白骨露于野，千里无鸡鸣”①。时局的动荡，社会的无序，生活的惨状，生命的无落，迫使大量的百姓冲破政府的阻力而出家，进入山林，躲入寺庙，致使佛教僧团急剧膨胀。借着玄、佛合流之机，佛教迅速从民众扩张至精英文人和上层政治集团。在三教论衡初期，佛教尚能忍辱负重，但随着佛教地位的日益凸显，至刘宋文帝刘义隆时期，便彰显本来面目，登堂入室了。什么世界是缘起的，人生是苦的，生命是无常的，时间(前世、今世、来世的三世)是延续轮回的，空间(天堂、人间、地狱)是立体转换的，一切皆苦，一切皆空，而一切众生都是有佛性的，都有成佛的内在根据，只有努力向善、不断修持，方可升入美妙的净土境界，才能超离生死，永脱苦海等等，不只是纸本的译介，更是直接的、赤裸裸的宣讲、说法。这一切的内容，让本土汉地之人，充满了好奇感、新鲜感，乃至身受感。特别是不断经历着战乱苦痛的人们(不论是达官显贵还是贩夫走卒；不论是精英文人还是民间百姓)，更能体验和感受到佛教博大精深的教义和缜密威严的仪轨的神圣性、神威性，满足和引导他们那些正感苦闷、空虚的心灵世界。正因为如此，大诗人谢灵运才深有感触地发出惊叹：“六经典文，本在济俗为治耳。必求性灵真奥，岂得不以佛经为指南耶?”②既然不能控制外在，那就最好寻找自我心灵的慰藉。佛教带给了人们一支支清爽澄澈、沁人心脾的麻醉剂：忘记苦难，甘受痛苦，心怀美好，脱离生死，在哀怨中，复归平静。于是，刘宋、萧齐、萧梁，帝王将相、文人墨客、黎民百姓、怨妇弃子，崇佛信佛，蔚然成风气。尤其萧梁，武帝萧衍，虔信佛法，颁布法令，以佛教为国教，致使全国，寺庙林立，青烟缭绕，僧尼成群，香客接踵，佛光瑞气，笼罩寰宇。梁陈之际，一批来华的外僧，如真谛(499—569)者，译述佛典 64 部，278 卷。其中翻译佛典 49 部，142 卷。更为重要者，真谛译出了印度瑜伽行派(Yogācāra)的《释大乘论》《俱舍释论》《大乘唯识论》《三无性论》《佛性论》等论著，非常及时地把才兴起于印度不久的唯识学，系

① 曹操：《蒿里行》。

② 何尚之：《答宋文帝赞扬佛教事》。

统译介于华夏,传播速度之快,着实令人惊叹不已。[①] 至此,印度佛教"般若""涅槃""唯识"三大系统基本入住汉地,俨然成为人们的精神食粮和行动指南。布施、持戒、禅修,以期臻于般若境界;弃恶扬善,成佛得道,成为人们日常生活的基本准则和理想目标。由此,华夏汉地文化在南朝时期浸沁了太多太多的佛教内容,深深地影响甚至左右着华夏文化和历史的走向和趋势。因此,汉地也经历了一个佛教化的过程,可以说是有理由的。

在这样一个双向化的历程中,佛教与汉语文学结下了不解之缘。可以说,南朝的每一个文学现象、每一个文学活动,都离不开佛教的参与,甚或作用(Kāritram)、主导(Svāmin)。不管是唯美的文学还是通俗的文学(所谓庙堂之上的雅诗大赋以及民间闾里的乐府小说),佛教都做出了巨大贡献。而精英文人的思想观念的形成,又在相当大的程度上,取决于佛教的三观(世界观、人生观、价值观)。这就使得文人的文学创作自觉或不自觉地浸润了佛教思想,在一定程度上成为以艺术形象、崇高审美、终极情怀而书写佛教义理、意趣的宗教文学作品。与此同时,文学丰富的体裁和表现形式,又反作用于佛教,使得佛教文本和佛教活动不再是单纯的宗教宣传单和说教传声筒,而成为具有一定美感、娱悦、抒情的宗教审美活动。于是,本土原有的文学,似乎出现了一个脱胎换骨的新局面:新的语词、新的思想、新的情怀、新的面貌、新的境界,让佛教与文学在交流融汇中焕发出绚烂的异彩,更为唐代文学全面繁盛,奠定了坚实的基础,创造了特殊的条件(如格律诗的形式)。因而,南朝佛教与文学,不管怎么说,都是值得用力研究的一个对象。

《南朝佛教与文学》所涉及的时间段集中于南朝,上不过东晋末,下不越隋,地域上以江南为主。此次在原作基础上,增加了第八章,概述南朝的文学集团和文学流派与佛教的关系;同时还增加了"南朝文学性灵说"一节,构成了第九章"佛教与文学理论思想"。在此书中,我对书中的佛教术语全部加注了梵文[②],这是因为佛教名相繁富,一词多译、一

① 参见杜继文:《论南北朝的佛典翻译》,《中国佛教与中国文化》,宗教文化出版社 2003 年版。

② 梵文的书写符号有多种,本书采用了国际上通行的拉丁字母转写。

词异译的现象甚为普遍，如果不对术语加注梵语原文，就会造成对汉译术语的误会、曲解。如原本是一个术语，因为汉译的多译，经常会导致人们的多重理解，把问题复杂化了。此外，对原著的诸多错讹、疏漏，也做了校改；有些章节，几乎是重写。故全书篇幅，扩充了四成之多。博士生张丽丽、贺雨潇搜集了深入研究的相关资料；易斌核校了全部引文、注释，重新编辑了参考文献；梁枥天审阅了部分章节，在此谨表谢忱。著者孤陋寡闻，才疏学浅，错讹、疏漏之处仍会存在，恳请方家、大德，批评惠正。

在求学、治学旅途中，蒙高起学、杜继文、张可礼、项楚、陈洪、孙昌武等等多位导师（按时间顺序）悉心指导和谆谆教诲，又承海内外诸多师友（恕不一一道名）大力支持和提携，我深感幸莫大矣。一路行走，一路感恩。唯愿上天有灵，护祐众生。还要感谢本书责编李晓爽女士，在她认真、急切的催促之下，拙著才得以按时完成、交付。

普　慧

2019年8月20日修改于

教育部人文社会科学重点研究基地：四川大学中国俗文化研究所